DEUX FEMMES

DU MÊME AUTEUR

Sans visage, L'Archipel, 2004.

Martina Cole

DEUX FEMMES

roman

Traduit de l'Anglais (Grande-Bretagne)
par Catherine Cheval et Marie Ploux

Fayard

Titre original : *Two Women*

Première édition chez Headline Book Publishing, 1999.

ISBN : 978-2-213-63270-4

A Christopher, Freddie et Lewis, mes fils, fille et petit-fils, les gardiens de mon cœur.

Et à Sally Wilden, la dame aux jolis tailleurs et aux souliers chics ! Pour moi, tu seras toujours Sally Wally, ma copine d'enfance, la reine du tire-bouchon ! Mon amie pour la vie, mon éternelle copine – le Tech Wall, ça te dit quelque chose ?

Prologue

Le panier à salade était une véritable étuve. Le blindage concentrait la chaleur de l'été. Susan Dalston sentit des gouttes de sueur lui ruisseler entre les seins ; d'un geste las, elle se passa les mains sur le visage.

– Une boisson fraîche, ce serait trop demander ?

La surveillante secoua la tête.

– On est presque arrivés, va falloir attendre.

Susan la regarda s'avaler une longue gorgée de Pepsi à même la canette puis faire ostensiblement des bruits de bouche. Elle garda les yeux rivés par terre pour réprimer une envie pressante de la baffer, cette pétasse aux grands airs. C'était exactement ce qu'elle voulait, cette salope : la pousser au geste de trop pour qu'elle perde son appel. Susan Dalston se mit à fixer la gardienne droit dans les yeux, et lui fit un grand sourire.

– Qu'est ce qu'il y a de marrant ?

Susan secoua la tête d'un air apitoyé :

– Ben, rien, je pensais à toi. C'est pas de veine d'être coincée dans un engin pareil un jour pareil, non ? C'est quand même dégueulasse, pas vrai ? Sans compter que tu vas devoir te retaper toute la route de Durham dans l'autre sens. Une journée de merde, hein ?

La matonne opina du chef.

– Peut-être. Sauf que moi, ce soir, je serai sous la couette devant la télé, à faire joujou avec la zigounette à mon jules. Toi, tu feras quoi, hein ? Moi, au moins, j'ai de quoi rêver.

Le fourgon s'arrêta dans un crissement de pneus. Les menottes lui broyaient les poignets. Susan savait que la surveillante aurait pu les lui enlever ; elle savait aussi qu'elle ne le ferait pas. Danby avait la réputation d'être féroce, et Susan ne lui offrirait certainement pas l'occasion de lui dire non. Condamnée à perpète pour meurtre, elle s'était depuis longtemps résignée à la cruauté dont les gens comme Danby étaient capables.

A croire qu'ils trouvaient un malin plaisir à humilier les détenues. Quoique, dans un sens, Susan pouvait comprendre ça. A ce qu'on racontait, le mec de Danby reluquait les filles, ses mômes avaient des problèmes à l'école et elle était perpétuellement menacée d'expulsion.

Matonnes ou détenues, toutes se délectaient des ragots.

Susan ne s'étonnait pas que les gens comme Danby aient besoin de casser les autres. Rien de plus humain, après tout. Elle se dépatouillait comme elle pouvait avec sa vie de merde et son boulot à la con.

Le fourgon se remit en marche, Susan poussa un soupir de soulagement. A Londres, la circulation était infernale, surtout en début d'après-midi. Depuis cinq heures et demie du matin qu'elle était enfermée dans ce panier à salade, ils ne s'étaient arrêtés qu'une seule fois pour qu'elle aille aux toilettes et mange un morceau. Danby avait apporté son casse-croûte, qu'elle avait avalé en buvant jusqu'à plus soif. Tranquille : menottée, entravée, Susan ne pouvait rien faire.

Le guichet s'ouvrit et une voix masculine tonitrua :

– On arrive, les filles ! Dans dix minutes, vous allez pouvoir vous dégourdir les jambes.

Par la grille restée ouverte Susan entendait les accords de « *Life on Mars* » de David Bowie. Elle referma les yeux et poussa un profond soupir.

Danby l'observait, le visage fermé :

– Dalston ! chuchota-t-elle d'un ton pressant.

Susan ouvrit les yeux et parvint à éviter de justesse la canette de Pepsi. Le liquide brun se répandit sur sa tenue.

– Ils te laisseront pas sortir, princesse. En tout cas, tu peux compter sur moi pour les en empêcher.

La menace était vaine, elles le savaient toutes les deux.

Susan se remit à fixer le plancher. Le reste du trajet se fit en silence. Le fourgon s'arrêta devant l'entrée principale d'Holloway. La porte de la prison s'ouvrit au bout d'un quart d'heure, et Danby extirpa sa prisonnière du panier à salade. Debout sur le trottoir, éblouie par la lumière du jour, Susan sentit une brise fraîche lui caresser le visage. Tout ça était d'une telle inanité !

La façade lugubre du bâtiment lui rappela cruellement ce que la vie lui réservait derrière ces murs. Portes qui claquent, grilles qui grincent, trousseaux de clés qui s'entrechoquent, voilà quel univers l'attendait désormais.

C'était son lot quotidien depuis deux ans, mais son transfert pour l'appel, ce bref moment de liberté, avait aiguisé sa perception de la vie carcérale.

Susan savait qu'à moins de se montrer coopérative elle ne sortirait jamais. Elle savait aussi qu'elle ne serait jamais en mesure de raconter ce qui lui était arrivé, qu'elle ne pourrait dire la vérité à personne. C'était trop effroyable, trop proche encore pour qu'elle puisse en parler. Il y a des choses qu'on garde pour soi.

L'ironie de sa situation la fit sourire.

Une fois l'immatriculation effectuée, le transfert administratif se fit sans accroc. Danby crachait en continu un flot d'insultes que la matonne d'Holloway ne tenta pas d'arrêter. Rien de nouveau sous le soleil, elle connaissait la chanson.

Elle l'interrompit pourtant au milieu d'une phrase pour lui dire, d'un ton calme :

– Retourne à l'accueil, on t'emmènera à la cantine avec les autres. Tu ne peux pas aller plus loin.

Susan esquissa un sourire satisfait en entendant la porte claquer au nez de Danby, et lui fit un clin d'œil à travers les barreaux.

– On se retrouvera, Dalston.

– Pas si c'est moi qui te vois en premier, miss Danby.

La matonne lui détacha les menottes. Susan la suivit le long d'un couloir poussiéreux en se frottant les poignets.

– Quel trouduc, celle-là ! fit la gardienne. C'est Durham qui les rend comme ça. Dans le Nord, elles s'y croient carrément, tout ça parce qu'elles sont dans une méchante taule. Elles ont qu'à venir faire un tour dans ce trou à rats. Enfermées vingt-trois heures sur vingt-quatre... même les voleuses à l'étalage tirent la gueule au bout d'un moment, alors, les vraies taulardes, je te dis pas.

Elle déverrouilla encore une porte.

– T'as mangé ?

Susan secoua la tête.

– Rien depuis ce matin. A part une giclée de Pepsi dans la gueule, faut dire, fit-elle en riant.

La matonne ne moufta pas : la blague lui avait échappé.

– Tiens-toi tranquille ici, Dalston. On vous connaît comme si on vous avait faites, toi et ta grande gueule. Je me suis laissé dire qu'elle l'avait cherché, la meuf. En ce qui me concerne, y a rien à redire, mais t'amuse pas à ça ici. On galère assez comme ça sans avoir à te pouponner, tu piges ? Si tu veux la bagarre, tu t'arranges pour faire ça bien au chaud dans ta petite cellule. Ni vu ni connu. Pigé ?

Susan, redevenue sérieuse, acquiesça.

– Et n'oublie pas, y a des gouines qui passent par là en sortant de l'atelier. Et y a pas que des détenues dans le lot. Fais gaffe à ta pomme. Ce que tu fais, tu le fais discrètement... c'est le seul conseil que j'aie à te donner. Tu t'en doutes, t'es connue comme le loup blanc ici. La manière dont t'as dégommé ton mec, c'est pas bonus. Alors, suis mon conseil, va : courbe l'échine et mouche ton nez, ça ira mieux pour tout le monde.

Elles continuèrent en silence. Les prisonnières, plusieurs centaines, faisaient un vacarme assourdissant qui s'amplifiait au fur et à mesure qu'elles avançaient.

En arrivant dans l'aile de la prison, Susan fut assaillie par les odeurs et par le bruit. A la puanteur âcre du chou bouilli et rebouilli se mêlaient des relents de sueur, de savon et de déodorants bon marché. Les transistors braillaient, les filles hurlaient pour se faire entendre. Consciente que les détenues guettaient toutes l'arrivée de la nouvelle, Susan se tenait droite, son baluchon serré contre son cœur. La foule des détenues représentait l'ordinaire de la population carcérale féminine : prostituées aux coiffures et aux maquillages hallucinants, minables voleuses de chèques, piqueuses de cartes de crédits, camées de prison aux visages endurcis. Autre prison, mêmes visages.

De quoi vous foutre une sacrée déprime.

En montant l'escalier qui menait au premier palier, elle entendit un grand rire, se retourna et se retrouva face à une paire de magnifiques yeux verts écarquillés. Ils appartenaient à une femme poupée minuscule qui lui adressa un superbe sourire. Susan faillit le lui rendre.

La gardienne la retint d'un geste :

– C'est une tueuse d'enfants, Dalston. Fais gaffe. Elle a l'air d'un ange mais elle est folle à lier. Elle a balancé son bébé par la fenêtre de son HLM... du seizième étage. Dépression post-partum. Elle va sortir mais, en attendant, on est bien obligées de faire avec.

Susan suivit la matonne jusqu'à une cellule ouverte. La gardienne entra. Susan lui emboîta le pas, saisie soudain d'une appréhension. On ne savait jamais avec qui on allait partager sa cellule et, tant qu'on n'avait pas pigé la situation, fallait rester sur ses gardes. Pas facile à vivre, comme période.

Sur la couchette supérieure, les cheveux brillants et parfaitement maquillée, se trouvait Matilda Enderby. Yeux noirs, crinière châtain. Elle s'assit et jaugea Susan d'un rapide coup d'œil.

– C'est ça que tu m'amènes ? fit-elle avec douceur en se tournant vers la gardienne.

Elle parlait d'une voix profonde et rauque avec un accent plutôt distingué.

Susan la regarda dans les yeux et esquissa un bref sourire. Ignorant la remarque, la gardienne répliqua sèchement :

– Ecoute, Enderby, ici on n'a pas le choix. C'est un droit auquel t'as renoncé le soir où t'as butté ton jules. Vu que vous êtes toutes les deux ici pour le même motif, m'est d'avis que vous avez sûrement plus de choses en commun que tu ne le crois.

Elle quitta la cellule en tirant la porte derrière elle.

Susan posa son balluchon sur la couchette inférieure et entreprit de le défaire. Elle en sortit d'abord les photos et les lettres de ses enfants. Puis elle déplia rapidement ses affaires et les rangea dans le tiroir vide d'un petit bureau.

Matilda Enderby était à l'affût du moindre de ses mouvements.

Quand elle eut terminé, Susan se glissa sur sa couchette, s'allongea et se mit à contempler le visage de ses enfants. Le bébé, en particulier.

Matilda s'absenta un moment pour revenir avec deux grandes mugs de thé. Elle ouvrit un paquet de gros biscuits et en posa quelques-uns sur la couchette à côté de Susan.

– Alors, comme ça, t'as buté ton jules…

Susan l'interrompit aussitôt :

– Cent cinquante-deux coups de marteau. Je te jure, je les ai comptés, ça m'aidait à me concentrer.

Matilda hocha la tête. Même son visage semblait apaisé, maintenant. Il n'avait plus ce regard perpétuellement en mouvement qui trahissait son obsession. Les deux femmes se turent un moment.

– Et toi, qu'est ce qui t'est arrivé ?

Matilda eut un demi-sourire.

– Tu ne me reconnais pas ? Pourtant, je fais la une de tous les médias en ce moment. Je ne vais pas tarder à sortir. Je lui ai donné un coup de couteau en plein cœur. Le salaud, il méritait bien ça, après tout ce qu'il m'a fait voir.

Puis elle demanda d'un ton aigre :

– Et toi, pourquoi tu l'as fait ?

Susan haussa les épaules.

– Qui sait ?

– Ben, toi, j'imagine, même si tu ne le dis pas.

Susan ne répondit pas.

Elle se rallongea sur sa couchette et tenta de faire le vide dans sa tête. Elle n'avait jamais révélé à personne ce qui l'avait poussée au meurtre, ni jamais pensé qu'elle le ferait.

Il y avait trop de gens dans cette affaire, trop de secrets à protéger.

C'était comme ça qu'elle avait toujours vécu : en accumulant les mensonges, en accumulant les secrets.

Plus tard, ce soir-là, quand le tumulte de la prison se fut calmé et que la porte de la cellule eut été verrouillée pour la nuit, Susan se retrouva seule avec ses pensées. Ces mêmes pensées qui l'assaillaient, nuit après nuit. Il n'y avait que dans le noir, la nuit, qu'elle pouvait se permettre de réfléchir à ce qu'elle avait fait et, surtout, aux raisons pour lesquelles elle l'avait fait.

Pour comprendre ses actes, elle savait qu'il lui fallait remonter très loin le cours de sa vie. C'était là qu'elle trouverait la clé de tout ce qui lui était arrivé. Après deux années passées à écouter les psychiatres qui tentaient de percer le mobile de son crime, Susan avait fini par comprendre ce qu'elle avait fait à Barry.

I

1960

Rien ne commence et rien ne finit
Qui ne se paie en soupirs de douleur.
Car nous naissons dans la souffrance d'autrui
Et périssons dans la nôtre.

Francis THOMPSON (1859-1907), *Daisy*, 1913.

Oh ! Que de tourments se cachent dans le petit cercle d'un anneau de mariage !

Colley CIBBER (1671-1757), *The Double Gallant*, 1707.

1

La gamine ouvrit les yeux. De sa petite main, elle se frotta les paupières, encore collées par le sommeil. Elle entendait la respiration régulière de sa sœur, ses ronflottements saccadés, discrets comme ceux d'un jeune chien. Le lit était un cocon bien chaud. Elle se blottit contre le dos de sa sœur, leurs deux petits corps s'ajustant aussi parfaitement qu'une paire de petites cuillers, et se laissa glisser dans le sommeil.

Un fracas assourdissant les réveilla.

Susan comprit qu'elle n'avait pas dormi longtemps : elle n'avait pas encore le bras engourdi comme après toute une nuit passée contre le corps fragile de sa sœur.

Les hurlements du père leur arrachaient les oreilles.

Debbie ricana :

– Le vieux salaud, j'aimerais bien qu'il aille se coucher.

Susan se mit à rire elle aussi.

La bagarre durait depuis deux jours. Depuis que sa mère avait trouvé du boulot au pub du coin. Leur père croyait dur comme fer qu'elle fricotait avec le patron.

Il était tout le temps persuadé que leur mère cavalait ailleurs. En général, il avait raison.

D'où le sourire des deux gamines. A huit et neuf ans, elles connaissaient déjà la chanson et, pour tout dire, ça les sidérait que leur père n'ait pas encore pigé le truc.

Une claque retentissante stoppa net leurs rires, aussitôt suivie du martèlement des talons de leur mère sur le lino du couloir.

– Enfoiré ! Un de ces quatre, tu vas voir, je vais te trouer le lard !

– Me trouer, moi ? Tu m'étonnes ! Tu sais rien faire d'autre, toi, à part te faire trouer, et par un putain d'enculé, en plus !

La castagne commençait. Pour de vrai. Les deux gamines tressaillirent en entendant le crâne de leur mère heurter le mur avec un bruit sourd.

– C'est ton tour, Sue. La dernière fois, c'est moi qui y ai été.

Susan s'assit dans son lit et secoua la tête.

– Et puis quoi encore ! Tu sais bien qu'il peut pas me saquer.

Un choc violent leur indiqua que la bagarre était passée dans la petite pièce de devant.

– La lampe neuve ! Elle va péter les plombs, la mère.

Debbie avait raison. June McNamara poussa un hurlement strident :

– Enculé ! Salopard ! Mais pourquoi faut toujours que tu bousilles tout ?

La bagarre était lancée maintenant, et elles savaient que leur mère avait du répondant. Elles entendirent leur père crier :

– Me fait pas chier, bordel, pauvre connasse !

Il riait, ce qui ne faisait qu'énerver encore plus sa femme. Exactement ce qu'il voulait.

Les fillettes se redressèrent dans leur lit, les yeux grands ouverts.

Elle connaissaient la suite : Joey McNamara allait lui filer une raclée, la vraie, celle qui lui laisserait les yeux au beurre noir et peut-être même quelques os brisés.

Debbie sauta du lit. Elle était grande pour ses neuf ans, et ravissante. Trop belle pour cet environnement sordide. Elle ouvrit la porte avec précaution et fit quelques pas prudents dans l'entrée. June gisait par terre dans le living, le visage en sang. Son mari, penché sur elle, lui arrachait les cheveux mèche à mèche en haletant. Susan suivit sa sœur avec nervosité.

Elles poussèrent ensemble un gros soupir de soulagement en entendant la police tambouriner à la porte :

– Allez, Joey ! Ouvre, mon vieux. On sait que t'es là.

Susan traversa l'entrée en courant et ouvrit. Ecartant la gamine sur son passage, le sergent Simpson, suivi de ses deux collègues, se précipita à l'intérieur. Susan les vit tirer son père en arrière alors qu'il tentait de flanquer un coup de pied dans le crâne de sa femme.

– Calme-toi, vieux. Déjà, t'es bon pour un état d'ébriété sur la voie publique. T'as envie qu'on rallonge la note pour voies de fait sur représentant de l'ordre ?

– C'est qu'une putain, une sale pute ! Maintenant elle baise ce salaud, le proprio du Victory ! Un mec qu'est noir comme des putains de roustons grillés. Salope, charogne, va !

Il tenta de nouveau de la frapper.

– Tout l'monde se fout de ma gueule à cause de cette pétasse ! Ils sont tous au courant !

June se mit à vomir sur la moquette orange et verte, vite imitée par un des jeunes flics.

– Allez, Joey, tu vas finir la nuit avec nous. Demain matin tout sera réglé. Un bon somme et ça va passer, mon gars. Allez, viens.

Joey acquiesça mais, au moment de sortir de la pièce, il leva son pied botté et en écrasa le talon sur la main de sa femme.

June hurla. Elle se releva en une fraction de seconde et se jeta sur lui.

Les petites contemplaient la scène avec des yeux ronds.

Le sergent Simpson regarda Susan en haussant les épaules :

– Allez, toi, bouge ton cul et file chez ta grand-mère. Tu lui racontes ce qui s'est passé et tu la ramènes ici. Faut que ta mère aille à l'hosto, il y est pas allé de main morte, le Joey.

Susan hocha la tête, retourna dans sa chambre, enfila ses bottes en caoutchouc et un vieux manteau. Parce qu'elle était plus forte que Debbie et moins jolie, c'était toujours elle qui se tapait les merdes. En plus, tout le monde croyait qu'elle était l'aînée.

Quand elle sortit de la chambre, sa mère était assise sur le canapé à dorloter sa main blessée. Debbie la tenait par les épaules et tentait de la réconforter. Sa mère se dégagea et Susan soupira. Cette Debbie, elle pouvait pas laisser les gens tranquilles, non ?

Susan traversa l'entrée sans bruit et se glissa dans la froide nuit d'hiver pour remonter Commercial Road jusque chez sa grand-mère. Il était quatre heures du matin, Ivy McNamara ne serait sûrement pas ravie d'être tirée de son lit bien chaud. Très franchement, Susan ne l'en blâmait pas.

En arrivant chez sa mémé, elle avait les pieds tout engourdis. Elle frappa doucement à la porte. En sautillant d'un pied sur l'autre, elle guetta le hurlement, inévitable :

– Qui c'est qui frappe comme ça au milieu de la nuit ?

Susan la détestait, mamie McNamara. Comme tout le monde, d'ailleurs, car Ivy était mauvaise, une mégère, une vraie langue de vipère. Et encore, c'est ce qu'on disait quand on était charitable.

La porte s'ouvrit brusquement et Ivy apparut dans toute sa splendeur, le crâne serti d'un casque de bigoudis jaune canari, la bave aux commissures de sa bouche édentée, la peau ridée par l'âge et fripée par le sommeil, les mains crasseuses et crochues. L'hygiène n'avait jamais été son fort. Elle n'avait pourtant que cinquante-sept ans.

– Allez, entre, tu fais fuir toute la chaleur.

Susan la suivit dans la chambre. Ivy sortit de l'armoire un vieux manteau de fourrure, qu'elle enfila.

– Cherche mes dents, je peux pas m'en passer.

Susan jeta un coup d'œil circulaire dans la pièce et repéra le dentier dans un verre, à côté du lit.

– Tiens, mémé.

Ivy se fourra le dentier dans la bouche et rajeunit instantanément de plusieurs années.

– Alors, qu'est-ce qui s'est passé, encore ?

– Les flics ont embarqué papa. Il tabassait maman.

Ivy éclata de rire et lâcha un gros pet par la même occasion.

– Il a pigé qu'elle se tapait le bougnoule du Victory, c'est ça ?

Susan hocha la tête.

– Non, mais quelle pute, celle-là ! Je me demande bien pourquoi il l'a épousée. Evidemment, il a pas voulu m'écouter. Non, non, fallait qu'il l'ait ! La plus grande traînée de ce côté-ci de la Tamise ! « Tu verras, que je lui disais, tu maudiras le jour où tu t'es fait un pareil cageot. » C'est ça que j'lui ai dit. Mais il a rien voulu entendre.

Susan mit le pilote automatique. Comme sa mémé passait sa vie à débiner sa mère, elle connaissait le refrain. Elle resta sur le seuil de la porte à la regarder fulminer.

Ivy enfila un collant, une paire de chaussettes et ses bottines fourrées. Et, pour achever le tableau, un gros bonnet en laine. Elle attrapa un énorme sac à main en cuir noir bourré de tout et de n'importe quoi, des vieux carnets de rationnement, les extraits de naissances de ses enfants et un paquet de coupons de réduction. Puis, d'un signe de tête, elle signifia à sa petite-fille qu'elle était prête.

Sans même avoir avalé une boisson chaude, enfilé un pull-over digne de ce nom ou mis seulement une écharpe, Susan rentra chez elle dans le froid mordant d'un glacial hiver londonien.

Quand elles arrivèrent à la maison, Debbie était en train de préparer du thé. Leur mère avait le visage en compote, les fillettes évitèrent de regarder.

Mamie McNamara prit immédiatement la direction des opérations, ce qui alourdit encore l'atmosphère. Elle attrapa le visage de sa belle-fille d'une main ferme et le fit pivoter de droite à gauche :

– Tu survivras. Mais, un de ces jours, il te réglera ton compte. Qui irait le lui reprocher, franchement ? Toi et ta mauviette de noiraud, on entend parler que de ça, par ici.

Les deux gamines échangèrent des mimiques. Il était gentil, monsieur Omomuru, comme elles l'appelaient. Il leur donnait de la limonade et des chips, et il était marrant quand il parlait de l'Afrique et de sa famille.

Une fois nettoyé, le visage de June était moins impressionnant, mais il conservait quand même la marque des coups. Elle se dirigea d'un pas chancelant vers le miroir posé sur le bord de la fenêtre et se mit à geindre :

– L'enflure ! Dans quel état il m'a mise, c't enfoiré !

Ivy partit d'un rire gras :

– Hé, hé, il va te mettre en quarantaine, le négro, avec une gueule pareille ! Toute manière, Joey, il finira le boulot dès qu'il reviendra.

On aurait dit qu'elle se régalait.

Un peu requinquée par le thé-brandy, June se retourna et explosa :

– Va te faire foutre, espèce de vieille morue !

Sa main avait triplé de volume. Susan vida le saladier et le remplit d'eau glacée. Sa mère y plongea la main en soupirant.

– Oh ! Ça fait du bien. Il serait temps que tu te casses, tu crois pas, Ivy ? A moins que tu préfères t'incruster le temps qu'ils relâchent ton fiston, histoire de pas rater le dernier acte ?

Ivy se tut. Elle savait reconnaître quand elle avait poussé le bouchon trop loin. Comme June était parfaitement capable de la foutre dehors, elle garda ses conseils pour elle. Pas question de rater la sortie du fiston. Au moins, ça lui ferait quelque chose à raconter au bingo.

Un peu plus tard dans la matinée, une voix forte résonna dans le petit appartement :

– T'es là, June ?

Maud Granger entra dans la cuisine et, apercevant Ivy, lui fit un signe de tête :

– J'ai vu les poulagas qui l'embarquaient. Si c'est pas une honte de voir comment il la traite, ce mec-là. Non, mais regarde-moi ça, dans quel état il l'a mise.

June remit la bouilloire à chauffer. La douleur la fit tressaillir.

– Il va pas tarder à rentrer, en général ils le virent à l'heure du déjeuner. Et ça va repartir, comme en 40. Il croit que je m'en tape un autre. Pour changer.

– Et, pour changer, il a raison, lança Ivy d'un ton acerbe.

June se tourna vers elle et, s'efforçant de conserver son calme, dit, dans un profond soupir :

– C'est pas ce que tu crois. Si tu veux tout savoir, Ivy, il me paie. Sans cet argent, je pourrai pas survivre parce que, tu vois, ton fils chéri, il ingurgite tout ce qui entre dans cette baraque. Voilà, t'es au courant maintenant.

June regretta aussitôt de n'avoir pas gardé sa langue : sa copine était une vraie pipelette, tout le quartier serait au courant en moins de deux.

Maud ouvrit d'ailleurs des yeux grands comme des soucoupes et lâcha dans un souffle :

– Oh ! la la, June, t'es pas croyable !

Ivy continua en la singeant :

– Ouais, quelle championne, hein, ma Junie ? Il va t'arracher les yeux, mon fils, quand je lui raconterai ça.

June s'assit à la table de la cuisine et sentit monter ses larmes. Elle avait le visage défoncé, gonflé et violet, il faudrait des semaines pour qu'elle récupère une apparence vaguement normale. Sa main lui faisait un mal de chien et elle avait l'impression que son dos allait se casser en deux. Elle avait mal partout. Mais elle avait l'habitude. Pourtant, cette fois, elle craignait que son mari ne laisse pas pisser. Elle l'aimait bien, son nouveau jules. Un gars gentil, sympa et doux, qui la traitait avec respect. Et généreux, avec ça.

Depuis des années, comme la plupart de ses voisines, June faisait le tapin pour arrondir les fins de mois – une activité qui faisait partie intégrante de la vie. Les mômes avaient besoin de chaussures neuves ? Allez, en route, sur le trottoir. Ni vu ni connu. Mais on la fermait, surtout quand Maud traînait dans les parages : même à la messe elle était capable de trouver de quoi ragoter.

Susan et Debbie entrèrent dans la cuisine au moment où leur grand-mère resservait sa soupe. Une incapable, un parasite, voilà ce qu'elle était, June. Susan demanda à sa mère la permission d'aller jouer dehors. Avant même que June puisse répondre, la porte de l'appartement faillit exploser sous une grêle de coups assourdissants.

Elle soupira.

– Vas-y, s'te plaît.

Susan ouvrit au plus grand Noir qu'elle avait jamais vu.

Il lui sourit avec douceur :

– Ta mère est là ?

Susan se retrouva complètement décontenancée. Il lui plaisait, ce type, il était gentil. Mais, elle le savait, la présence de ce Noir agirait sur mamie McNamara comme un chiffon rouge sous le nez d'un taureau.

Debbie se précipita dans la cuisine en beuglant :

– C'est le Noir, maman, il est là !

June roula les yeux au plafond et réprima une envie de hurler : c'était trop injuste ! Elle s'extirpa de son siège et lança d'un ton sarcastique :

– Ferme-la, Maudie, tu risques de rater un truc juteux.

Elle sortit de la cuisine, le cœur battant. Jacob Omomuru était avant tout un type gentil, elle en avait parfaitement conscience. C'était d'ailleurs ce qui rendait les choses si difficiles. Elle courait le risque que Joey la tue à cause de cette histoire, et elle savait, au fond, que si elle avait eu ne fût-ce qu'une once de bon sens, elle aurait filé avec lui. Mais elle savait aussi qu'elle ne le ferait pas. Elle serait incapable d'affronter le quotidien avec Joey à ses trousses. Parce que c'est comme ça que ça se passerait.

Jacob était resté sur le seuil de l'appartement, au vu et au su de tout le voisinage. Il avait mis un beau costume bleu marine, avec chemise et cravate assorties. Ses magnifiques cheveux crépus, que June adorait, étaient coupés ras ; il l'implorait de ses grands yeux noirs en amande. Jacob Omomuru aimait June, et le savoir rendait la jeune femme particulièrement heureuse. Mais sa vie était faite, et rien n'y pourrait rien changer.

Il se pencha vers elle pour la serrer dans ses bras et s'exclama devant l'état de son visage. June frémit à son contact et à son odeur si particulière, un mélange de bois de santal et de cigarillos. Elle le repoussa au moment où sa belle-mère arrivait à la porte, blanche comme un linge et la bouche crispée par une grimace.

– Laisse-la tranquille, espèce de sale négro. Il te tranchera la gorge, mon fils, quand il découvrira le pot aux roses.

Jacob était imposant, au milieu de ces femmes et de ces gamines. Tout juste si Maud n'en mouillait pas sa culotte. C'était bien mieux que la télé ! Elle allait raconter tout ça où elle pourrait, en échange d'une tasse de thé et d'un clope. Le silence des carpes, c'était du chinois pour elle.

– Allez, June, suis-moi. Laisse-moi prendre soin de toi et des filles, ma chérie.

June leva les yeux vers son beau visage et secoua la tête :

– Tu ferais mieux de filer, Jacob. Joey va pas tarder à rentrer. S'il te trouve ici, ça va être ta fête.

Elle parlait d'une voix blanche, chuchotant presque. Une voisine passa devant la porte, une jeune mère de vingt-trois ans affublée de quatre marmots et de multiples vergetures, dignes d'un horaire des chemins de fer. Sans oublier une langue pendue comme un battant de cloche.

– Alors, Junie, tu bosses à domicile ou quoi ?

June fit comme si elle n'avait rien entendu.

Jacob regardait avidement ce visage qu'il aimait tant. Comme tout le monde, il connaissait la réputation de June McNamara. Une « spéciale », d'après la rumeur. Il avait entendu des femmes dire qu'elles avaient « le cul posé sur une mine d'or », et June faisait bon usage du seul avantage que la nature avait mis à sa disposition. N'empêche, il n'avait pas résisté à la douceur de ses seins généreux ni à l'accueillante moiteur de son entrejambe. Elle le menait par le bout du cigare, il le savait.

Il savait aussi qu'en 1960 les chances de réussite d'une relation mixte étaient pratiquement nulles. Surtout dans le quartier. Mais June lui avait donné quelque chose qu'il n'aurait jamais pensé trouver dans la froideur londonienne : un brin de chaleur, de bonheur. Il en prenait plein la gueule au Victory, ça palpait bien, mais au prix d'insultes déguisées en blagues douteuses, et il marchait sur des œufs chaque jour que le Bon Dieu faisait. Seules sa taille et la crainte qu'il inspirait lui assuraient une certaine tranquillité. Au pub, Jacob jouait de son air songeur : il était conscient que ça lui donnait une supériorité sur les Blancs. Il plaisait aux femmes, surtout dans l'East End, où un homme fort était une denrée précieuse. Ça relevait du langage de compète : « Qu'est-ce que tu crois ? Mon mec, il est capable de lui péter la gueule, à ton jules ! » C'était quasiment tribal. Cette pensée le fit sourire.

June le poussa vers l'escalier pendant que sa belle-mère hurlait tout ce qu'elle pouvait dans l'espoir d'alerter les voisins. June lui répliqua sur le même registre :

– Ta gueule, vieille morue ! Ferme ta gueule et parle avec ton cul, ça changera !

Puis, se retournant vers Jacob, elle le supplia :

– Tu vas t'en aller, oui ? Tu fais qu'empirer les choses. Il va me défoncer quand il saura que t'es venu ici. Fiche le camp et fous-moi la paix.

Elle parlait d'une voix rauque, et Jacob se sentit sombrer : ce n'était pas une bataille qu'il venait de perdre, c'était la guerre. Il baissa les yeux vers son visage abîmé.

– T'es trop bête, June. Je t'offre une porte de sortie. Je t'offre la vie.

Elle eut un rire mauvais :

– La vie ? Mais j'en ai une, de vie, Jacob, et y fous pas les pieds, ni toi ni personne.

Sachant qu'elle l'avait blessé, elle chuchota d'un ton plus gentil :

– Laisse tomber, va, laisse tomber.

Il essaya de lui passer le bras autour de la taille. Elle se dégagea d'un mouvement d'épaule.

– Regarde-moi bien, Jacob. Pour moi, la messe est dite. Personne n'y peut rien. Et si mon homme te trouve ici à son retour, l'un de vous se fera coffrer. Franchement, j'en vaux pas la peine, OK ? Alors, tu vas y aller maintenant ?

Jacob n'avait pas encore pu répondre qu'ils se prenaient un seau d'eau froide sur la tête. Ivy était dans son élément : toutes les voisines étaient au spectacle et son fiston allait rentrer, elle pouvait lâcher la vapeur. Si June la flanquait dehors, une voisine lui offrirait sûrement une tasse de thé et de quoi s'asseoir, le temps que revienne son Joey.

June se retourna vers sa belle-mère telle une chatte enragée :

– Espèce de sorcière ! Pourquoi t'as fait ça, hein ?

Elle la repoussa dans l'appartement, au grand bonheur des voisines qui s'esclaffaient chaque fois qu'Ivy hurlait de terreur ou d'excitation. Après tout, ce serait tout bénef que sa belle-mère tombe raide morte.

Les yeux écarquillés, Susan et Debbie regardaient June régler son compte à leur grand-mère. Ivy accrochée à ses cheveux, June lui flanquait de sacrées torgnoles sur la figure et sur le crâne.

– Espèce de putain ! Non, mais tu vas voir comment qu'il va te traîner à travers le quartier quand je vais lui raconter tout ça ! Un bougnoule, hein ? T'as tes ragnagnas ou quoi ? Nom de Dieu, mais t'es pire que les radasses des docks, toi, t'es capable de te taper n'importe quoi ! Elles, au moins, elles réfléchissent avant d'aller avec un nègre !

En traînant sa belle-mère par la tignasse pour la flanquer sur un siège devant la télé, June crachait sa rage :

– C'est un mec bien, un mec correct, je te dis ! Trop bien pour les merdeuses dans ton genre. Si j'étais pas si conne, je me barrerais avec lui, ça c'est sûr ! Mais je le sais bien, va, entre toi et mon connard de mari, j'aurais jamais la paix. Ton fils, il m'a tout pris, tout. Regarde autour de toi, regarde-nous et avoue-le, Ivy, t'as vraiment réussi ton coup avec tes gars. Ça, y a pas photo. On n'a rien, on a que dalle, nous. Encore moins que toi.

A force de hurlements et de coups, les deux femmes étaient vidées. Le calme se fit dans la pièce, elles se regardaient fixement, comme deux renardes prises au piège.

– Je refais du thé ?

Se tournant vers sa copine et voisine, June aboya :

– Oh ! va te faire foutre, Maudie. T'as pas eu ta dose aujourd'hui ? Rentre donc chez toi t'occuper de ta marmaille. T'inquiète, ma mignonne, t'entendras tout à travers les murs. Comme d'hab'.

– Je fais du thé, m'man, souffla Susan.

Sa mère lui lança un regard lourd et triste.

– J'y mets une goutte de scotch ? Ça t'éclaircira les idées.

Elle ferma la porte derrière Maud et mit l'eau à chauffer. Cinq minutes plus tard, elle apporta deux grosses mugs de thé fumant à sa mère et à sa grand-mère.

Les deux femmes étaient complètement HS, mais elles auraient préféré crever que de l'admettre. Maintenant que Joey allait rentrer à la maison, même Ivy se tenait tranquille. On ne pouvait jamais prévoir de quelle humeur il allait être, celui-là. Il était capable de passer du rire à la colère la plus noire en quelques secondes.

L'appartement était tellement tranquille qu'elles entendaient distinctement le tic-tac de la pendule de la cuisinière Belling.

2

Une heure plus tard, Joey engageait sa clé dans la porte de l'entrée. En l'entendant farfouiller dans la serrure, Ivy chuchota à sa belle-fille :

– Surtout, va pas l'énerver, hein ? Le contrarie pas. Quoi qu'il dise, t'es d'accord.

June ne prit même pas la peine de lui répondre.

Joey entra calmement dans l'appartement, son visage étroit et sombre fermé, impassible. Il prit Debbie dans ses bras et l'embrassa sur la bouche.

– Comment elle va, ma petite chérie ?

Debbie se blottit contre lui et lui rendit ses baisers. Susan les observait. Il lui fit un clin d'œil avant d'entrer dans la cuisine. A la vue de sa mère, il poussa un soupir :

– Salut, m'man, t'es venue jeter de l'huile sur le feu ?

Ivy ne cilla pas et garda le silence. Se tournant alors vers June, Joey remarqua son visage défoncé et sa main écrasée. Il cligna plusieurs fois des yeux comme pour s'assurer qu'il voyait bien clair.

– Ben, alors, qu'est-ce qui t'est arrivé, June ? Tu t'es fait amocher par un bus, ma chérie ? T'as l'air en mauvais état, ma fille.

Personne ne dit mot.

C'était bien du Joey, ça. On ne savait jamais comment il allait réagir. Capable de tout, il adorait faire mariner les femmes de sa vie, les laisser sur des charbons ardents. Est-ce qu'il allait se remettre à cogner ou bien allait-il pardonner ? Est-ce qu'il allait oublier et faire des déclarations d'amour interminables ? C'était un jeu super excitant dont il se délectait.

Ivy avait les yeux brillants d'espoir et d'excitation. Enfin ! Exactement ce qu'elle attendait. D'un coup, elle se sentit rajeunir : ce Joey, c'était la réincarnation de son père. Quel homme !

Susan remit l'eau à bouillir, doucement cette fois. Quand son père était dans cet état, un bruit un peu trop violent risquait de mettre le feu aux poudres. Il lui adressa un grand sourire :

– Bravo, ma chérie ! Un bon petit thé pour son vieux papa. Ça devrait le calmer après que ta mère l'a envoyé en cabane.

Silence, toujours.

Dans une atmosphère tendue, mélange de peur et d'excitation, Joey but son thé en passant, du regard, de l'une à l'autre. Il s'assit à la table de la cuisine, s'alluma une cigarette et en tira une bonne bouffée.

– Une tasse de thé et un sandwich aux œufs, et c'est parti comme en 40.

Les gamines poussèrent un soupir de plaisir en entendant sa voix calme. On avait évité la catastrophe : il laisserait couler, on allait pouvoir se détendre.

– Je prends ma petite pause et je m'en vais faire la peau au noiraud. Sur le chemin, je suis tombé sur le fils à John Braithwaite et je me suis dégotté un joli petit flingue. Je lui explose la cervelle et je reviens déjeuner.

Joey sortit un revolver militaire de la poche de son blouson : gros, brillant, menaçant. Les gamines ouvrirent des yeux immenses. Ivy pâlit. June s'affaissa dans son siège.

– Fais pas le con, Joey. Ils vont t'arrêter et te foutre en taule pour de bon. Et qu'est-ce que tu feras, alors, hein ?

Joey, qui n'avait pas encore réfléchi aux conséquences, garda le silence. Ses petits yeux de cochon luisaient.

– J'verrai ça plus tard. Il est mort, ton bamboula.

Dans la cuisine, personne ne mouftait.

– Tu m'en as fait voir un paquet, June. Mais là, un négro, c'est l'overdose. Un grand bougnoule avec du poil plein le cul, c'est bien ça, non ? Je me trompe ? Qu'est-ce qu'ils t'ont fait, les autres ? T'en avais ras la chatte du boudin blanc ? Une tranche de noir, ça t'a fait envie, c'est ça ?

Il caressa le barillet de son flingue et le pressa sur le menton de sa femme. Le métal était froid, glacé. June ferma les yeux.

Dans la cuisine, la tension devenait palpable. Joey était capable de lui tirer dessus et de se répandre ensuite en sanglots de remord. Il jouerait les mecs humiliés, le mari cocufié par une épouse volage qui avait un penchant pour les Blacks. Comme toujours, il vivait dans son monde à lui.

Toutes retenaient leur souffle, les yeux braqués sur le flingue. Susan s'approcha de son père et l'enlaça avec douceur :

– Tire pas sur maman, mercredi y a la pièce à l'école et, moi, je suis l'ange Gabriel.

Joey scruta le visage de sa fille. Est-ce qu'elle était bien sa fille, d'abord ? Les deux, d'ailleurs, est-ce qu'elles étaient de lui ? Terrain piégé où il n'avait pas trop envie de mettre les pieds.

Il regarda sa fille adorée, sa Deborah, son aînée, avec qui il s'était toujours senti des affinités particulières. Ils avaient en commun la même fibre égoïste, elle dégageait la même nonchalance que lui. Tout le monde aime se retrouver dans ses enfants. Plus ils ont nos travers, plus on les chérit. Rien de plus humain.

Deborah, c'était son père de la tête aux pieds. Mignonne, pétulante, elle ne laissait jamais sa part aux chiens. Sa vie durant elle garderait la main tendue, prête à tout attraper sans jamais rien donner en retour. Comme son père, Deborah se préparait à vivre une vie de solitude. Même maintenant, elle était davantage préoccupée par ce qui lui arriverait si son père abattait sa mère que par le danger mortel que courait June. Tout cela à cause d'un homme qui ne comprenait pas que la vie était faite pour en jouir, pour donner et pour aimer, non pour forcer tout le monde à obéir à ses quatre volontés.

Joey était un faible, il fallait qu'il menace, qu'il cogne et qu'il haïsse. Il croyait que ça lui donnait l'air d'un dur. Il lui arrivait de détester June et Susan parce qu'il savait qu'elles lisaient en lui, qu'elles le voyaient tel qu'il était : une sale brute mal embouchée. C'est bien pour ça que tout le monde était si inquiet.

Il ne le tuerait pas, le Black. Si quelqu'un devait se faire descendre, ce serait June : elle était une cible facile, et puis les événements d'aujourd'hui lui vaudraient l'admiration des voisins, des gens qu'il jugeait importants. Il ne lui venait jamais à l'esprit qu'il existait un vaste monde au-delà du marché de Roman Road et que ceux qui vivaient en dehors du quartier n'en avaient rien à faire qu'il soit mort ou vif.

Lui, il voulait être un gros poisson dans une petite mare.

Les gens redoutaient de le voir traîner dans les parages. Au pub, on lui payait verre après verre. Certaines vieilles putes et garces locales lui vouaient l'admiration dont il rêvait. Mais June, sa June, le regardait avec ces mêmes yeux toujours vides et rigolait dans son dos. Elle le connaissait pour ce qu'il était : un pétochard, un baratineur, un menteur.

Au fond du fond, Joey était un pas grand-chose. Il le savait. Pire encore, sa propre femme le savait. Elle était son talon d'Achille. Dans le secret de son âme, il l'aimait, vraiment ; il savait qu'autrefois elle l'avait aimé elle aussi. Adoré, même. Jusqu'à ce qu'elle le voie tel qu'il était.

Il arma le chien, le bruit résonna, choquant, dans la quiétude de la cuisine.

June avala bruyamment sa salive et fit, d'une voix morte :

– Mais vas-y, Joey. Vas-y, merde, finis-en, j'en ai ma claque.

Il regarda fixement son visage ravagé, vit les bleus et les bosses qui auraient valu une semaine d'hosto à n'importe quelle femme normale et sentit les larmes lui monter aux yeux. Il avait envisagé de l'exploser une bonne fois pour toutes. De lui décapsuler le haut du crâne. Mais c'était passé.

Et voilà qu'elle se levait pour refaire son foutu thé.

– Je te prépare ton p'tit déj', t'iras prendre ton bain après.

Il avait toujours les yeux rivés sur elle et le flingue pointé dans sa direction, mais plus bas, au niveau de la poitrine.

June eut un sourire triste.

– T'inquiète, Joey, un jour t'y arriveras. Aujourd'hui ç'aurait été pas mal, parce que j'en ai vraiment plus rien à cirer.

Avec douceur, Susan prit le revolver des mains de son père et Debbie se blottit dans les bras de sa grand-mère. Ivy était livide. Pas parce que son fils avait failli assassiner sa femme, mais parce qu'il avait montré qu'il n'avait pas de couilles. Joey lui servait de caution. Grâce à lui, elle pouvait se montrer comme la vieille garce qu'elle était. Si les gens la laissaient entrer chez eux et dans leur vie, c'était parce qu'ils la craignaient, rien d'autre.

Susan emporta calmement le flingue dans la salle de bains pour le jeter dans les toilettes. Elle avait vu dans un film quelqu'un neutraliser une arme en la plongeant dans la flotte. Pourvu que ça marche.

La gâchette se déclencha, sans un bruit, alors qu'elle la faisait glisser dans la cuvette. Elle poussa un profond soupir.

Le flingue n'était même pas chargé.

Tout ce cirque, pour rien!

Elle abaissa le couvercle des W-C et retourna dans la cuisine. Debbie était sur les genoux de son père, à qui Ivy servait une bonne rasade de scotch pour guérir le mal par le mal, comme on dit.

La cuisine baignait dans une atmosphère chaleureuse, maintenant que la tension s'était relâchée. Susan enfila son vieux manteau, ses bottes en caoutchouc et sortit. Cette semaine, elle devait jouer le rôle de l'archange Gabriel dans la pièce de l'école et elle n'avait pas de vrai costume. Rien. La maîtresse lui avait confectionné des ailes, et Susan avait promis de fabriquer sa robe. Ce qu'il lui fallait absolument, c'était un drap.

En descendant l'escalier qui menait à la rue, Susan aperçut le linge qu'on avait mis à sécher dehors, même par ce matin plus que frisquet. Là, devant elle, il y avait un beau drap blanc, virginal, éclatant.

Susan sourit.

Elle le surveilla tout l'après-midi, s'assurant que personne ne le récupérait. A la tombée de la nuit, elle l'arracha de la corde à linge, le glissa sous son manteau et rentra dare-dare à la maison.

A l'intérieur, ça roulait. Dans le canapé, sa mère était assise sur les genoux de Joey, sa grand-mère était partie et Debbie tirait la gueule parce qu'elle avait été de corvée de thé et de sandwichs tout l'après-midi.

– C'est quoi, sous ton manteau ?

Elle avait crié sa question. Elle tenta d'arracher le drap à Susan, qui la repoussa avec force.

– Casse-toi, Debbie, c'est à moi.

Sa sœur se précipita dans le living en criant d'une voix aiguë :

– M'man ! P'pa ! Sue a piqué son linge à quelqu'un ! Il est sous son manteau. Je l'ai vu et elle veut pas le lâcher !

Joey regarda ses filles.

– Qu'est-ce qui te prend, Sue ? demanda-t-il d'un ton las.

– J'ai piqué un drap, p'pa, pour faire mon costume d'ange pour la pièce. Je t'ai dit, c'est moi, l'archange Gabriel.

– Moi qui croyais que les anges étaient mignons. Qu'est-ce qui se passe, ils sont à court de mômes, dans ton l'école ?

Elle ne lui répondit pas.

– A qui il est, ce putain de drap ?

Susan haussa les épaules.

– Ch'sais pas, personne m'a vue le piquer.

June soupira.

– Fous-lui la paix, elle l'a tiré vite fait bien fait. Il est à elle maintenant.

Elle sourit à sa fille :

– Va dans ta chambre, je vais venir te faire une toge, comme les Romains. Tu vas voir comme il sera beau, ton costume d'ange, ma bichette.

Susan fit un grand sourire :

– Merci, m'man.

A plat ventre sur son lit, Sue se laissa emporter par ses rêves, elle s'imagina en ange, un ange moche, OK, mais un ange quand même…

De toute façon, se dit-elle, on ne peut pas tout avoir.

Et ce qu'elle avait en ce moment lui suffisait. Amplement.

3

Susan McNamara riait, pour de vrai, à la grande surprise de sa maîtresse, mademoiselle Castleton, qui l'observait, sidérée par le changement chez cette petite fille de treize ans, toujours si triste.

C'était Noël, la classe regardait des dessins animés. D'abord *Blanche Neige*, puis un *Tom et Jerry*. Tous les enfants riaient, mais c'était le visage de Susan, ouvert, épanoui, une fois n'est pas coutume, qui retenait l'attention de l'enseignante. Susan était radieuse – enfin, aussi radieuse que pouvait l'être ce genre de gamine.

C'était une petite fille soignée, mais avec un air tristounet et qui donnait l'impression d'attendre perpétuellement quelque chose. Quoi ? Ce n'était pas bien clair. On aurait dit qu'elle ne s'habillait et ne se coiffait que pour s'atteler à l'unique tâche sérieuse de la journée : attendre.

Quoi donc ? Voilà ce que Karen Castleton se demandait, inlassablement.

Chaque fois qu'une porte s'ouvrait, Susan tournait un visage où se lisait un mélange de peur et d'espoir. Surtout ces derniers temps.

Depuis quelques semaines, Susan McNamara était plus éteinte que jamais. Or, voilà qu'aujourd'hui elle avait presque l'air animé.

Mademoiselle Castleton mettait ça sur le compte des vacances de Noël et du changement de routine. Susan était une enfant solitaire qui se tenait en général à l'écart, à la bibliothèque, où elle se plongeait dans les livres et la musique. D'après la bibliothécaire, une femme à l'allure masculine nommée Gloria Dangerfield, la gamine était une intellectuelle frustrée, frisant l'autisme.

A l'école, tout le monde pensait qu'elle aimait le CDI parce que personne n'y allait, à moins d'y être contraint et forcé. En fait, c'était pour Susan un refuge supplémentaire où se cacher, le temps qu'arrive l'heure de rentrer chez elle.

Karen Castleton était une jolie femme d'âge mûr dans le genre strict, mais handicapée par son éducation bourgeoise. Le collège Saint-Jude avait été un choc pour elle. Un grand choc. Elle ne s'était encore jamais rendu compte qu'insultes et jurons ponctuaient la langue ordinaire des enfants ou que gronder un gamin pouvait avoir pour conséquence qu'une femme avec des bras gros comme des jambons menace de vous étriper. Ni que savoir écrire un mot simple revenait, pour la plupart de ses élèves, à escalader un sommet enneigé.

Bref, mademoiselle Castleton aussi refaisait son éducation, et ça lui faisait un bien fou, elle l'admettait. Parce qu'être aux premières loges, c'était une belle aubaine : un jour, elle écrirait tout ça, elle qui se voyait si bien en romancière. D'ici là, tant qu'elle n'aurait pas les deux enfants et demi des statistiques, une maison et un gros chien au pelage doux, elle avait décidé d'observer et d'analyser cet environnement exotique. Dans l'East End, les filles devaient attendre l'heure de la maternité ou du mariage (quel que soit l'ordre d'arrivée) et, les garçons, celle de devenir ouvrier ou magasinier. Quoi de plus déprimant ?

A regarder ses élèves, qui avaient tous dans les treize ans, mademoiselle Castleton se disait que la plupart des filles devaient déjà, d'une façon ou d'une autre, avoir eu l'expérience de la sexualité. Elles étaient maquillées comme des camions volés, fumaient et buvaient chaque fois qu'elles pouvaient se payer une bouteille de cidre – ce qui était à la portée de la plupart des bourses.

Alors qu'elles fourraient leurs maigres affaires dans des sacs plastique usagés, la prof vit Susan McNamara prendre ses cartes de Noël dans son pupitre. Elle n'en avait offert à personne, ignorant délibérément la boîte en carton posée sur le bureau.

Elle savait que Susan, même selon les critères de l'East End, appartenait à un milieu défavorisé. Sa mère vivait avec un truand notoire, et son père élevait ses deux filles avec l'assistance de sa vieille peau de mère et grâce à la contribution financière du nouveau cher et tendre de son épouse.

Pendant que la classe se vidait, mademoiselle Castleton vit Susan faire mine de ranger son sac et lancer des « Joyeux Noël ! » à la cantonade.

Une fois seules, elle interpella la gamine :

– Joyeux Noël, Susan.

– Joyeux Noël, mademoiselle Castleton.

Susan parlait d'une voix rauque et basse.

– Tu es contente que Noël arrive ? Tu as hâte de t'amuser et de faire la fête ?

Susan McNamara la regarda comme si elle avait jailli d'un nuage de fumée verte.

– Et vous ?

La question boomerang désarçonna la maîtresse, qui ne sut que dire. Puis, avec un sourire, elle répondit franchement :

– Pas vraiment, non.

La petite eut l'air de se réjouir. Mademoiselle Castleton s'assit sur le bord du bureau :

– Je dois faire tout le voyage jusqu'à Saint- Ives, où mes parents ont pris leur retraite il y a quelques années. Ils font tous les deux de la peinture. Saint- Ives, c'est le paradis des peintres. Ils n'ont pas beaucoup de talent, remarque, mais ça leur plaît. Mais moi, je m'ennuie là-bas, c'est plein de personnes âgées. Et toi, tu vas faire quoi ?

Susan réfléchit une seconde avant de répondre :

– J'irai chez m'man et chez Tonton Jimmy passer quelques heures la veille de Noël, ensuite je reviendrai à la maison et faudra que je commence les préparatifs. C'est moi qui m'occupe des légumes et tout ça maintenant. Mémé dit qu'elle est trop vieille pour nous courir après, à ma sœur et moi.

– Et pour le réveillon, qu'est-ce que tu vas faire ?

– Ben, j'irai à la messe de minuit et, en rentrant, j'irai vérifier que tout se passe comme il faut. Vous savez bien, j'irai voir si la dinde est au four prête à rôtir pour la nuit et si les panais ont bien mariné dans le brandy, pour relever un peu le goût. Et puis, le jour de Noël, je vais me lever, je vais ouvrir mes cadeaux et je crois que je vais lire. J'espère que je vais recevoir *Le Hobbit*[1]. Ma mère m'a promis qu'elle ferait tout pour m'en dégotter un. Moi, j'l'adore, ce livre. Je le prends tout le temps à la bibliothèque. Et vous, qu'est-ce que vous allez faire ?

– Eh bien, je vais me faire servir comme une princesse. Je manque tellement à mes parents. Je vais te dire un petit secret : ils sont furieux que je travaille ici. Ils me voyaient plutôt enseigner dans un endroit comme on voit dans *Bunty*[2]. Tu sais, avec des matchs de hockey arrosés de torrents de limonade !

Sans lui rendre son sourire, Susan acquiesça d'un air grave :

– On peut quand même pas leur en vouloir, hein ? Ici, c'est un vrai trou de merde, non ? Vous, au moins, vous avez choisi d'être là. Nous, on n'a pas eu le choix. Moi, ça me plairait de vivre comme les filles qu'y a dans *Bunty*. Ça me dérangerait pas du tout. Joyeux Noël, mademoiselle. J'espère que vous ferez un bon voyage chez vos parents.

Karen comprit qu'elle venait de se faire congédier. Enervée, elle regarda la petite boulotte aux seins énormes sortir de la classe. Monsieur Reynaldo, qui avait observé la scène depuis le seuil de la porte, entra en riant.

– T'arriveras jamais à nouer le contact, ma petite. On est l'ennemi, pour ces gosses. Ça fait des années que j'essaie de leur faire ingurgiter mon savoir et je perds mon temps. Ils en savent plus sur la vie que nous n'en saurons jamais nous-mêmes. Ils n'y peuvent rien, ils sont immergés dans

1. Roman de John Ronald Reuel Tolkien paru en 1937.
2. Magazine pour petites filles et adolescentes des années 1950 et 1960.

les bas-fonds de la condition humaine dès leur premier cri. Tous ceux qui se trouvent en position d'autorité sont leurs ennemis : nous, la police, les commerçants. C'est comme ça qu'on les élève. Cette gamine t'a remise à ta place. Tu te plains de parents pour qui elle serait prête à se faire couper bras et jambes, tu les tournes en dérision. Pour elle, t'es rien qu'une poule gâtée, comme on dit par ici. Tu vois, j'ai fini par adopter leur langage.

Les cheveux noirs et les yeux bleus pétillants de Karen l'avaient attiré au début, comme ils avaient attiré tous ses collègues masculins, mais son caractère réservé et son total manque d'humour avaient fini par les décourager, lui comme les autres. Reynaldo se réjouissait de son humiliation, Karen le savait. Elle se sentit plus nulle et à côté de la plaque que jamais. Reynaldo quitta la pièce sans même la saluer.

Dans le tiroir de son bureau, elle trouva une enveloppe. A l'intérieur, elle découvrit une carte de Noël luxueuse, ornée de rouges-gorges et couverte de poudre argentée. Cadeau de Susan McNamara. De son écriture ronde et laborieuse, la petite avait écrit : « *Tous mes vœux pour Noël et la nouvelle année 1966. De la part de Susan McNamara et de sa famille.* » Karen sentit une grosse boule lui serrer la gorge. Monsieur-Reynaldo avait raison, elle avait tourné en ridicule ce pour quoi Susan McNamara aurait donné sa vie : une famille normale.

Elle eut comme l'impression qu'elle ne serait pas là à la rentrée. Saint- Ives lui apparut soudain comme un vrai paradis. Sauver le monde en travaillant dans une cité de banlieue avait perdu tout son charme. Elle ferma son pupitre, rangea la carte dans son sac et quitta la pièce. Elle ne reviendrait jamais plus.

« Sale bêcheuse ! » se disait Susan en tournant tout ça dans sa tête. Pourtant, elle l'avait bien aimée, mademoiselle Castleton, avec ses manières réservées et sa façon de s'habiller. Elle l'avait prise pour une alliée.

Tu parles ! Elle était comme les autres. A ses yeux, Susan était rien qu'une pauv' gosse avec des gros nénés et une cervelle de moineau. Eh ben, qu'elle aille se faire foutre celle-là, avec tout le reste.

Deux shillings six qu'elle lui avait coûté, cette carte. Ben, oui, une putain de demi-couronne. La vendeuse avait recompté plusieurs fois la monnaie, comme si elle savait que les gens comme Susan ne pouvaient s'offrir une aussi belle carte qu'une seule fois dans leur vie.

Qu'elle aille se faire foutre elle aussi, cette vieille vache.

Quel tintamarre, dans sa tête ! Insultes et jurons se précipitaient, se cognaient sous son crâne. D'accord, il fallait se calmer, mais ça lui faisait du bien de les dire, comme si, en sortant, ils emportaient sa colère.

Susan avait parfaitement conscience de sa condition, mais la lecture lui avait ouvert des horizons qu'elle mourait d'envie d'explorer – tout en sachant que ce n'était qu'une chimère.

– A quoi tu penses ?

Elle tourna la tête. C'était Barry Dalston, avec son rocailleux accent écossais. Un nouveau venu dans le quartier, ce gars-là, de retour avec sa mère et ses frères. Le père s'était fait buter par une bande, en Ecosse. Sa mort avait nourri les conversations pendant plusieurs semaines.

Toutes les filles adoraient Barry, c'était un dur, et complètement siphonné, en prime. Susan l'aimait bien, parce qu'il lui faisait tout le temps des sourires. Et voilà que maintenant il lui adressait la parole. Carrément. Elle faillit se liquéfier d'embarras, de surprise et de gratitude.

– Je lui ai cloué le bec, à cette salope de Castleton. C'est à ça que je pensais.

Barry sourit, impressionné.

– Ça me dérangerait pas de faire pareil, franchement, mais faudrait d'abord que je lui baise sa grande gueule. Et, avec tous les mots compliqués qu'elle nous crache, ce serait carrément dégueu.

L'image fit marrer Susan. Lui, avec mademoiselle Castleton ? Les gens comme la maîtresse, ils baisaient pas, ils faisaient l'amour ! Susan n'était pas sûre de connaître la différence, mais elle savait qu'il y en avait une.

Et ce n'était pas ce que son père lui faisait. Les mains moites qui lui pétrissaient les seins, les morsures et les mots chuchotés : « C'est bien, t'es une gentille petite. T'es la fifille à ton papa. Toi, au moins, tu sais ce qu'il a besoin. »

Rien à voir avec les jupes et les chandails de mademoiselle Castleton. Ni avec ses misérables semelles de crêpe.

Susan détourna ses pensées de sa maîtresse d'école, et ils marchèrent tous deux en silence.

– Des frites, ça te dirait ?

Susan hocha la tête de plaisir :

– Et comment ! Je crève de faim.

Barry sourit, un petit sourire carnassier qui le rendait encore plus beau. Et ça, qu'il était beau, personne ne l'ignorait. Il lui demanda doucement, en levant les sourcils :

– T'as du fric ?

Susan fit « oui » de la tête. Du fric, elle en avait toujours, grâce à sa mère.

Il se mit à rire.

– Bon, ben tu peux le garder ! Aujourd'hui, c'est moi qui régale. On pourrait même se payer des bonnes saucisses, non ?

Susan acquiesça. Elle avait vraiment le cul bordé de nouilles, ce soir. Ils bavardèrent de choses et d'autres en descendant vers la grand-rue. Enfin, c'était surtout Barry qui parlait, mais ça lui convenait parfaitement. De temps à autre il lui caressait les seins du regard et elle serrait son manteau autour de sa taille comme pour l'en dissuader. Ça le faisait rire.

– Tu peux pas les planquer, ma poulette. A propos, t'as quel âge ?

Susan le fusilla du regard.

– Presque quatorze ans.

Ce n'était pas vrai, elle avait fêté son treizième anniversaire quelques semaines auparavant, mais bon, c'était un mensonge que n'importe quelle femme aurait fait pour conserver l'attention des types comme Barry.

– Moi, j'ai dix-huit… dix-neuf au Nouvel An. A mon avis, c'est mieux si l'homme est plus âgé que la fille, tu crois pas ?

Susan acquiesça. Son cœur dansait la gigue dans sa poitrine. Il parlait déjà comme s'ils sortaient ensemble. Elle remercia le Bon Dieu, Notre-Dame et tous les saints du paradis de lui avoir fait rencontrer ce garçon.

Barry, lui, regardait intensément ce visage sans charme, à part les dents, assez jolies. Susan avait l'air propre et semblait mûre à point, mais c'était encore une enfant, il l'aurait juré. Pourtant elle l'intriguait, avec ses petits airs snobinards et sa passion pour les bouquins. Les autres gamins lui avaient fait le tableau de sa vie familiale, et c'était ça qui l'intéressait, en fait : son Tonton Jimmy et ses gros nénés agissaient comme un double aimant, irrésistible.

Susan vivait avec de vrais truands. Exactement ce qu'il recherchait : un passeport d'entrée chez les gangsters, les vrais.

Il lui sourit, elle lui répondit. Elle lui plaisait, d'une façon un peu étrange. Sans compter ses regards, éperdus d'admiration, comment résister à tout ça ?

Rien qu'à voir Susan sourire et rire le soir de réveillon, June était au septième ciel.

Debbie avait toujours eu un caractère joyeux, alors que Susan avait un humour tranquille mais savait apprécier une bonne blague. Pourtant, depuis quelques années, tout cela semblait avoir disparu. Changement que June mettait sur le compte de sa propre absence. Mais, ce soir, Susan avait l'air d'avoir retrouvé toute sa forme, et plus encore.

June elle-même ne s'amusait pas autant qu'elle l'aurait pensé. Depuis quelque temps Jimmy, son amoureux écossais, avait changé, lui aussi. Il l'asticotait, critiquait ses vêtements, sa coiffure. Tout. June frisait la trentaine, et elle avait l'impression très nette qu'il fricotait avec quelque chose de plus jeune, de différent.

Elle s'attendait à un avis de tempête mais, d'ici là, elle avait décidé de ne pas bouger.

Au marché d'East Ham, lors de sa virée hebdomadaire avec les filles, elle avait rencontré sa vieille copine Bella Tambling. Bien charpentée, la Bella, grande gueule et grande comique. Du genre irrésistible. Ce jour-là, elle portait un gros manteau et un bonnet de laine. Elle paraissait cinquante ans, parlait comme un charretier et avait un rire capable de crever le brouillard le plus dense.

– Salut June, ma vieille branche ! Ben, dis donc, ça fait une sacrée paye, non ?

June avait souri à ce salut chaleureux.

– Vous venez boire un thé au snack ? J'ai les chevilles comme des ballons de baudruche et la bouche sèche comme des couilles au pain.

Les deux ados rigolèrent en les suivant dans le café enfumé. Susan fit la grimace en voyant les anguilles vivantes dans leur bocal, sur le comptoir, même s'il lui arrivait d'en manger. Elle s'assit, laissa Debbie passer la commande et écouta Bella et sa mère rattraper le temps perdu.

– J'ai sept lardons maintenant, plus deux fausses couches. Et, tout ça, grâce à sa Seigneurie et à ses putains de capotes. M'enfin, dans un sens, ça valait mieux. Tu parles d'une bande de petits salopiots ! Ce matin, je leur ai filé un peu de fric et je les ai déposés du côté de Crisp Street. On sait jamais, p'têt qu'ils seront tous passés sous un bus d'ici ce soir.

June se mit à rire. Elle savait que sa copine adorait ses gosses. C'était juste leur façon de parler, dans l'East End. En enlevant son long manteau de cuir, elle surprit le regard appréciateur de deux consommateurs. Ça lui remonta le moral.

Il fallait tirer les choses au clair, côté Jimmy, et sans attendre. Ces temps-ci, il ne rentrait même plus dormir à la maison le soir.

On leur apporta deux tasses de thé bien chaud. Bella se mit à parler et June ne comprit pas immédiatement que c'était de son Jimmy qu'il s'agissait.

En s'essuyant la bouche avec une serviette en papier, elle lui demanda poliment de répéter ce qu'elle venait de dire.

Bella regarda son amie d'un air apitoyé.

– T'es pas au courant, ma grande ?

Elle s'essuya le nez avec un mouchoir douteux et reprit :

– C'est après une minette BCBG qu'il cavale. Tout le monde est au courant. Pourtant, franchement, si avoir une belle caisse et des fringues bien coupées c'est être BCBG, y a qu'à se flinguer. La nénette, elle est boss au Dynamo Club. Merde alors, June. Oh ! j'suis désolée, ma poupée. Je croyais qu't'étais au parfum. Dans le coin, c'est rien que du réchauffé, cette histoire. Merde, comme d'hab', j'ai pas su fermer ma grande gueule ! Moi, suffit que j'ouvre mon clapet pour débiter des conneries à cent à l'heure. Crois-moi, je voulais pas t'agresser comme ça.

June sourit.

– J'm'en doutais un peu, Bell. Dis-moi juste ce que tu sais. Juste à moi, je veux dire. J'ai pas envie que toute la salle en profite.

– C'est Maureen Carter, celle-là qui habitait derrière chez nous quand on était mômes.

June écarquilla les yeux.

– Mais elle est plus vieille que moi ! T'es sûre ?

Bella claqua des lèvres sans discrétion.

– Et comment que je suis sûre ! Pour être honnête, Junie, c'est vrai qu'elle a de la classe. Elle doit avoir dans les quarante berges ou quasi, mais on dirait un mec par des tas de côtés. Elle gagne un paquet et elle en fait ce qu'elle veut, de son pèze. C'est sûrement ça qui les attire, les hommes. Ça leur plaît, ces nanas nouveau style, tu trouves pas ? Regarde, même Marie, mon aînée, voilà que l'autre jour elle me sort qu'elle voulait apprendre un métier. Je lui ai balancé une de ces beignes sur sa putain de petite gueule ! Non, mais de quoi ! Elle se croit où, cette petite connasse ? Moi, d'abord, je lui ai fait : « Eh ben, vas-y, ma petite, te gêne pas, éclate-toi ! » Tu sais pas ce qu'elle me répond, sans se démonter ? « En tout cas, moi je finirai pas comme toi, m'man, avec plus de lardons que de sacs à main et même pas capable de conduire une bagnole. » « Ben, tu te goures, que je lui ai fait, parce que j'en ai déjà conduit une, figure-toi, de bagnole. Celle que ton père avait piquée quand on était mômes. Mais je l'ai foutue dans un mur, cette salope de caisse, alors, ton père, il m'a interdit de plus jamais prendre le volant. J'ai juste eu droit au guidon de ma vieille bécane. »

Bella hurlait de rire, la bouche grande ouverte. June l'imita, bien qu'intérieurement elle ne fût que tremblements.

Quel salaud d'enfoiré ! Maureen Carter…

Maureen, c'était quelqu'un avec qui il fallait compter. Là-dessus, y avait pas photo.

Maureen, la fille qui connaissait tout le monde et qui n'en faisait qu'à sa guise.

Maureen qui, tous les samedis, glissait les bénefs des courses dans la poche à Jimmy, histoire de lui faire plaisir.

Maureen qui venait prendre le café chez June… Pauvre conne, elle n'avait pas compris que cette salope se tapait son homme.

June ferma les yeux et sentit le désespoir l'envahir. Elle était vraiment sur la mauvaise pente.

C'était déjà arrivé, que Jimmy fasse des écarts, mais elle n'avait rien dit, c'est dans la nature masculine de courir après tout ce qui respire et paraît vaguement baisable.

Mais Maureen, c'était pas du menu fretin. Elle discutait avec Jimmy, elle lui parlait de ses affaires, de la vie. C'est pour ça que les maris quittent leurs femmes, pas pour le cul.

Le cul, c'est tout relatif. Les mecs, ils baisent et ils oublient, ils achètent un bouquet de fleurs à leur légitime et ils lui tirent un coup, histoire de compenser. Mais si, cette fois-ci, c'était quelqu'un comme Maureen et qu'il passait la nuit chez elle, alors, là, y avait de quoi s'inquiéter. Sérieusement.

Jimmy était sur une courbe ascendante, il avait besoin d'une compagne qu'il puisse sortir, une femme qu'il respecte et qui lui en donnerait pour son argent. Ça aussi, Maureen saurait le faire, elle était capable de se bagarrer comme un vrai mec si l'envie lui en prenait.

Elle pensait déjà comme un mec, elle parlait comme eux. Pas plus tard que l'autre jour, elle avait raconté qu'elle s'était encore acheté une baraque et, comme une vraie connasse, June, la légitime à Jimmy, l'avait félicitée.

Elle avait dû bien se marrer, la Maureen.

June avala le reste de son thé et se leva.

– Merci de m'avoir prévenue, Bella. C'est sympa de ta part.

Bella lui attrapa la main.

– Qu'est-ce que tu vas faire? Lui donner une leçon? D'après ce qu'on m'a dit, il a déménagé ses fringues chez elle. C'est la vieille Cathy Davies qui m'a raconté ça. Elle fait le ménage chez Maureen, tu penses si ça va rester longtemps secret défense! Eh oui, on est toujours la dernière à l'apprendre, hein, ma belle? Personnellement, je suis bien contente que mon jules il soit laid comme un pou, comme ça, au moins, y a pas de concurrence. Rien qu'avec son haleine il ferait fuir une pute à dix sous de l'heure, alors tu parles qu'une femme normale...

Une fois de plus, elle était hilare. L'œil rivé sur la bouche béante qui découvrait ses dents manquantes et une langue bien chargée, June envia fugitivement sa copine.

La vie de Bella, c'était ses enfants, point final. Pourquoi June, elle, ne s'en était-elle pas contentée? Pourquoi n'était-elle jamais contente?

Debbie et Susan avaient écouté toute la conversation sans mot dire. En quittant cette salle étouffante, Susan glissa sa main dans celle de sa mère. June la serra bien fort et retint les larmes de rage et de frustration qui lui gonflaient les paupières.

Elle héla un taxi, embrassa les filles et leur dit de rentrer à la maison. Elle leur donnerait leurs cadeaux le lendemain. Quand le taxi s'éloigna, elle se sentit le cœur gros. Il fallait tirer tout ça au clair maintenant et agir avec un certain doigté, puisque c'était Noël.

Elle se trouvait encore sur le trottoir quand Bella la rejoignit toute essoufflée, pantelante, boutonnant son manteau et enfilant son bonnet.

– Si ça peut te consoler, ma grande, en cas de besoin y aura toujours un lit pour toi à la maison.

C'en était trop. Sa gentillesse fit déborder la coupe et June sentit que les larmes se mettaient à couler.

– L'enculé! Non, mais quel salopard, c'est un vrai branleur, ce mec!

Et Bella, hilare comme toujours, mêla ses larmes aux siennes.

Jimmy regardait June lui servir son dîner. Il soupira.

– Pas pour moi, ma biche. J'ai grignoté un morceau avant de rentrer. Dis, et si tu sortais seule, ce soir ? Je suis pris…

June le regarda avec un sourire aux lèvres.

– Espèce de sale menteur. T'es peut-être pris, mais ça n'a rien à voir avec le boulot ! A moins que tringler Maureen ça soit considéré comme du travail manuel ? Ben, alors, qu'est-ce qui t'arrive ? T'as perdu ta langue ?

Jimmy eut la grâce de prendre un air contrit.

– Comment tu l'as su ?

June soupira.

– Alors, c'est ça, tu nies même pas ?

– Même moi, j'sais pas aller contre la vérité.

– Ah ouais ? Tu t'es pas gêné jusqu'ici !

– Allez, June, tu sais comment c'est. Je croyais pas que ça deviendrait du sérieux. Mais, ça l'est. Je l'aime.

June s'assit à la table et secoua la tête.

– Et moi, alors, qu'est-ce que je deviens là-dedans ? Si je comprends bien, c'est elle que t'aimes, mais c'est avec moi que tu vis. Ou, plus exactement, je vis avec toi. J'te rappelle que j'ai quitté mon mari et mes gosses…

Jimmy agita la main.

– Sans vouloir t'offenser, June, ton mari, tu l'aurais quitté pour n'importe qui. Et les deux petiotes, à mon avis, tu les aurais bien laissées à la SPA s'ils en avaient voulu. Alors, en rajoute pas, s'te plaît.

– Moi, je les aimais, mes filles.

Jimmy prit une profonde inspiration :

– Non, mais écoute-toi parler, June. Tu les aimais, tu dis ? Et maintenant, tu les aimes plus, c'est ça ? Moi qui croyais que t'étais bonne comme le bon pain. Mais c'est fini, ma chérie, je suis devenu un peu plus coriace. Putain, c'est à peine si tu nettoies la baraque ! Tu fais toujours la même cuisine de merde et t'as aucune conversation. Et, s'te plaît, aggrave pas les choses en me demandant ce qui n'allait pas et patati et patata... Disons juste que, toi et moi, c'est du passé, ma poule. Moi, je te ficherai la paix. De toute façon, j'avais l'intention de tout t'avouer après Noël.

– Super sympa. Y a quand même une chose que j'ai besoin de savoir : pourquoi Maureen Carter ? Qu'est-ce qu'elle a de plus que moi, celle-là ?

Jimmy se passa la main sur le visage d'un geste agacé. Elle avait touché juste et ça ne lui plaisait pas du tout. Enervé, il répliqua :

– Un putain de cerveau, Junie, et de la gamberge. Elle, au moins, elle en a dans le ciboulot, elle a pas tout le temps besoin qu'on s'occupe d'elle. Ça te suffira comme hors-d'œuvre ou t'as envie que je continue ?

C'était comme si elle avait reçu un coup de poing dans le plexus.

– Ça va, ça me donne une idée, merci.

Elle lui enleva son assiette et vida le steak et les frites dans la poubelle.

– Et moi alors, je pars quand ? Ou plutôt, je vais où ?

Jimmy se sentait sincèrement navré, mais l'amour qu'il vouait à Maureen était comme un cancer qui lui rongeait le cœur.

Il voulait être avec elle. Tout le temps. Il avait envie de la regarder, de voir ce qu'elle faisait. Il savait qu'elle plaisait aux hommes, qu'elle les attirait, surtout les types aisés, les hommes d'affaires, ceux qui réussissaient. Il se demandait bien pourquoi c'était sur lui qu'elle avait jeté son dévolu. Mais, maintenant que c'était chose faite, il était bien déterminé à se la garder pour lui. Tout seul.

Il l'admirait, il la respectait, il l'aimait.

Pour de vrai.

La pauvre June ne faisait pas le poids.

– Je vais y aller, ma biche. Pas de souci, tu peux rester ici jusqu'à ce qu'on ait trouvé une solution, d'accord ?

June hocha la tête, incapable de parler tant elle était bouleversée.

– Je t'aime, Jimmy.

Les mots lui étaient sortis de la bouche malgré elle.

– Je sais, Junie. Crois-moi, ça me serre le cœur, ma biche. Je te jure que c'est vrai.

– Je pourrais changer, essayer d'être différente…

Jimmy secoua la tête.

– T'es très bien comme t'es, Junie. Un jour, tu trouveras quelqu'un qui t'aimera comme tu es, tu verras.

Elle eut un sourire triste.

– Quelqu'un comme toi, tu veux dire ? Tu parles d'une perspective. Rien que d'y penser, ça me fait flipper.

Il quitta la pièce. Elle l'entendit ouvrir la porte de l'appartement et se jeta à sa poursuite en hurlant son nom. Il se retourna, elle sourit et lui fit :

– Joyeux Noël, Jimmy.

Il s'éloigna sans répondre. June s'écroula sur le paillasson et pleura toutes les larmes de son corps.

Le drame, c'est qu'elle avait dit la vérité. Elle l'aimait encore. Vraiment.

Debbie était sortie, mémé était sortie, son père était sorti. Enfin, Susan avait l'appartement pour elle.

En entendant sa mère ouvrir la porte avec sa clé, son cœur s'arrêta.

– Oh, bonjour m'man. Ben, qu'est-ce qui se passe ?

Elle avait tout compris, mais elle ne dirait rien. D'abord, il fallait que sa mère règle ses problèmes ; ensuite, ensuite seulement, elle raconterait à sa fille ce qu'elle voudrait.

– Je me suis dit que j'allais venir voir mes filles pour leur faire un petit câlin.

Susan la serra dans ses bras.

Si Bella avait dit vrai, elle irait peut-être habiter ailleurs avec sa mère ? Depuis qu'elle s'était mis cette idée dans la tête, tout allait mieux. C'était une perspective tellement fabuleuse qu'elle avait l'impression qu'elle était en train de vivre tous ses Noëls et tous ses anniversaires en même temps.

Pendant que sa mère sirotait un scotch, Susan éplucha les légumes. Elles se mirent à bavarder. De tout et de rien.

Une heure plus tard, Joey arriva.

Il sursauta en découvrant June assise à la table de la cuisine et jeta un rapide coup d'œil circulaire pour voir si elle avait aussi amené Jimmy, autrement dit des problèmes.

June glissa un billet de cinq livres à Susan et lui demanda d'aller lui chercher des cigarettes. Susan fila, le cœur gros. Elle savait d'avance ce que sa mère allait faire et ça la rendait malade. Non seulement elle se sentait triste, mais elle avait perdu tout espoir de partir avec elle et de s'éloigner de l'homme qui se trouvait dans la cuisine. June allait tenter de reprendre sa place dans la vie de son mari. Si elle y parvenait, tous les rêves de Susan s'envoleraient en fumée.

En quittant l'appartement, elle reconnut dans la voix de sa mère l'intonation particulière qu'elle employait quand elle voulait obtenir quelque chose. Pas exactement un ton geignard, plutôt un genre de gloussement qui lui donnait l'air gamin, puéril, même.

En fermant la porte d'entrée, Susan soupira. Une fois de plus.

La vie n'est jamais comme on voudrait qu'elle soit. Et ça, Susan McNamara le savait déjà.

Joey examina sa femme et lui sourit. Elle était bien, sa June, il aurait dû s'en occuper mieux que ça. C'était un canon, en fait, et sur plus d'un plan.

Ces temps-ci, c'était à croire qu'aucune femme ne voulait de lui. Comme si son intempérance, son mauvais caractère et sa dèche perpétuelle portaient la poisse à tout ce qu'il approchait. Franchement, elle devait tenir à lui, la June, pour avoir accepté tout ça. L'alcool aidant, cette idée se mit à prendre un tour aussi logique que romantique.

Au premier regard, June l'avait troublé comme aucune autre femme auparavant. Il savait bien qu'elle vendait son cul, et bien sûr que ça l'embêtait, mais, en même temps, ça l'excitait. Bizarrement, ça faisait la moitié de son charme.

Chez June, tout, absolument tout transpirait le sexe : son corps, sa personnalité, son caractère. C'est de là que lui venaient ses problèmes avec les hommes, Jimmy compris. C'était ça qui l'avait attiré, jusqu'à ce qu'il la voie enfin comme qu'elle était. Les truands n'avaient plus besoin d'avoir une poupée suspendue à leur bras. On était dans les Sixties, les gens comme Jimmy Binden[1] pouvaient se permettre n'importe quel type de femme. Idem pour Jimmy Vincent.

June savait qu'elle avait perdu la main. Il était plus que temps de sauver les meubles. Si ça voulait dire se remettre avec son mari, eh bien tant mieux, à vrai dire. Au moins, elle retrouverait un environnement familier, des gens qui la connaissaient et l'acceptaient telle qu'elle était : June McNamara, une belle salope pas ordinaire. Femme battue, mère à la petite semaine et compagne éconduite.

Tandis que son mari faisait du thé et des toasts en parlant des filles, elle sentit qu'elle se détendait. Quand Joey était comme ça, elle l'adorait. Elle retrouvait l'homme qui l'avait fait craquer, celui qu'elle avait désiré plus que tout au monde.

S'il acceptait de la reprendre, les règles ne seraient plus les mêmes. Après tout, elle avait fréquenté la vraie pègre et son mari n'était pas sans le savoir.

Elle allait prétendre que c'était elle qui avait quitté Jimmy. Qu'elle s'était tirée. Joey la croirait. Il aurait envie de la croire.

Elle commença à lui parler d'une voix douce, avec un regard embué. Comme, en retour, il lui adressait des sourires timides et avait pour elle des petites attentions, lui allumait ses cigarettes, lui servait du thé. Elle se détendit pour de bon.

Finalement, c'était plus facile qu'elle ne l'avait pensé. Son Jimmy allait quand même lui manquer. Et pas qu'un peu. Après tout, il l'avait initiée à un autre style de vie. Rien que pour ça, elle lui vouerait une reconnaissance éternelle.

Jimmy quitta sa nouvelle copine en homme heureux, très heureux. Quel bonheur que June ait aussi bien pris

1. L'acteur Johnny Binden avait la réputation de pouvoir faire tenir dix chopes de bière sur son pénis en érection.

les choses ! Il détestait la faire souffrir, mais comment s'y prendre autrement ?

June était périmée, comme un vieux magazine qu'on a feuilleté de la première à la dernière page. Pourquoi on le garderait ?

Il lui filerait un bon petit paquet de deux mille livres et, promis, il garderait un œil sur elle. Et, de temps à autre, quand il aurait besoin de se changer les idées et le reste, il lui ferait une petite visite.

Elle était comme ça, Junie.

Aujourd'hui, il s'en rendait compte, elle était aussi vénale que lui. Les June, on n'en faisait pas des femmes respectables. On les baisait, on les utilisait, on partageait quelques bonnes tranches de rigolade, et on les virait dès que la suivante entrait au pub d'un pas tranquille.

Pourtant, il l'avait aimée, un certain temps au moins, jusqu'à ce qu'il entrevoie une autre vie, une vie meilleure. Où les femmes se montraient capables de penser autant que de coucher.

La batte de base-ball lui cogna le creux des genoux, il perdit l'équilibre une fraction de seconde et crut qu'il avait trébuché. Quand il heurta le trottoir et sentit le flingue appuyé sur sa nuque, il comprit qu'il s'était fait piéger.

Qui avait pu faire ça, sinon sa nouvelle copine ?

Sa dernière pensée fut que, s'il survivait, il prendrait une batte de base-ball, qu'il écraserait sur le crâne de Maureen jusqu'à le faire péter en mille morceaux.

Maureen Carter contemplait la scène depuis sa chambre, un sourire aux lèvres. Il avait vraiment cru qu'elle voudrait de lui, le Jimmy ? Il y avait de quoi rire.

Le téléphone sonna. Elle attrapa le combiné, ses ongles laqués luisant dans la semi-obscurité.

– Ouais, à l'instant. C'est fait.

Elle raccrocha. Puis, faisant consciencieusement déborder son mascara, elle descendit calmement les escaliers et sortit dans la rue. Ses hurlements tirèrent les voisins sur le pas de leurs portes. Dans ce quartier respectable, le meurtre d'un truand, c'était du jamais vu.

Maureen était hystérique, les policiers la laissèrent tranquille. Un peu plus tard, son fils lui servit un bon verre bien tassé. L'un dans l'autre, question boulot, c'était pas une mauvaise journée.

La mort de Jimmy lui avait rapporté trois mille livres.

Maureen sirotait son verre en projetant de jolies petites vacances avec l'argent que les frères Davidson lui avaient promis. 1966 avait tout l'air d'être son année.

4

June était en état de choc. Total, absolu. Son Jimmy avait beau l'avoir quittée, elle n'arrivait pas à croire qu'il était vraiment mort.

Pourtant, intérieurement, elle en était ravie et ça lui faisait peur.

La police avait frappé à la porte alors qu'elle revenait de chez Joey, imbibée juste ce qu'il faut de scotch et de tendre camaraderie, requinquée de savoir qu'en cas de besoin elle trouverait toujours le gîte et le couvert chez son mari. Elle s'était même laissé tripoter, en prétendant – faiblement – rester encore fidèle à Jimmy.

Laisser tomber une grosse pointure, ça ne se faisait pas à la légère, même Joey avait dû l'admettre. Elle avait ensuite insinué que Jimmy se permettait des infidélités et qu'elle avait peut-être commis une grosse erreur… Enfin, elle lui avait décoché *la* flèche : les petites lui manquaient tellement… Là-dessus, elle avait filé.

Ils savaient aussi bien l'un que l'autre que le couplet sur les filles était du pur baratin, mais l'ambiance était bonne, on n'allait pas chercher la petite bête. Tout bien pesé, c'était une bonne affaire, cette soirée. Pour le moment, en tout cas.

Et voilà que Jimmy était mort, assassiné en pleine rue. Elle pourrait marcher la tête haute, maintenant, raconter à qui voudrait l'entendre qu'il avait plaqué Maureen pour rester son bel amoureux.

Après le départ de la police, June s'attela son unique vraie tâche sérieuse de la soirée : trouver le fric de Jimmy. Il planquait toujours de grosses sommes à la maison et June savait où.

Prenant prétexte de sa détresse, elle s'était arrangée pour aller identifier le corps le matin même. Elle espérait pouvoir récupérer ses affaires, en particulier la clé du coffre – c'était la seule chose qu'elle voulait. C'était là qu'il gardait son carnet d'adresses, tout. Ça pouvait rapporter gros, suffisait de taper à la bonne porte.

Le sourire aux lèvres, June se servit un grand scotch, histoire de calmer ses nerfs. Puis, après un long bain bouillant, elle entreprit de fouiller la maison de fond en comble.

Quand le matin de Noël arriva, elle avait récolté un butin de deux mille livres dans les placards, dans les tiroirs et jusque dans le compteur. Elle posa le paquet de fric sur son lit et le contempla un moment.

Ça représentait une petite fortune.

En s'étirant comme une chatte, June se regarda dans la glace. Un bon relooking ne serait pas du luxe, mais il allait falloir attendre.

Devant le coffre, elle constata, ébahie et euphorique, que la petite clé qu'elle avait dénichée dans le tiroir de la table de nuit jouait parfaitement dans la serrure. Elle en tremblait de tous ses membres.

Dans le coffre, de l'argent encore, des bijoux qu'elle ne pourrait évidemment pas mettre au clou elle-même, le carnet d'adresses de Jimmy, son livre de comptes et un flingue.

Couchée sur le lit et sur les trois mille livres, elle commença à éplucher les comptes. Le système de comptabilité était tellement simple que même elle aurait pu la tenir si elle avait voulu.

Jimmy consentait des prêts à des particuliers, dont il exigeait le remboursement à coups de menaces et d'intimidation. Il avait consciencieusement noté toutes les adresses de ses débiteurs, leur numéro de téléphone et le détail de leur situation familiale.

En étalant le fric, June se mit à rêver à ce qu'elle allait en faire. Joey faisait partie du jeu maintenant, mais certainement pas comme il l'aurait souhaité. Le moment venu, il faudrait régler le problème.

Ce dont June avait le plus besoin, désormais, c'était de la crainte que sa violence inspirait. En temps normal, personne, sauf Jimmy, ne se serait aventuré à lui piquer sa femme. Tout pour la frime, voilà ce que c'était, Joey, June le savait mieux que personne.

S'il avait eu seulement un gramme de plomb dans la cervelle, il aurait pu devenir un Jimmy, lui aussi. Car, pour le reste, Dieu sait qu'il était bien pourvu. Non, le problème, avec Joey, c'était son manque total d'ambition et de jugeote. Il n'était qu'un voyou, point à la ligne. Les gens le payaient pour accomplir leurs basses besognes.

Question braquage, c'était une vraie cata. Un été, en pleine canicule, il était entré chez le bookmaker du coin. Il avait bien pensé à la cagoule, mais oublié ses tatouages : vêtu d'un pantalon léger et d'un marcel, il avait exhibé à la vue de tous son « Junie et Joey » dans son énorme cœur rouge et, sur ses mains, son « TPSO » – pour « Tous les poulets sont des ordures ». Enfin, cerise sur le gâteau, on voyait le gros dragon qui lui ornait le bide etqu'il adorait faire bouger dans les soirées en faisant la danse du ventre.

On l'avait immédiatement reconnu, surtout le patron, qui lui avait refilé cinq cents livres en lui intimant l'ordre de dégager. Joey avait pris le fric mais, ce soir-là, il avait reçu la visite des Davidson, les gars qui étaient payés pour protéger la boutique. Il avait dû ravaler sa fierté et présenter ses excuses. Même Davey Davidson s'était fendu la poire.

Pendant des semaines, chaque fois que Joey allait faire un pari, les gens se jetaient à terre en se marrant comme s'il venait les braquer. Joey lui-même avait fini par apprécier le comique de l'histoire et ça, pour June, c'était signé : ce type était aussi utile qu'un carafon.

Bref, il fallait régler le problème, parce que, maintenant qu'elle avait la thune, c'était elle la patronne. Si elle s'occupait bien de lui, il lui rendrait la pareille.

Elle finit par cacher le fric et par aller se coucher.

A la messe de minuit, Susan communia et implora une fois de plus Notre-Dame que son père fût déjà endormi lorsqu'elle rentrerait à la maison. « Et, si possible, suppliat-elle, est-ce qu'il pourrait aussi être paralysé et dans le coma ? » Mais pas qu'il meure, non, ce serait peut-être trop, ça, même pour Notre-Dame du Perpétuel Secours.

Après la messe, elle remonta la nef pour aller voir la crèche. C'était magnifique. Pendant qu'elle l'admirait, elle sentit une main se poser sur son épaule. En se retournant, elle aperçut le Père Campbell. Il lui souriait.

– Tu es une gentille petite, tu sais. Tu ne manques jamais la messe, n'est-ce pas ?

Elle opina avec un sourire radieux.

– Sauf quand je suis malade. J'adore venir ici.

– Comment va ta mère ? Elle doit vivre un moment difficile, ce soir. Que Dieu la bénisse. Avec ce meurtre, en plus...

Susan le dévisagea, suffoquée. Son père serait-il enfin mort ? Son cœur se serra, elle entendait le sang lui cogner dans les oreilles.

– Un meurtre ? Quel meurtre ?

Elle scruta le visage du prêtre pendant qu'il lui racontait que son oncle Jimmy s'était fait descendre dans la rue.

La vie était vraiment dégueulasse.

Pauvre Tonton Jimmy. Elle l'aimait bien, il était gentil avec elle et avec Deb. Il leur consacrait un peu de son temps, leur posait des questions sur l'école, sur leur vie. Autant de choses qui ne seraient jamais venues à l'idée de leur mère.

Et voilà qu'il était mort. Aucun doute, sa mère allait revenir habiter à la maison. Susan n'en avait pas envie.

Pas envie du tout.

Prête à se résigner à l'inévitable, comme toujours, elle eut un pauvre sourire.

– Il était gentil, mon Tonton Jimmy. Vaut mieux que je rentre pour voir si ma mère n'a pas besoin de moi.

– Oui va, ma petite. Tu es une vraie une bénédiction pour ta mère, une vraie bénédiction.

Le prêtre sourit tristement en la regardant s'éloigner sur ses petites jambes boudinées. Susan était une créature charmante, moche comme tout mais avec un cœur énorme, qui ne réclamait rien d'autre qu'un peu d'affection.

Maintenant que ce type était mort, que Dieu le protège et le garde. Peut-être la putain qu'elles avaient pour mère allait-elle rentrer chez elle et s'occuper de ses enfants comme c'était dans l'ordre des choses.

Davey Davidson était aux anges : son principal rival était hors course pour de bon. Ça le réjouissait. Pourtant, il y avait moins drôle : bon nombre de gens allaient vouloir lui faire la peau à présent.

Mais chaque chose en son temps. Il fallait, en priorité, récupérer les carnets de notes et les livres de comptes du gars qu'il avait descendu. Pour ça, il fallait accéder à la maison. C'est là que Joey entrait en piste. Après tout, sa légitime était au parfum, c'est ce qu'il leur avait expliqué quand ils avaient tout manigancé.

Joey avait été malin, sur ce coup-là, très malin. Il avait récupéré la gonzesse et monté l'opération avec les Davidson. Davey se demanda, en passant, si Joey raconterait à sa femme qu'il avait quelque chose à voir avec la position allongée de son petit copain à la morgue.

Au départ, Joey voulait le buter lui-même, mais il avait vite compris qu'il serait le suspect numéro un. Il s'était donc arrangé pour être chez lui avec les gosses à ce moment-là. Là où se trouverait n'importe quel homme digne de ce nom le soir de Noël.

Mieux, il avait soudoyé une grande gueule du nom de Bella pour qu'elle chope son épouse au marché d'East Ham, le samedi où elle devait s'y rendre avec les filles. Dans le fond, il avait échafaudé un meurtre dont il avait tiré le bénéfice maximum. Sa femme laisserait tomber son mec et, lui, il récupérerait une épouse que la plupart des hommes auraient pendue et rouée avant de l'écarteler.

Davey secoua la tête avec tristesse. Franchement, si ça faisait pas pitié de gérer sa vie comme ça…

Maureen Carter se leva et sortit de bonne heure le matin de Noël. Elle avait mis un ensemble bleu Oscar de la Renta, avec sac et chaussures assortis, son brushing était impeccable. Elle avait l'air calme et serein quand elle frappa chez Jimmy.

En ouvrant, June faillit avoir une attaque.

– Il est six heures du matin, bordel !

Maureen lui passa devant en se trémoussant, le sourire aux lèvres.

– Ça ne m'a pas échappé, mais j'ai besoin de récupérer certaines affaires de Jimmy.

Agacée et encore à moitié endormie, June ricana :

– Et on peut savoir de quoi il s'agit, s'il te plaît ?

En une fraction de seconde, elle comprit tout : ce que cette femme cherchait et les raisons de la mort de Jimmy.

Maureen lui jeta un regard triste. Elle changea de tactique et dit calmement :

– J'ai quelques trucs à moi, ici. Tu sais, des trucs que Jimmy gardait pour moi. Après tout, on travaillait ensemble.

June éclata de rire et répondit sur un ton sarcastique :

– Vous couchiez ensemble, oui ! Je le sais bien, va. Alors, qu'est-ce que tu cherches ? Si c'est dans mes moyens, je te donnerai ce que tu veux, la miss.

Ses mots étaient lourds de sens, Maureen ne s'y trompa pas. Elle jaugea June du regard en se demandant si elle aurait besoin de se bagarrer. Maureen était capable de se battre comme un homme, c'était un de ses atouts. June avait la main en ce moment et elle serait bien capable de lui donner une leçon.

Elle changea de stratégie encore une fois. Debout, au milieu du salon, elle lui dit, en la fixant droit dans les yeux :

– Franchement, June, Jimmy était un branleur. Un petit branleur écossais qui nous a menées en bateau toutes les deux. Maintenant, je sais pas ce que tu en penses, mais les poulets vont pas tarder à rappliquer, et j'ai pas très envie d'être mêlée à tout ça. Alors, on se prépare une bonne tasse de thé et on fait en sorte de sortir de ce merdier.

June acquiesça en silence et fit du thé. Elles s'installèrent dans la cuisine et Maureen alluma une cigarette avec un briquet en or. Elle avait les ongles longs et joliment laqués, dans un rose coordonné à son rouge à lèvres.

Elle était magnifique.

« Avec des cheveux et des fringues pareils, pas étonnant qu'elle ait plu à Jimmy », se dit June. Ça ne lui mettait pas du baume au cœur, ça la déprimait même plutôt. Elle serait toujours restée bonne seconde derrière Maureen. De le savoir n'arrangeait rien.

Mais elle avait les cartes en main, et cette Maureen Carter roulée comme un camion l'ignorait encore. Elle s'alluma un clope et soupira.

– Alors, qu'est-ce que tu veux ?

Maureen fit un geste de sa main aux ongles manucurés.

– Son carnet d'adresses et des trucs dans le genre. Des choses qui pourraient s'avérer compromettantes, en fait.

June hocha la tête avec solennité et tira sur sa cigarette d'un air impénétrable.

– Son petit carnet noir, c'est ça ?

Elle sourit.

– J'ai toujours eu envie de dire ça à quelqu'un. On se croirait dans un bon vieux film, pas vrai ?

Maureen écrasa sa cigarette d'un geste nerveux.

– Tout à fait. Alors, il le rangeait où ?

– Dans son trou de balle, pour ce que j'en sais. Il l'avait toujours sur lui, il ne le quittait jamais.

Elle était convaincante et elle le savait.

Maureen poussa un gros soupir.

– Déconne pas avec moi, June. Je te préviens, il y a des grosses pointures qui le veulent, ce carnet, et j'ai bien l'intention de le récupérer pour eux. Il y a beaucoup d'argent en jeu, et je compte bien prendre ma part. Ni toi ni personne ne pourra m'en empêcher. Je suis assez claire ?

– Parfaitement. Mais réfléchis un peu : comment je serais au courant ? Toi et moi, c'était pas pareil. Moi, j'étais juste bonne à baiser. Alors que toi, à ce qu'il paraît, t'avais de la conversation. Faut dire que ça devait être super excitant, après l'amour, une petite bavette sur son bizness ! Sûrement plus marrant qu'une description détaillée de la prochaine partie de jambes en l'air ! Moi, la seule chose que j'ai jamais eu à faire, question bizness, c'était lui passer le téléphone.

Tu vois ce que je veux dire? Le carnet doit se trouver à l'hosto, avec le reste. A moins que les poulets ou quelqu'un d'autre aient mis la main dessus.

Maureen était blanche comme un linge.

– D'après Jimmy, son carnet était toujours ici, dans le coffre. Quand on fait des affaires, c'est pas sérieux de tout trimbaler sur soi.

June l'interrompit en riant :

– Entre ce qu'il disait et ce qu'il faisait, fallait faire la différence! On le sait bien, toutes les deux! Tout ce que je peux te dire, c'est que t'as qu'à regarder toi-même, si tu veux. Le coffre est verrouillé et c'est lui qui avait la clé. J'ai aucune idée de ce qu'il manigançait la moitié du temps.

Maureen était livide et ne faisait rien pour le cacher.

– Les Davidson vont te faire la peau, t'en es consciente, au moins? Et eux, ils sont pas comme moi, il utiliseront les grands moyens pour te faire parler. C'est pas une menace, ma grande, juste la réalité.

June la regarda droit dans les yeux.

– Ah! voilà qui se cachait derrière tout ça! Davey Davidson, l'ami des pauvres, le pote à Jimmy! Son futur associé, même, d'après ce que j'ai cru comprendre. C'est toi qui l'a piégé, Jimmy, hein? En fait, t'en as jamais voulu, t'as juste foutu ma vie en l'air sur un coup de tête. Parce que toi, la putain de grande Maureen Carter, tu voulais quelque chose que Jimmy n'était prêt à donner à personne! C'est ça, c'est son bizness que tu lorgnais. Pauvre Jimmy... Lui qui prenait ton cul pour la septième merveille du monde. Et June, c'était qui? Une bonne poire bien mûre! Vas-y, sers-toi, prends, use-la jusqu'à la corde, la June, file-lui de la thune et puis, zou!, aux oubliettes! Ben, ma vieille, figure-toi que t'as tout foiré. C'est avant de le faire buter que t'aurais dû mettre la main sur ses pépettes.

Maureen avait le visage dur, les pommettes rouges et brillantes sur sa peau blanche.

– On dirait que ce coup-ci t'as bien chié dans la colle, ma petite, fit June, se régalant de sa déconfiture. Et je parie qu'il va t'adorer, Davey Davidson. Je me trompe peut-être ? Meurtre accompli, flicaille partout et que dalle sur les contacts du défunt Jimmy. On peut dire que c'est carrément merdé. Bon, le coffre est là, tu peux foutre toute la maison en l'air si ça te dit, mais je te préviens, tu trouveras rien.

– T'es bien sûre de toi, Junie. T'es certaine de tout me dire ?

June haussa les épaules.

– Je vois pas de quoi tu parles. Tout ce que je sais, c'est que, toi, tu t'es fait couillonner par Jimmy. En tout cas, ça en a tout l'air, et c'est pas pour me déplaire. Parce que même s'il m'a plaquée, Maureen, il méritait mieux que *toi* !

Un quart d'heure plus tard, Maureen avait retourné toute la baraque. June l'observait en buvant du thé et en fumant des cigarettes. Elle s'était permis d'esquisser deux ou trois sourires en voyant Maureen se désespérer à mesure que le temps filait.

– Toujours rien trouvé ?

Maureen passa une main moite dans ses cheveux qui avaient perdu leur belle ordonnance.

– Rien du tout.

June eut un grand sourire.

– Ben, c'est bien ce que j'ai essayé de te dire. Comme disait Jimmy : « June, on peut faire confiance à qui on veut mais en se méfiant de tout le monde, c'est la seule façon de s'en tirer ici bas. » J'avais encore jamais compris ce qu'il voulait dire.

– Si tu te fous de moi, June, je le saurai et, crois-moi, tu regretteras que ce soit pas les Davidson qui te courent après. Quand on m'énerve, je rends toujours la monnaie, t'inquiète. Tu devrais écouter ce qu'on raconte sur moi et en prendre de la graine, ma petite. Je vais te l'arracher, ton putain de cœur, et ça me fera bien marrer.

June leva les épaules nonchalamment.

– Comment je te dirais ce que je sais pas, hein ?

Maureen se pencha par-dessus de la table et soupira :

– Ecoute-moi bien, June. Je te crois qu'à moitié, et sache-le : si tu me mens, tu le regretteras. C'est pas une menace en l'air. Il y a du fric à se faire et pas dans cent cinquante ans, tu piges ? Les Davidson, ils veulent leur pèze, et moi, pareil. On va pas mettre les affaires à Jimmy aux enchères, elles nous ont coûté assez cher comme ça. L'oublie pas, garde bien ça dans ta petite tête. Si tu te gardes des infos sous le coude, il manquera pas de clients pour aller te chercher, crois-moi. Sans compter qu'y a pas que les Davidson dans le coup, y a la famille Bannerman aussi. Mickey Bannerman, il veut ce qui était à Jimmy, comme les Davidson. Réfléchis bien à ce que je te dis, et si t'as envie qu'on se taille une bavette, tu m'appelles et tu passes me voir, OK ? Je connais la musique, c'est mon pain quotidien : ils me font confiance, ils me respectent et ils veulent tous bosser avec moi, les Bannerman comme Davey Davidson. Si tu dis quoi que ce soit à Mickey, même de bouche à oreille, t'es morte, June. Alors, cogite un petit peu, et si jamais t'as vent de quelque chose, tu me sonnes.

Maureen quitta la maison et ferma la porte doucement derrière elle en étouffant une envie de pleurer.

C'était compliqué, tout ça, beaucoup trop compliqué.

Même elle, elle avait peur.

June regarda la pendule. Neuf heures, le matin de Noël. Ça n'arrêterait ni les Bannerman ni les Davidson. Pour eux, c'était une journée de boulot ordinaire.

June se rendit dans les toilettes, grimpa sur la lunette et souleva le couvercle du réservoir de la chasse. Elle en tira un sac en plastique ruisselant d'eau, en sortit les documents qu'il contenait et les planqua dans sa culotte.

Une fois habillée, elle se tartina de fond de teint. Puis elle attrapa les cadeaux pour les gamines et se mit en route vers son ancien chez-elle. Ça dansait la java dans sa tête : les Bannerman étaient les pires voyous de Londres et elle possédait quelque chose qui les intéressait.

Une vraie fortune, et dans son sac. La raison aurait voulu qu'elle se rende à la gare et disparaisse immédiatement.

Mais elle n'avait pas le choix. Où qu'elle aille, ils la retrouveraient.

Maintenant, il fallait avoir les idées claires et décider de la marche à suivre. June n'avait qu'un but, un seul : limiter les dégâts. L'argent venait en second.

Mickey Bannerman avait pratiquement battu à mort un type qui se plaignait que son chien aboie trop fort. Ils vivaient dans une jolie rue du nord de Londres et le type en question travaillait dans la banque. Poursuivi pour tentative de meurtre, Mickey avait quitté l'Old Bailey[1] les mains dans les poches parce que la victime avait refusé de témoigner.

Si même un mec friqué avait compris qu'il avait tout faux, il lui restait quoi, à June McNamara ? Rien, sinon pédaler dans la semoule. Il n'y avait qu'une solution : parler à Joey pour découvrir ce qu'il savait. Comme il travaillait pour les Davidson, il saurait peut-être la sortir de ce merdier.

Les fenêtres, dans la rue, étaient ornées d'arbres de Noël, les décorations éclairaient joyeusement l'obscurité de ce glacial matin d'hiver. Les enfants ouvraient leurs cadeaux et les femmes préparaient le petit déjeuner et le repas de Noël.

Rongée par l'inquiétude, June se sentait mal : elle s'était fourvoyée.

Il n'y avait pas d'échappatoire, nulle part où se cacher.

Susan était tellement contente de voir arriver sa mère qu'elle faillit fondre en larmes. Après deux heures avec son père, elle était au bord de la crise de nerfs. Joey était encore au lit et la puanteur, dans cette chambre qui sentait la vieille sueur et l'alcool, lui donnait la nausée.

Une fois qu'il s'était, enfin, assoupi, elle avait essayé de sortir du lit, mais une main d'acier l'avait rattrapée. Allongée dans la lumière du petit matin, elle se demandait ce qui avait bien pu se passer pour qu'il en arrive à lui faire ces choses-là.

A force de se concentrer sur Barry Dalston, sur ses devoirs, puis de faire le vide dans sa tête, elle avait fini par voir le jour se lever. Elle n'arrêtait pas de penser à ce pauvre Jimmy. L'image la bouleversait, lui donnait envie de pleurer. Il avait été gentil avec elle, Jimmy. Il lui avait toujours consacré du temps.

Lui, il ne voulait pas qu'elle vienne s'asseoir sur ses genoux, il n'exigeait pas des baisers qu'elle ne voulait pas

1. Tribunal de Londres (équivalent du Palais de Justice).

donner. Il l'avait traitée comme un homme de son âge doit traiter une petite fille.

A cinq heures et demie, quand enfin elle avait réussi à se glisser hors du lit, elle n'avait qu'une envie : filer se faire couler un bain et se taillader les poignets en s'allongeant dans l'eau chaude. Mais Debbie s'était réveillée et avait entamé sa litanie plaintive, comme tous les matins. Susan avait dû faire un effort énorme pour ne pas lui écraser son poing sur la figure. Et, pour couronner le tout, sa grand-mère était arrivée. A croire que Dieu Lui-même l'avait abandonnée.

La vieille sorcière lui avait mené la vie dure pendant des heures. Eplucher encore des légumes, faire un gâteau, préparer du thé. Une spirale interminable.

Comme d'habitude, Debbie n'avait rien eu à faire sinon faire sa coquette en racontant sa petite vie. Alors, quand June était arrivée, c'était comme si l'infanterie légère était venue sonner à la porte pour voler à son secours.

Susan avait embrassé, caressé inlassablement sa mère jusqu'à ce que June proteste en riant :

– C'est bon, Susan, détends-toi, ma bichette. Calme ta joie, je suis là maintenant !

Au fond d'elle-même, June adorait ça. Après la nuit d'angoisse qu'elle venait de passer, elle se délectait de tant de sollicitude.

– Je suis désolée pour Jimmy, maman, vraiment désolée. C'était un type bien.

Joey l'entendit alors qu'il émergeait de la chambre.

– Putain de Jimmy ! Au vide-ordures, ouais !

Il lança un : « Joyeux Noël, tout le monde ! » en entrant dans la cuisine, embrassa sa mère et ses filles puis, prenant sa femme dans ses bras, cria gaiement :

– Alors, ma belle, tu reviens à la maison ?

La cuisine était tranquille. Toutes trois retenaient leur souffle en attendant la réponse de June.

– Bien sûr que je reviens, je te l'ai dit hier soir.

Mamie McNamara ironisa à tue-tête :

– T'acceptes les restes du maquereau écossais ? Ça te gênerait pas, hein ? Merde, je me demande bien d'où je t'ai sorti, Joey. N'importe quel mec lui arracherait les ongles, à cette sale pute, après tout ce qu'elle t'a fait subir toutes ces années.

June baissa la tête. Elle avait les cheveux en bataille, son maquillage avait coulé. On aurait dit une peinture détrempée sur le point de se dissoudre devant leurs yeux.

Elle vociféra, en se tournant vers sa belle-mère :

– Parfaitement, c'est ça ce que je veux ! Allez, va-t-en ! Dehors !

Quand elle se retourna vers Joey, le visage dur, il se rendit compte à quel point elle avait changé. Fini, la June d'antan. Celle qui lui revenait avait décidément le caractère bien trempé.

– Je veux pas de *ça* dans ma cuisine. A moins qu'elle sache garder sa langue tranquille dans sa vieille bouche édentée.

Joey regarda sa mère et réprima un sourire. Il était grand temps qu'on remette cette vieille morue à sa place. Si June voulait le faire, c'était toujours ça de gagné.

Après tout ce qui s'était passé, le retour de sa femme au bercail serait le scoop du siècle dans le quartier. Il faudrait assumer. Lui, il avait envie qu'elle revienne, il l'avait dans la peau, de toute façon. Quoi qu'elle ait fait, quoiqu'elle fasse, il la voulait encore et toujours.

En apercevant le visage ravagé de Susan, une honte insidieuse l'envahit. Si jamais June découvrait le pot aux roses, ça ferait un beau grabuge.

C'est sûr, ce n'était pas bien, ce qu'il faisait. Mais elle était là, disponible. Il pouvait la dominer.

Debbie, elle, ne se serait jamais laissé faire. Elle était trop gâtée, trop sûre d'elle, alors que Susan était née pour être manipulée. Et, manipulée, elle le serait toute sa vie. Aussi sûr qu'il s'appelait Joey. Avec la tête et l'allure qu'elle avait, franchement, elle n'avait pas grand-chose d'autre à espérer. Pas dans le quartier en tout cas. Elle faisait ce qu'on lui disait, la petite Susan. Jamais il ne lui venait à l'esprit de dire non. Il tenta de lui faire un sourire, elle se figea.

Ivy était sur sa chaise, blême de rage et d'incrédulité. Voilà que son fils prenait le parti de sa femme, maintenant.

Ça montrait combien sa position était précaire dans cette maison.

Elle se leva et lança d'un ton amer :

– Après tout ce que j'ai fait pour vous, c'est comme ça que vous me traitez ?

June eut un petit rire.

– Allez, la vieille, assieds-toi. Tu peux rester, va. Mais tu la fermes et tu fais profil bas. Un mot de trop et tu fous le camp par cette porte, tu me suis ? Si jamais, je dis bien, si jamais je reviens ici, va y avoir un paquet de changements. Et toi, la miss, t'en fais partie. Terminé, les allées et venues dans cette maison. Fini, le venin. Et tu te mêles plus de mes relations avec les filles, capito ? Fi-ni.

Joey se délectait de voir sa mère se décomposer. Si la nouvelle June arrivait à lui clouer le bec, il avait rien contre.

Susan et Debbie observaient la scène avec attention, aussi anxieuses que leur père de savoir si la pilule allait passer. Surtout que, pour une fois, elle n'avait pas tout à fait tort, mémé.

June les avait bel et bien abandonnées, ses filles, et Ivy s'en était occupée du mieux qu'elle avait pu. Du moins, aussi bien que le lui permettaient sa grande gueule et sa langue venimeuse. Les gamines avaient des vêtements propres, elles mangeaient de vrais repas. Même si Susan se tapait la plus grosse partie du boulot.

L'œil brillant, Debbie comptait les points, avide de connaître l'issue de la bagarre. Elle espérait que sa mère allait gagner parce que sa grand-mère l'horripilait. Contrairement à Susan, quand mémé lui tombait sur le poil, Debbie ne se gênait pas pour l'envoyer sur les roses, et ça marchait. Susan était différente, elle aurait fait n'importe quoi pour être tranquille.

La vieille femme se sentit prise au piège. Elle n'avait pas envie de rentrer chez elle. Ici, elle avait tout ce qu'elle voulait. De la compagnie, à manger, à boire et surtout, surtout, son précieux fiston. Son Joey chéri qu'à sa manière elle chérissait plus que la vie elle-même.

Il fallait que June dégage pour qu'elle reprenne sa place. Mais Ivy avait deviné juste : si June le lui demandait, Joey ficherait sa mère dehors sans hésiter. Du coup, elle ravala sa fierté et se rassit. Le regard vide, la bouche tombante, elle avait l'air d'un parieur qui vient d'apprendre qu'il a gagné mais qu'il ne touchera pas un rotin.

Oubliant son agressivité naturelle, elle baissa les yeux et garda le silence.

L'appartement semblait figé, tant le silence était profond. Tout le monde avait compris que le pouvoir avait changé de mains. Et en faveur de June, cette fois-ci. Elle avait fini par gagner.

Consciente qu'il fallait alléger l'atmosphère et se sentant un peu désolée pour sa belle-mère, June cria d'une voix forte :

– T'as bien tout entendu, Maud ?

Tout le monde rigola, même la vieille.

June mit de l'eau à chauffer et, d'un ton enjoué, lança aux deux filles :

– Allez, c'est Noël, on oublie tout et on s'amuse, d'accord ?

Les deux gamines hochèrent la tête. Leur mère leur tendit un sac plein de cadeaux.

– Allez dans le living et jetez un œil sur ce que je vous ai trouvé. Moi, je m'occupe de la cuisine. Vous allez voir ce que vous allez voir. Ça va être le plus beau Noël qu'on a jamais passé.

Les filles acquiescèrent de nouveau. June remarqua les cernes sous les yeux de Susan et ravala sa culpabilité.

Visiblement, quelque chose n'allait pas du tout chez cette petite, mais quoi ? Elle lui parlerait, mais pas tout de suite. Pour le moment, elle avait bien trop de choses en tête.

Une demi-heure plus tard, June était dans la chambre avec son mari, qui avait l'air ébranlé par les révélations qu'elle venait de lui faire.

– Non, mais bordel de merde, qu'est-ce que t'as foutu, June ? T'es complètement conne ou quoi ? T'es malade ?!

Après avoir fait taire la panique qui l'étranglait, elle répliqua :

– Ecoute, Joey, j'ai trouvé ce qu'ils cherchent tous. On peut en tirer quelque chose, pour une fois, on peut gagner le gros lot. Tu comprends pas ?

Elle avait la voix rauque d'énervement et d'exaspération. Il voyait jamais plus loin que le bout de son nez, c'était ça le pire. Joey avait l'air abasourdi, épouvanté, totalement retourné. June fut terrifiée. Après tout, elle avait peut-être fait une connerie. L'argent, en tout cas, elle n'en soufflerait pas un mot. Conne peut-être, mais pas à ce point !

– Ils vont t'égorger, les Bannerman et les Davidson, quand ils sauront ce que tu as fait, June. C'est à cause de ce que tu as entre les mains que Jimmy s'est fait buter, et lui, c'était pas un enfant de chœur, si tu vois ce que je veux dire. Tu crois que tu vas avoir droit à un traitement de faveur ? Ils vont se douter que t'as piqué la marchandise et te cavaler aux fesses. Et, par la même occase, ils en auront après moi. Après tout, je suis ton mari, pas vrai ? Même si t'as tendance à l'oublier quand ça t'arrange.

La logique était imparable. Pourtant, June était persuadée qu'il y avait un bon coup à faire. Elle méritait une « compensation », comme on disait quand un homme se faisait buter. Le commanditaire devait assurer, question d'honneur chez les truands. On dézingue le soutien de famille, donc on offre une compensation à la veuve. La moindre des choses.

– J'ai droit à une compensation, Joey, tu le sais bien.

Il secoua la tête d'un air consterné.

– T'as droit à rien du tout, oui. Ils s'occuperont de toi si tu joues leur putain de jeu, et basta ! Mais qu'est-ce que tu crois, June ? T'es demeurée, ou quoi ? C'est des Bannerman qu'on cause, pas de ces connards de frères Kray[1] ! Les frères Bannerman, c'est des cinglés de première. Aucun code de conduite, rien à voir avec des gentlemen ! Des vrais branleurs, du genre violent en plus. Ils ont dit à Maureen

1. Les jumeaux Ronald et Reginald Kray, originaires de l'East End, régnaient par la terreur sur la pègre locale des années 1950 et 1960.

Carter qu'ils lui avaient pris rendez-vous chez un chirurgien esthétique. Pourquoi t'imagines qu'elle est sortie avec Jimmy, hein ? Parce qu'on le lui a demandé. On me la fait pas, à moi, figure-toi ! C'est à cause de toi que Davey m'a tout raconté. Il a été correct. Si Bannerman savait ça, il lui trancherait les oreilles. Et toi, tu nous fous dans la merde ! Mais qu'est-ce qui t'a pris ? Comme si on n'avait pas assez d'emmerdes comme ça ! Ben, non, toi, t'en rajoutes une louche !

– Je croyais que les Bannerman et les Davidson étaient pas dans le même clan ?

Joey poussa un soupir.

– Mais bien sûr que si, ma puce. Maintenant qu'ils ont réglé son compte au Jimmy, Davey va venir récupérer ce qu'ils cherchent. Si Maureen s'est acoquinée avec les Davidson, c'est parce qu'elle était menacée par les Bannerman. Crois pas qu'elle va rester comme ça, les mains dans les poches. Elle est dangereuse, cette femme-là. Tu sais qui c'est, le père à son fils ?

June secoua la tête. A son avis, personne n'était au courant, et c'était pas faute d'avoir tenté de le savoir.

– Il s'appelle Willie Dixon.

June en resta bouche bée.

– Tu rigoles ?

Joey secoua la tête.

– Il sort de cabane d'ici quinze jours. Après avoir tiré seize ans à l'île de Wight[1]. Une fois dehors, il va réclamer son dû. Du coup, les Bannerman vont se trouver en bisbille, non seulement avec les Davidson, dont ils se balancent complètement, mais avec les Dixon. Ils sont pas encore au courant, mais, dès qu'ils le seront, ils se retireront, ni vu ni connu. Pour l'heure, c'est toi qu'as dans les mains ce que tout le monde cherche, y compris les Dixon. Maintenant tu piges peut-être pourquoi je suis en train de chier dans mon froc ?

June secoua la tête, sidérée.

– Comment ça se fait que personne soit au courant pour Maureen Carter et Dixon ?

1. Ile du Sud de l'Angleterre, en face des villes de Southampton et de Portsmouth, où se trouvait un célèbre pénitencier.

Joey eut un rire de mépris.

– Parce qu'elle est pas comme toi. Elle sait la boucler, elle. C'est pour ça qu'elle joue dans la cour des grands. Elle a une bonne réputation, Maureen, elle ferme sa gueule et elle ouvre grand les mirettes. Pas comme toi, qui sais pas tenir ta langue et qu'es prête à écarter les cuisses au moindre petit clin d'œil. Tu piges, maintenant, ce qu'il lui trouvait à la Maureen, Jimmy ?

– Il était au courant pour Dixon ?

Joey secoua la tête.

– Aucune idée et, franchement, j'm'en bats les couilles. Tout ce qui m'intéresse, c'est d'essayer de nous sortir de la merde où tu nous a fourrés. Il est temps que je m'habille et que j'aille voir Davey. Je peux p't'être encore sauver quelque chose.

Il lui planta un doigt entre les deux yeux.

– Ça me déplairait pas de te buter, tu sais, June. Et je mens pas, figure-toi. T'as aucun sens des affaires. D'ailleurs, tu piges rien à rien. Point barre. A l'avenir, tu restes dans ta cuisine, OK ?

Elle acquiesça.

Un coup violent à la porte les fit sursauter de frayeur.

– Et voilà, c'est parti, June, Noël ou pas Noël. Tu me laisses parler, OK ?

La porte de la chambre explosa littéralement. Deux types se tenaient dans l'embrasure. June et Joey poussèrent un soupir de soulagement : ouf ! ce n'étaient pas des voyous armés de battes de base-ball. Enfin, jusqu'à ce qu'ils ouvrent la bouche…

– Inspecteur Harry Knapp… Joey McNamara, je vous arrête pour le meurtre de James Vincent. Rien ne vous oblige à parler, mais tout ce que vous direz pourra être utilisé contre vous.

– Qu'est-ce que c'est que c't'histoire ?

La voix de Joey tonnait dans la petite chambre.

Les deux gamines regardèrent leur père quitter la maison sous bonne escorte.

5

– Dis, c'est pas papa qu'a tué Jimmy, hein ? demanda Debbie tout bas, d'une voix apeurée.

June secoua la tête avec impatience.

– Bien sûr que non.

Les gamines échangèrent un regard. A l'évidence, pour elles c'était leur père qui avait supprimé le copain de leur mère. Tout le monde penserait la même chose, d'ailleurs.

Ivy n'avait pas ouvert la bouche depuis qu'on avait emmené son fils.

– Tout est de ta faute, June. Il va écoper un max, et ça sera fini pour toi. Le pire, c'est que tu le mérites même pas, mon pauv' Joey. T'as jamais rien fait pour lui, à part lui piquer son nom et le traîner dans la boue.

Ses paroles eurent l'effet d'un chiffon rouge agité devant le nez d'un taureau : furibarde, June se retourna pour lui faire face.

– Mais de quoi tu parles ? Son nom, c'est la honte dans ce quartier, encore pire que celui des Clancy ! De la raclure, oui ! C'est qu'un crétin de branleur, ton fils. Mais je l'ai aimé d'amour, c'est vrai, et justement à cause de ça. Si seulement on avait pu gérer nos affaires tranquillement tous les deux, tout ce serait bien passé. Mais, bien sûr, il fallait laisser la belle-doche fourrer son nez partout et ouvrir sa grande gueule sans arrêt. Sauf que, maintenant, comme je te l'ai dit, ou tu la fermes, ou tu te casses. J'en ai plein le cul de te voir, tu piges ?

Eberluées, June et les gamines virent de grosses larmes rouler sur les joues de la vieille femme.

– Mais June, qu'est-ce que je vais faire sans lui ? Mon Joey, c'est toute ma vie !

Touchée, gagnée par la même crainte, June l'embrassa.

– Ils peuvent rien lui reprocher, il a rien fait.

– M'man, tu devrais badigeonner l'oie, elle va se dessécher.

Susan avait parlé d'une voix calme. June lui lança un regard de gratitude, attrapa un torchon, sortit le volatile du four et l'arrosa de son jus. Toutes la regardaient faire, fascinées, comme si c'était la première fois qu'elles voyaient ça.

– Allez jouer avec vos cadeaux, les filles, faut que je réfléchisse.

Les deux gamines quittèrent la pièce et June lança un regard de détresse à sa belle-mère.

– C'est pas lui qu'a buté Jimmy. Il l'a peut-être menacé, mais ç'a sûrement pas été plus loin. Joey aurait jamais osé s'attaquer à Jimmy, tout le monde le sait. Toute façon, va falloir qu'ils prouvent qu'il était dans les parages, non ?

Ivy eut un rire sinistre.

– La flicaille, elle a jamais rien à prouver. C'est à toi de montrer qu'ils ont tort, tu le sais mieux que moi. S'ils veulent mon fils, ils l'auront, June. Regarde ce qu'ils ont fait aux pauvres Kray, c'est de la justice, ça, peut-être ?

June ne se donna pas la peine de répondre. Elle avait toutes les clés en main, mais qu'en faire ? Impossible, évidemment, de se confier à sa belle-mère. Tout le quartier serait au courant à la vitesse grand V.

Joey était en cellule. Livide. La porte s'ouvrit, il se leva. Sa rage vira à l'effroi quand il reconnut la personne qui entrait.

L'inspecteur Harold Hitchin était de petite taille – tout juste le minimum requis pour être admis dans la police. Il avait le corps sec et nerveux, les cheveux à l'avenant, des yeux d'un gris étrange, presque sans couleur, et un air légèrement distant, comme décalé. Son allure et sa façon d'être dissimulaient un esprit d'analyse redoutable, rusé même, et un caractère vindicatif.

Il sourit lentement, découvrant une rangée de pelles à tartes bien jaunies. Dans le Milieu comme dans la police, on l'avait surnommé « SB » : « Sale Bâtard ».

Hitchin avait une femme extrêmement séduisante, qu'il adorait. La rumeur prétendait qu'il l'avait ramassée sur le trottoir à l'époque où il était à la Mondaine. On ne lui connaissait pas d'autre compagne.

Il avait gagné ses galons d'Inspecteur au prix d'un boulot acharné, doublé de quelques beaux trophées. Quand on avait SB aux fesses, on vendait n'importe qui, jusqu'à sa propre mère, parce que, ce mec-là, tant qu'il n'avait pas obtenu ce qu'il voulait, il ne vous lâchait pas. Cela dit, il n'était pas contre un revenu complémentaire de la main à la main, de temps à autre. Certaines personnes pouvaient continuer à dormir tranquilles.

Hitchin et Jimmy avaient bu plus d'un verre ensemble. En le voyant debout devant lui, Joey comprit qu'il était bon pour un sérieux séjour en cabane, et pas la plus confortable, avec ça. Il en faisait son affaire personnelle, du SB.

– Salut, Joey, ça fait une paye, dis donc ! Alors, les petits trafics de merde, ça baigne ?

Joey se lécha les lèvres avec nervosité.

– J'ai rien fait, monsieur Hitchin, je vous assure, y a pas un mot de vrai, là-dedans. La mort à Jimmy, je suis pas au courant, j'ai rien à voir avec. Juré, craché.

– Sur la vie de ta mère, c'est ça ?

Hitchin avait la voix haut perchée, un peu féminine même, mais personne n'osait s'en moquer.

– Sur la vie de ma mère et sur la tête de mes filles !

Hitchin le regarda fixement pendant plus de cinq minutes. Joey ne le vit pas ciller une seule fois. Un regard effrayant, tapi derrière des paupières lourdes. Un regard de serpent prêt à mordre.

Puis, faisant volte-face, Hitchin lança d'un ton amical :

– Ma femme est furieuse, Joey, parce que je l'ai laissée en plan avec un excellent dîner pour venir te voir. Crois-moi, ça m'énerve autant que toi. Je sais pas toi, mais moi, j'aime bien Noël. Les hommes de bonne volonté et toutes ces conneries. Ma bonne volonté à moi, tu vois, elle vient de se faire la malle. A cause de toi. Je n'éprouve plus aucun sentiment pour personne, à part de l'animosité et de la contrariété. Tu me suis ?

Joey hocha la tête.

La peur au ventre, il vit ce type devant lui sortir de sa poche un long tuyau métallique recouvert de chatterton et se mettre à battre la mesure au creux de sa paume.

– Après avoir mûrement réfléchi, j'ai pris la décision de te péter la gueule, Joey. Rien de perso, t'inquiète. J'ai jamais pu te saquer, mais je suis pas du genre vindicatif. Aujourd'hui, ça pourrait être n'importe qui. Tu peux comprendre ça, non ?

Joey sentit les larmes lui monter aux yeux. Manquait plus que ça, tiens, d'avoir Hitchin sur le poil, un mec décidé à jouer les anges exterminateurs, un type qui faisait cracher les gens à coups de poing et de savate. Et qui n'avait pas peur, quand l'occasion se présentait, de se servir d'une arme, pour le compte de quelqu'un d'autre en général.

Dans l'East End, on appelait ça « bétonner ».

Joey l'aurait parié : c'étaient les Davidson ou les Bannerman qui avaient bétonné Hitchin à force de thunes, histoire que lui, Joey, il se retrouve à la fois hors course et hors d'usage. Deux avertissements en un, en somme.

Et la police, tout en faisant son métier, lui faisait savoir qu'il était l'homme à abattre.

Ses larmes débordèrent : il était carrément terrorisé.

– T'as quelque chose à dire avant que je commence ? Parce que, pour en finir avec toi, va falloir que je fasse taire mon estomac et que je remette à plus tard le plaisir de rentrer chez moi dîner comme tout le monde.

Joey dévisagea le reptile qui lui faisait face et inclina la tête. Il avait beau être barjot, il savait quand même reconnaître quand il fallait baisser sa garde.

Une fraction de seconde, il défia Hitchin du regard :

– C'est pour le compte de qui : Davidson ou Bannerman ?

Hitchin se mit à rire. Un petit gloussement sincère.

– C'est tout pour toi, Joey, rien que pour toi.

Maureen Carter n'était pas tranquille.

Son fils était devant la télé. Elle s'apprêtait à lui une escalope de dinde quand on sonna. Instinctivement, elle jeta un œil à la pendule murale de la cuisine. Presque cinq heures et demie. Elle dénoua son tablier et se recoiffa. A sa grande surprise, elle trouva June sur le pas de la porte.

– Qu'est-ce que je peux faire pour toi ?

June eut un sourire triste.

– Ce serait plutôt l'inverse, en fait.

June suivit Maureen jusque dans la cuisine et sourit à son fils en passant.

– Il est mignon. Comme son père.

Maureen la fixa quelques secondes avant de répondre d'un ton sec :

– Laisse tomber et accouche, June. Toi et ton mec, vous avez donné la migraine à trop de gens aujourd'hui et, crois-moi, ceux que t'as croisés sont pas près de l'oublier.

June prit une profonde inspiration :

– Ils ont arrêté mon Joey.

Maureen eut un rire amusé.

– Joey ? Et alors ? Pour le meurtre de « ton » Jimmy, j'imagine !

Elle se passa une main manucurée dans les cheveux.

– Ben, ça alors, t'es une belle salope. Encore plus amorale que moi ! « Mon » Joey ? Tu prends ton pied, là, non ?

Agacée, June répliqua :

– Y a pas de quoi rigoler. C'est le père de mes enfants…

– Regarde les choses en face, ma grande, l'interrompit Maureen, c'est que des mots, tout ça. Alors, crache le morceau et dégage. Si t'es dans le coin pour pleurer nos petits cœurs brisés, tu peux te casser, c'est pas mon truc. Et c'est pas non plus celui de Davey Davidson, qui, soit dit en passant, était au courant des conneries de Joey avant la police. Tu me suis ?

June ravala une furieuse envie de lui cogner dessus. Si elle, elle était amorale, ce n'était rien comparé à cette femme. Elle se consolait en se disant qu'au moins, quoi qu'elle ait fait, elle n'était pour rien dans le meurtre de Jimmy. Jimmy s'était frotté aux piquants de cette Maureen, et il l'avait payé cher. June avait beau passer pour une moins que rien, elle ne descendrait jamais aussi bas.

– Suppose que je te file un coup de main pour retrouver le carnet de Jimmy…

Maureen la fixa du regard, l'œil brillant sous ses paupières mi-closes.

– S'agit pas du Graal, ma belle, juste de ce qui nous appartient.

June éclata d'un grand rire profond.

– Plutôt ce qui appartient à Jimmy, non? Cessons de tourner autour du pot, Maureen. Ça t'intéresse ou pas? Combien tu me donnes?

– Tu fixes le prix, je te dis si ça peut aller. Assieds-toi, je vais nous servir quelque chose à boire et on va discuter. Mais je te préviens, sois pas trop gourmande. Je peux être coriace en affaires.

June sonda le regard froid de son adversaire et ne tenta pas de répondre. En s'asseyant, le sourire aux lèvres, ses yeux s'arrêtèrent sur le plat de dinde et de jambon rôti posé sur la table. Ça avait l'air succulent. Au fond, elle savait bien qu'elle allait prendre la raclée de sa vie, mais il fallait y aller. Malgré ses défauts, et Dieu sait s'il en avait, elle ne laisserait pas Joey payer pour tout le monde. Parce que c'était ce qui allait se passer : Joey ne vendrait pas la mèche, et il se prendrait une putain de peine – dans les quinze ans sans doute. Il passerait ses années de taule à ronger son frein, c'était dans son caractère. Quant à elle, les Davidson lui ferait un sort, puis ils les oublieraient tous les deux. Pas de doute, c'était ce qui allait arriver. Il fallait mettre le paquet maintenant, et ne pas lésiner sur la quantité.

La donne de son mari pouvait changer.

Ivy tirait une gueule à faire tourner le lait. Pour une fois, ses deux petites filles la plaignaient sincèrement : elle avait de réelles raisons de s'inquiéter.

Après l'avoir plié avec soin, Susan rangea bien proprement le papier cadeau dans le tiroir de sa commode. Il était si joli qu'elle avait eu envie de pouvoir le regarder de temps en temps. Elle adorait les belles choses, et elle adorait en avoir.

Debbie, elle, se fit du souci pour son père pendant une heure, puis finit par en avoir marre. Il ne se passait rien, alors autant aller faire un tour chez une copine.

Restée seule avec sa grand-mère, Susan mit de l'ordre, lui prépara un grog avec du lait et du whisky, et fila rêver dans sa chambre.

En débarrassant le foutoir de Debbie, elle pria pour que son père en prenne pour vingt ans. Elle l'imaginait déjà en train de se balancer au bout d'une corde. Mais bon, la peine de mort, c'était fini, alors autant revenir en arrière et l'imaginer enfermé dans une cellule pour de longues, longues années.

Ça faisait tellement de bien de penser à ça.

Plus rien ne l'obligerait à sentir les mains de ce type sur elle et, quand il sortirait, elle serait assez grande pour lui dire d'aller se faire voir ailleurs.

Susan soupira de bonheur.

S'il vous plaît, mon Dieu, faites que la police ait suffisamment de choses à lui reprocher. S'il vous plaît, Seigneur, faites que les chefs d'accusation soient bien solides.

Soudain, on frappa à la porte. Interrompant sa rêverie, Susan alla ouvrir. Ça devait être un voisin.

Elle se trouva nez à nez avec Barry Dalston.

Son cœur se mit à battre si fort qu'elle eut peur que Barry ne l'entende. Elle eut subitement une conscience si précise de son corps que la tête lui en tournait et que ses jambes lui semblaient en coton. Elle était contente de s'être bien habillée et un peu apprêtée : elle n'avait jamais été aussi mignonne.

Comme d'habitude, Barry était mal sapé et arborait son petit sourire en coin.

– Joyeux Noël, ma biche. Tu crois que je pourrais entrer ou que toi, tu pourrais sortir ? Qu'est-ce que tu préfères ?

Susan ouvrit grand la porte. Barry lui tendit un petit paquet. Susan en sourit de plaisir.

– C'est pour moi ?

Barry s'illumina :

– Non, c'est pour ta frangine.

Devant son air dépité, il la prit dans ses bras.

– Bien sûr que c'est pour toi ! Pour qui veux-tu que ce soit ?

Elle lui fit traverser le living, contente d'y avoir mis de l'ordre. Ivy s'était endormie dans le fauteuil près du chauffage à gaz, une cigarette Capstan collée au bec.

– Vaut mieux qu'on aille à la cuisine, ma grand-mère ronfle comme un sapeur.

Barry la suivit, le sourire aux lèvres. Susan mit la bouilloire à chauffer. Elle sentait ses mains trembler. Se retournant vers Barry, elle le regarda droit dans les yeux.

Barry était beau, dans tous les sens du terme. Tout lui plaisait chez lui. Son air railleur, elle le mettait sur le compte de l'expérience. Cette bouche cruelle, qui l'attirait irrésistiblement, elle avait envie de l'embrasser à en faire tomber Barry dans les pommes. Dans son regard dur, elle voyait de l'espièglerie et du rêve.

Susan voyait ce qu'elle voulait voir. Comme la plupart des femmes amoureuses, elle voyait l'homme de ses rêves.

Il l'attira vers lui et l'embrassa violemment sur la bouche. Elle frémit. C'était bon d'avoir ces bras autour d'elle, elle se sentait en sécurité. Barry Dalston la protégeait. De son père. De tout.

Quand elle sentit sa langue lui explorer la bouche, elle eut un mouvement de recul. Le baiser lui faisait peur autant qu'il l'excitait.

– T'aurais quelque chose de sérieux à m'offrir à boire ?

Susan était à demi étourdie.

– Quoi ? De la bière, par exemple ?

Barry lui fit un grand sourire.

– Non, du whisky. Je suis écossais. Chez moi, on boit du whisky pour les fêtes. Encore que, nous, c'est au Nouvel An qu'on fait la fête. Noël, c'est pour les mômes.

Susan ouvrit le placard de la cuisine et sortit la bouteille de Bushmill's. Si sa grand-mère l'y prenait, elle l'écorcherait vive. Mais elle s'en fichait maintenant. Elle se fichait de tout, d'ailleurs, sauf de ce qu'elle voyait devant elle : Barry

Dalston était chez elle, le jour de Noël, il lui avait apporté un cadeau, son père était au trou pour tentative de meurtre et sa mère revenait vivre à la maison. Jamais elle n'avait été aussi heureuse. Franchement, que demander de plus ?

Elle lui servit une bonne rasade. Barry attrapa un autre verre sur l'évier, y versa du whisky, ajouta de la limonade et le lui tendit en disant d'un ton enjoué :

– Tchin-tchin ! On se le boit cul sec pour Noël ?

Susan vida son verre d'un trait et faillit s'étrangler. Elle avait les yeux pleins de larmes et son mascara, appliqué avec tant de soin, la piquait. Barry se mit à rire et l'attira contre lui pour étouffer le bruit, qui risquait de réveiller Ivy dans le salon.

– Doucement, Susan, la vieille va nous tomber dessus.

Susan se retint de rire et se serra contre lui. L'alcool lui était monté directement à la tête. Elle sentait un courant chaud lui courir dans les veines, comme si elle avait pris cinq centimètres et était devenue cent fois plus craquante en cinq minutes.

Elle riva son regard sur lui.

Barry la contempla de toute sa hauteur, l'esprit ailleurs. Visage banal, mais jolis yeux. Presque mignonne avec ses joues rouges. Eperdue d'admiration, en plus. Il décida que ça lui plaisait.

Contrairement aux filles plus jolies qui le menaient par le bout du nez, Susan était comme un pantin attendant qu'il la sorte de sa boîte pour jouer avec elle. Elle ne se rendait pas compte que ce qui lui donnait plus envie encore de jouer avec elle, c'étaient ses énormes nénés. Son point fort. Enfin, pas autant que son paternel et sa réputation d'enfer.

– On m'a dit, pour ton père. Je suis désolé. Il a rien fait de plus qu'un autre.

Susan sentit l'allégresse la quitter d'un coup. Elle s'écarta, attrapa son cadeau et l'ouvrit. Changeant d'humeur, elle se tourna vers Barry, ravie.

– Oh ! elles sont jolies ! Elles sont magnifiques !

Des créoles en or. Voilà comme on appelait ces boucles d'oreilles dans l'East End. Le bas de l'anneau était lesté, elles brillaient dans sa main. Susan en avait le souffle coupé : si Barry lui faisait un cadeau pareil, c'est que c'était du sérieux.

Il lui rendit son sourire en croisant les doigts : pourvu que ça paie. Les boucles, il les avait piquées lors d'un cambriolage, quelques jours plus tôt. En les déballant, il s'était dit qu'elles seraient pour Susan et s'était contenté de les remballer grossièrement. Barry n'avait aucun scrupule à s'approprier les affaires des autres, même sous le sapin de Noël. Il savait que les boucles valaient un bon petit paquet et se trouvait très généreux d'en faire cadeau à Susan alors qu'il aurait pu en tirer des thunes.

Il l'embrassa sur la bouche, doucement cette fois, et Susan se laissa glisser dans ses bras. Il la poussa contre l'évier. Elle le laissa remonter son pull-over et lui prendre les seins. Il les pétrit de ses mains calleuses, les soupesa. Elle avait la peau douce. Un jour ils lui pendraient sur le ventre comme de vieux gants de toilette.

Il les serra l'un contre l'autre et baissa les yeux. Jamais il n'avait bandé aussi fort. Cette fille allait jouer un rôle important dans sa vie, ne serait-ce qu'à cause de ces énormes seins qu'il tenait à pleines mains.

– Ils sont canon, Susan, carrément bandants.

Susan, en pilote automatique, n'écoutait plus. Pour garder Barry, elle savait qu'elle devait le laisser faire, comme son père, c'était la seule chose qu'il voulait. Il n'essaya pas de la faire jouir, pas même un peu. De toute façon, il ne leur serait venu à l'idée ni à l'un ni à l'autre que Susan pouvait avoir sa part de plaisir. Son destin, c'était de se faire prendre, alors elle se laissa prendre, là, dans la cuisine de sa mère, avec sa mémé endormie dans la pièce à côté.

Quand Barry la pénétra, elle n'était pas mouillée. Il entra en force et elle poussa un léger cri, que Barry étouffa en la serrant contre sa poitrine. Manifestement, il pensait être le premier. Susan se sentit étrangement déprimée. Savoir que son père l'avait pénétrée bien des fois était comme une plaie suintante.

Elle se concentra sur les boucles d'oreilles et ce qu'elles représentaient : un signe qui lui disait combien Barry tenait à elle. Il lui avait acheté de l'or. Dans son milieu, ce n'était pas rien. L'or était le symbole de l'engagement, le précurseur de l'alliance. Les boucles d'oreilles lui disaient qu'il la prenait au sérieux, qu'il voulait autre chose qu'une banale amitié. Pourquoi, alors, lui refuser son corps ? Après tout, elle lui appartenait déjà un peu maintenant.

Pas un instant elle ne se dit qu'elle n'était qu'une enfant. Barry encore moins, évidemment. Avec des miches pareilles, elle était bonne à prendre. Il la jugeait sur la maturité de son corps, pas du reste. Quand il s'affala contre elle, son sperme humide lui coulant entre les cuisses, elle poussa un profond soupir.

Au moins, avec Barry, elle avait un certain pouvoir.

Il lui fit une bise sur le front et lui sourit. Un petit geste gentil par lequel il se l'attacha pour la vie.

Joey se réveilla à l'Old London. Sa tête lui faisait un mal de chien et il avait l'impression d'avoir été amputé des deux jambes sans anesthésie. Mais quel soulagement, cette douleur : au moins, il était du côté des vivants.

En voyant le visage pincé de l'infirmière qui se penchait sur lui, il faillit hurler de terreur. Elle était encore plus laide que Hitchin, ce qui était peu dire. A son uniforme bleu marine, Joey se dit qu'il devait être en sécurité. Il se sentit d'un coup beaucoup mieux.

Quand la barre de métal lui avait atterri sur le front, il avait bien cru que son dernier Noël était arrivé…

Il soupira et ferma les yeux.

Il était vivant et, aux dernières nouvelles, pas en prison. Mais, au lieu de baiser sa June et de la ramener dans le droit chemin, il était au lit avec un mal de crâne à s'arracher les cheveux et le sentiment d'être toujours en route pour quinze, sinon vingt ans de cabane.

La vie était vraiment une sale garce, parfois. Une sacrée salope.

En rouvrant les yeux, il aperçut Davey Davidson debout au pied de son lit, l'air avenant, une corbeille de fruits dans les mains.

Joey hésita entre le rire et les larmes. Finalement, il résolut d'attendre que son patron lui dise quel sort il lui réservait.

– Ça doit faire du bruit dans ta caboche, hein, mon pote ?

Davey parlait à voix basse et sur un ton compatissant. Joey leva les yeux et lui dit, d'un ton geignard :

– Ben, j'ai connu mieux, Davey, si tu vois ce que je veux dire.

Mickey Bannerman souriait.

Layla, sa femme, lui avait donné huit enfants. Elle avait de gros seins, de belles dents, une superbe crinière rousse et un nez énorme. Son père, Billy Tarmey, était un truand renommé de l'East End. Mickey l'avait épousée pour faire main basse sur le territoire du vieux. Il avait facilement infiltré l'intimité du type le plus craint de Londres. Depuis, grâce à la thune de son beau-père, il avait prospéré dans le nord et le sud de la ville, abandonnant l'East End aux tocards.

Seulement, maintenant, il lui fallait la totale.

En regardant sa femme avec ses gosses, il se réjouit de l'avoir épousée. Layla était une excellente mère : les filles faisaient de la danse et les garçons savaient tous jouer d'un instrument. Ils s'exprimaient très bien et se tenaient à table de manière exemplaire.

Mickey fréquentait aussi une ancienne stripteaseuse, une certaine Monet, à qui il rendait des visites ardentes et sentimentales. Jusqu'à quinze fois par semaine. Layla était au courant et l'acceptait. Mickey Bannerman avait la réputation d'être le plus grand baiseur de tout Londres, ses exploits étaient légendaires. Dans sa jeunesse, les hôtesses fuyaient dès qu'elles le voyaient passer la porte d'un club. Epuisées par ses ardeurs, il leur fallait des jours pour s'en remettre et retourner au boulot.

La rumeur prétendait qu'un vieux briscard, en apprenant que Bannerman le cherchait, aurait dit : « Putain de sort, j'espère que c'est une raclée qu'il veut me foutre, parce que j'aimerais pas me faire mettre jusqu'à ce que mort s'ensuive. » Mickey avait trouvé la remarque tellement marrante qu'il s'était contenté de lui filer une légère rouste. Voilà comment fonctionnait Mickey Bannerman.

Il était heureux, aujourd'hui, quasi euphorique. Assis dans son grand salon, sa plus jeune fille sur les genoux, il souriait à tout le monde. Encore quelques petites heures, et il aurait tout ce qu'il fallait pour devenir le roi du monde, son seul et unique objectif depuis qu'il avait épousé sa jument aux belles dents, comme il l'appelait.

Quand la sonnette retentit, il se leva pour accueillir Maureen Carter et June McNamara.

Il aimait bien June. Depuis toujours. Les rares fois où il l'avait vue avec Jimmy, elle avait été parfaite. Sage, docile, les miches au balcon. Une vraie fille à truand.

Contrairement à ce que pensait Maureen, ce serait du gâteau.

Il les installa dans son bureau, leur servit un verre et se laissa aller à d'aimables mondanités. Il les présenta même à ses gosses. Les Trapp[1] ne lui seraient pas arrivés à la cheville, question courtoisie.

Puis, chassant les mômes de la pièce, il sirota son verre en lançant un regard carnassier à June.

– Tu m'as filé une sacrée migraine, tu sais. Mais oublions ça, au nom de ma belle amitié avec Jimmy.

Ni June ni Maureen ne pipèrent. Comment Mickey pouvait-il parler d'amitié vis à vis d'un homme qu'il aurait buté si Davidson ne l'avait pas fait avant lui ?

Les yeux rivés sur le fond de son verre de porto, June tentait de maîtriser sa peur.

– Je suis désolée, monsieur Bannerman, j'ai eu peur. Je savais que Jimmy allait se tirer, alors j'ai essayé de sauver ma peau. J'ai deux gamines à élever et un mari aussi utile que des couilles à un pape.

Mickey se mit à rire, comme prévu. Si on arrivait à le faire rigoler, la partie était à moitié gagnée.

– Un vrai branleur, ton mec, ou je me trompe ? Grâce à toi, il se retrouve à l'Old London, la gueule plus enflée que la

1. Famille centrale du film *La mélodie du bonheur.*

queue d'un puceau. Mais je m'égare. Si tu as les papiers qui m'intéressent, dis-moi ton prix, ma belle. C'est Noël et je suis de bonne humeur. T'as du pot, hein ? N'importe quel autre jour de l'année, je t'aurais arraché les tétons en me gondolant. Mais j'aime bien Noël, ça me met en joie. Le Nouvel An arrive, on se prépare de nouveaux deals, de nouvelles connaissances. Une période de rêve comme je les aime.

Maureen vit June se liquéfier et se retint de rire. Mickey savait à qui il avait affaire et maîtrisait son numéro à la perfection.

Elle toussa, prit la main de June et dit doucement à Mickey :

– Je lui ai dit que pour compenser la mort de Jimmy elle pouvait garder les mille livres qu'elle a prises, mais qu'en échange elle devait nous donner les carnets. Je les ai là, dans mon sac, c'est donc une formalité tout ça.

Mickey observa la seule femme dont il aurait vraiment pu dire qu'il la respectait et l'appréciait. Maureen était une perle, à bien des égards. Suffisait de voir ce qu'elle venait de faire pour lui : mettre la main sur les carnets sans qu'il ait à débourser un penny.

June, elle, se disait qu'elle ne s'en était pas si mal sortie – et elle n'avait pas tort.

– Je lui ai dit qu'on avait rappelé Hitchin, maintenant que son mari est à l'hôpital. Qu'on était quittes et qu'on passait l'éponge sur leur grave erreur de jugement, à l'un comme à l'autre.

Mickey était complètement paumé. June n'était guère plus renseignée.

– Mais de quoi tu parles ? demanda-t-elle d'un ton craintif.

Maureen eut un large sourire.

– Disons, ma chérie, qu'on en reste là : tu gardes le fric de Jimmy et, nous, ses papiers. C'est pas compliqué.

Le visage de June s'illumina.

– Merci, vous êtes super généreux, tous les deux.

Mickey se leva, ravi. Il avait obtenu ce qu'il voulait, comment ne pas se montrer magnanime ?

– Encore un verre, mesdames ? Ensuite, vous voudrez bien m'excuser, mes enfants m'attendent pour le thé et je ne veux pas les retarder. Ma Layla ne les servira pas tant que je ne serai pas là. Elle sait que le rôle d'un homme, c'est de présider la table.

Maureen sourit.

– Personnellement, je pense que c'est plutôt à table que ça doit se mettre, un homme. Mais bon, je vois ce que tu veux dire.

En les regardant s'envoyer des vannes, June espérait qu'ils n'en avaient plus pour longtemps, qu'ils la laisseraient bientôt partir. Impossible de quitter son siège sans leur accord. C'était la règle dans le Milieu, et sûrement pas le moment d'essayer d'en changer.

Barry Dalston avait tellement impressionné Ivy qu'elle en avait oublié son débile de fils. Merci, Barry. Elle jactait sans relâche pendant que Susan préparait le thé.

– Il est gentil, ce jeune homme, et mignon, avec ça ! Merde alors, je me demande bien comment t'as fait pour le dégotter. Debbie, j'aurais pas été surprise, mais toi ! Je sais pas ce qu'il te trouve, c'est un vrai mystère pour moi. Pas que pour moi, d'ailleurs. Surtout, celui-là, le lâche pas !

Susan la laissa parler.

C'était bien que Barry soit parti : comme ça, elle pouvait se délecter jusqu'à plus soif de son cadeau. Le reste, elle l'avait enfoui dans un recoin de sa mémoire. Comme chaque fois que quelque chose l'embêtait ou la dérangeait.

Ivy continuait à la gratifier de ses avis et de ses opinions.

– C'est ton père tout craché au même âge. Même allure, même gueule, même aisance...

Susan ne lui avait jusqu'alors prêté qu'une oreille distraite, mais ce qu'elle venait d'entendre la fit exploser d'une fureur aveugle. La vieille femme sursauta en entendant Susan hurler.

– Ça va pas, non ? Barry, il a rien à voir avec mon père ! T'amuse pas à raconter des conneries pareilles, espèce de vieille sorcière ! Pourquoi tu rentres pas chez toi, d'abord ? Pourquoi tu nous squattes en permanence, hein ? Tu pourris tout, à la fin ! Barry, il a rien, mais alors rien à voir avec mon père. Enfin, mon soi-disant père, parce que, dès que t'en as l'occasion, tu te gènes pas pour proclamer que je suis pas la fille à Joey. Crois-moi, y a rien, mais alors rien qui pourrait me faire plus plaisir.

Ivy en fut pétrifiée, littéralement scotchée, mais pas longtemps. Se dressant sur sa chaise, elle leva la main et flanqua une bonne gifle à sa petite-fille.

– Me parle pas comme ça, espèce de petite salope ! Après tout ce que j'ai fait pour toi, c'est comme ça que tu me causes ?

Elle allait recommencer quand Susan lui attrapa la main et l'envoya à l'autre bout de la pièce.

– Va te faire foutre, espèce de vieille morue ! Redis-le moi une seule fois que mon Barry il est comme l'*autre*, et je te flingue, tu m'entends ? Barry, il a *rien* à voir avec mon père ! C'est un gars sympa, gentil même. Et il a rien, mais alors rien à voir avec ton fils ! Alors tu la fermes, compris ?

Ivy en resta baba, la chique et le souffle coupés. Jamais Susan ne s'était rebellée comme ça, elle avalait toujours tout sans moufter.

Soudain, Ivy eut peur d'elle.

Mais Susan n'en avait pas terminé.

– Tu passes ta vie ici à nous faire chier ! Tu fous la merde avec ma mère et tu voudrais qu'on croie tout ce que tu nous balances ? Eh ben, moi, je te le dis, j'en ai ras le bol. Tu m'entends ? T'es qu'une vieille salope, un vraie garce, t'es mauvaise comme une teigne ! Je voudrais que tu crèves, et ton fils avec ! Moi, j'ai rien à voir avec toi. Je t'appelle « mémé » parce que je suis obligée. Vivement que j'aie l'âge de changer de nom et que je m'appelle Smith ou Jones. N'importe quoi, du moment que c'est pas c'te merde de McNamara !

Debout dans l'embrasure de la porte, June n'en croyait pas ses oreilles. Susan hurlait. Sa Susan, la tranquille, la gentille Susan, le pilier de la maison. Celle qui faisait le ménage, la cuisine, les courses. June réprima un sourire. Elle avait beau être estomaquée, elle crevait d'envie de voir la tête de sa belle-mère. Elle attendit quelques secondes avant de se manifester, puis pénétra dans la cuisine, un grand sourire aux lèvres.

– Tout va bien ?

Ivy était livide de colère et d'effroi.

– Elle m'a frappée ! Attends un peu qu'il soit au courant, mon Joey, tu vas voir ce que tu vas voir ! Non, mais tu te rends compte, June ? Elle a levé la main sur moi, elle m'a giflée et m'a flanqué un coup de pied !

Il ne lui serait jamais venu à l'idée de dire la vérité. Mais Susan était bien trop énervée pour s'en soucier.

– Je te le dis, m'man. Ça fait des années que je me la cogne. J'en ai ras le bol de l'entendre causer. Renvoie-la chez elle, j't'en supplie. Fais-la partir, m'man, sinon je garantis rien : je suis capable de lui faire mal, et pour de vrai, ce coup-ci.

Comme elle s'avançait vers la vieille femme, June s'interposa, inquiète. D'habitude, sa fille était tout sauf violente, ça posait même problème. Dans une maison comme la leur, c'était l'agressivité qui payait. Debbie l'avait compris, qui s'était fait entendre dès le jour de sa naissance. La pauvre Susan, elle, n'avait jamais été comme ça. Pour que sa fille explose, il avait dû se passer quelque chose de grave. Elle avait certainement de bonnes raisons.

June décida de mettre son plan à exécution immédiatement. C'était l'occasion ou jamais de se débarrasser de la vieille, et pour de bon.

– Je crois que tu ferais mieux d'enfiler ton manteau et de rentrer chez toi, Ivy.

Ivy la regarda comme si c'était la première fois qu'elle la voyait. Elle affichait une grimace indignée quand June lui fit d'un ton calme :

– C'est pas le moment de se bagarrer, Ivy. Joey est à l'hôpital, gravement blessé à la tête. J'ai réussi à le tirer des mains de la police et à stopper toute cette folie. Je suis pas d'humeur à écouter tes jérémiades. Susan doit être préoccupée par tout ce qui s'est passé. Telle que je te connais, t'as dû la mettre à cran. C'est chez *moi*, ici. Alors si tu veux y revenir, je te conseille de faire ce qu'elle te dit et de foutre le camp !

– Jamais mon fils me refuserait…

Susan hurla :

– Mais, putain ! il est pas là, ton fils, que je sache ! Tandis que ma mère, elle, elle est là ! Alors, tant qu'il est pas revenu, tu peux aller te faire foutre !

Même June était choquée.

– Susan, ma chérie, pour l'amour du Ciel, calme-toi. Mais qu'est-ce qui se passe dans cette baraque ?

Elle en pleurait presque de frustration et de colère.

– Je parle sérieusement, m'man. Ou c'est elle qui part, ou c'est moi. J'en ai ma claque. La moitié des emmerdes qu'on a eues, c'était à cause d'elle. Elle fait tout pour l'énerver et, quand il est bourré, elle lui raconte que des ragots, elle sème la zizanie. Je la déteste ! Presque autant que lui. Voilà, t'es au courant maintenant.

Et, telle une furie, Susan quitta la pièce, laissant les deux femmes en tête à tête. Ivy savait reconnaître quand elle avait perdu. Ce qui la faisait le plus souffrir, c'est que la gamine ait raison, et qu'elle ait su la percer à jour si facilement.

– Après tout ce que j'ai fait pour cette petite…

June secoua la tête avec tristesse.

– Rentre chez toi, Ivy. C'est bon, là, putain. Tu pourrais pas te barrer pour une fois ? Merde ! C'est elle qui a raison, tu le sais parfaitement. Tu l'as toujours enquiquinée. Depuis le début. Et tu veux que je te dise quelque chose ? Quand Joey reviendra à la maison, faudra que tu changes de disque, parce qu'en ce qui me concerne, c'est du pareil au même, j'en ai ma claque de toi. En plus, y a un truc que t'as jamais pu comprendre : c'est que Joey, il est incapable de fonctionner sans moi. Quoi que je fasse, il me reprend toujours. Oublie jamais ça, parce que, si je te vire, c'est pas lui qui lèvera le petit doigt pour m'en empêcher. Et si j'en ai envie, je le ferai.

Quelques minutes plus tard, Ivy sortait de l'appartement. Vieillie et vaincue. Susan resta dans sa chambre et June se mit à compter son butin en réfléchissant à ce qu'elle allait en faire.

L'un dans l'autre, la recette n'était pas si mauvaise.

6

Ça lui fit chaud au cœur de trouver sa June au pied du lit. Elle avait mis une jolie robe rouge et s'était maquillée légèrement. Même son vernis à ongles rose pâle était moins voyant que son vermillon habituel. Et, pour une fois, elle ne s'était pas vidé la bouteille de parfum sur la tête.

– T'es belle comme tout, June !

Elle le regarda et lui sourit.

– J'aimerais pouvoir te retourner le compliment, mon pauvre vieux.

Joey lui rendit son sourire.

– J'ai vu ma bobine dans la glace, ce matin. Je peux difficilement prétendre le contraire, hein ?

June ne répondit pas et Joey enchaîna :

– Merci de m'avoir sorti de ce merdier. T'étais pas obligée.

Elle s'assit au bord du lit et lui prit la main.

– Ecoute, Joey. Si je l'ai fait, c'est que tu me passes près du cœur. C'est la vérité vraie. Mais faut pas compter sur moi pour reprendre notre vie d'avant. C'est trop galère. Si on doit se remettre ensemble, va falloir que ça change. Jimmy, il savait me traiter comme il faut. Avec lui j'ai découvert qu'on peut vivre autrement. Il était comme il était, mais il m'a apporté plus que n'importe qui au monde. Tu comprends ?

Joey hocha la tête.

Son cerveau turbinait sec. Davey Davidson lui avait fait un topo complet de la situation et lui avait appris non seulement que Jimmy venait de larguer June, mais un tas d'autres choses aussi. Notamment qu'elle avait trois mille livres dans son bas de laine.

– Bien sûr que je comprends, chérie. Je vais changer, parole d'homme. Je vais même dire à ma mère de dégager. Je me rends bien compte du calvaire qu'elle t'a fait endurer toutes ces années, tu sais.

June éclata de rire.

– Ben, justement, tu devineras jamais ! Susan lui a volé dans les plumes.

Joey n'en revenait pas.

– Quoi, elle ? Dans les plumes à ma mère ?

June acquiesça.

L'espace d'une seconde, elle vit passer sur son visage l'ombre du Joey vindicatif qu'elle connaissait si bien, mais Joey se reprit aussitôt et lança avec un sourire :

– Qui aurait cru ça de notre Susan, hein ?

– Elle s'est trouvé un petit ami. Tu connais Ivy, elle a pas résisté au plaisir de lui balancer une vacherie.

– Qu'est-ce que tu me chantes ? Sue a un petit ami ? M'enfin, elle est cent fois trop jeune pour avoir des petits amis, bordel !

Joey sauta de son lit – initiative qui lui tira une grimace de douleur. Ses jambes lui faisaient mal et il était encore faible – du moins, aussi faible que Joey McNamara pouvait l'être.

– Je vais te lui foutre une de ces roustes, à c'te petite grue !

June était désarçonnée.

– Calme-toi, voyons ! C'est un brave garçon. Pourquoi tu te mets dans un état pareil, Joey ?

Il prit une profonde inspiration et soupira.

– Elle est trop jeune, June, elle connaît pas assez la vie pour fréquenter quelqu'un. Je le lui interdis formellement, tu peux le lui dire de ma part ! Et tant que t'y es, préviens-la aussi que je vais pas tarder pas à retourner à la maison et que tout va rentrer dans l'ordre. Dis-y bien, vu ?

June n'en revenait pas. Depuis ses dix ans, Debbie les soûlait avec ses histoires de garçons. Joey se contentait d'en rigoler et de l'abreuver de conseils du style : « Fais-toi désirer, fais-leur tirer la langue et fais-les casquer. »

Et maintenant que cette pauvre Susan s'était trouvé un amoureux, gentil comme tout en plus – avec quelques années de moins, June lui aurait volontiers fait du rentre-dedans –, voilà que Joey se foutait en boule et jouait les maris outragés. Décidément, il y avait quelque chose de pas net là-dessous...

– Mais t'es jaloux, ma parole ! Qu'est-ce que ça a de si scandaleux ?

L'envie de retourner une beigne à June le démangeait, mais Joey savait qu'il avait intérêt à se montrer patient. S'il voulait qu'elle lui revienne, faudrait y aller mollo quelque temps. Pour l'instant, c'était elle qui avait les cartes en main. Il se contenta de pousser un autre gros soupir et d'enfiler le masque tragique du père qui se fait du souci.

– Ecoute, June. Debbie, elle est canon, d'accord ? Côté garçons, elle connaît la chanson. Alors que cette pauvre Susan... C'est pas pour être méchant, mais elle a autant de sex-appeal que le cul d'un camion, et ses gros nibards pousseraient un moine à la débauche. J'ai pas besoin de te faire un dessin. Ce petit gars lui a sûrement tourné la tête et elle est comme un agneau sans défense. Je veux dire, combien de fois tu l'as entendue se plaindre, comme Deb, d'être harcelée par les garçons et de crouler sous les invitations ? Hein ? Ben, pas une seule ! Je l'ai quand même vue plus que toi, ces dernières années. Elle et moi, on est même devenus vachement proches, figure-toi. Alors, si quelqu'un est bien placé pour savoir que Susan ignore tout des hommes et de leurs manigances, c'est bien moi ! Comme elle est là, si elle tombe sur un salaud, elle va se retrouver en cloque en moins de deux et elle aura plus que ses yeux pour pleurer. J'ai de grands projets pour cette gosse, June. Elle en a dans le ciboulot. Même qu'elle lit, putain ! Combien on en connaît qui font ça, hein ? Et des gros bouquins, encore, pas des conneries du genre *Nous Deux* que s'achète Debbie. Susan, elle, c'est des *vrais* livres, qu'elle lit. Je l'ai vue !

Pour un peu, June en serait tombée du lit.

– Dis donc, Joey, c'est un sacré coup qu'il t'a filé sur le crâne, le Hitchin ! T'entendre sortir ça, toi ? Alors là, franchement, j'en reviens pas ! Ce garçon, c'est une bonne pioche pour Susan, et il m'a l'air d'être mordu. Il lui a offert des boucles d'oreilles en or pour Noël et il est toujours fourré avec elle.

Joey ferma les yeux et s'efforça de contenir sa colère.

– Ecoute-moi bien, June ! Tout ce que je veux, c'est que Susan ait une petite chance dans l'existence, rien d'autre. Je veux qu'elle fasse des études. Si j'avais les moyens, je la pousserais à aller au lycée ou là où vont les autres après le collège. Jamais elle fera fortune avec la binette qu'elle a, mais, avec sa cervelle, c'est pas impossible du tout. Elle pourrait devenir ce qu'elle veut. Absolument tout ! Avocate, n'importe quoi...

– Ben, vrai ! T'es sûr que ça va, Joey ? Si je te connaissais pas, je penserais que c'est pas une commotion cérébrale et deux jambes amochées que t'as eues, mais carrément une greffe de la tête.

Joey secoua tristement la tête.

– J'ai eu tout le temps de réfléchir, June. Je suis plus le même homme, crois-moi. Franchement, ça te plairait pas de voir une des filles faire briller le nom des McNamara, pour changer ? Le monde évolue et les femmes peuvent faire des tas de trucs, de nos jours. Plus personne ne trouve à redire à ce qu'elles travaillent avant de se marier et d'avoir des gosses. Y en a même qui retravaillent après, quoique, personnellement, je trouve qu'il faut quand même pas pousser. Tu vois ce que je veux dire, hein ?

June le dévisagea, plutôt perplexe.

– Oui et non. Susan a oublié d'être bête, d'accord. Mais seulement comparée aux gens qu'on connaît. Je veux dire qu'ailleurs, dans un autre milieu, elle paraîtrait sûrement un peu bouchée. Et je dis pas ça méchamment. Je l'aime, cette gosse. Je l'ai toujours aimée. Mais j'ai pas envie qu'elle se fasse des illusions ou qu'elle se fixe un but qu'elle pourra jamais atteindre. Qu'elle ait un ou deux mouflets d'ici quelques années, je dis pas, elle sera heureuse comme un poisson dans l'eau. Mais les études trop poussées, c'est pas pour elle. Elle est pas faite pour ça. En plus, à l'université, elle se mettra à fréquenter des gens qui sont pas du même milieu que nous et à nous regarder de haut. Je sais de quoi je parle, je l'ai vu à la télé. Tous les jeunes qui ont accès à une vie meilleure finissent par tourner le dos à leur famille, Joey. C'est obligé.

Sans trop savoir pourquoi, June était agacée. Que Joey, subitement, s'intéresse autant à Susan la tracassait et elle s'en voulait.

– Tu te goures, June… Dis-y de venir me voir avec toi ce soir.

June gloussa.

– T'es un sacré numéro, Joey ! T'es comme ça et, la seconde d'après, t'es complètement différent.

– Eh ouais ! C'est ce qui me rend si fascinant…

June observa son visage. Malgré les bleus et les écorchures, elle y retrouvait ce qu'il l'avait tant séduite chez Joey, des années auparavant. De là à se remettre avec lui… Pourquoi faisait-elle ça ? Elle avait de l'argent, rien ne l'empêchait de se tirer si elle en avait envie. Sauf qu'à bien des égards Joey faisait partie de sa vie. Il l'acceptait telle qu'elle était et ça, qui d'autre en était capable ? Jimmy avait été une agréable parenthèse, définitivement refermée maintenant.

Avec Joey, y avait pas tromperie sur la marchandise : ce qu'on en voyait, c'est ce qu'on avait, ni plus, ni moins, et fallait vraiment être bête pour espérer mieux. N'empêche, il y avait une flopée de bonnes femmes, dans le quartier, qui auraient été ravies de l'avoir dans leur lit. Dans l'East End, une réputation de dur, ça se respectait. Maintenant que tout le monde pensait que c'était lui qui avait buté Jimmy, son prestige allait monter d'un cran.

June se demanda si Joey était au courant. Elle savait que Davey était venu le voir.

– Qu'est-ce qu'il avait à raconter, Davey ?

Joey se mit à rire.

– Que tout le monde pense que je suis derrière la mort de Jimmy. Pour moi, c'est bonnard. Je vais palper vachement plus pour les passages à tabac et le reste, maintenant que j'ai une réputation de tueur. Je vais te dire, June : Davey, il en a dans la caboche, y a pas de doute ! Voilà ce que ça lui a rapporté, de marcher avec les Bannerman : il a fait ses classes avec eux et, moi, je le suis dans son ascension. C'est pas génial, ça ?

June hocha la tête en se demandant si Joey était vraiment aussi borné qu'il en avait l'air. Il ne se figurait quand même pas que s'attribuer la gloire de ce qu'un autre avait fait allait lui profiter, non ?

– Et les poulets, dans tout ça ? Qu'est-ce qu'ils en disent, de cette affaire ?

– C'te question ! Ce que Davey et Bannerman veulent qu'ils disent, tiens ! L'enquête suit son cours…

– Et si jamais y avait un retour de bâton ou je ne sais quoi du côté de la famille de Jimmy ?

Joey haussa les épaules, mais il n'avait plus l'air aussi sûr de lui subitement. June comprit que ça ne lui avait même pas encore effleuré l'esprit.

– T'inquiète, je m'occuperai de ça le moment venu. M'est avis que tout est réglé. Davey n'est pas idiot et Bannerman n'est pas tombé de la dernière pluie. J'assumerai les risques, comme toujours, June. En attendant, les bénefs que je vais me faire tombent à pic.

June s'esclaffa.

– Pourquoi ? Pour envoyer Susan à l'université, c'est ça ? Je vois d'ici la tête qu'elle va faire quand je vais l'informer de tes projets. Elle va en crever de rire !

June se remit à rigoler de plus belle. Joey la regarda en souriant : il n'avait pas la moindre intention de laisser sa fille partir où que ce soit.

Susan avait les nerfs en pelote. Son père allait rentrer de l'hôpital d'une minute à l'autre et elle était censée avoir l'air ravi.

Sa mère avait récuré l'appartement du sol au plafond et mitonné le plat préféré de Joey : un magnifique rosbif et un *Yorkshire pudding*[1], qui doraient dans le four. Elle l'avait

1. Sorte de flan salé, cuit dans le jus du rôti en accompagnement duquel il est traditionnellement servi.

chargée de préparer une charlotte pour le dessert; Debbie s'occupait du gâteau de bienvenue. Quant à Ivy, récemment revenue en grâce, elle se montrait charmante. C'était déjà ça.

Susan savait bien que tout allait redevenir comme avant. Ce n'était qu'une question de semaines. Si seulement sa mère avait pu lire l'avenir!

Pour tout dire, June lui tapait sur le système, ces derniers temps. Elle se comportait comme si son couple avait toujours bien fonctionné : chaque fois que Susan avait le malheur de faire allusion à Jimmy, la conversation dégénérait et sa mère lui conseillait vertement de ne pas jeter de l'huile sur le feu. A croire que Jimmy n'avait jamais existé. Susan était scandalisée. June l'avait aussi avertie que son père prenait très mal le fait qu'elle ait un petit ami, qu'il la trouvait trop jeune pour ça. Chaque fois qu'elle était allée le voir à l'hôpital, Joey ne s'était pas privé de lui seriner qu'il lui interdisait formellement de sortir avec Barry.

Sauf qu'elle le voyait quand même et qu'elle était bien décidée à persévérer, quoi que ses parents puissent dire ou faire.

C'est le moment que choisit Maud, la voisine, pour débarquer dans l'appartement avec un bouquet de fleurs et du raisin.

– En l'honneur du convalescent! J'espère qu'il va vite se retaper.

June réprima un sourire. Cette Maudie! Tous les prétextes auraient été bons pour s'incruster aujourd'hui. Elle mourait d'envie de savoir où en étaient les choses, entre June et Joey. Depuis quinze jours, dans le quartier, les gens n'avaient plus que ça à la bouche : Joey McNamara, l'homme qui avait buté Jimmy Vincent pour récupérer sa légitime. Que les flics l'aient arrêté et tabassé au commissariat, tout le monde le savait. Et comme tout le monde supposait qu'il avait morflé sans se mettre à table, ça faisait de lui un homme, un vrai, et à double titre. Jimmy avait beau être sympa, il avait quand même, tout bien considéré, soulevé la femme d'un autre et retiré leur mère à ses gosses. On préférait oublier provisoirement le passé de June et prendre fait et cause pour Joey.

A sa façon, Joey était un héros.

June buvait du petit lait. Debbie bichait. Ivy était aux anges. Susan, elle, aurait voulu être orpheline.

Maud crut voir descendre le Père Noël du Ciel quand Joey fit son apparition, escorté de Davey Davidson qui était passé le prendre à l'hôpital. June s'empressa de la pousser vers la sortie.

Davey était d'excellente humeur et June sexy en diable avec son petit haut décolleté, sa jupe courte et ses bottes de cuir. Elle se baissa pour glisser un tabouret sous les pieds de son époux, qui accepta aimablement la tasse de thé qu'elle lui proposait.

Joey se marrait intérieurement. Il connaissait la véritable June comme s'il l'avait faite. Pour être franc, elle lui avait manqué. Il était content qu'elle soit revenue, et plus ravi encore de sa nouvelle réputation : celle d'un dingue qui n'avait pas hésité à refroidir un truand de Glasgow pour récupérer sa femme.

Déjà, des tas d'agents de recouvrement de créances locaux, certains ayant pignon sur rue, d'autres pas, lui avaient proposé du boulot. Il ne tarderait pas à prendre du galon et exercerait bientôt ses talents autour des clubs du West End. Comme c'était parti, il ratisserait dans les mille livres par semaine, sur lesquelles il était bien décidé à se tailler un pourcentage à la hauteur de sa réputation.

Il sourit à ses deux filles et Debbie lui sauta au cou. Telle qu'il la connaissait, tout ça lui plaisait autant qu'à lui. Il était content pour elle. Elle jouait le jeu à fond, sa Deb. L'autre petite garce, elle, avait besoin qu'on lui rabatte son caquet, et il allait s'en occuper pas plus tard que tout de suite.

Ouvrant grand les bras, il lui lança d'un ton jovial :

– Eh ben, viens donc, Sue ! On fait pas la bise à son vieux père ?

Docilement, Susan s'approcha de lui et l'embrassa sur la joue. June, qui arrivait avec le plateau du thé, observa la scène avec intérêt. Refermant les bras sur Susan, Joey la serra contre lui à l'étouffer et l'assit de force sur ses genoux. Elle poussa un cri suraigu et Davey se mit à rire.

Tournant alors Susan vers lui, Joey lui prit les seins à pleines mains et s'écria, tout en les malaxant :

– T'as vu les roberts qu'elle a, Davey ? Y en a pour un sacré paquet, au prix du kilo !

Davey ne répondit pas : même lui trouvait ça choquant. Sa femme l'étriperait si elle le surprenait à faire des choses pareilles avec une de ses gamines. Mais ça ne lui viendrait même pas à l'idée, se dit-il. Ce n'était pas son genre.

June allongea une taloche à Joey et fit descendre Susan de ses genoux. Cette dernière sortit de la pièce en courant, rouge de honte.

– T'es vraiment salaud, Joey ! Tu sais bien comme elle est susceptible, rapport à sa poitrine. A l'avenir, fais-moi le plaisir de la laisser tranquille avec ça, tu veux ?

Il y avait dans ses paroles une menace qui n'échappa à personne. Pas même à Joey. Le silence envahit la pièce et Ivy jugea le moment opportun pour donner son avis.

– Quel sale caractère, celle-là ! Tout le contraire de Debbie. Mais bon, elle doit bien tenir ça de quelqu'un, j'imagine…

Joey se tourna vers sa mère et lui lança d'un ton sec :

– Ferme ton gamellon, m'man ! On a un invité.

Ivy était l'indignation personnifiée.

– Tout ce que je voulais dire, mon garçon…

Joey pivota sur sa chaise et planta ses yeux dans ceux de sa mère :

– Eh ben, le dis pas ! Tes opinions, tu peux te les garder pour toi. Ça n'intéresse personne, ici, ni moi ni les autres, vu ?

June servit le thé et alla voir sa fille. Susan était couchée en chien de fusil sur son lit. June s'assit près d'elle et lui caressa les cheveux.

– Il a pas dit ça méchamment, ma puce. Tu le connais… C'est sa façon à lui de montrer son affection.

Susan leva les yeux vers le visage de sa mère.

– Je le déteste, maman. Je le déteste, lui, et tout ce qu'il représente.

Elle avait parlé tout bas, mais impossible de se tromper sur ses sentiments.

June sourit tristement.

– C'est de ton âge, Susan. On hait le monde entier, à l'âge que t'as…

Susan l'interrompit.

– Je ne hais pas le monde entier, m'man. Je le hais, lui, et seulement lui !

Sans bien savoir pourquoi, June ne tenait pas du tout à en discuter avec sa fille. Elle sentait confusément que ça ne pourrait que leur causer des gros ennuis à tous.

– Ne parle pas de lui comme ça, Susan. C'est ton père.

Susan eut un petit ricanement méprisant.

– Ah, ouais ! C'est pourtant pas ce que j'entends dire depuis ma naissance. J'ai l'impression que tu ferais bien d'avoir une petite conversation avec Ivy sur le sujet. D'après elle, faudrait me rebaptiser Heinz. Tu sais bien, les fameux produits Heinz[1] ! Je suis rien d'autre qu'une bâtarde, à l'en croire. A en croire papa, aussi, quand il a un coup dans le nez… Même toi, il t'est arrivé de t'interroger sur mes origines ! T'essayes de te rappeler auquel des mecs qui t'ont sautée je ressemble, c'est ça ? Histoire de remettre un visage sur un nom, hein ?

Dans le silence de la pièce, la gifle claqua sur sa joue comme un coup de feu.

– Petite garce ! Faut toujours que tu sèmes la merde, pas vrai ? Toujours que t'aies le dernier mot ! C'est tous ces bouquins que tu lis, probablement. Ça t'a filé la grosse tête, ma parole ! Ecoute-moi, ma petite, écoute-moi attentivement : aujourd'hui, je ne suis pas d'humeur à vous supporter, toi et tes petites crises d'hystérie. Dis encore un mot et je t'arrache les yeux ! Je suis bien claire, là ?

– Limpide ! Je pense même qu'on est d'accord, pour une fois. A partir du moment où on évite de parler de certaines choses, c'est qu'elles n'ont pas existé, pas vrai ?

– Qu'est-ce que t'essayes d'insinuer ?

---

1. Marque de produits alimentaires dont les étiquettes portent la formule publicitaire « *57 varieties* », passée dans le langage courant pour désigner une chose qui existe à de nombreux exemplaires ou qui compte de multiples composants.

Susan secoua tristement la tête. La marque rouge des doigts de sa mère s'étalait sur sa joue comme une brûlure.

– Demande-le-toi, m'man. Demande-le-toi…

June baissa les yeux vers sa fille. Elle s'en voulait déjà de l'avoir giflée, mais c'était préférable à ce qui aurait pu se passer. Et ça, elle ne voulait même pas l'envisager.

Joey contempla le dîner qui trônait sur la table et poussa un soupir de satisfaction. Avec un sourire à ses filles, il plongea sa cuiller dans le plat de pommes de terre rôties et s'en engouffra une toute ronde dans la bouche. Elle était brûlante, et il se mit à souffler dans ses joues pour la refroidir. Devant ses grimaces de clown, toute la tablée éclata de rire. Sauf Susan – mais personne ne releva.

Ivy était dans son élément : son fils adoré était revenu, et en pleine forme, apparemment. Rien ne comptait plus au monde pour elle, qui n'avait que Joey. Le perdre était sa hantise.

Elle regarda June rire à gorge déployée d'une bêtise que Joey venait de sortir et se dit que, l'un dans l'autre, sa belle-fille n'était pas si mal que ça. Honnêtement, il fallait reconnaître qu'elle se serait fait virer depuis longtemps, et *manu militari*, si Joey en avait épousé une autre. Des comme June, il n'y en avait pas des masses dans l'East End. Elle s'occupait de son ménage et de ses filles avec une décontraction qui frisait la désinvolture, alors que la plupart des femmes qu'Ivy connaissait menaient mari et enfants à la baguette.

Ça, dans le quartier, les hommes n'étaient pas des tendres, et beaucoup de femmes passaient pour leurs victimes. Or, la réalité était souvent bien différente : toutes savaient parfaitement jouer de leur statut de mère et d'épouse pour forcer leur mari à filer doux. June, elle, ne se donnait pas tant de mal. Son mariage avec Joey relevait plutôt d'un étrange partenariat. Elle se comportait comme la plupart des hommes : elle avait des aventures, claquait l'argent du ménage et fréquentait assidûment les pubs. Joey faisait la même chose de son côté, mais à plus petite échelle.

Ivy sourit. Les lunes de miel entre June et son fils ne duraient jamais longtemps. Elle pourrait bientôt recommencer à venir fourrer son nez dans leurs affaires et tout rentrerait dans l'ordre.

Elle regarda Susan et son sourire se figea.

Qu'elle lui tombe dans les pattes, cette petite garce, et elle allait le sentir passer. Lever la main sur sa grand-mère et espérer s'en tirer comme ça ? Non, mais qu'est-ce qu'elle s'imaginait ? Heureusement, Dieu était bon, comme Ivy avait toujours entendu sa mère le dire. Il attendait patiemment Son heure et, le moment venu, faisait chèrement expier les pécheurs. Foi d'Ivy, cette petite teigne lui paierait, et au centuple, son coup de colère.

– À quoi tu penses, m'man ? T'as l'air aussi gai qu'un week-end pourri à Brighton...

Ivy regarda son fils un peu trop perspicace droit dans les yeux et sourit.

– Au bonheur que c'est de t'avoir de nouveau parmi nous, mon garçon. Si tu savais comme tu m'as manqué...

Deux grosses larmes roulèrent sur ses joues et elle se mit à sangloter.

Joey la regarda, l'œil rond. Ivy avait l'air tellement désespéré que même Susan sentit son cœur se serrer. Apparemment, sa grand-mère était encore toute tourneboulée par les épreuves que son fils venait d'endurer.

Son chagrin commençait à jeter un froid sur la compagnie. N'écoutant que son bon cœur, Susan lui prit la main par-dessus la table et tenta de la consoler.

– Allez, mémé ! Chante-nous quelque chose !

Mais Ivy avait une autre idée en tête.

– Fais pas ta sucrée avec moi, petite garce ! Si ton père savait ce que tu m'as fais subir, il verrait rouge, j'aime mieux te dire !

June ferma les yeux et prit une profonde inspiration.

– Pitié ! Ras le bol, à la fin ! Est-ce que, pour une fois, on pourrait finir de manger sans que tout le monde s'engueule ? Si tu fous ta merde, Ivy, tu dégages direct ! Je ne rigole pas, là !

Sur ce, elle pointa sa fourchette sur Susan.

– Quant à toi, ma petite, t'arrête de faire cette gueule d'enterrement ou je t'en colle une, tu m'entends ? Au moins, t'auras une bonne raison de bouder…

Joey se tourna vers Debbie, qui leva les yeux au ciel.

– Putain, mais c'est pas une vie ! J'en ai ras le cul de cette baraque ! C'est l'engueulade permanente, ici, matin, midi et soir. Ça te fait pas braire, à force, m'man ?

June hocha la tête, avec une moue qui en disait long.

– Si, Debbie ! Justement ! Alors, je vais vous dire une bonne chose, à vous tous : si ça recommence, j'ouvre cette porte et je me tire et, cette fois, faudra pas compter me revoir. Ça, je vous le jure ! Enfonce-toi bien ça dans le crâne, Ivy ! Et toi aussi, Susan ! J'ai supporté bien des choses ces derniers temps, mais là, je sature. Alors, pour une fois dans ma foutue existence, j'aimerais avoir un peu la paix ! Je voudrais pouvoir m'asseoir tranquille à ma propre table, manger et causer tranquille avec mon mari, sans que vous vous sautiez à la gorge ! Je me suis bien fait comprendre ? Ça vous semble dans vos cordes ?

Ivy baissa le nez. Le terrain était plus que glissant, ce n'était pas le moment de faire un faux pas. De son côté, Susan ravala la grosse boule qu'elle avait dans la gorge et se concentra sur son assiette.

Plus personne ne moufta pendant cinq minutes. L'atmosphère était chargée d'agressivité. Comme si elle mourait d'envie de dire quelque chose, Ivy n'arrêtait pas de darder les yeux vers Susan. Pour éviter le regard de son père, de sa mère ou de sa sœur, Susan fixait obstinément la table. Quant regarder à Ivy, elle n'y songeait même pas.

Joey les contempla toutes les quatre en continuant de manger.

Il fallait bien reconnaître que sa mère était un cas. N'importe qui d'autre lui aurait foutu sur la gueule depuis longtemps. Mais il était la prunelle de ses yeux, ça méritait bien un peu de gratitude de temps en temps. On n'avait qu'une mère, après tout.

– A quelle heure tu dois prendre tes calmants, Joey ?

Il haussa les épaules, content que quelqu'un ait rompu le silence.

– J'en sais rien. Et puis, Georgie Dixon, le pote à Davey, m'en a filé d'autres vachement plus forts. D'après lui, y a pas mieux comme antidouleur. En plus, ils te font planer. Toute façon, ils peuvent difficilement être moins efficaces que les merdes qu'on me filait à l'hosto. Ceux-là, même une piqûre de moustique ils te l'auraient pas calmée.

June lui sourit.

– Ben, quand tu sentiras que c'est l'heure, t'auras qu'à t'en jeter deux derrière la luette et je viendrai te border, d'accord, Joey ?

Une fois de plus, Debbie leva les yeux au ciel. Les débordements amoureux de ses parents commençaient à lui taper sur le système. On les entendait faire dans toute la maison, à toute heure du jour et de la nuit, et elle trouvait ça dégueulasse. Cela dit, c'était un vrai régal à raconter en détail à ses copines, ça les faisait hurler de rire.

– Oublie surtout pas de bien les prendre, hein, mon garçon ! Les calmants, c'est génial. Tu veux que je te dise ? Depuis l'alcool, on n'a rien inventé de mieux. Dans le temps, l'alcool, c'était l'aspirine du pauvre, tu sais. Une bouteille de scotch, et hop !, ils vous coupaient votre putain de jambe à la scie à métaux, puis ils vous tartinaient le moignon au goudron pour stopper l'hémorragie. Et quand je dis hémorragie… Z'auriez vu ce sang ! Ça giclait de partout…

– OK ! ça va, mémé ! On voit le tableau ! s'écria Debbie.

Joey éclata de rire et vida son verre de vin cul sec.

– C'est tout toi, ça, m'man, de nous sortir un truc pareil alors qu'on se tape un rosbif bien saignant ! Remarque, tu te rappelles de… comment qu'il s'appelait, déjà… le gros bras des Daley, çui qui taillait les doigts de pied au sécateur…

Il pointa son couteau sur June.

– Sa passion, c'étaient les roses. Il en avait plein son jardin. C'était superbe ! A ce que j'ai entendu dire, d'ailleurs, il serait jardinier à Broadmoor[1] maintenant. Bref, il m'a expliqué un jour qu'il coupait les orteils parce qu'après t'as plus d'équi-

1. Centre pénitentiaire spécialisé dans la détention des criminels dangereux et des tueurs psychopathes.

libre, tu vois. Apparemment, quand t'as plus ton pouce de pied, t'arrêtes pas de te casser la gueule… S'il s'attaquait aux orteils, c'est que l'idée était tellement horrible que le mec qui le voyait sonner chez lui était prêt à lui filer n'importe quoi pour qu'il foute le camp. C'est psychologique. L'idée que tu te fais d'un truc est vachement pire que le truc en vrai. Quelque chose dans le genre… En tout cas, y avait pas plus sympa que ce gars-là.

Le visage d'Ivy se fendit d'un large sourire. Elle adorait ce genre de conversations. Pour elle, il n'y avait pas meilleur stimulant.

– Tant que tu l'énervais pas !

Même June s'esclaffa. Debbie l'imita.

– Ça va sans dire. Un jour, il a coupé les oreilles d'Alfie Archer avec un verre cassé, parce qu'Alfie avait donné Harry Petersen. Tu te le rappelles, m'man ? Le grand Harry, le docker scandinave…

– Ah, mais oui ! Sa femme était très gentille. Ça m'a fait de la peine pour elle, à l'époque. Ce Harry, ce qu'il pouvait être beau avec ses cheveux platine et ses yeux bleus presque transparents ! Une vraie gueule d'amour. Il a pris dix-huit ans pour vol à main armée quand Alfie l'a balancé. C'est pour ça qu'Alfie s'est fait couper les oreilles. En ce temps-là, dans les années cinquante et soixante, je veux dire, quand on voyait Alfie passer, ça servait d'avertissement à tous ceux qui auraient été tentés de répéter ce qui leur était tombé dans le tuyau de l'oreille. Un message ambulant destiné aux mouchards, comme qui dirait… Ah ! ça me revient ! Le type au sécateur, c'est Jacob Daniels qu'il s'appelait. Pas vrai, Joey ?

Joey hocha la tête, l'air songeur, avant de répondre.

– Ouais, exact. Jacob Daniels… La vache ! T'as une de ces mémoires, m'man ! C'est pas croyable !

Flattée, Ivy se rengorgea.

– C'était le bon temps, non ? Le monde a bien changé… Les truands d'aujourd'hui n'ont plus aucune classe. Je veux dire, même les Davidson et les Bannerman ils font pas le poids. Rien à voir avec les grands caïds d'autrefois. Eux, c'étaient des seigneurs qui savaient prendre soin des leurs.

Pendant la guerre, je me rappelle, ils s'arrangeaient pour que, sur toutes les tables, y ait un peu de tout ce qu'il était possible de se procurer. Du bacon, quelques œufs, ce qu'ils trouvaient… Résultat, les gens la bouclaient et les respectaient. Pas comme maintenant, avec tous ces demi-sels qui font du trafic de drogue, tout ça… Style Barry. Il serait dealer, à ce qu'il paraît…

Elle regarda avec insistance Susan, qui siffla :

– Tu ferais bien de vérifier tes informations, Ivy. Il ne deale pas, Barry ! Il laisse ça aux types dans le genre de ce Georgie Dixon chez qui p'pa se fournit.

En entendant sa mère et sa fille essayer de se river mutuellement leur clou, Joey éclata de rire. Mais Ivy n'était pas du genre à s'en laisser conter.

– Mélange pas tout, Susan ! Ton père, c'est purement médical. Pas vrai, mon garçon ?

Joey hocha la tête.

– Cela dit, elle ne sort plus avec ce Barry, j'espère… Réponds-moi, Susan ! T'as bien suivi les conseils de ton père ? D'ailleurs, si ta grand-mère dit vrai, tu l'as quitté juste à temps : tous ces petits dealers n'en ont plus pour longtemps. Davey les a dans le collimateur. Et les Bannerman aussi.

Susan regarda son père bien en face.

– Qu'est-ce que ça veut dire ? Ils veulent leur part du gâteau, c'est ça ?

Joey fixa sa fille et cracha, d'une voix sèche comme un coup de trique :

– Tu l'as dit, Susan ! Ils veulent leur part du gâteau. Et cette part, c'est ce qui va mettre de quoi manger dans ton assiette, à l'avenir, alors perds pas ça de vue !

Il y avait tant de mépris dans le regard de sa fille que Joey sentit une vague de colère le submerger. Il en avait les tempes qui battaient, mais il ne devait pas perdre son calme. Pas aujourd'hui. Aujourd'hui, il devait se montrer sous son meilleur jour. Bon fils, bon époux, bon père.

– Bon, ben, désolée, mais, moi, je peux pas rester plus longtemps à écouter vos conneries. J'ai un rancard vachement important.

Tous les regards convergèrent sur Debbie qui tentait, à sa manière, de tirer sa sœur d'embarras.

– Avec qui tu sors, sans indiscrétion ?

La voix de Joey était soudain toute douce.

– Micky Shand. Le fils, hein ! Pas le père !

Tout le monde éclata de rire.

– Excellent choix, Debbie ! C'est une famille très bien. Son père est sorti de prison, alors ?

Debbie hocha la tête, toute contente.

– Ouais. Depuis une dizaine de jours. Ils lui ont fait une super fête pour son retour. Avec *pearly queen*[1] et tout et tout ! Ce qu'on a pu rigoler !

June sourit.

– Oui, j'en ai entendu parler. J'aurais bien aimé en être, mais avec tout ce qui s'est passé…

Elle n'acheva pas sa phrase.

Joey posa sa main sur la sienne.

– Tout ça, c'est bien fini, chérie. Bientôt, on roulera sur l'or, et là, à nous la belle vie ! Le premier truc que je ferai, c'est acheter une maison.

Ivy était extatique.

– Non, mais vous imaginez ? Mon fils propriétaire…

Susan ricana et lança à son père, d'un ton acidulé :

– Comment tu comptes l'appeler, ta baraque ? « Homicide adoré » ?

Joey fixa sa fille du regard un quart de seconde, puis son poing jaillit et s'écrasa droit sur sa tempe. Aussitôt, June et Debbie se précipitèrent sur Susan pour la sortir de table.

– Arrête, Joey ! Laisse tomber, s'te plaît. Elle aurait pas dû dire ça, mais ça y est, tu l'as mouchée. Nous gâche pas la journée à cause d'elle…

Sur ce, June poussa Susan vers sa chambre. Une fois à l'intérieur, elle ferma la porte derrière elle et assit sa fille sans ménagements sur son lit.

---

1. Membres de quelques familles de marchands des quatre saisons de Londres qui, à certaines occasions, arborent un costume orné de motifs faits de boutons de nacre (*mother-of-pearl*, en anglais).

– J'en ai *jusque-là* de toi, Susan ! J'en ai marre, mais marre ! T'as pas idée à quel point.

Susan se passa une main sur la figure et tâta la bosse qui se formait déjà.

– Tu l'as bien cherché, à l'asticoter comme ça ! Tu le connais pourtant, merde !

– Ouais, je le connais ! Et toi aussi ! Non, mais qu'est-ce que t'es revenue foutre ici avec lui ? Je ne te donne pas longtemps pour te retrouver à ma place. Et un coup de poing par-ci, et un coup de pied par-là... Tu le sais aussi bien que moi !

– Il n'avait pas l'intention de taper si fort. C'est de ta faute, aussi, à l'agacer comme t'as fait. Je t'avertis : si tu le pousses à bout, il finira par te fendre la tête en deux.

Susan ferma les yeux. La douleur qui pulsait dans sa mâchoire l'élançait jusqu'à l'intérieur du crâne.

– Le jour de mes quinze ans, je me casse !

June se mit à rire.

– Ça, j'en doute pas une seconde, mais d'ici-là, va vraiment falloir que t'apprennes à fermer ta gueule. A moins que tu fasses des frais de politesse, je veux pas te revoir de la journée !

Elle prit la tête de sa fille entre ses mains et la fit pivoter sans douceur pour l'examiner.

– Bah ! T'en mourras pas, va. Mais je te le répète : le cherche pas et me cherche pas non plus. J'ai déjà bien assez de problèmes comme ça sur les bras, sans que tu m'en causes en plus.

Susan attendit que sa mère soit sortie de sa chambre pour s'autoriser à pleurer. Elle haïssait Joey McNamara. Elle le haïssait de toute son âme. Et elle commençait à détester sa mère. Elle avait perdu tout respect pour elle, si tant est qu'elle en ait jamais eu.

Cette journée avait porté un coup fatal à leur relation mère-fille. Le conflit qu'elle augurait les accompagnerait pratiquement tout reste de leur existence. La tendresse bourrue que June accordait comme bon et quand bon lui semblait, elle la refuserait désormais presque totalement à Susan, au point qu'elles en viendraient, littéralement, à se haïr.

7

Barry Dalston avait de beaux yeux et le savait. Il dévisageait les femmes, leur décochait un sourire et n'en revenait jamais de l'effet que ça leur faisait, surtout à celles qui étaient un peu mûres.

Barry n'était pas beau au sens classique du terme, mais il avait quelque chose. Un petit quelque chose que les femmes trouvaient craquant. Il l'attribuait, et il avait raison, à son air canaille et à son physique de beau gosse.

La veille au soir, dans un pub de Bethnal Green où il prenait une bière avec ses potes, il avait fait la connaissance d'une femme. Sophie avait trente-cinq ans, une belle voiture, un superbe appartement et une magnifique paire de seins. Elle était mariée à un dénommé Alfie, un courtier d'assurances ennuyeux comme la pluie. A l'en croire, si casser les couilles de ses semblables avait été une discipline olympique, son Alfie aurait décroché une médaille d'or.

Elle était un peu trop ronde, mais ses rondeurs ne la rendaient que plus appétissante aux yeux de Barry. Ses cheveux étaient un poil trop brillants pour être naturels et sa robe un tantinet trop moulante pour être confortable, mais vingt dieux ! quelle marrante c'était !

Dans la voiture, elle avait enjambé la banquette comme si elle faisait ça tous les jours, révélant au passage un slip de dentelle noire et beaucoup de peau blanche jusqu'à la lisière des bas.

En cinq secondes chrono, Barry s'était retrouvé avec une érection comac, modèle bâton de flic, et avait failli éjaculer dès qu'elle s'était mise à le caresser en gloussant.

Il avait vécu une expérience inédite : Sophie s'attendait de toute évidence à prendre son pied. Jusque-là, il n'avait jamais songé que certaines femmes puissent être portées sur le sexe.

En le regardant dans les yeux, elle s'était exclamée, d'un ton ravi :

– Eh ben, mon petit loup, je suis contente de ne pas avoir mes lunettes. J'en aurais hurlé de peur !

Barry avait adoré chaque seconde de leurs ébats. Depuis ses seins, qui avaient jailli de sa robe, jusqu'à sa façon de l'enfourcher et de lui coincer les bras dans le dos pendant qu'elle prenait son plaisir. Comme s'il était mort et qu'il se réveillait au paradis des baiseurs. Comme si tous ses fantasmes d'adolescent avaient subitement pris chair.

Après, elle avait fumé une cigarette et s'était de nouveau jetée sur lui – ce qu'il avait trouvé un peu angoissant, mais très excitant. Jamais il n'aurait imaginé qu'une nana puisse avoir envie de baiser comme ça. Comme un mec, quoi. Au deuxième assaut, lorsque la langue de Sophie s'était enroulée autour de sa queue, il avait dû réciter mentalement les noms de l'équipe de foot de West Ham au grand complet pour s'empêcher de crier de plaisir.

Sophie appréciait manifestement de lui faire autant d'effet. Barry était resté affalé sur la banquette arrière, à moitié groggy et complètement vidé, mais prêt à dire amen à tout ce dont elle pourrait avoir encore envie. Ils étaient convenus de se voir deux fois par semaine. Il n'avait jamais rien attendu avec autant d'impatience.

Il se mit à remonter Mile End Road en sifflotant. Il avait rendez-vous avec Susan. L'idée ne l'avait pas effleuré qu'il s'était acoquiné avec Sophie parce que Susan – *sa* Susan, comme il la considérait – était du genre godiche. Elle se croyait supérieure parce qu'elle lisait des livres, mais, côté réalités de la vie, elle était d'une ignorance crasse. Ça convenait parfaitement à Barry. Après tout, quel homme a envie que sa nana en ait plus que lui dans le ciboulot ?

Si jamais Susan découvrait l'existence de Sophie, il se faisait fort de l'avoir au baratin, tant il était intimement persuadé qu'elle avait cent fois plus besoin de lui que lui n'avait besoin d'elle.

Ça faisait maintenant six mois que Joey était sorti de l'hôpital. A bientôt quinze ans, Susan n'allait pas tarder à comprendre à qui elle tenait vraiment et, là, son père pourrait aller se faire voir. De toute façon, Barry avait bien l'intention de lui faire un lardon. Avec ce genre de passeport, que ça lui plaise ou non, Joey serait forcé de lui faire une place dans le clan McNamara : tout était préférable à la honte d'un petit bâtard dans la famille.

A cette idée, Barry se mit à sourire.

Joey était devenu une pointure, avec une sacrée réputation et des relations dans le Milieu. Cette gloire et cette célébrité, Barry en voulait sa part. Pour ça, il fallait épouser Susan.

En plus, il l'aimait plutôt bien, sa Susan. Avec ses grands yeux toujours rivés sur lui, c'était comme un bon gros chien fidèle à qui il ne manquait même pas la parole pour vous exprimer toute l'adoration, toute l'admiration qu'il vous vouait. Sans compter qu'elle le laissait lui faire tout ce qu'il voulait, quand il le voulait – et ça, pour un garçon comme Barry, doté d'une libido qui montait et descendait aussi souvent que la petite culotte d'une pute, c'était un sérieux bonus.

Bref, l'un dans l'autre, il trouvait la vie plutôt belle. Restait à faire son trou dans la famille de Susan.

Il s'était déjà attaqué à la grand-mère. Chaque fois qu'il tombait sur elle dans une boutique ou au marché, il lui sortait un vrai numéro de charme. La pauvre vieille adorait ça. Elle les laissait même, Susan et lui, venir chez elle quand elle allait faire son bingo – privilège que Barry attribuait à sa séduction naturelle, vu l'état des relations entre Susan et sa grand-mère jusque-là.

En fait, ça faisait des mois qu'elles étaient au beau fixe : depuis qu'elles s'étaient trouvé un ennemi commun en la personne de June.

Susan ne pouvait plus voir sa mère en peinture. Après l'avoir tellement adorée, Barry trouvait ça incompréhensible. Il avait bien, une fois ou deux, essayé de lui dire qu'elle avait tort de se brouiller pour des âneries. C'était déjà assez moche de détester son père, alors être en plus à couteaux tirés avec sa mère… Les rares fois où il avait croisé June, il avait d'ailleurs pris soin de lui montrer qu'il désapprouvait l'attitude de Susan à son égard.

C'est dire s'il tenait à se faire une place chez les McNamara !

Une fois marié avec Susan, il lui filerait une bonne trempe, histoire de lui mettre les points sur les *i*.

Il entra au Londoner pour avaler une bière en vitesse. Joey McNamara était installé au bar. Le sourire aux lèvres, Barry mit le cap vers lui et lui adressa un petit signe de tête.

Joey fit celui qui ne le connaissait pas et poursuivit sa conversation avec la fille qui était assise à côté de lui – une métisse avec des cheveux très noirs, des yeux charbonneux et des seins quasi inexistants. Personnellement, Barry ne lui aurait même pas donné l'heure.

Il se commanda une pinte de blonde et sourit intérieurement en entendant ce qui se disait à côté de lui. C'était passionnant. Exactement le genre de scénar où il ambitionnait de décrocher un rôle.

– Puisque je te le dis, Joey, qu'il est plein aux as, ce type ! C'est un de mes habitués, il a toujours dans les cinq mille livres sur lui. Tout ce que t'as à faire, c'est de t'arranger pour le choper avant qu'il arrive chez moi. Je peux pas le nettoyer moi-même. Il m'utilise depuis trop longtemps et il est pas du genre à s'inquiéter que les flics sachent qu'il va aux putes. Mais si tu le braques sur le chemin, t'as le pognon et moi, un alibi en béton : avant lui, j'ai un autre client – Josh Gold, le petit juif du marché. Il sera mon témoin, tu piges ? Alors, qu'est-ce que t'en dis ?

Joey poussa un soupir et, pivotant légèrement sur son tabouret, secoua la tête.

– Cinq mille livres ? Va te faire foutre, Babs ! Et dégotte-toi un autre pigeon pour se salir les mains à ta place. Je suis pas intéressé.

Elle haussa les épaules.

– Pas de problème, Joey. C'était juste une idée comme ça…

Comme elle descendait de son tabouret, Joey la rattrapa sans douceur.

– Des fois que tu le nettoierais, je veux mes vingt-cinq pour cent. C'est le tarif, ces temps-ci.

Elle hocha la tête, résignée : le simple fait d'avoir ouvert la bouche venait de lui coûter du fric.

– Compte sur moi. Si ça marche, je te préviens, pas de problème.

Joey se fendit d'un sourire, qui dévoila des dents pas très blanches.

– T'inquiète, Babs ! Si ça marche, je le saurai forcément. Il se passe plus rien dans le secteur sans mon feu vert, l'oublie pas…

Barry suivit la fille dehors. Il la saisit par le coude alors qu'elle s'éloignait aussi vite que ses talons vertigineux le lui permettaient. Elle fit volte-face et lui flasha un sourire immaculé.

– Bonsoir, chéri ! Qu'est-ce que je peux faire pour toi ?

Bien que née dans Bow Road, et donc plus cockney que la plupart des habitants du quartier, elle avait dans la voix une pointe d'accent chantant des Caraïbes.

Barry était à la fois vexé et flatté qu'elle l'ait pris pour un client potentiel.

– Y a rien que tu puisses faire pour moi, ma poule. Moi, le boudin noir, je suis pas vraiment amateur…

– Ben, tu sais pas ce que tu rates, mon petit gars !

Il sourit.

– J'en ai une assez bonne idée. Ecoute, Babs, j'ai entendu ta petite conversation avec Joey, à l'intérieur. Peut-être que je peux t'aider ?

Elle le toisa avec insolence et laissa tomber d'un ton méprisant :

– C'est un homme qu'il me faut, pas un môme !

– Je suis parfaitement de taille.

Babs éclata de rire, impressionnée par son cran et son aplomb.

– Mon mac, c'est Jonah. Tu te sens cap' de t'y frotter, petit ?

– Je m'en occuperai, de ton foutu Jonah, s'il le faut. Alors, on cause ou pas ? Je te garantis un joli magot en même pas dix minutes de travail. Qu'est-ce que t'en dis ?

– Ecoute, t'es écossais… Je veux dire, ton accent risque de te gêner plutôt qu'autre chose, tu crois pas ? Surtout avec un recouvreur de dettes.

Barry se mit à rire.

– T'as la peau noire, mais ç'a pas l'air de t'avoir handicapé le cerveau, toi ! Ecoute, ton type, je vais le coincer et lui piquer son blé, pas lui faire la conversation.

Babs le jaugea une fois de plus.

– Mon pub habituel, c'est le Crown, dans le West Side. J'y serai ce soir à huit heures, si t'es toujours intéressé. Réfléchis bien avant de t'engager, et pense aussi à Jonah. Il avalerait peut-être qu'un client se fasse refaire par moi, mais par un cave, sûrement pas.

Barry sourit de nouveau, et elle lui rendit son sourire. Il était plutôt sympa.

– Jonah peut aller se faire sucer.

Babs éclata de rire.

– Ça, je m'en charge, et pas qu'un peu !

Barry la regarda s'éloigner en ondulant des hanches sur ses talons aiguilles. Il était euphorique. Son tout premier contrat ! Et dégotté tout seul ! Rien qu'à l'idée de ce qu'il allait faire, il en avait des fourmillements jusque dans les burnes.

Susan l'attendait chez sa grand-mère. En se grouillant, il avait le temps de la sauter et d'être dans le West Side à huit heures.

Pas de doute : la vie était belle !

– Tout ce que je dis, c'est que si ton père l'apprend, ça va saigner !

– Je m'en fous, m'man. C'est pas ses oignons. Alors, si ça te plaît pas, c'est le même prix !

June poussa un profond soupir et refoula son envie de défoncer le crâne de sa fille avec le cendrier posé à côté de sa trousse de maquillage. Se faire une beauté en s'engueulant avec Susan commençait à devenir une habitude.

– T'as quand même pas l'intention de sortir attifée comme ça, j'espère !

Susan baissa les yeux vers son pull tout neuf. Rose bonbon, il était fermé dans le dos par une rangée de minuscules boutons de nacre. Il faisait ressortir sa poitrine abondante, qui n'avait peut-être pas besoin de ça. Une jupe droite noire et des talons hauts complétaient sa tenue. Avec ses yeux faits et sa coupe dégradée, Susan se trouvait très bien.

– T'as l'air d'une vieille pute !

Susan éclata de rire.

– C'est sûr, t'es bien placée pour en parler, m'man ! Ce look, c'est toi qui l'a pratiquement inventé !

– Ferme-la ou tu vas te faire appeler Arthur !

Susan se regarda dans la glace.

– Plutôt « Robert », m'man !

Ce disant, elle mit ses mains en coupe sous ses seins et les fit danser.

June avait envie de rire, mais elle se retint. Cette nouvelle Susan, c'était quelque chose ! Toujours à ergoter et à prendre la mouche pour un oui ou pour un non. C'était la première fois depuis des semaines qu'elles se parlaient de façon presque polie.

– T'as quand même une sacrée poitrine, Susan.

– Elle me plaît comme elle est. Grâce à elle, je me sens différente. Et crois-moi, m'man, Barry, il l'adore !

June eut un reniflement méprisant.

– Ça, je n'en doute pas... N'empêche que si ton père te voit dans cette tenue, Barry devra ratisser tout l'East End pour retrouver ses génitoires.

– C'est seulement quand j'ai rancard avec lui que je m'habille comme ça, m'man. Et avec mon gros manteau écossais par-dessus, c'est ni vu ni connu. De toute façon, même dans mes habits de tous les jours, on ne voit que ça, alors t'inquiète !

June regarda Susan. Son visage était comme éclairé de l'intérieur. Elle l'enviait, d'une certaine façon. D'être jeune, d'être amoureuse et d'avoir la vie devant elle. Evidemment, elle aurait dû l'aider davantage avec Joey, mais elle en était incapable. Joey était attiré par Susan et June, au fond, savait bien à quoi ça tenait : à ces deux trucs qui exerçaient une telle fascination sur Barry Dalston.

– Tout ce que je te dis, c'est d'être prudente. La vie ne se borne pas à une belle paire de seins et à un amoureux.

Susan ricana.

– Parce que tu connais tout de la vie, toi peut-être ? Toi sur qui tout Londres est passé, tu te permets de me donner des conseils ? Va te faire foutre ! Non, mais qu'est-ce qui te prend, là ? T'es jalouse parce que je te fais de l'ombre, c'est ça ?

En entendant ça, le sang de June ne fit qu'un tour et sa main claqua sur la joue maquillée de frais de sa fille.

Instinctivement, Susan leva le poing et, avant d'avoir eu le temps de réaliser ce qu'elle faisait, cueillit sa mère en plein entre les deux yeux.

June chancela et, se sentant partir à la renverse, tenta de se raccrocher à la coiffeuse. Au lieu de ça, elle s'affala sur le lit comme une poupée de chiffon. Susan se précipita vers elle pour l'aider à se relever, en balbutiant un chapelet d'excuses.

– M'man ! Oh ! mince ! Pardon, m'man, pardon ! Laisse-moi regarder, s'te plaît.

– Sale petite garce ! Lever la main sur ta mère ! Comment oses-tu, salope ?

Elles s'empoignèrent et se mirent à se battre comme des chiffonnières, toutes griffes et dents dehors, pire que des chats sauvages. Susan, qui s'était un moment contentée de se défendre, commença à prendre l'avantage.

Leur corps à corps l'électrisait. Les frustrations refoulées depuis tant d'années la submergeaient coup après coup. Comme si tout ce que June avaient fait, tout ce sur quoi elle avait fermé les yeux et qu'elle avait cautionné, se bousculait dans sa tête.

Le fait de les avoir abandonnées à la garde leur père pour se mettre en ménage avec une ribambelle d'amants ; sa façon de se vanter de tout connaître, alors qu'en fait elle ne connaissait rien à rien ; le fait de n'avoir jamais levé le petit doigt pour les aider, Debbie et elle. Le fait d'être toujours au courant de tout et de laisser les gens dans la merde.

Des cris, qui paraissaient venir de très loin, lui parvinrent aux oreilles : stupéfaite et incrédule, Debbie arracha sa mère des mains de sa sœur.

– Putain, mais t'es complètement malade, Sue ! T'as vu dans quel état tu l'as mise ?

Susan baissa les yeux et contempla le visage maculé de sang de sa mère. Elle ne ressentait rien. Cette absence d'émotion, la choqua plus que ce qu'elle venait de faire. Elle n'éprouvait qu'une chose : du soulagement.

Elle aida sa mère à se relever et, sans un mot, quitta la pièce.

Dans le vestibule, elle rectifia de son mieux son maquillage et rajusta ses vêtements, puis, après avoir enfilé son manteau, empoigna son sac à main et sortit.

Barry guettait Susan. Il la vit arriver du bout de la rue. Elle marchait vite et sa poitrine ballottait sous son manteau ouvert. L'air mauvais, il se mit à zieuter les voitures qui passaient pour voir s'il reconnaissait les mecs qui avaient l'audace de se rincer l'œil sur sa nana.

Il sortit de son encoignure. Au moment où il ouvrait la bouche pour l'enguirlander, il hésita : Susan n'avait pas l'air dans son assiette. Elle alluma une cigarette. Il remarqua que ses mains tremblaient.

– Y a quelque chose qui va pas, Sue ?

Avec un soupir, Susan lui rétorqua d'un ton sec :

– Demande-moi plutôt ce qui va, bordel !

Il la prit par le bras et l'entraîna vers chez sa grand-mère. Elle tirait nerveusement sur sa cigarette. Il préféra ne pas lui poser de questions, sachant qu'elle lui raconterait tout quand elle serait mûre pour ça.

Comme ils arrivaient devant chez Ivy, ils l'aperçurent, le nez collé à la fenêtre de sa cuisine. Elle salua sa petite-fille d'un : « Alors, mauvaise graine ? », et Susan soupira.

– Le téléphone arabe doit être enroué, à l'heure qu'il est. Qu'est-ce qui se p…

La porte d'entrée s'ouvrit à la volée et Ivy happa Susan à l'intérieur.

– C'est vrai, ça, que t'as dérouillé ta mère, Susan ? Debbie est toute retournée. Je viens de l'avoir au bout du fil. T'as vraiment filé une rossée à Junie, alors ?

Susan hocha la tête.

– Ouais ! Mais elle l'avait bien cherché !

Ivy était partagée entre l'envie de se faire raconter l'affaire dans les moindres détails et son penchant naturel à mettre son grain de sel et à envenimer les choses. Mais, même elle, elle se rendait compte que, cette fois, son fils piquerait une colère noire. Il n'hésitait pas à tabasser June au point de lui faire tourner de l'œil, mais c'était un privilège qu'il n'accordait à personne d'autre. Et puis, il y avait quelque chose de pas clair entre Susan et lui, un truc sur lequel Ivy n'arrivait pas à poser le doigt.

Barry fixa le visage cramoisi de Susan.

– Tu as tapé ta mère ?

– Je veux, ouais ! Elle m'a giflée, alors je lui ai rendu sa baffe.

Ivy avait l'air de boire du petit lait.

– C'est pas exactement la version que j'ai eue, moi... D'après Debbie, elle t'a retourné une claque parce que tu lui avais mal parlé, et toi, t'y as tellement tapé dessus qu'elle en a vu trente-six chandelles. On est allé chercher ton père au pub et ça, ma petite, ça va sûrement le mettre de bonne humeur ! Que tu dérouilles ta mère, c'est une chose. Mais que tu perturbes la vie sociale de ton père, c'est une autre paire de manches. Ça va être ta fête !

Susan se mit à se mordiller nerveusement la lèvre du bas.

Ivy disait vrai sur un point : Joey allait la réduire en bouillie, et il allait prendre son pied. Maintenant qu'il tenait une raison valable de lui filer une bonne trempe, il ne se gênerait pas pour se venger de tout ce que Susan lui faisait subir depuis des mois. Ce contentieux risquait de lui coûter cher.

– Jamais je ne retournerai à la maison ! Je ne veux plus vivre là-bas !

Ivy leva les yeux au ciel.

– T'as quatorze ans, Susan… Où tu veux aller, bon sang ? Tu vas prendre une location ? Avec quoi que tu paieras ton loyer et le reste ? Regarde les choses en face, ma petite fille ! T'es coincée et, d'ici que les choses changent, t'en as pour un bout de temps. Maintenant, installe-toi dans le petit salon pendant que je fais du thé. Ton père va pas tarder à arriver. Que Dieu te protège !

Barry regarda la vieille dame.

– Comment ça, Joey vient ici ?

– Pfff ! fit Ivy. Evidemment ! J'ai dit à Debbie que je vous attendais tous les deux, comme d'habitude…

Sur ce, un sourire lui monta aux lèvres et Barry la vit soudain telle que Susan la décrivait : une vieille sorcière, méchante et hargneuse.

– Il va t'arracher les yeux et le reste, mon gars. Alors, si j'étais toi, je filerais sans demander mon reste. Laisse-la donc se dépatouiller toute seule. Elle n'a que ce qu'elle mérite. Tsst ! Quand je pense que, par-dessus le marché je vais rater mon putain de bingo ! T'es vraiment une belle emmerdeuse, Susan !

Susan regarda Barry, l'air égaré.

– Tu ferais bien de partir, Bal. Vaut mieux pas qu'il te voie.

Dilemme. Barry ne voulait pas avoir l'air de fuir devant Joey comme un gosse terrorisé, mais il ne voulait pas non plus se le mettre à dos. Après tout, s'il était mis avec Susan, c'était uniquement à cause de lui… Maintenant qu'elle avait semé toute cette pagaille, il lui aurait volontiers collé une tarte lui-même.

Mais déjà on tambourinait à la porte. Joey se mit à beugler par la fente de la boîte aux lettres :

– Ouvre, m'man ! C'est moi ! Je viens chercher c'te petite garce, et tout de suite !

– Vite, Barry ! File dans ma chambre. Joey te tuera s'il te trouve ici.

– Pas question ! Je vais quand même pas me planquer !

Oubliant sa peur, Susan le poussa sans lui demander son avis vers la chambre de sa grand-mère.

– Furax comme il est, il nous tuerait tous les deux. Alors, pour une fois, fais ce que je te demande, Bal ! S'il te plaît.

La peur dans sa voix gagna Barry. Il s'engouffra dans la pièce, ferma la porte derrière lui et, l'oreille aux aguets, tétanisé, retint son souffle.

Ivy ouvrit à Joey, qui entra en trombe en la bousculant au passage. Il paraissait effectivement assez excité pour tuer quelqu'un. Les yeux lui sortaient de la tête et son corps tout entier suait le danger.

Il resta quelques secondes à fixer sa fille.

– Je vais te foutre une de ces branlées, ma salope ! Mais alors, une de ces branlées ! Que t'en resteras sur le carreau !

Susan le regarda droit dans les yeux, sans broncher.

– Eh ben, vas-y, qu'est-ce que t'attends ? Cogne ! De toute façon, je vois pas ce que tu pourrais me faire de pire que ce que tu m'as déjà fait subir !

Ses paroles étaient lourdes de sous-entendu, Ivy ne s'y trompa pas.

– De quoi tu causes, là, Susan ? Mais claque-lui le beignet, Joey ! La laisse pas te parler sur ce ton ! Pas étonnant qu'elle se croie tout permis…

Joey se tourna vers sa mère et hurla :

– Ferme ta putain de gueule, bordel ! Et fous-moi le camp d'ici ! Allez, ouste ! Dégage et laisse-nous seuls !

Il en écumait de rage.

Ivy attrapa son manteau qui pendait à un crochet et vida les lieux. Se faire chasser de sa propre maison comme une moins que rien, et par ce fils qu'elle adorait, qu'elle vénérait… Malgré le froid, elle s'attarda sur le seuil, pour écouter ce qui se passait à l'intérieur.

Susan se retrouva seule face à son père dans la minuscule entrée.

– Je vais t'éclater la tronche, ma petite, et t'as pas idée du plaisir que je vais prendre !

Susan se tenait droite devant lui, toute peur évaporée, assistant à la scène en simple spectatrice, non pas en victime désignée.

– Du plaisir ? Normal, p'pa ! Ça adore cogner, les petites frappes !

Dans la chambre, Barry ferma les yeux. Pour dire ça, il fallait qu'elle ait complètement perdu la boule, Susan. Il n'y avait pas d'autre explication. Même de grands caïds n'auraient pas osé sortir un truc pareil à Joey McNamara.

Susan ôta son manteau et se campa devant son père dans ses vêtements neufs.

– Non, mais tu t'es vue ? T'as l'air d'une grue ! Tu te balades dans les rues habillée comme une pute de bas étage ?

La première gifle cueillit Susan en pleine figure et l'envoya valdinguer contre le mur. Puis il y eut le bruit mat d'un coup de poing et Barry se passa une main moite sur le visage.

Joey lui asséna encore huit coups à assommer un bœuf avant qu'elle s'effondre sur le plancher. Puis, l'empoignant par les cheveux, il la traîna jusque dans le salon. Comme elle tentait de se relever pour lui échapper, il la chopa par son pull rose avec tant de brutalité que les petits boutons de nacre sautèrent et roulèrent dans la pièce.

Joey lui arracha son pull et le lui brandit sous le nez, tandis qu'elle s'efforçait de dissimuler son corps à ses regards salaces. Des ecchymoses commençaient à lui marbrer le visage et les bras, elle avait un œil poché et le nez en sang.

– C'est là-dedans que tu te pavanes dans les rues, dis ? Attifée comme une vieille morue sur le retour ! Ma propre fille ! Y a des putes qui n'oseraient même pas aller tapiner dans cette tenue. Mais c'est sûr, toi, t'as la grande gueule qui va avec, hein, Susan ? C'te foutue grande gueule que t'ouvres sans réfléchir à longueur de journée ! Eh ben, à partir de maintenant, t'iras même plus pisser sans ma permission, t'entends ? Je vais t'avoir à l'œil, moi, et du matin au soir, ma fille !

– Je ne suis pas ta fille !

Elle n'avait pas refermé la bouche que les coups se remettaient à pleuvoir de plus belle.

Joey se campa au-dessus d'elle, écumant. Il soufflait si fort que sa poitrine semblait prête à exploser sous la pression de la rage. Susan était affalée par terre, les jambes écartées, les seins à l'air. Elle leva les yeux vers lui. Rien qu'à son regard, il devina ce qu'elle se disait, ce à quoi elle s'attendait. Il n'allait pas la décevoir.

Il la regarda en riant et déboucla sa ceinture.

– Qu'est-ce que je te mets, Susan? La même chose que d'habitude?

– Va te faire foutre!

Toute sa haine, tout ce qu'elle était la seule à savoir de lui, étaient concentrés dans ces quatre mots. Elle y avait mis tant de virulence que Barry le perçut à travers le mur. Susan avait complètement oublié sa présence dans la chambre d'à côté. Elle avait tout oublié, sauf qu'elle détestait l'homme qu'elle avait devant elle, et du plus profond de son âme.

Barry, lui, n'était pas prêt d'oublier ce à quoi il assistait.

– J'espère que tu vas choper un cancer et que t'en crèveras à petit feu dans d'atroces douleurs! J'espère que ta vie sera un véritable enfer jusqu'à ton dernier souffle, espèce d'ordure!

Joey lui décocha un coup de pied dans le ventre pour la faire taire. Le souffle coupé, Susan se mit à paniquer tant la douleur qui la cisaillait était violente. Elle avait si mal qu'elle fut incapable d'esquisser un geste pour le repousser quand il se coucha sur elle.

Il écrasa ses lèvres sur les siennes et se mit à la peloter. Elle le sentait peser de tout son poids, chaque parcelle de son corps épousant le sien. La nausée la submergea. Le contenu de son estomac lui jaillit de la bouche, les éclaboussant tous les deux. Mais Joey était trop bien lancé pour s'en rendre compte. Il lui écarta les cuisses brutalement et la pénétra de force. Comme elle lui labourait la figure de ses ongles, il lui asséna un coup de poing en pleine poitrine, qui l'empêcha de respirer de longues secondes.

Enfin, il se laissa retomber sur elle et, avec un grand rire, lui souffla à l'oreille :

– Je peux te faire tout ce que je veux, Susan, mets-toi bien ça dans le crâne. A la seconde où t'as levé la main sur ta mère, t'as fait de moi ton ennemi à vie. Tu m'as donné le droit de te traiter comme je veux, et je le ferai, ma petite, je le ferai ! Je vais te garder sous clé jusqu'à ce que je sois rassasié de toi. N'oublie jamais ça, ma petite. Je te briserai ! Je te materai ! Je bande rien que d'y penser, tiens !

Agenouillé au-dessus d'elle, la fantaisie lui prit de lui pisser dessus. Comme si elle avait lu ses pensées, Susan roula de côté, évitant de justesse le jet d'urine qui devait s'écraser sur son visage. Il l'empoigna par les cheveux, lui souleva la tête et la regarda au fond des yeux.

– Rhabille-toi ! Je te remmène chez nous.

Il se redressa, remonta son pantalon et se rajusta devant le trumeau piqué de chiures de mouches. La glace lui renvoya l'image de Susan, à quatre pattes, qui tentait de se relever.

– Tu sais ce que t'es ? T'es qu'une grosse truie répugnante ! Qui c'est qui pourrait être tenté de te sauter à part moi, hein ? T'as vu ce cul monstrueux que tu te payes ? Mais regarde-toi ! T'es qu'une sale chienne et, comme toutes les chiennes, tu t'es rebiffée contre ton maître. Eh ben, dis-toi que c'est la dernière fois que tu t'en prends à moi, ma fille ! À partir de maintenant, tes privilèges, va falloir que tu les mérites, et j'ai pas besoin de te faire un dessin.

Détachant de nouveau sa ceinture, il se rua sur elle. La boucle mordit la peau nue de Susan. Elle avait beau crier, aucun risque que quelqu'un décroche son téléphone pour le dénoncer à la police. Pas dans le quartier, en tout cas. Il pouvait s'acharner sur elle.

En état de choc, Barry était assis sur le lit d'Ivy. Il savait exactement ce qui venait de se passer dans la pièce à côté et n'arrivait pas à s'y faire. Joey McNamara était un monstre. Il avait baisé sa propre fille. Dans le milieu ouvrier, l'inceste était tenu pour le pire crime qui soit, après le viol et la pédophilie.

Et lui, Barry Dalston, il était au courant. Il aurait préféré ne pas l'être. Pourtant, son sens des affaires lui disait que ça pouvait se révéler utile.

Il entendit Susan se relever et des gémissements lui échapper, tandis qu'elle se rhabillait. Une part de lui la plaignait, mais une autre lui en voulait de lui avoir caché tout ça.

Il avait cru être le premier. Le premier à découvrir ces seins fantastiques. Il n'en était rien. A l'époque de leur rencontre, son père avait déjà poussé ses explorations bien plus loin. Combien d'autres, avant eux avaient posé leurs mains sur elle ? Comment le savoir, vu qu'elle n'avait plus le droit de sortir de chez elle ?

Il jeta un coup d'œil à la pendulette posée sur la table de nuit. Déjà huit heures moins vingt ! S'ils pouvaient se casser, tous les deux, et le laisser récupérer, le temps de remettre un peu d'ordre dans ses idées. Il s'agissait de réfléchir et de décider de la meilleure façon d'exploiter l'information qu'il détenait. Quelque chose lui disait que ce truc-là risquait, un jour ou l'autre, de se révéler utile.

Très utile, même.

Susan était encore sous le choc de ce qu'elle avait fait à sa mère. Même si la correction que son père lui avait infligée était cent fois pire, elle savait que sa mère était incapable de surmonter l'humiliation qu'elle avait subie. Désormais, il y avait de la haine entre elles. Une mère, c'est censé veiller sur vous, empêcher qu'il vous arrive malheur. Sa mère à elle n'avait jamais rien fait. Elle avait refusé de voir ce qui se passait et ça, Susan ne le lui pardonnerait jamais.

Elle entra dans sa chambre. Debbie l'y attendait, un sourire mauvais sur les lèvres.

– Pour qui tu te prends, Susan ? Tu crois pas que t'as abusé, là ? Traiter ta mère comme ça ! Je ne sais pas ce qui me retient de t'en coller une, moi aussi.

Susan la fixa un instant avant de répondre, d'une petite voix atone :

– Je ne m'y risquerais pas, si j'étais toi. Je pourrais décider de faire coup double. Qu'est-ce que tu ferais alors, hein ? Si je me fais le vieux, qui c'est qui aura la main ?

Debbie était estomaquée. Quelle mouche avait piqué sa sœur ? Susan n'était pas d'un naturel violent, elle était même plutôt bonne fille, un peu trop parfois. Mais cette Susan-là appartenait au passé, apparemment. Même rouée de coups, elle était encore bourrée d'agressivité.

Susan entreprit de se déshabiller. A la vue des bleus, des écorchures et des boursouflures qui lui zébraient le corps, Debbie ne put s'empêcher de la plaindre. Elle rapporta de la cuisine une bassine d'eau tiède, additionnée de gros sel et de désinfectant, et aida sa sœur à nettoyer ses plaies.

– Putain ! Qu'est-ce qu'il t'a mis, Susan ! J'en reviens pas que t'aies pas fini à l'hôpital. A mon avis, certaines marques ne partiront pas.

Susan ne répondit pas.

Tout ce qu'elle savait, c'était que Barry avait tout entendu et qu'il n'était pas venu à son secours. D'un côté, elle s'en félicitait, mais, d'un autre, elle se disait qu'il aurait dû s'interposer, essayer au moins de la défendre.

La lâcheté de son comportement était comme un cancer qui la rongeait de l'intérieur.

Joey gagnait sur tous les tableaux : il l'avait, elle et il avait sa femme. Il se tapait les deux. Il l'a traitait comme une merde et il aimait ça. Et Barry avait écouté sa petite amie se faire violer sans oser un geste.

Son père était-il donc si puissant que ça ?

Apparemment, oui. Il jouissait d'une totale impunité.

Et il ne faudrait plus compter sur Barry pour lui venir en aide.

Susan avait pourtant bien cru être en sécurité avec lui. Une fois de plus, elle avait eu tout faux. Le fait que Barry ait découvert son secret était la pire chose qui lui soit jamais arrivée et, pourtant, elle en avait vu de belles. Il ne voudrait plus d'elle maintenant, autant s'y résigner. Il avait cru tomber sur du neuf, mais elle n'était qu'une occase déjà souillée par son père et ce qu'il lui faisait subir. Il devait même être content de ne pas avoir à la larguer.

A cette idée, les larmes lui montèrent aux yeux, débordèrent et roulèrent sur ses joues, lui laissant un goût amer sur la langue. Comme elle prenait toute la mesure de son malheur, Susan éclata en sanglots. Tout était fichu. Tout était fini.

Barry refuserait de la toucher, même avec des pincettes, maintenant qu'il savait que Joey – son propre père – abusait d'elle.

Attendrie par la détresse de sa sœur, Debbie voulut la prendre dans ses bras, mais elle était tellement couverte de plaies et de bosses qu'elle y renonça. Elle couvrit le corps nu, brisé de sanglots, de Susan avec une couverture et lui prit la main.

June entra dans la pièce et, du menton, fit signe à Debbie de s'éclipser. Elle baissa les yeux vers Susan : elle n'éprouvait rien, ni chagrin, ni honte. Pas la moindre émotion. Tout ce qu'elle voyait, c'était une gosse qui, depuis sa naissance, lui renvoyait un sentiment de culpabilité.

Susan était le fruit de la douleur. Elle avait été conçue et enfantée dans la douleur, et voilà qu'elle en rajoutait.

Soudain, la ressemblance de Susan avec Joey la frappa : elle avait ses mâchoires carrées, son visage rond, le même regard d'un bleu perçant. Le corps lourd, aucune grâce, pas la moindre allure. Oui, Susan était bien la fille de son père. Aucun doute possible. Elle avait même hérité ses penchants violents. Il n'y avait qu'à voir la façon dont elle avait levé la main sur sa propre mère.

Cette fois, June était bien décidée à la dresser. Ou à laisser Joey s'en charger. Il avait raison : Susan n'en avait toujours fait qu'à sa tête, ça avait assez duré. Retroussant la couverture, June examina le corps couvert de marques de Susan et un sourire lui monta aux lèvres. Pourvu que cette petite garce ait aussi mal qu'elle.

Pas un instant elle ne songea à attribuer le changement de sa fille aux mauvais traitements qu'elle avait subis dans un foyer aussi dépourvu d'amour et de confort que le leur. Elle ne songea pas davantage que sa propre façon de vivre avait pu déteindre sur ses gamines et les rendre incapables de tout comportement normal. Ni que le fait que Joey couche avec sa fille plutôt qu'avec sa femme ait perturbé Susan, provoqué son agressivité et rendu impossible, pour elle, tout jugement sain.

Comme toujours, June ne voyait qu'elle-même et ce qui lui était arrivé à elle.

– J'espère que tu mesures ce que tu as fait aujourd'hui, Susan. Parce que tu n'as pas fini d'en subir les conséquences, crois-moi !

Susan ne répondit pas. Elle n'avait rien à dire à sa mère. Barry, son Barry, l'avait abandonnée. Tout ça à cause de cette femme.

– Tu aurais dû veiller sur moi, m'man. Tu le sais très bien, finit-elle par articuler.

June fut prise d'une envie furieuse de lui arracher les yeux : à sa grande honte, elle savait que sa fille disait vrai.

Elle tourna les talons et quitta la pièce.

8

Babs était transformée et ça avait tout pour plaire à Barry. Il avait eu la surprise de découvrir que, quand elle n'attendait pas de client, une fois débarrassée de ses couches de fard et de ses tenues provocantes, elle avait l'air comme tout le monde. Au naturel, elle faisait plus jeune et était vachement plus bandante.

Babs avait dix-sept ans, dont quatre, déjà, sur le trottoir. Exercer le plus vieux métier du monde ne l'empêchait d'aller à la messe de temps en temps et de consacrer tout son argent à sa fille Bianca, que sa mère, Ruth, élevait à sa place.

Elle versa un scotch bien tassé à Barry, qui se mit à le siroter.

– T'es bien sûr de savoir ce que tu fais, dis ? Ce type, je n'ai rien à lui reprocher. C'est même un bon client. Mais faut que je trouve du fric de toute urgence et c'est la seule façon que je voie de m'en procurer.

Barry la regarda en souriant. Il était décidément bien sympathique. Il avait un charme indéfinissable, assez irrésistible. Un genre de Jonah à la peau blanche.

– A quelle heure il se pointe d'habitude, ton type ?

Babs avala une gorgée de scotch. Barry regarda ses lèvres pulpeuses caresser le bord du verre. Etait-ce un effet du rouge carmin qu'elle portait ? Toujours est-il que sa bouche lui parut soudain tout à fait digne d'intérêt. Comme le reste de sa personne, d'ailleurs, depuis ses petits seins pointus jusqu'à sa croupe bien rebondie et bien ferme. Pas de doute, Babs était décidément tout à fait digne d'intérêt. Sexy à mort.

– A neuf heures pile. C'est un drôle de petit bonhomme, tu sais. Un mec bien, je dirais même. Parmi mes clients, y en a qui sont de vrais salauds. Le genre qui se croit tout permis, tu vois ? Sous prétexte qu'ils te payent, ils se figurent que tu leur appartiens. Que ça leur donne le droit de te malmener et de te faire faire des trucs qui sont pas compris dans le tarif.

Barry l'écoutait, fasciné par l'ongle rouge vif de son index dressé.

– Tiens ! Hier, j'ai eu un client, dans les soixante balais, moche comme un pou... Une vraie puanteur, en plus ! Le nombre de types qui schlinguent, t'as pas idée ! C'est bizarre quand même, non ? Bref, le voilà qui entre, tout sucre, tout miel, et qui me demande d'enfiler mes talons hauts, ceux que j'ai, là. Je les mets et je me balade un moment dans la pièce. Subitement, il me demande de lui tailler une pipe devant la fenêtre. Devant la fenêtre, non, mais je te demande un peu... et en passe-montagne, par-dessus le marché ! Lui, hein, pas moi !

Elle éclata de rire.

Barry jeta un coup d'œil à sa montre. Déjà sept heures dix...

– Ecoute, Babs, je vais revenir à neuf heures, d'accord ? Je lui ferai son affaire avant qu'il arrive, te bile pas.

Elle hocha la tête.

– Tu sais, Barry, j'ai bien cru que ça t'intéressait plus, vu que tu m'avais posé un lapin. Qu'est-ce qui s'est passé ? Je te vois tous les jours maintenant.

Il poussa un profond soupir.

– Je te l'ai dit, Babs. Il m'est arrivé un truc.

Comme elle se penchait pour se reverser un scotch, il remarqua des traces de piquouze sur son bras.

– Tu devrais laisser tomber cette saloperie, Babs. Un de ces jours, ça te tuera.

Babs s'esclaffa.

– Tu déconnes, Barry. Je suis déjà morte, mon pote ! Des pieds au menton, en tout cas.

Elle baissa son body et se glissa les mains sous ses seins.

– Tu les vois, eux ? Y a une moyenne de sept types qui leur passent dessus tous les jours. A raison de six jours par semaine, en quatre ans, ça fait un total de...

Elle leva les yeux au plafond en essayant de faire le calcul de tête.

Barry fut plus rapide qu'elle.

– Ça fait cent soixante-huit mecs par mois. Fois douze, fois quatre...

Babs rajusta son body.

– Te fatigue pas à compter, va. Tu vois le tableau.

Rien que d'imaginer la chose, ça fila un choc à Barry.

– Putain de merde ! Ça fait une montagne de mecs, Babs !

Elle se remit à rire.

– Et je ne fais pas que les mecs, dis-toi ! J'ai aussi deux nanas dans ma clientèle. Notre petite lichette de confiture, comme on dit entre filles. On y vient fatalement, à la longue. Les hommes n'ont plus aucun mystère pour toi, tu vois, alors t'as tendance à t'orienter vers les femmes.

Barry n'était plus seulement sous le choc, il était carrément choqué.

– T'as jamais envie qu'un mec te saute, alors ?

– Des mecs qui me sautent, j'ai que ça du matin au soir, c'est bien le problème !

Ils éclatèrent de rire tous les deux. L'atmosphère se détendit.

– Tu ferais mieux d'y aller, Barry. J'ai un client dans dix minutes. Un type gentil, avec une petite queue toute ridée et des couilles assorties, mais il me fait ça à la papa. Avec lui, c'est expédié en dix minutes. Ah ! si seulement je pouvais n'avoir que des petits vieux à longueur de semaine ! Eux, au moins, ils n'essayent pas de se prouver quoi que ce soit...

Barry vida son verre. Il lui tardait maintenant de s'occuper du client de Babs. C'était rien qu'un pervers, comme tous ceux qui allaient aux putes... Comment un homme pouvait-il faire l'amour avec une fille qu'il ne connaissait ni d'Eve ni d'Adam et qui avait passé sa journée à baiser avec des inconnus ?

Cette idée le déprimait. Une fois dehors, il se mit à marcher au hasard en pensant à la façon dont les filles comme Babs devenaient ce qu'elles étaient.

Ses pas l'entraînèrent jusque chez Susan. Il s'arrêta au pied de l'immeuble et leva les yeux vers l'appartement.

Sa colère avait ressurgi. Il était furieux contre lui, contre Susan, qui l'avait bien roulé, et contre Joey, qui la sautait en toute impunité. Que penseraient les caïds locaux s'ils apprenaient le genre de monstre qu'était Joey ? Et de la pire espèce, en plus – un salaud qui tringlait sa propre fille. Depuis combien de temps ça durait, d'ailleurs ? Voilà une chose qu'il faudrait tâcher de découvrir…

Sauf que Susan était toujours consignée dans sa chambre, et à vie, apparemment. Personne ne l'avait revue. Ni en classe, ni ailleurs.

Il en était là de ses réflexions quand il aperçut Debbie qui remontait la rue d'une démarche sautillante. Elle avait déjà tout de la petite grue : maquillage outrancier, clope, tenue provocante… Il la regarda approcher, embusqué dans le noir, sur le trottoir d'en face.

Comme elle se dirigeait vers l'entrée de l'immeuble, il la héla :

– Ho ! Debbie ! Viens voir !

Elle scruta l'obscurité. Un sourire radieux lui monta aux lèvres quand elle le reconnut.

– Salut, Barry, ça va ?

Elle faisait sa coquette, comme d'habitude. Ses lèvres tartinées de rouge affectaient une moue étudiée et elle bombait le torse pour mettre sa poitrine en valeur. Barry savait qu'elle le trouvait à son goût et qu'elle n'hésiterait pas à doubler sa sœur au moindre signe d'encouragement.

Elle le dégoûtait. Plutôt cent fois Babs que cette fille ! Babs, au moins, ne faisait pas semblant d'être autre chose que ce qu'elle était.

Il lui décocha pourtant un grand sourire.

– Comment va Susan ?

Le visage de Debbie s'allongea.

– Elle est dans une telle merde qu'une douzaine de vidangeurs ne seraient pas de trop pour l'en sortir.

Elle se mit à rire, ravie de son bon mot.

Barry resta de marbre. Debbie comprit qu'elle avait intérêt à y aller mollo.

– Elle est toujours enfermée dans sa chambre. Elle ne sort pratiquement pas son lit. Personne n'a le droit d'entrer dans la pièce, à part mon père. C'est lui qui lui apporte ses repas et tout. Atroce ! T'imagines la vie que c'est pour moi ?

Un sourire passa sur les lèvres de Barry. C'était tout Debbie, ça, de ne s'intéresser qu'à ses petits problèmes, et rien qu'à eux.

– Sue a toujours détesté mon père, mais maintenant que m'man et elle ont déterré la hache de guerre, c'est encore pire qu'avant. Ma mère fait carrément comme si Susan n'était pas là. Atroce, je te dis ! J'arrive à la voir qu'en cachette, quand les parents sont de sortie, et c'est pas souvent. Cela dit, elle me demande chaque fois si je t'ai vu, et comme, là, je vais pouvoir lui dire que oui, ça va vachement lui remonter le moral, tu peux en être sûr ! Tu veux que je lui dise quelque chose de ta part ?

Maintenant qu'il en avait la possibilité, Barry se demandait s'il y tenait vraiment.

– Passe-lui le bonjour…

Avec ça, il ne s'avançait pas trop. Mieux valait attendre que Susan soit libre de sortir pour décider quoi faire.

– Alors, comme ça, y a que ton père qui a le droit de la voir ? Et un toubib, euh… non ?

Debbie plissa les paupières.

– Qu'est-ce que tu veux dire ?

– Ben, il l'a bien dérouillée, non ? Il y est pas allé de main morte, même.

Debbie sentit qu'elle était en terrain miné. Tout le monde était au courant que ça avait bardé chez eux, mais personne ne savait exactement jusqu'à quel point. Son père y avait personnellement veillé.

– Il lui a collé une trempe, c'est vrai, mais elle l'avait bien cherché.

Barry eut un sourire ironique.

– Une trempe ? Oh ! ben, c'est pas si dramatique que ça, alors… Pourtant, ce que j'ai entendu, moi, ça avait plutôt l'air d'être une sacrée branlée.

– Et on peut savoir où t'as entendu ça ?

– Dans la chambre de ta grand-mère, si tu veux savoir. J'ai tout entendu, Debbie. Absolument tout…

Ses paroles n'étaient manifestement pas innocentes. Qu'est-ce que ça pouvait bien cacher ?

– Ça, t'as pas intérêt à ce que mon père l'apprenne, Barry, sinon, sa prochaine branlée, comme tu dis, elle pourrait bien être pour toi !

Consciente d'avoir eu la langue un peu trop pendue, Debbie le planta là. Barry la traverser la rue en vacillant sur ses talons aiguilles. Cette petite garce n'avait plus le pas assuré de tout à l'heure. Tant mieux.

Il ne s'attarda pas : ça faisait une trotte jusque chez Babs. Et puis, inutile de laisser cette histoire interférer avec le job qui l'attendait. Un plan d'action commençait à s'esquisser dans sa tête et, avant de le mettre à exécution, il voulait s'assurer qu'il ne s'était pas planté.

Les yeux rouges et les paupières gonflées en permanence, Susan maigrissait à vue d'œil. Trois semaines s'étaient écoulées depuis l'épreuve de force chez sa grand-mère et elle était toujours enfermée à double tour dans sa chambre. Elle commençait à redouter que son père et sa mère aient décidé de l'y séquestrer *ad vitam aeternam*, et ça la terrifiait.

L'école avait été prévenue qu'elle avait eu un accident et ses profs lui avaient envoyé ses devoirs à la maison. En voyant son père, les bras chargés de ses bouquins de classe et de ses cahiers, lui intimer l'ordre de travailler, Susan avait failli éclater de rire : c'était vraiment le monde à l'envers.

Elle n'était toujours autorisée ni à s'habiller ni à se passer un peigne dans les cheveux. Elle était à faire peur, pire que jamais, elle le savait. Mais elle savait aussi qu'elle livrait un genre de guerre psychologique : Joey voulait la briser, et elle faisait tout pour qu'il croie y être arrivé. C'était le seul moyen de s'en sortir.

Dans son univers, il n'y avait que deux façons de se soustraire à l'autorité : au culot ou à l'intimidation. Ça avait toujours marché et ça marcherait toujours, elle le savait aussi sûrement qu'elle s'appelait Susan McNamara. C'était pour ça que son père se baladait tranquillement dans la rue alors qu'il aurait dû être en prison et que sa mère vivait comme elle le faisait.

Ils étaient le rebut du genre humain et personne n'attendait rien d'autre d'eux. Les sociologues les appelaient « les défavorisés ». Susan le savait bien, comme elle savait bien, aussi, que rien n'y changerait. C'était trop profondément ancré en eux, carrément devenu un mode de vie. Tous ces dirigeants qui s'imaginaient pouvoir transformer la société, ils feraient bien de réviser leurs classiques. Des familles McNamara, il y en avait toujours eu, il y en aurait toujours. Elles obéissaient à leurs propres lois.

Debbie se glissa dans la pièce. Susan fut contente de la voir. Elles avaient beau ne pas s'adorer, elle en était venue à compter sur les visites de sa sœur pour ne pas devenir complètement folle. Même le bavardage de Debbie valait mieux que rien.

– Je viens de voir ton jules, Barry Dalston… chuchota Debbie.

Susan sentit son cœur s'emballer.

– Qu'est-ce qu'il a dit ?

Debbie émit un grognement méprisant.

– Juste de te passer le bonjour. On peut pas dire qu'il ait beaucoup de conversation, ton mec. Même les crétins qui traînent devant le pub auraient trouvé mieux !

Susan était tellement isolée que ces quelques mots étaient plus que suffisants – l'équivalent d'une lettre de dix pages. Barry ne l'avait pas abandonnée ! Il connaissait le pire et, malgré cela, il cherchait à la revoir. Elle sentit son cœur cogner dans sa poitrine. Elle devait sortir de cette pièce, elle devait retrouver un semblant de vie normale.

– C'est un petit con, ton Barry. Si tu t'entêtes à le voir, tu t'en mordras les doigts, Sue. Si jamais p'pa l'apprend, ça va saigner, tu le sais très bien. Tu ferais mieux de faire une croix dessus, va.

Susan regarda sa sœur. Couverte de fond de teint et de Rimmel bon marché, elle faisait plus que son âge. Ses paroles non plus n'étaient pas de son âge.

L'inanité de leur existence la fit soupirer.

– Comment tu l'as trouvé ?

Une moue méprisante retroussa les lèvres trop roses de Debbie.

– Ben, disons qu'il avait pas vraiment l'air de se languir de toi, si c'est ce que tu veux savoir...

Susan comprit que Barry l'avait agacée. Dire que sa sœur aurait pu leur servir de messagère... C'était trop tard maintenant. Ça ne fit que la déprimer davantage.

– Et toi, alors ? C'était chouette, ta soirée ?

Debbie secoua la tête.

– Naaan, pas vraiment... Le pub était quasiment désert et Dave était avec Lynda, la poufiasse qui vit dans les tours. Je vois vraiment pas ce qu'il lui trouve, avec ses jupes qui la moulent et ses tonnes de maquillage.

Debbie avait parlé en se regardant dans la glace. Comment sa sœur pouvait-elle ne pas se rendre compte qu'elle venait de faire son propre portrait ? Elle était plus maquillée encore que cette brave Lynda, une fille très jolie qui s'efforçait de faire oublier qu'elle venait d'une famille pire que la leur. En tant que filles du petit caïd local, Debbie et Susan étaient au moins auréolées d'un vague prestige. Il n'y avait pas de quoi se vanter mais, dans le Milieu, ça leur valait un peu de respect.

Le père de Lynda, un Irlandais alcoolique qui dérouillait sa femme en pleine rue, avait engrossé ses deux filles aînées avant leur treizième anniversaire. Mais bon, avec lui au moins, tout le monde savait à quoi s'en tenir. Dommage qu'on ne puisse pas en dire autant de Joey. Voilà qui mettrait un frein définitif à son appétit de puissance – à ses appétits tout court. Même les Bannerman et les Davidson renâcleraient à l'employer.

On pouvait se permettre bien des choses dans l'East End : tabasser, tuer, voler… Mais qu'on tripote un enfant, surtout un des siens, ou qu'on commette un viol, et on se retrouvait complètement seul. C'était une loi tacite.

– Il allait bien, alors ? Barry, je veux dire…

Debbie eut pitié de sa sœur et sourit.

– Ouais ! Il avait l'air en pleine forme. Mais écoute plutôt ça : il prétend qu'il était dans la chambre de mémé le fameux jour que tu sais. Si c'est vrai, ça va salement barder. Je veux dire, s'il était là, pourquoi qu'elle l'a jamais dit ?

Susan leva les yeux au ciel.

– A ton avis ? Parce qu'elle l'aime bien, tiens ! Imagine ce que p'pa ferait à ce vieux chameau s'il était au courant !

Elles éclatèrent de rire à l'idée qu'Ivy faisait des cachotteries à son fils adoré.

– N'empêche, Sue… p'pa serait vraiment pas jouasse.

– Qu'il aille se faire foutre ! Rien que de penser à lui, ça me donne envie de gerber.

Ses paroles étaient lourdes de non-dits et Debbie préféra ne pas insister. Les deux sœurs se regardèrent en silence.

– De toute façon, si ça se trouve, c'est même pas ton père. Tu peux toujours te dire ça.

C'était la première fois que Debbie évoquait le sujet. Susan lui en fut reconnaissante.

– Si c'est pas lui, c'est qui, alors, mon vrai père ?

Debbie se mit à glousser.

– Ben, c'est pas pour être drôle, Sue, mais vu le palmarès de m'man, cette question risque de rester à jamais sans réponse.

Elles pouffèrent, en sœurs habituées à trouver matière à rire jusque dans les pires situations et les secrets les plus noirs.

Assise en tailleur sur son lit, Susan était plus mignonne qu'elle ne l'avait jamais été. Elle avait beaucoup maigri et ses jambes, plutôt lourdes, s'étaient affinées.

– Je trouve que t'as vachement embelli, Sue ! Evite de reprendre les kilos que t'as perdus et tu seras super belle, d'ici peu.

Susan secoua la tête.

– Si tu savais comme je m'en fous. Avec la tronche et la ligne que je me paye, qu'est-ce que je peux espérer, de toute façon ? Barry, lui, il m'aimait telle que j'étais. En tout cas, c'est ce qu'il disait. Enfin, pas avec des mots, plus par gestes, si tu vois ce que je veux dire…

Debbie hocha la tête. Elle voyait même très bien : si Barry avait envie de coucher avec elle, c'est qu'il l'aimait, suffisait d'être logique ! Malgré tous les bouquins qu'elle s'enfilait, sa sœur entravait vraiment que dalle aux garçons : à l'âge de Barry, ils étaient prêts, libido oblige, à sauter n'importe quoi.

– Je ferais mieux d'y aller, Sue. M'man cuve le sherry qu'elle a ingurgité à midi. Tu l'entendrais ronfler ! Et p'pa ne va pas tarder. Je tâcherai de repasser une tête un peu plus tard, OK ?

Le téléphone se mit à sonner et Debbie se rua hors de la pièce, certaine que c'était pour elle.

Maintenant que leur père était un truand respecté, ils avaient le téléphone. Tout le voisinage l'utilisait, et Joey avait distribué leur numéro à tous les membres de la famille, même les plus éloignés, histoire qu'ils puissent appeler en cas de problème, genre décès ou naissance.

Susan trouvait ça grotesque.

Debbie, elle, adorait ça. Elle avait l'impression d'être la reine de la rue depuis qu'elle pouvait donner son numéro comme ça, le sourcil arqué et les reins cambrés – l'image même de l'abonnée sophistiquée.

Susan entendit claquer la porte d'entrée et soupira : son père était de retour et, avec lui, les problèmes. Elle pouvait recommencer à se faire du souci.

Joey était d'une humeur massacrante. C'était clair rien qu'à sa démarche et à la tête qu'il fit en découvrant sa fille aînée lovée contre le coussin en Dralon de leur banquette téléphone flambant neuve.

Il avait bu, ça crevait les yeux, et perdu gros aux courses – ça, il faudrait attendre encore un peu pour s'en apercevoir. Bref, Debbie n'eut qu'un coup d'œil à donner dans sa direction pour comprendre qu'elle avait intérêt à abréger. Son bon sens le lui conseillait fortement, mais son côté borné l'incitait à poursuivre sa conversation : Dave avait apparemment décidé de larguer la fameuse Lynda et de la rappeler. Il était en train de la baratiner pour qu'elle le rejoigne au pub. Retourner au pub, elle avait déjà décidé de le faire, mais son instinct féminin lui soufflait de forcer Dave à l'en supplier. Après tout, si son paternel était de mauvais poil, c'était son problème à lui, pas le sien !

– Raccroche-moi ce putain de téléphone ! J'attends un coup de fil important.

Debbie plaqua sa main sur le combiné et chuchota :

– Deux petites minutes, p'pa, pas plus !

Et elle se recolla le téléphone à l'oreille.

Malgré son état d'ébriété avancé, Joey remarqua le visage hyper maquillé et les vêtements moulants de sa fille : on aurait dit June, vingt ans plus tôt. Dieu sait pourquoi, le fait que Debbie, à ce moment précis, ressemblât autant à sa mère lui tapa sur les nerfs. Manifestement, tout le monde avait décidé de le faire chier ce soir.

– Raccroche-moi ce putain de téléphone, Deb, ou j'arrache les fils !

Joey lui prit le combiné des mains et raccrocha violemment. D'un bond, Debbie sauta de la pseudo bergère Tudor et se mit à hurler :

– Non, mais qu'est-ce tu fous, là ? Je parlais à quelqu'un, ho !

Debbie n'avait pas peur de son père : elle arrivait toujours à lui faire faire ses quatre volontés. Elle décrocha et entreprit de composer le numéro de Dave. Joey lui arracha le téléphone et le balança contre le mur. L'appareil retomba en miettes.

Debbie fixa son père, les yeux ronds comme des soucoupes.

– Génial ! Super bien joué ! On risque plus de téléphoner, là, c'est sûr ! Ni toi, ni moi, ni personne !

Elle décrocha son manteau qui pendait près de la porte d'entrée.

– On peut savoir où va mademoiselle ?

La voix de Joey était dangereusement basse, mais Debbie était trop furieuse pour s'en faire.

– Je sors ! Ça se voit pas ?

Joey fit un pas vers elle.

– Tu vas nulle part, ma petite, tu m'entends ? Et parle-moi sur un autre ton ! Je suis ton père, pas un de ces petits cons qui traînent dans le quartier. J'exige le respect !

– Dégage, p'pa ! T'es bourré !

Joey vit rouge : il ne supportait pas de se faire rembarrer de la sorte. Au même moment, June, que le bruit avait réveillée, débarqua dans l'entrée.

– Qu'est-ce qu'il y a encore ?

Joey se tourna vers elle. Elle était à faire peur, avec son maquillage décomposé et ses vêtements chiffonnés.

– Ce qu'y a ? Je vais te le dire, moi, ce qu'y a, June ! Y a que ta fille me parle comme si j'étais de la merde ! Je me demande bien de qui elle tient ça, putain ! Ce serait pas de toi et de l'autre grosse vache qu'est dans sa chambre par hasard ?

Il tira Debbie brutalement vers sa mère et les poussa dans le living.

– Toi, tu restes ici ! fit-il, le doigt pointé sur Debbie. Quant à toi, enchaîna-t-il en transférant son index sur June, hors de question que tu sortes ! Je suis quoi dans cette baraque, bordel ? Qui c'est qui fait rentrer le fric, qui remplit le garde-manger et qui vous habille, toutes autant que vous êtes, ma mère y compris ? C'est moi ! Et vous, vous me traitez comme si j'étais le dernier des cons ? Ben, c'est terminé tout ça ! Fini !

Il rugissait, violet de colère, les poings serrés, prêt à cogner.

Il les regardait, incrédule, bouillant d'une telle rage qu'il se sentait de force à défier tous les flics de Londres et à leur mettre la pâtée. Il avait eu une journée à stresser un mort, et quoi ? Sa propre famille, ces bonnes femmes qu'il entretenait et protégeait se mettaient à l'agresser ?

Il avait joué, et perdu, non seulement tout ce qu'il avait en poche, mais aussi le montant d'une créance pour le recouvrement de laquelle il avait été payé. Résultat : il était dans le rouge de trois mille livres et n'avait aucun moyen de réunir cette somme avant la nuit, moment où il était censé remettre l'argent à Davey Davidson.

Le pire, dans cette affaire, c'est qu'il ne pouvait pas retourner chez le débiteur pour le faire cracher une deuxième fois – technique qui avait porté ses fruits à maintes reprises ces dernières années. Il suffisait de leur faire bien peur, et les gens se laissaient tondre comme des moutons. Mais Davey connaissait le type en question, qui était réglo. Impossible, donc, de lui faire le coup. Davey ne passerait pas là-dessus.

– Pourquoi t'es en rogne comme ça, hein ? Qu'est-ce que t'as encore foutu ?

Quoique toujours prête à lui faire entendre raison, June aurait mieux fait de se taire. Joey la fixa des yeux une bonne minute avant de répondre :

– J'ai paumé trois mille livres à cause de toi, voilà ce que j'ai foutu !

– A cause de moi ? Comment t'as fait pour perdre une somme pareille à cause de moi ?

Joey secoua la tête comme s'il n'en revenait pas qu'elle pose la question.

– Le canasson s'appelait June's Surprise. J'ai tout joué sur lui, vu qu'on m'avait garanti qu'il gagnerait dans un fauteuil. Putain, il était pas sorti des starting-gates qu'il avait déjà plus de jus… exactement comme ma chère épouse, d'ailleurs… Quel tocard ! Même un hamster l'aurait battu à plate couture.

June le regarda, l'œil rond. Puis, aussi incrédule que son mari une minute plus tôt, elle se mit à hurler :

– Et, naturellement, c'est de ma faute ! Ton canasson a perdu et c'est de *ma* faute ! Putain, mais t'es complètement cinglé, Joey ! Allez, tire-toi ! Retourne d'où tu viens et fous-nous la paix !

Debbie se mit à boutonner son manteau.

– Bon, ben, moi, je me casse. Je vais pas rester ici à écouter vos conneries.

Joey contempla sa femme et sa fille.

– Dis-lui de retirer son manteau, June, ou je te jure que je le lui ôte moi-même, et tout ce qu'elle a sur le dos par-dessus le marché !

Il secoua la tête comme pour s'éclaircir les idées.

– Pourquoi tu laisses tes filles sortir dans la rue attifées comme des putes, d'abord ? Non, mais regarde-la : telle mère, telle fille ! Ah ! vous faites bien la paire, tiens !

Il pointa le doigt sur June.

– Va me chercher l'autre de sa chambre, que je puisse admirer mes trois putes du logis !

Debbie se rebiffa.

– Je suis pas une pute, p'pa ! J't'interdis de dire des choses pareilles !

Elle commençait à comprendre que son père ne la laisserait jamais sortir et que Dave allait se retrouver seul au pub.

– Même ma pauvre mère aurait su élever ces gamines mieux que toi, June ! Faut que je sois complètement marteau pour avoir accepté de te reprendre après ta passade avec ton gigolo écossais.

– Tu ne m'as pas reprise, pauvre mec, c'est moi qui suis revenue…

Joey la menaça du poing pour la faire taire.

– Si, je t'ai reprise ! Mens pas, salope ! J'ai daigné le faire malgré que tu t'étais fait sauter par ce cave… et par tous ses potes, en prime, je parie. Pourquoi renoncer aux bonnes vieilles habitudes, hein ? C'est sûrement pas cette brave June qui le ferait, elle qu'a les cuisses en margarine les plus célèbres de tout Bethnal Green ! C'est qu'elle s'étale facilement, la June ! Tu sais quoi ? C'est Marge[1] que ta mère aurait dû t'appeler !

En temps normal, Debbie aurait hurlé de rire. Mais ce soir, ce n'était pas un de ses coups de gueule habituels. Ça allait

---

1. Jeu de mots phonétique sur Marge (diminutif des prénoms Margery ou Margaret) et *marge*, apocope de *margarine* (qui se prononce « mardgerine » en anglais).

bien plus loin. Comme sa mère, elle sentait que ce n'était pas le moment de le chercher.

– S'te plaît ! Laisse-moi sortir, p'pa ! On m'attend.

Joey la singea :

– « Laisse-moi sortir, p'pa ! On m'attend. » Avec qui t'as encore rancard, bordel ? T'es qu'une gamine qu'est censée faire des trucs de son âge, et chez elle encore, pas s'encanailler dans un pub mal famé. Ça, c'est la spécialité de ta mère, Debbie, pas la tienne.

– Mais laisse-la donc sortir, Joey. Ta mère doit aller au pub, ce soir. Elle aura l'œil sur elle, au cas où.

Joey leur jeta un regard amer.

– C'est ça ! Sers-toi de ma pauvre mère ! Elle, au moins, je peux compter dessus, même si c'est parfois une sacrée enquiquineuse. Parce qu'elle est entièrement dévouée à son fils et sa famille, elle ! Pas comme vous, bande d'égoïstes !

Debbie avait de nouveau entrepris de boutonner son manteau. Elle en avait sa claque, du Joey : elle irait au pub, que ça lui plaise ou non.

– A propos, p'pa, tu savais ça, toi, que le fameux soir où t'es allé récupérer Susan chez elle, ben, Barry, son petit copain, était planqué dans la chambre à mémé et qu'il a tout entendu ? C'est lui qui me l'a dit. Pas plus tard que t'à l'heure, en fait. Peut-être que ta mère t'es pas aussi dévouée que t'imagines, hein ?

Quand la main de Joey se referma sur sa gorge, Debbie, pour la première fois, comprit ce qu'avoir peur voulait dire.

– Qu'est-ce que tu racontes, connasse ? Hein, qu'est-ce que tu viens de dire, là ? Qui c'est qu'était là… Barry Dalston, dans la chambre à ma mère, c'est ça que tu veux me dire ? C'est bien ça que t'as dit ?

Il éructait de rage.

– Putain de merde ! Putain de bordel de merde ! Il a tout entendu, c'est ça ?

June s'efforçait de lui arracher Debbie des mains. Elle avait peur. Elle avait peur, parce qu'au fond d'elle-même elle savait ce qui paniquait Joey : il avait été percé à jour.

Elle devait faire quelque chose, mais quoi ?

– Lâche-la, Joey ! Mais lâche-là, bordel ! Tu vas la tuer !

Joey desserra son emprise et Debbie partit à la renverse, entraînant sa mère dans sa chute. Elles s'effondrèrent sur le canapé. Au bord de la suffocation, Debbie tenta de reprendre haleine.

Joey, qui avait eu sa dose de problèmes pour la soirée, était maintenant littéralement terrifié. Barry Dalston était au courant. Barry Dalston savait qui était vraiment Joey McNamara. Et s'il y avait bien quelque chose qu'il redoutait, c'étaient les révélations publiques. Il n'avait qu'une idée : réduire ce garçon au silence.

– Je vais le tuer, bordel ! Je vais lui faire la peau, à cet enfoiré !

Choquée, tremblante de peur, Debbie se mit à sangloter. Elle venait d'ouvrir une boîte d'asticots grouillants, qui ne pourrait jamais être refermée. A partir de maintenant, ils allaient s'insinuer partout et corrompre tout ce qu'ils toucheraient.

– Ah, le fumier ! La charogne ! Je vais te lui arracher la tête, moi, et je te l'enfouirai bien profond dans la merde !

June se leva et, prenant Joey par la main, l'attira vers une chaise.

– Assieds-toi, Joey, assieds-toi ! Et réfléchis un peu. Qui va l'écouter, ce garçon, hein ?

Tout en luttant contre une violente envie de vomir, Debbie entendit sa mère calmer son père. Comme d'habitude, June arrondissait les angles. Mais ce qu'elle faisait là, c'était dégueulasse, et ça, même Debbie s'en rendait compte.

– C'est qui, Barry, hein ? Un gamin ! Un petit morveux qui s'est amouraché de notre Susan… encore que je me demande bien ce qu'il peut lui trouver, à cette petite garce, mais bon… Laisse tomber, va. Après tout, qu'est-ce que t'as fait ? Rien de plus que ce qu'aurait fait n'importe quel père. T'as corrigé Susan pour avoir levé la main sur sa mère, la femme qui l'a mise au monde. Point final. Y a pas à chercher plus loin !

Peu à peu, la voix de la raison pénétrait les brumes de l'alcool. Joey se calmait. Personne ne pourrait l'accuser de quoi que ce soit. Tout ce qu'il avait à faire, c'était de s'arranger pour que Barry tienne sa langue, et basta. Et puis, ce petit con n'avait rien *vu*, Dieu merci !

– Et pour l'argent, t'inquiète ! Du fric, j'en ai, moi. Assez pour rembourser Davey. Alors, arrête de te faire du mouron.

Joey la regarda bien en face.

– Non, June, t'as pas assez. T'as pas un rond.

Elle plissa les paupières.

– Qu'est-ce que tu veux dire ?

Il passa une main sur son visage couvert de sueur, comme si, par ce geste, il capitulait sans conditions.

– Ton fric, je te l'ai pris, June. Je savais où tu l'avais planqué. Je l'ai joué aux courses, aujourd'hui, dans l'espoir de me refaire. Je te jure, June, tout le monde le donnait favori, ce putain de canasson !

June resta interdite.

– Tu te payes ma tête, là, Joey... Allez, avoue ! C'est une blague, hein ?

Avant même d'avoir achevé sa phrase, elle avait compris qu'il ne restait rien de son argent. Envolé ! Parti en fumée !

– C'est pas possible ! Mais t'es encore plus con que je pensais, Joey ! T'as piqué mon magot, notre matelas contre les mauvais jours, et pour quoi ? Pour miser sur un putain de tocard ! Et Davey Davidson qui va débarquer pour te réclamer une somme dont t'as pas le premier sou... La crise qu'il va piquer ! Trois mille livres, c'est pas rien, Joey ! Mais où t'avais la tête, bordel ?

Elle perdait son temps. Joey ne répondrait pas : il n'avait rien à dire.

– Bon, j'ai plus qu'à aller chez ma tante et mettre tous mes bijoux en gage. Je vais y passer tout de suite, histoire de voir ce que je peux en tirer. Et puis, on nous avancera peut-être le restant de la somme, qui sait ? Ils savent qu'on est solvables, maintenant que t'as un emploi régulier. De toute façon, faut rembourser Davey, c'est impératif. Parce que si jamais il s'aperçoit qu'on peut pas te faire confiance, on sera vraiment dans la merde, et jusqu'au cou ! Sans sa bénédiction, t'es nada, Joey. Plus vite tu pigeras, mieux ça vaudra pour nous tous.

Elle pointa sur Debbie un index péremptoire.

– Toi, t'enfiles ton putain de manteau et tu viens avec moi, parce que j'ai pas l'intention de me trimballer, seule dans les rues, avec trois mille livres dans le sac à main. Et toi, Joey, tu vas prendre un bain froid et tu cuves avant que Davey arrive. Tu lui racontes ce que tu veux, mais tu t'arranges pour qu'il reste ici jusqu'à ce qu'on revienne avec l'argent, OK ? T'as bien compris ce que je viens de dire ?

Joey hocha la tête.

June sortit en trombe de la pièce et s'engouffra dans la chambre de Susan.

– Lève-toi, habille-toi et va aider ton père à dessoûler. Fais-lui du café et à manger. Tu le forces à avaler quelque chose, même rien qu'un toast, d'accord ? T'en as entendu assez long pour savoir qu'on a des emmerdes, alors, un bon conseil : tu files à la cuisine et peut-être que, dans un jour ou deux, tu pourras sortir de cette pièce.

Susan acquiesça en silence. Elle n'avait pas perdu un mot de ce qui s'était passé et elle aurait donné n'importe quoi pour l'oublier. Elle devait à tout prix sortir de cette maison : Barry devait être prévenu, et plutôt deux fois qu'une. Joey était capable de meurtre pour éviter que cette histoire devienne publique. Il était urgent d'en persuader Barry.

Elle se mit à s'habiller.

Marcus Stein était un brave homme, petit mais râblé, avec un sourire très doux et les yeux tristes et sombres de ses ancêtres.

Le mardi soir, son grand plaisir était de rendre visite à « sa petite fille », comme il appelait Babs, puis de passer prendre un verre au pub avec ses amis avant d'aller remettre la recette de la semaine à Jacob, son neveu du côté de sa sœur, l'héritier qu'il n'avait pas eu. Grand, fort, beau et travailleur, Jacob avait toutes les qualités. Un jour, Marcus lui léguerait son affaire, heureux de savoir qu'il la laissait entre de bonnes mains. Sa femme, Rita, était clouée au lit par la maladie depuis leur mariage, quasiment.

Son bouclard au marché était d'un bon rapport, mais sa fortune, Marcus l'avait faite en servant, en douce, de prêteur sur gage à la communauté juive. Il avait commencé par avancer de petites sommes, et il engrangeait maintenant trois mille à cinq mille livres par semaine. L'un dans l'autre, il n'avait pas trop à se plaindre.

Comme il approchait de chez Babs, Marcus rectifia sa cravate et lissa ses cheveux gris frisottants. Il mettait un point d'honneur à présenter bien, même pour une fille.

Au moment où la barre de fer le cueillit dans la nuque, une décharge de douleur le foudroya. Barry lui balança cinq fois son pied dans la tête, histoire d'être bien sûr que le vieux ne se relèverait pas pour appeler à l'aide avant qu'il ait pris le large. Ça avait été tellement simple qu'il n'en revenait pas.

Marcus Stein ne risquait pas d'appeler qui que ce soit. Son cœur avait lâché à la première seconde. Il était mort avant même de toucher le sol.

Sans prendre la peine de s'inquiéter pour lui, Barry lui fit les poches. Il rafla tout, jusqu'à la montre et la chevalière ornée d'un diamant du vieil homme. Il le poussa ensuite sous un tas d'ordures qui attendait, sur le trottoir, d'être ramassé, le recouvrit de cartons vides et de détritus avariés, et regagna tranquillement, en sifflotant, ses pénates.

Sans plus se soucier de Marcus que de sa première cuite, il se mit à réfléchir à la meilleure façon d'employer son butin. Mais mieux valait attendre d'être à la maison pour tirer des plans sur la comète : tout son avenir dépendait en effet de la décision qu'il allait prendre. Celle qui devait lui ouvrir les portes de la pègre, l'introduire auprès de Davidson et, avec un peu de chance, auprès des Bannerman.

Pas de doute, la vie était belle, à condition de jouer des coudes pour s'élever. Lui, il était prêt à tout et il avait la ferme intention de réaliser ses ambitions.

Il faillit croiser June et Debbie en chemin, mais traversa en vitesse et fit celui qui ne les avait pas vues. Il lui faudrait bientôt mettre un peu la pression à Joey McNamara. Mais il avait le temps. Souriant intérieurement, Barry se remit en route.

Marcus Stein était mort, tabassé, roué de coups. Barry Dalston, lui, était bien vivant et trouvait que la vie, c'était le pied. Vraiment.

9

June se rendait bien compte que Joey se faisait un sang d'encre. Elle n'en était pas moins furieuse contre lui. Il se fourrait constamment dans le pétrin en espérant, chaque fois, que ça se tasserait par l'opération du Saint-Esprit.

Cette histoire d'argent, c'était typique : il avait fait main basse sur *son* argent à *elle* – ce magot dont elle ignorait qu'il connaissait l'existence –, et il avait tout claqué. Résultat, elle avait dû mettre ses bijoux au clou pour tenter de sauver la prétendue « carrière » de son mari.

Pour tout arranger, Davey s'était pointé chez eux avant qu'elle soit revenue avec le fric. Ce fric qu'elle avait un mal de chien à rassembler. Chez ma tante, ils lui avaient fait signer un papier comme quoi elle devait rembourser l'intégralité de la somme sous trois semaines ; à défaut, ils chargeraient Davey Davidson de faire le nécessaire. En un sens, c'était plutôt marrant, vu qu'en temps normal c'était à Joey que Davey déléguait ce genre de besogne. Sauf que, là, ça ferait un sacré pataquès.

Ce n'était pas que Joey se sentirait embarrassé : au bout de deux verres, il trouverait même ça franchement tordant et jurerait illico de faire la peau à quiconque prétendrait le forcer à honorer sa dette. Il ne lui viendrait même pas à l'idée que quelqu'un comme Davey risquait de ne pas voir les choses comme lui et de décider, dans la mesure où on avait raillé son autorité, que son numéro un avait besoin d'une bonne leçon – et d'une leçon musclée, à la hauteur de la réputation de Joey.

En plus, Davey savait que ce n'était pas lui qui avait descendu Jimmy. Il était bien le seul dans le quartier. Joey s'était attribué sans vergogne cet exploit – telle était sa mentalité. Il s'était même si bien persuadé qu'il avait refroidi Jimmy qu'il racontait partout comment il avait préparé et mis son plan à exécution – sans toutefois se donner clairement pour l'auteur du coup. Ça n'empêchait pourtant personne de penser que c'était lui – exactement le but recherché.

Et c'était à June, maintenant, comme d'habitude, de se dépatouiller pour le tirer d'embarras et de faire en sorte que tout s'arrange. Mais qu'est-ce qui lui avait pris de se remettre avec lui ?

Au fond, elle connaissait la réponse : elle avait choisi la solution de facilité – retrouver son univers familier.

June s'épanouissait dans les conflits, les tensions et les soucis. Elle n'avait connu que ça depuis l'enfance, et c'était devenu une seconde nature. Elle n'avait l'impression d'être vivante que déchirée. Là, elle se sentait exister. Plus les choses allaient mal, plus elle se trouvait personnellement justifiée, comme si elle méritait son lot quotidien de problèmes. Parfois, elle provoquait sciemment Joey, elle le poussait à bout rien que pour déclencher l'explosion de violence dont elle avait besoin pour entretenir son taux d'adrénaline.

Pour tout dire, Joey était exactement l'homme qui lui fallait : un petit truand sans envergure, si minable, si tordu et si violent que, quoi qu'elle fasse, il l'avalerait, pour la bonne raison que rien ne lui assurait qu'une autre femme voudrait de lui. Ils étaient épuisants, tous les deux. Et ils s'épuisaient mutuellement. C'était d'ailleurs leur secret, ce qui les liait l'un à l'autre.

June évitait de trop y penser. Ça l'angoissait.

Barry regarda Babs en souriant. Elle lui rendit son sourire, ravie des deux mille livres qu'il venait de lui donner et contente que leur coup n'ait provoqué aucune réplique. Elle ignorait encore que Marcus était mort. Tout ce qu'elle savait, c'est qu'avec ce que Barry Dalston lui avait filé elle allait pouvoir payer ses PV, s'offrir un peu de bon temps et, même, gâter sa fille.

Tandis qu'elle recomptait ses billets, Barry s'étonna de l'espèce d'indifférence des prostituées à l'égard de l'argent. Après tout, elles avaient l'argent facile : il leur suffisait de s'allonger pour puiser dans le réservoir sans fond des types prêts à casquer pour s'offrir leurs services.

Ça, il ne le comprendrait jamais, même en un million d'années.

– Ecoute, Babs, y aurait bien un filon à exploiter et qui rapporterait gros, si tu voulais...

Elle fronça les sourcils.

– S'agirait de faire quoi, exactement ?

Barry lui décocha un clin d'œil assorti d'un sourire.

– Tout ce qu'on voudrait, Babs. C'est justement ça, la beauté du truc. Tu pièges les pigeons, je les plume.

Babs avait secoué la tête avant même qu'il ait fini de parler.

– Désolée, Barry, mais pas question. Je marche pas dans ce genre de combines. Déjà que Jonah m'écorcherait vive s'il savait pour hier soir ! Alors, merci de la proposition, mon pote, mais non merci !

Son refus était si clair et net que Barry sentit la moutarde lui monter au nez.

– Comment ça, « non merci » ? Tu pourrais te faire une fortu...

– Hier soir, c'était exceptionnel, l'interrompit Babs. J'aurais bien demandé à Jonah, mais je sais que, lui, il se serait gardé tout le fric ou qu'il m'aurait entubée en prétendant que Stein n'en avait pas autant que d'habitude sur lui.

La pointe fit mouche et Barry faillit piquer un fard.

– Avec toi, au moins, j'ai touché mon pourcentage, Bal. Mais, à part hier, ce genre de magouille, c'est pas mon truc. Moi, je fais des passes, j'encaisse mon fric, et basta. J'ai pas d'ambition, sans quoi je serais pas sur le trottoir. Ça me dit même rien de travailler dans un club, alors que la plupart des copines, c'est leur rêve. Moi, être toujours sapée à mort et faire de la compète entre collègues, ça me gonfle. Mais j'apprécie ta proposition et je t'en remercie.

Elle conclut sur un sourire, histoire de rendre son refus moins cuisant, et Barry comprit qu'il n'avait qu'à s'incliner.

– Et non seulement ça, mais Jonah nous étriperait tous les deux, et je dis bien : tous les deux ! Faut pas se fier à ses grandes tapes dans le dos et à ses simagrées. C'est une vraie peau de vache, en fait, comme tous les macs. Mais ça, faut bien qu'ils le soyent…

Barry haussa les épaules.

– Tu sais pas ce que tu perds, Babs ! J'en connais beaucoup qui donneraient un bras pour profiter d'une aubaine pareille.

– J'en doute pas, Barry, et je te souhaite bonne chance. Mais y a quand même un truc que je voulais te demander : combien que t'as ramassé, en fin de compte ?

Il sourit.

– T'inquiète pas de ça ! Assez pour ce que j'ai en tête.

En sortant de chez Babs, dix minutes plus tard, Barry se sentait étrangement déprimé. Pas tant parce qu'elle avait flairé l'arnaque que parce qu'elle s'était attendue à ce qu'il y en ait une.

L'un dans l'autre, il était à la tête de quatre mille livres – quatre mille beaux petits billets à claquer. Il avait déjà fait cadeau de cent livres à sa mère, que cette largesse avait émerveillée. Elle n'avait pas demandé d'où l'argent sortait, et elle ne le ferait pas.

Le moment était venu de mettre son plan à exécution et Barry se sentait nerveux. Il n'avait pas fermé l'œil de la nuit. Pas parce qu'il avait agressé un petit vieux – ce n'était rien, ça, juste le boulot –, mais parce que, à l'issue de ce qu'il s'apprêtait à faire, soit il pourrait réaliser ses rêves, soit il se fermerait définitivement toutes les portes et se ferait, en prime, un ennemi à vie.

Cela dit, songea-t-il, il l'aurait de toute façon, son ennemi. La seule différence, c'était que, si les choses se passaient comme il l'espérait, il pourrait l'avoir à l'œil.

Il se dirigea vers le Victory, un petit club privé de Bethnal Green où on pouvait trouver Joey McNamara jusqu'à l'heure du déjeuner. Barry avait à peine frappé à la lourde porte de bois qu'il se mit à transpirer. Il sentait la sueur lui dégouliner sous les bras et il dut faire effort pour se donner une contenance. Un guichet s'ouvrit dans la porte, découvrant un tout petit bout de femme.

– Qu'est-ce que vous voulez ?

Le ton était cassant.

Barry prit une profonde inspiration et répondit d'une voix qui, à son grand soulagement, ne tremblait pas :

– Faut que je voie Joey McNamara. Dites-lui que c'est important.

– De la part de qui ?

Barry soupira.

– Ça vous regarde pas, c'est privé. Dites-lui juste que quelqu'un le demande, OK ?

La fille disparut. Maintenant qu'il était lancé, Barry sentait le doute l'envahir à nouveau. Joey pouvait fort bien décider de lui régler son compte : il était loin de le porter dans son cœur, après tout. Il était aussi capable, si l'envie lui en prenait, de le dépouiller. Barry se dit qu'il avait bien fait de venir les poches vides.

Il poireauta devant la porte cinq minutes qui lui semblèrent une éternité. Il transpirait comme un veau et avait la nette impression de puer la sueur.

La peur lui agitait le palpitant et lui ramollissait les jambes. Il commençait à regretter d'être venu et réfléchissait au moyen de s'éclipser discrètement et de tirer un trait sur toute cette affaire, quand il entendit qu'on tirait les verrous. Joey s'encadra devant lui.

Les paupières plissées, il dévisagea Barry. Un rictus mauvais déforma son visage.

– Qu'est-ce tu viens foutre ici, bordel ?

Le videur se mit à rigoler.

– Tu veux que je le vire à coups de pompe, Joey ?

Barry fit quelques pas en avant et comprit aussitôt pourquoi tout le monde filait doux devant Joey McNamara : rien que son gabarit et sa dégaine vous fichaient les jetons.

– T'en fais pas, Colin ! Je vais me faire un plaisir de le virer moi-même, ce petit con.

Il n'avait pas encore esquissé un geste que Barry levait déjà les bras pour se protéger.

– Attends, Joey ! J'ai quelque chose qui devrait t'intéresser, je crois. Je suis juste venu te présenter mes respects, c'est tout. J'ai eu un coup de veine et je t'apporte ce qui te revient de droit. Ni plus, ni moins.

Joey le regarda dans les yeux et lança, incrédule :

– Ah ouais ? Et t'es quoi, exactement ? Un putain d'avocat ? « M'apporter ce qui me revient de droit »... T'es sûr ?

Il se tourna, hilare, vers le videur.

– T'as entendu ça, Colin ? Je viens de me faire accoster par un dictionnaire ambulant !

Le videur partit d'un gros rire.

– Ben, fous-y ton pied dans sa table des matières !

Barry les écoutait, de moins en moins rassuré.

Joey entreprit de le refouler sans ménagement en direction du trottoir. Du trottoir et des passants. Des passants qui le verraient se faire tabasser à mort, ou pas loin, s'il ne faisait pas gaffe.

– Ecoute, Joey, comme je te disais, j'ai eu un coup de veine et je t'apporte tes vingt-cinq pour cent, c'est tout. On m'a dit que je devais le faire. Comme tout le monde. Je sais bien que tu m'apprécies pas des masses, mais je suis juste là pour affaires.

Joey se figea.

– Combien tu t'es fait ?

L'argent, c'était le meilleur moyen d'appâter Joey, et Barry avait tablé là-dessus.

– Quatre mille livres. J'ai nettoyé un type cette nuit.

Il n'était pas sûr que la vérité s'imposait, mais ça valait peut-être mieux, finalement, des fois que Joey en sache plus long qu'il le prétendait.

– Quatre mille livres ? fit Joey, manifestement impressionné. Comment t'as fait ton coup, mon gaillard ? C'est ma fille qui t'a enseigné les combines de son paternel, ou quoi ? Ça et le reste d'ailleurs... Je suis au courant de comment tu fouines autour de chez ma mère, mon gars. Je sais tout. Debbie a vendu la mèche. Résultat, j'ai comme l'impression que ça va te coûter l'intégralité de tes quatre mille livres pour que je me fâche pas.

Barry comprit que c'était l'instant décisif : ou ça passait, ou ça cassait.

– C'est vrai, j'étais là, je le reconnais...

Le poing de Joey le cueillit à la pointe du menton, mais Barry s'y attendait et tint bon sur ses jambes.

– C'est qu'il en a dans le ventre, ce petit Ecossais, pas vrai, Colin ? Tu peux rentrer, va. La suite, c'est privé. Une affaire de famille...

Colin s'éclipsa.

– Alors, qu'est-ce que t'as entendu au juste ? Un père qui filait une rouste à sa fille pour lui apprendre à vivre, c'est ça ?

Barry hocha la tête.

– Ben, oui ! Quoi d'autre ?

Il fronça les sourcils comme s'il se demandait bien de quoi Joey voulait parler. Ils savaient aussi bien l'un que l'autre que c'était pure comédie mais, pour l'instant, ça n'avait pas d'importance.

Barry sortit son paquet de cigarettes et le tendit à Joey. Ce dernier se servit et ils allumèrent leur clope en silence. Un geste de réconciliation, ils le savaient tous les deux. Chacun à sa façon s'apprêtait à conclure une alliance improbable dont ni l'un ni l'autre n'aurait pu dire où elle les mènerait.

– Alors, ces mille livres, elles sont où ?

– Je te les apporte quand tu veux.

Joey hocha la tête.

– Ben, mieux vaut plus tôt que plus tard, mon gars ! A qui t'as piqué ça ? Pas à quelqu'un dont je m'occupe, j'espère...

Barry fit non de la tête.

– J'ai dépouillé un cave, hier soir. Un prêteur sur gages du marché. Marcus quelque chose... Un youpin. Il allait voir une pute quand je l'ai chopé, vite fait bien fait. Je me suis fait six mille livres. Deux mille pour la fille, trois mille pour moi, mille pour toi. Ça va devenir régulier, à l'avenir. J'ai des contacts.

C'était de la frime, ils le savaient tous les deux.

Joey tira longuement sur sa cigarette.

– Et ma part sur ce que t'as filé à la fille ? Elle me doit cinq cents tickets.

Barry eut un moment de flottement. Joey, lui, était euphorique : il venait de récupérer de façon inespérée le tiers de ce qu'il devait à Davey.

– Bah ! Qu'elle aille se faire foutre ! fit Joey avec un sourire goguenard. Mille livres, c'est mille livres, comme disait mon daron. Au fait, j'aurais un petit job pour toi, si ça t'intéresse...

Barry hocha la tête avec tant d'énergie que Joey crut qu'il allait se la décrocher.

– Si t'aimes dégommer des caves, j'ai exactement le client qu'il te faut. Allez, amène-toi ! On va causer de tout ça autour d'un verre.

Pour Barry, c'était comme si Dieu le Père en personne venait de s'apercevoir de son existence et avait décidé de lui accorder, d'un seul coup, tout ce dont il avait toujours rêvé. Comme Joey le prenait par l'épaule et l'entraînait à l'intérieur du Victory, un lieu où il n'aurait jamais cru pouvoir mettre les pieds un jour, Barry ne se sentit plus de fierté.

Il ne lui manquait plus qu'une ouverture avec Susan. Le reste, ce serait du gâteau.

Tuer ne lui posait aucun problème ; son propre père s'était fait buter. Dans le Milieu, ça faisait partie des risques du métier. Tuer, être tué : une simple question de chance.

Les raisons qu'avait Joey de liquider un autre cave étaient d'ordre purement personnelles : si celui à qui il devait trois mille livres mourait, sa dette s'éteindrait avec lui. Une autre loi non écrite du Milieu – une des plus utiles.

L'un dans l'autre, Joey commençait à se dire qu'en matière de garçons Susan avait bien meilleur goût qu'il ne l'aurait cru. S'entendre avec Barry pouvait se faire, ne serait-ce parce qu'il n'était qu'un agneau promis à l'abattoir. Incapable de voir plus loin que le bout de son nez, impressionné par tout ce qu'il y avait de pire, Barry était malléable : Joey n'aurait aucun mal à l'utiliser à son avantage et à lui faire porter le chapeau.

Il attirerait les victimes, Barry se chargerait de les cogner et de les dépouiller, lui laissant ainsi, outre un joli butin, le prestige d'être le recouvreur de créances numéro un des caïds de l'East End. Joey poursuivrait évidemment, en parallèle, son petit racket sur ceux qui étaient assez stupides pour ne pas se placer sous sa protection. Protection qu'il leur proposerait dès le lendemain de leur première agression...

Davey Davidson allait l'adorer, tout ça grâce à ce jeune blanc-bec. La vie avait d'étranges façons de vous enrichir. Son père l'avait toujours dit; pour la première fois, Joey le constatait par lui-même.

June regarda Susan et soupira. Jamais sa fille ne lui avait paru si jolie. Sans ses bleus et ses kilos en trop, elle la trouvait même carrément mignonne. Mais il ne restait rien de la tendresse et de la complicité qui les avaient unies.

June était jalouse de sa fille et n'ignorait pas qu'elle n'avait pas su la protéger comme une mère digne de ce nom. Comment l'aurait-elle pu ? Elle n'avait eu, dans l'enfance, aucun exemple dont s'inspirer, et cela faisait beau temps que son instinct maternel s'était flétri au point de disparaître complètement.

Et puis, ce n'était pas comme si Joey avait traumatisé Susan ou je ne sais quoi – il n'y avait qu'à voir avec quelle vitesse elle avait sauté sur son Barry ! Alors, quelle différence ça faisait, au fond ? Joey lui avait juré ses grands dieux qu'il n'avait rien fait à Susan et, vrai ou faux, June avait choisi de le croire. Il avait sa June, comme il disait. Qu'est-ce qu'il aurait eu besoin de cette mocheté de Susan, et pour quoi faire, surtout ? Avec ses états de service et sa réputation, il n'avait qu'à se baisser pour avoir les plus belles filles du quartier.

Depuis toute petite, Susan était une gosse à problèmes. A l'âge qu'elle avait maintenant, il était temps quelle apprenne à assumer les conséquences de ses actes. Lever la main sur sa mère était impardonnable. Elle n'avait eu que ce qu'elle méritait.

– Alors, elles sont épluchées, ces patates ?

Susan hocha la tête et se mit à ôter les épluchures de l'évier.

– T'as taillé les frites ?

Susan hocha de nouveau la tête et entreprit de rincer l'évier et de passer un coup de lavette sur la paillasse. A la vue de ses épaules voûtées, June sentit simultanément une bouffée de colère l'envahir et son cœur se serrer de pitié. Elle se reversa une dose de scotch, qu'elle avala d'un trait.

La porte d'entrée s'ouvrit au même moment et June étouffa un juron en entendant sa belle-mère claironner :

– Ce n'est que moi ! Une envie soudaine de rendre visite à ma petite famille !

Ivy entra dans la cuisine. Susan la salua d'un simple signe de tête.

– Qu'est-ce que tu veux ? lança June, d'un ton agressif.

Sans répondre, Ivy mit la bouilloire sur le feu pour se préparer un grog. Elle avait repéré la bouteille de scotch au premier coup d'œil. Ça tombait bien, elle venait d'attraper un nouveau rhume…

La vie d'Ivy n'était qu'un rhume sans fin.

Les trois femmes attendirent en silence que l'eau soit chaude. Ivy se remplit une tasse et s'installa à la table, laissant ostensiblement sa main orbiter autour de la bouteille de scotch le temps que June l'autorise à s'en verser une dose – généreuse.

– J'ai été au marché et tu sais quoi, June ? On a retrouvé Marcus Stein raide mort dans la rue, la nuit dernière. Il s'est fait tabasser par un braqueur. Non, mais dans quel monde on vit ? Il était bien brave, c't'homme-là, pour un juif. Tiens, je me rappelle, pendant la guerre, il veillait à ce que toutes celles qu'avaient leur homme au front aient toujours quelques shillings dans leur porte-monnaie. Il avait pas eu de gosses, tu comprends, alors il adorait ceux des autres. Le fils à sa sœur, c'était comme qui dirait la prunelle de ses yeux. Il va se retrouver à la tête d'une vraie fortune, ce garçon. Parce qu'à mon avis, de l'argent, il devait en avoir, le Marcus, et pas qu'un peu. Comme tous les prêteurs sur gages.

La nouvelle attrista June. Elle avait plus d'une fois fait appel à Marcus par le passé. Si elle n'était pas allée le trouver, la veille au soir, c'est qu'elle lui devait de l'argent depuis des années. C'était uniquement à cause de la réputation de Joey qu'il n'avait pas exigé d'être remboursé. Contrairement aux autres prêteurs, il n'était pas protégé par Davidson, ce qui expliquait qu'il se fasse braquer de temps à autre.

– Le pauvre… Lui qu'était toujours si gentil ! Jamais il n'essayait de se payer sur la bête, et pourtant, Dieu sait si y en a qui s'en privent pas ! Tu te rappelles le père Isaac ? Quel vieux dégueulasse c'était, çui-là !

Ivy opina du chef, le regard allumé par l'alcool et la méchanceté.

– Tu sais qui c'était, sa meilleure cliente, June ? Mary Hanson. Seigneur ! Ce qu'elle a pu nous faire rigoler quand on gardait nos gosses ensemble, à nous raconter ce que le père Isaac lui demandait de faire et tout et tout ! Son mari était au courant, même qu'il l'encourageait. Elle lui devait encore une petite fortune, au vieux, la Mary, quand il a cassé sa pipe. On la chambrait en lui disant qu'il lui laisserait bien quelque chose dans son testament. Le pire, c'est qu'il l'a fait ! Il lui a laissé un bracelet que sa mère avait engagé chez lui, des années plus tôt. Si c'est pas inouï, un truc pareil…

June s'esclaffa.

– Ça, pour m'en rappeler, je m'en rappelle, du père Isaac…

Le rire d'Ivy s'étrangla dans sa gorge.

– Non ! Ne me dis pas que…

June remplit les verres et lança, d'un ton moqueur :

– Tu le sauras jamais, Ivy ! Ça va te faire de quoi ruminer pendant les longues nuits d'hiver, toute seule dans ton lit glacé…

Susan, qui les écoutait, leva les yeux au ciel et laissa son regard dériver vers la fenêtre. Comme elle regardait le jardin, au pied de leur immeuble, elle eut la stupeur de sa vie.

– M'man ! Viens voir ça ! Vite !

June se leva.

– Qu'est-ce qu'y a encore, Susan ? Tu te mets à jouer les voyeuses comme ta grand-mère, maintenant ?

Ivy s'empressa de les rejoindre.

– Ben, v'là autre chose ! Qu'est-ce qu'ils foutent ensemble, ces deux-là ?

Elle n'en croyait pas ses yeux : son fils et le petit ami de Susan traversaient la pelouse bras dessus bras dessous.

June éclata de rire.

– Oh ! A propos, Ivy... Joey est au courant que Barry était chez toi, le soir où Susan a reçu ce qu'elle méritait. Alors, tu ferais bien de te méfier de ton petit truand adoré... Il a déjà la corde pour te pendre.

Ivy sentit un frisson de peur lui parcourir l'échine.

Les deux hommes disparurent et elles entendirent des pas dans l'escalier. Attrapant une dernière bouffée d'air, les trois femmes retinrent leur souffle. Mais un bruit, soudain, leur écorcha les oreilles, un raffut épouvantable. Elles se regardèrent, interloquées : Joey et Barry chantaient. A plein gosier. La cité toute entière se mit à retentir des accents de « *I'm Forever Blowing Bubbles* ». Ils s'époumonaient à qui bramerait le plus fort.

Leurs pas se rapprochaient le long de la coursive. Maud, la voisine, cria :

– Bravo, Joey ! Tu veux bien me la rechanter encore une fois ?

Joey et Barry s'exécutèrent aussitôt de bon cœur, plantés devant sa fenêtre, la face fendue d'un sourire béat.

– Alors, là, j'aurai tout vu ! fit June, épatée.

Susan se rua dans sa chambre pour retoucher son maquillage et tâcher d'être aussi à son avantage que possible. Elle ignorait ce qui avait pu se passer. A vrai dire, elle s'en contrefichait. L'important, c'était que, ce soir, Barry venait chez eux. Elle se sentait à la fois incrédule, euphorique et surexcitée.

La porte d'entrée s'ouvrit d'un coup et les deux hommes s'engouffrèrent dans l'entrée.

– Junie ! Sers-nous un coup à boire, à moi et à mon pote, et quèque chose à nous mett' sous la dent. Et dans l'ordre, s'te plaît !

June regarda son mari comme si c'était la première fois qu'elle le voyait. Il lui décocha un sourire et, tirant les mille livres de sa poche, lui lança la liasse de billets, qui retomba en pluie autour d'elle.

– N'en v'là pour mille livres, et y en a encore des tonnes d'autres, d'où qu'elles viennent. Fourre-moi ça dans ta culotte, chérie, là où des mains indiscrètes risquent pas d'aller les chercher !

– C'est le dernier endroit où faut qu'elle les mette, alors !

Ivy avait parlé d'un ton badin, mais l'ironie était sensible. Joey se tourna vers elle.

– Toi, ferme ta boîte ! J't'ai toujours dans l'collimateur...

Il lui passa un bras autour des épaules et la serra contre lui.

– Tu connais ma vieille Manman, Barry ? Al' est crade, a' pue, al' a la zézette pleine de toiles d'araignées, mais al' a pas son pareil pour surveiller les gosses et les empêcher d'faire des bêtises...

Barry éclata de rire et tout le monde l'imita. Ivy était ravie, y compris de l'avanie – la preuve qu'elle était pardonnée.

– Œufs, frites, tomates poêlées et un bon petit drink bien tassé pour moi et mon nouvel associé, June, et que ça saute !

Joey regarda autour de lui.

– Mais où qu'est passée not' Susan ?

– Elle se fait une beauté.

Joey sourit.

– Putain ! C'est qu'on a pas toute la nuit d'vant nous, tous les deux ! Faut qu'on soit partis d'ici sept heures.

Tout le monde se remit à rire, Ivy et June encore plus fort que les autres. Barry, lui, riait plutôt jaune.

– File dans sa chambre, mon gars, et ramène-la ici. Une fois qu'on leur a passé la bague au doigt, a' sont encore plus repoussantes que la fiancée de Dracula au saut du lit. J'en sais quèque chose ! Y a qu'à voir June : une fois, un mec m'a d'mandé si je voulais bien la lui louer tout l'été pour lui servir d'épouvantail à corbacs.

A ces mots, Ivy poussa un hennissement de rire, mais June, qui ne trouvait pas ça drôle du tout, pinça les lèvres.

– Très spirituel, Joey ! C'est quoi, le prochain sketch au programme ? La mort subite ?

Il roula des yeux au plafond, feignant la terreur.

– Ouh ! la la ! J'ai offensé celle à qui on doit respect et obéissance ! Mes putains d'œufs et mes foutues frites vont sentir passer le feu de sa colère !

June se dérida.

– Allez plutôt vous installer dans le salon, le temps qu'on vous prépare de quoi éponger tout le liquide que vous avez ingurgité !

– Et Dieu sait s'ils en ont besoin ! fit Ivy. Je vais te donner un coup de main.

C'est alors que Susan émergea de sa chambre. Barry lui sourit, et Joey éprouva une petite piqûre de jalousie, qu'il ravala aussitôt. S'il manœuvrait intelligemment, il pourrait avoir le beurre et l'argent du beurre – et de l'intelligence, il en avait.

L'alcool le faisait tituber : il devenait urgent de s'asseoir. Il parvint à tanguer jusqu'au canapé du salon et s'y effondra.

Susan avait meilleure allure que Barry ne s'y attendait. Elle avait maigri, ce qui n'en mettait que plus en valeur ses deux atouts majeurs. Barry s'accommodait parfaitement de la situation. Il pouvait rire, le Joey : rirait bien qui rirait le dernier…

Consciente que sa mère observait leurs retrouvailles après tant de temps, Susan croisa les doigts intérieurement que Barry ne fasse ni ne dise rien qui déclenche un drame.

Il n'avait pas encore tout à fait compris combien le climat familial était capricieux chez eux. Joey était capable de changer d'humeur en une fraction de seconde, et, là, Barry se ferait jeter dehors comme un malpropre. C'était déjà arrivé, mais Susan espérait bien que ça ne se produirait pas ce soir.

– Quel brave petit gars, tu ne trouves pas, June ?

Il y avait comme une note de nostalgie dans la voix d'Ivy, mais June eut un reniflement de mépris.

– Mphffmm ! C'est la copie conforme de Joey, mais elle refuse de le voir, cette petite dinde !

Elle fila dans la cuisine. Malgré elle, elle en voulait à sa fille. Susan avait décroché le gros lot, comme on disait dans l'East End. June se serait bien lancée dans l'aventure, si elle avait été plus jeune. Plus exactement, elle aurait aimé être plus jeune tout en sachant déjà ce que la vie lui avait appris. Devant les yeux brillants et le visage radieux de Susan, elle se sentait vieille et fatiguée.

– Il me plaît bien, à moi, ce petit Barry. C'est un bon garçon, j'ai l'impression. Beaucoup trop bien pour cette petite pimbêche. Maintenant, ce serait Debbie, je comprendrais...

– Il manque à Debbie, ce petit cœur, deux trucs qui rendent Susan irrésistible pour tout ce qui porte un pantalon. Et j'ai pas besoin de te faire un dessin, je pense.

Ivy hocha doctement la tête.

– Elle les aura aux genoux dès son premier marmot et ils lui battront les chevilles au suivant. Tu verras !

Rassérénée par cette perspective, June éclata de rire.

– Il ferait mieux d'en profiter un max, le Barry, avant d'être obligé d'explorer tout le lit pour leur mettre la main dessus !

A quatorze ans, Susan aurait dû être beaucoup trop jeune pour envisager d'avoir ne serait-ce que des relations sexuelles, alors des bébés... Mais ça ne les effleura ni l'une ni l'autre.

Elles savaient à quoi s'en tenir, elles. Tel était le destin de toutes les femmes et il en serait toujours ainsi, c'était l'expérience qui parlait. Le sexe régissait leur univers, c'était même la seule chose qui les intéressait et les amusait. C'était gratuit, ça faisait du bien et ça donnait parfois beaucoup de pouvoir.

Parce que Susan faisait plus que son âge, on la traitait en adulte. Tout ce qu'elle avait vu et entendu depuis sa naissance, tout ce dont elle avait été témoin l'avait fait mûrir prématurément. Susan avait parfois l'impression d'être beaucoup plus âgée que ses camarades. Ni Ivy ni June ne voyaient le moindre mal à se comporter comme elles le faisaient envers Debbie et Susan ou devant elles. A leurs yeux, elles étaient déjà des femmes. Il leur paraissait même naturel qu'avec la poitrine qu'elle avait Susan soit plus précoce que sa sœur. Elles ne songeaient pas un instant que le fait qu'elle ait, si jeune, un corps de femme était, en soi, une excellente raison de la protéger des entreprises masculines. Pour elles, c'était dans l'ordre des choses : on grandissait, on prenait des formes et on se servait de son corps – ce qui n'était, ni plus ni moins, que ce qu'elles avaient fait l'une et l'autre. Elles ne réfléchissaient pas en termes de développement psychique. Ça dépassait leur entendement.

Susan parlait comme elles et savait ce qu'elles savaient, parce qu'elle parlaient librement devant elle et la laissaient assister à des choses que la plupart des gens auraient cachées à leurs enfants. Elles en déduisaient que Susan comprenait tout – sauf qu'il n'en était rien. Susan laissait Barry lui faire ce qu'il lui faisait parce que c'était comme ça qu'elle le garderait. C'est que qu'on lui avait inculqué depuis toute petite. Elle n'attendait même pas de lui qu'il soit fidèle. Ce genre de chose ne faisait pas partie de son expérience.

June et Ivy se mirent à préparer le repas en évoquant le bon vieux temps et en se remémorant leurs enfances respectives.

Susan n'était qu'une victime de plus de la négligence. De gens négligés qui vivaient sans exigence.

Barry tentait d'embrasser Susan, paralysée par la proximité de son père et la peur qu'il lui inspirait.

– Allez, quoi, Susan ! Je ne me suis pas farci tout ça pour des prunes, ma cocotte !

Son accent écossais était craquant, comme tout ce qu'il disait, d'ailleurs.

– Mon père est pratiquement de l'autre côté de la porte. Il piquerait une de ces crises s'il entrait !

Barry sourit.

– Ça, y a pas de danger, ma belle ! Alors, sors-moi ton corsage de ta jupe avant que j'aille me chercher une nana plus compréhensive !

Barry avait beau avoir parlé sur le ton de la plaisanterie, la menace était perceptible. Il lui écrasa les seins entre ses paumes, à lui faire mal.

– Oh ! Ce qu'ils ont pu me manquer, ces deux-là, Susan ! Ceux des autres filles, c'est zéro à côté.

Elle se rengorgea sous le compliment.

Il l'embrassa à pleine bouche.

– Arrête donc de t'en faire, ma mignonne, ton père me mange dans la main !

Susan lui rendit alors son baiser, avec tout l'abandon d'une jeune fille qui vit son premier amour.

Barry savait qu'il l'excitait, mais qu'elle n'éprouvait aucun plaisir quand il lui faisait l'amour. Susan n'aimerait jamais le sexe, et il en serait toujours ainsi. Ce n'était pas dans sa nature. Elle s'attendait à ce soit lui qui prenne l'initiative ; elle, elle s'appliquerait consciencieusement à le rendre heureux.

– A partir de maintenant, t'es à moi, t'entends ? Les autres, c'est pas touche ! Plus personne a le droit de t'approcher, vu ?

Il la regarda au fond des yeux et elle comprit qu'il parlait de son père. Elle hocha solennellement la tête.

– Plus personne, Barry, promis ! Je ne suis pas comme ça, tu sais bien.

Elle s'excusait, comme elle le ferait toute sa vie avec lui. C'était une façon détournée de lui dire que son père abusait d'elle mais qu'à l'avenir elle lui résisterait, qu'il ne pourrait la contraindre que par la force.

Sa résistance, c'était certain, Joey la lui ferait payer très cher, peut-être même de sa vie. Sa décision, alors, en une seconde fut prise : dorénavant, elle leur céderait à tous les deux, elle se plierait à leurs exigences et ferait tout pour leur complaire, puisque c'était le seul moyen d'obtenir ce qu'elle désirait par-dessus tout : Barry Dalston.

Pour elle, il était la lumière dans la nuit, le phare qui lui montrait le chemin. Il ne soupçonnerait rien, car elle ne lui en parlerait pas. Son père n'arrêterait jamais. Parce qu'il ne le voudrait jamais.

Elle était prête à faire n'importe quoi pour Barry Dalston. Pour avoir Barry Dalston. Il valait bien ça. Et plus encore. Elle l'aimait. De toutes ses forces. De tout son cœur. Pour la simple raison qu'il était gentil avec elle, qu'il était beau et que tous les jeunes de leur âge le respectaient.

C'était un petit loulou un peu hâbleur, un peu frimeur, un adorable voyou au charme irrésistible, bref, la vraie gueule d'amour. Celui sur qui toutes les filles qu'elle connaissait rêvaient de mettre le grappin. Un homme, déjà, avant l'âge. Un garçon qui vous protégeait rien que parce qu'il était *avec* vous. Qui vous valait prestige et respect.

Elle ne voyait pas en lui une version juvénile de Joey, un truand en herbe doté d'une bonne dose d'égoïsme et de tendances perverses. Un type un peu veule, qui arnaquait les gens et tâchait d'obtenir d'eux ce qu'il voulait par la peur ou l'intimidation.

Tout ce qu'elle voyait, c'était un garçon beau comme un dieu qui l'aimait, à sa façon. Et, pour Susan McNamara, c'était amplement suffisant.

Comme il la soulevait contre le mur et tentait de la pénétrer, elle ferma les yeux et s'imagina avec lui dans un bel appartement, plein de beaux meubles et de beaux enfants.

Il s'introduisit brutalement en elle. Retenant un cri, elle se mit à lui caresser la nuque. Ce geste dut l'aiguillonner, car il éjacula presque aussitôt et s'affala contre elle. Elle sentait son sperme tiède lui couler le long des cuisses.

Il baissa les yeux vers elle et lui sourit. Puis il se mit à l'embrasser. Son baiser se fit bientôt morsure et, avec un tressaillement de douleur, Susan comprit que Barry apposait sa marque sur elle – un mémento destiné à rappeler à son père qui était l'élu de son cœur. La chose la déprima un peu, mais Barry, voyant la tête qu'elle faisait, enfouit son visage entre ses seins et murmura :

– Je t'aime, Sue.

Folle de bonheur, elle répondit, d'une voix qui était presque un cri :

– Moi aussi je t'aime, Barry ! Plus que tout au monde !

Il lui tapota doucement la joue du bout de l'index.

– T'as intérêt, Sue, sinon t'auras affaire à moi…

Comme il reculait pour se rajuster, elle le regarda. Il était divin et elle l'adorait comme un dieu. Depuis ses larges épaules jusqu'à ses magnifiques yeux bleus, Barry était l'incarnation de tout ce qu'une adolescente pouvait désirer. Surtout une gamine issue d'une famille et d'un environnement pareils.

C'est une Susan rayonnante qui émergea de la chambre. Sa peau irradiait d'une telle de santé et d'une telle vitalité qu'elle en était presque jolie. La chose n'échappa ni à June, ni à Ivy. Joey, qui n'avait rien manqué de cette métamorphose, décida de les laisser croire à leur bonheur et d'attendre son heure.

Ce garçon se chargerait d'alpaguer les créditeurs à sa place, assumerait tous les risques et se taperait tout le boulot. Joey savait qu'un Barry Dalston était une chance comme on n'en croise qu'une fois ou deux dans son existence. Si les choses dégénéraient, qui c'est qui ferait de la taule ? Le petit Barry… Joey, lui, n'aurait qu'à se former un nouvel « associé ».

Il sourit aux deux tourtereaux et remarqua les lèvres enflées de Susan. Son sourire s'effaça. Mais il avait tout le temps d'y mettre bon ordre. La seule chose qu'il voulait, là, c'était du fric.

Beaucoup de fric.

Et le jeune Barry semblait convaincu de détenir le secret pour lui en procurer.

Pour la première fois depuis des semaines, June adressa un sourire à sa fille. Susan manifesta de la reconnaissance, mais uniquement parce qu'elle ne tenait pas à ce que Barry s'aperçoive du climat délétère qui empoisonnait les relations familiales. Ça viendrait petit à petit, naturellement – si ce n'était déjà fait.

D'autorité, Ivy resservit un œuf au plat à Barry, qui la remercia d'un sourire et se lança, tirant des rafales de rire à toute la tablée, dans une anecdote sur son défunt père. En l'écoutant, Susan eut l'impression que son cœur allait éclater de fierté.

Quoi qu'elle ait enduré ces dernières semaines, Barry en valait largement la peine. Ça, elle en était sûre et certaine.

Susan McNamara était amoureuse, c'est tout.

10

– T'es belle comme tout, m'man ! Vraiment superbe !

June se sentit flattée. Elle se félicitait d'avoir écouté Susan plutôt que Debbie : son ensemble bleu pastel mettait sa silhouette en valeur et faisait ressortir la couleur de ses yeux. C'était le genre de tailleur qu'aurait pu porter une dame de la haute ou une des célébrités qu'on voyait en photo dans les magazines. Sa tenue se complétait d'une petite toque du même bleu, dotée d'une voilette qui lui donnait l'air aussi mystérieux que fascinant.

Pour la première fois de sa vie, June se sentait dans une forme éblouissante.

Debbie soupira.

– Personnellement, je te préférais dans le tailleur-pantalon, m'man, mais t'es bien comme ça aussi. Pour tout dire, tu fais même un peu trop chicos.

June ne releva pas la pique. Depuis peu, Debbie devenait une vraie peste, toujours à lui lancer des vannes, et ça commençait à lui taper sur le système.

– T'as vraiment l'intention de rester comme ça, Deb ?

Susan avait parlé d'une voix aiguë.

Debbie s'inspecta dans la glace et haussa les épaules.

– Qu'est-ce que tu lui reproches, à ma tenue ?

Susan secoua tristement la tête.

– Tu veux que je te le dise ? Tout ! Tu fais pute, là-dedans. Pourquoi tu ne mets pas la robe que je t'ai offerte ? Je voudrais que tout soit impec sur les photos. S'il te plaît, Deb ! Fais ça pour moi !

– Tu fais chier, Sue ! On croirait que t'es la première fille du monde qui se marie ! Hors de question que je me trimballe dans une robe jaune poussin à manches courtes. Plutôt crever ! Ce serait la honte de ma vie. Toutes mes copines se foutraient de ma gueule.

– Et moi, je te dis que tu vas la mettre, cette putain de robe. Sinon, tu ne viens pas !

Debbie fut la première surprise de l'explosion de sa mère.

– Susan a raison, cette robe a beaucoup de chic. Tu vas la porter et me faire le plaisir de m'ôter ce maquillage. On va à un mariage religieux, pas en boîte, bon sang !

Debbie soupira ostensiblement et se regarda une nouvelle fois dans la glace. Elle portait une minirobe en jean hyper moulante et des chaussures à plate-forme. Avec ses jambes courtes et boudinées, c'était ridicule. Comme d'habitude, l'excès étant apparemment très « in », elle était trop et mal maquillée. Être à la dernière mode, voilà tout ce qui comptait pour Debbie, que ça lui aille ou non.

– Je ne te le répéterai pas, Debbie ! Va te changer et prends un bain ! Là, t'as tout de la pute qui se néglige.

Debbie était à cran.

– Et comment que j'aurais pu me laver, hein ? Entre l'autre grosse vache qui a monopolisé la salle de bains toute la matinée et toi qui y étais encore y a pas une minute ?

Susan et June éclatèrent de rire.

– Arrête, Deb ! Les ablutions quotidiennes n'ont jamais fait partie de tes activités favorites ! lança Susan, pour la taquiner.

– Tu pourrais pas causer comme tout le monde, de temps en temps, merde ? fit Debbie en quittant la pièce d'un pas rageur.

June soupira.

– Quelle enquiquineuse, celle-là ! Toujours à ergoter… Je me demande bien de qui elle tient ça !

Susan se contenta de hausser les sourcils. Rien ne devait ternir son mariage.

– Cette coiffure te va joliment bien, Sue ! T'as toujours eu de beaux cheveux, remarque, même toute gosse.

Susan pivota maladroitement sur sa chaise, gênée par la grossesse avancée qui déformait son corps de seize ans, et sourit à sa mère.

– Encore une chance que j'aie au moins un truc de bien. Parce que, ma bobine, on peut pas dire que ce soit une réussite.

Pour ce grand jour, Susan s'était offert une séance de maquillage dans un institut de beauté et les services d'un coiffeur professionnel. Ses cheveux étaient relevés en chignon haut, d'où une cascade de boucles retombait, encadrant son visage. Un diadème de minuscules fleurs artificielles glissé dans sa chevelure n'attendait plus que son voile de mariée. Avec son teint florissant de femme enceinte, elle était presque belle.

June l'observa en détails.

– C'est vraiment pas de veine que Barry ait pas été libéré plus tôt. T'as vraiment un gros ventre, maintenant. Plus moyen de le cacher.

Susan se le tapota avec bonne humeur.

– Mais je n'ai aucune envie de le cacher, maman ! Barry l'adore, mon gros ventre. Il me l'embrasse tous les jours.

Vêtue d'une robe et d'un manteau vert anis, d'une capeline en paille d'Italie, de gants et de chaussures beige, Ivy fit son entrée : l'image même de la mère du père de la mariée.

– Il fait une de ces de chaleurs, dehors, je vous dis que ça ! Une journée de rêve pour un mariage... Cette coiffure te va à ravir, Susan. Je ne t'avais encore jamais vue aussi en beauté.

Susan sourit, devinant que sa grand-mère ne cherchait qu'à se faire complimenter elle-même.

– T'es superbe, toi aussi !

– Ouais, ben, tu serais encore mieux avec tes fausses dents, Ivy ! lança June. Comme ça, t'as tout l'air d'une baudruche crevée.

– Occupe-toi de tes fesses, June ! Je les mettrai quand je voudrai. C'est une vraie torture, ce nouveau râtelier. Il me met les gencives en sang.

Le dentier d'Ivy déclenchait régulièrement des polémiques dans la famille ; mieux valait éviter le sujet.

– Où sont les hommes ? Quelqu'un a pensé à vérifier qu'ils étaient prêts ?

June eut un ricanement de mépris.

– Ils sont partis depuis hier matin, neuf heures ! Va savoir où ils sont fourrés en ce moment... Mais ils feraient bien d'être prêts et, le gars Barry, il a intérêt à être en état de dire oui, parce c'est sa mère et lui qu'ont insisté pour le coup de goupillon et tout le tralala. Des catholiques écossais dans la famille, non, mais j't'en foutrais, moi ! Quand je pense qu'y a pas pire voleur que lui de ce côté-ci de la Tamise ! Remarque, c'est pour ça que les Bannerman l'apprécient tellement. C'est bigots et compagnie, eux aussi.

Susan soupira.

– En fait, c'est surtout sa mère, à Barry, qui a voulu qu'on aille à l'église. Cela dit, j'étais pour, moi aussi. Ça m'a paru bien qu'on se marie devant Dieu...

June secoua la tête d'un air averti.

– Sauf que, épouser Barry et te le coller sur le dos pour la vie entière, c'est une belle connerie, ma petite, c'est moi qui te le dis... Tu verras ! Il a déjà commencé à te tromper, il te traite comme une merde et, le plus grave, c'est qu'il te file pas des masses de fric. Qu'est-ce que ça va te rapporter, tout ça, à part un nouveau nom, hein ?

Ivy, qui sentait la moutarde lui monter au nez depuis un moment, n'y tint plus.

– Exactement la même chose qu'à toi, June : un homme ! Quelqu'un qui prendra soin d'elle et qui veillera sur elle et sur ses enfants. Et si tu la fermais deux minutes et que t'arrêtais un peu de tout critiquer ? On jurerait que t'es jalouse, ma parole !

– Jalouse, moi ? De Susan ? Me fais pas rigoler, Ivy ! Je vois d'ici à quoi sa vie va ressembler. Toi aussi, d'ailleurs, dis pas le contraire !

Elle sortit. Susan fit quelques mouvements du cou pour tenter de se détendre.

– Elle est bizarre depuis ce matin, mémé, fais pas attention à elle.

Sa grand-mère hocha la tête.

– Elle se revoit le jour où elle a épousé Joey et elle se rend compte qu'elle commence à prendre de la bouteille. C'est ça qui la travaille.

– Possible, mais évite de la mettre en rogne aujourd'hui. Je veux que tout se passe super bien.

– Tu vas épouser un bon garçon, Sue. J'espère que tu t'en rends compte. Et je parie que c'est une sacrée affaire au lit, hein ?

Susan ne put s'empêcher pouffer.

– Arrête de dire des horreurs !

Ivy se mit à rire.

– Elégante comme je suis, je vais peut-être me dégotter un coquin moi aussi, qui sait ?

Elles éclatèrent de rire.

– Et votre nouvelle maison, où ça en est, Sue ?

Ivy était très impressionnée que la municipalité leur ait déjà attribué une maison – ça, c'était grâce à Barry, qui avait arrosé un type de la commission Logement. En plus, elle présentait le double avantage d'être charmante et située dans le bas de sa rue.

– Les papiers sont posés, les peintures sont sèches et les meubles sont arrivés. Si tu voyais comme c'est beau ! Barry a même fait venir quelqu'un pour bêcher le jardin. Oh ! pour un peu j'oubliais... Tu sais quoi ? Barry m'a acheté un aspirateur et une machine à laver !

– T'es sacrément chanceuse, tu sais, Susan, dit Ivy, avec un soupir de contentement. Barry ira loin. Crois-moi !

– Je l'adore !

Ivy poussa un petit grognement approbateur.

– Le contraire serait vraiment difficile. Y a que du bon en lui. En plus, c'est un mâle, un vrai ! Je sais pas ce que je donnerais pour être à ta place cette nuit. J'ai pas vu le loup depuis, au moins, la mort de George VI !

Elle riait encore quand June réapparut, armée d'une bouteille de champagne.

– Allez, Sue ! C'est le moment de boire ça. Barry m'a laissé cette bouteille hier en me recommandant de te faire picoler, histoire que t'aies la mine réjouie.

Ivy leva son verre pour porter un toast.

– A Susan et à Barry !

Elles trinquèrent toutes les trois. Susan avala son champagne d'un trait et éclata de rire. C'était le plus beau jour de sa vie. Dans quelques heures elle serait madame Barry Dalston. Elle mourait d'impatience.

Barry ouvrit un œil et le referma aussitôt. Il avait la bouche sèche et les paupières comme collées à la Sécotine. Le fumet qu'il dégageait, un mélange de vieille sueur et d'alcool, était si puissant que ses yeux se mirent à larmoyer – ce qui eut pour effet de l'aider à les ouvrir complètement.

Il était dans leur nouvelle maison et même, à en juger par le papier peint sur les murs, dans sa chambre – bientôt celle de Susan aussi.

Un léger mouvement, à côté de lui, lui fit lever la tête. Un regard circulaire lui révéla qu'il était couché entre deux femmes plongées dans le sommeil du juste. Joey ronflait au pied du lit.

Il tenta de se rappeler ce qu'il avait fait la nuit précédente. La mémoire lui revint par flash : une boîte de strip-tease, l'intérieur d'un tripot, un claque pas loin de la gare de Paddington. Un haut-le-cœur le prit et il ravala une montée de bile.

Il avait un mal de crâne pas possible et le visage douloureux. D'un coup, il se revit en pleine castagne. S'asseyant en sursaut sur le lit, il se mit alors à se palper la figure du bout des doigts. Un soupir de contrariété lui échappa. Au minimum, il était bon pour un œil au beurre noir et des lèvres en compote. Sa mère allait le massacrer s'il se présentait couvert de gnons devant le curé.

Joey remua et parvint, non sans difficulté, à s'asseoir. A part ses paupières rouges, son visage à lui était intact.

– Ça gaze ?

C'était sa façon habituelle de dire bonjour.

– Quelle gueule j'ai, Joey ? Putain ! Ma mère, Susan, June… elles vont m'étriper…

Joey haussa les épaules et passa une main sur le mollet d'une des filles pour la réveiller.

– Allez, toi ! Debout et cassos ! Je t'ai donné le meilleur de moi-même, faut que t'en laisse un peu pour les autres.

– Merde, Joey ! Où c'est qu'on a dégotté cette paire de vieux dinosaures ? grogna Barry, dégoûté.

Un œil vert s'ouvrit et une voix suraiguë, à vous fissurer du béton armé, lança :

– « Dinosaures »... Non, mais ! T'avais pourtant pas l'air de t'en plaindre, des dinosaures, cette nuit, p'tit con !

Barry éjecta du lit la protestataire à coups de pied.

– Si j'ai rien dit, cette nuit, c'est que j'étais bourré comme un coing, pouffiasse ! Parce que je vois vraiment pas qui pourrait avoir envie de te sauter à jeun !

La fille se releva et, se drapant dans ce qui lui restait de dignité, rétorqua d'un ton fielleux :

– J'allais le dire, pauvre minable !

– Allez, casse-toi ! Et oublie pas ta jumelle ! Vous pouvez qu'être sœurs, toutes les deux. Des mochetés qui se ressemblent à ce point, ça peut pas être un hasard.

Devant la mine outragée de la fille, Joey se mit à se marrer. Barry l'imita.

– Et le pèze que vous nous devez, hein ?

Barry jaillit du lit si vite que la fille battit en retraite.

– De quoi ? Payer pour baiser ? Nous ? Tu te figures quand même pas qu'on va douiller, non ?

Il était si scandalisé que ça voix avait grimpé de trois octaves.

La deuxième fille, qui commençait à faire surface, s'étira et bâilla. Son haleine était comme son corps : pas de la première fraîcheur.

– Je peux vous demander où on vous a ramassées, sans indiscrétion ? intervint Joey.

Les deux prostituées, qui avaient entrepris de se rhabiller, ne répondirent rien. Joey les regarda faire. Elles avaient la trentaine, de grosses jambes et des seins tristes, mais la plus grande avaient des cheveux superbes et de beaux yeux.

– Allez, quoi ! Où c'est qu'on vous a levées, les filles ?

Ce fut la grande qui répondit.

– Au Valbon, si tu veux savoir ! Et on n'est pas des travelos ! On bossait pas, hier soir, mais vous nous avez baratinées pour qu'on passe la nuit avec vous. Alors, maintenant, aboulez le fric !

– Mon cul ! Enfilez vos frusques et tirez-vous.

Barry avait l'impression que sa tête allait éclater. Il sortit de la chambre et lança depuis le palier :

– Fous-les dehors, Joey. Je vais nous faire du thé. Ma mère est venue remplir les placards hier et…

Il réintégra la chambre en trombe et regarda la pendulette posée sur la table de nuit.

– Putain de merde ! Elle va débarquer d'une minute à l'autre avec mes cousines pour installer le buffet pour la réception. Si elle tombe sur ces deux-là, ça va être le drame !

– Relax, Max ! On est pratiquement rhabillées. Tu nous files notre fric et on sort discrètement. De vraies petites souris…

Devant la menace déguisée, Barry empoigna la plus grande des filles par les cheveux, la traîna hors de la chambre et, arrivé en haut de l'escalier, gueula :

– Tu le descends toute seule ou faut que je t'aide à coups de pompe ? A toi de choisir, chérie !

La blonde jaillit de la chambre comme une fusée, serrant contre elle leurs chaussures, leurs sacs à main et leurs manteaux, et propulsa sa copine vers le bas des marches. Devant la porte d'entrée, elle se retourna, leva la tête vers Barry et lui lança :

– Si on bossait pas, hier soir, c'est qu'on a la chtouille ! Alors, tous mes vœux de bonheur, enfoiré !

Barry dévala la moitié de l'escalier avant de se rendre compte qu'il était à poil. Prenant son sexe pour l'examiner, il s'exclama :

– J'ai la queue toute rouge, Joey !

Ce dernier éclata de rire.

– Pas étonnant, fiston ! T'as failli passer au travers, cette nuit, et des deux ! T'en fais pas, va ! C'est un vieux truc de pute, de dire ça. Grouille-toi plutôt de nous le faire, ce thé ! J'ai la langue comme le fond d'une cage à serins.

Joey entreprit de remettre un peu d'ordre dans la chambre. Les draps étaient couverts de taches de rouge à lèvres et de sperme, mais il refit le lit tel quel. Au bout de deux minutes, une féroce envie de pisser le fit tanguer jusqu'aux toilettes. Dès les premières gouttes, il ressentit une douleur cuisante et jura tout bas.

Il ne leur manquait plus que de s'être fait refiler la chtouille ! La dernière fois qu'il s'était fait plomber, June avait pété un câble. Il finit de pisser et se colla la tête sous le robinet pour s'éclaircir les idées. Il achevait de s'habiller quand il entendit Kate, la mère de Barry, arriver.

– Ça va, mon petit ?

Elle avait l'accent cent pour cent cockney. Sitôt après l'assassinat de son Ecossais de mari, elle était revenue à ses racines, son East End natal. Elle adorait son fils autant qu'Ivy adorait le sien.

Joey l'aimait beaucoup. Kate était une brave femme d'une loyauté à toute épreuve, qui savait fermer les yeux et les oreilles. Une femme telle qu'il l'entendait. Et puis, Barry lui avait confié qu'elle n'avait jamais connu qu'un seul homme, même depuis la mort de son mari.

Kate allait à l'église tous les jours prier pour Barry et pour le repos de l'âme de son défunt mari. Sa vie se bornait pratiquement à ça. Elle ne voyait que du bon chez son fils, elle était toujours prête à le défendre contre quiconque osait dire le contraire. En un mot : une pure cockney de la vieille école.

Sa maison était impeccable, sa cuisine délicieuse et sa porte toujours ouverte. Il arrivait à Joey de regretter de ne pas être son mari. C'était une femme comme elle qu'il lui aurait fallu. En plus, Kate était encore très bien pour son âge. Il n'aurait pas craché dessus, à l'occasion – et Dieu sait qu'il avait tenté sa chance, à plusieurs reprises. Mais, chaque fois, elle avait fait comme si elle ne comprenait pas ce qu'il avait derrière la tête.

Avec un haussement d'épaules, il se lissa les cheveux et descendit au rez-de-chaussée. Peut-être Kate ne comprenait-elle vraiment pas, au fond Toutes les femmes n'étaient pas comme June. Elle, il ne fallait pas le lui dire deux fois.

Penser à June le fit soupirer. En ce moment, elle s'envoyait en l'air avec un connard d'Indien qui tenait un bazar, près du marché. Il avait une grosse Jaguar, un turban et un râtelier éblouissant qui devait valoir une petite fortune.

Joey sourit. Qu'il en profite un max, de ses belles dents blanches, cet enturbanné, parce qu'il n'allait pas tarder à les lui faire cracher. Avant ça, il devait se renseigner discrètement sur ce qu'il pouvait posséder comme trucs de valeur. Suffirait ensuite d'attendre le bon moment pour faire main basse dessus et donner à ce connard une leçon qu'il ne serait pas près d'oublier.

Sacrée June ! Fallait reconnaître qu'elle faisait ce qu'elle pouvait pour le rapprochement entre les peuples...

Dans la cuisine, Kate l'accueillit d'un sourire.

– Je fais des œufs au bacon. Ça te dit ?

Joey se frotta les mains avec une mine ravie.

– C'est pas de refus ! On a bien besoin de manger un morceau pour se refaire une santé, ton fils et moi.

Il remarqua l'air penaud qu'affichait Barry devant sa mère et ça le mit en joie. Ce jeune blanc-bec commençait à se faire une petite réputation et, bien que Joey soit toujours le pilier de leur association, Barry pouvait se mettre en tête de faire cavalier seul. Une raison de plus de considérer ce mariage comme une véritable aubaine.

Quand Joey était trop bourré ou trop défoncé pour boucler un job, Barry prenait la relève. Il s'était fait poisser, il avait purgé sa peine sans faire de vagues et il avait tenu sa langue. Trois mois à l'ombre lui avaient mis du plomb dans la cervelle. Il n'avait aucune envie d'y retourner – un signe encourageant.

Il était prêt à tout, maintenant, pour éviter la taule – ce qui risquait de faire trembler bien des gens.

L'église était pleine à craquer. La chaleur de juillet en rendait l'odeur d'encaustique presque oppressante. Susan était en nage et ses si jolies boucles commençaient à lui coller au front.

– J'aimerais bien qu'ils se grouillent un peu. C'est *moi* qui suis censée arriver en retard, pas lui !

– Quel mufle ! Exactement comme ton père ! Lui aussi, il s'est pointé en retard à notre putain de mariage, cet enfoiré !

– Tu pourrais éviter de jurer dans une église, m'man ? lança Susan, d'une voix qui s'envolait dans les aigus.

Sa mère roula des yeux vers la voûte.

– Ben, heureusement qu'on n'y vient pas souvent, à l'église ! Une foutue perte de temps et d'énergie, voilà ce que c'est, rien d'autre ! Si Dieu existe, ma petite, y a belle lurette qu'Il nous a oubliés, va.

Susan préféra ne pas relever et reporta toute son attention sur la petite fenêtre, près de l'entrée, par où elle guettait impatiemment l'arrivée de Barry et de son père.

– Si ton connard de père s'est fait coffrer aujourd'hui, je le pends avec ses tripes, j'en fais le serment !

Susan sentit le bébé remuer dans son ventre. Il était de plus en plus lourd. Un coup de pied soudain faillit la plier en deux.

– Ça va, Sue ?

Elle hocha la tête et respira à fond, en massant son ventre distendu.

– Oui, oui, ça va... Le petit commence aussi à en avoir marre, j'ai l'impression.

Ivy alluma une cigarette.

– Tiens, mon petit ! Fume, ça te calmera.

Susan prit la cigarette avec gratitude et aspira une longue bouffée.

– Mais où ils sont ?

– Ils peuvent être n'importe où. Au diable Vauvert ou au coin de la rue, va savoir... dit Ivy, résignée.

Susan s'angoissait : Barry avait près d'une demi-heure de retard.

– Mais il va venir, hein, maman ?

La peur de se retrouver larguée au pied de l'autel l'envahit. A l'idée que quelque chose ait pu mettre Barry de mauvais poil, sachant qu'il était tout à fait capable de faire exprès d'« oublier » de venir, elle sentit son estomac se nouer.

Devant le visage livide et défait de sa fille, June eut un sursaut de pitié.

– Tu ferais bien de t'y habituer, Sue. Barry est la copie conforme de ton père, même s'il est trop tôt pour que tu t'en rendes compte. Toute sa vie il ne fera que ce qu'il veut, ma cocotte, et tu n'y peux foutre rien. Dans un sens, je préférerais qu'il ne vienne pas. Il te ferait un sacré cadeau, même si tu mets du temps à le comprendre.

Susan sentit les larmes lui monter aux yeux et s'efforça de les ravaler avant d'éclater en sanglots. Si Barry l'humiliait devant tout le monde, elle le tuerait.

Mais où est-ce qu'il était ?

– Tiens ! V'la une voiture de flics... Vite ! Fais-lui signe !

Une des deux femmes qui assistaient, médusées, au pugilat, se précipita au bord du trottoir et se mit à agiter frénétiquement ses sacs à provisions pour arrêter la voiture de patrouille.

– Que se passe-t-il, mesdames ?

Les deux jeunes policiers n'avaient besoin de personne pour comprendre qu'il s'agissait d'une bagarre, mais l'affaire paraissait chaude et ils demandèrent des renforts.

Betty Tomlinson pinça les lèvres.

– A ce que je sais, la voiture noire a fait une queue de poisson à la bleue et leurs quatre occupants s'expliquent. Rien qu'à voir la tenue des deux qui sont en train de gagner, je dirais qu'y a sûrement quelque part une future mariée qui s'arrache les cheveux. Regardez tout ces tulles qu'y a sur leur bagnole. Si c'est pas une honte de se battre en pleine rue, le jour de son mariage ! On voyait pas ça de mon temps, j'aime mieux vous le dire !

Les deux jeunes flics ne l'écoutaient pas. Ils regardaient, fascinés, Joey et Barry poursuivre deux hommes d'âge respectable d'un trottoir à l'autre et les dérouiller sauvagement. Ils ne jugèrent opportun de descendre de voiture qu'à l'arrivée, cinq minutes plus tard, de deux véhicules pie supplémentaires.

– Vous les avez vus ? Ça dure comme ça depuis qu'on est sur place.

Un policier plus âgé soupira.

– Amenez-vous, il faut les séparer ! C'est Joey McNamara. Il marie sa fille aujourd'hui. On nous a signalé la chose il y a quinze jours. La moitié de la pègre locale doit être à l'église.

Les policiers ne furent pas trop de six pour arracher les auteurs présumés de la queue de poisson des mains de Joey et Barry. En réalité, c'était Joey qui leur avait coupé la route, avant de se mettre en tête qu'ils l'avaient nargué et qu'il allait leur enseigner les bonnes manières.

Les deux hommes étaient sérieusement amochés, mais pas complètement K-O. L'un d'eux, un grand chauve doté d'une panse de buveur de bière, était assis sur le trottoir, les pieds dans le caniveau. Le vieux flic s'approcha et lui demanda s'il voulait porter plainte, mais l'homme déclara que ça n'en valait pas la peine. Son passager, un grossiste du marché de Covent Garden, fit la même réponse.

Ils n'étaient pas tombés de la dernière pluie : si les flics leur posaient la question, c'est qu'ils n'avaient pas l'intention de bouger le petit doigt. C'était la loi de la rue, et ils s'y conformaient.

Cinq minutes plus tard, Barry et Joey fonçaient, euphoriques, vers Saint-Vincent à bord d'une voiture de patrouille. Qu'un flic slalome, pied au plancher, d'une file à l'autre dans les embouteillages, c'était la classe, mais vraiment rien à côté de la perspective de débarquer en fanfare à l'église dans une voiture de police. Là, ce serait carrément la gloire !

Si la bouteille de scotch qu'ils avaient vidée en s'habillant, afin de bien s'imprégner de l'esprit de la cérémonie les avaient mis d'excellente humeur, elle avait aussi réveillé leurs ardeurs belliqueuses. Ces deux types comme des coqs au volant d'une Daimler flambant neuve leur avait fourni le petit stimulus qui leur manquait pour porter leur bonheur à son comble.

Dans un grand crissement de freins, la voiture pie s'immobilisa devant l'église Saint-Vincent. A la mine, qui choquée, qui sidérée, des invités, Joey et Barry ne se sentirent plus d'orgueil.

S'il y avait bien quelqu'un que la chose n'impressionnait pas, c'était le curé.

Le père Stewart Munro était notoirement connu marier les truands sans trop poser de questions. Seulement, il ne supportait pas les contrariétés. Avec son mètre quatre-vingt treize et ses cent vingt kilos, c'était un homme très écouté. De bon conseil, il possédait aussi une droite capable d'envoyer n'importe qui au tapis – et puis, qui aurait osé lever le poing contre un homme de Dieu ?

Le père Munro avait un autre mariage à célébrer cinq minutes plus tard, et il était contrarié. Très contrarié, même. Il avait accepté d'unir ces deux jeunes gens uniquement pour faire plaisir à Kate Dalston, qui était une brave femme et une fervente catholique. Et c'était comme ça qu'on l'en remerciait ? Il était presque tenté d'annuler la cérémonie.

Mais comme il contemplait les Davidson et les Bannerman, ces voyous dont les activités s'étendaient sur tout Londres, ses yeux tombèrent sur la future mariée. Devant sa mine désespérée, Munro se radoucit.

Il allait falloir expédier la cérémonie. Impossible de faire autrement.

Couvert de sang – pas le sien – et tout fringant dans sa veste déchirée et son pantalon maculé de boue, Barry attendait sa fiancée devant l'autel. Il était très fier de ses exploits de la matinée et certain que l'assemblée toute entière partageait son sentiment. La nef bruissait de murmures et de rires étouffés : grâce à lui, personne n'oublierait cette journée.

Surtout pas Susan Dalston.

L'idée qu'elle allait bientôt porter son nom l'enchantait. Il avait l'impression de l'avoir ravie à Joey et que, maintenant, elle lui appartenait. Désormais, Joey n'aurait plus voix au chapitre. Terminé, de se mêler de la vie de Susan. Et ça, c'était le pied.

Un grand sourire aux lèvres aux côtés de Susan qui se tenait tout empruntée, Barry prononça les formules consacrées et dit « oui » d'une voix si ferme et si forte qu'il déclencha, une fois de plus, l'hilarité générale.

En l'entendant, Susan lui pardonna tout. Barry était là, ils étaient mariés, elle était maintenant sa femme. Que désirer de plus ?

L'odeur conjuguée de la cire, des fleurs et de *Midnight in Paris* – le parfum de la plupart des femmes dans l'église – l'enivrait presque. Elle s'abandonna à l'euphorie de toute jeune mariée qui s'embarque dans la plus belle aventure de sa vie.

Quoique l'arrivée de Barry dans cette tenue dépenaillée l'ait profondément choquée, elle était bien décidée à profiter de cette journée, à s'en souvenir comme d'un moment de bonheur et à s'amuser – y compris des frasques de son mari, même si une petite voix lui disait qu'elle aurait dû lui faire des reproches, le détester pour l'humiliation qu'il lui avait infligée.

Tandis qu'il glissait l'alliance à son doigt, la vue de ses mains tachées de sang à peine sec la fit tressaillir. Dans son ventre, le bébé bougea et elle fut prise d'un vertige.

Brusquement, comme si tout ce qui l'entourait avait soudain disparu, il ne resta plus devant Susan que le grand Christ en croix qui surmontait l'autel. Il baissa les yeux vers elle, et elle comprit qu'elle avait besoin de Lui, son Dieu, son Sauveur, qu'à partir de ce jour elle aurait besoin de Lui, toute sa vie.

Sa robe trempée de sueur lui collait à la peau et elle se sentait la tête légère, comme prête à éclater.

Elle l'aimait tant, son Barry. Malgré ce qu'il était, malgré ce qu'il faisait, elle l'aimait. Cet amour, il faudrait qu'il soit assez grand pour deux.

Barry dut sentir ses doigts trembler, car il la serra contre lui avec une tendresse d'ours, ce qui relança les rires de l'assistance et tira un reniflement exaspéré du père Munro.

« Au moins, il a l'air de tenir à elle, songea le prêtre. Même si ce n'est pas une forme très élevée d'amour, c'est déjà ça. »

Si quelqu'un avait besoin de ses prières, c'était bien la malheureuse enfant qui se tenait devant lui, avec ses yeux tristes et son ventre gros d'espérances. Le père Munro se sentit soudain accablé.

Ce bébé serait fêté et adulé par son père pendant quelques semaines, puis perdrait tout intérêt à ses yeux. Stewart Munro le savait aussi sûrement qu'il connaissait son catéchisme. Il exerçait son sacerdoce dans l'East End depuis des années et, des Barry Dalston, il en avait connu plus d'un. Il les avait baptisés, il les avait mariés, ils les avaient enterrés.

Barry, lui, se trouvait génial. Il était certain que cette journée resterait à jamais gravée dans les mémoires. Il regarda Susan – *sa* Susan, dorénavant – et l'imagina d'ici quelques heures, nue comme un ver, son gros ventre ballottant sous elle tandis qu'il la prendrait par derrière. Rien que d'y penser, il eut un début d'érection et s'efforça d'empêcher ses pensées de vagabonder.

Une vraie perle, sa petite Susan. Elle tenait bien son ménage et était bonne cuisinière. Il aurait pu tomber beaucoup plus mal. En plus, elle s'entendait bien avec sa mère, c'était l'essentiel.

Il sentit son estomac se rebeller contre tout l'alcool qu'il avait ingurgité et un vertige lui tourner la tête tandis qu'il ravalait un haut-le-cœur. Il n'avait pas réalisé qu'il était bourré à ce point. Il retint sa respiration pour s'empêcher de vomir et de s'étaler par terre. Si seulement ce curé pouvait s'activer un peu et la fermer ! Ras le bol, là ! Ça commençait à bien faire, cette cérémonie... Ce qu'il lui fallait, c'était boire un verre, manger un morceau et se retrouver en tête à tête avec sa petite mariée.

Sa femme.

Sa Susan Dalston à lui.

Le père Munro avait à peine fini de parler que Barry se retourna d'un coup et voulut fanfaronner en s'inclinant bien bas devant les invités. Hélas, il bouscula Susan, qui partit à la renverse.

Elle atterrit sur le derrière, au pied de l'autel, et Barry fut pris d'un tel fou rire qu'il se retrouva incapable de l'aider à se relever.

Susan Dalston aurait voulu rentrer sous terre pour fuir l'humiliation du spectacle qu'offrait son mari : ivre mort, en pleine église, le jour de son mariage, et tellement imbibé d'alcool qu'il en faisait tomber sa femme enceinte et s'en tenait les côtes. Barry, lui, trouvait réellement la chose du dernier comique.

Quelques invités s'esclaffèrent, eux aussi, mais d'un rire un rien nerveux : Joey McNamara était furieux. Même Davey Davidson, pourtant connu pour son solide sens de l'humour, avait de la peine à sourire. Il se tourna vers sa femme et murmura :

– C'est immonde, chérie, vraiment immonde. Allons nous montrer à la réception et rentrons vite à la maison. J'en ai assez supporté comme ça.

– Non, mais c'est quoi ça, petit merdeux ? Tu te permets de foutre ma fille par terre ?

Joey avait poussé un rugissement rauque. June et Ivy se précipitèrent vers lui pour prévenir la bagarre qu'elles devinaient imminente.

– Arrête, Joey ! Barry l'a pas fait exprès. Et regarde, Susan n'a rien. Allez, laisse pisser et calme-toi.

Joey écarta June avec rudesse.

– Je t'en prie, Joey. Pas ici ! Pas devant tout le monde !

– Laisser pisser, moi ? Pis quoi encore ! Ce petit con fout ma fille par terre et tu voudrais que je reste les bras croisés ? Mais je vais le massacrer, oui !

June soupira.

– Allons-nous-en, Ivy, et laissons-les s'expliquer. J'en ai ras le cul, là !

Joey se tourna vers sa femme.

– Quoi ? Madame en a ras le cul ? Tu te fous de ma gueule, June ? Si quelqu'un en a ras le cul, ici, c'est bien *moi*, dis-toi !

Ecartant sans ménagement Kate Dalston et Barry de son chemin, il prit Susan par la main et l'aida à se relever.

– Cette fois, ça suffit ! Je te ramène à la maison, et tout de suite !

Susan arracha sa main de celle de son père et, d'une voix cassée par les larmes et l'humiliation, s'écria :

– Arrête, papa ! C'était un accident. Je t'en prie, ne gâche pas tout ! N'aggrave pas les choses !

Joey l'empoigna rudement par le bras.

– Tu rentres chez nous avec ta mère et moi ! Fallait vraiment que je déraille sérieusement pour dire amen à toutes ces conneries. Ton Barry, c'est qu'un petit maquereau et plus vite tu t'en rendras compte, mieux tu t'en porteras !

Muet de stupeur, Barry écoutait parler son beau-père. Le père Munro aussi était muet, mais de colère.

Comme Barry écartait Joey d'une bourrade, ce dernier arma son poing. Mais, avant qu'il ait pu l'expédier sur le menton de Barry, le père Munro l'avait envoyé rouler par terre au pied de l'autel d'un direct d'anthologie.

– Hors de ma vue, vous tous ! Sortez ! tonna le curé. Et que Dieu vous pardonne, parce que, moi, je ne suis pas près de le faire !

Tandis que Kate passait un bras autour de Susan, qui pleurait à chaudes larmes, Barry se rua comme un fou hors de l'église et, sous les yeux horrifiés de la noce suivante, se mit à vomir sur le gravier de l'allée, secoué de haut-le-cœur qui résonnèrent sous les voûtes de la nef.

Dans l'église, les invités commencèrent à rassembler leurs cadeaux en échangeant des regards perplexes. Quelle attitude l'étiquette conseillait-elle d'adopter devant un fiasco de cette ampleur ? La réception serait-elle malgré tout maintenue ?

Cramoisie, barbouillée de fond de teint et de Rimmel, Susan sanglotait comme un bébé dans les bras de sa belle-mère, qui tentait de la réconforter de son mieux. June, consternée, contemplait en secouant la tête son époux étalé, K-O pour le compte, au pied de l'autel.

– Il ne l'emportera pas au Paradis, ce fils de pute ! Je vais le tuer, cet enfoiré, je le jure !

Ivy s'agenouilla à côté de son fils et secoua la tête à son tour. Même elle avait conscience qu'il était allé trop loin. De l'espoir et de la joie sous le signe desquels elle avait abordé ce mariage ne lui restaient plus qu'un désespoir muet et le désir de sauver quelque chose de ce désastre.

Deux de ses plus vieilles amies s'approchèrent et la prirent chacune par un bras.

– Allez, viens, Ivy. On va te raccompagner.

Elle hocha la tête en silence, pour une fois à court de paroles.

Joey ouvrit les yeux. Sa première vision fut celle de Bannerman, en train de déposer un paquet cadeau aux couleurs pimpantes près de Susan.

– Nous ne pouvons, hélas, pas rester, mon petit, lui dit-il d'un ton de regret, mais nous te souhaitons beaucoup de bonheur.

Avec un sourire, il ajouta en plaisantant :

– Tu vas en avoir besoin, j'ai l'impression...

Il l'embrassa gentiment sur la joue et s'éloigna. Raide d'indignation, sa femme lui emboîta le pas. La scène à laquelle elle venait d'assister était proprement scandaleuse.

Brusquement, Joey se vit tel que les autres le voyaient : une brute mal embouchée, qui allait jusqu'à profaner la paix d'une église par son langage ordurier et sa violence.

La révélation était si écrasante qu'il se mit à pleurer. Mais même sa mère resta insensible à ses larmes. Personne, apparemment, ne se souciait de le consoler ou n'était disposé à le pardonner.

Il se hissa tant bien que mal sur ses jambes et, en titubant, se tourna vers Susan, l'œil implorant.

– Sue ! ma chérie... chuis désolé. C'est la faute à tout ce whisky que j'ai bu...

Susan le regarda en secouant la tête et s'éloigna, sans un mot. Son bouquet de mariée gisait par terre, tout écrasé. Debbie le ramassa et tenta de lui redonner forme.

Joey se mit à sangloter bruyamment, sans pudeur ni retenue. Il ne supportait pas que les gens se détournent de lui, il détestait avoir conscience d'être allé trop loin et d'avoir tout gâché. Surtout, que les gens le lui fassent sentir.

Il avait besoin qu'on l'estime, qu'on l'admire. D'être supérieur aux autres.

– Susan ! fit-il d'une voix suppliante.

Mais Susan et Debbie descendaient la nef, les invités derrière elles, comme des moutons. Pas un n'accorda une parole ou un geste de réconfort à Joey.

Kate Dalston attendit que l'église se soit vidée pour murmurer, avec un regard chargé de haine :

– Salaud ! Pourriture ! Si mon mari était encore de ce monde, il te traînerait dehors et te mettrait en pièces pour ce que tu as commis ici, aujourd'hui. Faire boire mon Barry et l'entraîner dans une bagarre le matin de son mariage et, non content de ça, les insulter, lui et ta propre fille, la chair de ta chair, en présence de Dieu !

Elle le toisa de la tête aux pieds puis, secouant la tête, souffla :

– Tu me dégoûtes.

Joey aperçut June, debout à la porte de l'église. Même à cette distance il était clair que son regard le condamnait. Il comprit que, quoi qu'il dise ou fasse, on lui reprocherait cette journée jusqu'à son dernier jour.

Il se passa une main sur les yeux et s'aperçut qu'il pleurait toujours. June tourna les talons et sortit de l'église. Joey McNamara ne s'était jamais senti aussi seul de sa vie.

11

Barry était soûl, mais penaud, ça se voyait comme le nez au milieu de la figure. Grâce à Kate Dalston, qui avait tout fait pour que la journée soit un succès, tout le monde avait à boire et à manger. Et, au soulagement général, personne n'était revenu sur la cérémonie.

Dans la maison des jeunes mariés, June et Ivy changeaient les draps et mettaient un semblant d'ordre. Pour la première fois, Ivy en voulait à son fils.

– Remarque, y en pas eu un pour rattraper l'autre.

June acquiesça.

– Tout cet argent, tout ce temps, toute cette énergie… Pauvre Susan, franchement… Elle a pourtant fait de son mieux. Au moins, maintenant, elle sait ce qu'elle a gagné, fit Ivy en haussant les épaules. Tu sais, June, j'aurais jamais cru que je dirais un truc pareil, mais faut avouer que, sous plein d'aspects, Barry est aussi mauvais que Joey.

Elle frissonna.

– Chaque fois que je repense à cette scène, à l'église, j'en suis malade.

June hocha la tête, consternée.

– Et, à ton avis, elle se sent comment, Susan ? Faut reconnaître qu'elle est casse-bonbons, parfois, mais même moi je suis obligée d'avouer que le cirque de Joey, aujourd'hui, c'était carrément insupportable. T'as vu la gueule de Bannerman, lui qu'est pratiquant et tout le toutim ?

Ivy renifla subrepticement les draps et poussa un soupir.

– Ils l'ont fait dans ce lit, les dégueulasses. Regarde-moi cette trace de rouge à lèvres, ça partira jamais. Les rayures, y a rien de pire pour les taches.

June leva les yeux au ciel.

Elle entendit la voix de Susan dans le jardin et se mit à la fenêtre pour voir ce qui se passait. Joey venait d'entrer par le portail de derrière. Elle releva tout doucement la fenêtre pour écouter la conversation.

Il essayait de passer son bras autour de sa fille, qui tentait de se dégager en le repoussant doucement.

– S'il te plaît, papa, tu crois pas que ça suffit pour aujourd'hui ?

Manifestement, Joey s'en était jeté plus d'un derrière la cravate et se sentait fort du courage de l'ivrogne. June regardait le père et la fille comme si elle ne les connaissait pas, en observateur impartial. L'air sentait le chaud, ce mélange de gaz d'échappement, de graillon et de crasse si caractéristique de l'East End en été. Elle vit son mari poser une main sur le ventre de sa fille et tenter de le caresser.

– Allez, Susan, tu sais bien que je voulais pas faire ça. J'étais bourré, c'est tout. J'avais trop bu.

Susan le repoussa plus vigoureusement, comme si le geste de son père avait provoqué un déclic.

– Enlève tes sales pattes ! J'ai plus rien à voir avec toi. Maintenant, je suis une Dalston, plus une McNamara, d'accord ? C'est fini, plus jamais tu pourras me toucher.

June sentit la présence d'Ivy, debout derrière elle. Ni l'une ni l'autre ne soufflait mot.

– J'ai essayé de te défendre, ma biche. Il te frappait devant tout le monde.

Susan s'éloigna un peu plus de lui. Vu l'exiguïté du jardin, ça n'avait rien d'aisé.

– C'est toi qu'as foutu le mariage en l'air. C'est toi qui l'as fait boire et qui l'as entraîné dans une bagarre. T'as tout pourri. Si tu savais comme je vois clair dans ton jeu. T'es jaloux, c'est tout. Si t'as besoin de lui, c'est juste que t'es trop nul pour garder un boulot de truand salarié. Mais tu vois, papa, tout ça, c'est fini maintenant. Moi, j'en ai ras le bol.

J'en ai ma claque. Barry, c'est mon mari et, moi, je suis sa femme. Tu pourras plus me toucher, plus jamais, parce que si tu t'avises de le faire, je le lui dirai. Il le sait, ce que tu m'as fait chez mémé, et il sait parfaitement ce que tu es. Un satyre ou un pervers, comme tu préfères.

Stupéfaites, Ivy et June regardaient la scène sans mot dire. Joey se remit à crier.

– S'te plaît, Susan, si j'ai fait ça, c'est parce que je t'aime ! Tu le sais, t'as toujours été ma préférée, depuis le début !

Il y avait quelque chose d'implorant dans sa voix. June était anéantie : tout à coup, elle voyait son mari tel qu'il était.

– Mais enfin, qu'est-ce qui se passe ? Qu'est-ce que ça veut dire, tout ça ? demanda Ivy d'un ton agressif.

June regarda sa belle-mère en haussant les épaules.

– Comment ça, qu'est-ce qui se passe ? Ton fils adoré tringle sa fille. Et depuis des lustres, par-dessus le marché.

Ivy secoua la tête en signe de dénégation.

– Mais non, impossible. Il est pas comme ça, Joey. Il a peut-être des drôles d'habitudes, mais ça, non. Certainement pas. Elle a dû mal comprendre, Susan, tu sais bien comment elle est. Avec ses sacrés bouquins, elle se croit au cinéma...

June l'interrompit.

– Tu sais quoi, Ivy ? Il te ressemble comme une goutte d'eau, ton fiston. Un égoïste, une tête de mule, mauvais jusqu'au trognon. Elle avait douze ans, la première fois, et ça ne s'est jamais arrêté. En ce qui me concerne, ça fait une paye que je suis au courant.

Ivy regarda sa belle-fille, ébahie.

– Tu *savais* ? Tu le savais et t'as rien fait ?

Même elle trouvait ça difficile à croire.

June esquissa un faible sourire.

– Tu crois pas qu'on avait assez de problèmes comme ça, sans chercher à en rajouter ? Imagine une seconde que Davey Davidson ou les Bannerman aient découvert le pot aux roses ! On se faisait virer illico de l'East End, tu le sais aussi bien que moi, non ?

Un hurlement retentit dans le jardin, empêchant Ivy de répondre. Kate Dalston tentait de séparer Barry et Joey, tandis que Susan s'efforçait de pousser son père dans la rue.

– Va-t'en, papa. Pars, s'il te plaît, maintenant.

Elle le suppliait. Elle en avait plus qu'assez de cette journée, de la chaleur et de la compagnie. Tout ce qu'elle voulait, c'était s'allonger et oublier ce qui s'était passé. Enfin, Joey sortit du jardin. Elle soupira de soulagement.

– Alors, qu'est-ce qu'il voulait ?

Barry parlait d'une voix dure.

– A ton avis ? Assister à notre soi-disant réception.

Kate Dalston quitta les lieux. Mieux valait les laisser calmer le jeu. A la fenêtre de la chambre, Ivy et June écoutaient toujours sans rien dire.

Barry poussa Susan contre le portail et tenta de la prendre dans ses bras. Il sentait le vomi, le whisky et le vin rouge. Elle se détourna, écœurée. Il devina ses pensées et l'écrasa contre le portail.

Susan sentit un clou qui lui entrait dans le dos et tenta de se dégager.

– Lâche-moi, Barry. J'en ai marre que tout le monde me force à faire ce qu'il veut.

Il s'illumina.

– Ah ! T'en as marre de faire ce qu'on te demande, c'est ça ? Eh ben, je vais te dire des choses, moi, et noir sur blanc, encore. En t'épousant aujourd'hui, je t'ai donné de la respectabilité, ma grande. Je t'ai enlevée à ces deux ordures qui t'ont élevée et j'ai fait de toi ma femme. Alors, tu me fais l'honneur de garder ça dans ta petite tête. Si je te dis de sauter, Susan Dalston, tu sautes, et tu sautes aussi haut que tu peux, la miss, parce que, moi, j'attends que tu me donnes ce que t'as de meilleur. Je me suis bien fait comprendre ?

Le visage de Susan dans la main, il lui serra la mâchoire jusqu'à ce qu'elle plisse les yeux de douleur.

– Je t'entends pas bien, Susan, t'as dit oui ou je me trompe ?

Avec effort, elle hocha la tête. Il relâcha son emprise.

– Plus ça va, plus tu ressembles à ta mère. Tu te figures que je vais tout accepter la queue basse comme ton paternel ? Alors, écoute-moi bien. Maintenant, t'es à moi et à personne d'autre. Tu piges, Susan ? Pas même à ton putain de père. Si jamais j'apprends qu'il s'approche de toi, je le bute.

Elle acquiesça de nouveau, effrayée, cette fois.

– Et après, ce sera ton tour. Si, quand le bébé sort, il a le plus petit air de ressemblance avec ce connard, je t'étripe. Tu entends ce que je te dis, femme ?

Susan se passa la langue sur ses lèvres sèches et douloureuses.

– S'il te plaît, Barry, pas aujourd'hui. La journée a été assez pourrie comme ça…

Mais il ne l'écoutait pas. Il la traîna dans l'allée et la plaqua contre le mur, lui souleva sa robe de mariée et se mit à lui mordiller le cou, suffisamment fort pour lui faire mal.

– Lâche-moi, Barry, pas ici, pas devant tout le monde.

Il tirait sur ses sous-vêtements. Elle sentit le tissu bon marché se déchirer entre ses doigts et ferma les yeux, aveuglée par le soleil ardent.

– T'es ma femme, Susan, et je fais ça quand je veux, où je veux. Eh ouais, ma poule. C'est pour ça que les gens se marient, tu crois pas ? Moi, je te baise… et toi… tu me laisses faire. Je peux aussi en tringler d'autres. Ça, tu seras bien obligée de me laisser faire… C'est toute la différence entre les hommes et les femmes, tu vois ?

Il la soulevait, tant son érection était violente. La douleur était insupportable, mais Barry avait trouvé son rythme, maintenant, il la bourrait de toutes ses forces, comme si ça vie en dépendait.

Susan leva les yeux et aperçut son père, à l'affût dans le jardin d'à-côté, à demi caché derrière une barrière cassée recouverte de mauvaises herbes et de détritus. Il avait les traits tirés, les yeux noirs de rage et les cheveux collés par la sueur.

Le vrombissement d'une guêpe lui résonna dans le crâne. Ça paraissait tellement incongru à moment pareil. Le grondement lointain des voitures, le sol qui tremblait au passage d'un gros camion, tout était normal, tout, sauf ce qui était en train de se passer, ici et maintenant. Barry et Joey, c'était du pareil au même, finalement, même si elle répugnait à l'admettre.

Sauf que Barry l'aimait. Ça, elle en était certaine.

A seize ans, enceinte jusqu'aux dents, après une enfance qui avait de quoi laisser la plupart des gens incrédules, il fallait absolument qu'elle croie qu'il l'aime. Elle *voulait* qu'il l'aime.

Que quelqu'un l'aime.

Tous ses rêves de petite fille s'évanouirent à cet instant précis.

Comme elle se détendait, désireuse seulement que cette punition qu'il lui infligeait en la prenant de la sorte se termine, Susan sentit Barry éjaculer. Son corps tout entier se tendit avant de s'affaisser, et il s'accrocha à ses fesses comme à une bouée. Revenant à lui, il se rendit compte qu'elle était lourde, la posa par terre et enfouit sa tête entre ses seins. Il se mit à la caresser en lui susurrant ce qu'il pensait être des mots d'amour.

– C'était génial, Sue, ç'avait jamais été aussi bon. Maintenant, t'es à moi, chérie, rien qu'à moi et à personne d'autre.

Elle lui caressa la tête et acquiesça, ne souhaitant qu'une seule chose : en finir. Que ça se termine, qu'on n'en parle plus. Oublier même que c'était arrivé. Echapper au regard de son père.

Si Barry se rendait compte que Joey les épiait, il péterait les plombs. Pourtant, en se dégageant, il se tourna vers le tas d'ordures et cria, en remontant sa braguette :

– Tu t'es bien rincé l'œil, Joey ? T'as vu ce que ta fille chérie s'est dégotté ? Un homme, un vrai.

Susan ferma les yeux de désespoir.

Mon Dieu, faites que cette putain de journée se termine !

Joey sortit du jardin en trébuchant et descendit la ruelle, derrière la rangée de maisons minables. Il avait l'air accablé. Un instant, Susan compatit à sa tristesse.

Mais Barry se lança à sa poursuite et le rattrapa par le col. En l'entendant, Susan sentit qu'elle perdait pied.

– Allez, mon vieux Joey, on va s'en jeter un. Maintenant, au moins, on sait où on en est, pas vrai ?

Joey regarda sa fille, qui lui fit un signe imperceptible de la tête. Elle n'avait pas le choix : Barry Dalston avait parlé. A partir d'aujourd'hui, ce serait suivant son bon désir.

Rien n'avait pas changé d'un iota. Sauf le nom de la personne qui la contrôlait, elle, ses actes, ses pensées, ses paroles.

En les regardant revenir dans le jardin et se réconcilier devant tout le monde, Susan se sentit défaillir. Remplacer Joey par Barry, franchement, la vie était trop injuste.

En un quart d'heure, Susan avait mûri et compris. Mais trop tard. Barry Dalston la possédait corps et âme.

La réception battait son plein. Il était onze heures et demie et la chaleur estivale contribuait à rendre l'atmosphère agréable. Les étoiles scintillaient et une brise fraîche soufflait sur les invités qui, de la cuisine, sortaient dans le jardin ou dans la ruelle. Il y avait de la musique, les gens dansaient, dehors comme dedans.

Susan était anéantie. En plus de l'impression que son ventre lui tombait aux genoux, elle souffrait d'un atroce mal de tête, dû à la tension et au vacarme de cette journée. Elle regardait Debbie danser et flirter avec tous les invités mâles. Sa mère bavardait avec Ivy, les copains, la famille. Tout le monde était pompette, désinhibé. Les gens guinchaient, s'embrassaient, puis disparaissaient avec celui ou celle avec qui ils n'étaient pas arrivés.

Debbie se dirigea vers elle en se dandinant.

– Ça va, Sue ? Finalement, c'est le pied, ton mariage, non ?

– Tu te fous de moi, Debbie ? Tu parles d'un cauchemar, oui !

Sa sœur haussa les épaules.

– D'accord, à l'église c'était foireux, mais, l'un dans l'autre, ça s'est bien passé. Bon, à cause du paternel, Barry s'est bourré la gueule, mais il s'est fait chauffer les oreilles par m'man. Tu vois bien qu'il a la queue basse. Elle lui a carrément remonté les bretelles, j'l'ai entendue.

– Je sais pas si tu te rends compte, Debbie, de l'argent et du temps qu'il a fallu pour que tout soit prêt pour la cérémonie. Et ils ont tout gâché. Tout le monde se fout de moi, maintenant. J'ai entendu Tante Violet dire à Grace que c'était ma faute, à force de vouloir épater les gens. J'ai trop dépensé pour les robes, j'ai jeté l'argent par les fenêtres, rien que pour me marier en blanc. Tu veux savoir ce qu'elle a dit, exactement ? « Ça a mal tourné parce que ça plaît pas au Bon Dieu, les gens qui pètent plus haut que leur cul. » Et elle, pour qui elle se prend ? Pour la Reine d'Angleterre, ou quoi ?

Debbie se mit à rire.

– Ouais, je crois l'entendre. Juste avant, elle m'a demandé si c'était moi, la prochaine. Je lui ai dit d'aller se faire foutre. C'est pas moi qui me laisserai passer la corde au cou, ma grande. Y a bien trop d'hommes et pas assez de temps. La mère, elle m'a appris au moins ça. C'est pas mon genre de prendre le premier venu. Moi, j'ai envie de musarder, de profiter de la vie avant de m'engager.

Susan se sentit encore plus déprimée.

– D'après toi, c'est ça que j'ai fait ? Prendre le premier venu ?

Debbie regarda sa sœur et Susan comprit qu'elle avait dit vrai.

– Parce que c'est pas ça, peut-être ? Mais merde, Susan, tu le voulais tellement que, parfois, ça faisait peine à voir. Depuis deux ans, t'es une vraie bobonne. Tu sors pas, tu fais rien, sauf attendre que ton seigneur et maître te dise ce que t'as le droit et pas le droit de faire. Vas-y, donne-moi seulement le nom d'un endroit où tu es allée sans lui ? Allez, un club, un pub, un ciné ? Tu vois, tu peux même pas.

Susan secoua la tête avec tristesse.

– Eh ben, voilà. Tu l'as voulu, tu l'as eu. Celui-là, Sue, çui que tu voulais. Alors, pourquoi t'es pas heureuse ? D'accord, à l'église, c'était foireux, mais t'as eu ce que tu demandais au Bon Dieu, non ? Tu l'as eu, ton Barry. Qu'est-ce que tu voulais d'autre ? Le bonheur parfait, ou quoi ?

Dans les yeux de sa sœur, Susan lisait de la tristesse autant que du défi. Elle pouvait le comprendre, dans un sens. Depuis des mois que ce mariage occupait les esprits et les langues, tout le reste était passé au second plan, les choses comme les gens.

Elle retourna à la maison se faire servir un verre à la buvette installée dans le salon et vit Barry, assis dans l'escalier, qui essayait de peloter le sein de sa cousine Frances. Cette dernière le repoussa uniquement parce qu'elle avait vu Susan et Debbie approcher.

Le pire, c'est que Frances était plus gênée de se faire surprendre par Debbie que par Susan. La grande gueule, la battante, c'était Debbie. Pas cette bonne vieille Susan qui fermait les yeux ou faisait semblant de ne rien comprendre parce que ça facilitait la vie.

Susan avala un grand verre de gin tonic, sentit l'alcool lui monter à la tête et savoura le sentiment d'abandon insouciant qui l'envahissait.

Elle était mariée, oui ou non ?

Comme l'avait dit Debbie, c'était exactement ce qu'elle avait toujours désiré. Eh bien, voilà, Susan Dalston avait obtenu ce qu'elle voulait.

C'était comment, déjà, le vieux dicton ? Attention à ce que tu demandes, tu pourrais bien l'obtenir ? Quelque chose comme ça. Susan repoussa les mots qui lui tourbillonnaient dans la tête. Maintenant, elle était madame Susan Dalston : une épouse, une femme mariée. Et elle avait toute la vie devant elle.

Elle allait pouvoir le réussir, son mariage, essayer de changer Barry, le faire rentrer dans le giron familial. D'ailleurs, le bébé allait tout arranger, aucun doute là-dessus. Barry en était déjà fou, il était convaincu que ce serait un garçon.

Un gars comme lui ? Surtout pas !

Si c'était un garçon, Susan l'élèverait dans le respect de lui-même et de son entourage. Des femmes, en particulier. Elle s'interrogea sur ce que la vie lui réservait, se servit un second verre bien tassé et se mit à chanter, à danser, exactement comme si c'était un vrai mariage. Et ça l'était.

Et si Barry dansait avec sa cousine au lieu de sa femme, mieux valait laisser faire. Pour une fois. On avait eu bien assez de soucis comme ça. Trop, même.

– Bordel de merde, Susan, j'ai l'impression que je vais coucher avec un mammouth. Allez, pousse-toi, grosse pute !

Barry rigolait en essayant de la faire glisser de l'autre côté du lit. Qui, désormais, était le sien. Susan roula sur elle-même pour l'aider, et il se remit à rire.

En voyant son visage éclairé par le clair de lune, Barry se radoucit.

– Chérie, je suis désolé pour aujourd'hui, sincèrement. Je suis navré. L'angoisse, tu comprends ? C'est pour calmer mes nerfs que j'ai picolé, tu sais. J'aurais mieux fait d'écouter ma mère et d'attendre la réception.

Tout en parlant, il extirpait Susan de sa robe.

– Soulève ton cul, Susan, c'est déjà assez dur comme ça.

Elle se laissa déshabiller totalement. Il s'agenouilla devant elle et lui frotta doucement le ventre.

– Il est là-dedans, mon petit gars, il est en train de nager pendant que son cerveau se fabrique, et tout le reste avec. Il se prépare à entrer dans le monde. Que Dieu le bénisse. Moi, je lui donnerai tout ce qu'un garçon peut avoir.

– Ça pourrait être une fille, Bal. Les sexes, y en a deux.

Il rit.

– Naan, que dalle, ce sera pas une pisseuse. C'est un gars, j'ai tout fait pour.

Susan sourit. Elle l'aimait, son Barry, quand il était comme ça. C'était lui, l'homme qu'elle avait voulu. Pas l'autre, celui qui lui faisait honte, qui lui faisait peur, même.

– Je l'emmènerai à Upton Park, je lui montrerai le top du football. Et j'irai jouer avec lui au parc, j'en ferai un homme. Je lui apprendrai à se battre, à se défendre, à être lui-même. Il apprendra à faire ravaler leur merde à ceux qui l'enquiquineront. Tout ça, je le ferai pour mon fils, Susan, parce que je l'aimerai et que le monde, moi, ça me connaît.

– J'espère que ce sera un tendre, Bal, qu'il aimera les livres. Moi, je veux qu'il aille à l'école, qu'il devienne quelqu'un. Pas dans notre genre. Tu sais, je veux pas qu'il courbe l'échine, histoire de survivre. J'aimerais bien qu'il ou elle ait le choix dans sa vie. Que ce soit quelqu'un de bien, de mieux que nous, quelqu'un qui nous dépasse.

Barry resta immobile quelques instants. Il était songeur. Susan était ravie de voir qu'ils avaient les mêmes projets pour leur enfant.

Au bout d'un moment, il se mit à parler.

– Ecoute-moi bien, *madame Dalston*, si tu crois que, mon fils, tu vas en faire un putain de pédé, t'as intérêt à y réfléchir à deux fois. Pour le moment, t'es tranquille, je vais pas te tuer. Vu le merdier que j'ai fait à l'église, c'est toi qu'as l'avantage. Mais si jamais je vois mon fils avec un bouquin ou quelque chose qui y ressemble de près ou de loin, je te tranche la gorge. T'as compris ? Un tendre, et puis quoi encore ? T'es cap' de lui apprendre à jouer au badminton avant même qu'il comprenne ce qui lui arrive.

Il la retourna comme une crêpe et, malgré sa résistance, la força à se mettre à quatre pattes. Finalement, il la tira en arrière de toutes ses forces, lui enfonça les doigts entre les omoplates et susurra :

– Déconne pas, ce soir, Susan, j'suis pas d'humeur.

Quand il la pénétra, elle avait mis le pilote automatique. Dix minutes plus tard, Barry était HS. Susan avait mal aux jambes et aux épaules, il l'avait littéralement broyée. Elle avait le ventre tendu et lourd. Elle était mal.

Deux minutes à peine après s'être retiré, Barry dormait, le bras encerclant sa femme comme une courroie d'acier qui la rivait au lit.

Pâle, crispée, épuisée, Susan se remit à pleurer. Cette fois, elle pleurait pour son enfant et pour sa vie qu'elle avait, elle le savait, complètement fichue en l'air. Fini, les œillères de l'amour. Même si elle était un cran au-dessus de l'appartement maternel, sa petite maison n'était qu'un trou miteux.

Elle entrevit sa vie future et sa terreur fit bouger l'enfant dans son ventre, comme s'il se rebellait, lui aussi, contre le sort qui l'avait envoyé chez ces gens-là, dans cette chambre minable.

Elle le caressa doucement, tentant de se calmer en même temps que lui. Piégée. Elle s'était piégée elle-même, c'était bien ça, le pire. Susan Dalston – puisque c'était désormais son nom – venait de se condamner elle-même.

A vie.

– Je te parle sérieusement, Joey, qu'est-ce qui se passe entre toi et Susan ?

Il était bourré, mais pas suffisamment pour ne pas sentir que le terrain était glissant, très glissant, même.

Il décida de prendre les choses de front, comme d'habitude.

– Mais putain, qu'est-ce que tu vas chercher ? Moi et Susan ? C'est quoi le problème ?

June traversa la pièce et lui planta l'index au milieu du front.

– Tu m'as très bien entendue. Tu te la fais, c'est ça ? Je te préviens, j'étais à la fenêtre avec ta mère, on a tout entendu. Rappelle-toi ça avant d'ouvrir ta putain de sale gueule.

Joey avait la peur au ventre. Il tentait de se rappeler ce qu'il avait fait et dit, mais il était complètement imbibé, incapable de se souvenir de quoi que ce soit.

– Et alors, qu'est-ce que t'as entendu ? Un père qui parle à sa fille le jour de son mariage. Tu parles d'un scoop !

– Ouais, ben, nous, ce qui veut dire ta mère et moi, on t'a entendu lui faire des excuses et essayer de la niquer encore une fois. C'est ça qu'on a entendu. Tu sais que je suis au courant, Joey. Pourquoi faire comme s'il ne se passait rien ? Moi, ce que je veux, c'est que tu me jures de la laisser tranquille. Rien de plus, rien de moins.

Il se taisait toujours, alors June l'imita d'un ton moqueur.

– « Je t'aime, Susan. T'as toujours été ma préférée, tu le sais bien. »

Joey se redressa sur le lit et se prit la tête dans les mains.

– Et tout ça en lui caressant le ventre. Qu'est-ce qui va pas, Joey ? Tu crois qu'il est de toi ? C'est ça ? Ce serait ton fils *et* ton petit-fils ! T'es bon pour le livre des records, avec ça !

Joey leva les yeux et regarda sa femme.

– T'es jalouse, hein, June ? Parce que, toi, je t'aime pas comme ça, et tu le sais parfaitement. Et d'ailleurs, est-ce qu'elle est de moi, Susan, seulement ? C'est ça qu'il faudrait savoir une bonne fois pour toutes, tu crois pas ? Est-ce que Susan McNamara est ma fille ? Parce qu'elle pourrait très bien être celle de quelqu'un d'autre, pas vrai, June ?

June secoua la tête et lui adressa un large sourire, découvrant ses dents jaunies.

– C'est ce que tu as toujours pensé, hein ? Depuis le premier jour !

Elle attrapa son verre sur la table de nuit et l'avala cul sec.

– Elle est bien de toi, Joey, t'inquiète. S'il y en a une qui doit te poser problème, c'est Debbie, pas Susan.

Joey haussa les épaules. Agacée, June eut des envies de meurtre.

– Faudrait peut-être que je me la fasse, alors ?

– Oh ! mais Debbie est trop maligne pour se laisser faire par toi, mon pauvre vieux. Et Susan, elle t'a cédé sans histoires, ou tu l'as forcée ? A mon avis, vu ce qu'elle disait tout à l'heure, tu l'as forcée, Joey. J'ai comme l'impression qu'en plus ça t'a bien plu, comme pour te venger que je sois partie avec Jimmy.

– Va te faire foutre, June. T'es qu'une emmerdeuse. Si tu veux savoir, elle adorait ça, Susan, c'est elle qui m'a cherché. C'est juste depuis que Barry Dalston a fait son apparition qu'elle est plus la même. En fait, c'est elle qu'a tout commencé. Tu lui manquais, alors elle s'est tournée vers moi. On s'est tourné l'un vers l'autre.

June commença à se déshabiller.

– Si je te connaissais pas, j'y croirais peut-être, à ton histoire… Je sais ce que c'est d'être triste, mal-aimée et pas désirée. Je connais les risques. Une fois, quelqu'un m'a dit que ça pouvait arriver après le décès de la mère. Le mari et la fille se consolent mutuellement et ça devient incontrôlable. Mais t'es pas une grande âme, Joey, t'es pas capable de ça. Les gens à qui ça arrive, ils se rendent compte de ce qu'ils font, et ils s'arrêtent. Alors que, toi, ça te plaisait *justement* parce que c'était ta fille. Tu fais semblant de croire qu'elle est pas de toi, ça te déculpabilise. Eh ben, raté, c'est la tienne. Entièrement, totalement. Sauf que, aujourd'hui, elle est à Barry Dalston. En ce moment, il se la tape, comme tu le sais. Tu les as bien reluqués quand ils étaient à l'œuvre tout à l'heure. Avec ta mère, on t'a regardé les espionner, pour ainsi dire. Tu l'as cassée, Ivy. J'espère que tu peux réparer le mal que tu lui as fait. Si t'avais tué quelqu'un, elle t'aurait soutenu. Mais ça, non. Elle était dans tous ses états, terrifiée que des gens découvrent le pot aux roses et qu'on se fasse tous traiter de pédophiles.

Joey la regardait, hébété. Elle était à poil, maintenant, à part sa culotte et son soutien-gorge, et elle s'allumait une cigarette.

– Fais-moi une faveur, s'il te plaît, June.

Il avait parlé d'un ton calme, feutré.

– Qu'est-ce que tu veux dire, Joey? «Calme ta joie»? «Mets ça aux oubliettes», c'est ça?

Il eut un rire mauvais.

– Fais-moi signe vers onze heures du mat'. Y en a qui boulonnent, ici.

Il bondit au lit et lui tourna le dos.

– Raconte ça à qui tu veux, June. Je m'en balance comme de l'an quarante. C'est ta parole contre la mienne. Si je pète les plombs, y en a pas beaucoup qui oseront me le dire en face, tu crois pas?

June s'assit de son côté du lit et le regarda.

– Les Davidson et les Bannerman. C'est tout, effectivement.

Joey se remit à rire.

– T'iras jamais leur dire, June, tu sais bien que tu flamberais tes arrières. Bon, tu viens te coucher, oui ou non? Si c'est non, éteins la lumière et casse-toi, j'suis crevé.

June éteignit et quitta la pièce. Elle enfila un gilet et alla s'asseoir dans le living. Il faisait sombre, mais elle ne se donna pas la peine d'allumer. Elle avait la tête en ébullition, parce qu'elle savait bien, au fond, que tout était de sa faute.

Depuis un certain temps, elle avait deviné ce qui se passait et elle n'avait rien fait. Puis elle avait découvert ce que faisait Joey et, encore une fois, elle n'avait rien fait.

Ça lui facilitait la vie, à vrai dire. Et puis, elle était jalouse de Susan, allez savoir pourquoi. Sa fille n'était pas vraiment jolie, elle n'était rien du tout, en fait. Mais son désir de progresser avait agacé sa mère. Chaque fois que Susan attrapait un bouquin et qu'elle allait se perdre dans un autre monde, sa vie à elle lui paraissait dérisoire, d'une certaine façon.

Même si sa fille avait raison, ça faisait mal. Ou alors, c'était peut-être de savoir qu'elle avait raison qui faisait mal.

Elle ne s'était jamais inquiétée que Joey fasse à Susan des choses qu'un père ne doit pas faire à son enfant. Enfin, si, s'avoua-t-elle, elle s'était inquiétée, mais pour les mauvaises raisons, toujours pour les mauvaises raisons.

Elle était jalouse que Susan ait touché ce qu'elle-même n'avait jamais pu toucher chez Joey : son cœur.

Elle avait peur qu'il aime Susan pour de bon. Qu'elle lui soit plus chère que sa propre femme, la mère de ses enfants. Cette enfant avec qui il couchait, celle à qui June avait donné la vie.

Mais pourquoi ne s'était-elle pas inquiétée de ce qu'il faisait à cette gosse, à leur fille ? Qu'est-ce qui lui manquait pour qu'elle ne s'en soucie toujours pas sérieusement, pour qu'elle se réjouisse que Susan ait quitté la maison, son toit ?

Avant, les autres femmes n'avaient pas d'importance, elle se savait, elle l'avait toujours su. Jusqu'à Susan, elle avait eu la certitude qu'elle était la seule personne que Joey McNamara ait jamais aimée, la seule qui comptait.

Maintenant, elle en était moins sûre.

Susan n'était pas un « petit goût d'ailleurs », comme il appelait ses conquêtes. Susan était sa fille, son enfant. Sa propre chair, son propre sang. C'était ça qui lui plaisait ?

June se recroquevilla sur le canapé et s'alluma une autre cigarette. Seule sa lueur rougeoyante brillait dans la pièce ; la clarté glauque du lampadaire éclairait dehors.

Il faisait frisquet, maintenant, de ce froid traître que l'été apporte au lever du jour. Elle entendit le chœur matinal des oiseaux chanter à tue-tête, puis disparaître, noyé dans le vacarme de la circulation alentour.

C'était dimanche, jour de repos. Les gens feraient la grasse matinée pour guérir leur gueule de bois, ils iraient boire un coup au pub ou cuisineraient d'énormes repas dont personne n'aurait envie.

Elle entendit les talons de sa seconde fille claquer sur la galerie extérieure, puis sa clé dans la serrure et son pas chancelant dans l'entrée. Elle se leva et aida Debbie, qui était ivre et complètement naze, à regagner sa chambre. Elle déshabilla sa fille, qui s'effondra comme une masse.

June contempla son profil endormi. Elle était jolie, d'une beauté facile et étrange, mais elle était courtaude et lourde comme son père. A vrai dire, si on la trouvait jolie, c'est que les gens la regardaient avant de se tourner vers Susan et de les comparer.

June sentit soudain la présence de son mari derrière elle. Elle se retourna et murmura :

– Un petit coup de Debbie, c'est ça que tu veux ? Ou est-ce qu'il y a autre chose que je sais pas ?

Joey la fit sortir de la chambre et referma la porte en beuglant :

– Magne-toi le cul, viens au lit et ferme ton clapet.

June fit ce qu'il lui demandait. Ce n'était pas tant qu'elle le voulait, mais elle était fatiguée et frigorifiée.

Quand il s'approcha d'elle, la vigueur de sa propre réaction l'étonna. C'était comme si, séparés pendant des années, ils se retrouvaient enfin, après tout ce temps. Après le manque, après le désir, après le besoin.

Ils firent l'amour jusqu'à ce que le soleil soit haut dans le ciel et que leurs corps glissent l'un contre l'autre, moites de sueur. Sans prononcer un seul mot.

Ils s'endormirent dans les bras l'un de l'autre, comme ils ne l'avaient plus fait depuis des années. Sans savoir pourquoi, June était apaisée. Elle était contente, c'est tout. Comme si Susan avait perdu et qu'elle avait gagné.

Gagné quoi exactement ? Allez savoir…

12

Susan était fatiguée, irritable : la journée avait été longue.
Mariée depuis un mois, enceinte de huit, elle commençait à mesurer l'ampleur de sa tâche : tenir la maison propre, cuisiner pour son mari, et tout ça en portant, du matin au soir, cette masse pesante qui la tirait vers le bas.

L'un dans l'autre, pourtant, elle s'amusait bien.

Son mariage avec Barry faisait maintenant partie du folklore de l'East End. Amusés et pas avares de remarques, les gens en avaient parlé pendant des jours et des jours. Susan avait pris les choses du bon côté et conquis ses voisins. Sa maison était impeccable, elle faisait la lessive régulièrement, le perron et les fenêtres étaient briqués à faire pâlir de jalousie toutes les ménagères du quartier.

Contrairement à Doreen Cashman, qui vivait dans une porcherie, laissait ses enfants courir dans la rue et passait ses journées à cloper et à ragoter, Susan était acceptée, chérie même, par ses aînées. Mais Susan l'aimait bien, sa nouvelle voisine. Doreen était une véritable souillon, avec ses longs cheveux décolorés, sa cigarette collée au bec et sa gueule aussi béante que le tunnel de Blackwall, mais elle était marrante, rigolote, tordante même. Irrésistible, en somme.

Barry, en revanche, ne pouvait pas la saquer et ne se privait pas de le dire. Doreen s'en contrefichait et lui rendait la monnaie de sa pièce, ce qui n'arrangeait pas les choses. Les femmes comme Doreen, Barry les appelait des « tapineuses » – ce qu'elle était, d'ailleurs, car elle michetonnait de temps à autre et ne s'en cachait pas. Même ses voisines plus âgées rigolaient de ses exploits lorsqu'elles étaient d'humeur à ça. Pour Susan, Doreen était un personnage, quelqu'un qui avait du caractère, une vraie battante.

Au bout d'un mois à peine, elle lui avait accordé toute sa confiance. Il lui arrivait de lui envier son humour, sa vision des choses et, surtout, son style de vie inénarrable.

Susan était plutôt heureuse, finalement. La catastrophe de la noce passée, les jeunes mariés s'étaient installés dans leur nouveau logis. Susan en avait fait un vrai nid d'amoureux. Kate Dalston s'extasiait sur les talents de sa belle-fille qui tenait sa maison et cuisinait presque aussi bien qu'elle, ce qui n'était pas peu dire. Elle passait la voir pratiquement tous les jours. Les deux femmes s'étaient rapprochées et Susan était ravie d'avoir enfin une figure maternelle digne de ce nom dans sa vie. S'il arrivait que Barry ne rentre pas à la maison, elle ne lui faisait aucun reproche, elle lui préparait à dîner et, quand enfin il arrivait, elle prenait des nouvelles et agissait comme si de rien n'était.

Barry savait que sa femme était une perle. En échange de ses qualités, il lui offrait calme, tranquillité et affection. Du moment que Doreen n'était pas à la maison, tout baignait. D'ailleurs, elle s'éclipsait dès qu'on entendait la clé tourner dans la serrure.

Le soleil brillait depuis le matin, la chaleur augmentait d'heure en heure. Pour compenser les coupures d'eau, monnaie courant dans l'East End, la municipalité avait installé des colonnes d'alimentation manuelle. Les deux fils de Doreen remplissaient des seaux pour Susan et les lui portaient jusqu'à la maison. Elle était en train de leur préparer du thé pour les remercier quand sa cousine Frances arriva sans prévenir. A voir son expression, Doreen et Susan comprirent qu'il s'était passé quelque chose de grave.

– Il est où, Barry ? demanda-t-elle d'un ton brusque.

Susan haussa les épaules. La sueur lui coulait dans le cou et entre les omoplates, ça la démangeait, ça l'agaçait.

– Et comment je le saurais ? Il peut être n'importe où, à vrai dire.

Frances était mignonne à croquer. Susan lui servit une tasse de thé et la complimenta sur sa robe et sur ses chaussures.

– Elle est fraîche comme une rose, tu trouves pas, Doreen ? T'as toujours eu la taille mannequin, ma belle. En plus, tu sais bien te mettre en valeur.

L'air gêné, Frances sortit sans mot dire dans le petit jardin. « Elle a pas l'air bien dans ses baskets, celle-là, se dit Doreen. Ça m'a tout l'air signé Barry Dalston. »

– Pourquoi tu veux le voir, Fran ? En général, il rentre vers six heures. T'as qu'à revenir à ce moment-là.

Frances continuait de faire mine de s'intéresser aux plantes.

– Il va toujours au Londoner ?

Susan haussa les épaules.

– J'en sais rien. En ce moment, il boit des coups un peu partout avec mon père. Tu veux que je lui passe un message ?

Doreen, qui avait noté l'anxiété dans la voix de Susan, passa la tête au-dehors et lança :

– Ouais, pourquoi t'as envie de le voir, au fait ?

Frances revint dans la cuisine. Susan s'était assise et tirait sur le col de sa robe pour s'éventer et tenter de se rafraîchir. Son ventre était énorme. En regardant sa cousine, Frances ressentit pour la première fois du remords pour ce qu'elle avait fait et ce qu'elle devait lui annoncer.

– T'es allée à l'hôpital récemment ? Qu'est-ce qu'ils t'ont dit ?

Susan se mit à rire.

– Oh ! pas grand-chose. Y a qu'à attendre. D'après ce qu'on dit, les dernières semaines sont toujours les plus dures. Avec le pot que j'ai, je te parie que je vais me retrouver là-bas en pleine canicule !

Elle se tapota le ventre avec gaîté et soupira.

Frances eut un sourire triste.

– Ça doit être dur, ma grande. Mais, au moins, vu ton état, j'imagine que Barry te fout la paix, non ? Enfin, il essaie pas de te le faire, pas après le sixième mois, c'est bien ça ?

Doreen et Susan s'esclaffèrent en chœur.

– Non, mais tu rigoles ? Il me laisse pas une seconde de répit, tu veux dire ! Pourtant, j'avoue, un peu de repos ce serait pas de refus.

L'air accablé de Frances excita l'hilarité des deux femmes.

– Ecoute, Fran, va savoir pourquoi, mais quand t'es enceinte, t'es encore plus portée sur la chose ! En plus, Barry prétend que c'est bon pour le gosse. Il a vu ça dans le journal.

– Ça alors ! Pour être franche, j'avais jamais pensé qu'il savait lire !

Convaincues qu'elle blaguait, Doreen et Susan éclatèrent de rire.

Frances prit les mains de Susan dans les siennes et poussa un profond soupir.

– Ecoute, Susan, il faut que je te parle, ma grande. Surtout qu'avec le bébé et tout ça... Doreen, s'il te plaît, ça te dérangerait de nous laisser ?

Susan se dégagea de l'emprise de sa cousine en secouant la tête.

– Quoi que tu aies à me dire, Frances, tu peux le dire devant Doreen. De toute façon, il y a de grandes chances pour que je le lui répète.

Elle reculait le moment des aveux, se doutant que tout ça ne présageait rien de bon.

– Ecoute, Susan...

Frances s'agenouilla devant elle et lui prit les mains de nouveau, ce qui eut, pour une raison ou une autre, le don d'exaspérer Susan.

– Je ne sais pas comment te dire ça, mais...

– T'as couché avec Barry le jour de mon mariage. Ça, je suis au courant.

Susan chuchotait presque, d'une voix lourde de menaces. Agacée, Doreen soupira : sa copine n'était pas dans son assiette et, vu son état, ce genre de situation ne lui valait rien. Devant la souffrance qu'exprimait son regard, elle eut envie de flanquer son poing dans la figure de Frances.

La jeune fille baissa les yeux et se releva en trébuchant.

– C'est pas ça le pire, Susan.

Un instant déroutée, celle-ci crut soudain comprendre ce que sa cousine s'apprêtait à lui dire. Se hissant hors de sa chaise, elle sentit ses mains comme irrésistiblement attirées par les cheveux de Frances. Une seconde plus tard, elle la traînait à travers la cuisine pour la flanquer dehors.

– Espèce de salope, t'es inscrite au club, ou quoi ?

Elle sentit le bébé se débattre pendant qu'elle jetait l'intruse hors de chez elle, hors de la maison qu'elle partageait avec Barry, Barry Dalston, son mari, menteur, tricheur, faux cul.

Doreen tentait de toutes ses forces de séparer les deux femmes.

– Je te tuerai, Frances ! J'en fais le serment !

Frances s'était mise à pleurer. Debout dans le jardin, elle chialait comme une môme. De grosses larmes ruisselaient sur ses joues, ruinant son maquillage. Mais elle ne bougeait pas, incapable de partir avant d'avoir dit tout ce qu'elle avait à dire.

– Mais non, je suis pas enceinte. Malheureusement, même, parce que ça vaudrait mille fois mieux, Sue. Mille fois mieux que ça, tu peux me croire.

En entendant la supplique dans sa voix, Susan, d'un coup, se détendit. Un calme immense, comme avant une tempête, l'envahit. Elle était prête à entendre le pire.

– Quoi, alors ? Barry me quitte, c'est ça ? Et il a même pas les tripes de me l'annoncer lui-même ?

Son univers s'écroulait. Comme si quelqu'un, armé d'un couperet, l'avait fendue en deux jusqu'au cœur. La douleur ne pourrait pas être pire que cette haine, ce sentiment d'être une inadaptée, une rien du tout.

Aimante, protectrice, Doreen la tenait comme une mère tient son enfant. Plus expérimentée, plus au fait du monde de la rue, elle avait déjà deviné le pire.

Frances regarda sa cousine dans les yeux, puis secoua la tête en chuchotant :

– Il me l'a refilée, Susan. Il m'a filé la chtouille.

Celle-ci crut d'abord avoir mal entendu, mal compris.

– Il t'a quoi ? Il t'a refilé quoi ?

Elle criait, maintenant, elle s'en rendait compte. Il fallait faire attention, les voisins risquaient de tout entendre. Eux qui l'aimaient bien, qui pensaient qu'elle était une femme respectable. Quelle que soit leur opinion sur Barry, pour eux Susan était une bonne fille, honnête, quelqu'un de bien.

Et voilà que Frances se trouvait dans son petit jardin, ce jardin qu'elle avait ratissé si amoureusement deux heures auparavant à peine. Et pour lui dire quoi ? Qu'elle était malade, qu'elle avait attrapé une MST ! Qu'elle était souillée, salie, contaminée par une maladie horrible.

– Espèce de salope ! Vendue ! Comment tu as pu me faire ça ? A moi, Frances ? A quelqu'un de ta famille ?

Frances sanglotait.

– Je suis désolée, Sue. Crois-moi, si seulement je pouvais revenir en arrière… J'étais soûle et tu connais Barry : il serait capable d'enlever sa culotte à une novice. Je t'en supplie, essaie de comprendre…

Doreen éclata d'un rire tonitruant, amplifié par l'exiguïté de la cuisine.

– Putain, mais t'es vraiment incroyable, Frances ! T'es là à raconter à une femme qu'est enceinte jusqu'aux dents que son mari t'a refilé la chaude-pisse et tu voudrais qu'elle te plaigne ? Bordel, mais qu'est-ce que tu crois ? T'es complètement siphonnée, ou quoi ?

Frances pleurait toujours.

Doreen ramassa son sac, le jeta dans le jardin et lui claqua la porte au nez en hurlant des menaces qui ne laissaient aucun doute sur ses intentions.

Elle saisit Susan par le bras et la regarda bien en face.

– Ecoute-moi, Susan. Calme-toi, ma douce. Je vais t'emmener à l'hôpital, d'accord ? Personne n'en saura rien. Promis, juré. Je suis capable de tenir ma langue, tu me connais. Maintenant, écoute-moi bien : là-bas, ils sont tenus au secret médical, personne ne sera au courant. Mais il faut que tu y ailles. Pour le bébé.

Susan hochait la tête comme une enfant, reconnaissante d'être enfin prise en charge.

– Tu crois qu'il va naître aveugle ? Il paraît que ça arrive, tu sais...

Doreen l'attira vers elle. A voix basse, elle tenta de la rassurer.

– Ecoute, ça s'est passé il y a un mois. C'est trop court pour avoir affecté le bébé. En plus, cette petite pute a très bien pu choper ça ailleurs. Si ça se trouve, Barry n'a rien. Et toi non plus, du coup. On se fera du souci quand il faudra s'en faire, pas avant, OK ?

Susan acquiesça, soulagée d'avoir quelque chose à quoi se raccrocher.

– T'as bien raison, Doreen. Elle est venue foutre la merde, en fait, c'est tout.

Elle avait dit ça avec un tel espoir que Doreen faillit fondre en larmes.

– Elle a toujours eu un faible pour lui. Comme toutes les filles, d'ailleurs. Par moments, il me fait presque pitié. Franchement, pour lui, ça doit pas être facile.

Gardant ses réflexions pour elle, Doreen hocha la tête.

– Allez, ma poule, on va à l'hosto de Whitechapel, on verra bien ce qu'ils nous diront, d'ac ?

Susan était en état de choc, Doreen le sentait bien. Elle l'aida à enfiler un cardigan, ferma la maison, fila prévenir ses enfants qu'ils auraient affaire à elle s'ils faisaient des bêtises, puis accompagna Susan jusqu'à l'arrêt du bus.

Ça tournait à cent à l'heure dans sa tête. Elle tentait de se rappeler les conséquences d'une MST en cours de grossesse. Ça, personne n'aurait su le dire, à moins de l'avoir vécu soi-même.

Barry et Joey étaient redevenus les meilleurs amis du monde. Ils recouvraient les créances ensemble et jouaient les gros bras quand il fallait faire une « touche », terme consacré lorsque la menace passait au stade physique. Il arrivait que l'emprunteur soit un ami et, prenant prétexte de cette amitié, réclame un délai supplémentaire, et patati et patata... A l'idée que son fric s'évapore, le prêteur devenait dingue et faisait appel à des gars comme Joey et Barry pour s'assurer que son « client » avait bien compris de quelle façon on payait ses dettes.

Joey se rémunérait à la commission : le prêteur obtenait ainsi la garantie de récupérer son argent et, le cas échéant, il profitait de la protection de Joey.

L'un dans l'autre, Barry trouvait l'activité intéressante et fort lucrative.

Par cette magnifique après-midi d'août, ils collectaient pour une femme de Barking auprès de son ex-mari. Elle lui avait prêté deux mille livres, reçues en héritage, pour ouvrir son nouveau café sur Barking Road, à l'époque où elle se croyait encore une épouse heureuse sur le point d'empocher de gros profits. Au bout de deux ans, le mari était parti vivre avec une de ses copines, et sa femme, du coup, s'était retrouvée seule et sans le sou. Mais elle en avait besoin maintenant, de cet argent : l'époux volage se faisait prier pour entretenir leurs six enfants. Elle avait donc, par l'entremise d'Ivy, pris contact avec Joey et Barry, qui lui avaient garanti qu'il n'y aurait pas de représailles et que son mari comprendrait très vite à quoi il devait s'attendre.

Le mari, un type d'origine grecque, était réputé, à Barking, pour sa carrure et son mauvais caractère. Exactement le genre de mec que Joey adorait humilier. Alors, s'il pouvait, en plus, rendre service à une famille abandonnée comptant six gamins affamés et en loques… c'était tout bénef.

L'hypocrisie de Joey et Barry n'avait pas de limites.

Stefano Skarpelis préparait et servait toute la journée des petits déjeuners à l'anglaise. Il n'éprouva pas la moindre appréhension en voyant entrer dans son café ces deux casseurs bien connus. Il était deux heures de l'après-midi, le temps était superbe. Comme il faisait très chaud, la porte était grande ouverte et deux énormes ventilateurs marchaient à plein régime. Ainsi que l'escomptait Joey, le café était pratiquement plein.

Les deux hommes entrèrent d'un pas nonchalant et prirent place, Stefano s'approcha de leur table. Ces deux hommes-là ne pouvaient pas faire la queue comme tout le monde, il fallait leur témoigner tout le respect qui leur était dû.

– Bonjour, messieurs, qu'est-ce que je vous sers ?

Le ton était jovial, tous les clients tendirent l'oreille – comme prévu.

– C'est chouette, ici, Skarpelis, j'aime bien ta déco.

Stefano faillit exploser de fierté. Les scènes de vie villageoise qui ornaient les murs de son café étaient une de ses plus belles réussites.

– Merci, monsieur McNamara, c'est un plaisir de vous avoir dans mon établissement. Aujourd'hui, on a le même temps que chez moi : une bonne chaleur, bien stimulante.

Il se mit à rire, vite rejoint par les deux compères.

– Et comment t'as dégotté l'argent pour l'ouvrir, c't'endroit ?

Barry avait parlé d'un ton imperceptiblement menaçant. Le gros type ne sut pas trop comment le prendre.

– J'ai fait un emprunt, bien sûr, rien de plus normal.

– Ç'a bien dû coûter dans les deux mille livres, non ?

Stefano acquiesça, ne sachant trop dans quel sens partait la conversation. Manifestement, elle était bourrée de sous-entendus qu'il préféra ignorer.

– Et comment va ta charmante femme ? Tu savais que c'est une très bonne copine à ma mère ? reprit Joey. Et tes gosses ? Imagine-toi, six loupiots, et avec la même nana encore. J'ose même pas y penser. D'après ma mère, t'as jamais su tirer à blanc, hein, mon pote ?

Leurs échanges faisaient les délices de l'assistance. Derrière son comptoir, la nouvelle femme de Stefano, une blonde dans la trentaine, maquillée comme un camion volé, châssis à l'avenant, les contemplait d'un œil las.

Joey se mit à parler d'un ton chantant comme s'il racontait une histoire à une bande de gamins.

– Figure-toi, Stefano, que la semaine dernière ma mère a dû filer du pèze à ta bourgeoise, histoire de l'aider à payer le loyer et faire bouffer tes gosses. « C'est curieux, que j'ai dit à ma mère, ce serait pas ce gars-là qui vient d'ouvrir un café à Barking ? J'ai entendu dire qu'il se ramassait des biffetons à la pelle. » Mais elle m'a mis au parfum et m'a raconté comment tu t'étais tiré discrétos en laissant ta régulière, tes gosses et ta propre mère dans la panade. « Va voir ce qu'il fabrique, qu'elle m'a fait, ma mère, parce que, la pauvre Angela, elle est dans une sacrée dèche. » Et tout ça parce que tu lui as piqué les deux mille livres que son grand-père lui avait laissées.

Barry secoua la tête d'un air solennel.

– Tu parles d'un marlou ! C'est pas croyable une histoire pareille ! Qu'est-ce que vous en pensez ? fit-il en cherchant du regard l'approbation de cinq ouvriers assis à la table voisine. Vous croyez pas que c'est un vrai filou, de laisser ses mômes dans le ruisseau et sa légitime sans un radis pendant qu'il fait fructifier ses deux mille livres ?

Les types acquiescèrent avec conviction. Ils savaient exactement ce qu'on attendait d'eux et, si le Grec se faisait tabasser, ils avaient intérêt à se trouver du bon côté. Leur loyauté n'irait pas jusqu'à s'opposer à ce qu'on en fasse de la chair à saucisse.

– C'est pas Dieu possible, hein ? Incroyable. J'ai été choqué, vraiment choqué, épouvanté même, par ce que ma mère m'a raconté. « Pousse ton cul jusque-là, qu'elle m'a fait, et règle-lui son compte, à ce sale maquereau. »

Joey leva les bras pour susciter l'approbation de la clientèle.

– Alors, me v'là, Stefano. Je suis venu récupérer le fric de ta femme et, par-dessus le marché, ta parole que tu vas lui verser une pension.

Stefano regarda Joey dans les yeux : il prenait vraiment son pied, le salaud.

– Je comprends ce que vous me dites, monsieur McNamara, mais je peux vous assurer que...

Barry l'interrompit.

– Ferme ta gueule et apporte-nous à bouffer. Quand on aura mangé, on ira t'expliquer tout ça chez toi, dans l'appart qu'est au-dessus de ton joli café. A moins, évidemment, que tu préfères qu'on règle ça ici, tout de suite ? Pour nous, c'est encore plus confortable.

Stefano Skarpelis, qui avait compris de quoi il retournait, se savait battu d'avance. L'après-midi même, tout le quartier serait au courant de la visite de Joey et de Barry. Il avait peur pour son commerce.

Les gens de l'East End étaient vraiment bizarres : ils étaient prêts à cacher un meurtrier, mais un type qui avait abandonné femme et enfants sur le pavé se faisait étriper. Vraiment étranges, en effet. Or, Stefano était à leur merci.

– Bon, je vous prépare un petit déjeuner complet. On réglera le problème ensuite.

Et il repartit avec toute la dignité dont il était encore capable, le visage blême, un sourire un peu figé sur les lèvres.

– Tu vois, Barry, quelquefois t'as même pas besoin de lever le petit doigt. Un bon débinage en public, c'est plus efficace qu'un flingue ou qu'une matraque.

Barry se mit à rire.

Il avait l'œil brillant : dans le coin de la salle, deux nénettes, exactement son type, lui souriaient en minaudant. La première était petite, avec de grosses jambes et de gros seins, mais l'autre était mieux : elle avait les cheveux roux, une belle bouche pulpeuse et de longues jambes qu'elle croisait et recroisait sans arrêt.

– T'es quand même pas en train de reluquer les deux chiennes là-bas, dis ? Bordel de merde, pour Noël je vais t'acheter une laisse, comme ça tu pourras les sortir en public !

Même Barry éclata de rire. Un des bons côtés de Joey, c'est qu'il avait le sens de l'humour.

Cinq minutes plus tard, les plats n'étant toujours pas sur la table, Joey se pencha en arrière sur sa chaise et cria à un ouvrier qui se tenait près de la porte avec un copain :

– Eh, mec, combien tu demandes pour une bouchée de ton casse-croûte ? Putain, je crève de faim, moi ! il a fallu moins de temps à Hitler pour envahir la Pologne qu'à ce maquereau grec pour nous faire un p'tit déj' !

Eclat de rire général. Stefano Skarpelis ferma les yeux en demandant au Seigneur ce qu'il avait bien pu faire pour mériter ça.

Le médecin examina Susan et l'aida à descendre de la table d'examen – elle était si gauche qu'elle n'arrivait pas à se lever toute seule. Le toubib était un jeune homme avec de grands yeux marron et un gros nez. Seuls sa belle crinière noire et bouclée et des yeux pétillants de vie le sauvaient de la laideur.

– Vous saviez que le travail a commencé, madame Dalston ?

Susan secoua la tête, éberluée.

– J'ai bien eu un peu mal au dos depuis deux jours, mais tout le monde m'a dit que c'était parce que j'avais grossi. Merde alors, vaudrait mieux que je me magne de rentrer à la maison.

Elle fit mine de se lever, il l'en empêcha d'un geste de la main.

– Vous n'allez nulle part, madame Dalston, sauf dans la salle de travail. Je pense que si vous avez attrapé une gonorrhée, ça ne devrait plus poser de problème. Mais, pour plus de sécurité, nous devons vous mettre en observation, vous et votre bébé. Vous dites que vous l'avez contractée il y a presque un mois ?

Susan acquiesça, humiliée.

– C'est possible que je l'ai attrapée avant, mais c'est le jour du mariage qu'il l'a refilée à ma cousine. Remarquez, Frances, c'est une vraie salope, ça se trouve, c'est elle qui la lui a refilée.

Daniel Cole regarda la femme qui se tenait devant lui avec tristesse et résignation. A Whitechapel, il voyait beaucoup de patientes dans cette situation. Elles le sidéraient par leur capacité à tout encaisser.

– Est-ce que le gosse va être aveugle et bancal, docteur ? C'est surtout ça qui me fait peur.

Le docteur Cole sourit.

– Je suis sûr que tout ira bien. Ce qui nous inquiète aujourd'hui a pu accélérer le travail, c'est vrai, ça arrive souvent après une frayeur ou un choc. Alors, on va se concentrer sur l'accouchement et sur le bébé. Ensuite il sera bien temps de voir s'il y a de quoi s'inquiéter, d'accord ?

Susan opina, ne sachant pas très bien ce qu'il voulait dire.

– Mais il est en avance d'un mois. C'est à cause de la maladie ? C'est ça qui l'a fait sortir plus vite, c'est parce qu'il a quelque chose qui va pas ?

Le docteur Cole soupira profondément et se força à sourire.

– Comme je vous l'ai dit, il faut attendre, madame Dalston. Je ne peux rien vous dire d'autre, hormis le fait que votre bébé va naître d'ici vingt-quatre heures. Inutile de vous faire du souci, vous risquez d'empirer les choses. Allez, je vais chercher une infirmière, elle vous conduira à la salle de travail. De là, on pourra suivre les développements.

Susan acquiesça.

Il parlait d'une voix basse et rassurante, exactement ce dont elle avait besoin. Quelqu'un qui la prenne en charge, qui la soulage, qui la calme.

Précédée par une infirmière, Doreen accompagna son amie dans la salle. Susan s'accrochait à sa main comme à une bouée de sauvetage. Si jamais elle la lâchait, elle sombrerait, elle y perdrait sa vie, celle de son enfant, et la raison.

La rousse s'appelait Sonia. Elle habitait à Dagenham, près de Heathway, et était maman d'un petit garçon prénommé Luke, qui vivait avec sa grand-mère parce qu'elle n'arrivait pas à le gérer. Le Luke en question avait cinq ans. Elle l'avait eu à quatorze ans. Ce qui n'était pas pour gêner Barry Dalston : ce qu'il voulait, c'était pas une vierge, c'était du bon temps. La copine de Sonia s'appelait Abigail, mais elle préférait qu'on l'appelle Abby.

Après avoir saccagé l'appartement de Stefano et lui avoir flanqué une raclée, les deux hommes avaient emmené les filles au Bull, histoire de boire un verre et de se payer une bonne tranche de rigolade.

– Pour être honnête, son petit déjeuner est canon, observa Joey.

Les deux filles rigolèrent.

– Ouais, mais pour le prochain, c'est pas demain la veille, si on en croit le boucan qu'y avait dans son appart. Tout le monde en a profité, c'était génial.

Sonia, semblait-il, avait un faible pour les belles gueules. Comme la plupart des filles dans son genre, il ne lui serait jamais venu à l'idée que la galère qu'elle vivait, elle la devait aux mecs qu'elle se choisissait. Ni la naissance de son petit garçon, ni ses trois avortements ne lui avaient appris quoi que ce soit. Une vraie cata ambulante, cette fille.

Mais elle n'était pas sûre d'avoir envie du jeune Barry. Faut dire qu'il s'était bien marré quand son copain s'était foutu de leurs poires. Mais bon, comme elle n'était pas rancunière, elle l'avait suivi au pub, on verrait bien... Vu la façon dont il lui glissait la main sur la cuisse, ça avait l'air d'aller dans le bon sens.

– Un deuxième rhum-coca, les filles ?

La voix de Joey résonnait fort dans le petit jardin.

Les filles acquiescèrent.

– Putain, Bal, si elles continuent comme ça, va falloir qu'on braque la poste du coin. Imagine qu'elles aient envie de bouffer ?

Il gratifia Abby d'un superbe sourire.

– Ça te ferait pas de mal de sauter un repas ou deux, ma biche. J'avais pas vu des cuisses pareilles depuis que j'ai chopé ma femme au pieu avec le plombier !

Abby se mit à rire, ravie d'être devenue son point de mire.

Joey rentra dans le pub et se dirigea vers le bar.

– Deux triples rhum-coca et deux pintes, s'il te plaît.

Le barman rigola.

– Elle arrive à quelle heure, Cendrillon ? Parce que c'est les Vilaines Sœurs que vous êtes en train de vous taper, les gars. Fais gaffe, mon vieux, la petite grosse vit avec un Black qu'a la gâchette facile.

Il se tapota le nez.

– Un gars qui démarre au quart de tour. Je veux pas vous vexer, mais j'ai aucune envie qu'on me bouzille mon pub.

Joey le remercia du tuyau.

– Alors comme ça, c'est des filles à bicots, ces deux-là ?

Le type acquiesça.

– C'est ça. A condition de se faire quelques biffetons quand même. C'est des chiennes, mon vieux. Si t'as envie de te les faire un après-midi, libre à toi ! Mais reste sur tes gardes, elles valent pas un clou.

– Putain, t'as carrément raison ! Allez, sers-toi un verre et file-moi deux cognacs. Des grands, s'il te plaît : après un choc pareil, j'ai besoin d'un remontant. Moi qu'étais prêt pour une super orgie, je vais peut-être y réfléchir à deux fois.

Ils rigolèrent en chœur.

– Quelles putes ! ajouta le barman. Comme disait ma vieille mère : « Fais gaffe où tu la trempes, mon gars, et n'oublie jamais une chose : la pire des chiennes est toujours la fille, la mère ou la sœur de quelqu'un. »

Joey trouva ça hilarant. Il n'y avait jamais pensé. Super, ce petit couplet, il allait le lui piquer et le resservir à l'occasion.

Dans le jardin, Sonia laissait Barry « prendre des libertés », comme disaient les filles faciles de l'East End quand elles se faisaient peloter en public.

Il la humait, il la sentait tout entière, tant la chaleur était accablante. Elle dégageait une odeur mêlée de sueur, de parfum, de déodorant et, au fond du fond, de chatte déjà mouillée. Un peu plus et il était capable de la prendre direct, là, sur le banc. Rien que d'y penser, ça l'excitait.

Joey revint avec les boissons.

– Vous trouvez pas que j'ai pris des couleurs, les filles, avec ce beau soleil ? Je suis pas légèrement bronzé ?

Barry vit les deux filles observer Joey d'un air sérieux.

– Ben, qu'est-ce qu'il y a ? Vous allez pas me dire, mesdemoiselles, que vous avez quelque chose contre nos frères antillais ? C'est vrai, ça, qui c'est qui ferait marcher les bus et les trains s'ils étaient pas là ?

Abigail alluma une cigarette et en tira une profonde bouffée.

– Sans parler des hôpitaux, quand on y pense.

Barry se rendit compte qu'elle prenait le parti des Noirs et s'efforça de contenir son rire.

Joey s'échauffait maintenant.

– Le boudin noir, t'as rien contre, hein, Abigail ? A propos, le barman m'a dit que tu vivais avec un moricaud. C'est vrai ce qu'on raconte, qu'il sont montés comme des étalons et qu'ils bandent comme des ânes ?

Abigail hocha la tête.

– Ouais, tout ce qu'il y a de plus vrai. Et ils ont la peau plus douce et des manières plus policées que les Blancs. Que les *vieux* Blancs, surtout. Marrant, non ?

Elle attrapa ses cigarettes et son sac et se leva pour partir. Elle tressaillit en sentant Joey l'attraper par le bras.

– T'en va pas comme ça, ma belle. J'ai misé un bon paquet de fric sur toi, et j'ai pas l'intention de le perdre. Si ton bamboula se pointe, je l'accueillerai comme il se doit.

Sonia était bourrée, mais pas assez pour ne pas comprendre qu'elles étaient dans la merde. Jusqu'au cou. Les deux types avaient l'air menaçant, carrément effrayant. Elles s'étaient fait serrer, il n'y en avait rien de bon à attendre. Elles connaissaient la musique. Avec des types comme Joey et Barry, il fallait jouer le jeu, sous peine d'y laisser vraiment des plumes.

Joey força Abigail à se rasseoir et poursuivit, tout sourire :

– Alors, mesdames, on va chez qui, après la prochaine tournée ?

Sonia eut un sourire farouche.

– Ça m'a tout l'air d'être parti pour chez moi, non ?

Joey se mit à rire à gorge déployée, sa langue chargée de nicotine dansant dans ce gouffre béant.

Soûle et gonflée à bloc, Sonia regarda Abigail en roucoulant :

– Je ne donne pas bien cher de ta peau, ma belle.

Abigail lui rendit son regard et répliqua, sarcastique :

– Ah ouais ? Ben, j'ai comme l'impression que tu vas pas rester en coulisses toi non plus, ma Sonia. Ils jouent en duo, ces deux-là, tu crois pas ?

Barry s'illumina. Il s'amusait comme un petit fou. C'était tellement plus facile de les mettre K-O en leur fermant le clapet à coups de métaphores. Ça rendait le jeu bien plus excitant et intéressant.

– T'as tout compris. Tout ce qui est à lui est à moi, et viche vercha !

Barry avait à peine fini de parler que son expression changea. Ses trois compagnons de table comprirent qu'il venait de toucher quelque chose de profond.

Pourtant, Joey était bien le seul à pouvoir mesurer le sens de ses propres paroles.

Il leva son verre et sourit à son gendre.

– Et plutôt deux fois qu'une ! A la vôtre !

Susan poussait de toutes ses forces. Ses cheveux lui collaient au crâne tel un casque et elle avait l'impression qu'on la coupait en deux.

– Allez, ma chérie, pousse encore un bon coup. Tu pourras souffler un peu, après.

Elle opina, inspira profondément et se remit à pousser, plus fort cette fois. Ça ne servait manifestement à rien.

La sage-femme sourit et écouta de nouveau le cœur du bébé.

– Tout se passe bien, mais je crois qu'il va falloir te donner un petit coup de main. Détends-toi, je vais voir avec le docteur.

Avec gratitude, Susan se rallongea, posa la tête sur les oreillers et tenta de s'éventer avec un vieux magazine. Elle n'aurait jamais cru qu'un accouchement ressemblait à ça, cette douleur terrible et ce tiraillement permanent dans le dos. Elle n'avait imaginé son bébé que coquettement habillé dans son landau, avec les passants qui venaient lui faire des risettes. Même les récits effroyables qu'avait rapportés Ivy lui avaient semblé totalement exagérés.

Maintenant, elle y croyait.

Elle se remit à prier. Pas pour que la douleur s'arrête, non, mais pour que l'enfant soit normal. Ni aveugle, ni sourd, ni tordu. Ça la terrifiait, de penser à ce qui se passait dans son ventre.

Elle était partagée entre l'envie de voir l'enfant sortir et celle de le garder là où il était, en sécurité, protégé de Barry et de sa maladie. Cette maladie dont il l'avait gratifiée, elle, et ce petit être innocent.

Elle ravala ses larmes et s'éventa plus fort. Soudain, elle la sentit, cette douleur aiguë, qui la cisailla comme une épée brûlante. Elle poussa un tel hurlement que le médecin et deux sages-femmes arrivèrent précipitamment.

– Seigneur !

Tandis que, le 22 août 1968 à vingt-trois heures trente-cinq, Susan accouchait à l'hôpital de Whitechapel, Barry se vautrait dans un lit en compagnie de Sonia et Abigail. Joey, lui, s'était endormi sur le canapé du salon, repu d'alcool et de fish'n chips.

Les disputes oubliées, ces deux filles se révélaient finalement de joyeuses luronnes, à tout point de vue. Surtout Abigail, qui avait l'air d'apprécier la bagatelle. Enfin ! Parce que la plupart des femmes qu'ils draguaient ne baisaient que sur commande – et sans jamais penser qu'elles pouvaient refuser, ne serait-ce que de temps à autre. Si un type payait à boire et à manger, il fallait le payer en retour, envie ou pas.

Joey et Barry nageaient dans une bienheureuse inconscience, ignorant ce qui se tramait pendant qu'ils baisaient, bâfraient et picolaient jusqu'à plus soif. Ils ne songèrent pas une seconde à prévenir qui que ce soit de ce qu'ils faisaient, ni du lieu où ils se trouvaient.

Tout comme sa femme, Barry Dalston ahanait, geignait et gémissait. Tout comme elle, il suait tel un damné. La seule différence, c'est que pendant que Susan pensait à lui, se demandant où il était fourré, et, bordel, avec qui ? Pour lui, elle n'existait pas.

Après l'accouchement, Susan put enfin se détendre, soulagée. Elle n'avait qu'un désir : voir son bébé, le toucher, le tenir, s'assurer qu'il était normal. Pour la première fois de la journée, Barry était devenu le cadet de ses soucis. L'enfant avait pris sa place.

Quel soulagement…

C'était merveilleux d'oublier Barry. Susan ne devait s'en rendre compte que plus tard, en se remémorant cette journée. Quand, enfin, elle comprit enfin la vérité sur son mari et sur leurs relations. La douleur, la colère et l'humiliation qu'elle ressentit alors devaient rester vivaces pendant des années, tapies dans son inconscient, prêtes à refaire surface.

Mais, pour le moment, elle n'avait qu'une seule et unique préoccupation : son petit enfant.

13

Ivy se pencha sur le bébé et sentit les larmes lui monter aux yeux.

Il était beau, aussi beau que Joey à la naissance. Il avait des cils incroyablement longs, une bouche comme un bouton de rose et des yeux bleu outremer. Son petit corps vigoureux était blotti dans ses bras aussi parfaitement que s'ils avaient été conçus pour l'accueillir.

Au bord des larmes, elle contempla Susan avec compassion. Elle haïssait les hommes, tous, en bloc. Son propre fils, en particulier, et le mari de sa petite-fille.

Ivy reposa doucement le bébé dans son couffin et, pour la première fois depuis son enfance, elle prit Susan dans ses bras. Elle pressa la pauvre petiote contre son cœur pour tenter d'adoucir sa douleur et l'horreur de la situation.

Susan sanglotait, le corps comme soulevé par une lame de fond. Elle hurlait sa douleur, sa souffrance.

– L'ordure ! Quel putain de salaud !

Elle bredouillait, elle hoquetait, incapable d'articuler son désespoir.

Ivy lui caressa le dos en chuchotant des mots tendres, tâchant de consoler la gamine qu'elle avait pourtant tourmentée avec tant de plaisir. A voir son arrière-petit-fils, elle en suffoquait de culpabilité. Qu'avait-elle fait, bon sang, mais qu'avait-elle laissé faire ?

– Il y en aura d'autres, ma chérie. Ce sont des choses qui arrivent, tu sais.

Ses mots sonnaient terriblement creux. Comment atténuer un pareil désastre ? C'était proprement impossible. Alors, on sortait n'importe quel cliché, n'importe quel dicton, n'importe quoi, en fait.

Susan, elle, était au-delà de toute consolation. Il n'y avait qu'un seul coupable à ses yeux : son père. Coupable de tout. Elle n'accusait pas son mari – qui, lui pourtant, avait été libre de ses actes. Non, pour elle Barry était victime des excès de Joey, il voulait l'imiter, acquérir la même autorité que lui sur le quartier et au-delà, devenir un truand authentique, celui qu'on venait trouver quand on avait besoin d'un coup de main brutal et décisif.

Barry singeait Joey en tout. Il imitait sa démarche, son style de vie, ce qui incluait aussi toutes ces minettes qu'il se tapait, et qui, d'après lui, l'avaient « bien cherché ». Comment penser qu'une de ces orgies provoquerait la mort de son propre enfant ?

Susan regarda sa mère, assise en silence dans la salle d'attente, la tête entre les mains. Pour une fois, les trois femmes semblaient se tolérer mutuellement. June leva les yeux vers le visage ravagé de sa fille.

– Il était beau, Susan, c'était un beau petit garçon. Il serait devenu un homme, un vrai.

Ses paroles provoquèrent un déclic chez sa fille. D'une main, Susan essuya ses joues couvertes de morve et de larmes.

– Valait mieux qu'il meure alors. Parce que j'en mettrai plus jamais au monde, plus jamais. Plus personne passera par ce que j'ai vécu à cause d'eux. A cause des hommes, enfin, soi-disant.

Les mots étaient si crus, ils lui venaient de si profond du cœur que ni sa mère ni sa grand-mère ne tentèrent de s'y opposer. Susan était en état de choc, elle n'était pas elle-même. Il lui faudrait du temps pour guérir, physiquement et mentalement.

Doreen entra, apportant quatre mugs de thé.

– Ils veulent emmener le bébé, Susa…

Un hurlement de louve l'interrompit.

– Certainement pas ! Pas avant que son père l'ait vu ! Pas avant que Barry sache ce qu'il a fait ! Là, d'accord, ils pourront le prendre, ils pourront le laver, lui mettre de jolis vêtements rien que pour nous. Putain, oui, on se sentira mieux. Mais pas avant, sûrement pas !

Doreen la laissa dire et poussa le berceau contre le mur, de l'autre côté de la chambre. Elle glissa une mug de thé sucré entre les mains de Susan.

– Bois ça, ma grande, ça va te faire du bien.

Susan éclata d'un rire joyeux tellement incongru que les autres prirent peur.

– C'est ça, bois ton thé, ma petite Susan. Après, on enterrera le bébé dans le jardin et on ira tous faire un gros dodo.

Et elle se remit à rire, sans pouvoir s'arrêter.

Le thé giclait dans tous les sens, sur elle, sur les draps, par terre. Ivy quitta la pièce. Dix minutes plus tard, elle revint, accompagnée de trois infirmières qui remirent de force Susan au lit et lui injectèrent un calmant.

Les paupières lourdes, assommée, Susan lutta aussi fort qu'elle put contre les effets du médicament. Et tandis qu'elle sombrait dans un sommeil peuplé de cercueils et de bébés, les trois femmes poussèrent un soupir de soulagement.

– Ça va la calmer. Le meilleur remède, c'est le sommeil, dit Ivy.

Aucune d'elle ne pouvait y croire.

Car rien ne pourrait calmer la souffrance de Susan Dalston.

Barry s'énervait, Joey fulminait.

La baraque était glaciale, il n'y avait rien à becqueter et, comble du comble, le lait avait tourné. Leur nuit de beuverie et de came leur avait laissé un sale goût dans la bouche et une putain de mauvaise odeur dans le calcif.

Ils n'avaient même pas pensé à prendre une douche. Pour l'instant, la priorité, c'était : se faire une tasse de thé et bouffer.

Ça faisait deux jours qu'ils avaient déserté les lieux, mais ni l'un ni l'autre ne s'inquiétait de l'absence de la maîtresse de maison et de son gros ventre.

Le living était impeccable. Joey s'exclama d'un ton admiratif :

– Faut reconnaître qu'elle tient bien la piaule, Susan.

Barry brandit le poing.

– La conne, elle va m'entendre si je lui mets la main dessus. Non, mais putain, regarde-moi ça, Joey. Ça fait même pas un mois que je suis marié et la voilà qui se débine, qui se tire à droite, à gauche, sans même penser à son mari ! Je rentre chez moi et quoi ? Y a même plus une goutte de lait dans c'te baraque de merde pour se faire une tasse de thé !

La porte de derrière s'ouvrit.

– Tiens, la voilà ! Tout sucre tout miel, en plus, j'te parie. Attends un peu que je l'attrape, on va voir ce qu'on va voir.

Barry sortit de la pièce comme un bolide, un Joey tout sourire sur les talons. Il avait hâte de voir Susan s'en prendre une bonne : le petit mariage parfait enfin remis à niveau... du sien, surtout.

A sa grande surprise, Barry vit sa mère à la porte.

– Bonjour, mon fils.

Paroles brèves mais chargées de sens. Ni Barry ni Joey ne surent que répondre. Barry remarqua que sa mère avait les yeux un peu rouges et une certaine réticence à le regarder en face, comme si ça lui était insupportable.

– Salut, m'man. T'es pas un peu matinale ?

Le ton était normal, mais Kate comprit à l'attitude de son fils qu'il savait ce qu'elle allait dire.

– Susan a accouché hier soir. Un garçon.

Barry s'illumina.

– Un garçon ! Merde, tu parles d'une touche ! Elle a bien travaillé, la Susan !

Joey et Barry étaient aux anges. Joey se précipita dans le living pour récupérer, dans sa veste, une demi-bouteille de scotch qu'il gardait pour ce genre d'occasion.

– Laisse tomber le thé, apporte des verres, qu'on boive un coup ! Un gars ! Moi qui croyais qu'elles savaient faire que des pisseuses !

Comme Barry, il pensait que Kate faisait la tronche parce qu'ils avaient pris le maquis alors que Susan était sur le point d'accoucher.

– Il est mort, Barry. L'enfant est mort.

Ils la regardèrent enfin, et comprirent d'où venaient ses yeux rougis.

– Qu'est-ce que ça veut dire, « mort » ? Qu'est-ce qu'elle a fait, encore, elle s'est cassé la gueule ou quoi ?

Barry était démoli. Ça lui avait plu d'attendre pour voir ce qu'il avait réussi à fabriquer. Il se sentait tout-puissant d'avoir fait exister une nouvelle vie.

– Susan n'a rien fait du tout, Barry. L'enfant est mort de gonorrhée, une maladie vénérienne que tu lui as passée et que tu as aussi refilée à la cousine de Susan, le jour de ton mariage. Personne ne sait vraiment si c'est à cause du choc ou de la maladie qu'il est mort, mais voilà, c'est comme ça. Un bel enfant, Barry, robuste et mort par *ta* faute à *toi*. Seigneur, je serais capable de t'exploser le crâne et de t'arracher la cervelle, ici, sur le carrelage de la cuisine. Sur ce carrelage que j'ai vu ta femme laver à quatre pattes, il y a deux jours, avec son gros ventre qui touchait par terre.

Kate pleurait des larmes de honte, de deuil.

– Tu n'es qu'une bête, un animal nuisible. Je ne veux plus jamais te voir. Plus jamais. Et si cette fille a seulement un grain de bon sens, elle fera la même chose.

Elle sortit par la porte de derrière, petite silhouette tassée, vieillie en l'espace d'une nuit.

Joey et Barry se regardèrent, traumatisés.

– Maman, reviens ! Ecoute-moi. M'man !

Dans le jardin, Barry tirait Kate par le bras.

– Ne me touche pas ! Ne me touche plus jamais ! Susan refuse qu'ils emmènent l'enfant tant que tu ne l'auras pas vu. Pour une fois, sois un homme, prends tes responsabilités et file à l'hôpital. Essaie de réparer le mal que tu as fait à cette petite et à son bébé. Apaise-la, si jamais tu en es capable.

Elle s'éloigna, le laissant debout au milieu du jardin que Susan ratissait avec tant de soin chaque jour que le Bon Dieu faisait. Il pleurait.

Toujours dans la cuisine, le visage dénué de toute expression mais la conscience agitée, Joey servit un verre à Barry et le lui apporta. Comme paralysé, Barry n'avait pas bougé.

– Bois ça, mon vieux, ça fera passer le choc. Après, tu ferais mieux de filer à l'hosto pour régler le problème.

Susan regardait le petit cercueil blanc, avec une belle croix en or sur le dessus et une plaque de cuivre inscrite au nom de l'enfant. Ça avait coûté une petite fortune à Barry et atténué, en quelque sorte, sa culpabilité.

Susan regarda de nouveau le nom et eut envie de hurler.

JASON BARRY DALSTON

Elle avait d'abord refusé d'apposer le nom de Barry, mais le chagrin de son mari, si réel que ça faisait presque mal à voir, avait tempéré son obstination. Si un homme regrettait ce qu'il avait fait, c'était bien Barry. Susan s'en réjouissait autant que ça l'irritait. Elle voulait qu'il souffre autant qu'elle, pas moins. Qu'il sente le vide entre ses bras, dans son corps à elle qui avait vécu tout ce temps avec l'enfant en elle, qui l'avait senti bouger, lancer des coups de pieds, nager.

Son gros ventre lui manquait. Et tout cet espoir qu'il lui avait donné, le sentiment de détenir un secret que seules les femmes partagent. Pour la première fois, elle avait eu l'impression d'être une personne à part entière.

Maintenant, elle allait enterrer Jason, l'offrir à Dieu et à la Vierge Marie. Elle espérait qu'au Ciel, là-haut, quelqu'un prendrait bien soin de lui.

Elle regarda autour d'elle. A ses côtés, devant la tombe, se tenaient sa mère, Ivy et Kate. Debbie, elle, était à l'écart, son visage enfantin baigné de larmes. De la pure comédie. Debbie était bien trop égoïste pour comprendre la souffrance d'autrui. A l'entendre, on aurait cru que c'était elle qui avait perdu son enfant, pas sa sœur. Aujourd'hui, tout lui était prétexte à faire son cinéma, l'occasion était trop belle d'attirer l'attention de tout le monde. La famille, les amis, tous, pour une fois, l'écoutaient, au lieu de l'envoyer au diable.

Susan connaissait la chanson. Elle l'avait toujours connue. Ça faisait partie du problème.

En regardant son jeune et fringant mari, elle sentit poindre en elle quelque chose qui ressemblait à de la compassion. Ça l'ennuyait, ça l'agaçait sérieusement, même. D'accord, Barry était bouleversé, mais ce qui le rongeait, c'était la culpabilité, pas le chagrin. Susan l'avait compris, lui non : il était bien trop bête pour ça. Barry, son père, sa mère, Debbie ou Ivy, même tabac : ils ne sentaient les choses que lorsqu'elles les affectaient personnellement, sans jamais en comprendre les implications. Ils la plaignaient parce que c'était elle qui avait eu le bébé, qui lui avait donné le jour. En réalité, ils n'avaient pitié que d'eux-mêmes.

Le plus gros chagrin de Barry, c'était d'avoir été en train de baiser alors que « son » fils mourait. Il en parlait constamment, répétant à qui voulait l'entendre qu'il était superbe, « son » fils, qu'il serait devenu « un homme, un vrai ». Qu'il en aurait brisé des cœurs, celui-là, s'il avait vécu. Même le pénis du petit mort venait en bonne place dans cette litanie. De bonne taille, apparemment, pas de souci de ce côté-là.

Son mari ne savait pas exprimer autrement son désespoir, il n'avait pas d'autre moyen d'apprivoiser sa douleur. Susan ne l'en haïssait que davantage.

Elle ne lui avait toujours pas adressé la parole. Même à la morgue, quand ils avaient choisi ce cercueil, si onéreux avec la croix en or massif, elle s'était contentée de lui faire un signe de tête en guise d'approbation.

Quelqu'un lui prit la main. Doreen, bien sûr. Qu'aurait-elle fait sans sa copine ? Elle ne parlait à personne d'autre, et encore, juste quand elles étaient seules. Dans ces moments-là, Susan laissait échapper un flux continu de paroles dénuées de sens, sauf pour elle et, elle l'espérait, pour Doreen.

Doreen semblait en empathie totale avec Susan, contrairement à June ou à la pauvre Ivy qui, manifestement, ne saisissaient pas l'énormité de ce qui lui était arrivé. Ivy qui lui avait conseillé, trois jours à peine après la mort du bébé, de se ressaisir, lui disant que ça pouvait arriver, que la vie continuait.

Curieusement, Susan n'en voulait pas à sa grand-mère. Bien au contraire, ses paroles l'avaient touchée. Kate et elle, au moins, reconnaissaient l'horreur de ce qu'elle vivait. L'une autant que l'autre avait refusé de compatir, de plaindre Barry. Elles avaient pris le parti de Susan, en quelque sorte.

Susan se concentra sur ses pensées pour tenter d'occulter le service funèbre.

Franchement, y avait de quoi rigoler en voyant le super pattes d'ef' dernier cri de Debbie. Avec ses grosses jambes, ça lui donnait un air de cul-de-jatte, genre Pan's People[1]. Sentant venir un sourire, Susan se mordit les lèvres : non, quand même, elle était là pour l'enterrement de son enfant.

Elle observa son père. Lui, au moins, il avait mis un costume sombre bien repassé, il s'était rasé et fait couper les cheveux. Surprenant son regard, Joey lui fit un sourire attristé. Elle se rendit compte qu'elle devait avoir ce fichu sourire aux lèvres et se plaqua la main contre la bouche.

Qu'est-ce qui n'allait pas ?

Comment osait-elle rire dans une situation pareille ?

Qu'est-ce qu'il y avait de drôle, franchement ?

Le petit Jason avait échappé à tout ça. Au fur et à mesure que les jours passaient, une certitude la gagnait : le petit avait fui Joey, Barry et leur volonté d'en faire « un homme, un vrai ». S'il avait vécu, ils lui auraient inculqué leurs principes, leurs valeurs. Déjà, Barry avait parlé d'en faire un boxeur, un petit dur, un teigneux. Heureusement, Jason, son bébé bien-aimé, avait eu le bon sens de les fuir. Maintenant, elle comprenait : au premier coup d'œil, il avait pris le large.

Cette pensée parvint à atténuer sa peine.

A l'église, elle s'était senti souillée par cette maladie de gens sales. Sous le regard de Notre Seigneur, elle avait senti le poison continuer de lui couler dans les veines comme il avait coulé dans celles de son bébé.

Encore merci à Barry Dalston, grand branleur devant l'Eternel et père de cet enfant mort !

Le fou rire revenait.

---

1. Troupe de danseurs de la célèbre émission *Top of the Pops*, sur la BBC, au début des années 1970.

Dans l'assemblée réunie pour les funérailles de son fils, il y avait as moins de quatre personnes à suivre un traitement pour maladie vénérienne. Dommage que Frances ne soit pas là, ça aurait fait cinq.

Le Club des cinq !

Franchement, y avait de quoi se marrer, non ?

Le cercueil avait l'air si petit, si esseulé, que Susan eut soudain envie de hurler au prêtre que non, c'était impossible, Jason ne pouvait pas descendre comme ça, tout seul, dans le noir. S'il avait peur de l'obscurité, il aurait besoin de sa mère, de quelqu'un qui prenne soin de lui. Elle ne pouvait pas le laisser pleurer, tout seul, là-bas !

Pourquoi n'était-elle pas partie avec lui ? Dieu aurait pu la prendre, elle aussi, lui donner l'espoir de passer l'éternité avec son petit Jason et personne d'autre !

Juste pour l'aimer, le câliner, le protéger.

D'après Joey, il allait falloir surveiller la tombe à cause de la croix en or. Tout le monde était au courant, faudrait faire attention… « Y aura bien un connard pour venir le déterrer et la piquer. On les connaît, les mecs du coin. » Même June l'avait fait taire. Pourtant, Susan savait qu'il avait dit ça pour la consoler, pour montrer qu'ils avaient fait tout ce qu'ils pouvaient pour le petit. Ils n'avaient pas lésiné, ils lui avaient fait un superbe cadeau d'adieu, comme disait Ivy. Mais pour aller où, putain ? Où c'est qu'ils l'avaient envoyé ? Comme ça, tout seul, sans sa mère ?

C'était quoi, un Dieu capable de faire des choses pareilles ?

Son visage, d'un coup, se détendit.

C'était bien le même Dieu qui lui avait donné Barry Dalston, non ? Dire qu'elle avait prié comme une folle pour l'avoir, non, mais quelle idiote !

La cérémonie devait être terminée, maintenant, les gens avaient l'air soulagé. Barry s'approcha d'elle et posa une main sur son épaule. Il pleurait. Tous les voisins l'observaient, Maud et toute sa bande de copines aux aguets : des rats autour d'un cadavre.

– Casse-toi, Barry.

Susan avait parlé à voix basse, mais assez distinctement pour qu'on l'entende. C'est à ce moment-là qu'elle craqua, éclata en sanglots. A cause de son odeur, ce parfum qu'elle avait tant aimé, un mélange d'Old Spice, de clopes, de brillantine et de fish'n chips.

Autrefois, elle aurait tout donné pour l'avoir auprès d'elle : il la protégeait, elle l'aimait, elle le voulait. Aujourd'hui, elle pleurait son enfant et sa jeunesse perdue, ce ne seraient jamais des souvenirs heureux. Barry, son unique lueur dans ce tunnel, le bonheur, enfin, après la vie avec Joey et June. Son repère, son but si longtemps. Un vrai mirage, oui.

Elle le laissa pourtant la serrer fort dans ses bras. Ce n'était ni le moment ni le lieu de faire une crise de nerfs, quel que soit son désir de lui faire honte. Après tout, les voisins étaient à l'affût, inutile de nourrir leur curiosité malsaine.

Malgré sa désillusion et son écœurement total, Susan Dalston se remettait dans les rails.

Elle se réveilla au milieu de la nuit. Le réverbère, en face, baignait la chambre de sa lumière chaude et apaisante, mais elle se sentait une brûlure épouvantable dans les seins.

Le lait suintait de ses mamelons endoloris, elle était chaude, elle était malade.

Barry était agenouillé près du lit. C'était lui qui l'avait réveillée, qui l'avait sortie de ces rêves bénis qui étouffaient sa douleur. Les somnifères, quelle belle invention.

– Tu chercherais quand même pas la bagatelle, non ?

Elle avait parlé d'une voix plate qui résonnait dans la maison silencieuse.

– Je t'aime, Susan Dalston, je t'aime plus que tout au monde.

Il avait la voix chargée de chagrin, de son chagrin. Du pipeau. Susan ne prit même pas la peine de répondre.

– Si tu savais comme je regrette, Susan. Crois-moi, je suis tellement désolé. Tout est de ma faute, mais c'est cet enfoiré de Joey, tu dois me croire. C'est lui qui m'a entraîné, qui m'a fait picoler. Quand je me suis réveillé, le lendemain matin, j'étais dans le même lit que lui, avec deux gonzesses…

Il pleurait. Pour de vrai, cette fois.

Susan se sentait loin, totalement détachée.

– Ici, dans mon lit ? C'est ça que t'es en train de me dire ?

Elle sentit qu'il hochait la tête, qu'il essayait d'arranger les choses, de se montrer sincère.

– Rien que des tapineuses, des vieilles putes, ma chérie. C'est pas important, pas comme nous. Nous deux, c'est du sérieux. Je t'aime. J'en ai rien à foutre de ces deux pétasses.

Susan s'entendit répondre sur un ton ironique :

– Ravie de l'entendre. Je peux me rendormir maintenant ?

Barry posa sa tête contre son ventre, son gros ventre si doux, si flasque, couvert de vergetures.

– S'te plaît, Susan, me laisse pas tomber. Arrête de me repousser, moi aussi j'ai mal.

Immobile, les yeux ouverts dans l'obscurité, elle réprima de toutes ses forces l'envie de lui broyer la tête entre ses deux cuisses.

Pourtant, Dieu sait qu'avant elle avait aimé le sentir si près, sentir sa langue la caresser. Elle avait failli céder, se laisser envahir par une vague de bons sentiments. Heureusement, elle s'était retenue. Ç'aurait été trahir son enfant mort.

Barry avait presque réussi à lui faire aimer la baise. Une fois ou deux, il avait failli taper dans le mille. Mais elle refusé de se laisser aller, elle avait refusé de connaître ce qui rendait les gens complètement dingues, ce qui les poussait à faire des trucs avec de parfaits inconnus, histoire de satisfaire une pulsion primaire.

« J'tire un coup et j'me casse » : un des mots favoris de Barry. Il y en avait eu au moins une qui en avait bien profité et qui lui avait laissé un joli cadeau… Elle en avait plein le dos, Susan Dalston, du cul et compagnie.

– Laisse-moi dormir, Bal, s'il te plaît.

Il l'étreignit d'une façon désespérée.

– Susan… je t'en supplie. Je t'aime, chérie. Pour de vrai. On peut tout recommencer. Je vais changer, je te promets. Tu seras fière de moi. Je te le jure, je toucherai plus à aucune autre femme, plus jamais. Je te le jure, sur la tombe de Jason.

Elle se redressa, le visage grave, impassible.

– Pas ça, Barry Dalston, pas sur la tombe du petit. Tu promets des choses que t'es pas capable de tenir. T'es comme mon père : baiser, baiser, c'est tout ce que vous savez faire. Au propre comme au figuré. Tous les deux vous m'avez baisée, je dis bien baisée, et dans tous les sens du terme. Alors, s'il te plaît, laisse le petit en dehors de tout ça. Ne le salis pas plus que tu ne l'as fait. C'est toi qui l'as tué. Dis-le-toi, une bonne fois pour toutes. Alors, fous-moi la paix, j'ai envie de dormir. Point à la ligne.

Elle se rallongea et il se colla contre elle, la tête sur son ventre si doux. Il avait besoin de sa fraîcheur pour se refaire.

C'était une perle, Susan, il fallait le reconnaître. Aussi propre que sa maison. Aimante, bonne comme le bon pain, une maîtresse de maison parfaite. Il aurait pu tomber plus mal, sur une Frances ou sur une Debbie par exemple, qui l'auraient épousé sans pour autant cesser d'allumer dans tous les coins, exactement comme June. Elles avaient besoin qu'on les désire, ces filles-là, qu'on les drague. Elles étaient bien trop connes pour faire la différence entre le cul et l'amour.

Elles se considéraient que comme des objets sexuels et ça les rendaient malheureuses, parce que, une fois qu'elles étaient en ménage, c'était une escalade infinie pour qu'elles prennent leur pied. Il leur fallait des inconnus, qui les utilisaient un moment et leur servaient les conneries qu'elles demandaient.

Tout le contraire de sa Susan, avec sa vilaine gueule et son corps encombrant, qui lui donnait tout sans jamais rien demander en retour. Pas la peine de lui payer à boire ou de lui débiter des fadaises, elle était là, tout simplement. Elle l'attendait, lui, et personne d'autre.

Pour la première fois de sa vie, il comprit ce que le mot « loyauté » voulait dire.

Barry Dalston, le dur, le méchant truand, le père éploré, s'accrochait à sa jeune femme comme à une planche de salut.

Dix jours plus tard, Susan s'habillait pour assister à un nouvel enterrement. Cette fois, c'était Frances, sa cousine, qu'on mettait en terre. A part les proches, personne ne savait pourquoi elle s'était foutue en l'air.

Frances était allée jusqu'à Aveley, dans l'Essex, pour se pendre, à un arbre de Belhus Park. Ils s'y étaient tous rendus, enfants, en visite à une vieille parente depuis longtemps décédée et oubliée.

Trop préoccupée par l'enterrement et les sentiments mêlés qu'il lui inspirait, Susan ne remarqua pas l'entrefilet dans le *Daily Mirror* : une prostituée du Valbon, à Soho, avait été battue à mort et son corps abandonné sur un tas d'ordures dans Gerrard Street.

Barry, lui, l'avait lu et relu. Les dettes, pour lui, ça devait se régler sans débourser un liard. Il y croyait dur comme fer.

Frances s'était fichue en l'air à cause du môme et de toute cette souffrance qu'elle avait causée. Bien. L'autre nana, il avait fallu l'aider à passer l'arme à gauche, d'accord, mais, franchement, ça en valait le coup.

Il lui avait fait payer la mort de son fils. Il avait trouvé les coupables et les avait punis. Quel soulagement ! Quelqu'un devait payer. Comme d'habitude, ce ne serait pas lui.

Après l'enterrement, il saisit la main de Susan, qui le fixa rapidement dans les yeux.

– T'as presque l'air heureux, Barry.

Il secoua la tête et reprit son visage de deuil.

– Je suis heureux parce que je t'ai retrouvée, ma biche, c'est tout.

Il sourit en l'attirant dans ses bras. Le plus triste, c'est qu'il y croyait sincèrement. Il était comme ça, le mari de Susan Dalston.

En quittant le cimetière, en état de choc, épuisée de souffrance, Susan sentit comme une lueur d'espoir éclairer l'avenir. Leur avenir.

« Enfin, se dit-elle, il fait attention à moi. C'est toujours un début. »

Le soleil était haut dans le ciel et la lumière, dorée. La vie bourgeonnait de partout. Les enfants jouaient, les fleurs s'ouvraient, les gens vaquaient à leurs affaires.

« Au moins, se dit Susan, alors que son mari l'aidait à monter dans la voiture, ça pourrait pas être pire. »

En démarrant, Barry se pencha vers elle et l'embrassa sur la bouche. Pour la première fois depuis très longtemps, elle lui sourit.

Il était pardonné.

Du coin de l'œil, il aperçut Doreen qui les observait. En démarrant, il mit sa main derrière la tête de Susan et fit un doigt d'honneur.

– Je mets la radio, ma puce, histoire de se remonter le moral ?

Susan acquiesça d'un air absent. Elle pensait à l'enterrement, à Frances. Elle ne vit pas Doreen grimacer et rendre d'un bras vigoureux son geste à Barry.

Barry, lui, n'en avait rien perdu. L'image était enregistrée dans ses archives personnelles.

II

1969

La vérité est cruelle, mais on peut l'aimer,
Car elle libère ceux qui l'ont aimée.

George SANTAYANA (1863-1952)

Il n'existe pas de paix, dit mon Dieu, pour les méchants.

Isaïe, LVII, 21.

Le foyer, c'est une prison pour les filles
et le bagne pour les femmes.

George Bernard SHAW (1856-1950),
L'Homme et le surhomme, 1903.

14

– Tu le fais taire, ce putain de lardon, oui ou merde ?

Barry hurlait plus fort encore que le bébé. Susan faisait les cent pas dans la chambre à côté et tentait de calmer son enfant en lui tapotant le dos.

Wendy faisait ses dents et ça la contrariait. Cette petite semblait être arrivée dans un monde profondément contrariant, et elle tenait à le faire savoir.

Depuis sa naissance, elle ne savait faire qu'une chose : pleurer.

D'après le médecin, c'était la colique. Susan était du même avis, mais, pour Barry, cette enfant était un cadeau du Diable. Il en était très mécontent. Pour corser les choses, quand il arrivait que Wendy se calme, la simple vue de son père suffisait à déclencher un vacarme digne de la Troisième Guerre mondiale.

Wendy Kathryn Dalston n'aimait pas son père. Susan ne la trouvait pas dénuée de jugement.

Barry supportait de moins en moins les hurlements nocturnes de sa fille. Susan se demandait souvent qui, de Wendy et de Barry, était le plus bruyant. Quoi qu'il en soit, elle, en tout cas, elle en avait plein les oreilles.

Wendy, son trésor, ses grands beaux yeux bleus qui la faisaient fondre. Cette enfant deviendrait une beauté, elle l'adorait sans réserves, elle était tout pour elle. Barry l'avait senti dès la naissance de la petite et en avait conçu une jalousie qu'il aurait dû réprimer – ce dont, hélas, il était incapable.

Wendy accaparait tout le temps, la patience et l'amour de sa mère.

Barry sortit du lit, passa dans la chambre d'à côté et arracha presque la petite des bras de Susan.

– Mais remets-la dans son berceau, putain ! Tu la pourris, cette pisseuse. Laisse-la pleurer, bordel, Susan, qu'on passe une nuit tranquille, merde !

Perturbé par ses cris et par la tension ambiante, sentant la peur raidir le corps de sa mère, le bébé se mit à pousser des hurlements stridents.

Susan la serra plus fort sur son cœur.

– C'est l'heure de la tétée, Barry. Laisse-la un peu tranquille. Si tu crois qu'à quatre mois elle sait l'heure qu'il est !

Susan se cramponnait à sa petite comme à la vie. Barry tenta une nouvelle fois de la lui arracher.

– Si tu continues, Barry, tu vas lui faire mal et tu entendras parler de moi, je te préviens.

Elle avait parlé sans réfléchir, d'instinct, comme une mère qui défend son petit. Barry lui lança un long regard qui lui glaça les sangs.

– Ecoute-moi, Bal, s'te plaît, écoute…

Le coup de poing la prit si fort au dépourvu qu'elle trébucha contre le berceau et faillit lâcher le bébé.

Son arcade sourcilière éclata, le sang jaillit, les larmes lui montèrent aux yeux. Barry contemplait la scène comme un film au ralenti. Il avait frappé fort, comme sur un homme. A peine avait-il levé le poing qu'il avait compris qu'il faisait une connerie.

Wendy était à présent mortellement silencieuse. Ses parents la regardèrent : du sang avait giclé sur son visage, ils crurent tous deux qu'elle était blessée.

– Espèce de salaud, qu'est-ce que tu lui as fait ?

Ce silence était effrayant, ce calme anormal. Et puis, soudain, Wendy leur fit un sourire béat, magnifique, et Susan sentit se desserrer l'étau dans sa poitrine.

Barry regarda la petite : pas d'erreur, c'était bien sa fille. Elle lui ressemblait tellement que c'en était agaçant. Il se sentit soulagé par ce sourire, par le sang et par la morve qui lui coulait du nez, soulagé comme après s'être senti coupable. Il avait cru une seconde lui avoir fait mal, et c'était bien la pire chose qui puisse arriver. Le problème n'était pas que ce soit moralement condamnable, mais plutôt que, dans le Milieu, blesser un enfant vous valait le mépris et le banc de touche. Battre comme plâtre un enfant en âge d'aller à l'école, d'accord, mais un bébé... Un bébé, c'était une source de joie pour tout le monde – sauf pour ses parents, la plupart du temps.

Barry en avait marre d'entendre les gens faire les louanges de Susan et de ses dons pour la maternité. « Une vraie perle », avait dit Davey Davidson. Mieux, sa femme se perdait en compliments sur leur ravissante petite fille et leur maison impeccable. A croire que Susan était née pour être mère, ce qui ne laissait pas de surprendre quand on connaissait June et son triste passé. C'était comme inné.

Même Kate, la propre mère de Barry, adorait Susan, « une perle jetée aux cochons », « une fleur sur un tas de fumier ». Dans sa vieille chemise de nuit, avec sa face de lune et son gros ventre, Susan ne lui inspirait pourtant que du dégoût. Elle avait encore les seins gonflés de lait, ça fuyait de partout, et cette chiarde qui lui pendait aux mamelons matin, midi et soir ! « Nourrie à la demande », disait Susan. « Pourrie à la demande », oui, répliquait Barry, mais il aurait pu aussi bien pisser dans un violon.

Ce que Wendy Dalston voulait, Wendy Dalston l'obtenait. Des câlins, du lait, de l'attention, une clope même, tout ce qu'elle demandait, elle l'avait.

A son avis, Susan était en train de se tailler un bâton pour se faire battre, mais bon, il avait toujours la peur au ventre, alors il prit l'enfant des bras de sa mère et se mit à la bercer. Pour une fois, Wendy se laissa faire, comme épuisée par le choc et le bruit. Elle leva les yeux vers son père et sourit à nouveau, un grand sourire édenté à vous faire fondre sur place.

Barry s'amusa à la jeter en l'air quelques minutes, s'émerveillant de sentir son petit corps venir se blottir dans ses

Tout le monde se gondola et Barry, conscient d'avoir fait une gaffe, ricana prudemment.

– Mais June, y en a pas deux comme elle, ou j'me trompe ?

Joey acquiesça sagement.

– On peut dire ça comme ça.

– Bon, on commande à bouffer et on picole sérieusement. Il est à peine une heure et demie, on a toute la journée devant nous.

Joey hocha la tête, manifestement préoccupé. A trois heures, il était d'humeur belliqueuse. A quatre et demie, il était prêt au meurtre. George Derby l'avait poussé à bout, mais Barry connaissait la chanson et savait comment le remonter. A son avis, ils devaient éliminer Derby, histoire de marquer le coup publiquement.

En un mot, il fallait faire savoir que quiconque était assez con pour venir les chatouiller se ferait rayer de la carte. Et sans état d'âme pour personne : ni pour le mec en question, ni pour son employeur.

L'œil de Susan lui faisait mal. En fait, il lui aurait fallu quelques points de suture. Elle se regarda dans le miroir. Totalement déprimant. Nue, n'en parlons pas, c'était carrément horrible. Déjà qu'elle n'avait jamais été bien jolie, mais là, elle était grotesque, avec son œil au beurre noir enflé. L'ecchymose gagnait tout le visage et la rendait encore plus moche que d'habitude.

– Va te faire foutre, Barry Dalston, lança-t-elle dans la pièce vide.

Leur chambre était ravissante. Susan y avait consacré beaucoup de temps, s'imaginant le dimanche matin dans les bras de Barry, à faire l'amour ou à jouer avec les petits.

– Tu lis trop de bouquins et tu réfléchis pas assez, Susan Dalston.

Elle parlait toute seule, ça soulageait sa détresse. Allongée sur le lit, Wendy gazouillait inlassablement.

– Tu parles toute seule, ma chérie ?

Elle interrogea du regard la petite, qui lui répondit en roucoulant de plaisir. Susan adorait son bébé, elle en était folle.

Comme d'habitude dès qu'elle s'approchait de Wendy, Susan sentait une montée de lait. Ce Barry et ses biberons… Elle sourit.

Elle prit Wendy dans ses bras, la plaça doucement contre son sein et sentit la douceur des ses lèvres qui cherchaient le sein, puis le pincement des petites gencives sur ses mamelons douloureux. Elle la tenait doucement, la laissait téter à son rythme, caressait sa petite tête duveteuse et lui couvrait les pieds et les doigts de baisers.

Aux anges, Wendy se prélassait dans les bras généreux de sa mère, rassurée par ces odeurs et ces goûts familiers, par cet amour enveloppant qui accompagnait la tétée.

Susan chantonnait, elle fredonnait doucement tandis que la petite se blottissait tendrement contre elle.

Susan l'embrassait, hésitant à la changer tout de suite, lorsqu'elle entendit Barry entrer dans la maison comme un bolide. Il claqua la porte de la cuisine, grimpa les escaliers et apparut sur le seuil de la chambre avant même qu'elle ait eu le temps de bouger.

Il les regarda, hébété, pendant quelques secondes, les yeux plissés par la rage.

– Je t'ai attendu, Bal, mais il a bien fallu que je la nourrisse, elle avait faim.

Il la regarda encore, sans mot dire.

Susan se leva pour poser le bébé dans son couffin, à côté du lit, et fit face à son mari.

– Tu le fais exprès, hein ? Je t'ai dit quelque chose, mais toi, bordel, t'écoutes rien.

Il parlait d'un ton furieux mais résigné, comme s'il s'était attendu à ce qui venait d'arriver.

– Putain, merde à la fin ! Je quitte le boulot pour donner le biberon à ma fille, et toi, tu t'en mêles, t'es incapable d'attendre une seule seconde…

– Bon sang, Barry, il est deux heures du matin. T'es parti depuis hier, huit heures et demie. J'étais supposée faire quoi, moi ? La laisser crever de faim ?

Elle l'avait dit, enfin, mais comme en s'excusant.

Il la jaugea du regard.

– Non, mais regarde-toi, Susan, t'as l'air d'une grosse vache, avec tes mamelles et tes vergetures. Tu crois que c'est de ça que j'ai envie, quand je rentre ? De retrouver une sale truie bien grasse et puante comme toi ? Si tu crois que ça me fait envie, tu te fourres le doigt dans l'œil jusqu'au coude. Tu me fais gerber, oui, voilà tout l'effet que tu me fais.

Susan ferma les yeux de désespoir. Wendy s'était remise à pleurer, crescendo. Par réflexe, Susan se pencha sur le couffin posé par terre.

– Laisse-la tranquille. Elle est assez pourrie comme ça.

Elle se redressa et l'implora du regard.

– Commence pas, Bal, pas ce soir, s'il te plaît.

Il l'examina, regarda son ventre et ses seins. Ces seins qu'il avait tant aimés. En s'approchant du bébé, Susan sentit le lait couler, il montait, ça la brûlait. Elle se sentait d'autant plus mal qu'elle savait ce que cela augurait.

– Nom de Dieu, Susan, mais qu'est-ce que t'es moche !

Susan se pencha vers sa fille, mais Barry lui flanqua une telle gifle que le bruit couvrit les pleurs de la petite. S'avançant vers elle, il lui plaqua le visage contre le lit, lui glissa un oreiller sous le ventre et s'agenouilla derrière elle.

– Rien que de voir ta tête, je débande.

Il sortit son pénis, déjà gonflé et rigide, et la pénétra violemment. Susan poussa un grognement.

– Vas-y, espèce de truie, tu peux grogner, connasse.

Il la labourait avec brutalité, ses doigts lui cisaillaient les fesses comme des lames de couteaux. Elle se tourna sur le côté et se vit dans la glace de la coiffeuse : Barry, toujours en pantalon et en chemise, le visage écarlate, occupé à la ramoner, ses seins écrasés sur le coussin, lourds du lait qu'elle sentait goutter.

Barry parlait, râlait à l'approche de l'orgasme. Le rythme changea, et Susan soupira de soulagement. Le bébé poussa alors un hurlement strident, assourdissant. Comme elle aurait aimé pouvoir lui faire la peau et, enfin, consoler sa petite !

Barry gueulait, haineux en la chevauchant :

– T'es qu'une grosse pute immonde, Susan ! Tu devrais être salement contente d'être devenue ma femme ! Qui c'est qu'aurait voulu de toi, hein ? Qui c'est qui t'aurait fait des gosses ?

Il lui attrapa les cheveux et lui tira la tête en arrière. La douleur devenait insupportable.

– T'es bien comme ma mère, tiens ! Tu crois que ta merde elle sent la rose, peut-être ? Ben, non, figure-toi. Tu pues, tu schlingues, t'es qu'une sale pute, tu m'entends...

Il jouissait. Elle le sentit trembler, lui lâcher les cheveux. Enfin, c'était fini. Merci, mon Dieu.

Elle se dégagea, éreintée. Secouée de sanglots nerveux, Wendy pleurait toujours. Susan se leva pour rejoindre sa fille : Barry allait la laisser tranquille, maintenant qu'il avait eu ce qu'il voulait.

Elle se trompait.

Les premiers coups tombèrent, lourds, mais encore supportables. Assise au bord du lit, les mains sur le visage, Susan tentait de se protéger du mieux qu'elle pouvait. Barry avait les poings et les dents serrés, les jointures exsangues, son beau visage déformé par une horrible grimace de dégoût. Susan était terrifiée.

Il en était au point où plus rien ne pouvait plus l'atteindre. Tout le monde risquait de morfler, même la gosse.

Elle courut dans la chambre de Wendy et s'accroupit près du berceau en se protégeant du mieux qu'elle pouvait. Il la roua de coups de pieds, de coups de poings et l'insulta jusqu'à l'épuisement. Susan n'était plus qu'un amas de chair sanguinolente.

Sa colère s'évanouit, et il perçut de nouveau les cris de Wendy. Il entendit aussi qu'on frappait quelque part et crut que c'était Susan qui tapait du pied. Mais non, ça venait de la porte de derrière. Ouf ! Les flics seraient passés par la porte d'entrée.

Il se pencha sur sa jeune femme : un vrai merdier, fallait bien l'avouer. Puis il alla à la fenêtre et jura entre ses dents :

Doreen était dehors, en chemise de nuit, une grosse poêle à frire à la main.

– Je sais que t'es là, espèce de salaud ! Laisse Susan tranquille et sors de là. Tu vas voir ce que tu vas voir, espèce de couilles molles !

Les cris de Wendy lui vrillaient le crâne. Il se retint de filer un coup de pied dans le couffin, de la faire dinguer dans l'escalier. Qu'elle la ferme, cette chieuse !

Il se contenta de faire glisser le couffin d'un vigoureux plat du pied. Peine perdue, Wendy hurlait de plus belle.

Comme Doreen, d'ailleurs, qui en perdait la voix.

– Donne-moi ce bébé, salaud, je l'entends ! Elle est où, Susan ? Qu'est-ce que tu lui as fait ? J'ai appelé les flics, connard, ils arrivent.

Barry retourna auprès de Susan, qui était toujours par terre, et se rendit compte qu'elle ne bougeait plus. La peur le saisit. Un instant, il crut qu'il l'avait tuée.

Il dévala les escaliers, ouvrit la porte de derrière et, écartant Doreen, fila dans la nuit, poursuivi par les cris de sa voisine. La peur lui donnait des ailes.

Toutes les lumières étaient allumées. Saleté de Doreen, elle avait alerté tout le quartier. Pas une seconde il ne pensa que ça pouvait être de sa faute. Ses cris à lui, les hurlements de la petite, tout ça, c'était la faute de Susan, pas la sienne.

Doreen se précipita dans la chambre et attrapa Wendy. Tout doucement, en lui parlant pour la calmer, elle vérifia que tout allait bien. La chambre de Susan était mitoyenne de la sienne, elle avait tout entendu, comme si elle y était. Elle avait peur pour son amie. Une fois la petite calmée, réconfortée, elle se mit en quête de son amie.

Allongée sur le plancher, Susan était méconnaissable. Il y avait du sang partout, sur le berceau, sur les murs. Doreen se sentit envahie par une haine, intense. Barry avait bien fait de disparaître : elle ne savait pas de quoi elle aurait été capable.

Susan était consciente, mais manifestement commotionnée. Couverte de sang séché, couleur de rouille, et du sang frais qui coulait de ses plaies ouvertes, elle tenta de se relever en s'agrippant au mur.

– Susan, Susan, ma pauvre chérie. Qu'est-ce qu'il a encore fait ?

Doreen posa le bébé sur le sol près de la porte et tenta d'aider Susan à regagner sa chambre et à s'allonger confortablement. Ça leur prit un temps infini. Incapable de coordonner ses mouvements, Susan marchait avec des semelles de plomb.

Doreen alla reprendre la petite Wendy, enfin calme, et la coucha dans son couffin. Elle examina son amie avec appréhension. Le corps de Susan n'était qu'une plaie, des pieds à la tête. Elle devait voir un médecin, aller à l'hôpital. Elle regrettait de ne pas avoir appelé la police. Ils auraient pu empêcher Barry de la tabasser à ce point.

La loi de l'East End l'en avait dissuadée. On n'appelle pas les flics pour *n'importe quoi*. Ça ne se fait pas. Les gens règlent eux-mêmes leurs problèmes. Ce qui, pour Susan, en l'occurrence, n'avait rien d'évident.

Elle décrocha le téléphone et appela Kate, puis June sans trop savoir pourquoi. Peut-être l'état de sa fille lui ferait-il assez pitié pour la convaincre de faire bouger Joey. Doreen n'y croyait pas trop, à vrai dire.

Elle finit par appeler un médecin taciturne qu'elle avait connu quand elle faisait le trottoir. En moins d'une heure, il était là.

Barry avait piqué une bagnole, une caisse de luxe, une Zéphir bleu pâle avec une radiocassette à huit pistes. Il commença par faire un tour en écoutant Elvis chanter « *Are You Lonesome Tonight ?* » et en s'apitoyant sur son sort.

Puis il eut une illumination, s'arrêta devant une cabine téléphonique et appela Joey. Qui décrocha illico, et répondit d'une voix pâteuse et menaçante.

– Qu'est-ce que tu lui as encore fait, à ma Susan ? June vient de partir en taxi vers ta baraque de merde. Cette connasse de Doreen lui a filé un coup de bigo.

– L'avait besoin d'une correction. Ecoute, j'ai une idée géniale pour baiser ce branleur de George Derby. T'es partant ? T'as envie qu'on lui règle son compte, oui ou non ?

Il était agressif, comme si Joey lui-même n'envisageait pas de représailles. Mais, vu le taux d'alcool que son beau-père avait dans le sang, il allait mordre à l'hameçon.

– Qu'est-ce que tu crois, évidemment que je veux lui régler son compte.

– Alors, prépare-toi, je te prends au passage. Tu vas voir, ça va te plaire, mon vieux, tu vas prendre ton pied.

Il reposa le combiné et se dirigea vers l'immeuble où vivait Joey. Quand ils auraient fini le boulot, personne n'oserait plus les prendre pour des cons. Ce soir, Barry allait se tailler une réputation. La sienne. Il allait se la bâtir, sa légende.

Avec le concours de Joey, bien sûr. Son beau-père allait entrer dans un pacte démoniaque, qui les lierait à jamais.

Aucun doute là-dessus.

George Derby était bon mari et bon père. Il aimait sa jeune femme et ses mômes. D'autant plus qu'il s'était marié tard.

Il était au lit, sa femme blottie contre lui. Leurs trois enfants, Maxine, sept ans, Georgie, cinq ans, et Caroline, deux ans, étaient, eux aussi, profondément endormis.

Georgie rêvait qu'un gros chien noir lui courait après, un chien mauvais, avec des crocs capables de broyer le crâne de ses petits enfants. Soudain, le chien se mit à cracher des flammes, ça sentait le brûlé, Georgie les entendit craquer, elles l'atteignaient, le chien en crachait encore et encore…

Il se réveilla en sursaut. Sa femme hurlait, de plus en plus fort. La maison était en feu, elle brûlait. Son cauchemar était devenu réalité.

Il bondit, tira sa femme du lit et tenta de lui faire franchir la porte de la chambre. Pétrifiée, comme paralysée, elle lui criait d'aller chercher les enfants, de sauver les bébés. Il se précipita hors de la chambre et se plaqua une main sur la bouche. Le palier était noir de fumée, mais il réussit à attraper ses enfants en pleurs, à les amener près de leur mère.

Natalie avait ouvert la fenêtre. Les voisins, massés dehors, criaient qu'ils avaient appelé la police, qu'il ne fallait pas s'inquiéter, il n'y avait plus qu'à attendre. Sa plus jeune fille était asthmatique, elle toussait, son minuscule thorax se soulevant avec difficulté tant elle peinait à trouver sa respiration.

En regardant par la fenêtre pour guetter les pompiers et l'ambulance, Georgie aperçut Barry et Joey. Appuyés sur une voiture bleue, ils lui faisaient des signes, l'air détendu.

Immédiatement, il comprit ce qui venait de se passer. La peur lui serra la poitrine. Ils auraient pu tuer ses gosses. Et tout ça pour du fric. Ils auraient pris des vies innocentes. Georgie avait beau être un dur, jamais, au grand jamais, il n'aurait fait une chose pareille. Mais, à vrai dire, il ne leur rendrait pas la monnaie de leur pièce. Ce serait fatal à sa femme et ses enfants.

Joey McNamara était quelqu'un avec qui il fallait compter. Il le savait, mais, en s'associant avec les Winter, il avait cru pouvoir le mettre un peu au placard. Et voilà qu'ils étaient sur le pied de guerre, une guerre où, sans doute, il n'y aurait pas de vainqueur.

Sa petite fille s'écroula dans les bras de sa mère. Il se précipita pour la soutenir, mais trop tard. Elle était morte. Il l'avait compris d'instinct.

Caroline avait toujours été une enfant fragile. Et elle était morte, tuée par deux types qui n'avaient pas la moindre idée de l'amour qu'il portait à cette petite, ni à quel point il tenait à sa famille et à leur vie tous ensemble.

Il les tuerait, c'était certain. Il les enverrait à la morgue, tous les deux. Ils avaient détruit son enfant, il ne pouvait pas laisser faire ça sans réagir.

Sa maison avait brûlé, sa femme ne serait plus jamais la même. En une heure, Georgie avait perdu tout ce qui faisait le sel de sa vie. Par la faute de deux types qui voulaient imposer leur propre loi.

Il allait attendre, les guetter. Il se vengerait, rien de plus sûr. Aussi sûr qu'il s'appelait Derby, ce nom qu'il allait graver sur la tombe de sa fille.

Sa femme hurlait à la mort. Il fallait qu'il mette sa haine de côté haine et la consoler. Mais Georgie avait bonne mémoire et, avec lui, le meilleur des alliés : le temps.

Susan se réveilla à l'hôpital de Whitechapel. Doreen était auprès d'elle, tenant une Wendy souriante dans les bras. Percluse de douleurs et ravagée de savoir que c'était l'œuvre de son mari, Susan ne pouvait pas bouger.

Barry Dalston, son mari, cet homme qu'elle avait aimé de toute son âme.

– Ça va, ma grande ?

Doreen parlait d'une voix douce, soucieuse.

Susan ébaucha un sourire.

– Je vais survivre, c'est ça ?

C'était une blague. De mauvais goût, mais une blague quand même.

– Comment elle va, ma poupée ?

Elle tenta d'attraper la main de sa fille, mais l'effort était trop pénible.

– Putain, qu'est-ce que j'ai mal ! Et Barry ?

Doreen ne répondit rien : les fleurs dont la pièce était pleine parlaient d'elles-mêmes.

– Le salaud, il sait que je déteste les chrysanthèmes. Ça fait combien de temps que je suis là ?

Doreen sourit avec douceur.

– Quatre jours, Susan. T'inquiète, c'est moi qui me suis occupée de la gosse. J'ai dit à ta mère que t'avais insisté, avant de tomber dans les pommes. J'ai pensé que t'aurais pas envie qu'elle s'en charge. En revanche, Kate a été super.

– Quatre jours ! Ça fait si longtemps que ça !

– Barry leur a dit que t'étais tombée dans l'escalier. Je crois qu'ils ont avalé la couleuvre, mais je te garantis rien. Personne n'a rien dit, en fait.

Susan acquiesça. Une femme avertie en vaut deux.

– Je vais laisser venir. Je me rappelle pas tout, mais suffisamment quand même, dit-elle tristement. J'imagine qu'il va passer me voir, tout doux, tout gentil.

Doreen secoua la tête.

– C'est ça. Ils l'ont arrêté hier, pour meurtre et incendie criminel. Avec ton père.

Oubliant sa douleur, Susan écarquilla les yeux.

– Qui c'est qu'ils ont tué ?
– La petite d'un certain Derby. Elle est morte asphyxiée.
– Elle avait quel âge ?
Doreen ne put maîtriser le tremblement de sa voix.
– Deux ans tout juste, Sue, c'était un bébé.
Susan hocha la tête avec tristesse. Elles se turent de nouveau. Il n'y avait rien à dire. Elles étaient noyées dans leurs pensées, dégoûtées, navrées pour la famille endeuillée. Wendy se mit à pleurer et Susan la regarda comme pour la première fois. Elle se redressa sur le lit, prit son enfant dans ses bras et la serra tellement fort que la petite se mit à hurler.

Dans sa douleur, Susan comprit qu'elle s'était engagée dans une guerre, une guerre perdue d'avance, mais où elle pourrait quand même mener quelques batailles, pour l'amour de sa fille. Barry était capable de tout pour parvenir à ses fins. Y compris de sacrifier un enfant innocent.

Au bout de deux jours, il sortit, les mains libres. Dix jours plus tard, on retrouva le cadavre de George Derby, la gorge tranchée. Joey et Barry s'en tiraient, une fois de plus. Indemnes.

Repentant, Barry réserva à Susan un traitement digne d'une reine. Quand elle se rendit compte qu'elle était enceinte, elle eut envie d'en finir, définitivement. Barry, lui, était au septième ciel : c'était bien la preuve de la santé de leur ménage, de leur famille. Pour Susan, c'était un clou de plus à son cercueil. Ce cercueil qu'elle s'était fabriqué.

Car Barry, désormais, ne connaissait plus de limite.

15

Susan avait mal, très mal. Son corps tout entier, les nerfs à vif, semblait hurler sa souffrance. En caressant la tête du petit Barry, elle souhaita pour la millionième fois la mort de son père, Barry Senior.

Elle le regardait arpenter la petite maison, le visage cramoisi de rage, le corps tendu comme un ressort, fou d'agressivité rentrée, la bouche crachant un flot continu d'obscénités. Elle l'imaginait couché dans sa tombe. C'était devenu sa planche de survie. Parfois, en passant l'aspirateur ou en s'occupant des trois petits en son absence, sa bienheureuse absence, elle en rêvait avec délectation.

La police cognerait à la porte et, au lieu de lui demander où était son mari pour l'emmener au poste, ils resteraient sur le seuil, la casquette à la main, et l'informeraient d'un ton solennel que son époux, le père de ses trois enfants, venait de décéder. Ou alors, il disparaissait dans des circonstances atroces, tout dépendait du degré de haine qu'elle ressentait sur le moment. Il succombait d'une balle dans la tête ou le cœur transpercé d'une flèche d'arbalète. Une fois, même, elle avait rêvé qu'il avait brûlé vif, ça l'avait effrayée. En général, elle se contentait d'imaginer qu'il mourait dans un accident de la route. Sans collision, pas la peine, juste contre un platane, tout bêtement.

Quand elle était de bonne humeur, elle se racontait qu'il avait pris une assurance-vie et qu'elle touchait un gros pactole. Le rêve prenait alors des proportions hollywoodiennes, elle se voyait devenue miraculeusement belle et mince, ses gosses, de vraies icônes de mode, voyageaient à travers le monde en bavardant gentiment avec David Bowie ou avec Mick Jagger.

Mais le rêve se dissipa : Barry lui disait quelque chose. Enfin, lui gueulait quelque chose, pour être précis.

– Ecoute, Bal, c'est pas ma faute si t'es dans la panade. Et c'est pas celle des gosses non plus. Alors, laisse-moi te préparer une bonne tasse de thé et un casse-croûte au bacon, d'accord ? Ça te permettra de te calmer un peu, d'y voir plus clair. Si t'es vraiment dans la dèche, t'as qu'à mettre ma quincaillerie au clou.

– Ferme-la, Susan, me pousse pas à bout, je te préviens.

Elle ferma les yeux, désespérée. Elle aurait vraiment pu se passer de ce genre de scène aujourd'hui. Demain, Wendy fêtait ses neufs ans, elle organisait un goûter. Si Barry la baffait ce soir, Susan aurait des marques, et il faudrait affronter les regards apitoyés des mamans.

Elle connaissait parfaitement le problème : il était fauché et devait du fric à tout le monde. Depuis la mort de Davey Davidson, Barry et son père étaient au purgatoire. Bannerman se rangeait des affaires et se tirait à l'étranger. Il avait dédommagé ses deux compères, qui s'étaient empressés de tout flamber, persuadés qu'on leur offrirait des boulots à la pelle. Sauf que ça ne s'était pas passé comme ça. En quelques années, ils s'étaient engueulés avec tous ceux qui étaient susceptibles de les employer. Même comme videurs, ils étaient grillés, parce que leur réputation les précédait et que personne ne voulait d'embrouilles. Pourtant, on venait de proposer à Barry un boulot de portier dans un club d'hôtesses. La décadence, franchement.

En outre, depuis la mort de la fillette de Derby, huit ans plus tôt, le quartier les avait mis en quarantaine. On les tolérait, mais sans les aimer. Barry s'en inquiétait mais lui mettait tout sur le paletot, évidemment.

Bizarrement, c'était le fait qu'il l'ait tabassée qui avait déclenché la haine des gens, avant même qu'ils apprennent la vérité sur la petite. Un soir, Joey et Barry s'étaient fait agresser par des types armés de battes de base-ball.

Grièvement blessés, ils n'avaient pas réussi à savoir qui avait commandité le coup. Pour Susan, c'était Bannerman, qui leur avait donné une leçon et, par la même occasion, avait calmé les frères Winter.

Elle en savait bien plus que son mari ne s'en doutait, s'arrangeant pour que sa mère la tienne au courant de tout. Elle voulait savoir à quoi s'attendre et, si possible, à quel moment. Il fallait qu'elle les défende, ses gosses, du mieux qu'elle pouvait.

En lui préparant son sandwich, Susan pria pour que Barry se calme. Il avait déjà réussi à mettre les gosses à cran et à virer Doreen de la maison. Celle-ci, dont la seule présence faisait sortir Barry de ses gonds, s'était exécutée sans discussion. S'il la haïssait, c'est qu'elle voyait clair en lui.

En matière d'hommes, Doreen était une experte. Rien d'étonnant, vu son palmarès. Susan sourit à cette pensée. Son jules du moment était un jeune serveur grec originaire de l'ouest de Londres, semblait-il. Doreen en rajoutait toujours en racontant sa vie amoureuse à Susan. Elle la faisait hurler de rire. Elle était tellement marrante que même June s'était radoucie. Elle était capable de rire et de faire rire aux dépens de tout et n'importe quoi – surtout des hommes, à vrai dire.

Récemment, elle était retournée sur le trottoir : il lui fallait du fric, maintenant que ses gosses grandissaient, et puis, elle avait des dettes. Parfois, Susan était tentée de faire la même chose : profiter des allocs, tapiner en ville et faire ce qu'elle voulait quand elle voulait. Ça lui semblait épatant, comme solution.

– Putain, il te faut toute la nuit pour un sandwich, ou quoi ?

Barry était derrière elle. En entendant le générique de *Blue Peter*[1], elle pria pour que les enfants puissent regarder leur émission tranquillement.

Attirée par la bonne odeur, Wendy entra en trombe dans la cuisine.

– Maman, j'ai faim.

1. Célèbre émission télévisée pour enfants.

Elle se figea devant l'expression de son père. Susan tenta de détendre l'atmosphère :

– Pas de problème, ma chérie, je te prépare quelque chose. En attendant, va regarder la télé.

Barry lui barra la route.

– T'as pas mangé, à l'école ?

Wendy, toute crinière châtain et grands yeux bleus, secoua la tête avec une grimace.

– J'aimais pas, c'était dégoûtant.

– C'était quoi, le menu ?

Barry parlait d'un ton badin, mais la petite ne s'y trompa pas.

– Des fish'n chips, c'est vendredi. Mais ça flottait dans la graisse, j'ai même pas pu les manger. Mamie Kate, elle dit que c'est parce que ma classe mange en dernier que tout est toujours trop cuit.

– Bon, si je comprends bien, on t'a offert un repas, un vrai repas, et tu l'as pas mangé.

Wendy hocha la tête avec solennité.

– C'était vraiment infect.

Alana, sept ans, fit irruption dans la cuisine. Avec ses cheveux noirs, elle était belle comme le jour. Elle ressemblait plus à son père que ses frère et sœurs.

– C'était de la merde, papa. Moi non plus, je l'ai pas mangé.

Elle le regarda droit dans les yeux avec un sourire, qu'il lui retourna.

– A ce point-là, ma princesse ? Dans ce cas, maman va vous préparer quelque chose.

Elle acquiesça et sortit en prenant sa sœur par la main. Elle profitait du faible que Barry avait pour elle pour adoucir la vie de Wendy qui, évidemment, faisait toujours tout de travers. Susan attribuait ça au fait que la petite lui ressemblait, en plus jolie.

– C'est bientôt Noël, Bal, si tu savais comme j'ai hâte d'y être !

Son ton faussement jovial lui fit horreur. Pourquoi prétendait-elle que tout allait bien, alors que c'était faux, archi faux ?

– Tu parles d'un pied ! Va peut-être falloir que tu te bouges le cul et que tu bosses, si ma situation change pas. On sait jamais, ça te ferait peut-être maigrir.

Susan regarda fixement l'homme à qui elle était unie. Il ne la laisserait jamais partir, aucun doute là-dessus. Elle lui fournissait tout : un foyer, le confort. Mais c'étaient *ses* enfants, *son* alliance, il le lui rappelait constamment. « Ma maison, ma voiture, ma femme. » Elle n'était même pas en tête de liste.

Susan lui était aussi utile qu'une montre ou un pull-over. Elle lui appartenait, comme le reste. Point barre.

Elle apportait les plats sur la table quand il l'attrapa par le devant de sa robe.

– C'est quoi, ça ?

Susan regarda dans l'évier et soupira. Elle avait vidé la théière et oublié de retirer les feuilles.

– Des feuilles de thé, Barry.

Elle avait monté le ton, ça suffisait pour aujourd'hui. Il approcha son visage du sien, elle sentit son souffle sur sa peau, vit la méchanceté dans son regard et ferma les yeux, désespérée. Il serait trop content qu'elle réponde, ça lui donnerait une bonne excuse pour lui flanquer une trempe.

– J'allais les vider. Mais j'ai pas encore passé l'évier à l'eau de javel.

Misère, quel ton implorant ! Susan aurait souhaité, parfois, avoir assez de cran pour se tirer, une bonne fois pour toutes. Barry lui flanqua son poing sous le menton, l'obligeant à rejeter sa tête en arrière jusqu'à ce que toutes les fibres de son corps lui fassent mal.

C'est le moment que choisit Kate pour entrer subrepticement par la porte de derrière. Barry se retourna, le visage blême et l'air coupable.

– Tiens, le grand homme est de retour, Susan ? Et des cadeaux plein les bras, comme d'hab' !

Barry baissa le poing et sortit. Quelques secondes plus tard, la porte claquait. La maison et ses occupants semblèrent pousser un immense soupir de soulagement.

Katie secoua la tête.

– Dire que c'est ça que j'ai élevé. Jamais je l'aurais cru. Son père était un truand, on peut pas dire le contraire, mais jamais il n'aurait levé la main sur moi. Dieu ait son âme.

– Par moments, j'aimerais bien qu'Il ait celle de Barry aussi.

Les mots étaient sortis sans prévenir et les deux femmes éclatèrent de rire.

– Allez, Wend, viens manger le sandwich au bacon, ma poulette.

Susan regarda sa belle-mère.

– Ce serait dommage de le jeter.

Le bébé se mit à pleurer et Susan soupira :

– Et voilà, c'est reparti ! Junior se sent obligé d'assurer la relève.

Elle se remit à rire. Kate regarda cette grosse femme lourdaude aller consoler son enfant. Quelle triste vie ! Et par la faute de Barry. C'était bien ça, le pire. Si seulement elle avait pu choisir ses enfants, elle aurait prié Dieu que ce soit Susan et se serait trouvée honorée qu'Il exauce sa prière.

Cette fille était merveilleuse. La maison était briquée comme un sou neuf, les enfants étaient propres, bien nourris, bien élevés et s'exprimaient parfaitement. Même Alana, qui pourtant savait jurer comme un sapeur.

Comment Susan parvenait-elle à se débrouiller entre le mauvais caractère de son mari et ses sautes d'humeurs intempestives, c'était un vrai mystère. Mais elle se défendait, à sa façon. Pas un mot sur ses bleus ou sur les traces de coups, les gosses étaient préservés. Même quand Barry l'avait sérieusement esquintée, Susan parvenait à maintenir le train-train quotidien – si précieux pour de jeunes enfants.

Tous les jours, elle préparait les repas et veillait à ce qu'ils aient pris leur bain avant le dîner. Elle leur lisait des histoires chaque fois que c'était possible, écoutait attentivement tous leurs petits chagrins et les aimait de toute son âme. Même s'ils étaient les enfants de Barry. Lui qui l'avait brûlée avec une cigarette quand elle attendait Luke. L'enfant était mort à l'âge de deux jours, un minuscule petit bout, né avec deux mois d'avance grâce aux coups qui avaient fracturé le bassin de sa mère.

Kate souffrait comme une damnée d'avoir mis au monde un homme aussi mauvais, aussi dépravé. En venir à haïr son propre fils, c'était effroyable, mais elle ne supportait plus sa présence. Ça ne l'empêchait pas de passer beaucoup de temps dans cette maison, avec l'espoir d'épargner un peu de souffrance à sa pauvre belle-fille.

Wendy se hissa sur les genoux de sa grand-mère, qui la pressa contre son imposante poitrine

– Ça va, ma petite coccinelle ?

Wendy sourit avec bonheur.

Alana se mit à rire. Elle ouvrit le frigo et en sortit une tranche de jambon pour se faire un sandwich. Elle souriait à sa grand-mère en étalant le beurre qu'elle massacrait parce qu'il était trop dur.

– C'est quoi, une grosse connasse, mamie ?

Elle avait l'air réellement intéressé et regardait sa grand-mère avec un mélange de curiosité et de crainte. Elle avait souvent entendu son père traiter sa mère de tous les noms. Kate réprima ses larmes en répondant à sa si jolie petite-fille. Elle n'avait que sept ans.

– C'est un gros mot qu'emploient les gens ignorants comme ton père. Que je ne t'entende plus jamais le dire, d'accord ?

Alana acquiesça, regrettant sa question.

Wendy ouvrit ses grands yeux innocents et lança d'une voix forte :

– Il parle comme ça, Alana, parce que c'est un branleur.

Kate ferma les yeux de désespoir.

– Ça non plus, il ne faut pas le dire, ma chérie.

Wendy se retourna et regarda Kate droit dans les yeux.

– Mais c'est Doreen qui l'appelle comme ça ! Elle dit que c'est exactement ce qu'il est.

Kate imagina Doreen et se mordit les lèvres pour ne pas éclater de rire.

– C'est une blague, dit-elle en soupirant. Et il faut pas la raconter à papa, d'accord ?

Les deux fillettes rigolèrent, ravies de cette connivence avec les grandes personnes, même si elles ne comprenaient pas trop de quoi il retournait.

Kate attrapa les enfants et les couvrit de câlins. Elle les aimait de toutes ses forces, et leur mère aussi. Si seulement elle avait pu faire disparaître Barry, d'un coup de baguette magique ! Impossible malheureusement. Elle ne pouvait que limiter les dégâts.

Pendant ce temps, Barry se trouvait au Hiltone Club, sur Old Compton Street. Une jeune femme aux cheveux teints en noir et aux seins ballottants lui lança un regard interrogateur.

– Puis-je vous aider ? fit-elle avec un accent faussement distingué.

– Je voudrais voir Ivan, le propriétaire. Dites-lui que Barry Dalston est là.

La jeune fille prit le téléphone et composa un numéro. Barry en profita pour jeter un regard circulaire. Un vrai taudis, c'te taule. Moquette usée, rideaux bon marché, rien de nouveau sous le soleil des bars à putes. L'éclairage rose tamisé camouflait une multitude d'horreurs, y compris la laideur de certaines hôtesses. Comme de juste, deux filles maigres comme des clous arrivaient, et le dévisagèrent de la tête aux pieds ! Manifestement, elles n'étaient pas impressionnées. Barry maudit l'arrivée intempestive de sa mère. Elle l'avait empêché de se changer. De s'arranger un peu. Par sa faute, même ces sales pétasses se permettaient de lui tenir la dragée haute en allant aux toilettes.

La fille, à l'accueil, lui adressa un vrai sourire.

– Il arrive. Je vous en prie, asseyez-vous. Puis-je vous offrir quelque chose à boire ?

Barry se calma. Du respect. Enfin.

– Un double scotch. Un vrai.

Elle hocha la tête, se dirigea vers le bar et revint quelques instants plus tard avec un double Chivas Regal que Barry avala en deux gorgées. Comme l'offre ne se renouvela pas, il resta debout, l'air bête, son verre vide à la main. Ivan arriva.

Ivan Rechinovich était un vieux loup solitaire mais néanmoins dangereux. Un «étranger», comme on disait de tous ceux qui venaient du sud de la Tamise. Bermondsey, dans son cas. Il était né, soixante-dix ans plus tôt, dans une famille de Juifs russes chassés du pays. Avec son visage abîmé, son nez rouge en forme de poire et ses paupières lourdes, il avait un peu une gueule de clown.

Mais attention, Ivan était tout, sauf un imbécile. Quiconque ne remplissait pas ses engagements envers lui apprenait très vite, et à ses dépens, quel homme dangereux et violent il était. Contrairement à ses confrères, il aimait prendre une part active aux entreprises qu'il contrôlait, qu'il s'agisse de gérer sa compagnie d'hôtesses ou de braquer un transport de fonds. Sa seule coquetterie était de se teindre les cheveux d'un noir corbeau qui jurait avec son visage parcheminé.

Il avait besoin de Barry Dalston, parce que son club était menacé par un nouveau bizness du nord de Londres, tenu par deux jeunes gars qui avaient des flingues dans la poche et des Kalachnikov dans le coffre. Ivan n'était pas con, il savait très bien qu'il ne pourrait pas les garder bien longtemps à distance. Beaucoup de ses collègues s'étaient déjà retirés des affaires. Lui n'y était pas encore prêt.

D'après la rumeur, Ivan était le roi de l'arnaque, mais, comme tout ce qui le concernait, c'était motus et bouche cousue. Quand il serait prêt à bouger, il le ferait savoir à qui de droit, et basta. Quand il montait un coup, il ne mettait au parfum que les gens concernés.

Il était très impatient de rencontrer ce gros dur de Barry Dalston.

– Par ici, entrez donc, mon cher, dit-il, affable. Je vous en prie, faites le tour de mon établissement et donnez-moi votre avis.

Il en rajoutait, question accueil, Barry n'était pas dupe. Ça faisait partie du jeu. Malgré ses airs de vieillard décrépit, Ivan était rusé comme un renard et deux fois plus dangereux. Bien des années auparavant, il avait carrément arraché le nez d'un type qui l'avait traité de youpin. De quoi forcer le respect. Ça n'avait pas changé depuis.

– Les filles sont impatientes de vous voir. Elles sont persuadées que, si elles vous plaisent, vous vous mettrez tous les clients dans la poche. Mais suivez mon conseil, soyez fidèle à votre femme. Celles-ci sont des baiseuses professionnelles. Les hommes, c'est leur domaine. Ne vous y laissez pas prendre. Baisez-les si ça vous fait plaisir, c'est tout bénef, mais faites gaffe. Pas de bagarres, compris ? Elles sont mouchardes, menteuses, tricheuses... Rien à faire, c'est dans leur nature. On naît pute, on ne le devient pas. Je le sais, et d'expérience.

Barry acquiesça, impressionné par la sagacité du vieux et enchanté d'avoir le feu vert pour la baise *ad lib*. Il jaugea les filles du regard.

– Mesdemoiselles, je vous présente monsieur Dalston, qui sera chargé d'inspecter les portefeuilles pour vous. J'espère que vous saurez vous montrer gentilles avec lui.

Toutes hochèrent la tête avec respect. Barry était ravi.

Pendant qu'ils arpentaient la piste de danse, Ivan chuchota à voix forte :

– Je les appelle « les filles », jamais « les femmes ». Les femmes, les vraies, seraient bien incapables de faire ce qu'elles font. J'ai toujours trouvé les putains déprimantes, pas vous ? Elles détestent leur boulot et finissent par haïr les hommes, elles leur en veulent de ce qu'elles font pour gagner leur pognon. Pas mal d'entre elles finissent gouines, d'ailleurs. Mais c'est une chose dont on ne parle pas. Comme toutes les femmes, elles croient toujours tout savoir.

Barry se marrait. Il lui plaisait, ce vieux.

Ivan lui fit visiter les vestiaires des stripteaseuses et les pièces réservées au jeu.

– En ce qui concerne le jeu, vous aurez pour mission de fouiller les clients pour leur emprunter, le cas échéant, couteaux, flingues ou tout objet dangereux. Un type s'est ramené, une fois, avec un flacon d'acide sulfurique qu'il voulait jeter sur le gars qui lui avait pris son fric quelques jours avant. Les joueurs, ici, sont des gens sérieux, ils désirent être en sécurité. C'est à vous de la leur garantir. Les femmes n'ont pas le droit d'entrer, surtout quand on joue. Elles ne font qu'allumer et distraire les clients.

Barry hocha la tête. Plus ça allait, plus le boulot lui plaisait.

– A propos, monsieur Dalston, vous devrez être équipé. Il vous faudra une bombe anti-agression et une matraque. Vous devrez également porter une arme à feu. Vous ne vous en servirez peut-être qu'une fois dans l'année, mais vous en aurez besoin. Vous devrez tabasser les mauvais payeurs, c'est dans le contrat. En cas d'urgence, il y a une carabine à canon scié sous le comptoir de la réception. Ne vous en faites pas, question police, je suis prévenu en temps voulu de chacune de leurs descentes. Pour eux, nous sommes clairs comme de l'eau de roche. Il fera également partie de vos attributions d'appeler un taxi pour emmener les filles à l'hôtel de leur client ou ailleurs. Ne laissez jamais, absolument jamais, une fille attendre sur le trottoir. Elle se ferait embarquer pour racolage sur la voie publique, ce que nous voulons éviter à tout prix. La liste des établissements du coin se trouve près du téléphone. Adressez-vous toujours à un de ces hôtels, quoi que vous disent les filles, ils nous consentent des réductions.

L'expression médusée de Barry lui décrocha un sourire.

– Si elles se disputent avec un client, vous les frappez. Surtout pas sur le visage, pas question d'abîmer leur atout principal. Dans les reins ou sur le ventre, c'est ce qu'elles craignent le plus. Je les autorise à se fournir en capotes à tarif réduit, elles sont dans le placard du bureau. Vous vous sentez de taille ?

Barry fit « oui » de la tête.

– Et la paie, Ivan, ça va chercher dans les combien ?

Il s'illumina.

– Cent livres la soirée, plus tous les pourboires que vous pourrez soutirer aux clients. Vous savez faire un portefeuille, j'imagine ?

Barry secoua la tête.

– C'est pas difficile, mon petit. Quand ils paient l'entrée, ou si vous les persuadez de s'abonner au club, vous leur prenez leur portefeuille. Puis, sur une feuille de papier, vous notez le montant du liquide qu'il contient et les numéros des cartes de crédit. Vous apprendrez sur le tas. De là, vous les emmenez au bar et vous donnez le papier à Roselle. Ça lui donne une idée de qui elle a affaire, elle les fournit en conséquence. Vous serez surpris de voir le nombre de connards qui arrivent ici avec une centaine de livres en croyant pouvoir s'offrir le paradis. Pour ma part, j'aime bien les étrangers, ils dépensent leur thune, point final. C'est les Anglais qui causent du souci. Et les Arabes. De parfaits salauds, parfois, et qui prennent mon club pour une institution caritative. Oh ! avant que j'oublie, faites gaffe aux barges. L'année dernière, deux filles se sont fait dépouiller par le même salopard. C'est pour ça qu'aujourd'hui Tom Hanley a un râtelier en plastique. Il faisait pas son boulot et me gueulait dessus. Très peu pour moi. Mes filles sont toutes sous protection. Enfin, autant que faire se peut, je me protège, moi et le reste. Je vous offre un verre ?

Barry acquiesça, abasourdi par la complexité de sa tâche. Mais le vieux lui plaisait et il lui était reconnaissant de lui donner sa chance.

– Vous ne regretterez pas de m'engager, Ivan.

Le vieillard le regarda droit dans les yeux et répondit platement :

– Si ça m'arrive, vous serez le premier à le savoir, mon petit.

Les petits étaient au lit, sauf le bébé, qu'elle avait gardé à côté d'elle sur le canapé, devant la télé. Susan savourait quelques heures de calme et de tranquillité. Pourvu que Barry ne gâche pas tout en rentrant trop tôt. Elle avait encore la gelée aux fruits à préparer pour l'anniversaire de Wendy. Kate lui avait donné de l'argent – Barry, pour changer, avait les poches vides.

Elle embrassa les doigts minuscules de son fils, qui en roucoula de plaisir. Il était à croquer. Elle le tint serré contre elle tout en caressant son petit corps vigoureux et en souriant des exploits de Starsky et Hutch.

Vingt minutes plus tard elle dormait, la fatigue l'enveloppait comme dans un linceul. En rentrant vers minuit, Barry contempla sa femme et son fils depuis le seuil de la porte.

Barry Junior avait fait dans ses couches, ça embaumait. Presque jolie dans son sommeil, Susan ronflait doucement. Barry regarda son fils bouger pour se mettre à l'aise, il l'entendit geindre. Instinctivement, Susan le serra plus fort et remua pour lui faire de la place.

Barry sourit et regretta de l'avoir frappée le matin même.

Sur la table de la cuisine, deux sandwiches au jambon et au fromage l'attendaient, recouverts de Cellophane. Quelle délicate attention ! Il se sentit coupable. Elle était brave, Susan, elle était gentille.

En ouvrant les sandwiches et la bouteille de scotch qu'il s'était achetée, il l'entendit qui bougeait dans le salon. Elle monta à l'étage coucher le bébé dans son berceau et redescendit dans la cuisine.

– Je pensais bien que je t'avais entendu. Tu veux que je te fasse des œufs au bacon ?

– Naan, ça ira. Va te coucher, ma grande, je te rejoins dans une minute.

Quel changement ! Susan en avait les larmes aux yeux. Barry pouvait être tellement gentil par moments, tellement doux, comme avant.

– Demain, c'est l'anniversaire de Wendy, faut que je me magne un peu, il me reste la gelée aux fruits et tout le tralala à faire. Je me suis endormie en regardant *Starsky et Hutch.*

Elle mit l'eau à chauffer et sortit des saladiers du placard.

– T'as qu'à t'en occuper demain.

Elle secoua la tête :

– J'aurai pas le temps. Faudra encore faire les sandwiches et des gâteaux. Ta mère et Doreen vont venir m'aider.

Barry acquiesça, résigné.

– Ça y est, j'ai du boulot.

Susan se tourna vers lui, rayonnante.

– C'est vrai ? Quel boulot ?

Il haussa les épaules d'un air dégagé.

– T'as devant les yeux le nouveau portier du Hiltone Club. A cent livres la soirée.

Et il jeta une liasse de cinquante livres sur la table. Susan était émerveillée.

– Ivan m'a filé une avance. Le vieux con, il a pratiquement fallu que je la lui arrache.

Il s'était assombri en se remémorant l'avertissement que lui avait lancé Ivan. « Essaie pas de me blouser, Barry Dalston, je sais tout sur toi et j'ai des oreilles partout, l'oublie pas. »

Il avait avalé la pilule. Que faire d'autre ? Il devait du fric à tout le monde, surtout aux bookmakers. Un de ces quatre, il faudrait trouver une arnaque pour effacer l'ardoise.

– Ben, c'est un bon début. Quel genre de club ?

Barry mordit vigoureusement dans son sandwich.

– Un club d'hôtesses, pardi ! Mais le salaire est bon et les horaires, nickel. Y a beaucoup de responsabilités, un paquet, même.

Tout cela avait été dit avec une certaine suffisance.

– Et tu risques pas de te faire coffrer ?

Barry fit un bruit désapprobateur.

– Mais putain, pourquoi tu me demandes ça, Sue ? Tu te fous de ma gueule en permanence. J'essaie de gagner ma putain de vie et tout ce que tu trouves à faire, c'est de m'agresser.

Il postillonnait dans tous les sens. Susan se sentit accablée.

– Allez, Bal, c'est bon, calme ta joie. Je m'inquiétais, c'est tout.

Il se leva et lui planta l'index dans la poitrine.

– Eh ben, arrête de t'inquiéter pour moi, putain de merde. Tu ferais mieux de t'occuper de tes fesses et de ton gros cul. Mais regarde-toi, t'as l'air d'une sale truie, comme d'hab'.

Il attrapa son assiette et la lança contre le mur. Livide, Susan attendit que ça passe.

– Même ma putain de mère, t'as réussi à la monter contre moi. Tu fous la merde partout, tu portes la poisse, bordel !

La rage lui faisait perdre la tête. Impuissante, Susan le regardait délirer et flanquer par terre tout ce qui était à sa portée. Et vas-y que je te balance la gelée aux fruits et tout le reste sur le lino. Susan soupira intérieurement.

Il lui enfonçait l'index dans la poitrine, maintenant, son gros doigt dur s'enfonça dans sa chair douce et molle.

De toutes ses forces il tapait sur ses seins gonflés de lait. Anéantie, recroquevillée, Susan tenta de disparaître en elle-même, de se retirer dans son refuge secret, mais Barry ne la laissait pas faire. Ce soir, allez savoir pourquoi, il voulait qu'elle réponde.

Elle en était incapable.

Il la repoussa du plat de la main, elle glissa lourdement sur le sol trempé. Comme elle essayait de se protéger, sa tête heurta le lino.

Il la regarda d'un air dégoûté et se mit à la bombarder de coups de pied.

– S'il te plaît, Bal, s'il te plaît, pas ce soir ! Demain, c'est l'anniversaire de Wendy. Laisse-moi, je t'en supplie.

Il l'imita :

– « S'il te plaît, Bal, laisse-moi tranquille. » Attends, tu me fous les boules et faudrait que je me laisse faire sans rien dire ?

Son incrédulité n'était pas feinte.

Susan se mit à genoux. Les gosses se levaient, pourvu qu'ils aient le bon sens de rester à l'étage jusqu'à ce que l'orage passe. Vlan ! Barry lui envoya un coup de poing la tempe. Susan valdingua à l'autre bout de la cuisine.

Wendy et Alana firent irruption dans la pièce :

– Laisse ma maman tranquille, espèce de brute !

Alana hurlait d'une voix aiguisée par la peur.

Wendy se tenait immobile sur le seuil, figée comme une statue. Susan avait l'arcade sourcilière fendue, ça saignait, et elle sentait une bosse se former sur sa tempe. Barry l'avait frappée avec la chevalière en or qu'elle lui avait offerte un jour à Noël.

– Remontez, mes chéries, maman va bien. Retournez vite au lit, je monte vous border dans une minute.

Wendy s'avança pour aider sa mère à se relever. Du revers de la main, Barry la flanqua par terre. Il n'y était pas allé de main morte, la petite hurla de douleur et de peur.

En une fraction de seconde Susan fut sur ses pieds. De tout son poids elle repoussa Barry pour s'approcher de sa fille, il lui attrapa le bras pour l'en empêcher. La gamine était par terre, sa chemise de nuit imbibée de gelée aux fruits, le visage rougi par le choc.

Elle criait toujours.

Quand Susan retrouva ses esprits, les petites tentaient de l'arracher à Barry, qu'elle menaçait, à genoux devant elle, d'un couteau sous la gorge – le grand couteau qui lui servait à couper les tartines.

– Maman, arrête, arrête !

Alana beuglait comme un veau, terrorisée.

Susan se dégagea :

– Allez, montez dans vos chambres, et plus vite que ça.

Elle avait parlé d'une voix forte, péremptoire. Les petites filèrent. Susan regarda Barry droit dans les yeux.

– Si jamais tu t'avises encore de toucher à mes gosses, je te découpe en petits morceaux, tu m'entends ?

Pour la première fois de sa vie, Barry Dalston eut peur de sa femme.

– Vas-y, lâche-moi, Susan. Et fais gaffe, ou je te pète la cervelle !

Elle eut un petit rire amer qu'elle ne se connaissait pas.

– Si tu touches à mes gosses, tu feras bien de m'assommer, mon gars, parce que, moi, je te tuerai, Barry Dalston, je te le promets. Je te tuerai.

Elle parlait sérieusement : son regard, sa voix, tout le mettait en garde.

Tremblant des pieds à la tête, elle éloigna le couteau de son cou tout doucement et essaya de reprendre sa respiration.

Tout semblait avoir basculé. Même ses dents lui paraissaient bizarres, comme déplacées. Elle avait un goût amer dans la bouche, du sang, sans doute. Mon Dieu, quel tableau ils avaient dû offrir aux gosses.

Elle baissa le bras sans toutefois lâcher le couteau.

– Sors d'ici, Barry. Allez, sors.

Il attendit qu'elle se détende puis se jeta sur elle pour la désarmer.

Et il se mit à rire.

– Tu rigolais pas, hein, Sue ! Maman poule protège ses petits poussins, c'est ça ?

Il avait l'air fier d'elle, presque gentil. Mais Susan n'était pas dupe. Elle ramassa un torchon, qu'elle se posa sur l'œil. Elle était immunisée contre la douleur. C'était devenu banal, rien que des petits bobos finalement. Elle le regarda droit dans les yeux.

– Non, je rigole pas du tout, Bal. Personne ne touche à mes gosses, même pas toi. Maintenant, tu files d'ici et tu vas crécher ailleurs pour la nuit, cours voir une de tes ex si ça te chante, mais fiche le camp d'ici.

Elle sortit de la cuisine et monta pour tenter de consoler les enfants. Wendy avait fait couler un bain et s'efforçait de calmer le petit Barry, que le vacarme avait réveillé.

– Ça va, maman ?

Wendy avait des bleus sur la figure, elle aurait des marques.

– Comment ça va, ma grande ? Laisse maman te regarder un peu et te faire un baiser, ça ira mieux ensuite. Papa n'est pas bien, ma poulette, il ne sait pas ce qu'il fait.

Au pied de l'escalier, Barry écoutait ce qu'elle disait aux gosses.

– Attends, je vais te mettre de la pommade à l'arnica, ça va faire dégonfler la bosse, d'accord ? Après, je vais nous faire du lait chaud avec des biscuits.

Alana sanglotait toujours, des sanglots à vous briser le cœur.

Dix minutes plus tard, en baignant les deux petites, Susan leur dit qu'elles n'iraient pas à l'école le lendemain.

– Allez jouer un petit peu pendant que je range la cuisine et que je nous prépare quelque chose de bon. D'accord, mes chéries ?

Elles approuvèrent d'un air soumis.

– Et mon goûter, maman, on pourra le faire ?

Susan sourit.

– Bien sûr, ma poulette. T'inquiète pas, oublie tout ça.

Elle descendit l'escalier à pas lents. Tout son corps protestait contre le manque de sommeil, il réclamait du repos.

Susan prit le petit Barry dans les bras et le berça jusqu'à ce qu'il s'endorme. Elle le coucha sur le canapé, disposa des coussins autour de lui pour lui éviter de tomber et fila dans la cuisine.

Barry était en train d'étaler tous les torchons propres par terre pour éponger le lino. Elle ferma les yeux, excédée : encore de la lessive ! Elle n'en avait sans doute pas assez comme ça.

Il la fixa des yeux. Dans sa vieille chemise de nuit, c'était un vrai désastre. Elle avait le visage couvert de bosses et de sang séché, elle en avait plein les cheveux aussi, ça faisait des taches couleur de rouille par endroits.

– Tu sais bien que je voulais pas faire ça, Sue.

La phrase magique qui lui servait d'excuse.

– J'ai pas envie de t'entendre, OK ? J'ai encore des choses à faire pour le goûter de Wendy. Tu peux dire et faire ce que tu veux, je le lui ai promis, son goûter, et elle l'aura.

Et elle se mit à pleurer si fort, de toute son âme, de tout son corps, que ses sanglots semblaient ricocher sur les murs de la cuisine.

– Regarde dans quel état tu m'as mise, Barry. Avec tous les gens qui viennent demain ! On croirait que je sors d'un accident de bagnole. Wendy aussi, elle a des bleus plein la figure. Mais pourquoi tu fais ça, Barry ? Merde, pourquoi tu fais ça ?

Il s'approcha d'elle et la tint dans ses bras un instant en lui caressant les cheveux et le visage.

– Prends les cinquante livres et va les claquer chez le Paki au bout de la rue. Prends-lui tout ce qu'elle veut et quelque chose de bien pour les autres. Du champagne, je sais pas, moi.

Susan ne répondit pas, elle pleurait.

– J'avais pas la pêche ce soir, ma grande, et je me suis défoulé sur toi. Mais tu m'as appris deux ou trois trucs sur les femmes, Susan, genre faut pas s'y fier quand les mômes sont dans le coup.

Il essayait de la faire rire, sans succès.

– Tu peux pas les frapper, Barry. Ils vont venir nous les prendre et moi, je deviendrai cinglée.

Son visage entre les mains, il lui caressait les pommettes avec ses pouces.

– T'es une mère formidable, Sue, une vraie perle. Et moi, par moments, je déconne, un vrai trouduc. Mais ce soir, tu m'as eu, ma vieille. J'ai bien cru que j'allais y passer.

Il leva la tête et se mit à rire.

– Regarde-moi cette coupure que j'ai sous le menton, ça saigne encore.

– J'ai eu peur, Barry, j'ai vraiment failli te trancher la gorge, ça m'a fait flipper.

Il rit à nouveau. Tout était oublié… jusqu'à la prochaine fois. Parce qu'il y aurait une prochaine fois.

– Allez, arrête ton cirque. Tous les couples se bagarrent, c'est pour ça qu'on se marie. La baise et la bagarre, ma p'tite. On fait ça bien, tous les deux…

Elle s'essuya les yeux du bout des doigts.

– J'ai promis aux gamines de leur apporter du lait chaud et des biscuits. Elles sont dans le bain.

Il acquiesça.

– Laisse, je vais ranger. Saute dans la baignoire avec elles. C'est moi qui vais vous préparer un petit quelque chose, OK ?

Résignée à voir revenir le Barry qu'elle aurait pu aimer, qu'elle avait aimé, Susan, acquiesça. Toute discussion était inutile.

Vingt minutes plus tard, allongée dans la baignoire, elle écoutait Barry faire le clown avec les enfants. Pourvu que son nouveau boulot marche et lui plaise. Le connaissant comme elle le connaissait, c'était un vœu pieux. Comme d'hab'.

D'un autre côté, comme c'était un boulot de nuit, il débarrasserait le plancher et lui ficherait enfin la paix.

Elle se détendit, profitant de la chaleur du bain. Barry lui apporta du thé et une cigarette. La vie rêvée.

Susan se dit qu'elle devrait le menacer de le tuer plus souvent.

Le goûter d'anniversaire de la petite Wendy était une réussite… jusqu'à ce qu'une dispute éclate entre Joey et

Barry. Tout le monde fila sans demander son reste. Appelée par les voisins, la police les coffra pour ivresse et atteinte à l'ordre public.

Susan était aux anges. Enfin, elle allait pouvoir passer une vraie nuit. La première depuis des mois.

Doreen lui tint compagnie jusque très tard, ce soir-là. Elles se tapèrent la bouteille de champagne que Barry avait apportée. Beurrée comme un Petit Lu, Susan raconta à sa copine l'épisode du couteau. Elles en pleurèrent de rire. L'un dans l'autre, l'anniversaire de Wendy était vraiment un succès.

Susan se sentait libérée, comme si elle était parvenue à reprendre la main. Pour une fois qu'elle ne s'était pas laissé faire, elle avait gagné. Il l'avait écoutée, respectée.

Une semaine après la fiesta, Susan était hospitalisée. Complètement pinté, Barry l'avait littéralement tabassée.

Sa mansuétude avait des limites, en fin de compte.

16

Roselle Digby était petite, et encore, c'était une litote! Tout, chez elle, était miniature, depuis ses mains d'enfant jusqu'à ses minuscules doigts dodus, couronnés d'ongles carmin aussi acérés que des serres d'oiseau. Elle avait des petits pieds, un petit nez retroussé et des petits seins en pointe. Ses yeux très écartés lui donnaient l'air vulnérable, ce qui était bien loin d'être le cas. Ce qu'il y avait de plus grand en Roselle, c'était son cœur. Elle avait un cœur gros comme ça et tout le monde l'aimait.

Elle lisait beaucoup, ce qui n'était pas son moindre intérêt aux yeux de Barry, qui la considérait comme un véritable puits de science. Il préférait oublier que le passe-temps préféré de Susan, jusqu'à leur rencontre, avait été la lecture, et qu'il la lui avait interdite en décrétant que ça lui donnait des idées au-dessus de sa condition.

Roselle, c'était différent. Elle, c'était « quelqu'un ».

Elle était respectée en tant que gérante du Hiltone Club car, comme disaient les filles, elle n'avait pas à vendre son cul. Ce qui convenait à merveille à Roselle.

Elle avait commencé à se prostituer à l'âge de quatorze ans, dans les bas-fonds de Chapeltown, à Leeds. Maintenant qu'elle n'avait plus besoin de monnayer ses charmes pour vivre, on la respectait.

Elle était depuis peu la maîtresse de Barry Dalston et ne le regrettait pas. Il lui avait fait la cour à coups de petites attentions, de bouquets de fleurs, de soupers fins en tête à tête, bref, en la traitant comme une femme, tout simplement, et elle avait craqué pour lui.

Roselle était une femme de tête, intelligente et affranchie, toutes choses que Barry trouvait en général insupportables chez ses conquêtes. Mais Roselle avait quelque chose en plus : elle était une des rares filles qu'il connaisse à avoir su investir son argent sagement.

Plutôt solitaire et réservée de nature, quoique entretenant d'excellents rapports avec son entourage, elle avait fait fructifier son avoir en achetant un appartement, pas immense, mais très bien situé, qu'elle avait équipé de tout le confort moderne et meublé avec autant de luxe que de goût. Barry avait été aussi surpris qu'impressionné en découvrant comment elle vivait. Elle allait jusqu'à dresser la table et sortir des serviettes pour un simple sandwich. Elle conduisait une voiture haut de gamme et son fils fréquentait une école huppée, loin de Londres.

Roselle gagnait de l'argent et le gérait intelligemment. Pour une fois dans sa vie, Barry était authentiquement admiratif. Jusque-là, dès qu'il avait le moindre sou il le claquait en boisson – et, depuis peu, en drogues : la gérante du Hiltone Club l'avait initié aux plaisirs des amphétamines et du cannabis. Auprès d'elle, il avait aussi pris goût aux belles fringues, aux équipements hi-fi dernier cri et aux gadgets à la mode.

Roselle, à ses yeux, était un exemple de la façon dont on pouvait vivre quand on avait assez de jugeote pour veiller à ses intérêts. Oui, elle fumait de l'herbe, mais elle ne touchait à rien d'autre, ce qui, dans le milieu où elle gravitait, tenait de l'exploit.

Quand il la regardait, au Hiltone, échanger quelques mots avec les clients et s'assurer que tout se passait bien, il savait qu'il l'aimait.

Barry s'essuya le nez de sa main aux jointures déformées. Il était complètement stone. Cela faisait plus d'une semaine qu'il n'était pas rentré chez lui. Susan devait être dans tous ses états. Pas tellement inquiète pour lui : elle savait qu'il était capable de se débrouiller tout seul. Mais elle n'avait sûrement plus un radis et, ça, ça devait la turlupiner.

Wendy et Alana s'étaient mis en tête d'aller à Lourdes avec leur école. Or, qui était censé allonger la somme nécessaire ? Lui, bien sûr... Ça le gonflait et le mélange alcool-amphétamines le rendait parano. Il avait l'impression que Susan et les gosses exigeaient trop de lui. Il ne lui venait pas à l'esprit que l'argent qu'il consacrait à Roselle et à la drogue aurait couvert deux fois le montant du voyage. Non, il avait bossé pour le gagner, ce fric, il avait bien le droit de le garder et de le dépenser comme il l'entendait.

Il vida son verre, le reposa sur le bar et se dirigea vers le foyer. Le mercredi était une soirée plutôt calme pour les clubs de Soho. Au moment où il se postait à la réception, une hôtesse s'approcha.

LaToyah Fielding, une Noire longiligne de vingt ans originaire de Brixton, faisait de l'intérim à l'accueil, le temps que la titulaire du poste se remette d'un avortement raté.

– Une nana a téléphoné pour toi. Une certaine Susan. Elle a dit qu'elle était ta femme. Elle m'a demandé si t'étais venu bosser et si je pouvais te dire de l'appeler, fit LaToyah en souriant.

Depuis six mois qu'il travaillait au club, il avait soigneusement tenu secrète sa situation de famille. Surtout à cause de Roselle. Leur liaison avait débuté pratiquement dès son arrivée.

Or, plus rien, en dehors Roselle, ne comptait désormais pour Barry. Il ne vivait que pour les nuits qu'ils passaient ensemble et trouvait de plus en plus insupportable de devoir la quitter pour rentrer chez lui. Il n'avait aucune idée de ce qu'elle faisait de son temps lorsqu'il n'était pas avec elle. Certains soirs, elle sortait en boîte avec les filles du Hiltone et « s'éclatait », comme elle disait. Pas question que Barry lui en conteste le droit. Après tout, ils n'étaient pas mariés. Elle était son propre maître, comme elle ne ratait pas une occasion de le lui rappeler. On était à la fin des années 1970, quand même !

Si Susan avait essayé de lui sortir la même chose, il lui aurait poché les deux yeux, mais il savait que ce genre de traitement ne passerait pas avec Roselle. Elle était trop dans le coup et aimait trop son indépendance pour lui laisser la moindre chance de lui rogner les ailes. Il savait parfaitement qu'elle couchait avec d'autres hommes. Et qu'il n'avait pas son mot à dire.

Barry regarda LaToyah et hocha la tête, furieux que Susan se soit permis d'intervenir dans son autre existence. Oser l'appeler au club et l'humilier de la sorte ! Elle s'en mordrait les doigts dès son retour. Parce que, maintenant, que ça lui plaise ou non, il devait rentrer chez lui.

Barry Junior faisait ses dents et souffrait comme un damné. Susan avait beau faire, rien ne semblait pouvoir le soulager. Il avait les joues et une oreille toutes rouges et était d'humeur massacrante. Entre ça, les demandes réitérées des filles pour leur voyage en France et le fait qu'elle avait tapé tout son entourage et n'avait plus un sou, pas même de quoi acheter de l'aspirine pour Barry, Susan était au bout du rouleau.

Sa mère était à cran, parce que Joey refusait obstinément de chercher du boulot : inutile d'espérer qu'elle la dépanne. Quant à Kate, Susan n'avait guère envie de la solliciter encore une fois : cela ne faisait que tendre davantage les relations entre Barry et sa mère. Doreen elle-même était un peu gênée, ces temps-ci, même si Susan savait que, si elle le lui demandait, elle se débrouillerait pour trouver deux livres à lui prêter. Mais elle préférait ne pas le faire. Ce qu'elle voulait, c'était savoir où Barry se trouvait et ce qu'il fabriquait.

Enceinte de quatre mois, elle en avait jusque-là de cette situation. Les gosses ne vivaient que de sandwiches à la confiture et d'œufs au plat, elle était en retard pour le loyer et n'avait plus de quoi payer ni le gaz ni l'électricité. Pour couronner le tout, le compteur électrique serait bientôt à zéro et ils se retrouveraient dans le noir.

La porte s'ouvrit et Doreen et les filles entrèrent. Susan leur sourit, d'un air las.

– T'as l'air HS, ma pauvre Sue. Assieds-toi, je vais nous faire une tasse de thé.

Doreen avait parlé gentiment et Susan se mit à rire avec amertume.

– Toujours aucun signe de lui, Dor. A mon avis, il s'est trouvé une nana, tu crois pas ?

Doreen, qui sortait en boîte à l'occasion, savait non seulement que Barry fréquentait une fille, mais aussi qui était la fille en question.

– Le connaissant comme je le connais, c'est probable, Sue... Il est comme ça, tu le sais, mais ça veut rien dire...

Elle cherchait à épargner à Susan, mais au fond, si ce qui lui était revenu aux oreilles était exact, elle espérait bien que Barry la plaquerait pour Roselle et la laisserait vivre un peu.

– On va bientôt se retrouver sans électricité, il ne reste pratiquement plus une miette à manger dans cette maison et je suis en retard pour le loyer et pour le reste. Il faut absolument que je découvre où est passé ce salaud. Je sais qu'il va se foutre en boule, mais je dois lui parler et tâcher de lui soutirer un peu d'argent. C'est quand même pas comme s'il était fauché, hein ?

Doreen ne répondit rien. Elle savait que Susan vidait son sac, pour s'ôter un poids.

– Les filles ont mangé un hamburger et des frites avec mes gosses. Ça te va ?

Susan la remercia d'un sourire.

– C'est incroyable, non ? Il se balade sapé à la dernière mode, comme une vraie rock star, alors que pendant ce temps-là, chez lui, ses gosses n'ont rien à se mettre sous la dent... Quel monstre d'égoïsme !

Doreen éclata de rire.

– Ils sont bien tous pareils ! J'ai encore jamais rencontré un homme qu'ait un cerveau dans le crâne. La plupart l'ont dans le calecif...

Avant que Susan ait pu lui répondre, la lumière s'éteignit.

– Et voilà, manquait plus que ça ! Avec le petit qui fait ses dents comme un fou... Encore une chance que j'aie une cuisinière à gaz !

Ses deux aînées s'engouffrèrent dans la cuisine.

– M'man ! M'man ! Y a plus de lumière et la télé marche plus !

Susan s'esclaffa.

– C'est gentil de venir me le signaler, les filles. Sans vous, je ne l'aurais pas remarqué !

Les deux filles pouffèrent.

– Ben, heureusement que tu nous as, alors !

– Allez me chercher mon porte-monnaie, mes biquettes, lança Doreen. Il est dans ma cuisine. Il doit y avoir quelques pièces qui traînent dedans. On va voir ce qu'on peut faire pour cette télé. Qu'est-ce que vous en dites ?

Les deux sœurs disparurent par la porte de derrière et Susan sentit les larmes lui monter aux yeux.

– T'es vraiment trop bonne pour moi, Doreen. Je ne sais vraiment pas comment que je ferais sans toi.

Doreen l'entoura de ses bras et tenta de dédramatiser.

– C'est fait pour ça, les copines, non ?

Comme à un signal, Barry Junior se mit à pleurer. En l'entendant hurler, Susan se précipita hors de la cuisine. Le temps qu'elle le sorte de son berceau et qu'elle le berce un peu pour le calmer, les lumières s'étaient rallumées. Elle redescendit l'escalier en réfléchissant à sa situation. Il fallait qu'elle voie Barry et qu'elle règle, sinon tous ses problèmes, du moins le plus urgent. Elle se demanda fugacement s'il l'avait quittée pour de bon, mais non, elle ne pouvait pas avoir cette veine. Si seulement il la plaquait, elle pourrait s'inscrire au chômage et tenter de s'en sortir toute seule. Avec le chômage, elle pourrait au moins gérer son budget, savoir de combien elle disposait par semaine et planifier ses dépenses en conséquence. Là, elle ne savait jamais où elle en était, alors que Barry touchait un bon salaire. Même si Dieu seul savait ce qu'il en faisait, vu qu'il était toujours en train de se plaindre d'être fauché.

Elle avait mis au clou tous ses bijoux en or, puis tout ce dont elle avait pu tirer une livre ou deux. Mais cette fois, il y avait peu de chance qu'elle puisse dégager quoi que ce soit de chez ma tante.

Elle posa Barry Junior dans son parc et, recommandant aux deux grandes de le surveiller, retourna à la cuisine. Doreen avait fait du thé et fumait une cigarette, assise à la table.

Susan avait le sentiment d'être acculée. Même les quelques livres qu'elle avait réussi à économiser étaient mangées. Où qu'elle se tourne, c'était pour se trouver face à quelqu'un qui lui réclamait de l'argent. Elle devait à tout prix se sortir de là. Elle était raide comme un passe-lacet, littéralement. Même ses chaussures avaient rendu l'âme, et elle avait les pieds tellement enflés qu'elle en était réduite à vivre en savates.

Elle était de nouveau enceinte, mais Barry jouait les abonnés absents. Susan ne savait vraiment plus quoi faire. Le garde-manger était vide, il n'y aurait rien pour le petit déjeuner du lendemain. Elle en était là dans ses réflexions quand Wendy entra dans la cuisine.

– Il me reste encore trois livres sur l'argent que j'ai eu pour mon anniversaire. Je te les donne, si tu veux, m'man.

Susan la regarda, le cœur débordant de gratitude.

– Ce n'est pas la peine, ma chérie. Maman va trouver une solution.

Sans un mot, Wendy lui tendit les billets. Voyant que Susan ne les prenait pas, elle les posa sur la table, à côté de sa tasse, puis regagna le salon et se mit à jouer avec son petit frère : assise à côté du parc, elle se cachait derrière ses mains et criait : « Coucou ! » en se dévoilant le visage. Barry riait comme un fou, la main sur l'oreille.

Susan contempla les billets. Soudain, sautant sur ses pieds, elle lança à Doreen :

– Tu peux me garder les petits quelques heures ?

– Où tu vas ?

– Je te le dirai plus tard, répondit Susan en souriant.

Elle se donna un coup de peigne, enfila son vieux manteau élimé et sortit, les trois livres de Wendy en sécurité au fond de sa poche.

Vêtue de l'élégante robe en lamé qu'elle s'était achetée l'après-midi même dans Regent Street, Roselle se sentait dans une forme éblouissante et se savait très en beauté. Barry lui avait promis de l'emmener dîner dans un restaurant chinois de Greek Street, fréquenté par des gens de la nuit et réputé pour les délicieux et copieux petits déjeuners dînatoires que le patron vous préparait vers trois heures du matin. L'établissement comportait en outre une salle de jeu, où elle ne détestait pas risquer de petites sommes.

Mais Barry venait de lui annoncer qu'il devait passer chez lui régler certains problèmes domestiques. Il n'arrêtait pas de se plaindre de sa femme. De dire que s'il restait avec elle c'était uniquement à cause des enfants, que sa bourgeoise était un vrai panier percé qui jetait l'argent par les fenêtres, etc., etc., ça n'en finissait pas. Et voilà que, ce soir, alors qu'elle avait envie de sortir, il fallait qu'il rentre chez lui…

– T'inquiète, Bal ! Je vais sortir avec les copines. Justement, elles vont au Stage, ce soir. J'irai avec elles.

Le Stage était un «*blues*», situé dans une petite rue de Brixton, à deux pas de Railton Road – la fameuse «Ligne de Front», comme on l'appelait localement, à cause des heurts fréquents qui y opposaient de jeunes Blacks à la police. Un *blues* était un immeuble vacant reconverti en night-club ouvert vingt-quatre heures sur vingt-quatre. Il suffisait à un esprit entreprenant d'en condamner les fenêtres avec des planches, d'y installer un bar et une sono de fortune, de placer une caisse à l'entrée, et roulez ! On pouvait y fumer de l'herbe, se shooter, sniffer ou tripper aux amphètes du matin au soir.

Roselle savait que Barry détestait qu'elle aille au Stage – raison pour laquelle elle venait de l'informer de son intention d'y passer la soirée. Psychologie féminine élémentaire…

Une stripteaseuse monta sur la scène et se mit à faire son numéro sur un tube de Slade. La musique était si assourdissante que Roselle quitta Barry et se dirigea vers le bar. Il s'attarda un moment à regarder évoluer l'effeuilleuse, une petite brune défigurée par un nez busqué et des plaques d'acné, mais dotée d'une paire de nichons comme il n'en avait jamais vu.

Lorsqu'il gagna le bar à son tour, Roselle n'y était plus. Souriant intérieurement, il mit le cap sur l'entrée du club et se retrouva confronté au pire scénario qui soit pour un Barry Dalston : un vrai cauchemar.

Susan était plantée au milieu du foyer, attifée de son vieux manteau écossais, les cheveux plus hirsutes qu'un nid d'oiseaux, le ventre déformé par une grossesse ostensible.

Pour pousser l'affront à son comble, Roselle, comme sortie des pages d'un magazine de mode, était debout à côté d'elle et semblait écouter attentivement ce qu'elle lui disait. Soudain, Susan aperçut Barry. Son visage s'épanouit en un large sourire et elle lui adressa un petit signe de la main.

– Ah ! Ben, justement, le voilà ! Merci encore pour votre aide, vous êtes un amour ! lança, en souriant, Susan à Roselle.

Roselle lui rendit un sourire teinté d'effarement et d'un rien de consternation. Elles se tournèrent toutes deux vers Barry, qui aurait donné n'importe quoi pour que le sol s'ouvre sous ses pieds et l'engloutisse.

Toute l'apparence de Susan proclamait sa triste situation. Barry était mortifié qu'elle lui inflige une telle honte en public. Il la voyait soudain par les yeux de Roselle : des cheveux mal coupés en mal de mise en plis, un corps épais qui ignorait manifestement l'usage de la gaine, un visage dépourvu de la moindre touche de maquillage et un ventre distendu par ce qui ne pouvait être qu'une énième grossesse. Il voyait ses ongles rongés au sang et ses doigts rouges couverts d'engelures, incrustés de nicotine et usés par les travaux ménagers. Il voyait ses seins énormes, si lourds, ces derniers temps, qu'ils lui seraient tombés au nombril sans ses soutiens-gorge dont l'armature métallique aurait suffi à blinder un char d'assaut. Il voyait ses dents jaunes et ébréchées, et ses jambes sans bas ni collant, pas rasées depuis au moins un mois, couvertes de varices.

Il vit aussi comment Susan, devinant que Roselle était quelqu'un d'important, professionnellement parlant, pour son mari, lui avait spontanément marqué du respect. Jamais il ne serait venu à l'idée de sa femme de se montrer agressive ou jalouse à l'égard d'une rivale. Elle était trop bonne pâte pour ça.

Incontestablement, Roselle s'était attendue à une virago irascible et vitupérante, avec un gamellon profond comme le tunnel de Dartford[1], et posant à la vertu offensée. N'était-ce pas ainsi qu'il la lui avait toujours décrite, après tout ?

Il s'approcha d'elles avec l'impression de traverser un torrent en furie.

Roselle le regarda, un sourire sarcastique aux lèvres.

– Ta femme est venue te voir, Barry.

Et elle se tourna vers Susan avec un vrai sourire.

– J'ai été ravie de faire enfin votre connaissance, madame Dalston. Venez prendre un verre au bar quand vous aurez fini avec Barry. Je vous présenterai tout le monde.

– Merci. Merci beaucoup. Je suis vraiment désolée de le déranger à son travail comme ça...

Roselle l'interrompit.

– Ne dites donc pas de bêtises... A tout de suite !

Elle s'éloigna en balançant ses petites fesses rondes de façon plus exagérée encore que d'ordinaire. Barry regarda la femme dépenaillée et épuisée qui se tenait devant lui – sa femme – et sentit la haine bouillir en lui.

– Qu'est-ce que tu viens foutre ici, bordel ?

Susan sursauta comme s'il l'avait frappée.

– J'avais pas d'autre solution, Bal. Je ne sais vraiment plus quoi faire. J'ai plus un sou. T'es pas passé à la maison depuis des jours. On n'a même plus une pièce à mettre dans le compteur électrique.

Barry tourna la tête. L'hôtesse d'accueil les observait, manifestement très intéressée. Par-dessus le marché, toutes les entraîneuses semblaient subitement prises d'une envie pressante et défilaient devant eux dans un nuage de parfum, en ondulant des hanches, l'œil à l'affût. Curieuses de voir sa légitime et constatant qu'elle laissait singulièrement à désirer.

Elles s'étaient visiblement imaginé que sa femme ressemblait à celles des autres portiers du club. De jolies filles avec voiture, belle maison et vacances à la mer. Or, ce qu'elles

1. Tunnel autoroutier par lequel la M 25 franchit la Tamise, à l'est de Londres.

voyaient en Susan, c'était ce qu'elles risquaient de devenir si elles ne faisaient pas gaffe.

Une machine à pondre des marmots, résignée à son sort.

Elles savaient à quoi ressemblait l'existence de Susan, parce que c'était précisément pour échapper à son sort qu'elles en étaient venues à la prostitution.

Empoignant Susan par le bras, Barry la traîna sur le trottoir.

– Rentre à la maison ! Qu'est-ce qui t'a pris de venir me relancer ici et de me faire honte devant toute la boîte, merde ? T'as vu dans quel état tu es ?

Elle le regarda bien en face et poussa un ricanement de mépris.

– C'est donc la seule chose qui te préoccupe, hein ? Que j'aie l'air si miteux à côté de ce ramassis de putasses ?

Il ne répondit rien.

– Ben, je vais te dire, Barry : d'accord, je suis peut-être pas Joan Collins. Mais comment je pourrais, hein, même si je voulais ? J'ai trois gosses et un quatrième en route, autant de dettes qu'une petite république bananière et, pour couronner le tout, un mari plus intéressé par ses collègues de travail que par ses propres enfants. Je n'ai plus rien à manger à la maison, pas d'électricité et personne pour me donner un coup de main. J'ai peut-être l'air d'une clocharde, mais je regrette ! Avec ce que tu me donnes, tout ce que je peux acheter, c'est des bas morceaux chez le boucher et des fins de série dans le coin des affaires.

Elle pleurait, à présent, furieuse de se laisser affecter à ce point.

Barry sortit un billet de dix livres et le lui tendit. En se débarrassant d'elle rapidement, il pouvait encore emmener Roselle dîner. Surtout, après le débarquement intempestif de Susan, il devait de toute urgence avoir un entretien avec Roselle pour lui exposer sa version de l'histoire.

Susan fixa le billet d'un œil incrédule.

– Dix livres ? C'est tout ?

Il resta muet. Il avait besoin de ce qui lui restait en poche pour sa soirée avec Roselle. Susan capitulait déjà. Elle le regarda en secouant la tête.

– T'es vraiment le pire égoïste que je connaisse, Barry. J'ai même pas de quoi acheter de l'aspirine pour ton fils, et toi, tu t'en fous ! Tu te fatigues même pas à venir voir comment on va ou si on a besoin de quelque chose. Je vis avec trois fois rien, on se serre la ceinture et regarde-toi ! T'as des fringues neuves, les cheveux coupés de frais et tu t'es même fait faire des mèches !

Elle lui vrilla son index dans la poitrine.

– Ça fait des jours et des jours que tes filles attendent que je leur donne les vingt malheureuses livres d'acompte qu'elles doivent verser pour leur voyage en France et toi, qu'est-ce que tu fais ? Tu disparais ! Et le petit que j'ai dans le ventre, t'y penses, Barry ? Qu'est-ce qu'on va en faire, hein ? Ça va être une de bouche de plus à nourrir, alors que t'es pas capable de nourrir les trois gamins que t'as déjà !

Il se contenta de la fixer en silence, comme s'il voulait la contraindre à s'en aller par la seule force du regard. Elle avait l'air tellement confondue, tellement sidérée par son attitude, qu'il en aurait pleuré. Elle devait pourtant bien se rendre compte de la situation dans laquelle ça le mettait, qu'une bonne femme qui avait tout d'une SDF vienne le relancer sur son lieu de travail – et pour lui réclamer de l'argent, en plus. A cause d'elle, il passait pour un salaud. C'était ni plus ni moins que du chantage qu'elle lui faisait là.

Roselle émergea du Hiltone pour lui signaler qu'on avait besoin de lui à la table d'un client qui faisait du chambard.

Il rebroussa chemin vers l'entrée du club et, refoulant Roselle à l'intérieur, se tourna vers Susan en gueulant :

– Rentre à la maison, connasse ! Je te verrai demain matin !

Susan se retrouva seule devant le club. Il s'était mis à pleuvoir, il faisait un froid de canard. Elle fourra le billet de dix livres dans sa poche et tourna les talons. La rue était sombre et grouillait de gens qui la bousculaient sans faire attention à elle.

Elle se retourna et, à travers les portes vitrées du club, vit Barry en grande conversation avec Roselle. Il était tiré à quatre épingles avec son costume neuf et ses cheveux bien coiffés. Il avait même dû s'offrir une manucure : lorsqu'il lui avait passé le billet, sa main lui avait paru bien plus douce que la sienne...

En le voyant penché sur la toute petite femme en robe en lamé rouge, en voyant la façon dont il lui parlait, à la fois grave et implorant, Susan comprit le pourquoi de toutes ces élégances.

Ce n'était pas une de ses histoires de cul habituelles.

Barry était amoureux.

C'était donc ça : pendant qu'elle se rongeait les sangs chez eux, il dépensait tout son argent pour cette gravure de modes ! Ouvrant la porte, Susan pénétra de nouveau dans le Hiltone. Après le froid de la rue, la chaleur lui tomba dessus comme une chape et ses joues se mirent à la brûler. Barry et Roselle se retournèrent pour voir d'où venait ce courant d'air et l'aperçurent, plantée là.

Comme si elle était une rien du tout pas même digne de son attention, Barry la rejoignit en deux enjambées, l'empoigna par le bras et la propulsa sans ménagement dehors. Une fois là, il se mit à la remorquer le long du trottoir, sous le regard étonné des passants.

Susan le força à la lâcher.

– Espèce de salaud ! Ça ne m'étonne pas qu'on te voie jamais ! Moi qui pensais que t'étais comme d'habitude en train de courir la gueuse, je découvre que monsieur a pris de l'ambition !

Il la regarda fixement et Susan comprit qu'elle avait intérêt à ne pas insister. Même quand il était bien luné, la patience de Barry n'était pas infinie et, ce soir, il était visiblement à deux doigts de la perdre. Il la bouscula rudement, d'une bourrade en pleine poitrine.

– Casse-toi, Sue ! Je te préviens, ma petite, me pousse pas à bout !

Il lui décocha une seconde bourrade. Cette fois, Susan perdit l'équilibre et tomba sur la chaussée. Un taxi noir pila devant elle et chassa avant de s'immobiliser. Tandis qu'un passant aidait Susan à se relever, le chauffeur du taxi se pencha par la portière, côté passager, et lui hurla : « Va cuver ailleurs, connasse ! » avant de repartir en semant un flot d'injures dans son sillage.

Susan se retrouva, désespérée, au milieu de la foule indifférente. Sa tentative pour forcer Barry à lui donner un peu d'argent se soldait par un échec. Tout ce qu'elle était venue lui demander, c'était juste de quoi la tirer provisoirement de l'embarras. Au lieu de ça, elle s'était fait humilier et injurier. Elle était pourtant dans son bon droit, non ? D'accord, elle l'avait contrarié, mais il ne pensait donc jamais à elle ? Les petits et elle ne comptaient vraiment pour rien, alors ?

Barry la regarda en haussant les épaules. Susan sentit une bouffée de haine monter en elle. Une haine si intense qu'elle était presque palpable, qu'elle en sentait le goût dans sa bouche. Elle montait du plus profond d'elle-même, tel un grand nuage noir, et filtrait par tous les pores de sa peau pour se répandre dans l'air tout autour.

– Tout ce que je voulais, c'était un peu d'argent pour le voyage scolaire des petites, Bal, pas ta chemise ! Il a fallu que je prenne le métro pour venir ici, et ça a bouffé les trois livres que j'avais quasiment soutirées à cette pauvre Wendy. Si je ne t'avais pas trouvé au club, je n'aurais plus eu qu'à rentrer pied pour qu'il me reste de quoi acheter à manger aux gosses. Et, malgré ça, tu me traites pire qu'une pestiférée, comme si j'avais fait quelque chose de mal.

– Rentre à la maison, Susan, avant qu'il t'arrive malheur. Je ne suis pas d'humeur à supporter ce genre de choses ce soir.

De nouveau, il la poussa en pleine poitrine, si rudement qu'elle faillit s'étaler. Du coin de l'œil, elle voyait des gens les observer depuis les immeubles voisins.

A la porte d'un peep-show, une fille pulpeuse en perruque noire et talons aiguilles les regardait, un petit sourire aux lèvres. Elle pensait manifestement que Susan essayait de forcer l'entrée du Hiltone et que le videur l'éconduisait. Ça allait lui faire une histoire marrante à raconter aux copines, histoire de se changer les idées entre deux passes.

– T'es qu'une ordure, Barry ! Je te garantis que je décollerai pas d'ici tant que tu ne m'auras pas filé plus d'argent.

Le coup l'atteignit à la mâchoire et Susan sentit ses jambes se dérober sous elle. Tel un boxer groggy, elle recula en vacillant, luttant désespérément pour rester debout malgré la douleur qui lui explosait dans la tête tandis que son maxillaire se remettait en place.

Se tenant la joue, elle lui cria :

– C'est la seule réponse que tu connaisses, hein, Barry ? Les coups ! Eh ben, je t'emmerde ! Je m'en fous !

Elle sanglotait, indifférente aux larmes et à la morve qui se mêlaient sur son visage.

– Je m'en fous, t'entends ? Il me faut de l'argent pour mes gosses et tu m'empêcheras pas d'entrer là-dedans et d'y faire une nuit de boulot pour l'obtenir, ce fric, s'il le faut ! Y a pas que toi qu'es capable de te faire du blé à Soho, dis-toi !

A travers les portes vitrées du club, Roselle n'en perdait pas une miette. Elle découvrait une nouvelle facette de son amant, et cette facette n'était guère à son goût. Ouvrant la porte, elle se dirigea vers Susan, la prit par le bras et la fit entrer au Hiltone pour la conduire dans son bureau, à l'étage.

Plusieurs entraîneuses avaient abandonné leur table ou leur tabouret au bar pour assister à ce happening en forme de tranche de vie. L'une d'elles, une grande blonde en fourreau noir pailleté, tendit à Susan un rouleau de papier toilette pour qu'elle s'essuie la figure.

– Ça va, cocotte ?

Susan hocha la tête. La solidarité féminine avait pris le dessus. Il ne restait plus que des femmes faisant cercle autour d'une des leurs manifestement dans de sales draps.

– Venez, montons dans mon bureau. Je vais appeler un taxi pour vous raccompagner chez vous.

Roselle regarda Barry comme s'il était un truc peu ragoûtant collé sous ses semelles.

– Ivan va t'écorcher vif quand il va savoir ça, mon petit bonhomme !

Glissant son bras sous celui de Susan, qui se sentait empotée, humiliée et transie et tenait à peine sur ses jambes, elle l'aida à négocier l'escalier branlant.

Une fois dans le bureau, Roselle lui fit un café, qu'elle arrosa d'une généreuse dose de cognac.

– Dorénavant, je vous enverrai toutes les semaines une partie du salaire de Barry, d'accord ? Je vais arranger ça avec Ivan, il n'y verra aucun inconvénient quand je lui aurai expliqué la situation. D'ailleurs, on le fait déjà avec plusieurs des hommes qui travaillent ici, mon petit.

Susan se doutait bien qu'elle mentait, mais lui sut gré de rendre la chose aussi facile.

– Barry va me tuer. Mais, si je suis venue, c'est vraiment pas par plaisir. J'ai jamais été tentée de mettre les pieds dans ce genre d'endroits, même par simple curiosité. Je sais que Barry se plaît ici, qu'il aime travailler dans cette ambiance, mais, moi, ça ne m'a jamais attirée.

Roselle lui sourit.

– Il faut s'y faire, c'est vrai, et il y a des jours où je préférerais ne pas y avoir pris goût. Mais bon, c'est une façon de vivre et je n'ai pas à m'en plaindre... Cela dit, il m'arrive parfois de me demander ce que ça fait d'être mariée et de coucher toute sa vie avec le même homme.

Susan secoua la tête.

– Ça n'a vraiment rien d'enviable, vous pouvez me croire.

Roselle lui offrit une cigarette, que Susan accepta avec gratitude. Elle ne pouvait s'empêcher de trouver cette petite femme sympathique, même si elle comprenait mal ce qu'une fille aussi jolie et affranchie qu'elle fichait avec le pas grand-chose qu'elle avait épousé.

Roselle ouvrit un tiroir, en tira une énorme liasse de billets – que Susan ne put s'empêcher de regarder avec une lueur de convoitise – et compta cent livres, qu'elle lui remit.

– Considérez ça comme une avance sur le salaire de Barry. Je le lui dirai, ne vous en faites pas.

Susan prit les billets et les envoya rejoindre les dix livres au fond de sa poche.

– Il va me tordre le cou d'être venue, mais je n'avais pas d'autre solution. J'étais pratiquement à bout de ressources.

Elle se passa une main sur le ventre.

– Mon pauvre bébé ! Il n'a pas été à la fête ce soir, lui non plus...

A ces mots, Roselle crut qu'elle allait se mettre à pleurer. Derrière Susan, c'était sa mère qu'elle revoyait soudain. Son visage tuméfié au petit déjeuner, son combat permanent pour mettre quelque chose dans l'assiette de ses enfants et les vêtir, quitte à se priver de tout. Usée avant l'âge, elle était morte à cinquante ans, accueillant la mort à bras ouverts, heureuse de quitter ce monde. Soulagée d'être enfin délivrée de l'épreuve quotidienne qu'était son existence.

Barry traitait sa femme comme il le faisait parce qu'il le pouvait. Parce qu'elle le laissait faire. Parce qu'elle n'avait pas assez de volonté pour lui résister et prendre sa vie en main. Roselle n'ignorait rien de la façon de fonctionner des hommes comme Barry Dalston et de ce dont ils étaient capables. L'idée l'effleura que, coucher avec lui, c'était pratiquement coucher avec son propre père. Lui aussi avait été un homme violent, une brute qui considérait les plus faibles que lui comme autant de proies offertes. Sa femme et ses enfants y compris.

– Vous vous sentez assez bien pour rentrer chez vous ? s'enquit-elle d'une voix douce.

Le visage livide de Susan était un masque de douleur. Sortant un manteau de fourrure d'un placard, Roselle lui sourit.

– Venez, je vais vous raccompagner moi-même. Comme ça, je serai sûre que vous êtes arrivée à bon port sans problème. Sinon, je risque de me faire du souci pour vous toute la nuit.

Susan se mit à secouer frénétiquement la tête.

– Non, non ! Barry serait furieux...

Roselle l'interrompit.

– Je me fous de l'opinion de Barry ! Il travaille pour Ivan et pour moi. Ici, il fait ce qu'on lui dit de faire.

Susan était terrifiée, ça se lisait sur son visage.

– Il y a des toilettes à côté. Allez vous passer de l'eau sur la figure et arrangez-vous un peu. Je donne un coup de fil et je vous ramène chez vous. Et pas de discussion, d'accord ?

Susan s'inclina. Elle cédait toujours devant l'autorité.

Uriner lui fut si pénible que Susan eut l'impression que ses entrailles allaient lui sortir par le vagin. Un poids lui écrasait le bas-ventre, un peu comme si elle avait des contractions. Elle espéra qu'il ne s'agissait pas des symptômes d'une nouvelle fausse couche.

Assise sur le siège froid des toilettes, elle s'efforça de se relaxer, le front couvert de sueur, l'estomac noué par une crampe. Elle sentit la nausée monter en spirale et la peur s'emparer d'elle.

Toute cette histoire avait dû mettre Barry hors de lui. Si seulement elle était restée chez elle et avait laissé la situation se régler d'elle-même…

Elle se lava les mains et, s'étant aspergé d'eau le visage, se regarda dans la glace qui surmontait le lavabo. Elle avait de grands cernes noirs sous les yeux et un bleu se formait déjà à côté de son menton. Elle puait. Son vieux manteau trempé de pluie sentait le chien mouillé. Elle avait les mains rêches. Et jamais ses ongles rongés et ses gros doigts courtauds ne lui avaient paru aussi indécents que lorsqu'elle s'empara de la serviette rose qui pendait à un clou pour se les essuyer.

Quoi d'étonnant à ce que Barry n'ait plus envie de rentrer chez eux ? Il préférait de loin passer son temps en compagnie de la femme qui était à côté, dans le bureau. En ce qui la concernait, son mari pouvait rester avec cette femme, mais elle se doutait que Roselle était bien trop futée pour envisager une liaison durable avec lui.

Restait que l'argent de Barry lui était indispensable. Elle avait des gosses à élever. Elle réintégra le bureau, un sourire emprunté aux lèvres. Roselle l'attendait, superbe dans son manteau de fourrure, avec son maquillage impeccable et ses cheveux parfaitement coiffés, et Susan ne put s'empêcher de lui envier son aisance et son assurance.

– Ah ! Vous voilà ! Eh bien, allons-y !

Barry les attendait au pied de l'escalier avec des yeux de fou. Il jeta à Susan un regard haineux.

– Où est-ce que vous allez ?

Roselle haussa les épaules.

– Je raccompagne ta femme chez elle. Enceinte comme elle est, hors de question qu'elle prenne les transports en commun.

Barry secoua la tête.

– Jamais !

Il y avait dans son ton un caractère final que Susan reconnut.

– Ne vous dérangez pas, madame, je vais prendre un taxi. Merci encore de votre proposition.

– Je te raccompagne moi-même, Susan.

Il avait déjà ses clés de voiture à la main.

Roselle secoua la tête d'un air sceptique.

– J'ai tout organisé avec Ivan.

Barry lui lança un regard glacial.

– Eh ben, t'as plus qu'à tout annuler !

Sur ce, il empoigna Susan par le bras et sortit en la traînant derrière lui. Roselle leur emboîta le pas mais, sans s'inquiéter de sa présence, Barry propulsa Susan jusqu'à sa voiture – une Mercedes noire dont elle ignorait jusqu'à l'existence. L'ayant poussée sans ménagement à l'intérieur, il démarra sur les chapeaux de roue sans adresser une parole à Roselle, qui regarda la voiture disparaître au coin de la rue.

Susan et lui traversèrent tout Londres sans desserrer les dents. Dès qu'ils furent dans l'East End, il se gara sur le parking d'un grand ensemble, le long de Roman Road.

Il se tourna vers elle et la fusilla du regard.

– T'es vraiment une foutue conne, Susan ! J'espère que tu t'en rends compte, dis ? T'as signé ton arrêt de mort, ce soir ! Venir me coller la honte comme ça ! J'arrive pas à croire que t'aies osé. Comment t'as pu être assez bête pour t'imaginer pouvoir t'en sortir indemne, alors ça, ça me dépasse !

Sa voix avait ce détachement froid qu'elle avait appris à reconnaître : le signe avant-coureur, généralement, d'une bonne dégelée.

– Je ne voulais pas aller là-bas, tu le sais, Bal, mais aujourd'hui, j'ai bien été forcée de le faire. Je n'avais pas le choix.

Elle s'entendait plaider sa cause. Son ton implorant et la peur qui faisait trembler sa voix la dégoûtaient. Mais elle avait un bébé à protéger, Barry lui en avait déjà fait perdre un en la frappant.

– Il faut que je m'occupe des petits, Bal. Je ne suis pas comme toi, moi. Je ne peux pas me permettre de choisir ce que j'ai envie de faire ou pas. J'ai pas le droit d'aller baguenauder et d'oublier les gosses des semaines entières, parce qu'il faut que je les nourrisse, que je les tienne propres, que je les conduise à l'école. Et ça, tous les jours.

Elle aurait voulu pouvoir se taire, arrêter de le provoquer, mais les mots jaillissaient de ses lèvres comme un torrent.

– Je dois écouter toutes leurs petites misères, m'assurer qu'ils ne manquent de rien, qu'ils sont lavés et bien habillés. Il faut que je trouve le temps de leur parler, de les consoler quand ils ont passé une mauvaise journée... Barry Junior a mal à une oreille parce qu'il est en train de faire ses dents. Je n'avais même pas les quelques pennies que coûte une boîte d'aspirine, tout ça parce que t'as pas fait l'effort de passer à la maison pour me laisser de l'argent. J'ai tapé tout le monde autour de moi, y compris ta mère, en attendant que tu daignes faire une apparition. Alors, ne viens pas me dire que je t'ai collé la honte ! J'ai une ardoise longue comme ça dans deux épiceries, ils me feront pas crédit d'un bonbon à un sou avant que j'aie épongé mes dettes. Ta réputation ne nous vaut plus aucun passe-droit, Barry. T'es un *has been*, exactement comme mon père. Bannerman y a veillé. Alors, à part aller tapiner à Sheherd's Market, tu peux me dire ce que j'étais censée faire ? Attendre le Père Noël ? Eh ben, vas-y ! Fais-moi ton numéro favori ! Cogne ! Shoote-moi dans la tête ! Si tu savais à quel point je m'en fous !

Elle le regarda et, une fois de plus, sa belle gueule la fit fondre. Inutile de chercher ce qui, en lui, séduisait tant les femmes comme Roselle. Il était beau et il était dangereux. Comment avait-elle fait pour ne pas s'en rendre compte à quinze ans ? Que de chagrins, que de larmes elle aurait pu s'épargner...

Barry resta cinq longues minutes à la fixer en silence, conscient de la peur qu'elle ressentait. Il la sentait émaner d'elle par vagues. Ce qu'il voyait, ce n'était pas Susan, la mère de ses enfants, cette femme droite, fidèle et digne de respect, à sa manière.

Il la voyait avec les yeux de Roselle.

Miteuse, soumise, puante.

Jamais, de sa vie entière, il ne s'était senti aussi humilié que ce soir.

Tout ça par la faute de Susan.

Elle l'avait montré sous son véritable jour et ça, jamais il ne le lui pardonnerait.

D'un revers, il la frappa au visage avec tant de force que le coup résonna étrangement à l'intérieur de sa belle voiture neuve. Une voiture qu'il avait achetée pour épater Roselle et les entraîneuses du Hiltone. Pour impressionner des putes au détriment de sa propre famille.

– Tu crois que tu m'as définitivement coulé là-bas, hein, c'est ça ?

Il lui asséna une autre gifle, plus forte que la première, et jubila de la voir tenter de se protéger la tête et le corps tandis qu'il la rouait de coups sans cesser de parler à mi-voix. Enfin, ouvrant la portière contre laquelle elle était acculée, il l'envoya rouler par terre. Son corps alourdi par la grossesse s'écrasa sur le trottoir mouillé comme un vulgaire sac de pommes de terre.

Il jaillit de son siège, contourna la voiture et se mit à la bourrer de coups de pied. Modérés dans un premier temps, ses coups gagnèrent peu à peu en violence pour culminer dans un shoot féroce qui expédia Susan cinquante centimètres plus loin.

Les phares d'une voiture les illuminèrent brusquement, comme des projecteurs sur un plateau de théâtre. Deux policiers mirent pied à terre et se précipitèrent vers eux.

– Tenez, m'sieur l'agent ! Je vous la laisse. Vous pouvez la garder, cette pouffiasse de merde. Moi, j'en veux plus.

Certain que la police, à son habitude, préférerait ne pas intervenir dans un problème domestique, Barry les laissa debout devant le corps inanimé de sa femme. Susan leur raconterait ce qu'ils voulaient entendre. Lui, il resterait aussi intouchable que les coffres de la banque d'Angleterre.

Il sauta au volant, jaillit en marche arrière du parking et, pied au plancher, mit le cap sur le West End et Roselle. La femme qu'il allait devoir attendrir s'il voulait rester dans ses petits papiers.

Les deux policiers contemplèrent la silhouette recroquevillée à leurs pieds et soupirèrent.

– C'était pas Barry Dalston, ce type ?

Le plus vieux des deux hocha la tête.

– Oh ! que si ! Conduisons-la à l'hosto et laissons les toubibs se dépatouiller avec elle. Je me sens pas d'humeur à me mêler d'histoires de famille, ce soir.

Susan perdit son bébé sur la banquette arrière de la voiture de patrouille, ce qui contraria beaucoup l'agent Hutchinson.

– Tout ce sang et ces cochonneries... Elles ont vraiment rien dans le crâne, ou quoi, ces femelles ? T'as pas idée du nombre incalculable de fois où j'ai été appelé d'urgence chez les Dalston. Ça n'empêche qu'elle le reprendra s'il revient. Elles le font toutes.

L'idée n'effleura pas l'agent Hutchinson que Susan n'avait pas le choix.

17

Hilare, Susan parlait à tue-tête, d'une voix stridente de femme soûle. Dans le pub envahi par la fumée des cigarettes régnait une telle cacophonie que les habitués avaient du mal à s'entendre parler. Les conversations avinées n'en allaient pas moins bon train.

Un chippendale monta sur la petite scène improvisée. June accueillit son apparition avec des cris d'orfraie. C'était *the* beau mec dans toute sa splendeur, avec des cheveux blonds coupés ras et des tas de muscles qui faisaient des vagues sous sa peau.

– Montre-nous ce que tu caches, mon mignon !

Comme toujours, on n'entendait qu'elle.

– Ouh ! J'ai déjà vu des trucs plus gros sortir d'une pomme !

Ivy était dans son élément. Ce pub, depuis peu, était son lieu de prédilection. Elle qui, pendant des années, avait jugé les bars locaux trop vulgaires et mal famés pour elle, s'était mise à y passer ses nuits avec une assiduité et une ardeur qui choquaient tout son entourage, Joey en premier, qui n'en revenait pas de ce revirement spectaculaire.

Ces temps-ci, Susan était au mieux avec sa grand-mère, qui retrouvait en elle l'Ivy qu'elle avait été au même âge, accablée de soucis, toujours à s'échiner pour joindre les deux bouts. Même Joey ne pouvait s'empêcher de plaindre sa fille. La dernière raclée que lui avait administrée Barry lui avait laissé une boiterie permanente. Il lui avait éclaté l'astragale, mais la chose était passée inaperçue tant que Susan n'avait pas été remise de sa fausse couche. Joey lui-même avait trouvé la conduite de Barry révoltante et, bien chauffé par June et Ivy, avait pris son gendre à part et lui avait fait voir les sept couleurs de l'arc-en-ciel. Barry avait encaissé sans un mot, comme s'il s'y était attendu. Il se rendait compte que, cette fois, il avait vraiment passé les bornes.

Restait qu'au fond Joey savait que c'était surtout à cause du job de son gendre qu'il l'avait dérouillé. Il lui avait maintes et maintes fois demandé de glisser un mot en sa faveur à Ivan, en se doutant bien qu'il n'en ferait rien. Barry se considérait désormais comme au-dessus de lui et, ça, Joey ne le digérait pas. Mais alors, pas du tout.

Cet état de choses entretenait entre eux une hostilité larvée et poussait Joey à se montrer très présent auprès de sa fille, ces derniers temps. C'était l'unique façon qu'il avait trouvée de prendre sa petite revanche sur Barry et il trouvait ça jubilatoire.

En plus, les enfants étaient adorables. Quels que soient ses défauts, Susan était une mère formidable et tout le monde s'accordait à louer les efforts qu'elle déployait pour bien élever ses gosses dans la situation difficile où elle se trouvait. Mais, ce soir, Susan était venue au pub pour s'amuser. Elle avait trop bu et manifestait bruyamment sa joie. Joey éclata de rire en la voyant tenter de se lever et retomber lourdement sur sa chaise.

Sur la scène, le chippendale multipliait les contorsions et les poses suggestives, exhibant ses avantages sous le nez des femmes, défiant l'une d'entre elles de lui arracher son string avec les dents.

– Viens par ici, mon joli, que je te montre ce que je sais faire, même sans dents !

La boutade d'Ivy fut accueillie par des hurlements de rire.

– Tais-toi donc, m'man ! Tu vois pas que tu le terrifies, ce garçon ?

La musique s'arrêta et la petite scène fut replongée dans le noir. Susan, qui était enfin parvenue à s'extraire de sa chaise, mit le cap sur les toilettes des dames. Doreen lui emboîta le pas.

– Ton petit Barry, quel numéro, Sue ! Tu sais ce qu'il m'a sorti aujourd'hui ? Il m'a demandé pourquoi les nuages existent, alors j'y ai répondu que c'était pour que le ciel soit plus joli quand on avait envie de regarder quelque chose de beau. Et là, tu sais ce qu'il m'a dit ? Il m'a dit : « Pourquoi que le bon Dieu a pas fait le ciel tout le temps beau, comme ma maman ? »

Susan s'esclaffa.

– Il a que trois ans, le pauvre chou ! Il a pas encore eu bien le temps de me regarder…

Doreen s'installa sur la cuvette des waters sans fermer la porte. Si une femme entrait, tous les soiffards qui assiégeaient le bar auraient une vue imprenable sur elle, mais c'était le cadet de ses soucis. Celui de Susan aussi, d'ailleurs. Ça ne ferait que mettre un peu plus d'ambiance, leur donner une nouvelle occasion de rigoler.

– C'est un amour ! Et avec ton seigneur et maître, ça se passe comment ?

Susan soupira.

– Comme d'hab'… Tant qu'il aura un cul pour péter, je vois pas pourquoi il changerait.

Doreen haussa les épales. Le contraire l'eût étonnée.

D'une main incertaine, Susan entreprit de se faire un raccord de rouge à lèvres et se mit à glousser en tentant de ne pas faire déborder son trait.

– Je suis bourrée, Dor ! Y a des années que j'ai pas pris une cuite pareille !

Doreen s'essuya et remonta sa culotte et ses collants en vacillant sur ses jambes.

– Eh ben, ça peut pas te faire pas de mal de te défouler un peu de temps en temps…

Susan s'engouffra en tanguant dans le box que Doreen venait de libérer et baissa son pantalon, une main appuyée sur le mur pour se stabiliser. Elle sentit monter un haut-le-cœur et prit plusieurs grandes inspirations. Elle était encore plus soûle qu'elle croyait.

– J'suis ronde comme une queue de pelle !

Elle se lava les mains et elles regagnèrent leur table. En y découvrant Barry, Susan sentit son cœur manquer un battement. Elle se força à sourire.

– Salut, Bal ! Ça fait une paye que je t'ai pas vu, dis donc !

Le sarcasme avait beau échapper à Barry, ce n'était pas une raison pour se priver de ce petit plaisir. A la vue du double scotch posé devant lui, elle redouta qu'il ait l'intention de rester, mais il ne tarda pas à lever de lui-même ses inquiétudes.

– Tu saurais pas où est mon passeport, Sue ? Je le retrouve pas.

Elle sourit.

– T'es passé à la maison, si je comprends bien...

Il hocha la tête.

– J'ai vu les petits, j'ai joué un moment avec eux et je leur ai donné quelques livres pour s'acheter des bonbons.

On aurait dit qu'il cherchait à se faire pardonner de ne pas être présent plus souvent. C'était nouveau !

– Pourquoi tu le cherchais, ton passeport ?

Il la regarda avec un sourire gêné.

– Ivan m'envoie en Espagne pour recouvrer une dette.

– C'est chouette, ça, Bal ! Ça te changera un peu de Liverpool et de Birmingham. A toi le soleil et les nanas ! C'est super ! Roselle part avec toi, j'imagine...

Il fit signe que oui.

Depuis le soir où elle était allée au Hiltone, la vie de Susan avait changé du tout au tout. Elle avait trouvé une amie. Roselle veillait à ce que Barry remplisse ses obligations familiales et, de son côté, Susan acceptait sa liaison avec Roselle. De toute façon, comment aurait-elle pu l'en empêcher ? S'il décidait d'avoir une aventure, il en aurait une, quoi qu'elle fasse. Au moins, grâce à Roselle, elle recevait de l'argent régulièrement et Barry lui fichait une paix relative. Susan n'en demandait pas plus.

Une fois par mois, les deux femmes se retrouvaient pour déjeuner, après quoi Roselle offrait un petit luxe à Susan sous forme d'une séance chez le coiffeur, d'une robe neuve ou d'un sac à main. Des petits riens, mais qui faisaient infiniment plaisir à Susan et l'aidaient à se sentir mieux dans sa peau. Grâce à Roselle, elle retrouvait un peu d'estime de soi.

Mieux, les deux femmes s'entendaient à merveille. Elles découvraient l'une chez l'autre des choses qu'elles s'étaient crues seules à avoir. Une même passion pour la lecture et le cinéma, par exemple. Il y avait des années que Susan n'avait pas été aussi épanouie, ça la réconciliait avec elle-même. Vu que Barry s'était quasiment installé chez Roselle, jamais la vie ne lui avait paru plus agréable.

– Ton passeport est dans le placard du compteur électrique. Je l'ai caché au milieu de tout un tas de lettres et de papiers, pour plus de sûreté.

Il inclina la tête, rasséréné. Il se leva et baissa les yeux vers Susan.

– T'es belle comme tout, ce soir. Je te paie un verre avant de me sauver ?

Elle secoua la tête, sidérée qu'ils puissent se parler comme ça, désormais. Qu'il la traite avec respect.

– C'est gentil, Bal, mais je crois que j'ai assez bu pour ce soir.

Il lui décocha un sourire et mit le cap sur le bar. Beau et bien habillé comme il l'était, il tranchait sur la foule des habitués. « C'est vraiment un bel homme », songea Susan, qui l'avait suivi des yeux. Il n'y avait qu'à voir la façon dont toutes les femmes le zieutaient, sans se douter qu'au passage, lui, les jaugeait et leur mettait mentalement une note de zéro à dix.

La chose la fit sourire. Si Roselle avait pu le voir distribuer les clins d'œil aux plus jeunes, les sourires aux plus âgées, leur laissant croire à toutes qu'elles avaient leurs chances avec lui… Elle se demanda fugacement s'il lui faisait des infidélités, mais chassa cette pensée de son esprit.

Si c'était le cas, il faisait une énorme connerie. Les femmes comme Roselle, ça ne courait pas les rues, et si quelqu'un était bien placé pour le savoir, c'était Barry. Tandis qu'elle le regardait, elle entendit une voix familière l'interpeller.

– Salut, Susan ! Alors, qu'est-ce que tu deviens ?

C'était Peter White, un ancien camarade d'école.

– Oh ! Peter ! Comment vas-tu ? T'as l'air en pleine forme, dis donc.

Il la regarda avec un large sourire, d'autant plus immaculé qu'il avait le teint hâlé. Il était dans la marine marchande. Il avait quitté le toit familial à quinze ans pour s'embarquer sur des petits cargos qui faisaient du cabotage sur les côtes anglaises. A présent, il naviguait sur toutes les mers du monde à bord des porte-conteneurs de l'Associated Container Transportation et des bâtiments de la Blue Star.

C'était un homme grand, bien bâti, avec des yeux verts rieurs, des cheveux blonds roux et un petit début d'embonpoint. Mais il émanait de lui une séduction virile.

– Je débarque tout juste d'Amérique du Sud. Je me suis dit qu'en venant faire un tour ici j'avais des chances de prendre des nouvelles d'un peu tout le monde. Ta mère est plus belle que jamais, dis donc ! Ce que j'ai pu avoir le béguin pour elle, quand j'étais en culottes courtes...

Susan éclata de rire.

– T'as toujours un goût déplorable en matière de femmes, Peter ! T'es marié, à propos ?

Il secoua la tête.

– Mais t'as une fille dans chaque port, je parie !

– Si on peut appeler ça des « filles » ! A l'étranger, elles sont pas de la première fraîcheur, les putes, pas vrai ?

Barry avait parlé d'une voix si forte qu'autour de lui les conversations étaient restées en suspens.

Peter prit une profonde inspiration.

– Salut, Sue, à un de ces jours ! dit-il d'une voix pleine de gentillesse. Prends bien soin de toi !

Susan hocha la tête, regrettant l'intervention de Barry.

– Peter voulait juste être poli, Bal. Je le connaissais bien avant de te connaître, bon sang !

Une moue méprisante retroussa la lèvre supérieure de Barry.

– C'est un petit branleur. Gare à toi si j'apprends qu'on t'a vue avec lui, t'entends ?

Il était de nouveau le Barry d'autrefois. Le Barry possessif, qui se croyait propriétaire. Qui décidait de tout dans son existence, jusqu'aux gens à qui elle avait le droit parler ou pas. Susan sentit le cafard lui tomber dessus.

– C'est un voisin, Bal, rien d'autre. Arrête de faire flipper tout le monde, pour une fois, et détends-toi ! Toute façon, t'as aucune raison d'être jaloux. Parce que je vois vraiment pas comment je pourrais lui taper dans l'œil...

Elle avait achevé sur une note humoristique pour essayer de détendre l'atmosphère, mais Barry garda son masque renfrogné.

– Tu ferais peut-être bien d'y aller, Barry. Roselle t'attend, je suis sûre.

Il la regarda avec un sourire mauvais.

– T'essayes de te débarrasser de moi pour pouvoir continuer tes parlottes avec ton Popeye à la mords-moi-le-nœud, c'est ça ?

Elle alluma une cigarette et aspira une longue bouffée. Une stripteaseuse venait de faire son entrée en scène. Une grosse fille, limite obèse, avec des cuisses énormes et un ventre flasque. Ce fut un massacre. Entre leurs vannes salaces et leurs mains baladeuses, les gars du bar ne lui laissèrent pas une chance. Barry trouva ce spectacle écœurant. Il valait mieux qu'eux, à présent. Il se sentit conforté par cette idée. Voyant Peter White en grande conversation avec une autre femme, il se leva pour s'en aller.

– T'y pars pour combien de temps, en Espagne ?

Il regarda Susan. Elle était tout à fait acceptable, ces derniers temps. Rien de sensationnel, bien sûr, mais plus à faire peur, au moins.

– Comment va ta cheville ?

La question la prit au dépourvu. Il ne faisait jamais la moindre allusion à sa patte folle.

– Ça peut aller... Y a que quand il fait humide que je la sens. D'après les toubibs, l'arthrose s'y est mise parce que c'était une mauvaise fracture. Sans ça, elle me gêne pas trop. J'arrive à faire avec. Pourquoi tu me demandes ça ?

Il jeta un coup d'œil éloquent en direction de Peter White et elle leva les yeux au ciel.

– T'as vraiment pas besoin de me menacer, Barry. Les hommes, moi, non merci ! Je m'en passe très bien. Dieu sait qu'on peut pas dire que la chance m'a servie avec celui que j'ai déjà ! T'es pas d'accord ?

Il leva la main et elle eut un geste de recul, mais il se contenta de lui pincer le menton.

– Me redemande plus jamais pour combien de temps je pars, compris ? Je te dis tout ce que t'as besoin de savoir, alors contente-t'en !

Il se dirigea vers la porte et sortit. Personne ne lui dit au revoir. Pas même Joey.

Doreen vint s'asseoir à côté de Susan.

– Ce qu'il est gonflé, quand même ! J'en reviens pas, Sue.

Susan sourit.

– Moi, si ! C'est un empêcheur de tourner en rond doublé d'un égoïste fini. Il ne veut pas de moi, mais il ne supporte pas l'idée que quelqu'un d'autre pourrait s'intéresser à moi. Il a pas besoin de se faire du souci. Les hommes, j'en ai soupé. Merci bien ! C'est trop galère.

Malgré tout, une petite part d'elle-même ne pouvait s'empêcher d'être flattée par sa réaction. Elle en fut contrariée, parce que, Barry, elle n'en voulait plus. A moins que…

Elle préféra en rester là. Elle avait trop peur de la réponse. Mais le simple fait de se poser la question la dégrisa instantanément.

Après le pub, la fête se prolongeait chez June et Joey. Le tourne-disque marchait à plein volume et l'alcool coulait à flots. Un samedi soir typique. Debbie était là, en compagnie de son mari, Jamesie Phillips, un petit marlou de Canning Town qui vivait d'arnaques – une sorte de Barry au petit pied.

Debbie était enceinte et venait à peine de rentrer en grâce auprès de la famille. Elle s'était fâchée avec tout le monde quand elle avait emménagé dans sa maison flambant neuve à Rainham, dans l'Essex. Pendant longtemps, elle s'était comportée envers eux comme si, pour parler comme June, « elle croyait que sa merde sentait la rose ».

Mais elle n'avait pas tardé à se sentir bien seule. Jamesie « travaillait » toute la journée et passait ses soirées au pub à boire avec ses copains. Il la battait, aussi, ce qui n'avait surpris personne, sauf elle. Debbie avait déjà fait deux fausses couches et semblait avoir des difficultés à mener ses grossesses à terme.

Susan se demandait si ça ne tenait pas au nombre de fois que sa sœur s'était fait avorter, par le passé. Debbie avait toujours considéré l'avortement comme un moyen de contraception. Peut-être était-elle en train d'en payer le prix. Mais Susan, qui savait tout le bonheur que vous apportent des enfants, si dur soit-il de les élever, était navrée pour elle. Sans les siens, elle mourrait. Elle en était aussi certaine que de s'appeler Susan Dalston.

La vie qu'elle menait actuellement pouvait sembler curieuse, vue de l'extérieur, mais elle n'en aurait pas changé pour tout l'or du monde. Elle avait tout ce qu'elle désirait : un peu d'argent, ses enfants qu'elle adorait et surtout, pas de Barry dont s'inquiéter. En ce moment, c'était Roselle qui s'occupait de tout, y compris de ses chaussettes, et la chose convenait à merveille à Susan, qui s'était tant fait piétiner.

Elle passa dans la cuisine et se reversa un gin tonic. Il ne restait plus de glaçons et elle le but tiède, savourant l'ivresse où elle baignait. Elle éclata de rire en repensant à la scène de jalousie de Barry. Quel drôle de type c'était, décidément !

Brusquement, elle se sentit seule et regretta de ne pas être bien au chaud dans son lit, avec Barry Junior à côté d'elle. Etant le plus petit, il dormait avec elle mais, bien souvent, en ouvrant les yeux le matin, elle découvrait que les deux filles s'étaient, elles aussi, glissées dans ses draps pendant la nuit.

Penser à ses enfants, à ces tout-petits qu'elle avait tenus dans ses bras, lui fit monter les larmes aux yeux.

Et puis, il y avait les autres. Ceux qu'elle avait perdus. Jason et le petit Luke, sa splendeur. Et celui qu'elle avait senti glisser hors de son ventre, sur la banquette arrière de cette voiture de flics…

Barry Dalston était un salaud. Et un salaud violent. Il lui avait pris ces enfants aussi négligemment qu'il les lui avait faits. Sans réfléchir. Elle se reversa un verre. Cette fois, elle le but d'un trait et frissonna.

Un bras entoura soudain ses épaules et elle fit volte-face.

C'était son père.

– Qu'est-ce qui se passe, Sue ? Qu'est-ce que tu fiches ici toute seule ?

Il remarqua ses larmes.

– C'est encore ce petit con qui t'a emmerdée ? fit-il d'une voix dure. Je l'ai vu, ce soir, en train de te déverser sa diarrhée verbale dans le tuyau de l'oreille.

Elle haussa les épaules.

– C'est juste que j'ai trop bu, p'pa. Et que je pensais aux enfants. A quand ils étaient tout petits. Je fais un peu de nostalgie, c'est tout.

Elle se mit à rire, comme pour exorciser sa tristesse.

– Allez ! Viens faire un gros câlin à ton père !

A posteriori, Susan mit la chose sur le compte de l'alcool. Sans lui, elle aurait été davantage sur ses gardes. Elle aurait saisi, à sa voix, ce que son père entendait par là. Mais elle était jeune, elle était triste et elle se sentait seule. Et tandis que Joey la prenait dans ses bras, elle éprouva ce que ses propres enfants éprouvaient lorsqu'elle les câlinait. Ce que tout enfant éprouve au contact de ses parents. Elle avait besoin de se sentir, ne serait-ce qu'une fois, protégée, aimée.

La main de Joey monta vers sa poitrine, mais elle ne saisit pas tout de suite ce qu'il s'apprêtait à faire. Pour elle, il voulait juste la lui poser sur la joue.

A la seconde où il refermait les doigts sur son sein, elle lui donna, de toutes ses forces, un coup de genou à l'entrejambe.

Joey se recroquevilla en gémissant, les mains serrées sur ses génitoires en feu. Au moment où il s'effondrait à ses pieds, June entra dans la cuisine. Devinant ce qui venait de se passer, elle se mit à invectiver son mari et sa fille.

– Qu'est-ce que tu lui laisses te faire, dis, petite salope ? T'arrives pas à garder ton mari dans ton lit, alors tu t'attaques à ton père ?

Les occupants du living étaient toute ouïe, savourant déjà la perspective d'une belle empoignade entre June et Joey.

Leurs attentes ne furent pas déçues.

Dès qu'il fut en mesure de bouger, Joey se hissa sur ses pieds devant l'évier et s'en prit à sa femme.

– Mais qu'est-ce que tu racontes, connasse ? C'est ma fille, bordel !

June n'avait pas fini de pousser sa gueulante. Hors de question, pour elle, de baisser pavillon. Elle commençait à peine à s'amuser et à goûter le drame qu'elle avait déclenché.

– Je sais très bien ce qui s'est passé, mon vieux, et tu ne me feras pas taire ! C'est pas la première fois, d'ailleurs, hein ?

Joey se rua sur elle, poings et pieds levés. Insensible aux cris de sa femme, il l'empoigna par les cheveux et la traîna jusque dans la coursive, où il se mit à la dérouiller avec toute la force et l'énergie dont il était capable.

Debbie se mit à hurler, Ivy à glapir. Susan espéra que quelqu'un appellerait les flics et une ambulance. Elle prit son sac et son manteau, ouvrit la porte et, enjambant son père et sa mère, partit rejoindre ses enfants.

C'était toujours la même chose. Quoi qu'ils fassent, si belle que soit la journée, il fallait qu'ils gâchent tout. Ils y arrivaient toujours.

Elle sentait ses larmes monter, l'oppresser. Elle avait du mal à déglutir. Ses yeux étaient rouges et la brûlaient, comme si on lui avait jeté une poignée de sable. Elle était atterrée. Elle venait de comprendre qu'elle n'avait rien à espérer de bon ou de positif de ses proches. Les personnes qui comptaient le plus dans sa vie, après ses enfants, étaient tous des menteurs, des voleurs, des prédateurs sexuels. Leur existence ne tournait qu'autour d'eux-mêmes, de leurs besoins, de leurs désirs. Barry comme les autres. Il s'apprêtait à partir pour l'Espagne en compagnie de Roselle, sans même lui avoir laissé une adresse au cas où un des petits tomberait malade ou aurait un accident. Si elle lui demandait où le contacter, il prendrait ça pour une provocation, une tentative pour le pister et le surveiller.

Cela dit, Roselle la joindrait forcément. Par carte postale ou par téléphone. Elle le faisait toujours.

Ils avaient passé une si bonne soirée… Pourquoi son père avait-il fait ça ? Tout passait par le sexe, pour lui. Il ne parlait que de ça, ne pensait qu'à ça, ne désirait que ça.

Elle était presque arrivée chez elle. Elle respira à fond, se passa la main sur la figure et se lissa les cheveux. Le fils aîné de Doreen, qui gardait les enfants, ne devait se douter de rien.

En soupirant, elle entreprit de faire le tour de la maison pour entrer par derrière.

Une main jaillit de l'obscurité et se referma sur elle. Elle ouvrit la bouche pour crier, mais pas un son n'en sortit. Puis une bouffée d'after-shave Paco Rabanne lui parvint et elle comprit que c'était Barry.

– A quoi tu joues, Bal ? Pour un peu, je faisais une crise cardiaque.

Il la regarda avec un rictus en coin.

– Je te guettais, pour voir avec qui tu rentrerais. Je me suis dit que Popeye te raccompagnerait peut-être, histoire de te régaler de quelques chants de marins et de mouiller son ancre au ras de ta ligne de flottaison…

Ses paroles étaient tellement dégradantes que Susan sortit de ses gonds.

– Tu peux parler, Bal ! T'habites chez ta maîtresse, t'as toujours vécu ta vie à ta guise, tu t'es tapé toutes les nanas que t'as voulu, tu m'as même filé une maladie vénérienne et t'as le culot de m'espionner, au cas où j'aurais envie de m'offrir une petite partie de jambes en l'air ? Eh ben, rassure-toi ! Je n'ai aucune envie de baiser, ni avec toi, ni avec un autre. Tu peux te coller ça dans le crâne ? Je déteste le sexe. Je hais le sexe. Tout ce que ça fait, c'est vous pourrir l'existence. Autour de moi, je ne connais personne qui ait, ne serait-ce qu'une fois, fait l'amour comme il faut avec quelqu'un ou qui ait éprouvé de l'amour pour qui que ce soit. Alors, remballe tes soupçons, saute dans ta bagnole de luxe et va rejoindre Roselle. Parce que tu ne fais plus du tout partie de mon existence, Bal. Et tu n'appartiens plus à ce monde. T'as réussi à passer dans la catégorie supérieure et, franchement, c'est pas moi qui te jetterai la pierre.

Elle tenta de s'éloigner de lui, mais il la retint par le coude.

– C'est à moi que tu parles, là ? Qu'est-ce que c'est que ce ton que tu prends, subitement ?

Elle s'arracha de son emprise et, à bout de nerfs, lui hurla :

– J'en ai ras le bol, Barry ! J'en ai ma claque de tout ça. Tu sais ce qui m'est arrivé ce soir ?

Il scruta son visage défait. Elle était presque belle, dans la semi-obscurité.

– Mon père m'a sauté dessus dans la cuisine de ma mère !

Elle entendit les mots tomber de sa bouche, consciente, dans sa soûlographie, de la voix de la raison qui lui criait de se taire, de ne pas dire à Barry ce qui s'était passé.

– Mon propre père ! Tu trouves que c'est une vie, ça ? J'ai vingt-sept ans, mais mon père s'estime toujours libre d'exercer son droit de cuissage sur moi.

Elle s'était remise à pleurer, secouée de gros sanglots qui la rendaient incohérente, l'empêchaient de décrire ce qu'elle ressentait, d'expliquer à cet homme qui n'était plus vraiment son mari à quel point elle se sentait blessée, salie. A quel point elle les haïssait tous, à quel point ils la dégoûtaient, tous. Sa mère et Barry y compris.

Il la prit par le bras et l'entraîna vers la maison. Il glissa un billet de cinq livres au fils de Doreen, ravi de l'aubaine, et prépara une tasse de thé pour Susan.

Elle s'assit sur son canapé neuf – une récente acquisition rendue possible grâce à la générosité de Roselle et à la régularité de ses rentrées d'argent – et, comme elle regardait le foyer agréable et luisant de propreté qu'elle avait créé pour elle et ses enfants, la futilité de son existence l'accabla. Tout le monde la traitait comme si elle était un objet, un bien dont on pouvait user et abuser à sa guise. Sans se demander une seconde s'ils la blessaient ou si elle était d'accord.

Elle avala une gorgée de thé et fit une grimace. Il était brûlant et trop sucré.

– Je suis un régime, Bal, même si ça ne se voit pas… je n'ai pas avalé un gramme de sucre depuis plus d'un an.

Ça ne l'empêcha pas de vider sa tasse. Boire chaud lui faisait du bien.

– Qu'est-ce qui s'est passé avec Joey, alors ?

Elle secoua la tête.

– La même chose que d'habitude.

Barry avait l'air si furieux qu'elle lui en sut gré. Son affection comptait beaucoup pour elle. La sienne ou celle de n'importe qui d'autre, pour être franche.

– Quoi ? Tu veux dire qu'il a essayé de te sauter ?

Elle hocha la tête.

– Il était complètement soûl. De toute façon, c'est ce qu'il dira. Que c'est l'alcool, le responsable. Quand je suis partie, ma mère et lui se battaient comme des chiffonniers sur la coursive. A l'heure qu'il est, ils doivent s'être fait coffrer pour trouble à l'ordre public en état d'ébriété.

– Je vais le tuer, ton père ! Evite-le au maximum, d'accord ? Entre moi et Roselle, t'as assez d'argent pour la maison, alors t'as aucune raison d'aller les voir, non ?

Susan soupira.

– C'est plus facile à dire qu'à faire. Dans quelques jours, ma mère débarquera ici comme si rien ne s'était passé, blâmera l'alcool et, comme d'habitude, on fera mine de rien jusqu'à la prochaine fois. Je ne veux pas que Joey s'approche des petites. Il le sait et ça l'énerve. Mais si j'avais le moindre soupçon qu'il les avait touchées, je lui trancherais la gorge sans hésiter ! Ça, je le jure !

– Je sais que t'en serais capable, Sue. T'es vraiment une mère formidable. Une *femme* formidable. Je ne t'ai jamais appréciée à ta juste valeur, du moins jusqu'à ce que je rencontre Roselle. Pour elle, t'es la huitième merveille du monde.

Il lui sourit et Susan s'illumina, heureuse de l'entendre la complimenter, de constater que Roselle l'appréciait autant qu'elle pouvait l'apprécier.

– Prends bien soin d'elle, Barry. C'est une perle rare.

Il éclata de rire.

– J'en reviens pas qu'on ait ce genre de conversation, pas toi ?

Elle s'esclaffa, elle aussi.

– Et pourquoi pas ? Ça a été une soirée tellement hallucinante, le plus hallucinant étant, je te le cache pas, de t'entendre me faire des compliments. Je pensais n'être qu'une poufiasse pour toi, une grosse feignasse qui ferait bien de se bouger le cul et de perdre quelques kilos.

Barry resta silencieux quelques secondes.

– Je vais aller dire deux mots à Joey et régler cette histoire. M'assurer qu'il te foutra la paix définitivement.

Susan lui fit comprendre d'un geste de la main que ça ne servait à rien.

– Tu perdrais ton temps. Il s'abstiendra pendant un moment, mais il remettra ça. Laisse tomber, va. Ça causera plus de problèmes que ça n'en réglera. Et puis, ma mère l'a pas raté ce soir. Tu l'aurais entendue ! Le battant de la cloche de la Lutine[1], c'était rien à côté de sa langue ! Et puis, tu connais la morale familiale : faut surtout pas que ça se sache, faut que ça reste dans la famille. A plus d'un sens...

Barry consulta discrètement sa montre.

Elle surprit son geste et soupira.

– Tu ferais mieux de filer, Bal. A quelle heure est ton avion ?

– Neuf heures du mat'. T'as raison, faut que j'y aille. Roselle doit se demander ce qui m'est arrivé.

Susan inclina la tête, inexplicablement peinée par ce qu'il venait de dire.

– Oui, bien sûr... Je te raccompagne jusqu'à la porte.

Il lui piqua un baiser sur la joue.

– Salut, Sue. Prends soin de toi.

Elle eut un petit sourire tremblant.

– Toi aussi. Amuse-toi bien, là-bas. Et embrasse Roselle pour moi.

---

1. Cloche de la Lloyd's de Londres, provenant de l'épave d'une frégate française nommée « La Lutine », qu'on sonnait une fois en cas de naufrage, deux fois pour le retour d'un navire dont on était sans nouvelles.

Elle le regarda descendre l'allée et soupira. Si seulement elle avait su, comme Roselle, faire ressortir son bon côté… Ils auraient pu être heureux. Elle referma la porte et le silence de la maison lui fit tinter les oreilles. Elle mit le verrou, monta à l'étage sur la pointe des pieds et entra dans sa chambre pour se déshabiller. Trois petites frimousses reposaient sur ses oreillers… Ses trois loupiots, qui dormaient comme des bienheureux.

Susan sourit. Se glissant entre eux, elle prit le petit Barry au creux d'un de ses bras et les deux filles au creux de l'autre.

Un grand bonheur l'envahit. Aussi grand que l'amour qu'elle éprouvait pour eux. Qu'importait ce qui pouvait lui arriver ? Elle les avait, tous les trois. C'était un don du ciel dont elle serait toujours reconnaissante. Mais son sentiment de solitude, son besoin d'un homme à aimer et à choyer, la travailla jusqu'à ce que le sommeil s'empare d'elle.

Lorsque Susan descendit préparer le petit déjeuner, elle trouva Kate à la porte de la cuisine. En lui ouvrant, elle lança, avec un grand sourire :

– T'es tombée du lit, ce matin, ma parole !

Kate avait l'air grave.

– Tu n'es pas au courant ? Personne ne t'a prévenue ?

Susan fit signe que non, au grand dam de sa tête qui ressentait les effets de sa soirée trop arrosée et de son dénouement.

– Qu'est-ce qui se passe encore ?

Sa voix était résignée.

– Ton père a flanqué ta mère dans l'escalier de leur immeuble. Elle est en réanimation.

Eberluée, Susan regarda Kate et sentit un frisson la parcourir.

– Quoi ? Qu'est-ce que tu dis ?

– Il l'a poussée dans l'escalier. Elle a dévalé tout un étage de marches en béton et s'est très mal reçue. Elle ne va pas fort du tout, mon petit…

Susan se passa une main sur la figure.

– Et mon père, il est où, lui ? En taule, j'espère !

Kate secoua la tête.

– Tout le monde a raconté qu'elle était tombée toute seule, qu'elle était soûle, et les flics l'ont avalé. Ton père est avec elle, à l'hôpital.

– Je ferais bien d'y aller, moi aussi. Tu peux me garder les enfants ?

Kate hocha la tête.

– Avec plaisir ! Va les réveiller pendant que je m'occupe du petit déjeuner.

Elle ouvrit son sac plastique de la Co-op et en sortit du pain, des œufs et du bacon.

– Oh ! Kate ! Il ne fallait pas ! Tu sais bien que Barry veille à ce qu'on ne manque de rien maintenant.

– Jamais je n'avalerai une bouchée de ce qui a été acheté avec son sale argent, je te l'ai déjà dit, mon petit. Va plutôt te préparer pour rendre visite à ta malheureuse mère. Même si, Dieu me pardonne, j'ai l'impression qu'elle a cherché ce qui lui est arrivé.

Barry Junior débarqua dans la pièce en trottinant sur ses petites jambes et, à la vue de sa grand-mère, poussa un cri de joie.

Elle le prit dans ses bras et se mit à le câliner. Il sentait le bébé qui se réveille, encore tout moite de transpiration – avec, en arrière-fond, l'odeur sucrée des nounours à la gélatine dont il s'était gavé la veille au soir.

Susan monta prendre sa douche et s'habiller pour aller à l'hôpital.

Debbie faisait son grand numéro de fille morte d'inquiétude. Susan ne fut pas dupe : sa sœur raffolait des drames. Elle n'avait pas fait trois pas dans le service de réanimation de l'hôpital de Whitechapel qu'elle avait compris qu'elle tenait une occasion en or.

– Comment t'oses débarquer ici comme un soleil après ce que t'as causé ? Ça me dépasse, Susan !

Debbie n'était que juste courroux et larmes de crocodile.

– Mets-la un peu en sourdine, tu veux, Debbie ! Raconte-moi plutôt ce qui s'est passé, bordel !

D'un geste protecteur, Debbie posa ses mains sur son ventre de future mère et fit, avec des trémolos dans la voix :

– Il l'a balancée dans l'escalier, de toutes ses forces. C'était affreux, Susan. Je ne les avais encore jamais vus s'empoigner comme ça.

Une infirmière entra dans la pièce. Sans transition, Debbie sauta à la version officielle des faits.

– Elle est partie la tête la première. A mon avis, c'est ses talons hauts. Elle a dû se tordre le pied et, vu ce qu'elle avait bu, elle n'a pas pu se retenir.

Elle sourit à l'infirmière – une Irlandaise avec des hanches comme un paquebot et des yeux bleus rieurs.

– C'est ma sœur, Susan.

L'infirmière lui rendit son sourire.

– Le médecin ne va pas tarder. Votre mère va un peu mieux. Ses examens sont bons et elle n'a subi aucun traumatisme physique grave. En clair, elle n'a pas de fractures. Cela dit, elle va avoir mal partout quand elle va se réveiller. Elle a fait une sacrée chute !

Susan, ne sachant pas trop quoi dire, se contenta de hocher la tête.

– Voulez-vous une tasse de thé ?

Les deux sœurs acquiescèrent d'un nouveau hochement de tête, assorti d'un sourire. L'infirmière se retira. Debbie roula des yeux.

– J'ai l'impression d'être un de ces clebs en plastique que les gens collent sur la plage arrière de leur bagnole. J'arrête pas de branler du chef et de sourire bêtement. J'aimerais bien qu'ils se barrent et qu'ils nous foutent la paix. Je me sens pas d'humeur à faire des pia-pias.

– Ils font ça pour être gentils, Deb. Où est papa ?

Debbie haussa les épaules.

– Je l'ai vu partir avec Barry juste après le départ des flics et de l'ambulance avec maman dedans. J'ai cru qu'ils venaient ici. Mais connaissant p'pa comme je le connais, il est en train de se cuiter quelque part. Jamesie est furax. Il voulait que je rentre chez nous et que je les laisse se dépatouiller tout seuls. Du coup, il s'est taillé, ce salaud, et m'a laissée m'occuper de tout.

Susan ne put s'empêcher de plaindre sa sœur. Dans son état, elle n'avait pas besoin de soucis supplémentaires. Brusquement, elle eut l'impression qu'une main glacée lui tordait les entrailles.

– Barry a dit qu'ils venaient ici, alors ? demanda-t-elle, d'un ton détaché.

– J'en sais rien, moi. Barry l'a appelé d'en bas et p'pa est descendu le rejoindre. Ils sont partis dans sa voiture et j'ai pas revu Barry depuis.

Debbie fondit en larmes.

– J'ai passé la nuit ici, toute seule...

Susan sentit la peur monter en elle.

Elle avait trouvé Barry bizarre, la veille au soir. Il s'était montré gentil, attentionné. Au point que ça lui avait fait quelque chose de le voir partir – ce qui, au vu de ce qu'il lui avait fait subir depuis leur mariage, était pour le moins étrange. Restait que, pour la première fois depuis des années, elle avait eu l'impression qu'il tenait à elle, et même profondément. Parce qu'elle était la mère de ses enfants ? Possible. Voire probable. Quelle qu'en soit la raison exacte, ça lui avait fait du bien. Ça avait modifié son regard sur elle-même. Comme si ça faisait d'elle une personne à part entière, que ça lui donnait de la réalité. Que ça prouvait qu'elle existait.

Jamais elle n'aurait dû lui raconter ce qui s'était passé dans la cuisine, chez ses parents. Maintenant, elle allait avoir non seulement sa mère sur la conscience, mais son père aussi. Parce que Barry, furieux et plein d'une noble indignation de mâle outragé, pouvait très bien l'avoir tué ou laissé pour mort quelque part.

La violence. Encore et toujours la violence. Ne pourrait-elle donc jamais y échapper ? Faudrait-il que ses enfants la subissent comme elle ?

Debbie, qui l'avait vue changer de visage, soupira.

– Barry est au courant de ce qui s'est passé ?

Susan hocha la tête.

– C'est toi qui le lui as dit, j'imagine !

Encore de l'agressivité… Susan perdit patience. Oubliant sa mère qui gisait derrière le rideau du box, elle hurla :

– Et au nom de quoi j'aurais dû le lui cacher, hein, dis-moi ? Contrairement à toi, je ne trouve pas du tout normal que mon père essaye d'abuser de moi ! Je sais que ça doit te paraître ahurissant, Deb, mais moi, c'est moi, d'accord ? Je suis peut-être bizarre, mais c'est comme ça, qu'est-ce que tu veux. Je pense qu'on ne devrait avoir de relations sexuelles qu'avec des gens qui n'ont aucun lien de parenté avec vous, si tu vois ce que je veux dire !

Debbie laissa tomber sa tête sur sa poitrine.

– Tu vas pas voir maman ?

Susan fit signe que non.

– Pas maintenant. Là, tout de suite, je ne pourrais pas…

Debbie ricana.

– Naturellement ! Un pur esprit comme toi ! Faut d'abord que madame l'intello dissèque tout, hein ?

Susan ne répliqua pas. Debbie souffrait, c'était évident. Si seulement sa sœur pouvait comprendre une bonne fois pour toutes que leur mal-être venait de la façon dont elles avaient été élevées… Elles n'avaient, ni l'une ni l'autre, appris le vrai sens du mot « aimer ». L'amour, chez eux, se traduisait en sexe, en relations sexuelles, en sous-entendus graveleux.

Elle revoyait son père leur tâter les seins, à elle et à Debbie, et leur dire que c'était fou ce qu'ils poussaient, qu'il ne reconnaissait plus ses petits lolos chéris. Personne n'avait jamais trouvé anormal qu'il en parle comme s'ils lui appartenaient. Jamais un père digne de ce nom ne se serait permis de tels commentaires.

Maintenant, Debbie se retrouvait coincée, exactement comme elle, avec un mari qui était la copie conforme de Joey. Un homme qui usait et abusait d'elle comme et quand il le voulait. Qui lui fichait des baffes lorsqu'il décidait qu'elle en méritait, et qui la considérait et la traitait comme une merde dans laquelle il aurait foutu le pied, et pas le gauche.

Il ne fallait pas être Einstein pour se rendre compte qu'ils étaient, tous autant les uns que les autres, des êtres cassés aux vies cassées. Qui assuraient comme ils pouvaient, en donnant l'impression de savoir où ils allaient. Après tout, ils frayaient avec des gens que leur comportement ne risquait pas d'étonner, puisqu'ils étaient exactement comme eux. Des gens cassés, eux aussi, qui riaient de tous les aléas que la vie leur infligeait, qui prenaient à l'humour les pires situations. A peine se sortaient-ils d'une épreuve qu'ils allaient, c'était inéluctable, se fourrer dans une autre.

– Tu sais, Debbie, je pense qu'on devrait aller demander à l'accueil si on ne leur pas amené quelqu'un aux urgences, cette nuit. Barry n'a pas apprécié du tout ce qui s'est passé hier soir, j'aime mieux te dire. Il a beau ne pas être un ange, il ne supporte pas cette manie qu'a papa de toujours vouloir me sauter. Ça le fout en boule et, quand Barry Dalston se fout en boule, tout peut arriver.

Debbie ouvrit des yeux comme des soucoupes. L'énormité de ce que Susan venait de dire commençait à faire tilt.

– Tu ne penses quand même pas... Barry n'irait pas jusqu'à... Tu crois que si ?

Susan secoua la tête.

– Je ne peux pas te dire, Deb. Je ne sais pas quoi penser.

Debbie bondit sur ses pieds et hurla :

– Mais qu'est-ce qui t'a pris d'aller lui raconter ça, Susan ? Tu devais bien te douter des risques !

Au même instant, l'infirmière arriva avec le thé sur un plateau. Elle leur sourit et, avec un accent de Dublin à couper au couteau, leur annonça d'un ton ravi :

– Votre père est arrivé. Il discute avec le grand patron. Il sera là dans une minute.

– Il va bien ?

L'infirmière, visiblement surprise, secoua la tête.

– Ma foi, il se fait manifestement beaucoup de souci pour votre mère, mais il est là, maintenant. Je lui ai dit que vous étiez auprès de votre mère, toutes les deux, et ça a eu l'air de lui faire plaisir.

Elle tira les rideaux qui fermaient le box et Susan découvrit June. Elle avait l'air mal en point. Elle était livide et avait le souffle court et oppressé. Joey pénétra dans la salle, propre, rasé de frais, bien habillé. Il avait presque l'air respectable.

L'infirmière décida de laisser la famille dans l'intimité. Avant de s'éclipser, elle se tourna vers les deux sœurs et leur glissa gentiment :

– Je sais que c'est dur et que vous êtes stressées, mais si vous pouviez ne pas vous disputer aussi fort... Il y a d'autres patients, dans cette salle, tous gravement malades. Sans compter que votre mère vous entend peut-être, pensez-y.

Joey contempla sa femme et soupira.

– Elle a vraiment pas bonne mine, hein ?

– Où t'étais passé ? Qu'est-ce que t'as fichu avec Barry ?

Susan avait parlé à voix basse, toute combativité envolée.

– Il avait besoin d'un coup de main pour un encaissement qu'il devait faire avant de partir. Il m'a filé une livre.

Susan hocha la tête. L'expression triomphante de Debbie ne lui avait pas échappé.

Elle but son thé sans dire un mot. Un quart d'heure plus tard, elle était partie. Leur grand numéro de mari inquiet et de la fille se faisant du mauvais sang lui donnait la nausée.

Elle était plutôt soulagée que Barry n'ait rien fait à son père. Pourtant, elle ne pouvait s'empêcher d'être un peu déçue.

– Tu deviens aussi mauvaise qu'eux, ma parole ! se dit-elle à haute voix.

Les gens qui faisaient la queue à l'arrêt de bus la regardèrent du coin de l'œil. Susan était trop crevée et perturbée pour s'en faire.

18

Roselle donna un dernier regard circulaire dans la salle du club et, s'étant assurée que tout se passait bien, décida de monter parler à Ivan. Elle n'avait que trop remis cette conversation.

En débouchant dans le foyer, elle aperçut Barry qui riait avec une des nouvelles hôtesses, une grande fille maigre, originaire du Nord, aux yeux en amande et au teint mat – signe d'un peu de sang exotique, quelque part dans son arbre généalogique. Comme elle les observait, Roselle vit Barry lui passer un bras autour des épaules et la serrer contre lui.

C'était le genre de geste qu'un homme ne pouvait se permettre qu'envers une femme avec laquelle il était sur un certain pied d'intimité. A la seconde, Roselle sentit monter en elle la colère de la femme qui se sait trompée. D'autant, se rappela-t-elle, que cette fille reprenait le travail ce soir après une semaine d'absence pour cause, avait-elle prétendu, de mauvaise grippe.

Difficile, dans ces conditions, de ne pas se demander à quoi elle avait employé sa « convalescence ». Barry et elle semblaient décidément très proches.

La fille s'appelait Marianne. Les entraîneuses portaient rarement un nom de famille, et le prénom sous lequel elles étaient connues au club n'avait en général rien à voir avec celui qu'elles avaient reçu en baptême. Une des filles se faisait appeler « Starlight » et une autre, pour des raisons qui se passaient d'explications, « mademoiselle Lovelace[1] ». Marianne semblait exercer sur les hommes une attirance particulière, dont Roselle s'étonnait. Bien sûr, elle avait du charme, comme toutes les filles plutôt jolies au sortir de l'adolescence, mais rien d'exceptionnel. Roselle la soupçonnait d'offrir le grand jeu à ses clients, ce qui, à ses yeux, constituait un motif plus que suffisant de renvoi.

Dans les clubs, les adeptes du sadomasochisme étaient une source de problèmes. Coït et fellation, tels étaient les deux plats figurant au menu ordinaire de la maison. Sitôt qu'une fille s'écartait de ce régime, l'argent affluait dans ses poches, mais la vie ne tardait pas à la rattraper au tournant, et vite. Tout en observant Marianne, Roselle se demanda si elle se prêtait à des jeux sadiques. Elle avait beaucoup de temps libre et Roselle la suspectait de s'être constitué une clientèle privée.

Comment des gens pouvaient-ils se plier à des sévices et à des actes contre nature pour de l'argent, c'était pour elle un mystère. Certes, elle n'était pas depuis tant d'années dans le métier sans avoir elle-même, moyennant un substantiel supplément, administré quelques fessées ou manié la cravache – elle avait même encore deux habitués, qu'elle voyait de temps à autre –, mais, de son point de vue, accepter que quelqu'un fasse de vous le réceptacle de sa haine, c'était bon pour les imbéciles. C'était à la prostituée d'exploiter le client, pas l'inverse. En tout cas, tant que la fille se servait de sa cervelle.

Barry surprit le regard de Roselle et s'empressa de reprendre ses distances avec Marianne. L'entraîneuse regagna la salle, gratifiant au passage Roselle d'un sourire arrogant.

Roselle connaissait ce genre de filles pour en avoir vu défiler des dizaines. Cette Marianne ne ferait pas de vieux os au Hiltone : elle allait se faire un plaisir de l'informer, et sans tarder, qu'elle n'avait pas le bon profil. Voilà qui devrait rabattre un peu son caquet à cette petite garce.

---

1. Allusion à Lovelace (autrement dit *loveless*, « sans amour »), libertin cynique, héros du roman de Samuel Richardson, *Clarissa* (1748).

Catriona, une solide Africaine, tenait la réception. Elle sourit d'un air entendu à Roselle et pointa le menton vers la porte. Ivan s'apprêtait à sortir. Roselle en fut contrariée : leur conversation allait encore être reportée. Comme il enfilait son manteau, des éclats de voix s'élevèrent dans la salle, bientôt suivis d'un hurlement et du bruit mat d'un coup. Faisant volte-face, Roselle se rua dans la pièce, Barry sur ses talons.

Marianne, à genoux, essayait désespérément d'arracher ses cheveux des griffes impressionnantes d'une grande Noire, Lucille, qui avait une réputation de dure-à-cuire. Elle était célèbre pour avoir mis K-O un videur de Dean Street d'un direct magistral, et son joli visage était tout couturé de souvenirs de bagarres. Sa petite amie, Lizzy, lui obéissait au doigt et à l'œil, lui donnait tout ce qu'elle gagnait, jusqu'à son dernier sou, et lui roulait ses joints.

Debout à l'écart, Lizzy observait d'ailleurs le corps à corps, l'œil luisant. Les autres entraîneuses en faisaient de même, mais avec plus de circonspection.

Roselle vit Barry enjamber les deux adversaires pour s'interposer. Saisissant Lucille par sa crinière, il parvint, au prix de quelques mèches de cheveux, à l'écarter de Marianne, mi en la soulevant, mi en la traînant.

– Allons, allons, mesdemoiselles, on se calme !

Malgré son ton jovial, Barry avait fort à faire pour maîtriser la Noire en furie.

– Tu déconnes enco'e avec moi, salope, et je te so's deho's et je t'explose ! T'as bien comp'is ce que dis ?

Tout en hurlant, Lucille continuait à rouer de coups de pied Marianne, toujours étalée par terre. Chaque fois, ses talons aiguilles faisaient mouche et Marianne, qui commençait à être couverte de sang, ne pouvait que se protéger la tête avec les bras.

– Qu'est-ce qui se passe ici ?

Roselle promena son regard sur la dizaine de filles debout dans le bar.

– Qu'est-ce qu'elle a fait pour mériter ça ?

Du coin de l'œil, elle vit deux clients réclamer leur note et soupira.

– Que celles qui étaient avec ces deux caves radinent leurs fesses, et fissa, ou elles n'auront plus qu'à se trouver un nouveau club où exercer leurs talents. Vous autres, secouez-vous et regagnez vos perchoirs à miches, au cas où des clients se pointeraient. C'est pour ça qu'on vous paye, non ?

Son ton était sans appel. Même Lucille se rendit compte qu'elle avait abusé. Elle aimait bien Roselle, qui veillait à ce que les clients soient équitablement répartis entre toutes les filles et n'avait pas de favorites. Tandis que ses collègues regagnaient leur poste et tâchaient de calmer les clients scandalisés, Lucille se dégagea des mains de Barry.

– Elle a fait qu'elle deale *ici* ! Et pas n'impo'te quoi ! De la schnouf, de la poud'e, ou je sais pas comment t'appelles ça... de l'hé'o, quoi... C'est lui qui la fou'nit. Et te fatigue pas à nier, Ba'y, parce que c'est c't'espèce de salope qui me l'a dit elle-même. Le deal, ici, c'est *mon* petit bizness à *moi*, et enco'e je fais juste les amphés ou les ba'bis. Des t'ucs qui vous donnent la pêche. Plus de quoi se fai'e une petite fumette, de temps en temps, pou' la détente...

Elle regarda Roselle, les yeux écarquillés d'indignation.

– Mais maintenant, les filles se défoncent toutes au highball, un cocktail d'hé'o et d'amphés. Me dis pas que c'est ça que tu veux ici, Roselle !

Barry ne pipait pas mot. Son silence disait à Roselle tout ce qu'elle désirait savoir.

Elle poussa Marianne du bout de sa chaussure.

– Va chercher tes affaires et fous le camp ! Toi aussi, Barry. Vous êtes virés, tous les deux.

Barry n'en crut pas ses oreilles.

Elle le savait déjà, qu'il dealait un peu d'herbe. Alors c'était quoi, son problème, là ?

Devant la tête de Barry, Lucille partit d'un rire tonitruant – un gros rire d'homme. Marianne entreprit de se hisser sur ses pieds. Sous le sang qui la couvrait, elle avait l'air d'une gosse paumée.

– Si j'apprends que tu sévis dans le moindre club de Soho, je me verrai dans l'obligation de leur dire pourquoi j'ai dû me séparer de toi, lui dit Roselle d'une voix suave. Alors, si j'étais toi, chérie, je me trouverais un point de chute dans une autre ville – et un autre pseudo...

Elle ne parlait pas en l'air. Elle avait les moyens de faire mettre la fille à l'index. Aucun patron de club ne tolérait que de l'héroïne circule dans son établissement. La poudre, c'était bon pour les filles qui faisaient le trottoir, et les entraîneuses étaient censées se situer un cran au-dessus. Encore que, dès qu'elles tâtaient de l'héro, elles finissaient en général dans la rue. C'était un sale poison, qui menait les filles à leur perte – et les clubs à la ruine. Ces filles étaient loin d'être des anges, elles ne pouvaient pas se le permettre, vu le métier qu'elles exerçaient. Mais, une fois accros à l'héroïne, elles tombaient plus bas encore, le manque les rendait prêtes à tout. Elles se vendaient pour un vulgaire billet de dix livres et leur vie devenait une ronde infernale entre baise et défonce. Des filles comme ça, Roselle en avait connu plus d'une.

C'est donc avec la satisfaction de faire œuvre pie – et celle, moins noble, de se venger – que Roselle rendait la monnaie de leur pièce aux deux idiots qui avaient essayé de se payer sa tête. Parce que, en ce qui la concernait, celui ou celle qui croyait pouvoir pigeonner Roselle Digby n'était pas encore né.

Elle regagna son bureau à l'étage. Elle avait à peine eu le temps de se verser un cognac que Barry surgit. Elle l'attendait. Elle s'autorisa un petit sourire avant de se retourner.

– Je peux faire quelque chose pour toi, chéri ?

L'entrée en matière classique des entraîneuses était devenue une formule consacrée entre eux, une expression qui les avait fait rire cent fois. Mais Barry n'avait pas envie de rire. Il était dans ses petits souliers. Elle le regarda chercher vainement une explication à lui donner. Un argument à avancer pour se justifier et justifier sa conduite.

Il lui faisait pitié. Il n'avait même pas pris le temps de s'inventer la moindre excuse avant de se précipiter dans son bureau. Elle savait qu'il tenait à elle – énormément, même – et que les hommes comme lui avaient tendance à confondre « tenir à » et « posséder ». Mais elle savait aussi qu'il avait en permanence besoin de se rassurer sur le pouvoir qu'il exerçait sur les femmes. Son pouvoir d'user et d'abuser d'elles. Ça faisait partie intrinsèque de lui.

Roselle s'assit à son bureau et se mit à siroter son cognac en l'observant avec détachement. C'était le genre de chose qu'il ne supportait pas.

– Elle n'a jamais rien représenté pour moi…

Roselle l'interrompit.

– J'espère bien, Barry ! Parce que, dans le cas contraire, ce ne serait pas très flatteur pour moi, n'est-ce pas ? Seulement, vois-tu, ce que tu n'as apparemment pas compris, c'est que je ne suis pas du genre à tolérer les infidélités, et peu importe avec qui. Je veux bien accepter que tu honores ta femme de temps en temps mais, sorti de ça, tu étais censé n'être qu'à moi. Je ne couche plus avec Ivan, moi, et pourtant, c'est le père de mon fils.

Barry passa par toutes les couleurs.

– Qu'est-ce que tu dis ?

Roselle éclata de rire, savourant le pouvoir qu'elle détenait sur ce petit voyou violent et stupide – mais si beau… Elle s'humecta les lèvres du bout de la langue.

– Eh oui ! Le père de mon fils, c'est Ivan. On a eu une très longue liaison, lui et moi. A quoi d'autre crois-tu que je doive la position que j'occupe ici ? Je pensais que tu aurais été assez malin pour le découvrir tout seul.

Il avait l'air estomaqué.

– Tu veux dire que toi et Ivan…

Elle hocha la tête, avec un sourire ravi.

– J'ai vécu de mes charmes, il ne faudrait pas l'oublier, Barry. C'était mon gagne-pain. Puis Ivan m'a offert la possibilité d'abandonner le métier et je ne l'ai pas laissée m'échapper. Ni lui, d'ailleurs.

Elle partit d'un rire canaille.

– Il n'arrive plus guère à hisser les couleurs, à présent, le pauvre, mais on a d'autres liens. Notre fils, le club… Contrairement à Susan, vois-tu, j'aime gérer moi-même ma vie et mes affaires. Même du temps où je me prostituais, j'ai toujours veillé à ne pas me laisser dominer. A garder assez de recul pour me préserver. C'est ce qui m'a permis de m'en sortir. Pour moi, me vendre, c'était juste le moyen d'arriver à mes fins. Coucher avec Ivan, qui était gentil, riche et très généreux, était de loin préférable à me faire sauter par des quidams à longueur de journée. C'est logique, non ?

Barry la fixait avec un mélange de dégoût et d'admiration involontaire. Il comprenait ce qu'elle disait, mais ce n'était pas une raison pour qu'il l'approuve.

– Je t'ai été d'une fidélité absolue, Barry. J'attendais la même chose de toi.

Afin de lui signifier son congé, elle s'empara de papiers qui traînaient sur son bureau et se mit à les étudier comme si elle n'avait jamais rien lu d'aussi passionnant de sa vie. Barry resta planté devant elle avec un air de chien battu – et pas la moindre idée de la façon dont il pourrait la faire revenir à de meilleurs sentiments.

Roselle leva la tête, l'air surpris.

– T'es encore là ?

Elle le regardait, souriante, et Barry sentit la fureur monter en lui. Il tourna les talons et mit le cap sur la porte.

– A la réflexion, tu pourrais peut-être rester ici jusqu'à la fin de la semaine. Il faut que je te trouve un remplaçant et que je discute de tout ça avec Ivan, lança-t-elle, radoucie.

Le Barry macho fut tenté de lui dire d'aller se faire foutre. Mais le Barry qui aimait Roselle et tout ce qu'elle pouvait lui apporter s'avisa que ce répit lui offrait une chance de se rabibocher avec elle. Quelques jours de plus pour l'amadouer. Il ne pouvait pas retourner vers Susan. C'était impossible. Dès qu'elle le verrait arriver, elle se douterait de ce qui s'était passé.

A peine avait-il refermé la porte sur lui – sans la claquer – que Roselle se mit à glousser. Elle allait lui en faire baver, et avec quelle jouissance ! Ce qu'il fricotait à l'extérieur, c'était ses oignons. Mais venir fricoter ici, et avec une de ses entraîneuses, en plus, il se foutait de sa gueule ! Elle ne pouvait pas fermer les yeux. Ç'aurait été lui donner le feu vert pour recommencer, l'autoriser à se croire tout permis.

Or, elle le lui avait dit, elle *n'était pas* Susan.

C'est un Barry tout penaud qui regagna le domicile conjugal, ce soir-là. Dès que Susan entendit la serrure de la porte d'entrée, elle sut que c'était lui. Deux minutes plus tard, il s'encadra sur le seuil de la chambre où elle était couchée, entourée des trois enfants endormis.

Sa nouvelle grossesse était presque à terme. Elle avait un ventre énorme. Son corps, déjà généreux au naturel, était encore plus bouffi que d'ordinaire, et son visage et ses mains étaient tout gonflés.

– Ça va, Bal ?

Il secoua la tête, plein de son propre malheur. Barry Junior ouvrit un œil, aperçut son père et, aussitôt, se repelotonna contre sa mère, pas du tout intéressé par ce visiteur.

– Il vient pas coucher avec nous, hein ?

Susan se mit à rire.

– Il aurait du mal, mon biquet. Déjà que je me demande par quel miracle on arrive à tenir tous les quatre dans ce lit…

Barry se dérida.

– Va mettre la bouilloire sur le feu, Bal. Je te rejoins tout de suite.

Tandis qu'il descendait, Susan écarta doucement les trois petits et se glissa hors du lit. Elle introduisit ses pieds enflés dans ses vieilles savates, passa sa robe de chambre pleine de taches et, sans bruit, sortit de la pièce, non sans avoir jeté un dernier regard vers le lit pour s'assurer que ses enfants étaient bien couverts. Puis elle descendit rejoindre Bal.

Elle entra dans la cuisine en bâillant à se décrocher la mâchoire. Elle avait les cheveux hirsutes et son ventre lui tombait presque sur les genoux.

– Ben, dis donc, t'as pas l'air frais, ma pauvre ! lui dit Barry.

Elle se tapota le ventre avec bonne humeur.

– Dès que celui-ci sera né, ça ira mieux, va. En attendant, il me tue, Bal. Il me pompe toute mon énergie. Je suis tout le temps crevée.

Il hocha la tête, plein de compréhension. Tandis qu'il leur versait du thé, elle alluma une cigarette et en tira une longue bouffée. Elle ne pouvait pas voir Barry sans éprouver l'envie de fumer. Comme si elle avait besoin de se blinder à la nicotine.

– Alors, qu'est-ce qui t'amène ici en pleine nuit ? Je ne m'attendais vraiment pas à te voir.

Elle s'empara d'une brosse qui traînait sur la table et se la passa dans les cheveux, sa cigarette parquée au coin des lèvres, les yeux à demi-fermés à cause de la fumée. La peau de ses joues était toute rougie et irritée par les derniers froids de l'hiver.

Barry revit soudain Roselle, drapée dans le peignoir de soie rouge brodé qu'elle s'était acheté au Portugal. Si gracieuse, si féminine. Aux antipodes de Susan, qui ressemblait davantage à Yootha Joyce[1] qu'à Ursula Andress – qui l'avait toujours fait fantasmer comme un fou.

Susan se mit à siroter son thé avec autant de bruit que de satisfaction.

– Ah ! Exactement ce dont j'avais besoin ! Ceci dit, tu ne m'as pas répondu, Bal... Qu'est-ce qui me vaut ta visite ?

Il se mit à se rouler un joint sur la table.

– Tu t'es fâché avec Roselle ?

Elle avait parlé d'une voix âpre et il resta muet, ce qui apprit à Susan tout ce qu'elle voulait savoir.

– Oh ! Bal... T'es complètement dingue ou quoi ? Jamais, jamais tu ne retrouveras une fille pareille.

Barry se concentra sur son joint, s'appliquant à le rouler bien serré, puis il l'alluma et inhala bien profond.

– J'ai joué au con, Sue. Tu sais comme je suis...

Susan poussa un soupir exaspéré. Il avait « joué au con », alors, maintenant, il s'attendait à ce qu'elle le reprenne. Elle n'en avait aucune envie.

– Tu veux que j'essaye de parler à Roselle ? Que je voie ce que je peux faire ?

Il la regarda bizarrement, l'air écœuré.

---

1. Comédienne britannique célèbre pour le rôle de Mildred Roper qu'elle incarna dans deux sitcoms très populaires des années 1970, *Man About The House* et sa suite, *George and Mildred*.

– Tu veux dire que t'aimerais que je me casse, c'est ça ? Je croyais que ça te ferait plaisir que je revienne.

– Eh ben, t'as eu tort ! rétorqua Susan du tac au tac, oubliant toute prudence.

Il la regarda, sidéré, en secouant la tête.

– Non, mais je rêve, là ! Ma propre femme ne veut pas de moi chez moi ? Je paye les factures, je vous nourris, je vous habille, je me décarcasse pour que tout soit au poil dans cette baraque, et toi, t'as le culot de me dire que je gêne !

Susan secoua la tête, effrayée par ce changement à vue. Quand il était comme ça, il était dangereux.

– J'ai jamais dit ça et tu le sais très bien ! T'étais heureux avec Roselle, c'est tout. Vous faisiez un bon tandem, tous les deux. Et ça me faisait plaisir de te voir heureux, Bal. Tu ne me croiras peut-être pas mais, grâce à elle, t'es devenu meilleur. Elle t'a apporté plus que j'aurais pu t'apporter, moi, en un million d'années.

– Ah ! ouais ! Et tu peux me dire quoi, grosse maligne, à part sa brillante conversation, sa jolie petite gueule et les meilleurs coups que j'aie jamais tirés ?

Susan remonta son ventre pour soulager son dos et se donner le temps de réfléchir.

– Elle t'a apporté de la sérénité et une raison de travailler. Et ça, ni moi ni les gosses on n'y a réussi. Tu nous as toujours considérés comme des boulets. Avec Roselle, t'étais bien, tu pouvais rien rêver de mieux. Si t'as tout foutu en l'air, c'est quand même pas de ma faute, hein ? T'as qu'à t'en prendre à toi-même, pas à moi. C'est quelqu'un de formidable, Roselle. Je ne connais personne qui la vaille.

Barry éclata de rire.

– T'es vraiment un cas, tu sais… Mais ne crois pas que tu vas me la faire, Susan Dalton ! Tu te la coules douce, toi. T'as de l'argent et tes gosses, et t'en demandes pas plus. Mais t'oublies que c'est moi qui t'ai donné tout ça – tes gosses, ton fric, ta belle maison… Et qu'est-ce que j'ai, moi, en échange ?

Susan le dévisagea, le cœur gros. Elle lui avait donné le meilleur d'elle-même. Il avait eu beau ne pas en faire grand cas, c'était tout ce qu'elle avait à donner. Elle, son amour-propre, les meilleures années de sa vie. Elle avait mis au monde ses enfants, les avait élevés décemment malgré les difficultés et avait tenu sa maison prête à l'accueillir chaque fois qu'il daignait y revenir.

Elle portait un nouvel enfant de lui, un bébé qu'elle aimait déjà de tout son cœur, même si elle ne l'avait pas plus désiré que les précédents. Elle avait fait durer chaque penny et économisé sur tout, s'était parfois privée afin que ses enfants aient toujours le nécessaire, et même un peu plus. Et il avait l'audace de venir s'asseoir ici, dans sa cuisine, et de la comparer à Roselle, cette femme dont l'existence la faisait rêver. La faisait fantasmer. Il la battait pour un rien, la rabaissait en permanence, critiquait tout ce qu'elle faisait, se moquait de ses tentatives pour s'élever et offrir aux petits une vie meilleure, et il espérait qu'elle l'accueille à bras ouverts ?

Cela dit, elle n'avait pas le choix.

S'il décidait de revenir vivre ici, il le ferait, voilà tout.

La vie était une vallée de merde. La sienne, en tout cas.

Roselle était très en beauté. En entendant Susan le lui dire, elle savoura le compliment, sûre de sa sincérité.

– C'est vrai ! T'es fantastique, Roselle ! Tu mériterais d'avoir ta photo dans les magazines.

Roselle sourit.

– Je me suis offert un soin complet chez une esthéticienne et, en sortant, je suis allée me faire maquiller chez un homo génial qui a un institut de beauté à Soho. Je t'y emmènerai, la prochaine fois qu'on se verra. Il adore les défis.

Les deux femmes éclatèrent de rire.

– Ben, avec moi, ça va carrément être mission impossible !

Roselle sourit affectueusement. Susan était nature et ça faisait tout son charme, bien qu'elle n'en ait pas conscience.

– Comment va ton jules ?

Elle avait parlé d'une voix neutre et Susan prit le temps de peser sa réponse.

– Franchement ?

Roselle hocha la tête.

– Il me tuerait s'il savait que je t'ai parlé de lui, mais je m'en fous. Tout ce que je sais, c'est que je ne l'avais encore jamais vu dans un état pareil. Même pas quand il s'est fait coffrer pour coups et blessures et tentative de meurtre. Il est comme un gosse qui a perdu son pistolet préféré. Plaisanterie à part, il est complètement ailleurs la moitié du temps. L'autre moitié, il nous en fait voir de toutes les couleurs, à moi et aux petits.

– Je suis vraiment désolée, Sue, dit Roselle, l'air peiné. J'aurais dû me douter que ce serait sur vous que ça retomberait…

Susan soupira.

– Il t'aime, Roselle. Tu lui as apporté tellement. Et t'en as fait un autre homme. Quelqu'un de meilleur.

Roselle eut un petit haussement d'épaules.

– Ça, il aurait mieux fait d'y penser avant de s'envoyer en l'air avec cette petite pute.

Susan balaya sa réponse d'un revers de la main et hocha la tête d'un air convaincu.

– Cette fille, pour lui, c'était rien, Roselle ! Tu parles si j'en ai vu défiler des comme elles. Pour Barry, c'est juste des bons coups à tirer. C'est purement physique, ça s'arrête là. Il fait ça pour flatter son ego, c'est tout. Il a pas grand-chose d'autre pour le faire, vu son QI de moucheron… Mais là, il regrette vraiment d'avoir fait cette connerie.

Un serveur approcha pour prendre leur commande. Il était très beau. Elles levèrent la tête vers lui avec un grand sourire. Susan le regarda s'empresser autour de Roselle et, pour la énième fois, s'étonna du pouvoir d'un joli visage.

Elle, elle aurait aussi bien pu être transparente.

Elle promena son regard dans la salle. Roselle et elle s'étaient déjà retrouvées si souvent dans ce petit restaurant italien de Dean Street qu'elle s'y sentait chez elle. Enfin, sauf la première fois… Ce qu'elle avait pu être nerveuse, à se demander si elle avait bien étalé son fond de teint, si elle ne faisait pas trop miteux, habillée comme ça, et surtout si Roselle n'allait pas regretter de l'avoir invitée à déjeuner. Mais elles avaient passé le repas à rire et elle ne s'était pas sentie déplacée du tout. Ce restaurant appartenait à une réalité où les gens déjeunaient dehors, avaient des conversations intéressantes et des relations détendues.

Depuis que Margaret Thatcher était Premier ministre, toutes les Susan Dalton découvraient que les femmes pouvaient devenir ce qu'elles voulaient, pourvu qu'elles en aient la volonté. A condition, bien entendu, de ne pas avoir un Barry qui les entrave.

Barry, lui, détestait la locataire du 10, Downing Street et était d'avis que Dennis Thatcher ferait bien de lui « foutre sur la gueule », histoire de « la remettre à sa place ». Susan la trouvait bien, la Dame de Fer, elle l'admirait. Et plus Barry la critiquait et la traitait de tous les noms, plus c'était clair pour elle.

L'exemple de Margaret Thatcher donnait de l'espoir à Susan. L'espoir qu'un jour ses filles auraient l'occasion de montrer de quoi elles étaient capables, tant au niveau professionnel que dans leur vie privée. D'après ses profs, Wendy pouvait sans problème envisager des études universitaires. Son cerveau absorbait les connaissances comme une éponge et elle était d'un niveau intellectuel très supérieur à la moyenne. C'était aussi une enfant gentille et affectueuse, qui attendait impatiemment la naissance du bébé et tâchait de soulager sa mère en l'aidant de son mieux.

Susan s'agita sur sa chaise. Le bébé était très gros et lui pressait sur la vessie.

Roselle acheva de passer leur commande et se tourna vers elle.

– Ils avaient de la sole de Douvres, alors je t'ai pris un filet Colbert, c'est juste poêlé avec un beurre de persil citronné, des légumes verts et une énorme salade de pâtes. Et, pour apporter un peu de fer au bébé, un vin rouge frais et léger. Ce n'est pas un petit verre qui va te faire mal, vu ta consommation de cigarettes !

Elles éclatèrent de rire.

– Je devrais arrêter, je sais, mais, depuis que Barry est revenu, je suis sur les nerfs. J'aimais bien mieux quand j'étais seule. Pas de chaussettes qui puent, pas de coups, pas d'engueulades… C'était peinard. Le calme plat, mais peinard.

Elles s'esclaffèrent à nouveau, puis Roselle redevint sérieuse.

– Il m'a humiliée, Sue. Me tromper avec cette petite grue, surtout au club. J'y bosse, moi, et il faut que les filles me respectent. Je veux dire, si elles me voyaient avaler un truc pareil, elles se foutraient de ma gueule.

Susan hocha la tête.

– Je te comprends, tu sais, mais c'est tout lui, non? D'ailleurs, je parie que c'est uniquement pour ça qu'il l'a fait. Pour voir comment tu réagirais. Il est comme ça…

Leurs entrées arrivèrent et Susan sourit.

– Je me doutais bien que tu m'avais commandé ça, chameau!

Devant elle fumait une énorme assiettée de spaghettis baignant dans des flots de sauce bolognaise.

– Allez, attaque! Le bébé a besoin de forces.

Susan, à qui il ne fallait pas le dire deux fois, empoigna sa fourchette.

– Comment vont les enfants?

– Comme d'habitude. C'est toujours la bisbille entre Wendy et Barry. A douze ans, elle s'imagine tout savoir. Remarque, comparé à Barry, elle n'a pas tort. J'ai beau dire à son père qu'elle est à l'âge où on a des opinions bien arrêtées, il prétend qu'elle n'a pas à en avoir avant qu'il lui ait indiqué lesquelles.

Susan avala quelques bouchées de spaghettis en gloussant entre chaque coup de fourchette.

– C'est vraiment un cas, non? Et il en est convaincu, en plus!

Roselle mordit délicatement dans un *crostino*.

– Ça ne t'embête pas, d'avoir un autre bébé?

Susan haussa les épaules.

– Pas plus que ça. C'est la seule chose que je fasse bien, j'ai l'impression. Avoir des gosses, m'en occuper, les aimer… Sortie de ça, j'ai pas beaucoup d'intérêt. De toute façon, qu'est-ce que je pourrais faire d'autre? Et c'est pas un de plus qui va faire une grande différence, hein ? J'aimerais juste que Barry s'occupe des petits autant que moi, mais, pour lui, y a que moi que ça regarde. Quand ils sont sages, c'est *ses* enfants. Mais, en cas de bêtise, c'est forcément *mes* gosses.

– Mon fils, Joseph, je le vois très peu, en fait. L'école où il va n'est pas tout près, comme tu sais, et il vit pratiquement toute l'année chez les gens qui s'en occupent. Je l'adore, mais c'est pas avec la vie que je mène que je pourrais l'élever comme il faut.

Susan inclina la tête avec commisération. S'il y avait une chose qu'elle n'arrivait absolument pas à comprendre chez Roselle, c'était qu'elle voie si peu son fils. Juste de temps en temps à son école, ou lors de rares visites chez les Granger, la famille qui l'hébergeait.

Susan n'insista pas. Elle savait que son amie avait des raisons personnelles d'agir ainsi et, venant de Roselle, elles étaient forcément bonnes.

La vérité, c'était qu'Ivan avait pris ses dispositions pour les laisser bien pourvus, elle et Joseph ; à ce moment-là, elle pourrait le gâter autant qu'elle le voudrait. Elle prévoyait déjà de l'envoyer faire ses études dans un pensionnat, en Suisse, dès qu'il aurait onze ans. Que son fils devienne quelqu'un, c'était son rêve. Même si elle ne pouvait jamais en parler à qui que ce soit dans son milieu, elle le saurait, elle, et ça lui suffirait.

– J'ai des cadeaux pour les filles dans la voiture. Et une bricole pour Barry Junior, aussi. Je n'ai pas pu résister.

Susan sourit.

– Tu vas me les pourrir !

– Je sais. Mais ils méritent bien d'être gâtés. Alors, à part les enfants, dis-moi un peu comment ça se passe.

D'un geste qui dénotait sa nervosité, Susan se mit à ramasser des miettes imaginaires sur la nappe.

– J'aimerais bien que t'abrèges son supplice, dit-elle tout bas. Il est vraiment dans un triste état. Ça fait une semaine passée que ça dure et, plus ça va, plus il déprime.

Roselle éclata de rire, si fort que leurs voisins de table se retournèrent.

– Parfait ! Ça lui fait le plus grand bien ! Cela dit, je pourrais envisager de le contacter, disons... vendredi, et de lui dire qu'on a besoin de lui encore quelques semaines, le temps de trouver quelqu'un.

– Oh ! Roselle ! Je ne sais vraiment pas comment te remercier ! Tu m'ôtes un de ces poids ! Je commençais à croire que tu l'avais viré pour de bon.

Roselle se remit à rire.

– Pourquoi je tiens à lui, je n'en sais fichtre rien. Peut-être parce que j'ai du pouvoir sur lui, et ça, ça compte pour beaucoup. Chaque fois que je te vois et que je découvre ce qu'il te fait subir, je le déteste. Mais il n'est pas comme ça avec moi.

– Jamais il n'oserait, Roselle, tout est là. Il a du respect pour toi et il t'aime, c'est pour ça qu'il te traite si bien. Sa petite incartade exceptée, bien entendu, mais je pense qu'on peut être sûres, toutes les deux, qu'il ne tentera pas de recommencer !

Pour Susan, c'était comme si les portes du Paradis s'ouvraient toutes grandes devant elle. Sous peu, Barry Junior redormirait avec elle, les filles auraient la paix et, tous les soirs, elle pourrait s'offrir un moment de détente devant la télé en regardant ses « conneries débiles », comme disait Barry. Sous peu, elle retrouverait le calme et la tranquillité.

Le bonheur !

Elle passa sa main sur son ventre et grimaça.

– Je crois que j'ai vidé mon assiette de spaghettis bolognaise un peu trop vite...

Un gros rot lui échappa et elle se mit la main devant la bouche en pouffant.

– Compte sur moi pour te faire honte, ma pauvre !

A la même seconde, toute couleur abandonna son visage et, décomposée, elle sentit sa poche des eaux commencer à se vider et inonder sa chaise et le plancher, entre ses pieds.

– Oh ! merde, Roselle ! Je perds les eaux !

Roselle éclata de rire, pensant qu'elle lui faisait une blague. Mais réalisant que c'était vrai, elle bondit sur ses pieds en hurlant :

– Grouille-toi, Sue ! Faut aller à l'hôpital !

Dix minutes plus tard, Susan était assise sur les coussins de cuir de l'Aston Martin de Roselle, agrippée de tous ses ongles au tableau de bord en noyer.

– T'as vu la tête qu'ils faisaient tous, au restaurant ? Je te parie ce que tu veux que y en a plus d'un qui regrette d'avoir commandé du foie de veau !

Elles se mirent à rire à gorge déployée.

– Tu crois que tu peux tenir le coup jusqu'à ce qu'on soit dans l'East End ?

Susan hocha la tête.

– Il me semble, oui, mais t'as pas intérêt à traîner en route. Ce petit sacripant a l'air pressé de faire son entrée dans le monde. Je le sens déjà qui pousse.

Barry était penché avec Roselle sur le berceau de sa dernière-née. Elle était belle comme le jour. Même l'heureux père n'en croyait pas ses yeux. On lui aurait facilement donné quelques semaines de plus que ses quelques heures. Elle n'était ni rouge, ni ridée. Une véritable petite merveille au teint de pêche.

– Comment cette grosse vache arrive à mettre au monde des enfants aussi beaux, ça, pour moi, c'est un mystère…

Il était aux anges. Sa Roselle était à côté de lui, il planait sur un petit nuage.

Susan, encore à moitié ensuquée, ouvrit un œil.

– Je t'ai entendu, mon salaud ! T'es pas gonflé !

Roselle lui prit la main et la serra très fort.

– Elle est à croquer, Sue ! Magnifique, y a pas d'autre mot ! Pour un peu, ça me donnerait des idées…

Barry fronça les sourcils, mais ne releva pas. Même si ce n'était pas l'envie qui lui manquait, parfois, de séquestrer Roselle au club afin de s'assurer qu'aucun autre que lui ne la touchait.

Susan se redressa sur son oreiller et lança à Roselle, l'air très sérieux :

– Ne dis surtout pas ça devant lui ! Son dicton favori, c'est : « Femme bien baisée, femme mal chaussée. » En clair : nu-pieds et en cloque.

– Si quelqu'un en sait quelque chose, c'est bien toi !

Elles s'esclaffèrent. Barry fut vexé de voir sa femme et sa maîtresse rire à ses dépens. Maintenant qu'il savait qu'elles étaient amies depuis le début de leur liaison, il avait l'impression d'avoir été joué et de devoir accepter la situation – même s'il n'aurait pu rêver mieux.

Il pouvait espérer que Roselle lui revienne et que tout reprenne comme avant.

L'amitié manifeste qui unissait les deux femmes le plongeait dans des abîmes de perplexité. La psychologie féminine, quel mystère… En bonne logique, elles auraient dû se haïr. Il aurait préféré ça, d'une certaine façon.

– C'est décidé ! Ma fille va s'appeler comme toi, Roselle, entendit-il Susan dire. Pour te remercier d'avoir été là, tout le temps que je l'attendais.

Barry écarquilla les yeux. Sa femme lui aurait annoncé qu'elle était la maîtresse d'Henry Kissinger, il n'aurait pas été plus sidéré.

– Raconte pas de conneries, Susan…

Elle lui coupa la parole.

– Disons, Rose, alors… Roselle, en plus court. D'accord ?

Roselle eut un sourire ravi.

– Je prends ça comme un énorme compliment, Susan. Vraiment !

Elle baissa les yeux vers la petite fille, une lueur de regret dans l'œil.

– Je ferais mieux de me sauver. Je ne peux pas laisser le club tourner tout seul. Ivan doit être aux cent coups et se demander où je suis passée. Il se fait vieux, le pauvre, et le club est trop lourd pour lui. Cela dit, jamais il ne l'admettra.

Barry était tout emprunté.

– Je te raccompagne jusqu'à ta voiture ?

Roselle inclina la tête. Elle embrassa la petite Rose et Susan, et lui promit de revenir le lendemain.

A peine sortis de la chambre, ils se tournèrent l'un vers l'autre et se fixèrent un long moment en silence.

– Je te demande pardon pour tout, Roselle, articula gravement Barry. Si tu savais ce que tu peux me manquer !

Elle hocha la tête.

– Justement, Susan m'a persuadée, aujourd'hui même, de te redonner une chance. Curieuse coïncidence, non ?

Il secoua la tête.

– Pas vraiment, Roselle. Elle sait à quoi s'en tenir, pour nous, et elle a le bon sens de l'accepter.

Roselle regarda son beau visage. Avec ses mèches décolorées à la dernière mode, il ressemblait à un footballeur professionnel ou à une pop star. Ses yeux bleus étaient à se damner et son ossature, fantastique. Tous ses enfants les avaient hérités.

– T'es un sacré imbécile, tu sais, Barry. Susan est quelqu'un de formidable. On ne lui arrive pas à la cheville, ni toi ni moi. Il y a bien des hommes qui donneraient n'importe quoi pour avoir une femme comme elle. La rencontrer, c'est le plus beau cadeau que la vie m'ait fait. Pour la première fois, j'ai une amie à qui je peux faire confiance, à qui je peux parler et avec qui je peux être moi-même sans avoir honte de ce que je fais pour vivre, sans craindre d'être jugée, sans avoir à mentir sur ma vie pour la rendre plus respectable ou plus honorable. Avec elle je peux parler de Joseph et elle comprend pourquoi je souhaite tant qu'il monte haut, même si elle préférerait, elle, se couper un bras plutôt que de se séparer d'un seul de ses enfants.

Les larmes lui étaient montées aux yeux. Barry l'attira dans ses bras et la serra contre lui.

– Sois gentil avec elle, je t'en prie, Bal. Ne la traite pas comme tu le fais en permanence. Offre-lui des fleurs ou ce que tu veux, mais tâche de faire en sorte qu'elle se sente aimée, au moins aujourd'hui.

Il hocha la tête.

– D'accord, Roselle. On se voit ce soir ?

Elle s'arracha à ses bras et hocha la tête.

– Je ne t'emmène pas travailler, alors ?

Il la regarda avec un sourire en coin – ce sourire qui la faisait fondre, constant mémento du pouvoir de la beauté. Barry était beau et dangereux. C'était ce qui faisait son charme. Elle se haussa sur la pointe des pieds et l'embrassa sur la bouche en plein couloir, au grand scandale des deux infirmières et de la sage-femme qui venaient d'accoucher Susan.

– A ce soir.

Barry sourit.

– Compte sur moi, chérie ! Essaye un peu de m'empêcher de venir !

Il rejoignit Susan, le sourire aux lèvres

– Ça va bien, toi ? T'as fait un boulot de première, aujourd'hui. Expédier ça en une heure et demie, chapeau ! Tu deviens tellement performante que tu tarderas pas à donner des cours, m'est avis !

De le voir si heureux, Susan sentit ses tensions disparaître. Une infirmière vint lui apporter du thé et des toasts. Le regard qu'elle lança à Barry en disait long. Susan étouffa un sourire. Tout en le regardant faire des « areu-areu » à sa dernière-née, elle attendit l'arrivée de ses parents, de Kate et de Doreen.

Autant elle aurait pu se dispenser de la visite de June et Joey, autant elle avait hâte de les voir, toutes les deux. Mais impossible, bien sûr, d'interdire à ses parents de lui rendre visite et de jeter un coup d'œil en vitesse à leur petite-fille avant de se hâter de rentrer chez eux et de prendre une bonne cuite pour arroser l'arrivée d'un nouveau membre dans la famille... Ils s'attendaient à ce qu'elle les reçoive.

Susan, comme d'habitude, faisait ce qu'on attendait d'elle.

Elle y excellait.

19

Roselle observait Barry. Depuis la naissance de Rose, un an plus tôt, il s'était plus attaché à sa dernière fille qu'à aucun de ses autres enfants. Elle était la prunelle de ses yeux, le soleil de ses jours. Même Alana qui, jusque-là, avait été sa grande favorite, s'était vue détrôner.

Il était en train de changer Rose et, en le voyant embrasser le petit ventre rond de sa fille, Roselle eut un pincement de cœur, presque une pointe de jalousie, qu'elle s'empressa de réprimer. « Tu devrais plutôt être contente qu'il fasse preuve de tendresse, se raisonna-t-elle intérieurement. Au moins, ça prouve qu'il est humain. »

Sauf que l'amour que Barry portait à sa fille relevait de l'obsession.

Rose était Barry réincarné. Elle lui ressemblait trait pour trait, depuis ses incroyables yeux bleus jusqu'à la forme délicate de ses pommettes. Elle avait la même chevelure noire et abondante et la même grâce naturelle. Où qu'il l'emmène, les gens s'exclamaient et s'extasiaient devant cette petite fille si gracieuse, si mignonne, si ravissante. Il faut dire que Rose était vraiment d'une rare beauté.

Barry la prenait dès qu'il le pouvait, tantôt le matin, tantôt l'après-midi. Roselle l'avait vu, au fil des mois, s'initier à l'art d'être père, afin que Susan n'ait aucun motif de l'empêcher de s'occuper de sa fille comme, et autant, qu'il le voulait.

– Qui c'est, la petite fille chérie à son papa, mmm ?

Rose lui fit un gros bisou et il éclata de rire, radieux.

– T'as vu ça ? Non, mais t'as vu, Roselle ? Elle m'a embrassé ! Elle sait déjà qui compte le plus pour elle. Pas vrai, mon petit cœur ?

Rose s'empara de ses petits pieds grassouillets et, en riant aux éclats, lâcha un gros pet au nez de son père.

– Eh ben, ça, au moins, c'est sans réplique ! Je pense que tu es définitivement fixé sur l'opinion que ta fille a de toi, Barry...

Il y avait un rien d'exaspération dans la voix de Roselle, qui sourit pour le masquer. La présence quasi continuelle d'un bébé à domicile, fût-il aussi adorable que Rose, changeait sérieusement la donne.

Ce Barry papa poule ne faisait absolument pas partie de son équation personnelle. Roselle se sentait coupable de réagir de la sorte. Mais elle trouvait une justification à son attitude dans le fait que Susan, elle non plus, ne voyait pas d'un très bon œil l'obsession de Barry pour sa fille. Car c'était bel et bien une obsession. Du soir au matin, c'était Rose par-ci, Rose par-là, ça en devenait lassant.

– Tu ne crois pas que tu devrais la ramener maintenant, Bal ? On ouvre dans deux heures.

Il hocha vaguement la tête sans quitter sa fille des yeux.

– Susan va se demander où tu es passé.

– Eh ben, qu'elle se le demande, bordel ! Rose est autant à moi qu'à elle.

– Tes trois autres enfants aussi, Bal, si je peux me permettre de te le rappeler.

Il encaissa sa remarque sans réagir, mais Roselle se rendit compte qu'elle l'avait énervé. Barry avait découvert l'amour paternel devant ce reflet miniature de lui-même. Ses trois aînés étaient plus une croix qu'autre chose. C'étaient plutôt de braves gosses et force lui était de reconnaître que Susan les élevait bien. Mais Rose, sa petite Rosie, n'avait rien à voir avec eux.

Elle était à lui, et à lui seul. Il se passait entre elle et lui une chose qui était absente de ses relations avec les trois autres.

L'idée ne l'effleurait pas qu'il n'avait jamais offert à ses aînés l'occasion d'être pour lui autre chose que des charges, des sujets de contrariété. Il se voyait comme un père modèle, totalement incompris, malheureusement.

Et des femmes de sa vie plus que des autres encore.

Penser aux femmes de sa vie lui fit soudain accélérer le change et l'habillage de Rose.

Depuis peu, il voyait une fille à la cuisse accueillante qui habitait pas loin de chez Susan. En faisant vite, il avait encore le temps de se faire offrir un café chez elle et de la sauter avant d'aller bosser. Tandis qu'il embrassait Roselle et lui promettait d'être de retour avant sept heures, il sentit un petit frisson de peur lui parcourir l'échine. Si jamais elle découvrait le pot aux roses, il n'aurait plus qu'à faire ses prières cette fois. Mais aucun risque : s'il avait retenu une leçon de sa mésaventure avec Marianne, c'était qu'il suffisait de ne pas se faire prendre.

Ayant déposé Rose chez Susan, il se dirigea vers le grand ensemble où vivait Maggie Brittan.

Maggie avait vingt-cinq ans et vivait seule avec son fils, Duane. Son appartement était un vrai boxon, et elle passait le plus clair de ses journées à picoler et à griller des cigarettes pendant que son fils traînait dans les rues. Elle couchait avec tous les types qui lui tapaient dans l'œil et se baladait en permanence trop maquillée et pas assez vêtue. L'un dans l'autre, c'était exactement la fille qu'il fallait à Barry. Avec elle, ça se passait sans chichis : une conversation réduite à un échantillon de ses expressions les plus machos, des parties de jambes en l'air qui duraient aussi longtemps que *lui* le décidait, et pas de larmes quand il se tirait au bout d'une heure.

Bref, c'est en homme heureux qu'il gara l'Aston Martin de Roselle au pied de l'immeuble et monta chez Maggie. Elle dormait, écroulée sur son canapé. Il était visible qu'elle avait pleuré. Ses cheveux étaient vaguement attachés en queue de cheval et, sans la couche de fond de teint qui la masquait d'habitude, la peau de son visage révélait une culture de boutons et de plaques rouges. Elle avait dû tellement se moucher en pleurant qu'elle avait les ailes du nez tout irritées. Sa moue habituelle lui tirait les coins de la bouche.

Des remugles de poubelle pas vidée flottaient dans la pièce. Quand il se pencha sur Maggie, une vague odeur de lait aigre lui monta au nez.

Il la regarda avec un sourire. C'était vraiment un sacré cageot.

Magie ouvrit les yeux et renifla un bon coup.

– Ah ! c'est toi, Barry…

Elle se redressa et tenta de s'arranger un peu.

Il lui jeta un regard cochon.

– J'ai juste une heure devant moi.

– C'est plus qu'il n'en faut pour ce que tu veux, non ? ricana-t-elle.

Il baissa sa braguette, en sortit son membre érigé et, la saisissant par la nuque, le lui fourra dans la bouche. En la regardant s'y attaquer, un sourire lui monta aux lèvres. C'était un vrai cageot, mais elle mettait du cœur à l'ouvrage.

La pièce était un capharnaüm d'une saleté repoussante. Une odeur de transpiration, de tabac et de parfum bon marché, à quoi se mêlaient des relents de graillon et de Weetabix émanait de Maggie. Sa langue lui titillait le gland. Comme il bougeait les hanches pour qu'elle puisse l'emboucher tout entier, il sentit les premiers frémissements de plaisir lui monter dans les reins.

Il se mit à aller et venir de plus en plus vite, comme s'il chevauchait son visage, à pénétrer jusqu'au fond de sa gorge, en riant de l'entendre hoqueter, au bord de la nausée. Jouissant du pouvoir qu'il avait sur elle. Elle était prête à accepter les pires traitements du moment que celui qui les lui infligeait était une « pointure », un type qui avait un nom, une réputation dans le Milieu.

Dans le monde où elle gravitait, ça la faisait se sentir quelqu'un, ça lui permettait de croire qu'elle comptait. Elle pouvait raconter à toutes ses copines que Barry Dalston, le caïd complètement allumé du secteur, la baisait. Qu'il était son mec. Et puis quoi ! Comme s'il aurait voulu être vu en public avec *ça* !

Elle acheva consciencieusement de lui tailler sa pipe et, quand il se rebraguetta, alla lui faire un café.

– Putain ! Ce que c'est crade, chez toi ! Un vrai taudis... Tu veux que je me barre pour te laisser faire un brin de ménage ?

Maggie le regarda en rigolant, trop bête pour sentir l'insulte. Elle cracha dans l'évier, sur les tasses et les bols à céréales pas lavés qui traînaient depuis le petit déjeuner.

– Putain ! Ça m'a mis la gorge en feu, dis donc !

Il éclata de rire.

– Une chance que tu sois venu, Bal ! J'avais vraiment besoin de te voir. J'ai eu une journée ho-rrible ! Tu sais que je voyais Peter Groves ?

Il fit signe que oui. Peter était un mec réglo, un peu comme lui, mais pas du tout du même calibre.

– Il te fait des misères ?

Il carra les épaules comme un vrai macho et la regarda le regarder avec admiration, ravi de l'effet que ça lui faisait.

Elle hocha la tête.

– Ouais, c'est exactement le mot. Des putain de misères. Et pas des petites. Il prétend que j'y ai refilé un truc... De l'herpès, qu'il a appelé ça.

Barry eut l'impression qu'une main glacée s'emparait de ses testicules et les lui broyait lentement. Il devait avoir mal entendu...

– Qu'est-ce que t'as dit ?

Maggie se campa devant lui en soupirant. Il ne pouvait pas écouter un peu, quand elle parlait ?

– J'ai dit qu'il prétend que j'y ai refilé une maladie qui s'appelle de l'herpès. C'est américain, ce truc, à ce qu'il dit, alors comment que j'ai pu le lui filer ? Où-ce qu'il veut que j'aye rencontré des Amerloques, cet enfoiré ?

Elle brandit les bras vers le plafond pour bien montrer son exaspération.

Barry avait l'impression que sa tête allait exploser. Il contempla le décor sordide qui l'entourait et sentit ses tripes se nouer.

– Alors, quoi, tu dis rien, Barry ?

Sa main vola vers son sexe et il se mit à le palper à travers son pantalon, comme s'il craignait qu'il ait disparu sans qu'il s'en rende compte.

L'herpès ! Ce truc dont toutes les entraîneuses parlaient, au club, le nouveau fléau... Bordel de merde ! Même les vieilles putes recouraient aux capotes, ces temps-ci. Les prostituées étaient toujours les premières à choper les maladies, qu'elles propageaient. En ce moment, elles parlaient toutes de ce fameux herpès et tâchaient de ne pas l'attraper. Enfin, celles qui avaient deux sous de jugeote... Il sentit la sueur perler sur son front.

Roselle lui couperait les couilles sans l'ombre d'une hésitation si elle découvrait cette histoire.

– Qu'est-ce qui fait croire à Peter que c'est toi qui lui as passé ça ?

Maggie se mit à rire, découvrant des dents que Barry trouva atrocement jaunes. Soudain, il la vit telle qu'elle était : une poufiasse crasseuse. Pourquoi est-ce qu'il ne s'en était pas aperçu plus tôt ? Il se serait donné des baffes.

– Il l'a refilé à sa femme, qu'il dit, et c'est comme ça qu'il a su qu'il l'avait. Bref, il s'est propulsé au Old London et là, les toubibs lui ont annoncé la mauvaise nouvelle. Mais comment qu'il peut être sûr que c'est avec moi qu'il l'a chopé ? Soi-disant qu'il y a que moi qu'il a sautée... C'est ça, ouais ! Il baiserait sa propre sœur en plein jour, ce salopard !

Elle se mordilla un ongle, l'air tragique, comme pour ménager le suspense avant d'en venir à la scène choc de son histoire.

– Il m'a foutu des baffes, Bal ! J'y ai dit que t'apprécierais sûrement pas quand tu le saurais et là, tu sais ce qu'il m'a dit ? Il m'a dit : « Ben, vas-y lui dire ! Vas-y, bordel ! Et dis-lui que je l'attends ! »

Elle s'attendait à voir Barry sortir de ses gonds et lui jurer qu'il allait « régler son compte à cet enfoiré ». Elle aurait une histoire bien saignante à raconter dans tout le quartier. Au lieu de ça, il resta à la dévisager sans parler. Elle sentit la peur l'envahir.

– Ben, quoi, tu dis rien ?

Il la fixa d'un regard glacial en hochant lentement la tête.

– Si je découvre que t'as de l'herpès, Maggie, je te tue de mes propres mains. Tu comprends bien ce que je dis, là ?

Elle se mit à se gratter une croûte sur le bras. La vue de ses tatouages et de sa peau grisâtre écœura Barry. Qu'est-ce qui lui avait pris de sauter cette putasse ? Au souvenir de sa nuit de noces et de la façon dont il avait contaminé sa femme, enceinte par-dessus le marché, il sentit de nouveau ses tripes faire des nœuds.

Roselle ne serait pas aussi crédule que Susan. Ni aussi indulgente.

– Eh ben, si tu l'as attrapé, à qui la faute, hein ? J'y suis pour rien, Barry ! Moi, je m'offre du bon temps, c'est tout. C'est à toi de t'occuper de ta petite santé, mon pote !

Il repensa à la prostituée qu'il avait tuée à coups de pieds. Peut-être qu'il pourrait faire la même chose à Maggie et s'en tirer cette fois encore… Sauf que tout le quartier savait qu'il était un de ses visiteurs assidus. L'Aston Martin qu'il avait garée si fringant tout à l'heure passait difficilement inaperçue dans le coin. Dire qu'il avait trouvé génial qu'on raconte partout qu'il avait sa pute – le genre de détail qui vous posait comme un vrai caïd. Eh ben, plus maintenant !

Le premier coup envoya Maggie valser à travers la cuisine jusque dans l'entrée. Puis il se mit à la dérouiller méthodiquement, pour lui faire payer ce qu'elle lui avait fait. Quand il cessa de cogner, il y avait du sang plein les murs. Il contempla le carnage avec une certaine satisfaction.

Maggie était couverte de plaies et de bosses au point qu'elle en était méconnaissable. Il lui avait aussi cassé un bras. Mais il n'y avait pas de quoi s'émouvoir. Elle l'avait bien cherché et c'était bien fait pour elle.

Il sortit de l'appartement. Des voisins, alertés par le bruit, s'étaient postés sur leur balcon pour écouter ce qui se passait chez Maggie. Plusieurs petites vieilles échangeaient des hochements de tête d'un air entendu. Mais personne ne décrocha son téléphone pour appeler les flics. Ils regardèrent Barry descendre l'escalier et s'engouffrer dans sa belle voiture. Ce ne fut qu'après avoir jugé tout danger écarté qu'ils pénétrèrent dans l'appartement de Maggie pour s'occuper de la malheureuse, au bord de l'hystérie.

Barry fonça tout droit chez Susan et lui déballa ses malheurs.

– C'est quoi, au juste, cet herpès ?

Complètement désemparée, elle ne savait pas trop quoi lui dire.

– Un genre de MST. En fait, c'*est* une MST. Mais, contrairement à la chtouille, y a pas moyen de s'en débarrasser. Quand on l'a, c'est pour la vie, genre comme une tache de vin. Il te vient des cloques sur les bijoux de famille. Ça te fait un mal de chien, ça suinte et ça te rend patraque.

– C'est mortel, Bal ?

– Tu vas pas tarder à le savoir, si tu continues à me pomper l'air !

Sa voix était un mugissement, un rugissement de désespoir.

– Dis-moi plutôt qui t'a refilé ça. Sûrement pas Roselle ! Je ne peux pas croire ça d'elle.

– Bien sûr que c'est pas elle qui me l'a filé, pauvre débile ! Je l'ai attrapé en baisant une saloperie de pute, qu'est-ce tu crois ?

– Et t'es bien sûr que tu l'as ? Je veux dire, t'as fait des examens ?

– La même salope l'a filé à Chopper Groves, qui l'a passé à sa bonne femme.

– Tu veux dire que ce salaud a infecté cette pauvre Brenda ?

Susan avait l'air scandalisé.

Il hocha la tête.

– Le fumier ! J'aimerais que sa queue lui en tombe !

Barry leva les yeux au ciel.

– Moi aussi, je le lui souhaite, mais, en ce moment, c'est pour la mienne que je me fais du mouron, Sue.

– La pauvre Brenda… Elle qui a eu un bébé y a pas si longtemps. Son fils a juste quelques mois de moins que Rose. Je suis allée la voir à la maternité. Oh ! quel salaud !

– Je crois qu'on est d'accord, c'est un salaud. Alors, est-ce qu'on pourrait pas les oublier un peu, lui et sa foutue Brenda ? Je suis complètement paniqué, là, Sue. Roselle va m'envoyer me faire voir sur Pluton si jamais elle apprend ça.

Susan le regarda, ne sachant trop ce qu'il attendait d'elle.

– Commence déjà par faire des examens, Bal. Histoire d'être fixé.

Il hocha la tête. Il avait les traits tirés, tout son corps frissonnait, ses mains s'agitaient en permanence. On aurait dit un fauve pris au piège. Susan avait vaguement pitié de lui. Jamais il ne songeait aux conséquences de ses actes. Il passait sa vie à faire ce qui lui chantait et ne s'inquiétait que lorsqu'une catastrophe lui tombait dessus.

A ce moment-là, tout le monde en était responsable, sauf lui.

– Qui c'est qui t'a passé ce truc-là ?

Il se sentait incapable de la regarder en face.

– Allons, Bal, c'est qui, la coupable ?

– Maggie Brittan…

Il avait parlé si bas qu'elle crut avoir mal entendu.

– Pas Maggie la tatouée ! fit-elle d'un ton incrédule.

Tout le monde connaissait Maggie. C'était une légende locale. Elle couchait avec n'importe qui – vraiment n'importe qui. Les amateurs de tournantes savaient qu'elle n'était pas farouche quand elle avait quelques verres dans le nez, et qu'elle ne faisait qu'en rire, après coup.

Les Brittan se situaient encore plus bas que les McNamara dans la chaîne alimentaire, ce qui en disait long.

– Oh ! Barry ! Mais qu'est-ce que t'as foutu ? Elle a tout eu, Maggie, des morpions à la chtouille. Qu'est-ce qui t'a pris de coucher avec elle ?

Il secoua la tête, perplexe, incapable de comprendre, en effet.

– Elle était là, c'est tout…

– Comme l'Everest ? lança Susan, sarcastique. Seigneur ! Ce que tu peux m'exaspérer, Barry ! Imagine que je sorte un soir et que je rencontre un beau mec. Il me plaît, je lui plais, je le ramène ici et je me le farcis. Qu'est-ce que tu penserais de moi, hein ? Parce qu'il y a des hommes qui coucheraient volontiers avec moi, dis-toi, Bal ! Tu m'en as donné toi-même la preuve en couchant avec Maggie Brittan. Si elle est capable de faire des touches, y a pas de raison que je puisse pas, moi aussi !

Il tira sur son joint, sans même essayer de lui répondre.

– Tu te rends compte du nombre de gens qui risquent de critiquer ta conduite bien que tu sois un homme, Bal ? Tu sais ce que j'ai ressenti le jour où j'ai perdu mon petit Jason ? Imagine un peu qu'on perde Rosie de la même façon, uniquement parce que t'es infoutu de garder ta queue dans ton pantalon… Mets-toi à ma place, Bal. Pense à ce que ça a pu me faire de savoir que ce que tu me collais entre les jambes tu l'avais fourré à l'intérieur d'une autre à peine quelques heures plus tôt…

Les paroles de Susan rappelèrent brusquement à Barry que, il n'y avait pas si longtemps, sa queue était plongée jusqu'à la garde dans la bouche de Maggie, et une irrésistible envie de remonter faire une toilette approfondie s'empara de lui. Susan avait déjà eu le plus grand mal à le dissuader de se la passer à l'eau de Javel pour la désinfecter à fond.

Susan regarda cet homme qui était son mari et pour lequel elle ne ressentait que haine. Ses paroles avaient glissé sur lui comme sur les plumes d'un canard. Il n'avait pas saisi ce qu'elle tentait de lui dire et ne le ferait jamais. Il n'y avait qu'une seule et unique chose qui l'intéressait : lui.

Ses envies. Ses besoins.

Jamais une pensée pour les autres.

– Roselle va me tuer, Susan.

Lui, toujours, lui…

– Je te l'ai déjà dit, Bal. Faut que t'ailles te faire faire des analyses. T'as pas vraiment d'autre solution.

Il ne répondit pas.

– Ecoute, t'es vraiment certain que c'est avec Maggie que Chopper l'a attrapé, son herpès ? Il aurait pu le faire ailleurs.

– S'il lui a foutu sur la gueule, c'est forcément qu'il a fait sa petite enquête. Je vais quand même aller le voir, cela dit. Bien obligé, non ?

Susan inclina la tête.

– C'est peut-être pas le moment idéal pour t'en parler, je sais bien, mais j'aimerais changer le canapé et les fauteuils. Ceux-là n'en peuvent vraiment plus.

Barry hocha la tête, manifestement ailleurs.

– Déjà ? Bon, d'accord... Choisis ce qui te plaît et je paierai. Refais aussi les papiers, si tu veux... Mais promets-moi de m'aider à me sortir de ce merdier, Sue. Tu m'accompagneras à l'hosto ?

Elle hocha tristement la tête.

Il avait beau de temps en temps lui taper sur les nerfs, la remplir de haine et l'horripiler, elle était incapable de résister à son charme quand il était comme ça. Quand il était « le vrai Barry », comme elle se le disait.

– T'en fais pas, Bal. On va arranger ça. Et maintenant, tu ferais mieux d'aller bosser, ou Roselle va se demander où tu es passé.

Roselle était inquiète. Barry avait vraiment un comportement bizarre. Une semaine plus tôt, un de ses testicules avait enflé – à cause d'un abcès, à l'en croire –, ce qui lui avait momentanément interdit toute activité sexuelle. Mais depuis, l'enflure s'était résorbée et, ainsi qu'elle venait de le constater en le regardant par-dessus son épaule dans la glace de la salle de bains, ses attributs virils semblaient en parfait état de marche. Or, quand elle avait essayé de le caresser, il l'avait repoussée presque violemment.

– Il y a quelque chose qui cloche, Barry ? Quelque chose dont tu ne m'as pas parlé ?

Pour éviter de la regarder, il piqua du nez sur le plastron de la chemise qu'il était en train de boutonner et, comme si elle l'agaçait avec toutes ses questions et son insistance, haussa la voix.

– Pour l'amour de Dieu, Roselle ! Je ne suis pas dans mon assiette, ces temps-ci. Ça arrive, non ? Ça ira sûrement mieux d'ici un jour ou deux. Alors, je t'en prie, ne me harcèle pas ! Je suis assez grand pour m'occuper de moi tout seul !

Elle le fixa, sourcils froncés.

– Qu'est-ce qui se passe, Barry ?

Son ton était si péremptoire qu'il se sentit obligé de lever les yeux. Mais il tenta une dernière fois de noyer le poisson.

– Comment ça, qu'est-ce qui se passe ?

– Ecoute-moi bien, Barry : j'ai besoin de savoir quel est le problème. Si tu me dis de quoi il s'agit, on pourra s'occuper de le régler. Mais si tu refuses et que tu continues à me jouer ta petite comédie, style « tout baigne », dis-toi que je ne lâcherai pas le morceau avant de découvrir ce que ça cache. Alors, autant en parler tout de suite et voir ce qu'on peut faire.

Barry regarda son beau visage déterminé. Elle était tout pour lui, il le savait. Mais il savait aussi que jamais elle ne comprendrait qu'il puisse avoir envie d'autres femmes. Susan, elle, l'acceptait. Parce qu'elle était tellement heureuse de l'avoir qu'elle était prête à avaler n'importe quelle couleuvre. Roselle, c'était une autre paire de manches.

Elle le tarabusterait tant qu'elle ne lui aurait pas arraché la vérité. Elle était intelligente et capable de la ténacité d'un pitbull, si l'envie l'en prenait – ce qui était précisément en train d'arriver…

Il tenta une manœuvre dilatoire.

– Donne-moi le temps de passer chercher les gosses et ma petite Rosie à la maison. J'ai promis à Susan de les emmener chez le toubib. On pourra reprendre la discussion quand je reviendrai, OK ?

Elle le fixa au fond des yeux une bonne vingtaine de secondes avant de répondre.

– Je compte sur toi pour être de retour à midi pile et répondre à mes questions. Sinon, c'est terminé, Barry ! Tu sors d'ici et de ma vie. C'est bien compris ?

Devant la tristesse et la résolution qu'il lisait dans son regard, il eut la sensation que le piège se refermait. Il devait passer chercher ses résultats d'analyses dans la matinée. A midi, il serait fixé sur son état. Il devrait improviser en fonction de ça.

Il lui décocha un grand sourire épanoui, dont il ne se serait pas cru capable.

– Je vais juste m'occuper des petits et, à mon retour, on reprendra cette conversation où on l'a laissée. D'accord ?

Elle hocha presque imperceptiblement la tête et Barry sentit tous ses muscles se dénouer. Il avait quelques heures de répit. Si ses résultats étaient bons, tout pouvait s'arranger.

Infecter une de ses conquêtes l'indifférait totalement, mais contaminer Roselle ou, pire encore, découvrir qu'il lui avait déjà transmis son herpès, le terrorisait.

Il en avait des sueurs froides rien qu'à y penser. L'idée que le virus était peut-être déjà présent dans ses veines, peut-être déjà à l'œuvre dans son corps, prêt à se manifester, était pour lui une véritable hantise.

Et puis, serait-il encore capable de la toucher ? S'il l'avait contaminée et qu'elle le contaminait, lui, une deuxième fois… Est-ce que ça ne risquait pas de rendre son herpès à lui plus virulent ? Comment savoir ? Personne n'avait l'air de connaître grand-chose sur cette maladie.

A l'hôpital de Whitechapel, les toubibs du service antivénérien avaient eu l'air aussi ignorant que lui sur le sujet. Mais Barry avait vu Chopper, et Chopper lui avait affirmé que c'était bel et bien Maggie qui lui avait filé son herpès.

Comme lui, Chopper se servait des femmes comme et quand bon lui semblait.

Et, comme lui, Chopper en chiait des briques. Et avait encore à expliquer à sa femme toutes les caractéristiques de la maladie.

Barry piqua un petit baiser sur les lèvres de Roselle et sortit de l'appartement en se demandant si c'était la dernière fois qu'il le faisait. S'il y serait encore chez lui dans quelques heures. Il prit l'Aston Martin de Roselle, au cas où il n'en aurait plus jamais l'occasion. Parce que s'il avait le « grand H », comme disait Chopper, il était dans la merde, et jusqu'au cou.

Susan versa deux tasses de thé et en posa une devant Barry. Elle avait envoyé les enfants chez Doreen, le temps qu'ils aillent à l'hôpital. Elle n'était pas passée les récupérer en rentrant, à cause de l'état où se trouvait Barry. Il était sous le choc et se dégoûtait.

Ses analyses étaient positives.

Le plus étrange était qu'elle le plaignait encore. Elle le connaissait bien et savait qu'il ne se souciait jamais de rien avant qu'il soit trop tard.

Et là, il était trop tard.

Roselle ne voudrait plus jamais entendre parler de lui. Qui pourrait l'en blâmer ?

– Je vais la tuer, cette Maggie Brittan. Elle va tâter de mes poings, la garce ! Dieu m'en est témoin !

Il était furieux, mais son ton manquait singulièrement de conviction. De toute façon, il l'avait à vie, son herpès. Alors, tuer Maggie n'y changerait rien. C'était elle qui l'avait infecté mais, au fond de lui-même, il savait qu'il était la cause de son propre malheur.

C'était précisément ce qu'il trouvait si dur à accepter.

– Il va falloir que tu le dises à Roselle, Bal. Elle a le droit de savoir.

D'un revers de la main, il balaya sa tasse de thé avec tant de violence qu'elle roula par terre avec son contenu.

– Je peux pas, Susan ! Tu sais comme elle est. Elle ne va pas l'avaler, cette histoire. Ça va la rendre complètement dingue.

Susan ramassa la tasse et se mit machinalement à éponger le thé renversé avec une lavette.

– Dingue ? Folle furieuse, dis plutôt ! Mais n'empêche qu'elle a le droit de savoir, Bal. C'est trop grave pour que tu le lui caches. Beaucoup trop grave pour faire l'autruche et espérer que ça va se tasser de soi-même. T'as entendu ce qu'a dit le toubib, à l'hosto : la première poussée peut être bénigne ou entraîner des complications graves. Ça pourrait la tuer. T'es forcé de le lui dire.

Elle finissait de rincer sa lavette dans l'évier quand le poing de Barry s'écrasa sur sa joue.

– Me dis pas ce que je dois faire, Susan ! Je réglerai ça à ma façon !

Ses oreilles tintaient et elle s'accrocha au bord de l'évier pour ne pas tomber.

– Pourquoi tu t'en prends à moi, Bal ? Qu'est-ce que j'ai fait ?

Elle avait des sanglots dans la voix.

– Je suis ta femme. J'ai toujours été là pour toi, je t'ai toujours soutenu, et c'est comme ça que tu me traites ? Tu me frappes, *moi*, alors que j'essaie juste de t'aider ?

Il avait les yeux rivés sur elle, mais elle savait d'expérience qu'il ne la voyait pas. Il était déjà en train de chercher une façon de se sortir indemne du pétrin, comme d'habitude.

– Ce truc, c'est pas comme ce que j'ai eu moi, Bal. Quelques piqûres et des antibiotiques n'en viendront pas à bout. Il faut que Roselle se fasse examiner, et le plus vite possible.

Il se mit à hocher la tête.

– Je pourrais dire que c'est *toi* qui me l'as filé, Susan…

Les yeux écarquillés, elle ouvrit la bouche, mais aucun son n'en sortit.

Il la prit par les bras.

– Tu vois pas que c'est la seule solution, pauvre conne ? Elle peut quand même pas m'engueuler parce que j'ai couché avec *toi*, hein ? T'es ma femme, bordel !

Susan secoua la tête avec désespoir.

– Salaud ! T'es prêt à lui faire croire que j'avais de l'herpès pour mieux lui faire avaler la pilule ? Et avec qui je suis censée avoir attrapé ça, hein, Bal ? Le Baiseur Fantôme de l'East End ? Qui t'as l'intention d'accuser ?

Il se mordillait la lèvre du bas – un tic que Wendy avait aussi quand quelque chose la tracassait. D'ici une seconde, il se mettrait à se ronger la peau, autour de l'ongle du pouce.

Elle le connaissait comme sa poche.

– Désolée, Bal, mais ça, jamais Roselle ne le gobera. Elle me connaît bien mieux que toi. Elle sait que ce n'est pas mon genre de coucher à droite et à gauche. Dommage qu'on ne puisse pas dire la même chose de toi, toutes les deux…

Il la regardait fixement au fond des yeux.

– C'est la seule solution, je te dis ! Je peux pas revenir ici, Sue. C'est impossible, gémit-il. J'ai une autre vie, avec Roselle, j'ai pris goût au confort. Je supporterais pas de recommencer à vivre ici. En plus, si je perdais mon job, qu'est-ce que tu deviendrais, Susan ? Fini le fric pour te payer des salons neufs et élever tes gosses !

Voilà qu'il lui faisait du chantage, maintenant… Pour la forcer à endosser la faute, faire d'elle la salope qui avait déclenché l'épidémie. Dans l'unique but de se rabibocher avec Roselle.

Elle secoua la tête, écœurée.

– Désolée, Barry, mais ne compte pas sur moi pour porter le chapeau. Ça, tu peux te brosser.

Elle vit ses poings se crisper et, d'instinct, rentra la tête dans les épaules. Il ne les leva pas contre elle. Au lieu de ça, il sortit de la maison en claquant rageusement la porte.

Roselle était si livide qu'on l'aurait crue atteinte d'un cancer en phase terminale.

– Susan t'a passé *quoi*, Bal ?

Il baissa les yeux vers le tapis et répondit tout bas :

– Son herpès. La salope... Apparemment, elle aurait couché avec un type du pub.

Il écarta les bras, comme s'il ça le dépassait et qu'il ne savait vraiment plus quoi dire – ce qui était la stricte vérité. Il nageait en pleine improvisation, en croisant les doigts intérieurement pour que Roselle gobe son histoire et lui pardonne. Susan était sa copine, après tout.

Roselle, elle, tentait encore d'assimiler la nouvelle. Un herpès ? Il avait attrapé un herpès ? Et en couchant avec Susan. Sa femme.

Elle laissa l'information percoler dans son cerveau cinq bonnes minutes. Les cinq minutes les plus interminables qu'ait jamais vécues Barry Dalston.

Et, brusquement, elle éclata de rire. Un rire haut perché, aigu comme une plainte ou les cris d'une pleureuse. Un rire teinté de désespoir et de tristesse.

– Espèce de salaud ! Comment oses-tu accuser Susan d'une chose pareille ? L'accuser de ce que *toi*, tu as fait ? Dans les bras de qui as-tu attrapé ça, Bal ? Ceux de Marianne ? C'est cette petite pute qui t'a contaminé ou bien c'en est une autre, dont tu m'as soigneusement caché l'existence ?

Qu'elle ait tapé en plein dans le mille le désarçonna. Elle le connaissait mieux qu'il ne l'avait cru. Jamais elle ne goberait son histoire de contamination par Susan. Sa femme se respectait trop pour coucher avec n'importe qui. Et Roselle le savait aussi bien que lui.

Elle se leva, l'image même de l'indignation et de l'orgueil blessé.

– Prends tes affaires et fous le camp ! Tout de suite ! Je refuse de discuter de ça davantage. Je ne veux plus te revoir. Et ne me force pas à mêler Ivan à ça, Barry. Parce que je te préviens : au moindre problème de ta part, je le ferai sans hésiter. Je te le jure sur la tête de mon fils !

Il la regarda enfiler une veste, le visage figé en un masque de stupeur incrédule.

– Je reviens dans une heure et je compte bien ne plus trouver aucune trace de ta présence ici.

Il fit quelques pas vers elle et tenta de la prendre dans ses bras.

– Je t'en supplie, Roselle, je ferai tout ce que...

Un rictus de haine et de dégoût aux lèvres, elle l'interrompit.

– Tu ne trouves pas que tu en as déjà assez fait comme ça ? Si jamais tu m'as transmis ton herpès, je te maudirai jusqu'à mon dernier souffle, enfoiré !

Sur ce, elle tourna les talons et, raflant au passage ses clés de voiture sur la console de l'entrée, quitta l'appartement.

– Fais taire tes foutus moutards, Susan ! J'essaye de dormir, là !

Comme son ton hargneux le prouvait éloquemment, Barry était à cran. Le raffut des enfants le rendait dingue. Tout ce qu'il voulait, c'était rester vautré dans son lit et broyer du noir. Mais en paix. Et les éclats de rire et les hurlements des petits qui jouaient et se chamaillaient lui mettaient les nerfs en boule. La coupe était pratiquement pleine, là !

Susan s'encadra sur le seuil de la chambre.

– Je ne peux pas faire tenir tranquille quatre gosses à la fois, Barry ! J'ai que deux bras ! Occupe-t'en toi-même, s'ils te dérangent. Et puis, lève-toi et secoue-toi un peu. Regarde la réalité en face et sois un homme, pour une fois !

Excédée, elle s'engouffra dans la salle de bains et colla une claque sur les petits derrières rebondis de Rosie et de Barry Junior, ce qui déclencha de nouveaux hurlements.

– Si vous ne vous taisez pas, tous les deux, je vous sors de la baignoire et je vous mets au lit !

Les hurlements cessèrent instantanément. Ils adoraient leur bain du soir. C'était leur moment préféré de la journée. Les laisser barboter dans l'eau chaude avait l'avantage, pour Susan, de les fatiguer et de les aider à s'endormir.

Il était cinq heures et demie, en ce lundi soir, à Bethnal Green.

Barry déprimait. Sa vie était au point mort. Ivan lui avait parlé d'un job bien payé dans un autre club de Soho, un cran au-dessous du Hiltone, mais il n'avait plus le goût à ça et n'avait pas donné suite. D'ailleurs, il avait quelques idées sur ce qu'il pourrait faire de lui-même.

Il envisageait de se remettre collecteur de dettes, mais en améliorant la technique, cette fois. Il rachèterait des créances et en exigerait directement le remboursement auprès des emprunteurs. En se faisant un petit bonus au passage.

Il était persuadé que s'il montrait ce qu'il était capable de faire à Roselle, elle le reprendrait. Sans se douter qu'elle ne voulait plus jamais entendre parler de lui.

Il avait appris par Susan qu'elle avait fait un test de contrôle qui s'était révélé négatif. La nouvelle l'avait déçu. Il avait été assez stupide pour s'imaginer que, si elle avait de l'herpès elle aussi, ça les mettrait à égalité et que ce serait un lien supplémentaire entre eux.

Dans sa chambre, Wendy mit un disque sur sa chaîne. Le dernier succès de Paul Jones, « *Wherever I Lay My Hat* ». Les paroles étaient si déchirantes que Barry crut qu'il allait se mettre à pleurer. C'était de lui que parlait la chanson. Lui avant l'herpès. Avant que sa vie s'écroule.

En vraie fan, Wendy monta le son au maximum. Aussitôt, Barry jaillit de son lit et se précipita comme un fou dans la chambre que partageaient ses trois filles et leur frère, de l'autre côté du palier.

– Arrête-moi cette connerie, Wendy ! Eteins c't'engin, et vite, que j'entende plus bêler cet abruti !

Wendy fit ce qu'il lui ordonnait, mais avec une mine éloquente.

– Et me regarde pas avec cet air méprisant, ma petite ! Je suis ton père !

Il était violet de rage et d'indignation.

– Bande de petits morveux ! Je me demande bien pourquoi je me crève pour vous ! Y en a pas un pour sauver l'autre !

Sa condamnation englobait Rose qui, depuis qu'il était revenu vivre avec eux, n'avait pas tardé à le chasser de son affection. Il jeta un regard circulaire dans la chambre, sur les posters de pop stars qui tapissaient les murs, sur la chaîne posée sur la coiffeuse.

– Range-moi ce merdier, t'entends, Wendy ? T'es exactement comme ta mère, ma parole. Une vraie maritorne !

– Charmant, y a pas à dire ! lui cria Susan, depuis la salle de bains. C'est vrai que, question maritornes, t'en connais un rayon, pas vrai, Bal ?

Elle sortit sur le palier et Barry, estimant qu'il en avait assez supporté, se jeta sur elle et, sous les yeux de ses enfants, se mit à la rouer de coups de poings jusqu'à ce qu'elle s'effondre. Laissant Rosie et Barry Junior hurler de peur dans la baignoire, Alana dévala l'escalier pour aller se réfugier dans le salon. Wendy, qui se sentait responsable de la situation, émergea de sa chambre et empoigna son père par les cheveux pour tenter de l'éloigner de sa mère.

Barry se retourna et, de toutes ses forces, lui balança une gifle qui lui éclata une lèvre.

Puis il s'en reprit sauvagement à Susan.

Il fallut l'arrivée de Doreen pour qu'il se calme un peu et qu'il quitte la maison.

Elle aida Susan, le visage en marmelade, à se relever et à s'allonger sur son lit. Puis elle sortit les deux petits du bain et, avec l'aide de Wendy, les habilla avant de les envoyer chez elle, sous la conduite d'Alana. Enfin, elle chargea Wendy d'aller chercher Kate et de lui demander de prévenir le médecin.

Restée seule, elle se mit à nettoyer les plaies que Susan avait au visage.

– Il faut que tu te sépares de lui, Sue. Je ne sais pas comment, mais il faut absolument que tu t'en débarrasses.

Susan garda le silence.

Ça, elle n'avait pas besoin qu'on le lui dise.

Mais comment ?

Comment se débarrasser d'un homme tel que Barry ? Quelqu'un qui refusait de partir, qui ne laissait personne en paix. Qui ne voyait pas ce qu'on pouvait lui reprocher.

Il avait gâché la vie de bien des gens, la sienne y compris. Celle des enfants, celle de Roselle, celle de sa mère. Et celle de tous les inconnus qu'il avait tabassés. Elle avait eu des échos du traitement qu'il avait infligé à Maggie Brittan et en était encore atterrée.

Barry Dalston ne faisait que ce qu'il voulait et, tant qu'il n'aurait pas trouvé un autre point de chute, dans les bras d'une nouvelle conquête par exemple, elle l'aurait sur le dos. Il faudrait s'en accommoder. Si seulement il pouvait ficher un peu la paix aux enfants, de temps en temps ! C'était plus dur pour eux. Elle, elle avait l'habitude de ses déchaînements de violence.

Le médecin ne se dérangea pas, mais Doreen et Kate, sachant qu'elle avait une pommette éclatée et plusieurs côtes cassées, firent de leur mieux pour la soigner, comme d'habitude. La vie était retombée dans ses ornières, et force était à Susan de prendre son mal en patience en espérant que ça change.

C'était démoralisant, mais elle ne pouvait rien faire d'autre. Barry était le maître, comme il l'avait toujours été.

Quand la police arriva sur les lieux, Barry était déjà parti depuis longtemps. A la vue de Susan, les flics soupirèrent, burent la tasse de thé que Doreen leur avait offerte et plaisantèrent en disant qu'ils commençaient tout juste à s'habituer à ne plus intervenir dans cette maison. Ce n'était vraiment pas de bol que Barry soit revenu dans le secteur et se remette à leur gâcher leur nuits.

Mais ils ne firent *rien*. Il n'y avait *rien* qu'ils puissent faire.

Il était minuit et demi lorsque Barry rentra, ivre mort et défoncé. Il était allé au pub avec son beau-père et ils avaient pris une cuite ensemble, comme au bon vieux temps. Susan était couchée et Wendy s'était endormie devant la télévision. Barry entra dans le salon et la vit étendue sur le canapé, son joli visage innocent encadré par une masse de cheveux.

Sa poitrine d'adolescente éclatait dans une chemise de nuit et une robe de chambre devenues trop petites. Il s'agenouilla à côté d'elle et la contempla. Sous peu, sa fille serait une vraie briseuse de cœurs. Elle n'avait pas encore quatorze ans, mais c'était déjà un sacré petit lot. Bien des types le lui avaient dit.

Dans les brumes de l'alcool, l'idée lui vint qu'elle était beaucoup trop belle pour les jeunes glandeurs du quartier, beaucoup trop bien pour le taré qu'elle rencontrerait un jour. Elle avait beau parler de collège, d'université et de diplômes, il le savait bien, lui, que tout ça c'étaient rien que des conneries.

Ce qu'il lui fallait, à sa fille, c'était un homme, un vrai, qui lui montre ce qu'elle pouvait faire avec son corps. Qui lui montre comment s'en servir pour obtenir tout ce qu'elle voulait. Toutes les femmes, et il en connaissait un paquet, le faisaient. Elles étaient assises sur une véritable mine d'or, les gonzesses.

L'idée le fit éclater de rire et Wendy se réveilla en sursaut. Il lut sa peur sur son visage et dans la façon dont elle se couvrit la poitrine en croisant étroitement les bras dessus. On aurait dit une morte allongée dans son cercueil.

Il lui écarta doucement les bras et soupira. Puis, se penchant sur elle, il posa sa joue sur ses seins et, tout en lui maintenant les mains au-dessus de la tête, se mit à lui caresser les fesses.

Wendy se tortillait désespérément pour se relever, mais il la plaqua sur le canapé en se couchant sur elle. Son haleine puait la bière et le whisky, les frites et la cigarette.

Il écrasa ses lèvres sur les siennes et son goût lui envahit la bouche. Elle le repoussa, écœurée, et détourna la tête, essayant de le faire cesser sans réveiller sa mère.

Sa mère serait folle de colère si elle apprenait ça.

Mais elle était couchée, à l'étage, le visage encore tout enflé et couvert de bleus. Elle dormait paisiblement, sûre que ses trois derniers étaient en sécurité chez Doreen, que Barry ne pourrait pas leur faire de mal.

Pourquoi, mais pourquoi, avait-elle décidé de revenir ici ? se demanda Wendy. Pourquoi n'était-elle pas restée chez Doreen ? Elle avait le sentiment que tout était sa faute, qu'elle était responsable de ce qui était en train de se passer. C'était à cause de ses disques que la bagarre entre ses parents avait éclaté. C'était parce qu'elle s'était endormie sur le canapé à moitié dépoitraillée que son père lui faisait ça.

– S'il te plaît, papa, arrête ! Papa, je t'en prie. Arrête !

Il lui soufflait son haleine puante au visage. Sa respiration se fit plus lourde encore tandis qu'il essayait de lui écarter les cuisses de force. Elle l'entendait pousser des grognements bestiaux et sentait sur sa langue le goût salé de ses larmes muettes. Mobilisant toute son énergie, elle le repoussa le plus fort qu'elle put. Barry, ivre mort, roula au pied du canapé et elle s'enfuit de la pièce à toutes jambes.

Au milieu de l'escalier, elle trébucha sur une marche et fit du bruit en tombant. Elle se releva et, comme elle arrivait sur le palier, entendit sa mère l'appeler d'une voix faible. Elle s'empressa d'aller la voir et, pour la tranquilliser, lui expliqua que son père venait de rentrer complètement soûl et qu'il s'était cassé la figure.

Barry monta tant bien que mal à l'étage. Dès qu'il fut entré dans la chambre de sa mère, Wendy courut dans la sienne et poussa la commode contre la porte. Elle se mit au lit et, pour la première fois depuis des années, regretta que son frère et ses sœurs ne soient pas là.

Barry s'effondra sur le lit à côté de Susan et s'endormit instantanément, en poussant des ronflements ponctués de marmonnements.

Dans sa chambre, Wendy était allongée, encore terrorisée par l'homme qu'elle haïssait depuis toujours.

Elle continuait de sentir ses mains sur son corps, son haleine fétide, sa langue qui essayait de s'insinuer dans sa bouche. Une nausée la terrassa et elle sentit son corps tout entier se révolter contre ce que son père avait tenté de lui faire.

A elle. Sa propre fille.

20

Wendy apporta à sa mère une tasse de thé et des toasts. Elle avait attendu que son père ait quitté la maison avant de s'habiller et de remettre les meubles en place.

Elle avait à peine fermé l'œil de la nuit, le moindre bruit ou mouvement dans la maison l'arrachait à son demi-sommeil, comme si tout son corps était en alerte, prêt pour une catastrophe.

Elle soupira en regardant sa mère. Si elle se confiait à elle, il y aurait encore des dégâts et, franchement, la pauvre en avait déjà eu sa dose. Il n'y avait qu'à voir son visage esquinté par les coups et son corps tout déformé.

– Ça va, ma chérie ? s'enquit Susan d'un air soucieux.

Wendy répondit d'une voix triste, ses grands yeux bleus assombris par la souffrance.

– Moi, je vais très bien, maman, c'est plutôt pour toi qu'on devrait s'inquiéter ! Regarde dans quel état il t'a encore mise. Tu crois pas qu'on pourrait le foutre dehors ?

En regardant sa si jolie petite fille, Susan sentit l'inanité de sa vie. Nourrir les gosses, les soigner, les protéger du monde extérieur, ça, elle pouvait le faire. En revanche, contre Barry, elle se trouvait totalement impuissante.

Elle attrapa la main de sa fille qui portait une jolie bague en forme de cœur à l'index. C'est qu'elle devenait une femme, sa petite.

– Ecoute, ma bichette, il t'aime, cet homme, à sa manière. J'aimerais bien que tout aille autrement, mais je ne peux pas le forcer à faire ce qu'il veut pas faire. Si on pouvait tout changer avec des baisers, je te jure que j'y arriverais. Mais vivre d'espoir, c'est tout ce qui me reste. On en est tous là. Tu verras, il va regretter ce qu'il a fait et la vie redeviendra normale. Pendant un certain temps.

Encore un vœu pieux, bien sûr, mais il fallait absolument rassurer la petite Wendy.

Chaque fois qu'elle inspirait, Susan souffrait le martyre, elle avait mal aux côtes à en hurler. Pourtant il fallait faire semblant, prétendre qu'elle était juste un peu patraque. Qu'être battue comme plâtre c'était pas grave, juste une partie de rigolade, histoire de se distraire.

– S'te plaît, maman, vas-y, fiche le dehors, vire-le !

La petite avait parlé d'une voix basse et déterminée, elle était au bord des larmes.

Susan lui serra la main plus fort.

– J'peux pas, ma biche. Tu sais comment c'est, les gens comme nous, les flics s'en balancent, tout le monde s'en fout. C'est pour ça que, moi, je veux que tu t'instruises, que tu t'en sortes. Je veux que tu te fasses ta vie avec des gens civilisés. Des gens qui s'expriment avec des mots, pas avec des coups.

La petite se jeta dans ses bras, elle l'aimait trop, sa maman. Elle la serra fort, comme pour la garder avec elle, toujours. Ecrasée par sa fille et par le poids de cet amour débordant, Susan n'en pouvait plus. C'en était trop, tant de douleur mêlée à tant de joie.

Elle repoussa Wendy avec douceur et l'embrassa tendrement sur le front.

– Un jour, il se cassera, je te le promets. On va lui en faire voir, on lui tannera le cul, mais tant qu'il daignera pas partir de lui-même, on sera dans la même mouise, ma fille.

Même si sa mère avait raison, Wendy était jeune et pleine de vie, elle était sûre qu'il y avait un moyen de se débarrasser de son père une bonne fois pour toutes. Tous les problèmes ont une solution, il suffit de chercher.

– Reste au lit maman, repose-toi. Je vais m'occuper des petits, j'irai pas à l'école. De toute manière, il faut que je révise mes cours.

Susan opina, soulagée d'avoir pu échanger quelques mots avec sa fille. La petite se leva. Comme elle avait changé ! Elle avait des seins fermes et hauts comme les siens au même âge et un si joli visage. Comment donc avait-elle fait pour réussir une aussi belle enfant !

En plus, Wendy avait une bonne caboche, bien faite, et qu'elle saurait utiliser à bon escient.

En tout cas, Susan y veillerait.

Roselle soupira. Quelqu'un cognait comme un sourd à sa porte. Encore lui ! En traînant les pieds vers le hall elle cria :

– Fiche le camp, Barry, avant que j'appelle Ivan. Il va te virer, une bonne fois pour toutes !

– Laisse-moi rentrer, Roselle, il faut qu'on parle.

Elle se laissa tomber contre le mur blanchi et frais, prise d'une terrible envie de pleurer. Quel bâton merdeux, ce Barry, une vraie brute, un salaud, et qui battait sa femme. Sa femme, oui, mais pas Roselle. Jamais. Avec elle, il était l'homme qu'il aurait dû être si la situation avait été différente. Pourtant, dès qu'il échappait à son influence, il redevenait Supermachoman. Franchement, c'en était comique.

Elle attrapa le téléphone et composa le numéro. Vite, il fallait qu'elle rompe. Et définitivement.

Cinq minutes plus tard, deux types débarquaient de la salle de jeu qu'Ivan tenait dans Dean Street. Par la fenêtre, Roselle regarda Barry se faire esquinter à coups de battes de base-ball, en pleine rue, et en début d'après-midi, pour tout arranger. Les trottoirs étaient noirs de monde, mais personne n'intervint, personne n'appela la police. Tout le monde s'en foutait. Sauf elle. Et Susan, peut-être. Parce que c'était elle qui allait subir le contrecoup. Le retour de flamme, ce serait pour sa pomme. Roselle en était bien consciente, elle le regrettait, mais elle n'avait plus le choix, il fallait absolument qu'elle éjecte ce Barry Dalston de sa vie.

Barry était son petit luxe, sa folie. Avec lui elle pouvait se faire plaisir sans se soucier des conséquences. C'est comme ça : pour une belle gueule, on est prête à tout oublier ! Fais gaffe, Roselle, un seul regard de ses belles mirettes et tu serais foutue de tout lui pardonner. Et il ne faut pas. Surtout pas. Ni aujourd'hui, ni jamais.

Contrairement à Susan, Roselle avait du répondant, elle connaissait des gens capables de « régler la question » et dans le seul langage que Barry comprenait : celui de la violence. A coups de poing, de battes de base-ball et même de flingue, si nécessaire.

Malgré tout, au bout de dix minutes qu'il était allongé sur le macadam, Roselle appela une ambulance. Elle avait quand même une certaine sensibilité.

June entra dans la cuisine et, sans dire un mot, mit de l'eau à bouillir et se servit dans les placards de Susan.

– Dis donc, ma poule, t'as de quoi voir venir, là-dedans.

Susan acquiesça. Elle était assise à la table de la cuisine, le visage encore amoché. Enfin, cinq jours après son dernier tabassage, elle arrivait à remuer bras et jambes. Bébé Rose trottinait dans la cuisine, ouvrait les portes des placards, jouait avec les couvercles des casseroles.

June lui fit un sourire.

– Alors, ma petite princesse, c'est à qui ces grands yeux-là ? Qui c'est qu'est la chérie à sa mamie ?

Rose lui sourit de toutes ses gencives, un sourire à faire fondre n'importe qui.

– Moa, moa.

On aurait dit qu'elle croassait. Sa petite voix rocailleuse était si comique que les deux femmes éclatèrent de rire en chœur.

– Alors, Susan, comment ça va, ma fille ?

June servit le thé. Avec sa jupe noire serrée et ses talons hauts, elle paraissait bien plus jeune que son âge.

– Ça va... le train-train habituel. Ça fait plus d'une semaine qu'on l'a pas vu. Quel repos ! Pourquoi tu me demandes ça ?

Elle savait très bien pourquoi June jouait les gentilles grands-mères. Elle devait être raide.

– Si c'est du fric que tu veux, m'man, j'ai même pas de quoi nous payer une glace.

June se tourna vers elle.

– Mais pourquoi tu me vannes sans arrêt ? Figure-toi que justement, j'allais t'en offrir, des billets. Ton père a touché un paquet. Il a flingué le *bookie* de Green Lane, à Ilford.

L'air choqué de Susan la fit rigoler.

– Il a touché un vrai pactole. Je me suis dit que j'allais en distribuer un peu. Noël s'annonce ou je me trompe ?

Elle posa cinquante livres sur la table.

– Tu pourras me rembourser au Nouvel An. A ce moment-là, j'en aurai besoin.

Elle se remit à rire et Susan acquiesça d'un air las.

– Faut que je sache où en est Barry avant de le dépenser. Si tu veux savoir la vérité, il a encore perdu son boulot. Pourvu qu'il en trouve bientôt un autre ! Je touche les allocs, je suis bien obligée, M'man. Je peux pas faire autrement, tu sais comment il est. Je sais jamais où on en est, ça change sans arrêt.

June opina, elle comprenait.

– C'est comme ton père. Du pareil au même. Mais au moins, le tien, il est revenu. Ça doit faire du bien.

Susan roula les yeux au plafond.

– T'as raison, quel pied ! Ça me manquait, de me faire tabasser. Qu'est-ce que je regrettais les engueulades et les crises ! Les mômes étaient vidés, déçus quand il s'est tiré, impossible de les habituer au calme et à la tranquillité. J'ai failli les envoyer aux Malouines, histoire qu'ils s'retrouvent dans une ambiance de guerre.

June s'illumina.

– Ben, dis donc, t'es pas une tendre, toi, Susan.

– Franchement, m'man, tu sais quoi ? Ce que je voudrais, c'est qu'ils crèvent. Tous les deux.

June avala une gorgée de thé et aspira une bouffée de Rothman.

– Et c'est à moi que tu dis ça ! Moi aussi, j'aimerais bien qu'il décanille, le vieux maquereau !

Elle se mit à rire.

– Je me rappelle, une fois quand t'étais môme, il m'a foutu une rouste au marché de Romford. Soi-disant que je reluquais un type. Remarque c'était pas faux, tu me connais.

Elle aspira une profonde bouffée avant de poursuivre.

– Il était beau, faut dire. Une vraie gueule d'amour.

– Qui, mon père ? demanda Susan d'une voix incrédule.

June éclata de rire

– Mais non pas lui ! L'autre ! C'était un Turc ou quelque chose dans le genre. Un enfoiré avec des yeux à se damner.

Elle avait le regard perdu, ailleurs, très loin.

– Mais je l'ai eu quand même. Tu penses bien que ton paternel l'a jamais su, mais j'y suis retournée et je me le suis fait. Un vrai canon, ce gars-là, tout en muscles, une peau comme du chocolat. Moi, ils m'ont toujours bottée, les bougnoules. C'est bizarre, non ? Ils me font un drôle d'effet, comme si j'avais le sang qui bouillonnait. Si tu vois ce que je veux dire.

Cette fois, elle parlait sérieusement. Et, comme toujours, Susan finit par avoir pitié d'elle : sa mère aimait les hommes, il lui en fallait, encore et encore. C'était toujours la même rengaine, ça n'en finissait jamais.

– Parce que, eux, au moins, ils traitent les femmes comme elles le méritent. Au fond, ils sont contents qu'on les accueille bien.

– Peut-être avant, quand c'était tout nouveau tout beau, m'man, mais c'est fini, tout ça. Maintenant, ils font comme les autres. Pas comme Barry et mon père, bien sûr, mais comme les autres mecs avec leurs femmes.

June acquiesça.

– T'as peut-être raison, mais, à cette époque-là, moi, j'aimais bien. Ça me plaisait, de draguer, j'avais l'impression que j'étais quelqu'un, que j'allais quelque part, que j'avais une vie, quoi. Que je comptais pour quelqu'un.

– Mais enfin, maman, tu comptais pour Debbie et moi !

June secoua la tête et agita sa cigarette en signe de dénégation.

– Naan, si tu comptes pas pour un homme, tu comptes pour du beurre, rappelle-toi ça. C'est pas facile de vieillir, tu verras. Les hommes te regardent plus, pour eux t'existes pas, t'es plus qu'une vioque sans intérêt. C'est encore plus dur quand t'as été une nana séduisante. Du genre à faire tourner les têtes.

Susan sourit gentiment.

– Mais, maman, t'es beaucoup mieux que moi et, pourtant, je suis encore jeune. J'ai jamais fait tourner aucune tête, aucune.

June haussa les épaules.

– Ouais, faut avouer que t'as toujours été plutôt moche, même quand t'étais môme. Manque de bol, quoi. Pas comme ta sœur. Mais si elle en avait autant que toi dans le ciboulot, elle serait allée loin, celle-là. C'est vrai, elle avait tout pour plaire, Deb. Physiquement, je veux dire. Bon, d'accord, elle a pas un corps de rêve, mais elle aurait pu avoir ce qu'elle voulait. Et regarde-la, maintenant, paumée dans son trou à rat, à Rainham, même pas de gosses, que dalle. Une pauvre conne, oui, c'est ça qu'elle est, au bout du compte. A propos, t'as des nouvelles ?

Susan secoua la tête.

– Non, mais, à ce que j'ai cru comprendre, il s'emmerde pas, le Jamesie. Il a même fait un môme à sa copine, comme tu sais. Elle a pas dû rigoler, la Debbie, quand même. C'est vrai, ça doit être horrible d'être stérile.

– Tu parles ! Surtout quand t'es maquée avec un marlou pareil. Moi, j'ai jamais pu les saquer, ces Irlandais. Regarde ce qu'ils ont fait là-bas, putains de catholiques. Foutent des bombes et tout ça. Je sais pas, moi, mais on vit dans un drôle de monde.

Susan faillit éclater de rire devant une telle ignorance. Mais elle se tut. June, c'était June. Sans commentaire.

– Tu viens au pub, ce soir ?

Susan secoua la tête.

– Non, je crois pas, m'man. J'ai pas le fric et les gosses ont besoin de moi.

– T'as qu'à les laisser au fils à Doreen, ou bien t'as qu'à demander Wendy de te les garder. Ça lui ferait pas de mal, à cette mijaurée, de te donner un coup de main, à l'occasion.

June avait quelque chose contre Wendy, ça énervait Susan.

– Elle devient une beauté, m'man. Si tu voyais le corps qu'elle a !

June haussa les épaules.

– A quoi ça sert si elle en fait rien ?

Susan regarda sa mère dans les yeux.

– Comme toi, tu veux dire ? A moins que tu veuilles qu'on s'en serve, de son corps ? Parce que ta vie, on peut la voir de deux façons différentes, tu le sais, ça ?

June haussa les épaules.

– Fais comme tu veux, mais tu verras, elle finira par vous cracher dessus, crois-moi.

Susan partit d'un rire mauvais.

– C'est bien ce que j'espère, figure-toi. Moi, je veux qu'ils aient tout ce qu'il y a de mieux. Pas comme nous.

Soudain, June eut l'air accablé.

– Moi, j'ai fait tout ce que j'ai pu pour vous deux.

Susan se remit à rire.

– C'est bien ce que je veux dire, m'man, exactement ce que je veux dire.

Finalement, Doreen réussit à persuader Susan de venir au pub. Il y aurait un orchestre, on allait passer une bonne soirée. Tartinée de fond de teint, Susan enfila son unique vêtement correct, un ensemble de chez Marks et Spencer's. Elles confièrent les gosses à Wendy.

Ses côtés étaient encore douloureuses, mais Susan avait envie de sortir, de voir du monde et de s'amuser un peu. Doreen prétendait qu'il n'y avait rien de mieux que d'aller au pub avec la famille et les copains.

Susan ne le regretta pas. Même Debbie était là. Obèse et tristounette avec un reste d'œil au beurre noir, elle traînait derrière elle un Jamesie pas bien brillant non plus. Installée à côté de sa sœur, Susan l'écouta débiner systématiquement toutes les clientes du pub. Surtout celles après qui son Jamesie avait cavalé à un moment ou un autre.

L'ambiance était géniale, il y avait des gens de tous les âges, la musique était bonne et jouait fort, ça donnait envie de danser. L'alcool coulait à flots.

L'un dans l'autre, une soirée bien typique de l'East End.

Les femmes étaient assises, les hommes debout au bar. Sur le mur, dehors, les gosses se bécotaient ou se bagarraient, en buvant du Coca et en se gavant de chips.

Ça n'avait pas beaucoup changé depuis l'enfance de Susan. Ici, elle se sentait chez elle, en sécurité.

Après quelques Bacardi-Cocas, elle se détendit. La tension disparut, les soucis s'envolèrent. Doreen faisait son numéro habituel, tout le monde se marrait. Même Deb avait l'air de prendre son pied et se laissait aller. L'orchestre entama un tube des Beatles. Susan regretta de n'être pas assez en forme pour aller guincher. Mais bon, en chantant et en tapant des mains, c'était quand même super. June et Joey se mirent à danser le twist. Tout le monde gueulait des encouragements.

Riant comme si elle était l'insouciance même, Susan applaudissait et s'égosillait avec les autres. Sûr, ce 10 octobre 1983, elle s'en souviendrait ! Depuis le retour de Barry, c'était la première fois qu'elle se sentait le cœur léger, comme une gamine.

Comme par hasard, elle aperçut Peter White et lui fit signe. Il lui répondit de la main et se fraya un chemin jusqu'à elle.

– T'as un ticket, Susan.

Elle fila une tape à sa sœur.

– Dis pas de conneries, ça date de loin, on était copains quand on était mômes. Il est poli, c'est tout.

Deb éclata d'un rire salace, un peu gras.

– Tu parles. Il demande sans arrêt de tes nouvelles.

Sue leva les yeux au plafond.

– Il est gentil, c'est tout, Deb. Et puis merde, lâche-moi un peu.

Peter salua d'un signe de tête chacune des femmes attablées autour de Susan, elle trouva l'attention charmante. Tout le monde la regardait parler à ce marin ultra présentable et bien sapé, célibataire de surcroît. Bref, un homme adorable et qui n'avait d'yeux que pour elle.

– Ben, dis-moi, Susan, ça fait une paye, non ? Comment va la vie ?

Il avait des yeux verts et pétillants. Susan eut un rire juvénile.

– Extra, pour pas changer ! Et toi, alors, tu t'es trouvé une petite mignonne ?

Peter, qui avait plus d'un verre dans le nez, répliqua avec témérité :

– Malheureusement, les meilleures sont parties, et toi avec, ma belle.

Susan rougit. Son visage prit une couleur pivoine qui sidéra sa mère :

– Regardez-la, ma Susan, comme elle a pris des couleurs ! Qu'est-ce qu'il t'a demandé, Sue ? Ton tour de poitrine ?

Tout le monde se mit à rire, Peter compris.

Susan secoua la tête et brailla :

– Fais pas attention, Peter, ma mère est une vieille carne !

Impossible de s'entendre, il y avait trop de bruit. En mimant qu'il allait chercher un verre, Peter s'éloigna. Animée, ravie, Susan se tourna vers sa sœur en souriant.

– Malheur, on dirait que t'as raison, j'ai fait une touche !

Debbie lança sa pique en sirotant son Pernod cassis :

– Ça doit être ton caractère qui l'attire, enfin, je pense.

Soudain moins euphorique, Susan répondit sur le même ton :

– Ben, évidemment, c'est pas à toi que ça risque d'arriver, espèce de peau de vache.

Debbie se leva, vacillante.

– T'as raison, Susan, sauf que, moi, j'en voudrais pas, d'un mec à qui je ferais cet effet-là. Toi, t'es bien trop moche pour plaire au bon sens du terme.

Et elle se traîna jusqu'au bar. Susan la vit passer le bras au cou de Peter, lui faire une bise et un câlin. De quoi vous foutre la déprime, carrément.

Doreen s'assit à la place de Debbie et glissa dans l'oreille de son amie :

– Non, mais regarde-moi cette grosse vache. Pour en avoir envie, faudrait être camé aux hallucinogènes. Et une sacrée dose, encore.

Elles partirent d'un tel rire que tout le monde se retourna, y compris Debbie. Devinant que c'était pour sa pomme, elle se colla contre Peter et tira la langue à sa sœur.

Susan lui fit un doigt d'honneur, déclenchant à nouveau l'hilarité de Doreen et la sienne.

– Il doit pas s'en priver, tout seul sur son bateau. Se branler, je veux dire.

– Arrête, Dor, c'est un gentil, ce gars-là.

Doreen acquiesça.

– Je sais, ma grande, à se demander pourquoi t'es pas avec lui. Imagine ça. Il serait en mer la moitié du temps, tu le verrais à l'occasion. Une bonne paye, régulière, et la liberté en prime. Merde alors, je crois bien que je vais le draguer, moi aussi.

Susan eut un grand sourire.

– Il me drague pas. Il m'aime bien. Comme copine.

Son ton désenchanté mit fin à la conversation. Chacune se plongea dans ses pensées en se demandant quel effet ça pouvait faire d'être avec quelqu'un qui vous aimait bien.

Tout à coup, Peter repoussa Debbie, qui se mit à rire et manqua s'étaler du haut de ses grosses cannes chaussées de talons aiguilles.

– Regarde-la, Doreen, c'est ma mère tout craché, tu trouves pas ?

Son amie hocha la tête d'un air docte :

– Mais *c'est* ta mère, ma belle. En plus petite, plus jeune et plus teigneuse. On aurait beau m'offrir la lune, je voudrais pas être à leur place, je te jure. C'est pas des femmes, c'est des parasites.

Susan acquiesça en silence. Ça aussi, ça lui foutait le cafard.

– Ça me donne envie de rentrer. Non, mais regarde-la, elle est complètement cuite.

Doreen ramassa son verre vide en grondant Susan :

– Surtout, lui montre pas qu'elle t'embête. Elle est jalouse, c'est tout. Toi, t'es gentille, Susan, et ça, personne peut te l'enlever. Oublie jamais ça, ma grande. Garde-le bien dans ta tête. Maintenant, tu la boucles et tu restes assise pendant que je vais chercher deux autres doubles.

Comme d'hab', Susan fit ce qu'on lui demandait.

Barry était furax et camé. Il venait de faire un tour chez une nénette de Manor Park : Christine Carel, trente-cinq ans et cinq mômes, de beaux restes, un corps plus que généreux, un caractère en or.

Pour Chrissy, tout était prétexte à jouir de la vie.

Ça faisait six jours, depuis qu'il avait agressé Susan, que Barry s'était posé chez elle. Traité comme un prince, nourri, choyé, il s'était fait requinquer. Chrissy l'avait fourni en cocaïne, amphétamines, etc., avant de lui rouler quelques joints, histoire de le rafraîchir.

Une fois redevenu lui-même, Barry avait tiré sa révérence en promettant une nouvelle visite pour lui rendre la pareille.

Chrissy avait l'habitude d'être utilisée par des types comme Barry. Il finirait pas lui filer quelques biffetons et un peu de came. On venait la voir quand on avait besoin d'un lit pour la nuit ou pour la semaine, pour échapper aux poulets ou pour fuir une épouse ou une copine grincheuses. Chrissy aimait la compagnie et prenait les choses comme elles venaient. « Ni souci ni chagrin », telle était sa devise.

Elle avait des enfants de toutes les couleurs de l'arc-en-ciel, qu'elle adulait. D'accord, mais comment résister à une belle gueule, surtout du genre Barry Dalston ? Elle n'avait pas perdu une seconde pour l'attirer dans son lit. Le bonheur avait duré quelques jours. Il s'impatientait maintenant. Eh ben, qu'il parte. Du moment qu'elle se récoltait un sourire et un billet de cinq, rien à dire.

Elle était comme ça, Chrissy.

Barry lui avait deux cadeaux : un beau sourire et un superbe herpès. Mais ça, il lui faudrait du temps avant de le savoir.

Rien que de rentrer chez lui, Barry se sentait les nerfs à vif. Sulfates plus Drominal l'avaient rendu parano. Il était persuadé que Roselle et Susan s'étaient liguées contre lui.

Chez Chrissy, il avait vécu comme dans une bulle : rideaux tirés, musique de rêve, ambiance feutrée. Mais dehors, dans le monde réel, les vibes de cette gentille nana avaient disparu. Barry Dalston crisait grave, comme on dit.

En entendant sa clé dans la serrure, Wendy, qui s'était allongée dans le canapé après avoir mis les petits au lit, se figea. Quand Barry entra dans le salon, elle était debout à la porte de la cuisine.

Il la regarda, lut la peur sur son visage et s'apaisa. Sa fille, au moins, savait à qui elle avait affaire.

– Où est ta mère ?

Wendy haussa les épaules.

– Elle est sortie, mais elle va bientôt rentrer.

Mieux valait ne rien dire tant qu'elle ne savait pas de quelle humeur il était.

Barry imita sa voix et ses gestes, Wendy ne dit pas un mot.

– Qu'est-ce que ça veut dire, « elle est sortie » ? Je lui ai jamais permis de sortir, si ?

Wendy sentit qu'il n'était pas dans son état normal et tenta de le calmer.

– Tu veux une tasse de thé, papa ? T'as envie de grignoter quelque chose ?

Il l'ignora, s'assit sur le canapé et sortit un petit paquet enveloppé dans une feuille d'alu. Il le posa sur la table et demanda à sa fille d'apporter la glace de la cuisine. Elle s'exécuta, et Barry se mit à couper la cocaïne sur le miroir, à la réduire en poudre avec une lame de rasoir. Puis, avec un bruit qu'amplifiait le silence qui régnait dans la pièce, il s'en fit quatre rails. Ensuite, il roula un billet et en sniffa deux, l'un après l'autre. La tête en arrière, il se racla la gorge dès la première brûlure.

Après, il se tourna vers Wendy.

– Tu veux essayer ? Ta première sniffette avec ton vieux papa, qu'est-ce que t'en dirais ?

Il avait l'air presque gentil.

– Je touche pas à la drogue, moi.

Son ton péremptoire le mit en rage.

– « Je touche pas à la drogue… moi », dit-il en l'imitant à nouveau. T'es qu'une sale petite chienne au cul serré, oui.

Wendy se sentait impuissante. Impossible de laisser les petits avec son père. Dans l'humeur où il était, si jamais l'un d'eux se réveillait, il était capable de lui foutre une torgnole et elle se ferait tuer par sa mère. Elle était prise entre le marteau et l'enclume, pour changer.

– Qu'est-ce que tu regardais à la télé ?

– Rien, je révisais.

Barry hocha la tête avec lenteur, comme s'il était trop con pour comprendre ce qu'elle disait.

– Ah, je vois, mademoiselle révise. La petite maligne révise.

Il parlait comme s'il y avait quelqu'un d'autre dans la pièce et ramassa le livre qu'elle était en train de lire.

– *Les Raisins* de quoi ?

– *De la colère. Les Raisins de la colère.* C'est un roman de John Steinbeck.

– Et qu'est-ce qu'il fout, ce gars-là, en temps ordinaire ?

Il jeta le livre par terre.

– Viens donc t'asseoir avec ton papa, viens lui faire un câlin.

Wendy resta près de la porte.

Il la regarda fixement.

– Je t'ai dit de venir par ici.

Il lui désigna un coin de plancher, entre ses jambes.

– Alors, obéis, approche-toi.

Il rugissait presque. Inquiète pour ses frère et sœurs, Wendy obtempéra. Il l'attira entre ses genoux et la dévisagea.

– Alors, c'était si dur que ça ?

Il retenait les mains de la petite, qui n'avait qu'une envie : s'échapper. Mais c'était impossible, elle le savait.

– C'est que t'as drôlement grandi, ma fille, regarde-moi ces tétons ! T'es comme ta mère, toi : déjà à point et toujours prête ! Je parie que tous les garçons veulent sortir avec toi, non ?

Elle acquiesça.

– Oui, mais, moi, je ne veux pas. D'abord, j'ai envie d'aller à l'université, puis de voyager, c'est ça que je veux faire.

Il fallait que son père sache à quoi s'en tenir. Qu'il la comprenne, qu'il connaisse ses désirs, ses besoins.

Barry se mit à rire.

– Non, mais tu rigoles ! Tu finiras comme les autres : mariée avec un connard qui te mettra en cloque. Ta mère aussi, elle en avait plein la tête, des idées comme ça, il y a des années. Ben, figure-toi je les lui ai ôtées de la tête, et je ferai pareil avec toi.

Wendy se mordit la lèvre.

Barry l'examina. C'était vraiment une beauté. Une Susan, en positif. Ses cheveux magnifiques lui faisaient comme un halo auburn autour de la tête. Elle paraissait plus que son âge, dans les dix-huit ans peut-être, avec son corps de femme, sa superbe poitrine et ses longues jambes. Le portrait de Joan Collins jeune. Pommettes hautes et regard langoureux.

Elle l'excitait. Sa jeunesse l'attirait.

Il le savait, elle allait se faire prendre par un jeune mec aux mains sales et calleuses et à l'haleine chargée de nicotine. Un petit merdeux qui l'amadouerait et la baratinerait pour qu'elle se couche sur le dos devant lui. C'était plié, tout vu : c'est pas à un vieux singe qu'on apprend à faire la grimace, quand même.

Il l'attira sur ses genoux.

– Viens faire un bisou à ton vieux papa.

Elle tenta de se dégager, il la retint en riant.

Il rigolait pour de *vrai*. Au début.

En la sentant si proche, cela devint moins drôle. Il lui attrapa les seins, elle le repoussa. Farouchement, cette fois. Elle sentait ses mains partout sur son corps, il se moquait d'elle et de ses tentatives pour lui échapper. Elle lui asséna un violent coup de coude dans l'estomac qui le jeta par terre.

Il atterrit lourdement sur le côté et envoya dinguer avec fracas la table basse et ce qui était dessus. Tout : les tasses à café, les bibelots, y compris l'objet préféré de Susan, un grand saladier en verre dans lequel, à Noël, elle arrangeait les fruits et les bonbons. Il explosa en mille morceaux.

Wendy se releva, prête à fuir. Pour cela, elle devait enjamber le corps de son père. Il l'attrapa par la cheville, elle s'étala de tout son long, atterrit sur le verre brisé et hurla en sentant un morceau se ficher dans son genou.

A califourchon sur elle, il pesa de tout son poids sur le ventre de la gamine et lui flanqua trois gifles en pleine figure.

– Putain, vas-y, calme-toi, espèce de petite salope !

Elle souleva le bassin, tentant encore une fois de se dégager, de le faire tomber.

– Fous-moi la paix, papa, laisse-moi me lever.

Elle avait sifflé entre ses dents, et Barry s'aperçut qu'elle n'avait pas peur de lui. Elle avait peur de ce qu'il allait lui faire, pas de lui.

Boosté par les amphets, Barry sentit la rage monter. Quoi ? Sa fille osait lui manquer de respect ?

– T'es bien comme ta mère, Wendy ! Tu crois que t'es mieux que moi, hein ? Vous êtes toutes les mêmes elle, toi et cette salope de Roselle. Vous vous croyez supérieures, juste parce que vous êtes des bonnes femmes. Tout ça parce que vous avez une putain de fente entre les jambes.

Il colla son visage contre le sien.

– Eh ben, vous vous gourez. Un jour un type m'a dit : « Comment veux-tu qu'on fasse confiance à quelqu'un qui saigne une semaine par mois et qu'en crève même pas ? » Il avait raison, vous êtes rien que des putes, des chiennes en chaleur. Tu comprends ce que je suis en train de te dire ?

Il beuglait comme un fou. Wendy se mit à pleurer.

– S'te plaît, papa, s'il te plaît, laisse-moi me lever. J'ai mal. Tu me fais mal.

Il regarda fixement son visage blême, ce beau visage aux traits tirés. Elle était sa fille, la chair de sa chair. Au fait, est-ce que c'était vraiment sa fille ? Si ça se trouve, c'était Joey qui avait mis sa propre fille en cloque. Dans sa paranoïa, il laissa cette idée s'imprimer en lui, comme pour justifier ce qu'il voulait lui faire. Baiser les femmes, voilà la punition qu'il leur infligeait. Il pouvait planter sa graine, jouir sans mesure, les souiller, les humilier. Leur faire plaisir ou les faire souffrir, au gré de ses envies.

Il se remémora la naissance de Wendy, cette emmerdeuse qui chialait et gueulait sans arrêt. Susan n'avait plus eu une minute à lui consacrer, y en avait plus que pour elle et pour ces putains de mômes.

Eh ben, voilà, il allait leur donner une bonne leçon, à ces connes. A Wendy, à sa femme, et même à Roselle. Dans son esprit embrouillé, il était persuadé que ce qu'il allait faire le vengerait aussi de sa copine.

Il posa les mains sur les seins de sa fille et se mit à les pétrir de manière vicieuse. La petite se tortillait sous ses yeux.

– T'es qu'une salope ! Comme ta mère.

Wendy poussait des sanglots hystériques et cria avec désespoir :

– Papa, s'te plaît ! Laisse-moi me lever ! Je saigne, ça me fait mal.

Barry se mit à rire.

– Mais qu'est-ce que tu crois, je suis pas ton père ! C'est Joey, ton père, votre père à toutes ! Ta mère a baisé avec lui pendant des années. Joey, c'est pas ton grand-père, c'est ton père ! T'es pas de moi ! Y a que Rosie qu'est de moi, c'est la seule ! Vous me faites tous gerber, vous autres.

Wendy l'écouta sans bouger. Il croyait vraiment ce qu'il disait. Sa mère et son grand-père avaient des relations pas nettes, elle le savait. La preuve : June était jalouse de les voir ensemble. Son grand-père avait les mains baladeuses, c'était certain, et pas qu'avec sa fille.

– Vous êtes toutes du même sang, les filles. Comme des siamoises.

Alana et le petit Barry étaient descendus et le regardaient. Il les aperçut dans l'encadrement de la porte. Le petit Barry tenait sa peluche serrée contre lui, un vieil ours tout esquinté, couvert de Weetabix et de miettes. De temps en temps, Susan s'arrangeait pour le lui enlever en douce pendant son sommeil et le laver.

Quelque part dans un coin de sa tête, Barry se rendait compte qu'il était allé trop loin. Mais la drogue lui conférait un sentiment de puissance qui l'emporta sur le reste.

L'expression accablée de sa fille lui donnait le sentiment d'avoir eu raison.

– Retournez vous coucher, tous les deux, sinon vous aurez affaire à moi.

Il fit mine de se lever, et les petits se précipitèrent dans l'escalier pendant que Rosie pleurait dans son lit, se demandant ce qui pouvait bien se passer et pourquoi elle n'en profitait pas comme les autres.

Wendy vit le visage de son père se rapprocher du sien. Instinctivement, elle le mordit. Elle lui enfonça les dents dans les pommettes, les pommettes si fines dont elle avait hérité. Elle le mordit de toutes ses forces et sentit le goût du sang se mêler à celui de la peur.

Barry la frappa. Violemment. La douleur et la colère le rendaient fou. Il pétait les plombs. Les hurlements de terreur de Wendy résonnaient dans toute la maison. Rosie dans son lit, Alana et Barry sur le leur, écoutaient le vacarme qui régnait au rez-de-chaussée.

En entendant les cris que poussait sa grande sœur, le petit Barry s'allongea sur le dos et s'enfouit la figure sous son vieil ours. Alana et lui étaient en larmes. Rosie, elle, avait repéré un biscuit à demi mangé et le montrait du doigt en essayant de se faire comprendre à sa sœur qui sanglotait, immobile, parfaitement consciente de ce qui se passait en bas, dans le salon.

– Non, mais, tu l'as vue ? Putain, j'ai cru crever de rire !

Susan et Doreen revenaient du pub à pied.

– J'arrive pas à croire qu'elle ait fait ça ! Tu te vois faire un cirque pareil ? Et à cause d'un merdeux, encore !

Elle riaient à en perdre haleine.

– Faut dire quand même que c'est son mari. On peut la comprendre. Putain, ce coup de poing qu'elle a flanqué à la nénette, j'l'ai senti moi-même, et pourtant j'étais de l'autre côté du bar.

Susan acquiesça.

– Pauvre Debbie. Barry serait capable exactement de la même chose : inviter sa copine justement le soir où il sort avec sa femme. J'ai pitié d'elle, en fait. Elle peut être garce, c'est vrai, mais y a pas à dire, Dor, c'est salaud de lui faire un tel coup.

Elles se trouvaient dans la ruelle qui courait derrière les maisons.

– Bon, je vais chez moi voir où ils en sont et je t'appelle, si t'as envie d'une tasse de thé.

– D'accord. Laisse-moi dix minutes et j'arrive.

Susan entra par la porte de derrière. A sa grande surprise, elle trouva les quatre enfants assis à la table de la cuisine. A la vue du visage de Wendy, elle comprit tout. Immédiatement.

– Où est-il ? demanda-t-elle d'une voix basse et tendue.

Avec douceur, elle prit le visage de sa fille dans ses mains et en examina les marques et les bleus.

– Qu'est-ce qui s'est passé ? Il avait bu ?

Wendy hocha la tête et répondit d'une voix triste et rauque, comme si elle n'avait pas ouvert la bouche depuis des années.

– Il était drogué, maman, on aurait dit un fou, un pervers. Il m'a fait… il m'a fait…

Elle était incapable de finir sa phrase. En voyant le sang sur sa robe de chambre, Susan comprit exactement ce qu'il lui avait fait.

– Il a dit que c'était pas grave, vu qu'il était pas mon père. Il a dit que mon père, c'est papie Joey.

Elle éclata en pleurs, chaque mot lui arrachait un sanglot.

Les autres enfants étaient tétanisés, comme s'ils avaient compris la gravité de ce qui s'était passé. Même la petite Rosie restait assise, sans expression, à grignoter une biscotte, les yeux rivés sur sa grande sœur.

Susan eut l'impression que son corps se vidait, comme si elle revivait en détails ce qui était arrivé à sa précieuse fille.

Elle était passée par là, elle savait quel dégoût Wendy éprouvait, combien elle souffrait de savoir que celui qui aurait dû la protéger s'était servi d'elle comme aucun homme ne devrait jamais se servir d'une femme, même pas d'une vénale prostituée. Elle comprenait sa colère, cette sensation d'inanité que la petite avait dans le cœur. Puis elle s'efforça de s'habituer à cette idée, d'ingurgiter l'horreur de ce qui venait de se passer. Toute sa vie, Wendy serait hantée, plus jamais elle n'aurait un moment heureux. Tout était gâché, irrémédiablement.

Susan savait à quel point la petite se sentait souillée dans son corps, dans sa chair. Plus jamais elle ne serait la fillette qu'elle avait été. Son enfance était finie, plus jamais elle ne pourrait faire confiance à quiconque. A qui faire confiance quand votre père, votre sang, vous a trahie ?

Doreen entra, tout sourire. Jusqu'à ce qu'elle comprenne ce qu'elle avait sous les yeux. Ses cheveux décolorés et ses paupières bleutées paraissaient incongrus dans la lumière crue de la cuisine, son haut trop serré et ses talons hauts lui donnaient l'air totalement déplacé. Ses grosses lèvres écarlates s'ouvrirent en une moue horrifiée.

– Oh ! Sue, mais qu'est-ce qu'il a encore fait ?

Susan se mit à trembler. Le choc l'avait totalement déstabilisée. Elle se tourna vers son amie :

– Emmène-les, s'il te plaît. Prends-les chez toi. Faut que je lui règle son compte une bonne fois pour toutes, à ce salopard.

Elle parlait bas, comme si elle avait peur qu'il l'entende.

Doreen secoua la tête.

– Appelle les flics, qu'ils l'emmènent…

Susan l'interrompit.

– C'est ça, pour qu'ils le relâchent demain matin, comme d'habitude. Non, emmène les trois petits, il faut que je parle à Wendy.

Elle regarda son amie dans les yeux. Doreen acquiesça d'un air absent.

– Comme tu veux, Sue.

Elle attrapa Rosie et les deux autres suivirent sans un mot, comme s'ils savaient qu'ils ne devaient pas voir ce qui allait se passer.

Après leur départ, Susan prit sa fille dans ses bras et la câlina du mieux qu'elle put. Elle caressa les cheveux de la petite en lui chuchotant des mots tendres à l'oreille. Elle pensait à la réaction qu'avait eue sa propre mère dans la même situation : une indifférence absolue, pleine de non-dits qui suggéraient que tout était sa faute, à elle, Susan. Qu'elle l'avait bien cherché.

– C'est un porc, Wendy. Un gros porc infect, un dégueulasse. Tu n'aurais pas pu l'empêcher de faire ce qu'il t'a fait, ma biche. Quoi qu'il arrive, je veux que tu n'oublies pas ça, d'accord ?

Wendy acquiesça avec une telle tristesse que Susan sentit une rage aiguë, presque palpable, lui monter à la gorge.

– C'est vrai, ce qu'il a dit, maman ? Que c'est papie, mon père ?

Sans répondre, Susan la serra plus fort.

– Où est-il ?

– En haut. Il est en haut. Sur le lit.

Susan fila et monta l'escalier en courant. Elle trouva Barry allongé en travers du lit avec, à côté de lui, une bouteille de brandy, qu'il avait dû trouver dans le placard du salon et vider.

Elle redescendit dans la cuisine et plongea son regard dans les yeux de sa fille. Wendy se remit à pleurer. Susan la prit dans ses bras et la consola de nouveau.

– Ça n'a pas d'importance, n'oublie pas. Tout ça, c'est pas grave, ma bichette. Moi aussi, je suis passée par là et je te promets que c'est pas grave. Ça changera pas ce que tu es, en vrai. Ma Wendy, mon petit ange. Ça te changera pas, à moins que tu l'acceptes, toi.

Dix minutes plus tard, après que Wendy eut séché ses larmes, Susan l'emmena chez Doreen, à qui elle demanda de soigner les coupures de la petite et de l'emmener chez Kate en lui expliquant la situation : Barry avait battu sa fille comme plâtre, il fallait mettre Wendy à l'abri pour la nuit.

Doreen acquiesça. Comment tout ça allait-il tourner ? Elle n'était pas idiote. Ce qu'avait fait Barry était bien pire que d'avoir battu sa fille.

Rentrée chez elle, Susan enfila son manteau et se dirigea vers la cabine téléphonique au coin de la rue. Elle appela Roselle au club pour lui demander si Wendy pouvait passer quelques jours chez elle, à cause de certains problèmes avec Barry. Au son de sa voix, Roselle comprit que c'était grave et accepta.

A croire que toutes les femmes que Barry avait dans sa vie se liguaient contre lui. Effectivement, c'était exactement ça.

Rentrée à la maison, Susan mit de l'eau à chauffer pour se faire un café. En attendant, elle fouilla dans le gros placard de l'entrée et en sortit un marteau. Elle le posa sur la table, but son café et s'alluma une cigarette.

Elle jeta un regard circulaire sur sa maison, cette maison qu'elle avait tant aimée lorsque Barry n'y était pas. Elle adorait ces portes éraflées par les vélos et les trottinettes des quatre petits. Le papier peint du mur de la cuisine, orné de paniers de fruits et de légumes. La vieille table en formica toute abîmée, à force d'y couper les sandwiches des petits. Elle adorait le vieux lino bleu et les mugs ébréchées qu'elle avait achetées au marché.

C'était sa maison. La sienne, pas celle de Barry. Le havre de paix qu'elle s'était construit dans le chaos de sa vie en compagnie d'un homme qui ne voyait que ce qu'il voulait, ce dont il avait besoin.

Elle attrapa le marteau et parcourut la maison à pas lents, respirant ses odeurs, se pénétrant des images de son joli intérieur. Puis elle monta dans la chambre retrouver son mari. Son compagnon devant la loi. Il était allongé sur le lit, le visage marqué des morsures et des coups de griffe de sa propre fille. Qu'il avait prise comme un animal. Oh ! elle savait exactement ce que Wendy avait ressenti, elle l'avait vécu tant et tant de fois.

En regardant Barry, Susan fut prise d'une haine si intense qu'elle s esentait capable d'assassiner le monde entier pour protéger ses enfants.

– Qu'as-tu fait cette fois, Bal ? C'est ta petite que t'as prise, avec ton corps plein de sales maladies. Tu as fait comme si elle n'existait pas, comme si elle n'était rien. Où que tu te trouves maintenant, j'espère que ça en valait la peine. J'aimerais que tu sentes ce qui va t'arriver, espèce de salaud d'ivrogne. Je voudrais que tu puisses me regarder face à face, que tu ressentes l'effroi que ta petite a ressenti.

Susan brandit le marteau au-dessus de sa tête et l'abaissa de toutes ses forces sur le crâne de Barry.

Et elle recommença, plus d'une centaine de fois, jusqu'à ce qu'il ne reste plus rien de lui. Rien de reconnaissable, en tout cas.

Barry Dalston était parti. Pour toujours.

Couverte de sang, de cervelle, de fragments d'os, Susan sortit calmement de la chambre, se refit un café et, un peu plus tard, fuma une autre cigarette. Puis elle enfila son vieux manteau, se rendit à la cabine téléphonique et appela la police.

Doreen l'observait par la fenêtre de sa chambre. Une larme lui coula sur la joue quand elle comprit ce que son amie venait d'accomplir. Mais, contrairement au reste du monde, Doreen, elle, savait pourquoi elle avait fait ça.

Personne ne le saurait jamais. En tout cas, elle ne le dirait jamais. A personne. Susan avait protégé ses gosses. Comme l'aurait fait n'importe quelle mère digne de ce nom.

Quand la police arriva, les enfants étaient couchés et endormis. Sauf Wendy, qui attendait patiemment chez sa grand-mère l'arrivée de Roselle. Elle resterait avec elle le temps de guérir ses plaies, le temps d'affronter le monde. Sans jamais raconter précisément ce qu'il lui avait fait subir.

III

1985

Jamais aucun moment ne vaudra le présent.

Mary DELARIVIER MANLEY (1663-1724), *The Lost Lover*, 1696.

Se marier à la hâte, s'en repentir tout à loisir
Sans aimer la personne, en aimant son trésor.

Elizabeth THOMAS (1675-1731)

Ce qui est fait ne peut être défait.

SHAKESPEARE (1564-1616), *Macbeth*, 1606.

21

Susan fut réveillée par les bruits de la prison : un gros coup sur une porte, suivi d'un cri et, aussitôt, le chahut. Elle ouvrit les yeux : au pied de son lit, sa nouvelle compagne de cellule l'observait avec attention.

Impeccablement coiffée, le visage net et les sourcils épilés, Matty Enderby lui adressa un gentil sourire.

– Ça va mieux, ce matin ?

Elle avait une voix rauque, sexy et pleine de promesses : le rêve de n'importe quelle star du porno.

– Casse-toi, cracha Susan d'une voix éraillée par le sommeil et la fumée.

Elle fut prise d'une violente quinte de toux. Matty recula, écœurée.

– Je t'apporte une tasse de thé ?

Susan opina.

– Ouais, j'ai la gueule qui chlingue, un vrai trou de balle.

Matty fit encore un pas en arrière, Susan se mit à rire.

– Oh ! pardon, madame a les oreilles sensibles. Bon, allez, je vais surveiller mon langage. Dégage et aboule ton thé.

Matty quitta la cellule. Susan s'assit sur son châlit.

Elle était naze et ça se voyait.

Elle se glissa hors du lit, attrapa une serviette et un savon Camay, puis, en se regardant dans le petit miroir qui était accroché au mur au-dessus du lavabo, se tira la langue. Quelle horreur ! Dedans comme dehors.

Ses cheveux qui, à vrai dire, n'avaient jamais été son point fort, lui pendouillaient tristement sur les épaules. Ils étaient ternes comme s'ils avaient perdu leur couleur à force d'être à l'ombre. Pour tout arranger elle avait la peau plissée par le sommeil, le menton bourré de points noirs et le nez qui pelait. Ravissant !

Seul son regard semblait avoir conservé un peu de vie. Pourtant, elle ne se reconnaissait pas, elle avait l'air d'une inconnue, ses yeux vifs et alertes étaient lourds d'inquiétude et de résignation.

Matty revint avec le thé et posa la tasse de Susan sur la table près de la porte.

– Ça pue, là-dedans.

Susan acquiesça.

– Je suis désolée, j'ai sué comme une bête toute la nuit.

– T'as fait des cauchemars, t'as pas arrêté de grogner et de râler.

Susan lui fit un grand sourire.

– Me connaissant, j'ai pas dû me gêner pour péter comme une mitraillette. J'ai jamais été fan des flageolets.

Elle savait qu'elle mettait les gens mal à l'aise, mais, franchement, elle n'en avait cure. Après Durham, il lui manquait plus que ça, se retrouver avec une salope d'emmerdeuse comme Matilda Enderby. Non, mais à quoi ils avaient pensé en la mettant là ?

Au lieu des mecs à poil avec des zobs comme des battes de base-ball affichés sur les murs, elle ne voyait que des coupes de fruits et des femmes habillées à l'ancienne qui pique-niquaient sur le bord d'une rivière.

Franchement, c'était bizarre.

Susan s'était habituée à la rudesse et l'âpreté de la vie carcérale. Elle avait un sens, un but : casser le système. Etre solidaire, se moquer des mecs et de leurs bijoux de famille, prétendre avoir la nostalgie d'un bon coup alors que, franchement, elles n'en avaient rien à foutre.

Avec cette nouvelle compagne de cellule, elle entrait dans un autre monde, celui des gens qui se régalent de canapés concombre-fromage blanc et respectent les règlements.

Ça n'allait pas du tout.

Susan buvait son thé à petites gorgées et se remit à contempler les affiches.

– Ce sont des peintures de Monet.

Susan haussa les épaules avec indifférence.

– Ah ouais ? Je croyais que c'étaient des posters.

Elle finit son thé. Il était bon et bien sucré. Elle enleva sa chemise de nuit, s'enveloppa dans une serviette et quitta la cellule. Sur le chemin des douches, elle croisa des femmes de tous les types, de toutes les couleurs de peau et de toutes les confessions possibles et imaginables. Certaines lui faisaient un sourire, d'autres lui lançaient des regards circonspects : sa réputation l'avait précédée.

Elles attendaient de l'avoir jaugée avant de savoir comment l'accueillir, avec amitié ou inimitié. C'était normal, Susan comprenait bien ce jeu-là. En revanche, avec Matty, elle se sentait piégée.

Sous la douche, elle laissa couler l'eau tiède sur son corps et frissonna. Il fallait s'habituer à la température. Elle se savonna, se lava les cheveux et entreprit de se rincer.

Une jeune Noire au visage tailladé de marques tribales lui offrit un tube de shampoing Heads & Shoulders.

– Tu vas t'abîmer les cheveux, mec. Prends ça.

Susan hocha la tête avec gratitude et obtempéra.

C'était si bon, cette mousse crémeuse, quel plaisir de laver ses cheveux si raides et si gras.

Dans la douche d'à côté, deux femmes s'embrassaient. Susan les ignora avec indifférente. L'intimité, c'était terminé. Elle sortit de la douche sans même leur lancer un regard. La forme d'intimité qu'elle leur offrait, c'était justement de ne pas les regarder, de ne pas faire attention à elles. En prison, on laisse les autres tranquilles, c'est une règle tacite.

Elle se sécha les cheveux avec sa serviette bien rêche et retourna à sa cellule. Une surveillante à l'aspect sévère mais à la crinière d'un roux flamboyant l'arrêta au passage.

– Quel nom ? fit-elle d'un ton sec et dur.

– Dalston, Susan, matricule PX4414.

La femme hocha la tête.

– Parloir à une heure et quart.

Susan opina et continua son chemin.

Pourvu que ce soient les enfants. Elle n'y croyait pas trop : pour changer, les services sociaux lui cherchaient des noises. Allez, mieux valait penser à autre chose, ce n'était pas le moment et ça servait à rien. Elle en avait pris l'habitude, question de survie.

Vingt minutes plus tard elle lisait son courrier, la lettre rituelle que lui envoyaient ses enfants. «Je t'ème», avait gribouillé Barry ; Alana, elle, lui racontait sa nouvelle école et ses nouvelles copines. Susan serra les deux missives contre son cœur comme si elle avait pu les absorber, se les garder sous la peau.

Puis, le cœur serré, elle ouvrit celle de Wendy. A quinze ans, sa fille aînée était déjà une femme. Elle n'avait pas eu le choix. Elle écrivait des lettres d'adulte, dans une langue d'adulte.

C'était bien ce qui inquiétait le plus sa mère.

Contrairement à la petite Alana qui parlait de maquillage, de groupes pop, de mode et de télé, Wendy donnait des nouvelles des autres. Elle racontait comment Rosie, l'enfant parfaite, se comportait avec les Simpson, sa famille d'accueil. Ils étaient très gentils, mais enfin, ce n'était pas ses vrais parents et ils ne le seraient jamais, tant que sa mère serait vivante.

Ces lettres effrayaient Susan.

Wendy passait son temps à se faire des reproches. Elle n'avait pourtant aucune raison de se sentir coupable. Susan devait le lui répéter sans arrêt.

Le séjour à Durham avait été pénible. Le voyage était long et difficile, Susan ne voyait pas souvent ses enfants. Quand ils venaient, les visites étaient bidon. Complètement surexcités, ils faisaient les idiots et se battaient pour qu'elle les remarque. En plus, la petite Rosie ne la reconnaissait pas vraiment et pleurait dès que Susan la prenait dans ses bras.

Elle secoua la tête, comme pour changer le cours de ses pensées. Tout pouvait encore changer, maintenant qu'elle s'était rapprochée. Rosie viendrait plus souvent, elle allait enfin pouvoir construire une véritable relation avec sa petite dernière.

Susan se brossa les cheveux avec plus de soin que d'habitude. Si jamais c'étaient les enfants, il fallait qu'elle leur fasse honneur.

Matty entra dans la cellule et lui sourit, l'air content de la voir propre et coiffée.

– Il paraît que tu as une visite ?

– Dis donc, les nouvelles voyagent vite, par ici.

– Tu veux pas que je te fasse un brushing ? Tu serais plus présentable !

Elle avait envie de lui faire plaisir. Tout à coup, Susan se sentit lasse à en mourir. Elle n'allait pas la supporter longtemps, cette gonzesse. Ça lui ferait un second meurtre sur le dos.

Et pourtant, dix minutes plus tard, Susan arborait un superbe chignon et se laissait légèrement maquiller. En se regardant dans la glace, elle fut agréablement surprise de se voir si changée. Matty se mit à rire, enchantée de son œuvre.

– Mais, dis donc, t'es presque jolie, comme ça ! Il suffirait que tu te soignes la peau, que tu t'habilles un peu et tu serais canon !

Susan poussa un grognement.

– Ecoute, ma belle, même si je gagnais le gros lot et que je me payais de la chirurgie esthétique, jamais je serais un canon. En tout cas, pas avec le corps que j'ai. La gueule, encore, ce serait peut-être faisable.

Elle s'admira une fois de plus dans la glace en espérant que c'était bien les enfants qui venaient la voir. Elle avait droit à une visite d'accueil et entendait l'utiliser judicieusement.

– Peut-être bien que tu perdrais quelques kilos, si tu t'y mettais. Tu devrais arrêter de bâfrer des cochonneries et manger des légumes.

– Mais qu'est-ce qui te prend, Enderby ? T'as décidé de devenir mon coach personnel ou quoi ?

Matty eut un sourire agacé.

– On peut le dire comme ça. T'as une sacrée réputation, tu sais. Même Rhianna se tient sur ses gardes. Y a qu'avec toi qu'elle est comme ça.

Susan ne lui répondit pas.

Matty n'insista pas, attrapa un flacon de vernis à ongles et, en souriant, informa Susan qu'elle se rendait à une séance de manucure.

Susan secoua la tête, incrédule. Franchement, comment pouvait-elle mener une vie aussi futile alors qu'elle était en taule ?

Matty s'arrêta dans l'embrasure de la porte et fit, d'un ton sérieux :

– En fait, j'étais secrétaire juridique. Ici, je tiens une permanence pour les filles. Je leur donne des conseils, un avis. Tu devrais venir faire un tour. Peut-être que je pourrais t'aider. Je sais que j'ai l'air d'une écervelée, mais là-dedans, figure-toi qu'il y a des méninges qui fonctionnent aussi bien qu'un ordinateur.

Elle lui envoya une bise et sortit. Susan tira la langue vers la porte et soupira. Cette nénette était complètement dingue, aucun doute là-dessus, non plus.

Le séjour à Durham lui avait bâti une solide réputation, pas de doute là-dessus.

Un jour, elle s'était aperçue qu'une détenue lesbienne avait jeté son dévolu sur elle. Susan lui avait expliqué qu'elle l'aimait bien, mais comme copine. La femme en question, une immense amazone blonde, n'avait pas apprécié du tout. Peu habituée à ce qu'on rejette ses offres, elle en avait pris sérieusement ombrage et fichu Susan dans de beaux draps. Oui, Julia Stone lui avait rendu la vie possible. Où qu'elle aille, aux toilettes, aux douches, à la gym, Julia la guettait, l'air mauvais, menaçant. La rumeur prétendait qu'elle avait l'intention de se faire Susan dans la salle de douche. Susan n'avait pas l'intention de se faire violer, mais elle connaissait la personnalité de Julia. Il était impossible de la raisonner. Elle s'était fait une ennemie.

Voilà pourquoi elle était entrée dans la douche après avoir glissé une boule de billard dans une chaussette et avait envoyé Julia Stone à l'hosto pour deux mois. Le résultat avait été double : Julia Stone avait perdu son statut et Susan en avait gagné un. Ceci expliquait que Rhianna se tienne sur ses gardes, comme la plupart des filles de la prison, à vrai dire.

Même les matonnes.

Susan n'avait aucune envie de prendre la place d'une Rhianna, ni celle d'une Julia.

Elle se battait pour sa survie, ni plus de moins.

Les murs du parloir étaient d'un vert atone. Certains disaient que c'était une couleur apaisante, d'autres, que ça ressemblait à du vomi, ce vert couleur de bile. Susan s'assit à la table et se mordit les ongles, enfin, les petits morceaux d'ongle qui lui restaient. Quand la porte s'ouvrit, elle se raidit sur son siège, le cœur serré. Pourvu que ce soit un de ses enfants, un ou plusieurs.

Mais non, il s'agissait d'un jeune homme dans la trentaine, en tenue décontractée. Un peu trop décontract' pour un avocat, mais ça n'avait pas de quoi inquiéter Susan. Ses cheveux noirs avaient l'air d'avoir été taillés au couteau, il avait des yeux d'un vert profond, joyeux et pétillants, et une belle bouche charnue.

– Salut, Susan, ravi de vous rencontrer enfin.

Belles dents, régulières, bien rangées : visiblement, c'était un habitué des cabinets dentaires, ce gars-là. Couronnes, jaquettes, plombages, il devait faire collec'. Dommage qu'il n'en fasse pas autant pour ses cheveux.

– Colin ?

Sentant sa déception, il sourit pour dissimuler sa propre inquiétude.

– Colin Jackson, nous nous sommes parlé au téléphone.

Susan acquiesça, remarquant son jeans à la mode et son pull lavé main.

– Alors, c'est vous le brillant avocat qu'êtes chargé de mon appel ?

Le ton de sa voix était révélateur, Colin eut la grâce d'en rougir.

– Je sais que j'ai l'air un peu décontracté, mais je n'ai vraiment pas chômé aujourd'hui. J'ai vu vos enfants ce matin.

Le visage de Susan s'éclaira instantanément. Colin eut un soupir de soulagement.

– Ils vous les amènent vendredi. Vendredi après-midi.

Elle se rembrunit instantanément.

– C'est loin.

Elle avait parlé d'un ton morne, éteint.

Pour la rasséréner, il ouvrit sa serviette et en sortit un dossier épais de dix centimètres.

– J'ai tous les documents dans cette chemise. Tout ce qui est relatif à votre procès.

– Passionnant. Vous pouvez raconter ce qui vous chante, moi, j'ai rien de plus à dire. J'ai pris le marteau et je l'ai tué. Aussi simple que ça.

Colin eut un demi-sourire.

– Allons, ce n'est pas si simple, Susan, n'est-ce pas ? Il s'est passé quelque chose, pour que vous commettiez un acte aussi violent. Nous savons qu'il vous battait régulièrement, que c'était un criminel dangereux. Je sais même qu'il vous a sévèrement tabassée quelque jours avant que vous le tuiez. Pourquoi ne l'avez-vous pas fait à ce moment-là ?

Elle eut un sourire mauvais.

– Parce qu'à ce moment-là, figurez-vous, j'en avais pas envie. J'avais mal, je souffrais, j'avais les côtes cassées et la tête complètement défoncée, comme si on m'avait marché dessus. Mais, d'après le procès, tout ça, c'est pas important. J'ai commis un meurtre avec préméditation, je suis même étonnée qu'on nous laisse aller en appel.

– Eh bien, c'est que les choses ont changé. Vous n'avez fait qu'une seule déposition, le soir des événements. Dans cette déposition, vous avez déclaré que vous en aviez assez et qu'il était temps qu'il meure. Ce sont vos propres termes. Aujourd'hui, nous pouvons invoquer la légitime défense. Il faudra démontrer qu'il était prêt à recommencer et qu'il vous terrifiait. Si nous arrivons à convaincre le tribunal, vous serez condamnée pour homicide et vous pourrez sortir, vous aurez fait votre temps en préventive.

Il sourit, content de lui-même et en espérant qu'elle serait contente de lui.

– Va falloir que je raconte que j'étais barge, alors ?

Colin prit un air légitimement outré.

– Je ne veux surtout pas que vous croyiez que je suis en train de vous inciter à mentir...

Susan haussa les épaules.

– Ecoutez, Colin, quand j'ai tapé sur ce salaud à coups de marteau, j'avais jamais été plus sensée de ma vie. Vous allez peut-être trouver ça bizarre, mais c'est la vérité pure. J'aurais dû le faire bien des années plus tôt.

Elle était d'une sincérité absolue, ça se sentait à son regard, au son de sa voix. Telle qu'elle était devant lui, avec ses cheveux bien coiffés, son visage propre et net, Colin ne reconnaissait pas la Susan qu'il avait vue dans les journaux deux ans auparavant.

A cette époque-là elle était grosse, elle faisait peur avec son visage dur, fermé. Tout le long du procès elle était restée impassible, sans manifester le moindre remords, la moindre crainte. Au point que son avocat avait eu des doutes sur sa santé mentale et ne l'avait même pas fait venir à la barre. Il faut dire qu'elle refusait de dire quoi que ce soit sur ce qui s'était passé ce soir-là. Elle ne voulait pas reconnaître avoir commis un acte répréhensible et répétait inlassablement la même chose : il était temps que son mari meure.

Finalement, le juge l'avait condamnée à perpétuité, pour meurtre. Il n'avait pas le choix, avait-il dit, puisque madame Dalston refusait de raconter ce qui s'était passé ce soir-là et de se définir autrement que comme la meurtrière de son mari. Dans la déposition qu'elle avait signée au commissariat, Susan avait déclaré être prête à « recommencer si c'était à refaire ». Les flics s'étaient congratulés, les tabloïds s'étaient régalés et Susan avait disparu en prison, très loin des regards et de l'attention générale.

Mais ses quatre enfants l'adoraient et il était évident qu'elle les aimait.

En somme, Susan avait tout fait pour arriver à se faire incarcérer. Comme si elle avait voulu qu'on la sépare de ses enfants, qu'on la désigne comme meurtrière. Elle avait refusé d'arguer de la violence et des menaces de son mari pour excuser son acte. De ce fait, elle était apparue comme une femme déterminée. Déterminée à tuer. Le juge n'avait pas eu d'autre choix que d'entériner son attitude.

En revanche, résolu à la faire sortir, le patron de Colin avait mené campagne pour qu'elle se pourvoie en appel. Ils avaient quelques mois pour monter le dossier. Tous croyaient qu'elle finirait par dire la vérité sur cette fameuse nuit. Apparemment, ils se trompaient.

– Ecoutez, Susan, si seulement vous étiez raisonnable, on pourrait peut-être arriver à vous faire sortir. Vous pourriez rentrer chez vous, retrouver vos enfants.

Elle lui lança un regard vide.

– Nous savons ce qu'il vous a fait, nous avons épluché les dossiers médicaux, tout. Il n'y a pas de honte à se faire battre et à se venger. Ça peut nous arriver à tous.

Après avoir gardé le silence pendant une minute, elle s'adressa à lui comme à un enfant.

– Vous savez bien qu'il ne s'agissait pas de vengeance, Colin. N'oubliez pas que tout ça s'est passé cinq jours après qu'il m'ait tabassée. Il était inconscient et ivre mort, à ce moment-là. Une proie facile. Je vais vous dire quelque chose que vous pourrez inscrire dans votre petit carnet si ça vous chante : quand le marteau lui a heurté le crâne, j'étais au septième ciel, alors j'ai continué à frapper, encore et encore, sans me lasser. C'était mille fois mieux que de picoler, de me piquer ou de m'envoyer en l'air. D'accord, je suis enfermée ici, mais avouez que j'ai quand même réussi à délivrer mes gosses de ce sale type. Je peux vous dire que ne regrette rien. Au contraire, même, je suis ravie de l'avoir fait. Deux ans après, je serais prête à recommencer s'il le fallait. Seulement, moi, contrairement à Barry, je vais payer pour ce que j'ai fait. Encore que, finalement, lui aussi, il a payé. Et largement encore. J'ai tout fait pour.

Colin la regarda, effaré et choqué. Au fond de lui, pourtant, il savait qu'elle avait raison. « Œil pour œil », c'était la devise de Susan. Il l'avait bien compris. Et, comme le lui avait révélé son dossier médical, il y a des limites à ce que tout être humain peut encaisser. Le point de non-retour, ça existe.

Si seulement elle pouvait comprendre qu'il était possible de l'aider, de rouvrir le procès, d'obtenir sa libération. A croire qu'elle se réjouissait d'être en prison, qu'elle se délectait de sa punition.

A la lecture du verdict, elle s'était mise à rire. C'était d'ailleurs la seule fois qu'elle avait laissé paraître une quelconque émotion. Elle avait refusé de mettre en avant le contenu de son dossier médical, comme son avocat le lui avait conseillé. A dire vrai, elle avait refusé tout ce qui pouvait contribuer à l'aider.

En d'autres termes, elle s'était enfermée de l'intérieur et avait balancé la clé par la fenêtre.

– Et mes gosses, comment ils vont ?

Colin sourit.

– Très bien, ils viendront vous voir cette semaine, comme vous le savez. Rosie, c'est bien son nom, à la petite ? Rosie s'est bien adaptée à sa famille d'accueil, ils l'adorent. Vous ne connaissez pas quelqu'un qui pourrait prendre les autres ? L'aînée, à ce que je sais, vit avec une de vos amies, Roselle Digby. Cette personne ne pourrait pas s'occuper des deux autres ?

Susan secoua la tête.

– Naan, elle peut pas. J'aurais voulu qu'ils laissent ma copine Doreen s'en occuper. Elle était d'accord.

Colin hocha la tête.

– Je crains que les services sociaux n'y soient farouchement opposés.

Susan eut un grand sourire.

– C'est peut-être une traînée avec des cheveux décolorés et cinq mômes de cinq pères différents, mais je vais vous dire quelque chose, mon petit : c'est une mère formidable et quelqu'un de fabuleux. Tout est relatif, hein ? Qu'est-ce qui va se passer pour mes gosses, alors ? Personne n'a l'air de pouvoir me le dire.

Colin était incapable de lui répondre, il n'en savait rien lui-même. Il avait rendez-vous avec l'assistante sociale, la semaine suivante.

Susan hocha la tête à nouveau et s'alluma une cigarette.

– Alors, qu'est-ce que vous en dites ?

Colin haussa les épaules.

– Je n'ai pas l'impression que je puisse faire grand-chose, si ?

– Bon, ben, moi, je vais accomplir ma peine tranquillos. Je sortirai dans quatre ans, peut-être un peu avant. Je ne sais pas pourquoi vous vous embêtez avec moi. De toute manière, j'ai rien à ajouter à ce que j'ai déjà dit.

– Pour être franc, moi, non plus, Susan. Mais je voudrais quand même vous demander une chose : pensez à vos quatre enfants. Vous imaginez, ce que ça doit être, pour eux, de grandir sans leur mère ? Ils vous aiment profondément, et tout le monde dit que vous êtes une mère formidable. On se demande bien, d'ailleurs, où vous avez appris à le devenir.

Susan éclata de rire, franchement cette fois.

– Ah, je comprends tout ! Vous avez vu ma mère, c'est ça ? La vieille salope. Elle a vendu son histoire aux journaux et elle s'est fait un joli petit magot !

Elle haussa les épaules.

– Bon vent, c'est bien tout ce que je peux lui souhaiter. J'en attendais rien d'autre, d'ailleurs. Pour répondre à votre question, avec eux, j'ai fait l'inverse de ce qu'elle a fait. Et je peux vous dire que me suis sacrément appliquée.

– Bien sûr, je n'imagine pas un seul de vos enfants tuer qui que ce soit.

Susan blêmit et secoua la tête.

– Non, Colin, moi non plus.

Elle se leva, mettant un terme à l'entretien.

– Non, mais regarde-la, pour qui elle se prend, celle-là ?

Susan laissa dire. Elle avait envie de rester voir Matty tenir sa permanence. Rhianna ramassait l'argent ou les cadeaux en nature apportés par les clientes qui venaient solliciter les conseils juridiques de cette meurtrière patentée.

Leurs visages s'éclairaient d'espoir au fur et à mesure de la consultation et paraissaient moins soucieux une fois qu'elle était terminée. Tant qu'elle ne roulait pas les filles, pas de problème.

Susan s'approcha de la table afin de mieux saisir les conversations.

Les arguments que renvoyait Matty à une jeune prostituée noire étaient tellement sensés qu'elle remonta dans son estime. Du moment qu'elle n'essayait pas de gruger les filles, Susan n'avait rien contre le fait qu'elle exerce sa libre entreprise au sein du système carcéral. Les deux commerces allaient bien de pair. Incroyable, ce que certaines étaient prêtes à faire pour une cigarette ou un Mars.

Soudain, la radio diffusa du Lionel Ritchie. Une des filles, reconnaissant son tube préféré, poussa le volume à fond et se mit à danser en chantant : « *Hello, Is it me you're looking for ?* », autrement dit : « *C'est moi que tu cherches ?* » La surveillante baissa le son et une des plus fougueuses lesbiennes se mit à gueuler :

– Mais non, c'est pas toi qu'il cherche, espèce de cochonne !

Tout le monde éclata de rire, la fille continua de chanter.

Susan, un sourire aux lèvres, écoutait Matty donner ses conseils.

– T'es ici pour menaces et voies de fait, c'est bien ça ?

– Et pour coups et blessures aussi.

– Bon, voilà ce que tu vas dire à ton avocat : tu es d'accord pour coups et blessures, mais à condition qu'on abandonne les autres chefs d'accusation. Dans ce cas, tu plaideras coupable avec circonstances atténuantes. T'étais droguée, t'étais pas en pleine possession de tes moyens. Tu obtiendras un suivi médical et tu seras sortie en moins de deux. De toute manière, t'as un bonus sur le coup précédent. Comme ça, t'obtiens une réduction de peine, tu te la coules douce et tu fais une période probatoire en réhabilitation.

La fille sourit, toute revigorée.

– Merci Matty, c'est toi qui as raison.

Susan la regarda s'en aller, le pas léger. En prison, le pire est de savoir ce qui vous attend, ensuite on s'habitue à l'idée. Une fois qu'on connaît la partition, on peut faire avec.

Susan était contente qu'on l'ait transférée à Holloway, le temps du pourvoi en appel, même si elle n'avait consenti à cet appel que pour se rapprocher de ses enfants. Etre près de Londres, le plus possible, c'était tout ce qui comptait, en fait. C'était dur de ne les voir que de temps à autre, au bon vouloir des services sociaux. Pour les gosses aussi, le trajet était long : Durham n'était pas, et de loin, la prison la plus accessible d'Angleterre. Ni la plus confortable.

C'était à Cookham Wood qu'elle voulait aller, ou quelque part où il y avait un quartier de sécurité exigeant le minimum de déplacements. Il fallait un endroit où les enfants puissent courir et s'amuser un peu.

Elle passa son après-midi à observer les femmes qui venaient voir Matty. Ses conseils étaient en général très judicieux. Une jeune fille avec de longs cheveux blonds et des yeux écartés se présenta, Rhianna s'avança vers elle.

La fille montra deux cigarettes. Matty secoua la tête et fit la grimace.

– Casse-toi, salope, ici on a rien pour toi, dit Rhianna d'une voix dure.

Une des femmes autour de la table se leva, l'air menaçant. La surveillante s'approcha, craignant la castagne.

– Écris donc à ton jules et demande-lui conseil, espèce de saloparde. Il t'a bien aidé à tuer ton môme, non ?

La fille baissa la tête.

– Et elle continue à lui écrire, au type qui a poignardé son petit garçon ! Il l'a cramé, torturé, et qu'est-ce que tu fais, ma biche ? Tu lui envoies des lettres d'amour.

Les femmes s'énervaient, ça leur rappelait leurs gosses, restés vivre chez des parents ou en foyer. Ces enfants qui étaient toujours aimés, désirés, même si leurs mères étaient en prison. La plupart du temps, d'ailleurs, c'était à cause d'eux qu'elles se trouvaient enfermées. Prostituées, voleuses, femmes escrocs, c'était souvent pour nourrir et vêtir leurs enfants qu'elles en étaient arrivées là. Leurs hommes ne faisaient rien, sinon les sauter avant de se tirer ailleurs pour aller s'en chercher une autre… A qui ils iraient faire un autre môme. Et ainsi de suite.

Les femmes comme Caroline Hart attisaient leur haine : elle avait laissé détruire ce que les détenues considéraient comme leur bien le plus précieux, leurs gosses. Se battre comme des chiffonnières, s'engueuler à mort, oui, tant qu'on voulait, mais faire du mal à un gosse, jamais. C'était une règle tacite, convenue.

La matonne escorta la fille dehors, tentant de calmer le jeu avant que la situation ne lui échappe. Caroline aurait dû être mise au secret, mais comme ce n'était pas le cas, il fallait redoubler de vigilance, éviter qu'une prisonnière ne fasse justice elle-même, comme cela arrive fréquemment en prison.

La tension disparut en même temps que la détenue et Matty entreprit de ranger son matériel. Plus tard, Rhianna lui donnerait sa dose et Matty, qui ne fumait qu'un joint de temps en temps, la revendrait aux autres prisonnières. Rhianna prenait également des paris et gérait un réseau de racket.

Susan était aux aguets. Elle savait que Rhianna l'observait autant qu'elle, sans doute par crainte de se faire piquer son boulot. A tort. Susan devait lui parler pour mettre les choses au point. Tant que ce ne serait pas fait, il lui faudrait rester sur ses gardes et faire comme si elle n'avait pas peur de cette énorme Noire complètement déjantée.

En se roulant une cigarette, Susan se demandait ce que faisaient ses enfants. Elle avait hâte de voir leurs petites frimousses hilares, leurs visages réjouis d'être avec leur maman. Il fallait chasser les idées noires, oublier tout ça, accepter que les visites soit décidées par un quidam qui ne les connaissait ni d'Eve ni d'Adam.

Un jour, se promit-elle, tout ça serait fini. Terminé. Quand elle aurait fait son temps, payé le prix de sa bêtise. Celle d'avoir laissé Barry Dalston entrer dans sa vie.

Wendy prépara deux cafés, un pour elle, le second pour Roselle qui la regardait faire, touchée par le bonheur que manifestait la petite à l'idée d'aller voir sa mère. Elle avait tellement changé en deux ans.

Le soir où Roselle l'avait récupérée, la fillette était dans un état effroyable. Elle tremblait de tous ses membres et paraissait morte de peur, comme une gazelle prise au piège. Roselle s'était présentée comme une amie de sa mère et lui avait expliqué qu'elle s'occuperait d'elle en attendant que la situation se stabilise.

Roselle avait tout de suite compris pourquoi Susan avait tué Barry. Inutile de lui faire un dessin, il n'y avait qu'à regarder la petite. Qu'est-ce qu'elle avait bien pu lui trouver, à ce type ? Comment avait-elle pu se raconter qu'elle était bien avec lui ? Cet homme qui avait violé sa propre fille, la chair de sa chair, comme si elle était une moins que rien, pire qu'un déchet humain. A la démarche de Wendy, aux bleus qu'elle avait partout sur le corps, au sang qu'elle avait perdu pendant une semaine, il n'y avait aucun doute sur ce qui lui était arrivé.

Cette nuit-là, Roselle avait haï Barry. Rétrospectivement, elle aurait souhaité être présente pour assister à ce que Susan faisait. Pire, elle aurait voulu tenir le marteau elle-même et lui infliger la correction qu'il méritait.

Elle comprenait très bien la réticence de Susan à raconter ce qui s'était passé, à parler de sa vie conjugale. Elle protégeait sa fille en même temps qu'elle se protégeait elle-même. Pourquoi les gens devraient-ils savoir que cet homme, récemment contaminé par une maladie vénérienne, avait violé sa propre fille en toute connaissance de cause ? La petite traînerait cette histoire toute sa vie et tout le monde serait au courant. Elle ne le méritait pas, elle était parfaitement innocente.

Roselle se sentait une part de responsabilité dans cette affaire. Si seulement elle ne l'avait pas plaqué… Parce qu'il avait dû souffrir, Barry. Mais comment avait-il pu se laisser aller au point de faire tant de mal à sa propre fille ?

Elle prit le café que lui tendait Wendy et elles échangèrent un sourire. Jamais elles n'avaient réellement parlé de ce qui était arrivé et Roselle ne voulait rien forcer. Elle avait accueilli la gamine et voulait la protéger de tous ceux qui savaient ce que sa mère avait fait. Elle s'occupait de la fille d'une femme qui avait massacré son mari de sang-froid, sans la moindre pensée pour les quatre enfants que, de ce fait, elle rendait orphelins. De père comme de mère. Elle, que les tabloïds décrivaient comme une créature impitoyable qui avait profité des gains immoraux de son mari et partagé sa vie de débauche.

Au procès, Barry était apparu comme un attendrissant voyou, un Cockney accro à l'alcool et à la drogue – et donc, en conséquence, pas totalement responsable de ses actes.

Comme de juste, puisque c'était un homme, on lui avait trouvé des excuses. Les hommes avaient le droit de se montrer violents, c'était dans leur nature. La preuve : ils faisaient la guerre ! Mais pas les femmes. Chez une femme, la violence est moralement répréhensible. Le méchant, dans ce couple, c'était Susan. D'ailleurs, au procès, elle avait répété à qui voulait l'entendre qu'elle le tuerait de nouveau si c'était à refaire.

Quelle aubaine pour la presse à scandale ! Depuis le temps qu'ils attendaient de se mettre une Myra Hindley[1] sous la dent ! Susan était pain bénit. Les journaux en avaient fait un monstre.

C'était grotesque, injuste et, pour Roselle, difficile à comprendre. Pourquoi Susan ne racontait-elle pas l'enfer qu'elle avait traversé ? Pourquoi laissait-elle croire à tout ça ? Qu'elle avait été une pépée à gangster, qu'après une soirée bien arrosée avec sa sœur elle était rentrée chez elle déterminée à tuer son mari.

Aujourd'hui, elle méritait d'être libérée et de pouvoir enfin s'occuper de ses enfants. La seule chose qu'elle ait jamais souhaité de sa vie.

Wendy coupa deux tranches de gâteau à la cerise et en servit une sur une assiette, qu'elle passa à Roselle avec une petite serviette en lin. Celle-ci la prit en s'efforçant de cacher son sourire. Pour cette pauvre Wendy, elle passait pour une femme de bonne famille, bien élevée. Si seulement elle savait !

---

1. Myra Hindley, « la femme la plus haïe de Grande-Bretagne », et son amant Ian Brady ont été condamnés en 1967 pour plusieurs meurtres d'enfants commis dans d'atroces circonstances.

– Tu iras voir maman, maintenant qu'elle est plus près ?

Roselle secoua la tête.

– Non, je ne peux pas. Pour être franche, je ne supporte pas de la voir enfermée là-dedans.

Wendy approuva, hochant la tête. Son visage était si douloureux, si beau, si semblable à celui de sa mère que Roselle se sentit soudain prise d'une irrésistible envie de pleurer.

Grâce à Roselle, Wendy s'était mise à la mode des années 1980 sans se priver. Roselle contribuait financièrement à l'éducation des autres enfants, mais elle les voyait peu, de temps à autre seulement, à la demande de Susan, pour vérifier que tout se passait *vraiment* bien.

Certains ou certaines s'étonnaient sans doute de l'amitié qui liait cette gérante de night-club à une meurtrière, mais n'en disaient rien. Roselle avait conscience que sa voiture, sa tenue vestimentaire et sa voix délicatement modulée lui ouvraient toutes les portes. Elle était aussi très proche de Doreen. A elles deux, elles faisaient tout ce qu'elles pouvaient.

Susan lui avait demandé de prendre ses quatre enfants, mais Roselle avait refusé. Susan étant Susan, elle avait compris et n'avait jamais réitéré sa question. Roselle savait qu'elle était contente que Wendy puisse compter sur elle quand elle en avait besoin.

Car le plus grand souci de Susan, c'était sa fille aînée, et Roselle savait très bien pourquoi. La petite semblait avoir surmonté le traumatisme que la plupart des gens mettaient d'ailleurs sur le compte de la violence maternelle. C'était une conspiration du silence. Tous ceux qui savaient avaient gardé la bouche cousue, et laissé le temps et les tribunaux accomplir leur besogne.

– J'ai vraiment hâte de la voir. Si vous saviez comme elle me manque, Roselle. Quelquefois, la nuit, je pense à toutes les petites choses qu'elle faisait pour moi et pour nous tous. Toutes les fois où elle ne mangeait pas pour nous laisser sa nourriture. Les soirs où elle restait à nous veiller si on était malades. Ou quand elle nous faisait rigoler si on avait le cafard. Je me rappelle, une fois, c'était pendant les grandes vacances, elle était fauchée, comme toujours : elle nous a tous emmenés pique-niquer dans le jardin derrière la maison. On rigolait tellement que tous les voisins croyaient qu'on avait pété les plombs. On aurait cru la famille royale ou style, sauf que, nous, on a mangé des sandwiches à la Marmite[1] et des gâteaux « Monsieur Kipling »[2]. Qu'est-ce qu'on s'est marrés !

Wendy souriait, les yeux embués d'émotion. Elle se remémorait cette journée, la chaleur, les mouches, les petits qui jouaient au cricket sur la pelouse…

– Et puis mon père est rentré et il a tout gâché, comme d'habitude.

Elle secoua la tête en évoquant la scène.

– Ce jour-là, il l'a tabassée comme un malade. Nous, on s'est réfugiés chez Doreen, comme toujours dans ces cas là. Mais on l'entendait qui l'insultait, on entendait le bruit que faisait maman en tombant, elle heurtait les meubles quand il la cognait.

Elle avait retrouvé son calme, perdue dans ses pensées.

– J'espère que, vendredi, elle voudra bien m'écouter. Si jamais elle refuse, je ne sais pas ce que je vais faire.

Rosell haussa les épaules.

– Ta mère a de bonnes raisons d'agir comme elle le fait. S'il te plaît, ne l'oublie jamais.

Wendy lui sourit, mais son visage exprimait une telle tristesse que Roselle ne put se retenir de la prendre dans ses bras.

– J'oublierai pas. Jamais je pourrai oublier ce que ma mère a fait pour moi. Jamais. Un jour, je le lui rendrai.

Roselle hocha la tête en sirotant son café.

– Bien sûr, ma chérie, bien sûr que tu le lui rendras.

Susan était sur le palier inférieur, à remplir une mug d'eau bouillante, lorsqu'elle aperçut Rhianna venir vers elle.

---

1. Pâte brune à tartiner composée d'extraits de levure de bière, mets incontournable de la culture populaire britannique !

2. Marque de gâteaux industriels très populaires et colorés, dont raffolent les enfants depuis plus de trente ans.

Elle s'y attendait depuis son arrivée. C'était même étonnant qu'elle ait tant tardé.

Ça faisait trois jours exactement que Rhianna préparait son coup.

Maintenant qu'on y était, Susan avait la peur au ventre. Car, malgré sa réputation, elle n'avait rien d'une coriace. Elle faisait juste semblant pour éviter d'être prise pour une bonniche. Depuis son incarcération, elle s'était rendu compte que ce qui était arrivé à Barry faisait peur aux gens. Ils n'avaient aucune envie de subir le même traitement, et ils la respectaient. Ils lui attribuaient même la notoriété qu'à leur avis elle escomptait recevoir. Alors que, ce que Susan désirait par-dessus tout, c'était pouvoir courber l'échine et accomplir sa peine en paix.

Peut-être que Rhianna la laisserait tranquille si elle le lui expliquait ?

Cette dernière avait une coiffure afro faite de centaines de minuscules nattes bouclées qui lui donnaient l'air bien plus jeune qu'elle n'était en réalité. Elle venait de se remplir une mug d'eau bouillante et Susan la surveillait d'un air mauvais.

– Alors, quoi de neuf, Dalston ? Qu'est-ce que tu veux, au juste ?

Susan la regarda droit dans les yeux, espérant que les battements de son cœur et le tremblement de ses mains ne trahiraient pas sa peur.

Elle haussa les épaules d'un air indifférent.

– Tout ce que je veux, c'est qu'on me foute la paix en attendant le résultat de l'appel. J'ai aucune envie de te prendre ce que tu as ni même de faire ce que tu fais. J'ai aucune intention de te piquer tes rackets ou de te causer des embrouilles. Cela dit, j'ai pas l'intention de me laisser emmerder pour autant. Je te soutiendrai, je serai avec toi, mais pas question de me rabaisser ou de me faire manipuler, ni par toi, ni par personne. Bref, j'ai qu'une envie, finir mon temps, d'accord ?

Rhianna, qui redoutait sans doute une bagarre, se détendit. Susan avait des supers biscoteaux, elle était capable d'en balancer des sévères. Rien que de penser à ce qu'elle avait fait, ça foutait la trouille.

– Alors, qu'est-ce que t'en dis ?

Susan poussa un profond soupir. La peur de Rhianna était tangible, c'était à la fois jouissif et légèrement effrayant.

– Moi, ce que je dis, c'est ultra simple : on garde les mêmes et on continue. Toi et moi, on a le choix : soit on est copines, soit on est ennemies. Mais, ce que je ne veux pas, c'est devenir ta partenaire. En aucun cas, et nulle part. Pour dire les choses clairement, tu me fous la paix et, moi, je ferai pareil. C'est pas compliqué.

Rhianna n'en croyait pas ses oreilles.

– T'as pas envie d'une part dans quelque chose ?

Susan secoua la tête.

– Juste un peu de tranquillité, si jamais c'est possible dans ce vrai trou de merde.

Rhianna eut un petit rire.

– T'inquiète, tu l'auras, ta tranquillité. Et si je peux t'aider, hésite pas à me demander. Tout ce que tu veux, je te le dégotterai, d'accord ?

Elle lui tendit une main manucurée qui se terminait par de longues griffes violettes. Susan la serra.

– Marché conclu, Rhianna. En fait, je n'ai besoin que d'un seul truc : des clopes.

Rhianna sourit.

– Tu les as. Et gratos. C'est mon cadeau de bienvenue. Après, tu les paieras au prix courant.

Susan se mit à rire, elles se détendirent.

– T'as qu'à passer dans ma cellule boire un café, si ça te dit.

Susan était contente de se voir offrir un peu d'amitié.

– Elle est comment, ta cellule ? Normale, avec des trucs normaux dedans ?

Rhianna rigola.

– Matty t'a initiée, c'est ça ? Laisse-moi te donner un conseil. Matty, c'est une nénette beaucoup plus rusée qu'elle n'en a l'air. Te laisse pas avoir. Avec ses airs d'évaporée, c'est un vrai cerveau ambulant. Tu piges ?

Susan lui sourit.

– Je m'étais bien fait ma petite idée toute seule. N'empêche qu'elle me rend dingo, y a rien à faire.

– Qu'est ce qui te manque ? Un peu de tendresse ? Je peux t'aider, si tu veux. Ça te fera oublier tes soucis.

Susan secoua la tête.

– Ecoute, Rhianna, j'ai jamais été tentée par les femmes. Par les mecs non plus, pour dire la vérité.

La Noire se mit à rire et découvrit une denture d'un blanc éblouissant.

– Dehors, c'est pas mon truc non plus, mais ici, tu sais, ça fait du bien. Un peu de compagnie, un brin de rigolade, du sexe, du soft. Ça rend la vie un peu moins dure.

– Ben, merci pour ton offre, mais je vais passer mon tour, sans t'offenser.

Pour la première fois, elles se regardèrent droit dans les yeux.

– T'as vraiment une sale cote, tu sais. Jamais j'ai entendu dire un seul truc sympa sur toi, observa Rhianna.

Susan perçut une note de surprise dans sa voix.

– Ah ouais ? Pour être franche, je pourrais en dire autant sur toi. Je vais peut-être bien venir le prendre, ce café.

Elle se dirigèrent vers la cellule de Rhianna, située, comme celle de Susan, au quatrième. Toutes les détenues les observaient, notant soigneusement que les deux femmes montaient ensemble les escaliers métalliques. Celles qui avaient parié sur une bagarre se renfrognèrent, mais tout le monde se réjouit finalement de la conclusion heureuse de cette première confrontation.

Une fois dans la cellule, Susan se détendit. Pendant que Rhianna préparait le café, elle regarda les photos de Robert Redford et de Spandau Ballet accrochées au mur. Ça, au moins, c'était dans le ton, ça lui convenait. La cellule était bourrée de trucs de contrebande, un vrai foutoir. Comme la sienne. Elle venait de se trouver une âme sœur.

Un transistor diffusait Rocker's Revenge et du reggae soft. Au-dessus des châlits, un poster de Steel Purse dominait la pièce. Il y avait des tubes de maquillages et de crème hydratante absolument partout. Franchement, on aurait dit une chambre de jeune fille : ça puait la transpiration, la fumée et la savonnette Lux.

Pour Susan, rien à redire. Après trois jours de musique classique et de peinture impressionniste, elle se sentait enfin chez elle.

Mais, par-dessus tout, elle était soulagée : sa peur l'avait quittée. Enfin elle allait pouvoir se détendre et accomplir sa peine, tranquille. Ensuite, elle rentrerait chez elle. Enfin. Une fois payées toutes les dettes.

Surtout la sienne.

22

June ouvrit la porte, un grand sourire aux lèvres, un grand verre à la main.

– Je peux vous aider, mon petit ? demanda-t-elle d'une voix traînante et chaleureuse, l'alcool aidant.

Colin eut un sourire aimable.

– Je viens de la part de Susan, votre fille.

En remontant sa généreuse poitrine, June lui adressa un nouveau sourire.

– Vous êtes journaliste ? fit-elle d'une voix empreinte d'espoir.

Colin se rembrunit. Cette mère-là était prête à exploiter sa fille sans vergogne.

– En fait, je suis son avocat. J'ai besoin de vous parler. Vous permettez que j'entre ?

Une voix masculine et râpeuse cria du fond de l'appartement :

– Tu la fermes, cette putain de porte, oui ou merde ?

Colin profita de l'occasion pour franchir le seuil.

Et là, quel choc ! Culturel... Depuis l'extérieur, l'appartement avait tout du HLM classique : le long de la façade courait une coursive dégueulasse, bourrée de cochonneries et qui sentait la pisse. A l'intérieur, c'était une autre histoire : murs blancs, tables en verre, fauteuils et canapé en cuir blanc. Pour couronner le tout, une moquette marron foncé à poils longs avec rideaux chocolat assortis. Ne manquait à ce décor luxueux qu'un petit nettoyage ou, du moins, un bon coup de chiffon.

Colin aperçut Joey dans le living, assis devant une télé grand écran avec ensemble vidéo. Colin comprit immédiatement d'où provenait l'argent qui avait servi à meubler l'appartement.

Devant son étonnement, June se rengorgea.

– Pas mal, hein ? Oh ! moi j'adore voir la réaction des gens quand ils entrent ici. On a acheté tout le mobilier d'exposition du magasin. On est entrés et on a tout pris, même les tableaux.

Elle n'en pouvait plus de fierté.

– J'avais vu une pièce comme ça dans *Bergerac*, le magazine. Bon, enfin, dites-moi : qu'est-ce qu'elle a encore fait, cette petite peau de vache ?

Il perçut la note d'exaspération dans sa voix. Comment une mère pouvait-elle se montrer aussi dure, aussi froide à l'égard de sa propre enfant ? Colin subodora quelle éducation Susan avait dû recevoir et se sentit partagé entre l'effroi et la fascination.

– Vous ne vous souvenez pas de moi ?

June secoua la tête.

– C'est moi qui suis venu vous voir, il y a un certain temps, à propos des enfants.

Elle fit la moue.

– Ah ! si, je me rappelle maintenant, le gars tout débraillé avec des baskets.

Colin sourit.

– Et c'est pour ça que vous revenez ? Pour me harceler ? Mais j'en veux pas, moi, de ses gosses. L'avait qu'à y penser, à ses lardons, quand elle lui a explosé le crâne.

– A mon avis, madame McNamara, c'est justement à eux qu'elle pensait à ce moment-là, vous ne croyez pas ?

Joey se détourna de la télé assez longtemps pour pouvoir beugler :

– Mais fous-moi donc ce connard dehors avant que je lui en file une bonne ! J'en ai ras le bol de cette salope de Susan et de tout le merdier qu'elle nous a causé. Non, mais quelle honte, quelle humiliation d'être mêlé à tout ça ! Ça vous marque, mon bonhomme, et pas qu'un peu. Merde alors, faut se rendre compte !

Colin regarda ce type lourdaud aux cheveux permanentés et vêtu d'un survêt' de marque.

– Votre fille se faisait battre de façon répétée, monsieur McNamara. On s'est servi d'elle de manière horrible et elle a riposté. Voilà toute l'histoire, et rien d'autre. J'ai comme l'impression qu'*on* lui en a filé largement plus d'une bonne, ce n'est pas votre avis ?

Au fond de lui-même, Colin n'était pas rassuré. Joey McNamara était un dangereux, comme son gendre. Les soi-disant escapades de sa fille lui avaient permis d'exploiter une véritable mine d'or, il l'avait dépeinte comme une femme violente, butée. Manifestement, en matière d'argent, ce couple n'avait ni morale ni scrupules. Ces deux-là ne voyaient qu'une seule chose : les billets de banque.

Joey se leva de toute sa hauteur. Colin sentit son estomac lui descendre dans les talons.

– Monsieur McNamara, je préfère vous prévenir qu'étant avocat je serais contraint d'appeler la police si jamais vous vous avisez de lever la main sur moi.

Joey jeta un regard à sa femme, qui attira le jeune homme hors de la pièce.

– L'énervez pas, mon petit, il démarre vite, vous savez. Toute cette histoire avec Susan, ça a fait du dégât, je vous le jure.

Il lisait le mensonge dans son regard, il l'entendait dans sa voix. Ces deux-là craignaient la loi, comme tous les gens de leur espèce. Pas la police, mais les avocats, les magistrats. Les gens en costume de ville leur fichaient la pétoche. Un truc de classe. Les gens en costards avaient des maisons, ils payaient leurs impôts. Les McNamara et leurs semblables étaient incapables de les comprendre – d'ailleurs, ils n'essaieraient jamais.

Devant la porte d'entrée, Colin retenta sa chance.

– Ecoutez-moi, madame. Votre fille Susan risque de perdre ses enfants. Pas les aînés, mais la petite Rose. Sa famille d'accueil a fait une démarche d'adoption. Il n'est pas impossible qu'on la leur accorde.

June eut un sourire.

– J'espère bien que ça marchera, qu'ils pourront lui donner une vraie chance dans la vie. Cent fois plus que cette salope lui en aurait jamais donné.

Colin la regarda dans les yeux.

– Vous parlez sérieusement ? Vous ne comprenez pas que l'amour d'une mère, un amour *authentique* est sans doute la chose la plus importante qu'un enfant puisse avoir ? Bien plus que de l'argent ou quoi que ce soit d'autre ? Je suis venu vous voir pour en appeler à ce que vous avez de mieux, à votre amour de mère. Mais je crois bien que j'ai perdu mon temps. Avec tout l'argent que vous avez gagné sur le dos de votre fille, vous n'avez même pas été capable d'acheter ne serait-ce qu'un paquet de bonbons à ses gosses. Franchement, vous me dégoûtez. Mais sachez-le, madame McNamara, quoi que Susan ait fait ou pas, ses enfants l'adorent. Ce qui, à mon avis, n'est pas tout à fait votre cas. Je me trompe ?

June ouvrit la porte et le jeta littéralement dehors. Une femme qui passait sur la coursive s'arrêta pour les observer. June se mit à l'invectiver.

– Alors, tu te laves la rétine ? Qu'est-ce que tu veux, une photo souvenir, peut-être ?

Et elle claqua ma porte au nez de Colin. Embarrassé mais soulagé, le jeune avocat était ravi d'avoir tapé dans le mille. Au moment où il se dirigeait vers sa voiture, quelqu'un l'interpella.

– Hep ! monsieur !

En se retournant, il vit Debbie qui s'approchait de lui.

– Je viens de voir ma mère vous flanquer à la porte. C'est pour Susan que vous êtes venu ?

Il acquiesça.

– Je suis sa sœur, Deborah. Elle va comment ?

Il soupira.

– Pas trop bien, pour être franc. Les photos des journaux ne vous ont pas flattée, vous le savez ?

Debbie sourit.

– J'ai jamais été photogénique, même le jour de mon mariage. Ça me grossit, au lieu de m'amincir, si vous voyez ce que je veux dire.

Il sourit et la regarda d'un œil plus amène.

– Et les petits, comment ils vont ?

Il haussa les épaules.

– Pas terrible. Elle leur manque affreusement.

Debbie soupira.

– M'étonne pas. Parce que faut quand même être juste, c'était une super maman, ma frangine. Et c'étaient des super mômes, tous les quatre.

– Ce *sont* des super mômes. Pourquoi n'allez-vous pas les voir ? Vous verriez par vous-même comment ils se portent !

Elle secoua la tête.

– Non, mon Jamesie serait pas d'accord. Il veut que je me tienne en dehors de tout ça. Non, je me demandais, c'est tout. Simple curiosité.

Il savait qu'elle mentait. Comment une famille en arrivait-elle à se déchirer de cette manière, c'était une vraie question.

– Et ce Jamesie, il faut absolument qu'il soit au courant de tous vos faits et gestes ? Je suis sûr que les enfants seraient ravis de vous rencontrer. De voir quelqu'un qu'ils connaissent. Surtout les petits.

Elle était mal à l'aise, son regard la trahissait. Colin comprit qu'elle avait envie de voir ses neveux.

– Bon, vous savez où ils sont, non ? Rien ne vous empêche de passer les voir, à l'occasion.

Il lui laissait une ouverture, espérant qu'elle la saisirait.

– Et pour Susan, qu'est-ce que vous faites, au juste ?

– J'essaie de la persuader d'aller en appel. Elle a fait la démarche, mais c'est comme si elle s'en désintéressait maintenant, elle ne fait rien pour que les choses avancent.

Debbie sourit.

– Elle voulait sortir de Durham, c'est tout, mon vieux, je la connais, ma frangine. C'était pour se rapprocher des gosses. Elle doit souffrir le martyre, ses gosses, c'est toute sa vie.

Il crut percevoir une note de jalousie dans sa voix.

– Et vous, vous avez des enfants ?

Debbie haussa les épaules d'un air détaché.

– Non, moi j'en ai pas. Mais mon jules, si.

Sa souffrance était perceptible, mais Colin ne sut que lui dire.

– Ces enfants-là sont orphelins de mère, en quelque sorte. Je suis certain qu'ils aimeraient bien avoir une Tatie. Un visage connu, quelqu'un de proche. Réfléchissez-y.

Elle ne lui répondit pas directement.

– Dites bien des choses à Susan de ma part. Dites-lui que je vais essayer de lui écrire ou quelque chose comme ça, on verra bien. D'accord ?

Il acquiesça en la regardant s'éloigner. C'était un vrai spectacle, avec ses talons hauts qui lui faisaient visiblement mal aux pieds, sa minijupe complètement démodée qui découvrait de grosses jambes courtes, et ses cheveux blonds décolorés ramenés en arrière. Quelle famille ! Des gens mal assortis qui avaient tous l'air d'être en mauvais termes, voire à couteaux tirés. On l'avait prévenu, les querelles familiales étaient monnaie courante dans l'East End. Mais il lui avait fallu du temps pour s'en rendre compte *de visu*. C'était déprimant. Quoi qu'il se passe au sein les familles, les enfants devraient quand même demeurer une priorité, non ?

En arrivant à sa voiture, il cracha un juron. En vingt minutes, il s'était fait dépouiller d'une vitre et de sa radio.

– Merde !

Conclusion parfaitement pourrie d'une journée complètement pourrie.

Susan était sur les dents. C'était vendredi, elle allait voir ses enfants, et tous les quatre. Elle avait à peine dormi et s'était réveillée à cinq heures. C'était leur seconde visite depuis son transfert à Holloway, et elle mourait d'envie de les retrouver.

Matty se mit à rire en la voyant faire son lit.

C'était une habitude récente que Susan avait prise pour éviter les sarcasmes répétitifs de sa cothurne sur l'incompatibilité absolue entre un certain désordre et les espaces confinés.

– Tu vois bien, si tu le fais en te levant, c'est terminé, on n'en parle plus.

Susan rit. Ce matin elle voyait tout en rose, même Matty qui, pourtant, l'agaçait passablement. Son obsession du rangement la rendait dingue. Mais bon, il fallait bien avouer qu'elle avait raison, ça facilitait la vie.

– Geraldine, mon avocate, est venue me voir, aujourd'hui. Je suis sûre qu'elle te plairait. Elle est cool, elle est gentille. Pour un avocat, c'est une chose rare, tu peux me croire. En général, c'est plutôt des gens qui nous regardent de haut, dit Matty de sa voix traînante.

Susan opina.

– Faut dire que, question avocats, t'en connais un rayon. Y compris pour les zigouiller.

Elle rit de sa propre plaisanterie, puis s'en excusa.

– Je rigolais, Matty, tu sais bien que je parlais pas sérieusement.

Les yeux pleins de larmes, Matty lui répondit :

– Contrairement à toi, Susan, moi, je regrette ce que j'ai fait. Je n'avais pas le choix.

En soupirant, Susan passa son gros bras sur les frêles épaules de sa compagne.

– Je sais, ma chérie. Toutes les deux, on est dans le même bateau. S'il y en a une qui comprend ce que tu as fait, c'est bien moi.

Elle s'en voulait de se foutre tout le temps de la gueule de Matty, même si, quand même, celle-ci le cherchait plus souvent qu'à son tour. Elle pigeait bien l'ambiance de la taule, mais pour le reste, c'était une pure bourge, jusqu'au bout des ongles. Il y avait beaucoup de détenues qui s'exprimaient correctement, mais, en général, elles étaient là pour fraude ou pour vol. Il était rare qu'elles soient incarcérées pour une longue peine, encore moins à perpète.

Même si, de tout manière, Matty allait être libérée sous peu : elle était classée comme légitime défense, non comme meurtrière. Elle avait tué, d'accord, mais pour se défendre.

C'était exactement ce que son avocat voulait que Susan accepte de plaider.

Mais Susan étant Susan, elle n'avait strictement aucune envie de voir qui que ce soit venir fourrer son nez dans ses affaires. Elle devait protéger ses gosses. Surtout Wendy. C'était déjà assez atroce de s'être fait violer par son propre père, inutile de mettre ça sur la place publique. En tout cas, Susan ne le laisserait pas faire. Toute sa vie, la petite aurait à supporter ce traumatisme. Mieux valait rester en cabane que de jeter son histoire en pâture au public.

Dans la vie, il y a des choses qu'il vaut mieux taire.

– Matty, tu veux bien m'arranger un peu, que je sois présentable pour mes gosses ?

– Bien sûr ! Je sais bien que tu te moques de moi, mais avoue, tu ne te sens pas mieux quand tu te sens en beauté ?

Avec un grand sourire, Susan se passa une main dans sa crinière en bataille.

– Oui, mais à condition que tu me fasses aussi belle que d'habitude. La dernière fois, mon petit Barry m'a dit que j'étais très jolie. « T'es une vraie Queen », qu'il m'a dit. D'après son assistante sociale, il voulait sans doute parler d'une drag queen, si tu vois ce que je veux dire.

Matty se mit à rire.

– T'es vraiment incorrigible.

– Si tu le dis. Ça sonne pas mal dans ta bouche.

– Va prendre une douche, je m'occuperai de toi après. Je me demande bien pourquoi je le fais, d'ailleurs : tu fiches tout mon travail en l'air dès que la visite est finie.

Susan battit des cils.

– C'est à cause de cette gouine de matonne, elle arrête pas de me faire du gringue.

Elle quitta la cellule et salua la cantonade d'un ton joyeux. Rien n'aurait pu la faire descendre de son petit nuage. Ses gosses venaient la voir : aujourd'hui, il n'y avait pas de femme plus heureuse dans tout le Royaume d'Angleterre.

Le petit Barry se jeta dans ses bras. Il avait apporté un dessin de sa mère en salopette, l'uniforme carcéral, le visage illuminé d'un superbe sourire. Autour, il avait dessiné toutes ses sœurs et, dans les nuages, un gros soleil jaune tout rond.

Son père flottait quelque part dans le ciel, comme d'habitude. Pour une fois, Susan ne se sentit pas blessée. Son fils avait neuf ans, il s'efforçait de résoudre ses problèmes du mieux qu'il pouvait.

Elle avait passé un an en détention provisoire et un autre, loin d'eux tous. C'était long pour une maman et encore plus long pour les gosses. Mais les enfants ont des ressources et Barry s'était mieux adapté à la situation que les autres.

Rosie s'était assise sur les genoux de l'assistante sociale et jetait des regards noirs à sa mère. L'omniprésence de cette surveillante leur interdisait pratiquement d'adopter un comportement naturel. Wendy attrapa la petite et, pour la mettre à l'aise, se mit à lui parler en s'asseyant près de sa mère.

Susan regarda le profil de son aînée. Elle ressemblait tellement à son père... à Susan, aussi. Comment donc avaient-ils pu réussir de si beaux enfants ? A l'extérieur, Barry était beau, mais, à l'intérieur, il n'était que pourriture. Plût au ciel qu'aucun des enfants n'en ait hérité !

– Maman, mamie Kate t'embrasse, mais elle a dit qu'elle pouvait pas faire le voyage.

Susan acquiesça et se mit à rire en voyant Alana courir après Barry. La glace était presque brisée.

– Elle va mieux ?

Wendy secoua la tête. Ses lourds cheveux auburn lui balayèrent la figure.

– Elle a pas le cœur solide. C'est à peine si elle arrive à bouger, Dieu la bénisse.

Après la mort de Barry, Kate avait fait une grave crise cardiaque. Susan s'en sentait responsable, même si sa belle-mère avait tenté d'obtenir la garde des gosses et ne lui gardait pas rancune de son geste.

Elle seule avait pris le parti de Susan, quel qu'en soit le bénéfice que sa belle-fille en avait tiré.

Susan était inquiète pour Kate. Elle s'en faisait aussi pour Ivy.

Malgré tous ses défauts, Ivy avait bien tenté de soutenir sa petite fille, mais June et Joey avaient fait barrage. Comme si

Ivy, en prenant son parti, les désignait aux yeux du monde, comme si elle révélait leur sale besogne.

Bien sûr, les gens avaient été écœurés par leur couple, mais ils s'étaient tus. De ce fait, Ivy ne parlait jamais de Susan. Un véritable exploit, à vrai dire. Elle était totalement dépendante de Doreen, qui lui servait d'intermédiaire, dans un sens comme dans l'autre.

Doreen avait menti à la police en prétendant que Wendy n'était pas chez ses parents ce soir-là. Susan et elle étaient convenues de rendre cette version publique, afin de protéger la petite. Susan lui en vouait une reconnaissance éternelle. Autant qu'à Kate. Les deux femmes avaient accepté de mentir pour protéger sa fille.

Même les petits avaient juré qu'elle n'était pas là. Ils avaient d'ailleurs fini par le croire.

Doreen lui écrivait toutes les semaines et faisait tout pour lui remonter le moral, mais elle ne venait jamais au parloir. Elle allait voir Kate pour s'assurer que la vieille femme était bien entourée. Kate avait été trop malade pour assister au procès, mais Susan et elle échangeaient des lettres. Pour Susan, ces missives étaient un réel réconfort. Elle s'était souvent demandé jusqu'à quel point sa belle-mère avait compris les événements de cette tragique soirée. Elles n'en avaient jamais parlé et Susan avait le sentiment qu'elles ne le feraient jamais.

Susan caressa les bonnes petites jambes de Rosie. La fillette la regarda droit dans les yeux et lui fit un sourire. Susan se sentit fondre. Wendy lança :

– Roselle t'embrasse. Elle t'a écrit une lettre. Il a l'air gentil, Colin, tu devrais l'écouter, maman, tu pourrais sortir.

Susan balaya sa suggestion d'un geste de la main.

– On en a déjà parlé, ma chérie. C'est pas la peine d'insister, je ne ferai rien de plus. C'est terminé, d'accord ? Laisse tomber. Je vais très bien et il vaut mieux qu'on oublie tout ce qui s'est passé ce soir-là. Tu m'écoutes ?

Wendy opina d'un air triste.

– Je me sens responsable, maman. Les petits, ils ont besoin de toi…

Susan l'interrompit.

– Les petits vont très bien et on va pas me garder ici toute la vie. Arrête de t'inquiéter comme ça. Si quelqu'un doit s'en faire, c'est bien moi. Mais, figure-toi, moi, je vais très bien. Tu crois pas ?

Wendy ne répondit pas. Elle posa Rosie par terre, se leva et jeta un coup d'œil circulaire dans la pièce. Susan l'observait. Elle se faisait beaucoup de souci pour sa fille aînée. Wendy était trop maigre, malgré sa belle poitrine. Et, par moments, elle avait l'air complètement ailleurs, comme hantée.

Quand ça arrivait, son visage se vidait de toute expression, les souvenirs remontaient et, visiblement, le remords la torturait. Susan avait beau lui dire et lui répéter que ce n'était pas grave, que tout était fini, Wendy refusait de la croire.

Elle persisterait tant que sa mère ne serait pas rentrée chez elle, tant qu'elle n'aurait pas retrouvé sa famille.

Rosie leva les bras vers Susan en lui souriant de ses jolies dents perlées. On aurait dit le chat du Cheshire d'*Alice au pays des merveilles*. Susan la prit dans ses bras et la serra contre son cœur en se disant que tout irait bien. Quand Alana et Barry se mirent à décrire l'endroit où ils habitaient dans l'Essex, Susan sentit se relâcher légèrement l'étau qui lui comprimait la poitrine.

C'étaient de bons gosses. Ils s'en sortiraient.

Il fallait qu'elle le croie.

Pourtant, même après leur avoir dit adieu, le visage de sa fille aînée continua de la poursuivre. Rosie avait pleuré au moment du départ, preuve qu'elle s'était bien amusée, mais Susan ne pouvait s'empêcher de penser qu'elle avait sacrifié tous ses enfants pour un seul d'entre eux.

– Ici, le pire, c'est les soirées, tu trouves pas, Sue ?

Le soir tombait. Allongée sur son châlit, Susan répondit par un soupir.

– Oui, Matty, mais je me raisonne en me disant que je finirai bien par en voir le bout. T'as qu'à te dire la même chose. Sinon, y a de quoi devenir dingue. Regarde Agnes, par exemple, qu'a douze ans à tirer. C'est pas de la rigolade.

Elle va finir à Durham, comme moi, et je peux te dire qu'elle va en baver, parce que cette taule, c'est pas de la tarte.

Contrairement à son habitude, sa compagne garda le silence.

– Allez, Matty, vas-y, crache le morceau, ma fille. C'est quoi qui t'a cassé ta baraque ?

– Je ne supporte plus toutes ces soirées ici. C'est interminable. Quel gâchis ! Quand tu regardes autour de toi et que tu vois les tueuses d'enfant comme Caroline, ou les marâtres, et que tu te vois, toi, y a de quoi s'énerver, non ? C'est vrai qu'on a fait quelque chose de mal, mais on n'a pas eu le choix, si ? Mon mari, il aimait ça, me faire souffrir. Il se marrait quand il me tapait dessus ou quand il m'humiliait. Il m'a poussée à bout, à l'extrême limite et, même si je m'en suis pas trop mal tirée, j'ai l'impression d'avoir écopé d'une peine beaucoup trop longue.

Susan se releva et attrapa sa boîte de tabac.

– T'as écopé de quatre ans, ma grande. C'est pas tellement pour un meurtre ou un homicide.

Matty descendit de sa couchette et s'assit par terre à côté de Susan.

– N'empêche que c'est trop pour cet homme-là. Il ne valait pas quatre ans de ma vie, tu comprends ? Il méritait ce qui lui est arrivé.

Sa voix avait changé, s'était durcie.

– Dieu que j'ai pu le haïr !

Susan se roula une cigarette aussi fine qu'une allumette et l'alluma en une fraction de seconde.

– C'est ça qu'est marrant, tu vois. Moi, j'ai jamais haï Barry. Enfin, pas tout le temps. Ça m'arrivait juste par moments, je sais pas si tu peux comprendre ça.

Matty ouvrit une boîte planquée sous la couchette du bas.

– Un petit verre, ça te dirait, Sue ?

Elle avait dans la main une bouteille de vodka intacte.

– J'ai aussi de la limonade. Ça me sidère que les gens soient choqués qu'on arrive à se procurer de l'alcool, en taule. Après tout, y a qu'un seul moyen d'en obtenir : par l'intermédiaire des gardiennes. On a de la chance qu'elles soient complaisantes. Enfin, au moins certaines.

Susan était toute excitée.

– Ah oui, ma grande, j'en veux bien. Merci.

Elles se servirent une bonne mug de vodka avec une goutte de limonade. Susan en prit une gorgée et claqua des lèvres d'un air connaisseur.

– Exactement ce que le toubib m'a conseillé.

Matty se mit à rire.

– Tu sais que t'es vraiment barge, toi ?

– Oui, on me l'a déjà dit. Surtout mon cher défunt de mari.

Elle leva sa mug en riant :

– A nos défunts époux ! Remercions-les de nous avoir enfin accordé la tranquillité !

Matty ne put s'empêcher de rire.

– Tu sais ce qui me plairait maintenant, Matty ? J'aimerais bien qu'on soit toutes les deux dans ma petite maison avec mes gosses et mes disques. On boirait un petit coup, plusieurs même, on se marrerait bien et, ensuite, tu rentrerais tranquillement chez toi. Le matin, mes gamins, ils seraient là à attendre que je leur prépare le p'tit déj'. Je les emmènerais à l'école, je ferais un brin de causette avec les voisines et je rentrerais chez moi faire la vaisselle. Je ne demande rien de plus, tu sais. Ça m'intéresse pas de gagner le gros lot ou d'épouser une vedette de cinéma. C'est comme je te dis, je veux rien de plus.

Sa voix se brisa, laissant percer sa détresse, sa solitude. Sa compagne compatit à sa peine.

– Ça viendra, Susan, tu verras.

– Oui, mais les gosses auront grandi, ils auront moins besoin de moi, tu comprends ? Ils seront plus ou moins autonomes. Même Rosie aura passé longtemps dans sa famille d'accueil. Elle aura appris à s'occuper d'elle-même. T'as qu'à écouter les filles qui sont détenues avec nous. La plupart connaissent le système depuis la case départ.

Matty remplit les mugs. Elles burent en silence, plongées dans leurs pensées.

– Et ton appel, comment ça se passe ? T'en parles à personne.

Susan se roula une autre cigarette et émit un drôle de grognement.

– Y a rien à en dire. Je l'aurai sûrement pas, mais, au moins, j'aurai été plus près de mes gosses pendant un certain temps.

– Mais quand même, s'il te battait, pour ne pas en dire plus, t'as un bon argument, non ? Voyons, Sue, on est en 1985. Le moyen âge, c'est fini. Aujourd'hui, il y a des lois qui protègent les femmes.

– Ah ouais ? fit Susan d'un ton sarcastique. Eh ben on peut dire qu'on a bien été soutenues, toutes les deux ! Tu parles d'une protection ! Je voyais les flics tellement souvent qu'ils m'invitaient à leur pot de Noël ! En vrai, ils n'ont jamais *rien* fait. Bien sûr, ils l'emmenaient pour la nuit, histoire de me faire plaisir. Et puis ils le relâchaient le matin, sobre et frais comme un gardon. Barry, il n'avait pas besoin d'avoir un coup dans le nez pour être salaud. Il n'avait besoin de rien, sauf de sa mentalité pourrie. Ce que je veux dire, c'est que si les choses ont vraiment changé, alors, nous, qu'est-ce qu'on fait ici ? La semaine dernière, ils ont acquitté un type qu'avait tué sa femme rien que parce qu'elle le faisait chier. D'après le juge, elle l'avait rendu dingue à force de se plaindre. Alors, quoi de nouveau sous le soleil, tu peux me le dire ? Le gars se faisait harceler, et pof, il est sorti après sa préventive. Nous, on en a crevé, on a vécu dans la merde, et il faut encore qu'on paie pour la vie qu'on a supprimée. Même si c'était une horreur, cette vie-là. Mon Barry, c'était un vrai salopard, mais ça, le juge en avait rien à cirer.

Matty ne dit rien pendant quelques instants.

– Mais toi, t'as rien fait pour te défendre. Reconnais-le. Ta déposition, c'était carrément la confession d'une tueuse en série. « Je recommencerais »... Figure-toi que ce n'est pas ça que le tribunal veut entendre. En Angleterre, les lois sont faites *par* les hommes et *pour* les hommes. Il faut jouer le jeu, accepter le système, faut être une bonne petite femme. Qui a besoin de se faire protéger. Alors que, toi, tu t'es présentée comme une vraie Ma Dalton, prête à la bagarre.

Elle avait l'air agacé. Susan lui lança d'un ton sérieux :

– J'aurais dû faire comme toi, c'est ça ?

Déjà à moitié ivre, Matty se mit à rire.

– Exactement. T'as mis dans le mille. C'est pour ça que je n'ai pas attendu pour faire appel. Mon avocate, Geraldine, avait tous les groupes de femmes derrière elle. Bientôt, quand je vais sortir, je serai fêtée comme une héroïne féministe.

Elle pointa l'index vers Susan.

– Je suis en train d'écrire un bouquin là-dessus, ça va me rapporter un bon paquet. Tu comprends, je suis une bourgeoise, moi, je suis jolie, je suis cultivée. Les tribunaux détestent incarcérer les gens cultivés. C'est une question de classe. Mais quand même, pour le milieu où je vis, j'ai commis un péché mortel. Non seulement j'ai tué un homme, mais j'ai tué un avocat. Quoi qu'il ait pu faire, il faisait partie du système. Mais je m'en fiche, je me battrai et, tu verras, je gagnerai.

Impressionnée par son sens des affaires, Susan avait cependant quelques doutes sur son attitude.

– T'es bourrée.

Matty se remit à rire tellement fort que sa voix retentit dans toute le quartier. Une gardienne vint tambouriner à la porte.

– Ho ! Du calme là-dedans !

Susan fut prise de fou rire, elles ne pouvaient plus s'arrêter, de vraies collégiennes. Matty les resservit très largement.

– D'accord, je l'ai tué. Mais le plus marrant, tu vois, c'est qu'il ne s'y attendait pas du tout.

Elle se remit à rire.

– T'aurais vu sa tête ! On peut dire qu'il a eu un choc. Je te jure, il s'y attendait pas du tout, du tout.

– Ça m'étonne pas, franchement, qui c'est qui s'attend à se faire poignarder en plein cœur, tu peux me le dire ? Ça ne se fait pas dans ce genre de milieu !

Et elles repartirent de plus belle. Cette fois, les coups donnés sur la porte étaient pressants. La surveillante de nuit gueula :

– Du calme, là-dedans, je vous l'ai déjà dit !

– Je te parie que pour les gouines elle gueule pareil hein, ma grande ?

Matty enfonça le coin de sa couverture dans la bouche de Susan pour étouffer son rire.

– Allez, vas-y, sers-nous à boire, qu'on se pète la gueule une bonne fois pour toutes !

Susan avait déjà du mal à articuler correctement, mais l'idée de se rendre complètement schlasse lui plaisait bien. Elle était décidée à aller jusqu'au bout.

– Et pas d'attendrissement style Rhianna, s'te plaît !

Susan secoua le tête.

– T'inquiète.

Matty s'approcha pour lui expliquer ce qu'elle ressentait.

– J'ai essayé, tu sais. Entre femmes, je veux dire. Quand j'étais en provisoire. Mais c'est pas mon truc. Moi, j'aime les mecs. Enfin, je veux dire que si je fais quelque chose, c'est avec un mec.

Susan s'illumina.

– Pas de 'blème pour moi, ma grande. Pendant toutes les années qu'on a vécu ensemble, Barry m'a jamais fait ça pour me faire plaisir. Même quand je l'aimais pour de vrai, y avait rien à faire. Par contre, le gars dans *Mad Max*, tu sais bien, l'Australien, comment il s'appelle, déjà ?

– Mel Gibson.

– Ouais, c'est ça, Mel Gibson. Avec lui, je dirais pas non. Et sans me priver. Avec lui, je prends tout. Le grand jeu… S'il le veut, il l'aura.

Puis, se regardant de la tête aux pieds, elle ajouta :

– Remarque, y a plus grand-chose de bien tentant…

– T'as jamais aimé faire l'amour ? Même toute seule ?

Choquée, Susan réagit vivement.

– Hé ! Calme ta joie, ma grande ! Je veux bien parler cru, mais là, t'abuses, quand même.

Matty se régalait. Elle adorait choquer et savait parfaitement que, pour Susan Dalston, la masturbation était un sujet tabou.

– Sans blague, tu t'es jamais branlée? Tu t'es jamais caressé la chatte?

Elle fronça les sourcils.

– Comment elles disent, les filles ici, déjà?

Susan se redressa sur sa couchette.

– J'en sais rien. Par contre, ce que je sais, c'est que t'es bourrée. T'es bourrée et t'es dégueulasse.

Matty se remit à rire.

– T'es à mourir quand même! T'es comme toutes les filles d'ici. Tu jures comme un charretier, tu parles comme une harengère mais un truc aussi normal que la masturbation, ça te fait peur, ça t'effarouche. Mais c'est une des choses les plus naturelles qui existe. C'est le meilleur des sédatifs. Alors, vous qui n'arrêtez pas de parler de vos règles, de la baise, ça, ça vous embarrasse?

Elle avait la voix tendue. Susan se tint tranquille. Elle connaissait parfaitement les effets d'une cuite, pas la peine de lui faire un dessin.

– D'accord, Matty, t'énerve pas. Moi, j'en parle pas de tout ça, ni des règles, d'ailleurs. Je l'ai jamais fait. J'ai été élevée comme ça, c'est tout.

Elle essayait de dérider Matty, en vain.

– Les gens comme toi, on ne vous a pas élevés, on ne vous a pas éduqués, on vous a dressés. On nvous a dressés pour que vous deveniez comme vos parents, comme vos grands-parents. C'est comme ça que ça se passe. C'est ce qu'on appelle la socialisation.

Susan avala une gorgée de vodka et soupira.

– M'en fous, comment on appelle ça. C'est bien de la merde, en tout cas.

Matty acquiesça.

– Tout est de la merde, tu comprends pas, Susan? C'est ça qu'est atrocement désopilant.

Susan rit sans voir ce qu'il y avait de drôle. La blague lui échappait, à vrai dire, mais elle n'en laissa rien paraître.

Après tout, tout le monde avait bien le droit d'épancher sa bile de temps à autre. Manifestement, Matty en avait une bonne dose.

Susan s'amusait d'entendre les lamentations des filles incarcérées pour vol à l'étalage, chèques sans provision, vol de chéquier ou de carte bancaire. Elles avaient écopé de six mois de prison mais, à les croire, elles étaient dans le couloir de la mort ! Elles oubliaient que Susan, comme d'autres détenues, avaient de *vraies* condamnations et de *vraies* peines. Et dans de vraies prisons.

La plupart d'entre elles partiraient dans des centres ouverts, travailleraient dans une ferme ou dans un parc, elles pourraient picoler et fumer autant qu'elles voudraient. Tandis qu'elle, Susan, risquait de se retrouver dans un quartier de haute sécurité auquel il faudrait encore une fois s'accoutumer.

Matty était hilare, elle n'en pouvait plus de rire.

– Allez, ma grande, rigole un bon coup, ça te fera du bien. Avec tous tes petits sermons... Tu connais rien à rien, hein, Susan ? *T'es vraiment innocente.*

Et elle repartit, mais sans une once de gaîté cette fois, c'était un rire forcé, contraint, qui sonnait faux et triste.

Susan remplit les mugs encore une fois et les deux femmes burent en silence.

Matty devait être ailleurs, comme elle, elle devait ruminer les vieux souvenirs déjà tellement revisités. Comme un sol que l'on retourne et qu'on ratisse, inlassablement. Pour Susan, c'était toujours la même chose. Pour Matty aussi, sans nul doute.

Avec des si et des mais... Si seulement ça s'était passé autrement, si seulement ça s'était passé avant, etc., etc., jusqu'à l'écœurement.

C'était toujours la même rengaine, Susan était payée pour le savoir. En tout cas, si le meurtre lui avait appris quelque chose, c'était bien que tout ça ne servait à rien. A rien du tout. Car Barry serait toujours mort, les enfants seraient toujours ailleurs. Rien, absolument rien ne changerait, même si on avait *envie* qu'il en soit autrement.

– Quand je l'ai tué, Susan, je savais très bien ce que j'allais faire. Je le savais depuis une éternité, en fait, que je le ferais un jour.

Matty regardait fixement Susan dans la semi-obscurité, elle avait l'air grotesque.

– Mais lui, il n'en savait rien. Victor ne savait rien. D'ailleurs, comment aurait-il pu ? J'allais pas le lui *dire* quand même, si ? Gâcher la surprise !

Et elle était hilare, de nouveau. Mais tranquillement, cette fois, comme un enfant pris à voler une boîte d'allumettes.

– Mais je l'ai fait. Je me suis dit que j'allais le faire et je l'ai fait. C'est ce qu'on appelle avoir une pensée positive. J'ai lu ça dans *Cosmopolitan*. La posée pensitive !

Impossible de ne pas rire en l'entendant trébucher sur les mots.

– Voilà que je suis bourrée, comme tu dis.

Susan lui prit sa mug, l'aida à regagner sa couchette et lui remonta sa couverture sous le menton.

– Vas-y, pique un bon petit roupillon, ma grande. Je m'occupe de tout ranger, allez, dors, va.

Elle mit de l'ordre dans la cellule pour ne pas éveiller les soupçons des matonnes. Dans la boîte qui était sous sa couchette, elle trouva une demi-bouteille de scotch et un morceau de shit. Elle y rangea la bouteille de vodka et la planqua sous le châlit.

Puis elle vida la mug de Matty dans la sienne et elle la but cul sec. C'était bon, ça faisait chaud au ventre.

– Alors là, c'est bien descendu là où il fallait.

Matty tourna la tête et la regarda.

– Je t'aime bien, Sue. T'es une chouette fille.

Susan lui attrapa la main et la serra.

– T'es pas si mal, toi non plus. Allez, laisse-toi glisser dans les bras de Morphée. Demain, c'est la gueule de bois garantie.

Matty rit encore une fois, comme une gamine.

– Ils sont beaux, tes gosses, Susan. Très beaux. Même les matonnes elles s'extasient devant leurs photos. Je les ai vues qui les regardaient.

Elle s'efforça de hocher la tête pour appuyer ses dires. Susan sourit intérieurement.

– Moi, j'ai avorté deux fois. Deux bébés de Victor. Je te jure, Susan. C'est pas horrible, ça ?

Susan resta debout près de la couchette et lui prit une main qu'elle pressa contre sa poitrine, comme si c'était un de ses enfants qu'elle voulait consoler.

– Mon jules aussi, il m'en a fait passer plus d'un, ma grande. Je sais ce que tu ressens. Tu peux me croire.

Matty essayait de se concentrer dans l'obscurité.

– Oh ! mais c'était pas Victor, Susan. Il en voulait, lui. C'était moi qui n'en voulais pas. Pas avec lui, en tout cas. Je suis pas du genre très maternel, tu sais. A chaque avortement il pleurait, je ne le lui disais qu'une fois l'opération passée. Comme c'était trop tard, il ne pouvait plus rien faire, tu comprends ? Victor, c'était pas du genre actif. C'est pour ça qu'il m'énervait. C'était un type intelligent, cultivé, mais question femmes, c'était un vrai balourd.

Susan ne savait que dire. Elle se contenta de lui tenir la main en essayant de la consoler.

– Remâche pas ça, ma grande. On a toutes fait des choses qu'on regrette.

D'un ton sérieux, Matty répliqua :

– Oh ! mais je ne regrette rien, Sue. Absolument rien. Qu'est-ce qu'il y a à regretter de toute manière ? J'ai débarrassé la planète d'un connard bon à rien du nom de Victor Enderby.

– Un violent bon à rien du nom Victor Enderby, tu veux dire.

Matty secoua la tête dans le noir.

– Il n'était pas violent du tout, Sue. Vas-y, lâche-moi un peu. C'était le type le plus gentil, le plus doux que tu puisses imaginer. C'était ça, Victor. Et c'est ce qui l'a perdu. J'ai cru que j'arriverais à le gérer, mais je me suis gourée. A la fin, il me rendait dingue. Il m'ennuyait à crever. J'ai fini par le haïr. Il fallait que je m'en débarrasse. Tu me comprends, oui ou non ?

Susan ne lui répondit pas. Elle remonta la couverture et borda sa compagne de cellule.

– Dors, sinon, demain matin, t'auras la tête comme une citrouille.

Mais Matty était ailleurs, elle était partie. Cette fois, Susan ne l'enviait pas. Etre à sa place, non merci. Qu'est-ce qu'elle lui dirait demain matin ?

Il ne lui restait qu'un seul espoir : que Matty ait oublié leur conversation et n'y fasse plus jamais allusion. Susan, elle, allait mettre de côté tout ce qu'elle avait entendu. Car il y a des choses qu'il vaut mieux garder enfermées dans sa tête. Susan en était persuadée depuis bien longtemps et Matty venait de lui en faire la démonstration, a contrario. Parler, c'est dangereux quand on a quelque chose à cacher.

Et, pas de doute, Matty avait quelque chose à cacher.

Wendy se réveilla avec les oiseaux, comme toujours. Elle était couchée dans son lit au foyer pour enfants de Charlton House, Grand Wakering, Essex. Elle regarda autour d'elle. La chambre était quasiment stérile : murs blancs, mobilier en formica blanc.

Elle s'assit dans son lit, ouvrit la fenêtre à côté du lit et s'alluma une Benson & Hedges. Elle prit une profonde bouffée et se remplit les poumons. Si jamais sa mère apprenait qu'elle fumait, elle se prendrait une sacrée engueulade. Mais voilà, elle n'était pas là, sa mère.

Wendy se gratta la jambe d'un air absent et poussa un soupir.

Si monsieur Potter avait été de garde cette nuit-là, il allait passer la tête par la porte d'un moment à l'autre et tenterait de la palper. Ce matin, au moins, elle était prête. Elle avait caché un petit couteau sous son oreiller.

Elle lui ferait pas de mal, c'était juste pour lui faire peur.

Elle entendit la poignée tourner dans la porte, jeta sa cigarette par la fenêtre et fixa la porte, le cœur battant à tout rompre. Pourvu qu'elle ne s'ouvre pas.

Mais monsieur Alfred Potter était déjà là.

Pour Wendy, c'était un vieux : la quarantaine, des cheveux filasse et des dents pourries. Ce qui n'avait pas l'air de l'embêter outre mesure car il souriait tout le temps.

Surtout aux filles. Aux grandes.

– Fraîche et dispose dès le matin ?

Wendy ne lui répondit pas. Il s'avança à pas lents vers son lit.

– On a fumé, pas vrai ? fit-il, toujours le sourire aux lèvres.

Il allongea une main pour lui toucher les cheveux, comme d'habitude. Wendy ne bougea pas, mais quand sa main glissa vers sa poitrine, le canif jaillit de sous l'oreiller. Elle bondit hors du lit et pointa le couteau devant elle.

– Allez-y, monsieur Potter, surtout ne vous gênez pas !

Elle avait parlé d'une voix sifflante et se réjouit de le voir blêmir.

– Essayez de me toucher encore une seule fois et je vous tranche la gorge. Je ressemble beaucoup plus à ma mère qu'on ne le croit, vous savez. Je suis aussi mauvaise qu'elle, si vous voyez ce que je veux dire. Je suis pas du genre à me laisser faire, compris ?

Monsieur Potter avait la trouille. En vrai. La peur se lisait sur son visage. Sans dire un mot il s'éclipsa, et Wendy se détendit.

Elle se força à se détendre.

Elle avait gagné ! Elle n'arrivait pas à croire qu'elle ait réussi son coup si facilement. Il était parti et l'avait laissée là sans dire un mot.

Elle se congratulait toute seule. Elle avait fait la police elle-même et elle avait gagné. Il le fallait, elle l'avait fait. Plus jamais elle ne se réveillerait à pas d'heure en craignant qu'il entre avec ses mains baladeuses et son haleine pourrie.

Elle avait maîtrisé la situation, elle l'avait affrontée. Elle avait gagné la bataille et, donc, elle avait gagné la guerre.

Elle s'alluma une autre cigarette pour fêter son succès.

Soudain, la porte s'ouvrit et madame Reading apparut avec monsieur Potter et deux autres surveillants.

– Elle avait un couteau, elle s'en est servie pour me menacer.

Il savait très bien ce qu'il faisait, ce monsieur Potter, digne travailleur social et probe animateur de groupes de jeunes. Le canif était bien là où il l'avait dit et personne n'écouta les explications hurlées par la petite, terrifiée. Tout se passa exactement comme il l'avait prévu. Il adressa un sourire triste à Wendy pendant que les responsables appelaient la police. Plus la gamine avait l'air choqué, horrifié, plus son sourire s'élargissait.

Wendy n'avait rien gagné. Jamais elle ne pourrait oublier les paroles que prononça madame Reading :

– Telle mère, telle fille, monsieur Potter. C'est toujours la même histoire. Telle mère, telle fille.

23

Roselle n'arrivait pas à croire ce qu'on lui racontait sur Wendy. C'était contraire à tout ce qu'elle savait de la petite. Sans coup férir, elle décida d'y aller voir de plus près, il devait y avoir une raison pour que cette gamine en soit venue à menacer un de ses éducateurs avec un couteau.

Elle réprima un sourire. Si seulement ils voyaient les armes qu'*elle* avait trouvées sur les jeunes recrues de son club... Une fois, elle avait même confisqué un pistolet à une gamine de Birmingham, une certaine Angelina. Une gueule d'ange, mais une langue de poissarde. Et bien déterminée à se servir de son arme.

La dite Angelina s'était révélée être une dure-à-cuire plus calée sur la vie que n'importe quel psychologue ou biologiste. On pouvait quasiment en dire autant de Wendy, d'ailleurs. Comment la pauvre Sue allait-elle réagir en apprenant la nouvelle ? Enfermée comme elle l'était, elle était totalement démunie, elle ne pouvait rien faire de bien efficace.

En pensant à son amie, Roselle sentit revenir une nausée qui lui était devenue familière. Susan était enfermée pour rien, en fait, c'est Barry qu'on aurait dû enlever à ses enfants. Parce que lui, à vrai dire, il s'en serait complètement balancé.

Ivan se glissa dans l'appartement. Roselle sourit en le voyant entrer dans le salon.

– Tu es bien matinale, ma Roselle. Je passais juste laisser quelques affaires pour Joe. Il rentre un peu plus tard, non ?

Elle lui sourit.

– Oui, c'est ça. Tu peux passer quand tu veux, tu le sais bien.

A une époque, quand Ivan trouvait porte close, c'était que Roselle n'était pas seule. Mais cela faisait des mois et des mois que ce n'était pas arrivé, et ça le préoccupait.

– Tu es jeune, Roselle, prends donc un peu de bon temps, tu le mérites. Ne laisse pas les enfants de Barry te bouffer la vie. C'était une ordure, ce type. J'aurais préféré ne jamais l'avoir rencontré, je savais qu'il causerait des problèmes, mais quand même pas d'aussi graves.

– Je vais te faire un café, j'en ai besoin, moi aussi.

Elle se dirigea vers la cuisine en balançant son petit cul. Ah, si seulement il pouvait encore bander… Mais c'était du passé, tout ça, il fallait bien s'y résigner. A part les biceps, il ne pouvait plus bander grand-chose… quelle tristesse! Maintenant, il faisait du fric, en attendant la mort. Il lui restait la bouffe, la picole et les potes.

Roselle lui avait rendu un peu de jeunesse et lui avait donné un fils, un beau petit gars, et brillant avec ça. Mais elle l'inquiétait : elle s'était attachée à cette gamine comme si elle faisait partie de sa famille. Ce qui, évidemment, était faux.

Quand elle revint avec le café, il lui fit un sourire. Avec tristesse, Roselle remarqua ses yeux de vieillard légèrement vitreux. Il avait pris un sacré coup de vieux ces temps-ci. Comment ferait-elle sans lui ?

En se penchant pour lui donner sa tasse, elle découvrit un peu de chair satinée et un joli mamelon brun foncé. Il haussa les épaules.

– Ah, Roselle, tout ce qui me reste, aujourd'hui, c'est le plaisir des yeux. C'est pas facile à accepter pour un homme.

Elle lui caressa le visage avec tendresse.

– Oui, peut-être, quand on n'a jamais profité de la vie. Mais toi, tu as tes souvenirs et tu nous as, Joseph et moi. Qu'est-ce que tu veux de plus ?

– Dit comme ça, ça deviendrait presque alléchant. Alors, et la petite, où en est-elle ?

La perspicacité faisait partie du charme d'Ivan, il sentait bien les choses. Il avait compris qu'elle s'inquiétait et avait deviné pourquoi.

– Il paraît que Wendy a menacé un des éducateurs du foyer avec un couteau. Ils l'ont trouvé là où le type avait dit et ils ont appelé la police. Je suis sûre qu'elle avait une raison de faire ça. Une *bonne* raison. Je la connais, cette petite, c'est pas du tout son genre. Si elle avait un couteau, c'était pour se protéger de quelqu'un ou de quelque chose.

Il opina.

– Peut-être qu'elle se faisait embêter. C'est relativement courant dans ce genre de milieu. Tu crois que tu pourrais aller la voir ?

Rosie fit « oui » de la tête.

– Ils ont appelé la police mais, le type en question, un certain Alfred Potter, n'a pas voulu porter plainte. C'est plutôt gentil de sa part. Les éducateurs ont tous le cœur sensible, non ? C'est vrai, on lit des tas d'articles sur ce genre de gosses, mais quand t'en connais une de près t'as plus la même perspective.

Ivan eut un grand sourire.

– C'est dans les foyers de cet acabit que nous recrutons nos meilleures hôtesses, ne l'oublie pas. Elles y reçoivent une bonne éducation, mais pas tout à fait celle qu'on croit !

Roselle ne rit pas : Ivan disait vrai. Beaucoup des filles avec qui elle avait travaillé venaient de l'Assistance. Terme étrange si on réfléchissait au type d'assistance qu'on leur y procurait.

– Je me demande comment on pourrait se renseigner sur le monsieur Potter en question.

En secouant sa tête chenue, Ivan lui adressa un nouveau sourire.

– Je m'en occupe. Détends-toi et va te préparer. J'ai gardé quelques contacts ici et là, en particulier chez les flics. Je vais voir ce que je peux dénicher.

– Pour moi, c'est bizarre qu'elle l'ait menacé. Pourquoi veux-tu que Wendy ait fait une chose pareille ?

Ivan ne répondit pas : ils étaient tous les deux sur la même longueur d'ondes.

Wendy était fatiguée. Fatiguée et traumatisée.

On l'avait mise en quarantaine pour qu'elle réfléchisse à ce qu'elle avait fait. Pour qu'elle se souvienne que monsieur Potter avait été *bon* pour elle et qu'elle s'interroge sur le sens de son acte.

Un instant, elle avait envisagé de leur raconter la vérité, puis elle s'était ravisée. D'après les autres, accuser quelqu'un de sévices sexuels, c'était perdre son temps.

Si on les mettait en foyer, c'était justement parce qu'elles avaient déjà eu des expériences sexuelles, en pensées ou en actes. Pour la plupart d'entre elles, d'ailleurs, c'était la triste réalité : des gens comme monsieur Potter s'étaient chargés de les initier.

C'était un prédateur, cet homme-là. Il se mettait dans leurs bonnes grâces, gagnait leur confiance ou leur amitié, et l'horreur commençait : un bras passé autour d'une épaule, un sein qu'on effleure. Des jeux « innocents », de prétendues bagarres où on s'attrape par ici ou par là, l'air de ne pas y toucher.

Oh ! tout ça elle le savait, elle connaissait le refrain. Les filles en parlaient, elles en rigolaient même. Mais ce n'était pas drôle car, lorsque les choses allaient trop loin, personne ne voulait les entendre, personne ne voulait les protéger.

Eh bien, Wendy, au moins, s'était protégée toute seule. Elle était bien contente de l'avoir fait. Ce n'était pas la première fois, ce ne serait sans doute pas la dernière.

La porte s'ouvrit, son cœur se mit à battre la chamade. C'était mademoiselle Beacham, qui apportait du thé et des sandwiches. La jeune femme lui sourit., Wendy s'illumina. Jamais elle n'avait été aussi ravie de voir arriver quelqu'un.

– Je me suis dit que j'allais t'apporter un petit casse-croûte et voir comment ça allait.

Mademoiselle Beacham était laide et frêle, mais elle avait une si belle voix que Wendy pouvait l'écouter pendant des heures.

– Merci.

Elle attrapa le plateau et le posa sur le rebord de la fenêtre – il n'y avait pas de meubles dans la pièce, à part une petite banquette.

– Tu as besoin de quelque chose ?

Wendy opina.

– Une cigarette, ce serait pas de refus.

Mademoiselle Beacham fit la grimace. Son visage était bien plus expressif que n'importe quel mot qu'on trouve dans un dictionnaire.

– Je vais voir ce que je peux faire, mais je ne te promets rien.

Même si elle était farouchement antitabac, elle était capable de comprendre le réconfort qu'apportait un objet familier ou un rituel dans un endroit pareil. Chacun avait son truc pour soulager la tension ambiante. Pour la plupart des gosses dont elle s'occupait, c'était la cigarette, même à huit ou neuf ans. Ça l'agaçait, mais bon, elle comprenait.

Tenter de les comprendre, c'était ça son secret. Et de les aider. Les gosses y étaient sensibles : contrairement leurs parents, elle n'essayait pas de leur imposer ses idées. Elle leur disait ce qu'elle pensait, tout en les laissant libres d'en faire ce qu'ils voulaient.

– Comment il va, monsieur Potter ?

Mademoiselle Beacham changea soudain d'expression et haussa les épaules.

– Bien, semble-t-il. Un peu secoué, quand même.

Elle avait parlé sèchement, sans émotion. Elle n'aimait pas monsieur Potter et il le lui rendait bien. Parce qu'elle était moche. Comme la plupart des hommes, il ne s'intéressait qu'aux femmes séduisantes.

– Et moi, qu'est-ce qui va m'arriver ?

La voix de Wendy trahissait sa solitude et sa peur. Mademoiselle Beacham se retint pour ne pas la prendre dans ses bras et la réconforter.

– Tu vas passer quelques jours ici, ensuite ils diront que t'as compris la leçon et tu retourneras d'où tu viens. D'ailleurs, je ne sais pas pourquoi, mais monsieur Potter a été mis en service de jour. A propos, tu n'as plus de souci à te faire, bien au contraire.

Wendy lui sourit, sans aucune retenue cette fois. Mademoiselle Beacham avait tout compris. Pour la gamine, c'était capital. Enfin elle avait une alliée, une vraie.

– Bon, maintenant mange-moi ça et reprends des forces. T'en as bien besoin, ma poulette.

Wendy acquiesça, elle se sentait mieux, maintenant qu'elle savait ce qui l'attendait.

– C'est moi qui fais la garde, cette nuit, peut-être que je pourrai te passer une ou deux Benson. Je vais voir, d'accord ?

Wendy hocha la tête encore une fois et, quand la femme eut disparu, elle se félicita. Quel soulagement ! Et un vrai souci en mois. Potter ne ferait plus de gardes de nuit, elle pouvait se détendre, enfin.

Susan était fatiguée, mais aux anges. Elle venait de faire sa première séance de gym et, à sa grande surprise, ça lui avait plu. Dans sa poche, elle avait une lettre qui la rendait si heureuse qu'elle la touchait sans arrêt, juste pour s'assurer qu'elle n'avait pas disparu.

Une fois rentrée dans sa cellule, elle s'assit sur sa couchette et sortit les deux feuilles pour les relire.

Elle n'en revenait pas. Comment Peter White avait-il eu le cœur de lui écrire ? La lettre avait été postée deux mois auparavant. Sur l'enveloppe, il y avait son nom, rien d'autre. Pas de matricule. En guise d'adresse, il avait noté « prison d'Holloway ». La lettre était passée par Durham, avant de lui être enfin remise. Quel bonheur !

Ce n'était qu'un mot écrit en toute amitié, dans lequel il lui demandait de ses nouvelles, s'enquérait des enfants et lui racontait qu'il était sur un navire de commerce, en route pour l'Australie. Il aimait bien les cargos qui transportaient de la viande, précisait-il, surtout les nouveaux modèles. Il lui décrivait le bateau avec force détails et terminait en lui donnant son adresse en mer.

Il aimerait bien qu'elle lui réponde. Ils se trouvaient dans la même situation, tous les deux, seul le courrier leur permettait de garder le contact avec le monde extérieur. Il fallait qu'ils échangent leurs impressions, qu'ils s'écrivent le plus souvent possible.

Avec un soupir, Susan serra la lettre contre son cœur. Ce serait merveilleux de lui écrire, d'avoir de ses nouvelles, de lire les descriptions des pays qu'il allait visiter. Des gens qu'il allait rencontrer. Peut-être qu'elle pourrait voir le monde à travers ses yeux à lui.

Il avait fait une croix pour un baiser sous sa signature, ça aussi c'était bien. Elle lui répondrait après le déjeuner. Elle lui raconterait ce qu'elle pouvait sur sa vie et elle lui poserait de bonnes questions afin qu'il sache quoi lui répondre.

Billings, la gardienne, entra, souriante.

– Il y a un avocat pour toi, Dalston. Dépêche-toi, il t'attend.

Susan sursauta.

– Qu'est-ce qu'il veut ?

La gardienne leva les épaules.

– Qu'est-ce que j'en sais ? Allez, magne-toi le cul, il est au parloir.

Susan rectifia sa tenue et suivit la matonne, rongée par l'appréhension et la peur. Ce n'était pas une visite ordinaire, pourvu qu'il ne soit rien arrivé à un des gosses. Tous les scénarios catastrophes lui défilèrent dans la tête à une vitesse éclair. Rosie était gravement malade, elle agonisait. Barry était tombé, il avait tous les os brisés. Et ainsi de suite. Bien sûr, elle se torturait pour rien, mais impossible d'arrêter le délire, elle avait les neurones qui travaillaient à plein régime.

Il fallut une éternité pour ouvrir les portes, tout le monde conspirait pour l'empêcher d'avancer. Quand, enfin, elle arriva au parloir, Susan suait à grosses gouttes. Colin l'attendait près de la fenêtre, sa silhouette longiligne se découpait dans le soleil.

– Qu'est-ce qui se passe ? C'est un des enfants ?

Il perçut immédiatement l'anxiété de sa voix.

– C'est Wendy. Mais, pas de panique, elle va bien. Elle n'est ni malade ni blessée.

Susan sentit tout son corps s'affaisser. Elle s'assit sur la chaise près de la table et poussa un profond soupir.

– Alors, qu'est-ce qui s'est passé ?

Elle était livide, d'une pâleur cadavérique. Même ses lèvres avaient perdu leur couleur.

– Elle a agressé son éducateur avec un canif.

Colin leva la main afin de la calmer.

– Attendez, écoutez-moi d'abord, Susan. Elle va bien, elle n'est pas en prison, et l'éducateur ne porte pas plainte. Le foyer se charge de la punir. Il n'y a rien de grave. Ils ont l'habitude de ce genre de situation, ils savent les résoudre. Ce qui la préoccupe, c'est surtout de savoir comment vous allez prendre ça, rien de plus normal.

Susan le regardait, effarée, comme s'il lui était tout à coup poussé une barbe rousse et des oreilles de chauve-souris.

– De quoi ? Qu'est-ce qu'elle a fait, ma petite Wendy ?

Devant son air incrédule, abasourdi, Colin eut une envie irrépressible de la charrier un peu.

– Voyons, Susan, ça sonne beaucoup grave quand on en parle qu'en réalité.

Elle secouait la tête d'un air consterné.

– Mais qu'est-ce qu'il lui avait fait ? Il l'a menacée ?

Colin eut un haussement d'épaules.

– Je n'en sais rien.

– Comment ça, vous n'en savez rien ? Alors, comme ça, elle a trouvé un couteau et elle a décidé de menacer un éducateur, c'est ça que vous essayez de me faire avaler ? Elle a pété les plombs, c'est ça que vous êtes en train de me dire ?

Elle se mit debout, l'air effrayant. La gardienne s'avança et l'obligea à se rasseoir. Susan la repoussa d'un geste comme pour chasser une mouche ou un moustique importun.

– Calme-toi, Dalston.

– Me calmer ? Non, mais, t'as quoi dans la tête, toi ? Et comment je pourrais ? Ma petite est dans la merde et je peux même pas lui parler. Alors quoi, elle est choquée ? Elle va bien ? Dites-moi !

Agacé, Colin ferma les yeux. Cette femme lui causait plus d'ennuis que personne ne l'avait jamais fait. Elle refusait toute aide. A croire qu'elle n'avait aucune envie de sortir, qu'elle préférait rester enfermée. Et, pour couronner le tout, elle s'attendait à ce que lui, Colin, prenne tout en charge, comme s'il faisait partie de la famille. Dieu merci, ce n'était pas le cas.

– Je vous en prie, Susan, calmez-vous.

La gardienne lui tournait autour, Susan sentait son déodorant, une odeur écœurante qui lui donnait la nausée.

– J'en peux plus, moi, je vous le jure, j'en peux plus.

Colin s'approcha et lui mit une main sur l'épaule.

– Je comprends, Susan, je vous promets que je vous comprends. Si vous étiez plus coopérative, vous pourriez être rentrée chez vous bien plus tôt que vous le pensez.

Elle s'éloigna, gardant les yeux rivés par terre.

– Non, Colin, vous ne comprenez pas.

Il haussa les épaules.

– Vous avez raison, Susan. Je ne vous comprends pas, pas du tout.

Elle resta tranquille quelques instants. Par la fenêtre, elle entendait un bruit de conversation, des rires. A travers les barreaux, une brise légère soulevait les rideaux. Susan les regarda fixement. Aucun doute, elle était piégée. Complètement piégée.

– Bon et alors, elle va comment? Elle va bien, vous êtes sûr?

Il hocha la tête. Mais il lui en voulait de cette mauvaise volonté. Pourquoi s'obstinait-elle à refuser qu'on l'aide, qu'on aide ses enfants? Ce n'était pas normal, manifestement elle adorait ses gosses. Pourquoi refusait-elle donc de se faire libérer?

A deux pas de là, Matty buvait un café en évoquant sa procédure d'appel comme si la chose était réglée d'avance.

En tout cas, c'est comme ça qu'elle voyait les choses.

Geraldine O'Hara, son avocate, était assise en face d'elle.

Geraldine était une femme superbe. A trente-neuf ans, elle avait la taille et la carrure d'un top-modèle. Elle avait des cheveux d'un roux auburn magnifique avec des reflets dorés, des yeux verts espiègles et une bouche pulpeuse. Elle portait des tailleurs noirs super bien coupés, jupe serrée, veste bien épaulée, un rouge à lèvres écarlate et du vernis à ongles assorti. La femme des Eighties dans toute sa splendeur : sexy, sérieuse, battante.

Elle avait aussi une bonne réputation de féministe et était la coqueluche des médias. Ses collègues la surnommaient la « mangeuse d'hommes » : elle passait son temps à défendre la cause de femmes qu'ils considéraient, eux, comme des causes perdues.

Geraldine n'avait pas de mari, pas de copain, pas d'amant.

Et ce n'était pas faute d'être sollicitée. A vrai dire, elle croulait sous les offres. A dîner ou à coucher, elle n'avait que l'embarras du choix.

Elle s'en fichait et n'avait qu'une idée en tête : du travail, du travail et encore du travail. D'après elle, les hommes ne faisaient que vous distraire de ce qui est vraiment important dans la vie. Personne ne savait si elle disait ça sérieusement ou si elle plaisantait. Elle ne prenait pas la peine de se justifier.

Elle était comme ça, Geraldine O'Hara. Pourtant, malgré ses options et ses idées féministes, elle avait du mal à aimer la femme qui se trouvait assise en face d'elle. Sans que cela n'altère en rien son jugement d'avocate.

Dès le premier jour, Matilda Enderby lui avait fait une sale impression. Rien que lui serrer la main, lui donnait la chair de poule. Elle évitait tout contact physique avec sa cliente.

Comme Matty lui parlait, Geraldine s'efforça de se concentrer sur ses propos.

– Victor était un pervers, dans beaucoup de domaines. En matière de sexe, il avait un faible pour les trucs spéciaux. Les coups de fouet, les films pornos, la souffrance…

– Pour l'infliger ou pour la subir ? demanda Geraldine d'une voix sèche.

Matty regarda fixement un point au-dessus de la tête de son avocate et lâcha un soupir. Elle était encore plus jolie quand elle avait le visage au repos. Au bout d'un moment qui parut une éternité elle finit par répondre :

– Eh bien, les deux, en fait. Mais surtout l'infliger.

Geraldine lui rendit son regard avec un sourire en coin.

– Pourtant, on n'a rien trouvé, ni chez lui, ni dans son bureau. Enfin, rien qui soit lié à des pratiques sexuelles de ce genre. J'irai faire un tour chez la prostituée qu'il fréquentait.

Elle regarda son carnet :

– Une certaine Mariah Brewster. On verra bien ce qu'elle en dit. D'après ce que j'ai compris, elle n'a pas été très coopérative, lors du procès.

L'expression de Matty était celle-là même d'une épouse outragée.

– Ça m'a rendue malade d'apprendre cette histoire. Vous ne pouvez pas savoir. Vous imaginez l'effet que ça fait d'apprendre qu'il payait quelqu'un pour coucher avec lui ?

Geraldine haussa les épaules.

– Même si c'était affreux, vous viviez des choses tellement atroces que vous avez bien dû vous sentir soulagée quelque part ?

Matty opina.

– Bien sûr, il y avait de ça.

Geraldine prit une gorgée de café et s'alluma une cigarette. Elle inspira une bonne bouffée et sourit.

– Vous allez l'air en forme. Vous arrivez à supporter la vie ici ?

Matty lui adressa un sourire éblouissant, un de ces sourires qui la faisait paraître extrêmement jeune et vulnérable.

– Il faut bien, non ? Je me répète sans arrêt que tout cela va finir bientôt et que, à partir de là, la vie recommencera.

– Vous n'auriez pas une idée de l'endroit où il aurait pu cacher ses joujoux, ses fouets, tout ça ? Votre appartement et ses bureaux, le garage, tout était parfaitement nickel. Je ne vois pas comment on pourrait utiliser cet argument sans preuve. Vous n'auriez pas des marques, des cicatrices qui pourraient être examinées ?

Matty secoua la tête vigoureusement, ses lourdes boucles lui balayant le visage.

– J'ai bien peur que non, je cicatrise très bien.

– Pas de marques ?

– Vous savez bien que non. Mais enfin, le fait qu'il ait fréquenté des prostituées, c'est quand même éclairant, non ?

Geraldine se leva et s'étira. Son tailleur noir était impeccable. Pas même un cheveu pour gâcher le tableau.

– Pas forcément. D'après cette femme, Brewster, c'était, je cite, « un type gentil ».

Avant que Matty puisse répondre, elles entendirent un fracas épouvantable dans une des pièces attenantes. Une voix de femme hurlait un flot d'obscénités ininterrompu. Matty bondit sur son siège.

– On dirait ma cothurne, Susan Dalston.

Abasourdie, Geraldine demanda :

– Vous êtes dans la même cellule que Susan Dalston, la femme au marteau ?

Matty acquiesça et se dirigea vers la porte.

La matonne de service passa la tête et leur sourit d'un air contrit.

– Il va falloir que je vous enferme à clé le temps que je sorte une prisonnière. Désolée.

– Bande d'ordures, espèces de salopards, Rosie ! Je veux ma Rosie !

La voix de Susan était chargée de sanglots. De la pièce où elles se trouvaient, Matty et Geraldine entendaient tout, le langage de Susan témoignant parfaitement de ce qu'elle pensait de ceux qui tentaient de la maîtriser.

– Je vous tuerai, Colin, espèce de branleur !

D'instinct, Geraldine se couvrit le visage des mains.

– Mais qu'est-ce qui se passe ?

Matty haussa les épaules en regardant la porte comme si elle pouvait voir ce qui se passait de l'autre côté.

– J'en sais rien, Geraldine, je n'en sais rien.

Colin se trouvait en état de choc. Absolu. Tout en regardant Susan se faire littéralement traîner hors de la pièce par trois solides gaillardes, il se tâta le cou et fut surpris de ne pas voir de sang sur ses doigts. En revanche, il sentait sur sa peau les marques des coups d'ongles que Susan lui avait donnés.

– Rosie !

Elle continuait de hurler le même prénom, comme une litanie.

Les surveillantes la traînèrent jusque dans le couloir. Quelqu'un avait tiré l'alarme et ses cris étaient couverts par la sonnerie alertant le personnel qu'un événement grave venait de se produire. Une des gardienne lança un appel radio pour que le médecin vienne calmer une détenue.

Colin était envahi par le remords et la culpabilité. Il avait fallu lui annoncer les choses, et vite. Mais il n'avait pas réfléchi à l'effet qu'elles allaient produire. Certes, il s'attendait qu'elle soit bouleversée, mais pas qu'elle lui saute à la gorge. Une bonne leçon, en vérité !

Susan disparut sous la masse des matonnes venues à la rescousse. Elles la tiraient par son sweat-shirt, et Colin entrevit son vieux soutien-gorge et ses gros seins.

Et, pendant tout ce temps, elle continuait à crier, à hurler le prénom de sa fille.

Au bout d'un moment, interminable, le sédatif que lui administra le médecin finit par faire son effet. Malgré sa résistance, le Librium eut enfin raison d'elle. Susan luttait pour garder les yeux ouverts, mais le seul mot qu'elle tentait de crier n'était plus qu'un balbutiement devenu inaudible.

Dieu merci, quelqu'un avait éteint l'alarme. Soudain, le calme était retombé, aussi impressionnant que le vacarme qui l'avait précédé.

Mademoiselle Dobbin, la gardienne de service, regarda Colin et lui lança d'un ton sarcastique :

– Vous avez réussi votre BA, hein ?

Elle regarda les autres.

– Il vient de lui annoncer le plus naturellement du monde que sa dernière fille va se faire adopter par sa famille d'accueil.

L'air incrédule, elle secoua sa tête aux cheveux coupés ras.

– Vous avez une idée de l'effet que ça a dû lui faire ?

Toutes les autres femmes se tournèrent vers lui. Colin se sentit totalement nul, une vraie lopette. Mais enfin, non, ça ne s'était pas passé comme ça, il avait tenté de lui annoncer la nouvelle avec ménagement. Il ouvrit la bouche pour s'expliquer, mais la gardienne l'interrompit immédiatement.

– Pauvre con, va ! Allez, on ferait mieux de l'emmener vite fait bien fait chez les pique-fesses, Susan, parce que si jamais elle revient, elle va recommencer le même cirque.

Une fois Susan partie, elles déverrouillèrent les portes et tous les avocats qui étaient en visite purent quitter la prison. Évidemment, ils avaient dû tout entendre. Colin se mit à farfouiller dans sa serviette en essayant de traîner un peu.

Geraldine l'aperçut. Intriguée, elle resta bavarder avec Matty avant qu'on la reconduise dans sa cellule. Lorsque Colin sortit de la pièce, elle l'attendait. Il la reconnut immédiatement. Inutile de faire les présentations.

– Ça va ? demanda-t-elle.

Il hocha la tête d'un air triste.

– Vous avez l'air d'avoir mal au cou, elle a déchiré le col de votre pull-over.

– Ce n'est pas vraiment ce qui me préoccupe.

Devant son regard vert, Colin s'arrêta net, sidéré, et tenta rapidement de rectifier sa tenue. Il avait toujours l'air un peu désordonné, même quand il essayait de paraître le contraire. C'était comme ça depuis qu'il était enfant, il n'y pouvait rien. Sa mère et ses copines en avaient toutes fait l'expérience.

– Allez, venez, je vous offre un thé, ça va vous faire du bien !

Dans la cafétéria du personnel où Geraldine avait ses entrées, Colin apprit bien des choses. L'avocate souriait, parlait à tout le monde, elle s'inquiétait des enfants, des maris, demandait des nouvelles de la famille. Impressionnant. D'habitude, les avocats n'étaient pas bien accueillis en prison, surtout quand ils essayaient de faire libérer des meurtriers. Geraldine, en revanche, avait l'air aussi à son aise dans cette cafète que dans un bar à vins en ville. Elle lui apporta le thé à table et lui décocha un sourire.

– Et donc, c'est vous, l'avocat de Susan Dalston.

– Colin Jackson. Son ex-avocat, je présume. J'ai comme l'impression que je vais apprendre ce qu'est une quarantaine façon East End.

– Il ne faut pas lui en vouloir. Elle a manifestement vécu un choc et elle a pété les plombs. Ça peut arriver à tout le monde. Moi-même j'ai été fichue par terre par un client, à Wandsworth.

Colin la regarda des pieds à la tête.

– Ça ne m'étonne pas, si vous y êtes allée dans cette tenue-là.

Elle s'illumina.

– Vol à main armée, il y a des années de ça. Je devais lui annoncer que sa femme était morte d'une tumeur au cerveau pendant sa détention provisoire. Le plus bizarre, c'est qu'il a été acquitté. Cinq jours plus tard, il se passait la corde au cou.

– Un malheur en appelle un autre, c'est ça ?

Geraldine avala une gorgée de thé et s'alluma une Rothman.

– C'est notre gagne-pain. Enfin, passons. Alors, elle est comment, Susan Dalston ?

– Quoi, quand elle n'essaie pas d'étrangler son avocat ?

Elle sourit, découvrant une rangée de dents parfaites.

Colin réfléchit quelques secondes avant de répondre. Quand il parla, Geraldine sentit qu'il était sincère.

– C'est quelqu'un de bien. Elle ne devrait pas être ici, mais avec ses enfants. Elle les adore et ils le lui rendent bien. Vous savez, son mari l'a battue pendant des années. Il lui a même fait perdre plusieurs bébés et lui a refilé une maladie vénérienne. Au procès, ils ne se sont pas servis de ces arguments, elle ne les a pas laissés faire. Elle n'arrêtait pas de répéter la même chose, un vrai refrain : « Si c'était à refaire, je recommencerais. » Pour l'accusation, l'occasion était trop belle, et ses avocats ne l'ont pas vraiment interrogée. Au final, elle a été jugée coupable et condamnée à perpétuité. A mon avis, si elle s'est pourvue en appel, c'est uniquement pour se rapprocher de Londres et de ses enfants. Avant, elle était à Durham. Aujourd'hui, j'étais chargé de lui annoncer que la famille d'accueil de la petite dernière va adopter l'enfant. Elle ne peut rien faire contre cette décision, dans sa famille personne ne veut prendre ses gosses. Les autorités ont donc décidé que la petite devait être adoptée par les Simpson.

Il eut un pauvre rire, un peu jaune.

– C'est à ce moment-là qu'elle a essayé de m'étrangler.

– Pour de bon ?

Elle avait parlé d'une voix douce, il lui sourit à nouveau.

– Oui, Geraldine, pour de bon. Pour tout arranger, hier soir, sa fille aînée a menacé un éducateur avec un couteau. Comme vous pouvez imaginer, c'était vraiment la cerise sur le gâteau, si j'ose dire.

Geraldine soupira en haussant les épaules.

– Quelle histoire ! Il y a des gens dont la vie est vraiment d'une tristesse insoutenable, vous ne trouvez pas ?

– Rien à voir avec celle de Matty Enderby, évidemment.

Elle écarquilla les yeux.

– Vous la connaissez ?

Colin sourit :

– De vue, seulement. J'ai travaillé pour Victor quand je finissais mes études. Ça me faisait gagner un peu d'argent de poche. A l'époque, elle était sa secrétaire, ils n'étaient pas mariés.

Geraldine regarda sa montre et se mordit la lèvre.

– Désolée, mais je vais vraiment me mettre en retard. On pourrait peut-être se revoir un peu plus tard ?

Colin leva un sourcil, l'air moqueur.

– Il doit y avoir pas mal de types qui meurent d'envie que vous leur posiez la même question.

– Pourquoi, pas vous ? Qu'est-ce qui se passe, j'ai perdu la main ?

Il eut un grand sourire. Elle lui plaisait et il avait l'impression que c'était réciproque. Il se passa une main dans ses cheveux en bataille et se mit à rire.

– Je n'ai rien de prévu. Dites-moi où et quand, je vous y retrouve.

– Alors disons, au Zilli's, dans Dean Street. Il faut que j'aille à Soho, j'ai un rendez-vous. Vers sept heures et demie ?

Il opina.

– D'accord, à tout à l'heure.

Il lui fit un grand sourire.

– Vous pouvez lancer les paris !

Il la regarda quitter la cafétéria. Il le sentait, sa vie venait de basculer. Un des surveillants s'arrêta à sa table.

– Enfoiré ! Ça tète encore sa mère et ça arrive à draguer un canon pareil ? Non, mais je te jure !

Avec un regard froid, Colin lui répondit :

– Normal, j'suis un boulet !

En passant devant la cellule de Matty, Rhianna lui lança :

– C'est vrai, pour cette pauv' Susan ?

– Oui, j'ai bien peur que oui. Ils sont vraiment salauds de lui avoir fait subir ça !

Rhianna renifla.

– Mais c'est comme ça qu'ils sont, espèce de conne. Figure-toi que, moi, j'ai pas vu ma fille depuis qu'elle a eu trois ans.

Elle avait parlé d'un ton triste, nostalgique.

– Elle aussi, elle a été adoptée ?

Matty avait vraiment l'air de s'intéresser à son sort.

Rhianna secoua la tête.

– Naan, pas vraiment. Ils l'ont confiée à ma mère. Elle a demandé la garde, j'ai signé les papiers, comme il faut. Quelques jours après, ma mère s'est barrée et je les ai pas revues depuis.

– Quelle horreur !

Rhianna l'imita, l'air mauvais.

– Oh oui, « quelle horreur », mademoiselle Enderby. Sauf qu'elle a pensé bien faire, ma mère, j'imagine.

Elle s'alluma un joint et inspira une bonne bouffée.

– Qu'est-ce que tu fais ?

Matty ouvrit les bras pour que Rhianna voie ce qu'elle avait sur les genoux.

– Je regardais les affaires de Sue, c'est tout. Tiens, ça par exemple : c'est du petit Barry.

Elle tendit une lettre à Rhianna, qui la lui arracha en gueulant :

– Mais putain, où tu te crois, espèce de salope ? C'est à Susan, ça ! C'est ses affaires. T'as absolument aucun droit d'aller fouiller là-dedans !

Matty se leva avec un haussement d'épaules.

– Où est le mal ? Elle n'en sait rien, si ?

Rhianna fulminait.

– Mais Matty, c'est une règle sacrée !

Elle pointa un ongle violet dans sa direction.

– On touche à rien sans y être invité, tu devrais le savoir, quand même.

Elle se mit à rassembler les affaires.

Matty s'énervait.

– Oh ! laisse tomber, Rhianna.

Rhianna se retourna. Elle avait les joues inondées de larmes et tenait les dessins et les lettres sur son cœur comme s'il s'agissait d'un trésor inestimable.

– Fais gaffe, et laisse-moi ça tranquille, tu m'entends ? Si jamais tu t'avises d'y toucher, je te défonce la gueule. C'est tout ce qui lui reste de sa vie dehors, à Susan. De *sa* vie à *elle*, Matty, pas de la tienne ni de celle de personne. C'est la sienne, merde ! C'est son monde à elle, elle peut y entrer quand elle en a envie. C'est ses souvenirs, c'est là qu'elle peut aller embrasser ses gosses, leur parler, si ça lui plaît. Elle peut penser à eux, elle peut les aimer sans être gênée par les autres. Si tu comprends pas ça, c'est que t'es encore plus égoïste que je croyais.

Matty se tenait tranquille. Elle regarda l'autre femme d'un œil triste.

– Tu ne sais rien de la vie, tu connais rien des gens, tu sais pas de quoi ils ont besoin, ajouta Rhianna avec fureur. Toi, tu te pavanes ici comme si on était toutes des moins que rien et que t'étais d'une espèce supérieure. Mais non, t'es pas mieux, t'es pas mieux que nous. Parce que, nous, on en connaît un bout sur la vie en commun, sur la solidarité. On se sert pas des autres, on leur prend pas leurs affaires. Et alors, tu les as sortis d'où, tous ces trucs ?

Pour Matty, c'était comme si elle avait pris une gifle en pleine poire.

– Laisse tomber Rhianna, allez, calme-toi.

Sa fureur était telle que Matty s'inquiéta.

– Tu comprends vraiment rien à rien, hein, Matty ? T'es même pas capable de voir ce que tu as fait ?

Elle lui flanqua le paquet dans les mains et lui dit d'un ton grave :

– Range-moi tout ça. Ce soir, tu m'évites. Je suis sérieuse, Matty, je rigole pas. J'en ai aucune envie, crois-moi.

Quand Susan revint à elle, elle se trouvait dans un lit d'hôpital, les bras attachés par des courroies. Elle mit un certain temps à comprendre. Elle avait la bouche sèche et douloureuse. Comme si sa langue avait gonflé. En plus, elle avait des larmes plein les yeux. Elle se rendit compte qu'elle pleurait et qu'elle avait pleuré en dormant. Puis, soudain, tout lui revint, elle comprit pourquoi on l'avait attachée.

Ils voulaient lui enlever sa Rosie, comme si c'était une tranche de gâteau ou un vieux pull-over. Ils avaient décidé que la petite était mieux avec les Simpson. C'était sans doute la vérité, mais ce n'était pas juste. Rosie était son bébé, sa dernière, la petite chérie de toute la famille. Même Barry n'avait pas su lui résister.

Susan l'avait portée, nourrie et aimée depuis qu'elle avait fait son entrée dans le monde avec sa peau de pêche et ses cris stridents.

Du coin de l'œil, Susan aperçut les affaires qu'on lui avait enlevé des poches en la déshabillant. En voyant la lettre de Peter sur le meuble en formica blanc, elle sentit les larmes lui piquer les yeux. C'était une si belle journée. Elle aurait dû le savoir, pourtant, que les belles journées et les bonnes choses, ça n'était pas pour elle.

Sa vie n'avait été qu'une infinie succession de catastrophes. Pourtant, Susan avait toujours eu confiance : un jour, elle gagnerait le gros lot. Elle aurait ce qu'elle voulait. Juste une fois. Une seule.

Elle aperçut un visage au pied de son lit. Une petite femme dans les soixante ans, avec de vilaines dents et des cheveux tout emmêlés retenus par un serre-tête.

– Ça te dirait, un truc qui rend heureuse, ma chérie ? Quelque chose pour chasser le cafard ?

Susan secoua la tête. La drogue qui pourrait la rendre heureuse n'avait pas encore été inventée. Après la journée qu'elle venait de passer, le bonheur lui semblait une chose impossible. Elle n'était même pas sûre d'en vouloir, d'ailleurs. De toute manière, le bonheur était si éphémère qu'à la limite ça lui fichait la trouille.

Le bonheur, c'était pour les autres, pour les gens qu'on voyait dans les magazines ou à la télé. Pas pour les gens comme elle ou comme ses gosses.

Elle se remit à pleurer et poussa un sanglot si désespéré qu'on lui fit une nouvelle piqûre. Puis vint l'oubli, enfin.

24

Mariah Brewster habitait à deux pas de Wardour Street. Lorsqu'elle lui ouvrit, Geraldine resta interdite. Elle s'était attendue à tomber sur la prostituée stéréotypée. Or, elle avait devant elle une femme entre deux âges, bien conservée, à la coiffure très sage, et discrètement vêtue d'une robe de chez C&A et d'un cardigan. Mariah la fit entrer comme si elle était une tête couronnée en visite protocolaire, et Geraldine eut un nouveau choc.

Son studio, plein de chintz et de guéridons croulant sous les bibelots et des monceaux de babioles, ressemblait à une chambre de jeune fille. Sur une table basse trônait une théière entourée de petits sandwiches, d'un gros gâteau marbré et d'une assiette de scones.

– Je vous en prie, asseyez-vous, mademoiselle O'Hara. Je suis ravie que vous soyez si ponctuelle. J'ai horreur d'attendre et j'ai, en outre, un client dans un peu plus d'une heure. Je n'aurais pas aimé vous bousculer. Je trouve cela d'une grossièreté ! Pas vous ?

Bien qu'un peu abasourdie, Geraldine éprouva une sympathie instantanée pour son hôtesse. Cinq minutes plus tard, elle était assise face à elle, une tasse de thé et une tranche de marbré perchés en équilibre instable sur les genoux.

– Quels magnifiques cheveux vous avez, mademoiselle O'Hara ! Mais je suppose qu'on vous en fait des compliments, à longueur de journée. Ma fille aînée a de très beaux cheveux, elle aussi. Elle est à l'université. Elle fait son droit, allez savoir pourquoi !

Geraldine sourit.

– Alors, mademoiselle O'Hara, que puis-je pour vous ? Je n'ai pas grand-chose à ajouter à ma dernière déposition, vous savez…

Geraldine hocha la tête.

– J'en ai bien conscience, mais je me dois d'explorer toutes les voies. Je voudrais juste que vous me parliez très librement de Victor Enderby. Que vous me disiez le genre d'homme que c'était. Le genre de choses qu'il… attendait de vous.

Mariah se laissa aller contre le dossier de sa chaise et ferma les yeux.

– Victor était un homme charmant, très poli, d'une grande délicatesse. Si seulement je pouvais avoir plus de clients comme lui…

Elle se redressa et sourit.

– Vous ne vous laissez pas tenter par un scone ?

Geraldine secoua la tête.

– Est-ce qu'il lui arrivait de vous demander des choses qui sortaient de l'ordinaire ? Au niveau sexuel, j'entends.

Mariah Brewster éclata de rire. Elle avait un rire argentin très agréable.

– Victor ? Non !

Elle leva les mains.

– La position du missionnaire et pas de baisers, tel était l'évangile de ce pauvre Victor. En fait, il n'était pas très porté sur le sexe…

Elle plissa le front pour préciser sa pensée.

– Il venait ici comme à un rendez-vous. Il apportait une bouteille de vin – et du bon, croyez-moi, pas une quelconque piquette de bas étage. J'ai appris beaucoup sur le vin grâce à lui. Il était vraiment très expert. En vins, j'entends !

Elle s'esclaffa à nouveau.

– Il débouchait la bouteille et nous parlions. Il a commencé à venir me voir il y a plus de dix ans. Il avait encore sa mère, à l'époque bien entendu. Quelle vieille sorcière c'était ! Elle lui en a fait voir avec ses maladies et ses reproches continuels.

J'ai l'impression que j'étais un refuge, pour lui, quelqu'un à qui il pouvait se confier, avec qui il pouvait être lui-même. Passer un après-midi ou une soirée tranquille sans avoir à être Victor Enderby, le grand avocat. Ou, plus important encore, Victor Enderby, le fils de sa mère.

Elle sourit.

– Nous avons passé de très bons moments ensemble, Victor et moi. Faire l'amour n'était qu'un bonus supplémentaire, pour lui. Vite expédié. Et sans fioritures.

– Et le bondage, le sado-maso, ça ne l'intéressait pas ? Même de façon très soft, ne serait-ce qu'en vous tenant les mains au-dessus de la tête, ce genre de chose ?

Mariah secoua la tête et se remit à rire.

– Victor ne supportait même pas que la lumière reste allumée ! Il était totalement incapable de parler de sexe. C'était toujours moi qui prenais l'initiative dans ce domaine. Quand je voyais que ses deux heures étaient presque écoulées, je le prenais par la main et je l'entraînais vers le lit. Tout simplement. Il me payait en espèces et glissait toujours l'argent dans une enveloppe qu'il laissait sur le lit. Tout bien considéré, c'était un bon arrangement. Comme je vous le disais, j'aimerais bien en avoir davantage, des comme lui.

Geraldine ne voyait vraiment pas comment quelqu'un pouvait avoir envie d'hommes comme ça : des inconnus, des passants racolés dans la rue... et qui avaient peut-être des maladies, ou autre chose...

On aurait dit que Mariah avait lu dans ses pensées car elle reprit, avec un naturel désarmant et un rien de tristesse :

– Ecoutez, mon petit, je conçois que ma façon de vivre puisse vous sembler étrange. Mais dites-vous que je *ne suis pas* vous. Grâce à mon métier, j'ai élevé trois enfants, je les ai envoyés dans de bonnes écoles et ils n'ont jamais manqué de rien. A la mort de mon mari, je me suis retrouvée sans un sou. C'était un joueur et il a perdu tout ce qu'on avait. La maison était criblée d'hypothèques, j'étais pratiquement à la rue. Mon métier m'a permis de recouvrer mon indépendance, en un sens. Je ne l'aurais pas choisi, mais il a comblé un besoin. Mes enfants croient que je suis fonctionnaire, que je travaille sur des dossiers importants pour le gouvernement. Pourquoi ne le croiraient-ils pas ? Je suis leur mère, leur mentor. Tous les matins, je pars travailler comme n'importe qui. Et, tous les soirs, je suis là quand ils rentrent à la maison. Je les aime. Ce n'est pas plus compliqué que ça… Si je pouvais rencontrer encore quelques Victor, je ne m'en plaindrais pas, croyez-moi. Je vieillis, et ce n'est pas une bonne chose dans ma partie. Cela dit, j'ai bien garni mon bas de laine tant que je le pouvais. Un jour, je serai une mamie respectable, installée dans un coquet petit pavillon à Eastbourne. Chacun doit vivre selon ses lumières, mon petit, faire ce qu'il peut.

Geraldine était gênée par la totale franchise de la femme assise en face d'elle.

– Je ne vous juge pas, vous savez !

Mariah sourit.

– Bien sûr que si ! C'est dans la nature humaine de juger. Moi, en revanche, je ne juge jamais personne. Comme dit la Bible, « Ne jugez pas, si vous ne voulez pas être jugés », ou quelque chose d'approchant… On m'a frappée, on m'a volé mon argent, mais j'ai survécu grâce aux Victor de ce monde. Les hommes gentils, ceux qui viennent chercher de la consolation, pas uniquement du sexe. Quand il a rencontré sa femme, si vous saviez ce qu'il était heureux ! Ça m'a fait plaisir pour lui.

– Il vous l'a dit ?

Mariah hocha la tête.

– Il était au Paradis. Elle était plus jeune que lui, très séduisante, et il croyait pour de bon qu'elle était attirée par lui. Qu'elle l'aimait. Il est venu ici et m'a annoncé qu'il ne pourrait plus me voir, parce que ce ne serait pas honnête envers elle. Matilda… Il m'a donné deux cents livres à titre d'indemnité de licenciement – c'est le terme même qu'il a employé. C'était un homme si correct… Mais il n'était pas marié depuis six mois que je l'ai vu revenir. Je me doutais que ça arriverait. C'était trop beau pour être vrai.

Geraldine n'en croyait pas ses oreilles.

– Vous n'en avez pas fait état dans votre première déposition !

Mariah haussa les épaules.

– Jusque-là, je ne voulais pas être trop mêlée à cette affaire. Vous vous doutez bien que c'est la dernière chose dont j'ai besoin. Mais maintenant que j'ai vu ce qu'on disait de lui dans les journaux, je pense qu'il faut que quelqu'un mette les choses au clair. Dès le premier jour, elle a torturé Victor. Elle l'a ridiculisé, s'est moquée de ses prouesses sexuelles et de sa façon de vivre. Il n'était plus que l'ombre de lui-même. C'était un très brillant avocat au pénal, comme vous le savez. Il paraît qu'il était extraordinaire dans une salle d'audience. Mais, avec les femmes, il était comme un petit garçon perdu. Je le revois encore, avec son air malheureux... Il était anéanti par ce qu'elle lui faisait. Il ne comprenait pas pourquoi ça n'allait plus entre eux. Elle est allée jusqu'à se faire avorter plusieurs fois pour ne pas lui donner d'enfants. C'est lui-même qui me l'a dit. Si vous essayez de faire libérer cette petite garce, dites-lui de ma part qu'elle n'est qu'une fieffée menteuse ! Il n'y avait rien qu'il désirait plus au monde que d'avoir un enfant. Pour lui, ç'aurait été le couronnement de son existence. Lorsqu'elle s'est fait avorter, ça l'a brisé. Elle avait décidé de le détruire, et elle y a réussi. Mais qu'il l'ait frappée, j'avoue que ça me sidère. Je me refuse à croire qu'il ait pu être capable d'une chose pareille.

– Vous pensez vraiment ce que vous dites ?

Mariah se passa une main manucurée dans les cheveux.

– Oui. Je l'ai vu régulièrement pendant des années. Je le *connaissais*. Je suis peut-être une prostituée, mais je suis à part dans la profession. Je suis très sélective et j'ai réussi à me faire une jolie petite clientèle. Des Victor, pour la plupart. Des hommes qui ont une belle situation et besoin qu'on les dorlote un peu, qu'on s'occupe d'eux. Rien d'autre. Combien de fois j'ai dit à Victor : « Marie-toi, vis, fonde une famille ! » C'était de ça qu'il avait besoin. Et je vais vous dire une chose : j'aurais bien aimé qu'il ait envie de m'épouser. J'aurais dit « oui » sans hésiter. Il était gentil, intelligent, cultivé. Mais s'agissant de cette petite garce, il était comme tous les hommes. Foutu au premier sein qui frôle…

– Vous l'aimiez ?

Geraldine avait posé sa question d'une voix unie. Mariah partit d'un grand rire.

– Au bout de quinze ans dans ce métier, on ne peut plus aimer personne, ma petite chérie. Pas au vrai sens du terme. Mais on peut apprécier quelqu'un, le respecter. J'aurais remercié le ciel si j'avais pu l'avoir, Victor. Toutes mes factures payées et rien d'autre dont me soucier, à part lui faire plaisir… Et rien qu'à lui. Fini, le défilé permanent de types qu'on ne connaît ni d'Eve ni d'Adam, pour la plupart. J'aurais fait tout ce qu'il aurait voulu et j'aurais passé le reste de ma vie à prendre soin de lui. Est-ce que vous comprenez ce que je dis là ?

Le plus étonnant, pour Geraldine, c'était qu'elle comprenait tout à fait. Mieux, sans doute, que bien des gens ne l'auraient fait.

– Merci de m'avoir consacré votre temps, Mariah. Croyez bien que je l'apprécie.

Mariah haussa tristement les épaules.

– Je regrette de ne pas pouvoir vous dire ce que vous voulez entendre, mon petit. J'aimerais pourtant bien.

Un sourire désenchanté lui monta au lèvres.

– Les gens méprisent les prostituées, mais vous voulez que je vous dise ? Nous, au moins, on ne prétend à rien. On fait payer le client et on lui donne ce qu'il recherche. C'est une prestation de service, si on veut. Les femmes comme Matilda, elles, ne font que prendre à un homme pendant sa vie entière, sans rien donner en échange. La vraie prostituée, c'est elle : je suis sûre qu'elle ne l'a épousé que pour ce qu'elle pouvait en tirer. Mais, contrairement à mes collègues et moi, elle ne pouvait pas se débarrasser de Victor à la fin de la journée. Moi, je peux rentrer chez moi, dans mon vrai foyer, et oublier tout ça. Mais elle, elle ne pouvait pas faire autrement que d'avoir Victor sous le nez, matin, midi et soir. C'était ça, le hic ! Je pense qu'elle l'a tué pour s'en débarrasser. Parce qu'elle avait fait une erreur et qu'il lui tapait sur les nerfs. Elle avait la maison, l'argent et le prestige, mais rien d'autre. A l'aimer comme il le faisait, il l'étouffait. Je le sais et, au fond de vous-même, vous le savez aussi.

En entendant Mariah dire ça, Geraldine eut l'intuition qu'elle disait la vérité. C'était sa version – sa vision, même – de la vérité, certes, mais ça sonnait juste.

Le pire, c'est qu'elle avait tendance à croire Mariah Brewster.

A la porte, Mariah lui serra la main en souriant.

– Victor était un homme gentil, mademoiselle O'Hara. C'était dans sa nature, il ne pouvait pas être autrement. Ça, au besoin, je n'hésiterai pas à le dire haut et fort devant un juge. Une prostituée n'est pas considérée comme un témoin vraiment digne de confiance… mais je sais la vérité.

Elle se frappa la poitrine.

– Je la sais, *là* !

Dans l'escalier, Geraldine croisa un homme grand, avec des cheveux gris acier et un dentier mal fait, assez âgé pour être retraité, qui portait un sac plastique de chez Oddbins. Il eut l'air gêné qu'elle le voie et continua à monter, laissant dans son sillage une légère odeur d'after-shave à la lavande et de fumée de cigare.

Elle se retourna et vit Mariah l'accueillir comme un hôte de marque. La porte ne s'était pas refermée que son rire argentin s'élevait.

A sa grande surprise, Geraldine se rendit compte que ce que son estomac avait du mal à accepter, son cœur, lui, le comprenait. Elle appréciait Mariah Brewster. Elle la trouvait même *très* sympathique. Ce qui était bien plus qu'elle n'aurait pu en dire de Matilda Enderby.

– Tu ne peux pas m'écouter pour une fois, Barry Dalston ?

La voix de madame Eappen était sèche comme un coup de trique. Elle était agacée et ça se voyait – ce qui, en soi, contribuait à l'énerver d'autant plus. Elle aimait à se considérer comme une femme douce, patiente et attentionnée.

Qu'elle éprouve si souvent l'irrésistible envie d'étrangler une bonne partie des enfants confiés à sa charge lui faisait l'effet de souiller son image.

Elle était *sûre* d'être quelqu'un de foncièrement bon. C'était juste que ce petit Barry Dalston, avec son nez morveux, son air de chat écorché, son pantalon qui tombait et sa chemise boutonnée de travers, lui mettait les nerfs en pelote.

– Mais, madame, j'les aime pas, les Simpson. J'aime que ma maman. J'veux la voir.

Devant ce gamin qui recommençait à larmoyer, l'énervement de madame Eappen monta encore d'un cran.

– Les Simpson sont des gens très gentils qui vont s'occuper de ta petite sœur à partir de maintenant. Ils ont eu l'extrême bonté de proposer de vous emmener, toi et Alana, passer l'après-midi au parc d'attraction avec eux et Rosie.

Elle s'efforça de sourire, mais ne parvint qu'à grimacer.

– Alors, tu ne pourrais pas te montrer un peu plus reconnaissant, hein, Barry ?

Il leva vers elle ses magnifiques yeux bleus si clairs et haussa les épaules. Tout son corps frêle de petit garçon de neuf ans parut se hérisser. Il la fixa d'un regard dur et déclara, d'un ton entêté :

– Je veux ma maman ! Pourquoi que j'peux pas aller la voir, plutôt ?

Madame Eappen leva les yeux au ciel comme si elle en espérait un miracle capable de métamorphoser Barry Dalston en petit garçon obéissant.

– I' z'ont qu'à aller s'faire foutre, les Simpson, et nous rendre ma petite sœur, voilà ce que j'dis ! Elle est pas à eux, Rosie, elle est à ma maman !

Madame Eappen soupira. Mâchoires crispées, elle s'agenouilla devant Barry et l'empoigna fermement par les bras.

– Dire des gros mots a conduit ta mère en prison, Barry, ne l'oublie jamais ! C'est une leçon qui te sera profitable toute ta vie. Les vilains mots mènent aux vilaines actions, parce que les gens qui les disent deviennent vilains à l'intérieur d'eux-mêmes, et là, ils font de vilaines choses. Comme ta mère l'a fait. Et maintenant, tu vas me faire le plaisir d'aller te promener avec les Simpson et d'être gentil avec eux pour les remercier. Je connais beaucoup d'enfants qui adoreraient aller au parc d'attraction aujourd'hui. Ils sauraient apprécier le cadeau qu'on leur fait, eux, je t'assure bien !

Il se dégagea de son emprise.

– Ben, vous avez qu'à les envoyer à ma place ! Comme ça, moi, j'irai voir ma maman.

– Tu ne peux pas aller voir ta mère en dehors des jours de visite prévus, comme je me tue à te le répéter cinquante fois par jour, mon petit. Ta mère a renoncé au droit de vous voir le jour où elle a fait une grosse bêtise et où la police est venue la chercher. Est-ce que tu peux comprendre ça ?

Elle avait beau s'efforcer de se contrôler et de dominer sa colère, sa voix montait de plus en plus.

Barry se contenta de la regarder bien en face mais, cette fois, sans rien dire.

– Tu comprends, Barry ?

Il renifla à grand bruit – un bruit si peu ragoûtant que madame Eappen sentit son estomac se soulever et son visage se crisper de dégoût.

– J'm'en fous de c'que vous disez. Je veux ma maman.

Son ton était calme et déterminé. Il la fixait, le corps tendu dans l'attente des représailles.

Alana entra dans la pièce et éclata de rire.

– Arrête de mal parler, Barry ! Maman te corrigerait si elle t'entendait.

Elle se dirigea vers son frère et, en quelques secondes, remit de l'ordre dans sa tenue, sous les yeux d'une madame Eappen aussi désespérée qu'indignée.

– C'est ici qu'il a appris à jurer, madame Eappen. Chez nous, on n'avait pas le droit de dire des gros mots, sauf si on était trop petits pour savoir ce qu'on disait, mais, même là, on se prenait une bonne fessée si on recommençait.

– J'espère bien ! lança madame Eappen, raide comme la justice.

Elle se releva et regarda les deux enfants comme s'ils sortaient d'un égout et qu'il osaient s'asseoir à sa table sans s'être lavés.

– Tu es très jolie, comme ça, Alana. Surveille Barry et empêche-le d'être désagréable avec les Simpson. Ils sont très gentils et...

– Je sais, madame Eappen. On devrait leur être *reconnaissants* et on l'est, OK ? Très très reconnaissants.

Madame Eappen comprit qu'elle était vaincue et opéra une retraite précipitée. Comme elle en fit la remarque à son mari, le soir même, il n'y avait pas de quoi prendre au tragique les propos d'une gamine qui s'appelait Alana, comme la femme d'une vulgaire rock star...

Barry et Alana passèrent la journée avec les Simpson et s'amusèrent avec leur petite sœur, sans se douter une seconde que Rose échapperait bientôt complètement à leur orbite. Qu'elle serait une Simpson et plus jamais une Dalston.

Qu'elle cesserait à jamais d'être la chouchoute d'une maison pleine de frères et sœurs et de meubles éraflés, et d'une mère qui vivait en permanence au bord de la catastrophe. Une maison où, malgré leur père, la pauvreté et le dénuement, ils avaient été si heureux ensemble.

Geraldine poussa la porte du Zilli's avec un sourire éclatant, qui engloba tout le restaurant, de Colin, attablé dans un angle de la salle, aux autres clients et à tout le personnel au grand complet.

Colin admira la performance. Elle savait que son apparition avait fait sensation et accordait à chacun une parcelle d'elle-même afin de pouvoir ensuite s'installer tranquillement et profiter de sa soirée. Il s'était demandé, tout l'après-midi, ce que ça pouvait faire d'être aussi attirante qu'elle. D'être à ce point désirable.

Tout en prenant sa douche et en enfilant son unique chemise propre et son unique pantalon présentable, une autre question l'avait titillé : qu'est-ce que les gens penseraient en le voyant, lui, dîner avec une belle fille comme elle ? Il avait essayé de croire qu'ils se diraient qu'ils étaient ensemble, tout en sachant bien que personne n'imaginerait une seule seconde que c'était possible.

Geraldine s'installa en face de lui avec un grand sourire qu'il lui retourna illico. Qu'ils aillent tous se faire cuire un œuf ! Elle était là, il était là, et c'était tout ce qui comptait.

Même si les gens pensaient qu'il était son petit frère ou un client.

– Je suis désolée d'être aussi en retard.

– C'est pas grave. J'adore attendre assis seul à une table. Je suis même venu exprès en avance.

Geraldine se fendit d'un large sourire.

– Je m'en doutais. Vous avez la tête à ça.

Elle se la payait, sa tête, ou quoi ?

Elle commanda du vin – un bon cru – et ils en burent un verre en bavardant de tout et de rien.

– Ah ! J'avais bien besoin de ça ! Vous voulez qu'on commande ou on boit encore un verre tranquillement ?

Voyant qu'il se contentait de sourire, elle prit les choses en main. Elle composa le menu pour eux deux, fit signe à un serveur qui arriva avant même qu'elle ait achevé son geste, et ils furent de nouveau seuls, sans crainte d'être dérangés avant un petit moment. Il avait l'impression de s'être réveillé au Paradis. Elle était encore plus fantastique que dans son souvenir.

– Alors ? Qu'est-ce que vous avez de croustillant à m'apprendre sur Matilda Enderby ?

Derrière le ton badin, il la sentait sérieuse et prit un moment de réflexion avant de répondre.

– A l'époque où je travaillais pour Victor, Matty n'était que sa secrétaire. Officiellement, du moins, car il y avait déjà pas mal de rumeurs qui circulaient. Une des dactylos, revenue un soir de façon impromptue pour finir de taper la déclaration d'un témoin, les avait surpris dans les bras l'un de l'autre.

Il sourit.

– En fait, ça n'avait rien d'une chaste étreinte. A en croire la dactylo, Victor était ficelé sur une chaise avec les bas de Matilda, et elle était à califourchon sur lui. Je laisse le reste à votre imagination... Le plus drôle, c'est qu'à la suite de ça, la cote de Victor a grimpé en flèche au cabinet. Jusque-là, il avait une réputation de brillant avocat, mais pas vraiment de chaud lapin. De ce côté-là, elle l'a révélé à lui-même, pas de doute.

Geraldine resta quelques instants silencieuse, perdue dans ses pensées.

Colin lui agita la main sous le nez en riant.

– Désolée ! J'étais à des lieues de là…

Elle avala une gorgée de vin.

– Quelle opinion aviez-vous d'elle ? Je suppose que vous vous croisiez et qu'il vous arrivait de bavarder ensemble…

Colin se passa les mains dans les cheveux et soupira.

– Je ne l'ai jamais beaucoup aimée. Elle était jolie, ravissante, je dirais, elle arrivait même à être sexy en s'habillant strict, style maîtresse d'école. Je pense qu'elle s'est tapé tous les mecs du cabinet avant de jeter son dévolu sur ce pauvre Victor. Il était tout désigné. Il s'était occupé de sa mère pendant des années, il était timide et réservé. Ceux qui le voyaient dans une salle de tribunal auraient eu du mal à s'imaginer l'être falot qu'il était au cabinet. C'était vraiment stupéfiant, cette métamorphose.

Geraldine hocha la tête.

– J'ai eu l'occasion de le voir plaider une fois ou deux, il était vraiment très fort. Capable de vous démonter un témoin en quelques minutes. Et, tout ça, sans jamais élever la voix. Vraiment brillant !

– Alors, vous voyez ce que je veux dire… Reste que, face à elle, il perdait tout jugement. Parce que, quand on y pense… Voilà une fille canon, plus jeune que lui, nettement plus même, qui, brusquement, se met à lui coller à la peau comme de l'eczéma. C'était vraiment grotesque. Un homme qui aurait eu plus d'expérience se la serait tapée et l'aurait laissé tomber – une pratique très répandue parmi ses confrères. Mais Victor n'appartenait pas à leur… société, disons. C'était un homme respecté, mais il ne fréquentait personne et était un peu en marge. Le grand avocat qu'il était sortait du prétoire pour retrouver, directement, ses pantoufles. Il ne savait pas parler aux femmes, ne connaissait pas une blague, bref n'était pas très sociable. A mon avis, Matty savait tout ça. Elle a *décidé* de l'alpaguer. Après leur mariage, elle a naturellement voulu qu'ils fréquentent ses collègues, qu'ils sortent, qu'ils aillent dîner dans les restaurants à la mode, au théâtre. Je ne crois pas que la mayonnaise ait pris. Personne n'aimait Matty. Surtout les femmes mariées. Elles voyaient clair dans son jeu et elle devait s'en rendre compte. Même Victor ne peut pas avoir eu la peau assez épaisse pour ne pas le sentir. Mais bon, il l'aimait, je suppose…

Geraldine dévisagea Colin. Pas de doute, il avait mis le doigt sur quelque chose d'intéressant, là. Apparemment, ou on aimait Matty, ou on la détestait.

Victor, lui, l'avait aimée.

Est-ce cela qui l'avait perdu ?

Leurs plats arrivèrent et la conversation stagna quelques minutes, le temps que le serveur se retire.

– Je n'aime guère dire ça, reprit Geraldine sur le ton de la confidence, mais j'ai l'impression que Matty cache son jeu. Que cette affaire est plus complexe qu'il n'y paraît. Elle a beau se poser en victime à coups de « pauvre de moi ! » et de « si vous saviez ce que j'ai souffert ! », il n'existe aucune preuve qui étaye cette thèse, hormis une visite à son médecin environ une semaine avant la mort de Victor. Matty aurait fait état de sévices que lui infligeait son mari et s'est dite nerveusement à bout. Mais même le médecin reconnaît avoir été sceptique. Pas une fois elle n'est arrivée à son travail avec des traces visibles de coups. Son corps ne porte aucune marque d'aucune sorte. Pourtant, si improbable que cela paraisse, elle affirme que Victor était amateur de pratiques de bondage. Or, cet argument ne tient pas, puisque ce que vous venez de m'apprendre l'infirme totalement. Ce qui me ramène à la case départ… Voyez-vous, je ne l'aime pas beaucoup, moi non plus, et ça m'inquiète. En tant qu'avocat, je n'ai pas à aimer ou à ne pas aimer les clients que je défends. Jusqu'à Matty, il ne m'était encore jamais arrivé de prendre quelqu'un en aversion. Cette femme me déroute. Elle me déroute complètement.

Colin hocha la tête.

– Je vois très bien ce que vous voulez dire. J'ai le même genre de problème avec Susan. Sauf que, elle, je l'aimerais plutôt trop. Même si elle a tenté de m'étrangler aujourd'hui… J'ai compris ce qui l'avait rendue folle furieuse. Je sais à quel point elle aime ses enfants et à quel point eux l'aiment. Elle a tenu sa famille à bout de bras malgré tout ce qui a pu lui arriver. Et pour lui en être arrivé, il lui en est arrivé ! Barry Dalston était une véritable ordure. Il la battait et l'humiliait. J'ai eu accès au dossier médical de Susan, c'est hallucinant. Ecoutez plutôt... Son mari lui avait transmis une maladie vénérienne au cours de leur nuit de noces. Que le choc de cette découverte ait ou non été à l'origine de sa fausse couche, ça a donné le ton à la suite de leur mariage. Elle donnait, il prenait. Pour finir, elle l'a tué de plus de cent coups de marteau. Il n'avait plus de visage, plus rien qui puisse rappeler à quoi il avait ressemblé, plus rien de ce qu'il avait été avant de mourir, absolument rien. Profitant de ce qu'il était inconscient, elle s'est approchée de lui et l'a tué. Puis elle a appelé la police et s'est fait un café. Elle était encore couverte de sang, de bouts de cervelle et d'esquilles d'os quand les flics sont arrivés. Ce que je me demande, c'est pourquoi elle l'a tué de cette façon. Pourquoi elle l'a rendu méconnaissable. C'est comme si elle avait cherché à l'effacer complètement, à faire disparaître toute trace de son identité, afin qu'il ne reste plus rien de lui pour personne...

Il regarda Geraldine, qui contemplait fixement sa salade aux foies de volaille, un peu pâlotte.

– Oh ! excusez-moi... je n'avais pas réalisé... Je suis vraiment confus ! Mais ça m'intrigue tellement, aussi, cette histoire, vous comprenez ? Est-il possible qu'une personne encaisse tant de mauvais traitements que, le jour où elle pète les plombs, elle le fait pour nous tous ? Pour chaque humiliation, chaque coup, chaque blessure jamais subis ? Est-ce que, ce jour-là, elle est tellement hors d'elle qu'elle en perd toute raison, toute rationalité et qu'elle n'a plus qu'un seul désir : tuer ? Ce qu'a fait Susan semble pourtant prémédité... Est-ce qu'elle est entrée dans la chambre, a vu son mari étalé sur le lit et a décidé de l'éloigner à tout jamais de son monde, de ses enfants, de sa maison ? Qu'est-ce qui l'a poussée à le faire à ce moment précis ? Il l'avait tabassée, mais cinq jours plus tôt. Elle ne peut pas alléguer ce motif pour excuser son geste. Pourquoi ne l'a-t-elle pas tuée la nuit où il l'a agressée ?

Pourquoi avoir attendu ? Elle était allée au pub, ce soir-là, et elle avait un peu trop bu. Mais, d'après son amie Doreen, elle avait passé une excellente soirée et s'était éclatée. Susan elle-même le reconnaît. Elle dit qu'elle est rentrée chez elle et qu'elle a décidé de le tuer, comme ça. Je ne la crois pas. Je n'y arrive pas. Elle en a bavé plus que n'importe qui aurait pu le supporter, et elle a toujours protégé ses enfants. Jamais elle ne les aurait laissés, à moins d'y être forcée. Elle leur voue une véritable adoration. Ils sont toute sa vie. Alors, pourquoi a-t-elle subitement décidé de faire quelque chose qui l'en séparerait ? Qui les ferait échouer à l'assistance publique ? Elle connaissait bien ses parents. Des moins que rien, toujours à la recherche de quelques livres. Elle s'est formellement opposée à ce que ses enfants leur soient confiés, même s'ils en faisaient la demande. Non… Tout ça ne tient pas debout.

– C'était peut-être l'alcool ? Ça a pu la rendre violente.

Colin passa ses doigts dans ses cheveux déjà passablement en bataille et se retrouva avec une espèce de brosse hirsute qui lui donnait l'air d'un grand gosse.

– Non, je ne crois pas que l'alcool soit en cause. A mon avis, son geste n'a pas d'explication logique qu'on puisse déduire a posteriori.

– Si ce n'est pas l'alcool, qu'est-ce que ça peut être ? Pourquoi a-t-elle fait ça ?

Il soupira.

– Je ne sais pas. Vraiment pas… Mais un jour, si Dieu le veut, je le découvrirai.

Geraldine le regarda. Il avait l'air hanté par Susan Dalston. Il était visible qu'il l'aimait beaucoup, qu'il éprouvait même du respect pour elle. Mais elle le sentait en même temps critique à son égard, comme s'il jugeait qu'elle avait laissé tomber ses enfants en se mettant dans une situation où elle était désormais incapable de les protéger.

Elle le trouvait gentil et idéaliste. Encore qu'un tantinet naïf.

– Peut-être que Susan Dalston a senti qu'une chance s'offrait à elle. Une chance de le faire sortir de leur vie une bonne fois pour toute, suggéra Geraldine. Peut-être est-ce un effet de l'alcool, qu'il l'a incitée à profiter de l'opportunité avant que son mari se réveille et que le cycle infernal recommence. Peut-être qu'en le voyant couché comme ça, ivre mort, inconscient, elle n'a vu que l'*opportunité*. Elle n'a pas réfléchi. Elle n'a rien vu d'autre que la possibilité de se débarrasser de lui.

Colin eut l'intuition que ce quelle disait avait des résonances profondes en elle. Elle savait de quoi elle parlait. Elle comprenait ce besoin puissant qui peut s'emparer de n'importe qui – le besoin d'effacer, de faire disparaître quelque chose ou quelqu'un.

– Peut-être qu'elle voulait juste qu'il la laisse tranquille.

Il y avait une telle expression de gravité sur son visage que Colin eut soudain l'impression d'entrevoir la véritable Geraldine O'Hara. Celle qui se dissimulait derrière le tailleur haute couture et la coiffure à la dernière mode. Et cette Geraldine le sidéra. Car, dans ce corps de femme si désirable, il n'y avait qu'une gamine apeurée.

Elle vida son verre de vin en deux gorgées puis, le priant de l'excuser, disparut en direction des toilettes. Dix minutes plus tard, alors que Colin commençait à s'inquiéter sérieusement et à se demander si elle n'était pas partie sans rien dire, elle revint.

Elle était de nouveau l'avocate féministe sûre d'elle, dotée de jolies jambes, d'une intelligence rare et d'une attitude qui proclamait : « Bas les pattes. »

Il se sentit à la fois soulagé et un rien triste.

Matty ouvrit les yeux sur la cellule ensoleillée et un étrange sentiment de solitude l'envahit. Que quelqu'un lui manque, voilà qui était inédit. Surtout quelqu'un comme Susan Dalston. Mais Susan l'intriguait. Comment pouvait-elle être à ce point altruiste ? S'oublier pour ne penser en permanence qu'à autrui, à des petites créatures qui ne faisaient rien qu'exiger encore et toujours ? Son temps, son attention, le peu d'argent qu'elle avait…

Elle n'avait qu'eux à la bouche du matin au soir, comme s'ils étaient des personnes à part entière douées d'opinions, de pensées, et de besoins. Alors que, en réalité, ils n'avaient que des besoins.

Les enfants avaient des besoins, et leurs parents, ces imbéciles, y pourvoyaient. Sans une hésitation, sans d'autre motif que leur propre besoin de donner.

Ça, pour elle, c'était hors de question. Elle refusait de se laisser prendre quoi que ce soit ou par qui que ce soit, surtout par des ingrats. Des êtres incapables de se faire comprendre ou de se nourrir par leurs propres moyens pendant des éternités ? Rien que l'idée lui donnait des frissons.

Poussée par l'ennui, elle sortit de la cellule et gagna la salle de récréation. Elle tenta de faire une réussite mais, trop souvent interrompue par des filles qui essayaient de lui faire la conversation, elle préféra y renoncer et, munie d'un café, se dirigea vers la cellule de Rhianna.

Rhianna s'y trouvait en compagnie de Sarah, une toute jeune fille, grande, avec de magnifiques yeux noisette et un visage en cœur. Elle paraissait née pour tourner dans un film sensuel de Fellini, plein d'Italiens velus à moustache.

Jusqu'à ce qu'elle ouvre la bouche. Là, son accent cockney faisait fuir toutes les idées romantiques que vous pouviez nourrir à son sujet. Ce n'était plus qu'une pute au langage ordurier, et même sa beauté semblait s'évanouir.

– Salut, ma poule, ça gaze ?

Sarah avait une nature insouciante qui faisait l'envie de toute la division.

– On dirait qu'tu viens d'perdre ta virginité avec la matonne de nuit !

Son rire grave était si communicatif que Matty elle-même ne put s'empêcher de sourire. Sur un signe de tête de Rhianna, Sarah sortit de la cellule, toute en jambes, en cheveux et en sourires.

– C'est une sacrée rigolote, cette Sarah. Quoi quelle sorte, j'arrive pas à me mettre en colère contre elle.

Matty hocha la tête.

– C'est dans sa nature. Y a des gens comme ça. Ils ne se rendent jamais compte de la merde qu'ils ont foutue eux-mêmes dans leur propre vie. Les heureux ! Je les envie.

Rhianna resta coite. Lorsque Matty était comme ça, mieux valait ne pas la prendre à rebrousse-poil.

– Ça va ?

Matty secoua la tête.

– J'ai un caf ' noir, comme dirait Sarah. J'en ai ras le bol, je suis comme un crin et j'ai envie de massacrer le monde entier.

Rhianna se détendit. Là, elle était en terrain connu. Elle pouvait assurer.

– Ça fait des années que j'en passe par là, périodiquement. La seule solution, c'est de faire avec, d'attendre que ça se tasse. Si ça le fait pas, tu te roules un joint. Tu t'offres un bon petit trip. Tu sors de ta tête. En général, quand je redescends, ça va nettement mieux.

– Tu crois que ça va, Susan ? Je veux dire, elle avait l'air salement perturbé. J'avais encore jamais entendu des hurlements pareils de ma vie. Y avait une telle souffrance dans sa voix. Comme si la douleur lui déchirait le cœur.

Rhianna sortit un joint de sa boîte de tabac en fer, l'alluma et exhala bruyamment la fumée. Elle le tendit à Matty qui en tira une longue bouffée.

– Tu veux que je te dise ce que je pense, Matilda Enderby ? Je pense que, pour la première fois de ton existence, quelqu'un te touche, t'affecte. La vérité, c'est que t'aimes bien Susan Dalston et que tu sais pas comment gérer ça.

Elle se mit à rire. Sans répondre, Matty s'assit sur la couchette et laissa son regard errer autour d'elle. La cellule de Rhianna était cent pour cent mâle : beaux mâles sur les murs et en couverture des magazines, et odeur mâle flottant dans l'air – un mélange d'herbe, de nicotine et de foutre froid.

Sauf que le foutre n'était pas d'origine masculine – encore qu'il l'aurait dû.

– Je me fous complètement de Susan Dalston. C'est juste que je dois partager ma cellule avec elle et que si elle est en train de perdre les pédales, j'estime que j'ai le droit de le savoir, laissa tomber Matty, d'un ton désinvolte.

Rhianna hocha la tête, hilare.

– Je me suis déjà rancardée sur Susan, alors arrête de te ronger. Elle va bien. Elle va réintégrer la détention cet après-midi. Susan aime trop ses gosses pour se faire porter pâle très longtemps. Pas question de laisser à qui que ce soit une chance de dire qu'elle est pas en état. Tu vois, t'as aucune raison de t'en faire, Matty… acheva-t-elle, d'un ton entendu, comme si elle avait lu dans ses pensées et savait que, quoi qu'elle en dise, elle se faisait du souci pour Susan.

Sarah réapparut à la porte de la cellule comme un zombi, ses yeux immenses allumés par le LSD. Elle se glissa sur l'autre couchette et son corps s'affaissa, telle une poupée de chiffons.

– Je la vomis, cette taule de merde !

Personne ne lui répondit. Il n'y avait rien à ajouter.

Susan écoutait parler le psychiatre. C'était un homme d'un certain âge, avec des cheveux châtain clair manifestement teints et des yeux gris qui larmoyaient. Mais sa voix lui plaisait, avec cet accent écossais rocailleux qui lui rappelait de lointains souvenirs d'un temps plus heureux.

– Que ressentez-vous, Susan ? Quel sentiment éprouvez-vous quand vous pensez à votre vie ?

Elle réfléchit intensément. Qu'est-ce qu'elle ressentait ?

– Je me sens exactement comme je me sentais à la maison. Quand j'arrivais au bout de mon ménage. Que tout le linge sale était enfin dans la machine et que je me reculais, avec la satisfaction du devoir accompli. Alors, à ce moment-là, je voyais une chaussette par terre. Une chaussette sale qui aurait dû être dans la machine mais que j'avais pas vue. Et là, je comprenais que la vie me disait qu'il avait toujours quelque chose ou quelqu'un qui vous échappait. Ou qui fichait en l'air votre train-train, votre vie ou votre bonheur.

Le docteur McFadden regarda la femme assise en face de lui et sourit. Décidément, elle lui plaisait. C'était une grande philosophe, à sa façon. Une rêveuse qui n'avait jamais eu le loisir de réaliser ses rêves.

Mais ça, elle n'en avait pas conscience. Comme tout le monde…

– Est-ce qu'il vous arrive de penser à ce que vous avez fait ?

Elle poussa un soupir las qui n'en finissait pas.

– Réfléchissez, docteur. A ma place, est-ce que vous y penseriez, à ce que vous avez fait ?

Il s'interrogea plusieurs minutes en se mordillant la lèvre du bas, puis haussa les épaules.

– Ça dépend, c'est sûr… Ça dépend de si vous avez, ou non, le sentiment que ce vous avez fait était mal, c'est bien ça ?

Susan lui sourit.

– Vous êtes un sacré rusé, docteur ! Il va falloir que je me surveille avec vous, pas vrai ?

– Venant de vous, Susan Dalston, je prends ça comme un compliment.

Quand elle fut partie, il nota : « *Gros sentiment de culpabilité, immense amour pour ses enfants, avec lesquels elle devrait être chez elle, s'il y avait une justice en ce monde.* »

Il savait qu'il n'était guère apprécié en haut lieu, qu'on le jugeait trop tolérant, trop indulgent envers les femmes dont il s'occupait. Mais telle était la rançon de toutes ces années passées à l'écoute du malheur et du désespoir.

La douleur réveilla Wendy. Une douleur désormais familière. Cette brûlure cuisante entre ses cuisses, qui lui tirait les larmes chaque fois qu'elle urinait. Si seulement elle avait pu être dans sa chambre, pour s'appliquer la lotion à la calamine qui l'apaisait.

Ça lui arrivait périodiquement – un legs de son père et de ce qu'il lui avait fait. Il lui avait transmis une maladie. Elle se demandait parfois si c'était un châtiment du ciel. Son père l'avait, cette maladie, quand il l'avait violée. Alors, peut-être que Dieu la lui avait donnée à lui tout exprès pour qu'il la lui transmette…

C'était une chose qui la troublait beaucoup.

Elle ferma les yeux et se plongea dans son rêve préféré. Elle était chez eux, avec sa mère, ses sœurs et son petit frère. Son père venait miraculeusement de mourir dans un accident de voiture et ils étaient heureux tous les cinq ensemble, bien au chaud et le ventre plein. Ils étaient installés dans le salon et se goinfraient de chips goût ketchup et de milk-shakes en regardant « Bonanza » à la télé, tandis que Rosie passait de genoux en genoux et ouvrait son petit bec pour picorer une bouchée par-ci par-là.

La réalité avait parfois ressemblé à ça, quand son père vivait son autre vie avec son autre femme. Dans ces moments-là, ils pouvaient souffler et être heureux, comme si son absence les rendait, eux, plus réels. Sans lui, ils avaient enfin le sentiment de ne pas être sur Terre que pour se faire crier dessus ou recevoir des taloches.

Mamie Kate venait les voir, son sac plein de chocolats fourrés au caramel, de biscuits à la guimauve et d'une pochette surprise pour Barry, qui adorait sentir les petites hosties pleines de poudre acidulée lui exploser sur la langue. Elle leur parlait de sa voix douce et avait toujours un mot gentil pour chacun d'eux.

Ces derniers temps, mamie Kate allait très mal. Elle ne pouvait même pas venir les voir. Ça l'avait terriblement ébranlée de deviner ce qui s'était passé, cette nuit-là. Elle se doutait, au fond de son cœur, de ce que son fils avait fait. Elle savait qu'il en était capable – ce qui, pour elle, était peut-être encore pire, songea Wendy. « Bon sang ne peut mentir… » Les mots s'imposèrent à elle, mais elle les chassa de son esprit et essaya penser à autre chose. Mais la douleur empirait.

Elle ne put retenir un cri.

Jamais ça ne lui avait fait aussi mal, les autres fois. C'était insupportable. Elle sentait les cloques la lancer au moindre mouvement. Comme si on lui avait brûlé le bas-ventre avec de l'eau bouillante ou du débouche évier.

Elle tenta de s'humecter les lèvres, mais elle avait la langue toute sèche. Ce qu'il lui fallait, c'était de la glace. La glace calmait ses brûlures, tuait le mal. La glace lui faisait du bien.

Madame Eappen entra sans frapper, le cheveu laqué à mort, le cardigan boutonné jusque sous le menton.

– Tu envisages de te lever à quelle heure aujourd'hui, Wendy ?

A son habitude, son ton était réprobateur. Comme si elle s'attendait automatiquement à ce que vous ayez fait quelque chose de mal – ce qui vous en donnait aussitôt envie. Wendy, qui ne voulait surtout pas la décevoir, cherchait la moindre occasion de l'irriter. Elle avait l'impression que, quelque part, cette femme trouvait ça réconfortant.

– Je ne me sens pas très bien, ce matin...

Madame Eappen la dévisagea et remarqua ses traits tirés, son visage blême et épuisé. Wendy avait aussi l'air de souffrir beaucoup.

– Ça ne va pas ? Tu veux que j'appelle le docteur ?

Il y avait une note d'inquiétude dans sa voix et Wendy se sentait suffisamment mal pour en éprouver de la gratitude.

– Non, ça va passer. C'est juste que j'ai mes règles.

Madame Eappen lui jeta un regard sceptique.

– Tes règles ? Tu les as eues il y a une semaine à peine... dit-elle, en la regardant d'un œil inquisiteur. Je vais faire venir le docteur. Mieux vaut prévenir que guérir !

Les protestations véhémentes de Wendy la décidèrent complètement à décrocher son téléphone. Plus elle s'entêtait à nier qu'elle souffrait, plus madame Eappen était convaincue de la nécessité de la faire examiner par un médecin. Au cours de sa longue carrière, elle avait tout vu : les tentatives d'avortement avec des aiguilles à tricoter ou des baguettes chinoises, les filles qui faisaient une fausse couche dans leur beau lit tout propre, sans se soucier un instant du danger qu'elles couraient ou des tracas qu'elles causaient aux autres.

Le médecin arriva et se trouva confronté à une adolescente hystérique, qui se débattait et refusait de se laisser examiner. Pour finir, Wendy fut maîtrisée par des bras aussi fermes que bien intentionnés, et un cercle de visages inquiets se pencha sur elle, tandis que ses couvertures étaient relevées et son terrible secret révélé.

Elle entendit le docteur siffler entre ses dents et madame Eappen souffler :

– Dieu du ciel ! Mais qu'est-ce qu'elle a donc ?

A bout de forces, accablée par la révélation, Wendy se trouva brutalement submergée de questions par des personnes qui exigeaient toutes de savoir quand et avec qui elle avait couché.

Quand étant ce qui les intéressait par-dessus tout.

Surtout monsieur Potter, qui avait l'air non seulement furieux, mais aussi consterné.

Wendy garda farouchement le silence. Elle ne savait pas grand-chose de la vie, mais, le peu qu'elle en savait, c'est dans le giron de sa grand-mère qu'elle l'avait appris, sa mamie Kate qui sentait le pain chaud sortant du four et l'eau de Cologne. « Les gens ne savent que ce que tu leur dis, mon petit. Ne l'oublie jamais. Ne confie tes secrets qu'aux personnes pour qui ils resteront des secrets. Qui les garderont comme ils doivent être gardés : secrets. »

Wendy comprenait soudain ce que vieillir avait de bon. Ça voulait dire savoir des choses que les autres ne savaient pas encore. Ça voulait dire essayer de les mettre en garde contre les périls d'une existence au bout de laquelle vous arriviez. Ça voulait dire passer peu à peu la main et se défaire de tout, sauf de ses souvenirs et de ses secrets.

Allongée dans son lit, elle sentit tout à coup sereine. Elle ne leur dirait rien. Ils pouvaient imaginer le pire, ils ne feraient qu'effleurer la vérité.

Son père était mort et c'était tant mieux. Plus rien ne pourrait désormais la faire souffrir autant. Même cette horreur qu'il lui avait donnée ne pouvait pas la faire plus souffrir qu'il ne l'avait fait souffrir en la lui transmettant.

Elle regarda tous ces gens qui l'entouraient en ouvrant de grands yeux. Mais pas un mot ne franchit ses lèvres.

Madame Eappen, c'était évident, la soupçonnait de s'être donné du bon temps sous leur nez à tous. Et ça l'emplissait d'une joie secrète.

25

Roselle était assise dans sa voiture en compagnie d'un caïd de Soho qui se faisait appeler Danny. Personne ne connaissait son nom de famille et personne n'avait jamais eu le cran de le lui demander.

C'était un grand balèze, à la peau noire comme l'ébène. Les filles qui aimaient les montagnes de muscles au crâne rasé le trouvaient craquant. Les entraîneuses l'adoraient et il les aimait. A tour de rôle et rarement pour plus d'une nuit de suite. Il était « aussi difficile à attraper que la vérole avec un pasteur », comme elles disaient entre elles.

Il ne parlait pas beaucoup, ce qui leur allait à merveille. Au club, elles, elles parlaient à longueur de nuit, et pour dire des conneries. Des conneries à l'usage de paumés dont les fantasmes de Femme Idéale étaient aussi éloignés de la réalité que la lune de la Terre.

Mais elles jouaient le jeu avec les clients et en appréciaient d'autant plus Danny. Sa force tranquille, son sourire et, surtout, sa virilité, qui avait la taille d'une batte de base-ball ou d'une batte de cricket, selon qui vous décrivait l'objet. Il riait de leurs blagues, comprenait leurs petites misères et leur offrait quelques heures de sexe gratuit.

S'il y avait quelqu'un qui le connaissait mieux que personne, c'était Roselle. Ils étaient de vieux amis et, chaque fois que Roselle avait besoin de quelqu'un pour un job, c'était à lui qu'elle faisait appel. Comme ce soir où, assis dans sa voiture, alternant regards méditatifs et sourires énigmatiques, il l'écoutait lui exposer sa mission.

– Quand le type en question se pointera, tu le rabattras vers la voiture, mais arrange-toi pour que les passants ne se doutent pas de ce qui se passe, OK ?

Il inclina la tête. C'était quelque chose qu'il faisait couramment. On le considérait même comme le roi indiscuté du kidnapping.

– Ensuite, toi et moi, on va s'employer à lui foutre la trouille de sa vie.

Danny se fendit d'un vrai sourire, impatient d'en venir à cette partie du programme.

– Si c'est un violeur de petites filles, je vais pouvoir travailler mon tir aux burnes ?

Roselle eut un petit rire de gorge.

– Ça, pour en être un, ç'en est un, et tu vas avoir l'occasion de jouer les terreurs. Mais voyons d'abord comment il réagit, avant de lui faire mal. Parfois, la peur du châtiment est pire que le châtiment lui-même. On verra…

Danny se laissa aller contre son dossier. Il aimait bien Roselle. Contrairement à la plupart de femmes, elle pensait comme un homme. C'était une solitaire et elle comprenait à merveille tous les rouages de la peur.

Il était huit heures et demie du soir quand Alfred Potter émergea de son appartement. Il travaillait comme bénévole à la maison de jeunes du quartier et il était en retard. Il venait d'avoir de la visite. Une fillette de onze ans du nom de Leyla, très en avance sur son âge, au niveau physique. Mais aussi très en retard au niveau scolaire. Exactement son type, quoi… Ses parents le trouvaient formidable de l'aider à faire ses devoirs et de l'emmener en sortie, les jours où elle n'avait pas classe. Après tout, il était travailleur social et savait ce qu'il faisait. Ils pouvaient lui faire confiance.

Leyla était une enfant gentille et très liante. Elle appréhendait le monde en termes de sensations et de pensées. Lorsqu'elle faisait plaisir aux gens, elle éprouvait de la satisfaction. Quand ils étaient en colère contre elle, elle pleurait. Chaque fois qu'elle faisait plaisir à monsieur Potter, il lui donnait des gâteaux – des vrais, achetés en magasin – et du Pepsi, choses que ses parents ne lui achetaient jamais.

Ce soir, Leyla avait eu un très long cours de rattrapage avec monsieur Potter. Si long qu'il en avait oublié l'heure. En sortant de chez lui, il la colla dans un taxi et lui fit des grands coucous de la main jusqu'à ce qu'il la perde de vue.

Puis, très content de lui et se sentant indestructible, il boutonna sa veste et s'éloigna d'un pas alerte en lissant ses cheveux clairsemés.

Le grand Noir semblait glisser vers lui comme sur un cousin d'air, le visage totalement inexpressif. Ce ne fut qu'en sentant une poigne d'acier se refermer sur son bras et en entendant l'homme lui parler qu'Alfred Potter comprit qu'il avait du souci à se faire.

Seulement, à ce moment-là, il était déjà assis à l'arrière d'une voiture haut de gamme.

Sa voisine, madame Henderson, lui adressa un petit signe et il lui rendit son salut. Parce que le grand Noir venait de l'informer que, s'il ne se comportait pas naturellement, il recevrait sous peu son service trois pièces par la poste.

Et il croyait dur comme fer ce que lui disait le géant noir aux dents d'un blanc impossible et au blanc de l'œil jaune. En tout cas, se dit-il, il n'avait aucune raison de ne pas le croire.

La belle et élégante jeune femme assise au volant démarra et la voiture emporta, à vive allure mais sans excès afin de ne pas attirer l'attention, Alfred Potter qui continuait à faire de grands signes à madame Henderson. Il s'entendit signifier de ne pas ouvrir la bouche tant qu'on lui ne adresserait pas la parole.

Il était terrifié. Ce qui était précisément le but recherché par ses deux compagnons de route. Il ne les déçut pas. Il chialait avant même qu'ils s'engagent sur l'autoroute. Si seulement ils pouvaient lui parler, lui dire ce qu'il avait fait de mal !

Mais personne ne pipait mot et il ne s'en ressentait pas pour s'exposer à l'ire du grand Black.

Roselle, pour sa part, trouvait cela fort divertissant, ma foi.

– Encore une nuit de plus en taule... Tu parles d'une perspective réjouissante !

Susan n'en pouvait plus. La voix de Matty lui vrillait les oreilles. On aurait dit qu'elle avait décidé de parler jusqu'à l'épuisement complet.

– Ecoute, Matty, tu ne veux vraiment pas que je te la lise, ma lettre ? Comme ça, tu me dirais ce que t'en penses.

Matty inclina la tête. Elle arrêta d'arpenter la cellule et s'assit sur la couchette de Susan.

– Ben, vas-y.

Susan s'éclaircit la voix et entama sa lecture.

– « Mon cher Peter... » C'est son nom...

Matty soupira.

– Même toi, je ne vois pas comment tu pourrais te gourer, là...

Susan se racla la gorge et reprit depuis le début.

– « Mon cher Peter, ça m'a fait plaisir de recevoir ta lettre. Je suis contente d'avoir de tes nouvelles. J'espère que tu vas bien. Moi, ça va aussi bien que possible, vu les circonstances. Les enfants vont bien. Je crois que je leur manque, mais bon, à moi aussi, ils me manquent. Que deviens-tu ? C'est comment l'Australie ? Et comment est ton bateau ? A quoi ressemble la vie sur un gros bateau ? Qu'est-ce que tu fais de tes journées de congé quand vous êtes en mer ? Est-ce qu'il y a des femmes à bord ? Des femmes marins, je veux dire... Je plaisante ! Récris-moi bientôt, parce que ça m'a vraiment fait plaisir d'avoir des nouvelles de quelqu'un de ma vie d'avant. D'un temps plus heureux. Réponds-moi vite. Bien des choses. Susan Dalston. »

Matty se mit la tête dans les mains et se laissa tomber en arrière sur la couchette. Susan se hérissa.

– Elle est pas si mal que ça, si ?

Matty se redressa.

– Susan Dalston, c'est la pire lettre que j'aie jamais entendue de ma vie ! On dirait que c'est écrit par une débile mentale.

Susan commençait à se fâcher et ça se voyait.

– « Débile mentale » ? Ben, pas tant que toi ! C'est *toi*, la débile. Tu ne comprends rien à rien. Je trouve qu'elle est très bien, ma lettre. J'y pose des questions à Peter et j'y réponds aux siennes…

Matty se passa la main sur les yeux, un tic qu'elle avait quand elle était agacée.

– Si Peter t'intéresse, ne lui poste pas cette lettre. Je t'en écrirai une autre que tu pourras lui envoyer, elle.

Susan secoua la tête énergiquement.

– Non, non, pas question ! J'ai pas le béguin pour lui, ni lui pour moi. On est juste des copains. Des vieux copains de classe. Il est coincé sur son bateau et, moi, je suis coincée ici. On veut juste avoir des nouvelles l'un de l'autre, un point c'est tout. Pourquoi il faudrait toujours que ce soit des histoires de cul, de flirt et de mecs ?

Matty secoua la tête avec un sourire en coin.

– Parce que c'est ce qui fait tourner le monde, Susan. Les hommes avec les femmes, les femmes avec les hommes. C'est comme ça.

Susan eut un reniflement méprisant et alluma une cigarette.

– Tous les hommes que j'ai connus n'ont rien fait d'autre que de me causer des emmerdes. Alors, tu peux garder tes salades pour les gens comme toi. Moi, j'ai juste besoin d'un bon copain. Coincée ici comme je suis, la dernière chose dont j'ai besoin, c'est de me faire des idées. La romance, c'est pour les connes, Matty. Les petites connes comme toi et Sarah, et toutes celles qui se figurent que, dès qu'elles seront dehors, tout se passera bien pour elles. Ecoute-moi bien, parce que, avec ce que je vais te dire, le réveil risque d'être rude. Tu t'en souviendras toute ta vie. Si tu te trouves un autre mec, il se demandera en permanence si tu ne le tueras pas, lui aussi. Plus tôt tu te rendras compte de ce que tu as fait, de ce que tu as causé, mieux tu t'en porteras !

Matty la fixa du regard dur et sans expression qui la caractérisait.

– Tu te goures, Susan. Nous sommes des victimes et les gens bien nous considérerons comme telles.

– Tu n'es pas une victime, Matty ! Tu l'as reconnu toi-même la semaine dernière, quand la vodka t'a délié la langue. Aucune de nous n'est réellement une victime. On épouse ces hommes et, même lorsqu'on découvre ce qu'ils sont, on reste avec eux, malgré tout. On est piégées mais, le piège, on s'y est jetées de nous-même. Barry était exactement comme mon père. Je me suis mariée avec mon père, autant dire, l'homme que je haïssais le plus au monde. J'ai été victime, c'est sûr. Victime de mon envie de me tirer de chez mes parents, de mettre de la distance entre mon père et moi. C'est tout. Il n'y a pas de grand projet, pas de grand idéal. Rien que la putain de vérité toute nue. Et ça, comme on le sait toutes, et ça fait foutrement mal.

Matty la fusillait du regard. Elle avait quelque chose d'effrayant. Susan se rendit compte qu'elle était allée trop loin mais, bon Dieu ! ce que Matty pouvait lui taper sur les nerfs certaines fois !

– Qu'est-ce que la vodka m'a fait dire exactement ?

Elle avait parlé d'un ton monocorde et, devant son regard d'oiseau de proie, Susan regretta soudain d'avoir mentionné la soirée.

– Pas grand-chose… J'ai deviné la vérité, c'est tout. Mais t'as pas à t'en faire. Je ne suis pas du genre bavard, comme tu sais.

Matty se leva. Elle avait beau être petite et menue, elle avait quelque chose de menaçant. Susan se déplia à son tour. La différence de taille et de poids était manifestement à son avantage.

– Ecoute, Matty, ce que tu fous, c'est ton trip personnel. J'en ai rien à cirer. J'en ai déjà suffisamment sur le dos comme ça entre survivre ici, m'occuper de mes gosses à distance et essayer d'écrire des lettres. Si j'avais eu l'intention de me servir de ce que t'as dit ce soir-là, j'aurais quand même pas eu la bêtise de t'en parler, hein ?

Matty ne pouvait qu'en convenir et se calma un peu.

– Je sors des tas d'idioties quand j'ai bu, Susan. Mais ça ne veut pas dire que c'est forcément la vérité.

Susan fit « non » de la tête. La tension retomba et Matty retrouva le sourire.

– C'est sûr que je suis bien placée pour le savoir, Matty. En fait, je ne me souviens pas de grand-chose, pour tout te dire. Et maintenant, si tu me donnais un coup de main pour ma lettre ? Je m'incline devant la supériorité de ton vocabulaire…

L'orage était passé, mais Susan se rendait compte que la foudre n'était pas tombée loin. Matty Enderby était une femme dangereuse, c'était évident. Et mieux valait la compter parmi ses amis que parmi ses ennemis, ainsi que son défunt mari en avait fait l'expérience.

Alfred Potter était debout en costume d'Adam dans un bois glacial, à des lieues de chez lui. Jamais il ne s'était senti aussi vulnérable de sa vie.

– Mon Dieu ! En voilà une toute petite bite ! Tu ne trouves pas, Dan ?

Le grand Noir hocha la tête en silence.

– Elle n'est pas du tout aux normes pour une femme adulte, monsieur Potter ! Est-ce pour cette raison que vous la réservez exclusivement aux petites filles ?

La voix de Roselle avait sonné haut et clair dans le noir et Potter, conscient que ça sentait le roussi pour lui, resta muet.

Danny le saisit avec un de ses énormes battoirs et le secoua.

– Tu réponds poliment à la dame quand elle te parle, mec. Vu ?

Monsieur Potter, qui ne savait pas quoi répondre à Roselle, secoua énergiquement la tête.

Elle éclata de rire.

– Tu me traites de menteuse, alors ? T'es un monstre, un prédateur de merde qui s'en prend aux enfants les plus faibles et les plus démunis. Des enfants placés en foyer, des enfants qu'on a arrachés à leur milieu familial pour l'unique raison que leurs parents avaient pété les plombs. Tu trouves que c'est normal de leur faire ce que tu fais, dis ?

Monsieur Potter se sentait si vulnérable, si impuissant qu'il en avait les larmes aux yeux. Il était à poil, gelé, terrifié, et totalement à la merci de ces deux inconnus qui en connaissaient manifestement un rayon sur son compte. Sur ses « récréations » avec les enfants, comme il appelait ses petits jeux.

– Jamais je ne me permettrais de vous traiter de menteuse, madame.

Il se dégoûtait lui-même de son ton obséquieux. « Ô, mon Dieu, pria-t-il intérieurement, sors-moi de là et je fais le serment de ne plus jamais m'approcher d'un enfant jusqu'au jour de ma mort ! »

Roselle le regarda, un rictus aux lèvres.

– Alors ? Quel effet ça fait d'être ainsi exposé aux regards de parfaits inconnus, des inconnus qui pourraient te faire faire tout ce qu'ils veulent ? Juste parce qu'ils sont plus forts, plus pervers, plus cruels que toi ?

Potter resta muet. Il n'avait pas de réponse à ça.

– C'est ça qui excite les salauds dans ton genre, dis ? La peur, l'incapacité de se défendre de ces petites filles que tu violes ? Parce que c'*est* bel et bien un viol, tu le sais. Et de la pire espèce. Tu as délibérément choisi un métier qui te met en contact avec des enfants, soi-disant pour leur venir en aide. Comme tu as aidé cette gamine du pays de Galles. Comment s'appelait-elle déjà ?

Elle fit mine de réfléchir, comme si le nom lui échappait.

– Ce n'était pas… Karen ? Mais oui, bien sûr ! Karen… Une petite fille avec des couettes. D'ailleurs, tu as toujours sa photo chez toi… On a visité ton appartement, Potter. Moi et mon ami ici présent. On a farfouillé dans tes petites affaires. On a regardé tes albums de photos, tes vidéos et toutes les merdes que t'entasses. On peut dire qu'on te connaît mieux que personne, maintenant…

Sa voix était aussi dure que son visage et elle n'avait plus l'air de plaisanter.

– Tu as quitté précipitamment le pays de Galles, Potter. Comme tu avais quitté le foyer de Newcastle et celui de Leeds avant ça. Tu démissionnes toujours avant qu'on te vire, non ? Avant de te faire pincer. Tout ça reste entre vous, n'est-ce pas, Potter ? Parce que des types comme toi, il y en a beaucoup en circulation… Eh bien, je suis ici pour t'informer qu'on sait tout de toi et de tes activités, et qu'on t'a à l'œil. T'as commis une grossière erreur en t'en prenant à une bonne amie à moi, ma petite copine Wendy Dalston. Parce que, tu vois, contrairement à toi, Wendy peut compter sur nous... Et maintenant, si on faisait un peu le point sur ta situation ? Je peux difficilement passer l'éponge, n'est-ce pas ? Je dois m'assurer que tu mesures bien la gravité de ce que tu as fait. Que tu n'auras plus jamais la tentation de recommencer quoi que ce soit d'approchant. Et j'ai bien peur que la solution à laquelle je pense ne soit douloureuse pour toi. Extrêmement douloureuse…

Il se laissait tomber à genoux dans les feuilles mortes. Il sentait des brindilles s'incruster dans ses rotules et de la terre lui coller aux tibias.

– Pitié, pitié ! Ne me faites pas de mal ! Je vous en supplie. Je vous en conjure ! Je suis cardiaque…

Il chialait comme un veau.

Roselle, elle, prenait son pied.

– Ah ! Quel bonheur d'entendre un homme me supplier ! Même un type comme toi, Potter… Eh ben, supplie tout ton soûl, enfoiré ! Parce que t'as beaucoup à te faire pardonner !

Elle tourna les talons et regagna lentement la voiture, l'abandonnant aux mains de Danny. Ce que Danny en ferait à présent, c'était son affaire à lui. C'était une règle tacite entre eux. Il dispensait le châtiment qu'il jugeait adapté au crime.

Elle avait le pressentiment que, ce soir, le châtiment serait impitoyable, mais elle se sentait incapable de s'apitoyer sur le sort d'Alfred Potter.

Colin était dans ses petits souliers. Le parloir où il était assis en compagnie de mademoiselle Beacham, l'assistante sociale qui s'occupait des enfants, lui rappelait cruellement sa dernière entrevue pour le moins orageuse avec Susan. Il lança un sourire crispé à sa voisine, qui inclina la tête, comme pour lui assurer que tout se passerait bien.

Il aimait bien mademoiselle Beacham. C'était quelqu'un de très agréable, qui exerçait une influence apaisante sur les enfants confiés à sa charge. Elle l'impressionnait. Quel dommage qu'elle fût si laide. Avec sa personnalité, ç'aurait été une femme très recherchée, si Dieu avait jugé bon de lui accorder un visage mieux en harmonie avec son tempérament.

Comme cette idée l'effleurait, il s'avisa que Geraldine O'Hara l'incendierait s'il osait l'exprimer en sa présence. Mais les Geraldine O'Hara de ce monde avaient beau jeu d'être d'ardentes féministes. On ne les jugeait qu'à l'aune de leur beauté, et elles ignoraient tout des affres que vivaient les misérables mortels comme lui et mademoiselle Beacham.

Cette pensée le fit sourire. Présumant que ce sourire lui était destiné, mademoiselle Beacham le gratifia d'un des siens.

– Je suis ravie que nos jours de visite coïncident, Colin. Que diriez-vous d'aller manger un morceau ensemble ensuite ? Je pourrais en profiter pour vous faire un briefing complet sur la situation des enfants ?

Il hocha la tête.

Une de ses autres qualités, à ses yeux, était qu'elle mangeait comme on devait le faire. En grosses quantités et uniquement des choses réputées nuire gravement à votre santé. Il savait par les enfants de Susan qu'elle les emmenait souvent au Wimpy et qu'elle leur y offrait des milk-shakes et des donuts géants, par-dessus de généreuses portions de hamburger-frites.

Tous l'adoraient, surtout l'aînée.

Wendy faisait pour lui figure d'anomalie, dans l'affaire de Susan. Tous ses cadets avaient été présents dans la maison, cette nuit-là, et affirmaient n'avoir rien vu ni rien entendu.

Ça le travaillait. *Qui*, exactement, était censé les surveiller pendant que leur mère était au pub ? Il ne voyait pas Susan les laisser à la garde d'Alana, quoi qu'ils en disent tous. Susan la première.

Rosie n'était bien entendu au courant de rien – comment l'aurait-elle pu ? –, mais le petit Barry lui-même n'avait jamais rien dit d'autre que : « Papa est parti et on est tous bien contents. » Alana jurait qu'elle ne savait rien et que, comme eux tous, elle n'avait rien vu et rien entendu.

Mais, comme il commençait à s'en apercevoir, cette affaire était bien plus complexe qu'il n'y paraissait à première vue. Il était rare que les gens écoutent des enfants ou leur demandent leur opinion. Comme si les adultes pensaient automatiquement qu'ils n'avaient d'idée sur rien, en dehors de ce qu'eux, les adultes, voulaient qu'ils pensent. Les petits Dalston étaient des gosses éveillés et dégourdis, à qui pas grand-chose n'échappait, si trivial que ce fût. Plus il réfléchissait à cette affaire, plus Colin se sentait sceptique, même s'il ne savait pas encore très bien ce qui l'incitait à douter de la version des faits de Susan.

Au même instant, Susan pénétra dans la pièce, à la fois souriante et confuse. Elle regarda Colin, l'air contrit, et, comme malgré elle, porta une main à sa gorge.

– Bonjour, Colin ! Mademoiselle Beacham... lança-t-elle avec son amabilité coutumière.

Colin se détendit.

– Comment vont les enfants ? Quand est-ce que je vais les voir ?

Derrière ses questions impatientes, on la sentait le cœur à vif.

– Ils vont bien ?

Mademoiselle Beacham lui tendit sa grande main osseuse et lui sourit.

– Bonjour, Susan ! Vous êtes belle comme tout, dites-moi. Vous n'auriez pas perdu un peu de poids ?

Susan hocha la tête, ravie qu'on l'ait remarqué.

– Ben, si, c'est un fait. C'est le rata qu'on nous sert ici... Immangeable.

Elle se tapota le ventre.

– Même que ça commence à être la panique, chez mes pneus ! Enfin, *mon* pneu !

Les deux femmes partirent d'un grand rire complice et Colin, qui se sentait exclu de la conversation, dériva vers la fenêtre.

– Peut-être que je devrais venir faire un petit séjour ici, alors. Ça ne me ferait pas de mal à moi non plus de perdre quelques kilos, plaisanta mademoiselle Beacham.

Elles se remirent à rire de plus belle et l'atmosphère se détendit. Colin ne pouvait s'empêcher d'être impressionné par l'assistante sociale. Les deux femmes s'assirent et mademoiselle Beacham posa un paquet de cigarettes sur la table. Aussitôt, Susan se jeta dessus et en alluma une.

– Oh ! merci, mademoiselle Beacham ! Mmmm ! quel pied ! Si vous saviez ce que j'en ai marre de fumer des roulées !

Collin se serait donné des gifles. Pourquoi ne lui était-il jamais venu à l'esprit de faire ça ? mademoiselle Beacham s'éclaircit la voix et poussa un gros soupir.

– Il faut que je vous dise quelque chose, Susan. Ça concerne Wendy. Avant que vous vous imaginiez le pire, je vous dis tout de suite qu'elle n'est pas à l'agonie.

Colin les observait depuis la fenêtre avec un sourire désabusé. C'était exactement ce qu'il avait sorti à Susan avant qu'elle lui saute à la gorge. Autant rester prudemment où il était, des fois qu'elle décide de récidiver... Même le gardien de faction était en alerte rouge.

– Voilà... Il semble que Wendy ait contracté une maladie.

Mademoiselle Beacham fixa Susan au fond des yeux.

– Une maladie vénérienne, j'en ai bien peur... Je devine à quel point vous devez vous sentir impuissante, vu les circonstances, mais étant donné que Wendy n'a pas encore seize ans, j'ai estimé de mon devoir de vous en informer, même si, officiellement, elle est sous tutelle. Est-ce que vous savez quelque chose qui pourrait nous éclairer ? Avez-vous une idée de la façon dont elle aurait pu être contaminée ? Le problème, voyez, c'est qu'elle n'a pas pu se mettre dans ce mauvais pas au foyer. Vous me comprenez ?

L'assistante sociale soupira.

– Bon sang, Susan ! C'est la pire nouvelle que j'aie jamais eu à annoncer à une mère de toute ma carrière.

Elle avait les larmes aux yeux et Susan lui prit la main par-dessus la table.

– Je sais, ma chérie. Je comprends, croyez-moi...

Colin en resta baba, incapable de savoir ce qui l'emportait, chez lui, de la stupeur ou de l'incrédulité. S'il avait annoncé ça à Susan, elle aurait d'ores et déjà un second meurtre sur la conscience. Mais qu'est-ce qu'elles avaient, ces bonnes femmes ?

– Alors, c'est quoi au juste, ce qu'elle a ?

La voix de Susan était triste et résignée.

– Elle a de l'herpès. C'est causé par un virus qui, croyez-le ou pas, est un cousin de celui de la varicelle. C'est une maladie qui vient des Etats-Unis, si j'ai bien compris.

Susan haussa les épaules.

– C'est tout elle, ça, aller attraper un truc américain... Les bonnes vieilles maladies bien de chez nous sont plus assez bonnes pour les ados, de nos jours, alors ?

Colin, qui n'en revenait pas de la façon dont elle prenait tout ça, nota dans un coin de son cerveau de se faire accompagner par mademoiselle Beacham lors de toutes ses visites à venir.

– Ça se soigne, cet herpès ? Est-ce que c'est dangereux ?

L'assistante sociale secoua tristement la tête.

– Apparemment, c'est une maladie qui est encore très mal connue. Mais les laboratoires ont mis leurs chercheurs dessus, et on peut espérer qu'il va en sortir quelque chose d'ici peu. Croisons les doigts. Cela dit, ça n'est pas mortel, alors n'allez pas vous ronger les sangs. Wendy est soignée et ça va mieux. Je parie que son plus gros souci, en ce moment, c'est que vous l'appreniez.

Susan hocha la tête, le visage impénétrable.

– Je pourrai la voir bientôt ?

– Mais évidemment ! Ils viennent tous vous voir vendredi, comme d'habitude.

– Où en est cette histoire d'adoption à la con, alors ? Dites-vous bien que je compte m'y opposer de toutes mes forces, comme Colin vous le dira, dès que je l'aurai vu.

Susan lança à l'intéressé un regard assorti d'un timide sourire.

– Je refuse d'abandonner mes enfants entre les mains de qui que ce soit. Même celles des Simpson, si gentils qu'ils soient. Je trouverai quelqu'un à qui confier Rosie. Ça, je peux vous le jurer ! Alors, vous voilà prévenue, mademoiselle Beacham. Et j'espère que vous n'en profiterez pas pour me faire un coup fourré.

– Oh ! Susan ! Mon plus grand souhait, c'est que vous soyez auprès d'eux. Ils vous adorent, je le sais. Et je sais aussi que vous avez été une mère formidable, pour eux.

Susan soupira.

– Vous êtes quelqu'un de bien, mademoiselle Beacham. Les enfants vous aiment bien, et ça, pour moi, ça se passe de commentaire. Quand je vois des gosses se méfier de quelqu'un, je me rappelle toujours qu'ils ont des antennes bien plus fines que les nôtres. Ils sentent les gens bien mieux que nous.

Elle sourit.

Mademoiselle Beacham se leva et elles se serrèrent la main.

– Je vous attends dehors, Colin. Et maintenant, je vous laisse papoter en paix, tous les deux.

Elle fit signe au gardien qu'elle en avait terminé et quitta la pièce sous son escorte.

Susan et Colin se regardèrent.

– Si je vous avais dit ça, Susan, vous m'auriez tué sur place, fit-il d'un ton de reproche.

Elle s'esclaffa.

– Colin ! Vous n'avez toujours pas pigé, hein ? Vous êtes un *homme*. Alors, bien sûr que vous vous seriez fait tuer. C'est la loi.

Elle lui avait dit ça, très pince-sans-rire. Colin ne put s'empêcher d'éclater de rire, bientôt imité par Susan et le gardien. Mais il remarqua que les yeux de Susan ne riaient pas et comprit qu'elle avait rendossé son costume de taularde endurcie.

La nouvelle qu'elle venait d'apprendre à propos de Wendy devait pourtant la ronger, car elle fuma cigarette sur cigarette durant tout leur entretien.

Madame Eappen ne savait trop quelle attitude adopter vis à vis de la jeune femme qui était devant elle. Robe et souliers chics, manifestement beaucoup d'argent, mais une voix qui ne cadrait pas du tout. D'où son incertitude.

Roselle lui décocha son plus beau sourire et décida de se mettre en frais de respectabilité.

– J'ai été informée que Wendy était souffrante, mais je suis certaine qu'elle acceptera de me recevoir.

Madame Eappen était déstabilisée et elle détestait ça. En fait, cette visite était la dernière chose dont elle avait besoin, aujourd'hui.

– Sa mère et moi sommes très liées. Nous nous connaissons depuis de longues années. Si Susan était ici, elle m'autoriserait sans hésiter à voir cette enfant. Quel que soit son état.

Madame Eappen savait que cette femme prenait parfois Wendy chez elle, tantôt pour une soirée, tantôt pour un week-end entier. Elle sentait aussi qu'il y avait quelque chose de pas très catholique, chez elle, mais n'arrivait pas à mettre le doigt dessus.

– Peut-être souhaitez-vous appeler le cabinet Eversham & Hope, dans Great Russell Street, et vous entretenir avec mes avocats ? Je ne doute pas qu'ils puissent trouver un précédent. Après tout, je suis ici à la demande expresse de la mère de Wendy. Bien entendu, je n'ignore pas que les enfants sont sous tutelle, mais je ne savais pas que c'était vous qui en assumiez désormais l'entière responsabilité.

Roselle improvisait, mais elle le faisait avec tant d'autorité que madame Eappen n'eut d'autre solution que de la conduire auprès de Wendy.

En la voyant entrer dans sa chambre, Wendy s'illumina. Elles s'embrassèrent, puis Roselle se tourna vers la femme qui la regardait, l'œil noir, et lui lança :

– Pourriez-vous nous préparer du thé ? Vous seriez gentille.

A peine madame Eappen, verte de rage, fut-elle sortie que Roselle s'assit sur le lit de Wendy. Elles éclatèrent de rire.

– Quelle vieille punaise ! Tu aurais vu la comédie que je lui ai jouée ! Je mérite d'être sur la liste des oscarisables... Cela dit, comment vas-tu ? C'est encore ça ?

Wendy hocha la tête. Jamais elles ne prononçaient le mot, à moins d'y être forcées, et préféraient l'éluder, conscientes l'une comme l'autre de l'énormité de ce qui lui était arrivé.

– Jamais ça n'avait encore atteint ces proportions, Roselle. Ça me fait mal, t'as pas idée !

Il n'y avait qu'à la regarder et l'entendre pour en être persuadé. Roselle la serra dans ses bras.

– J'ai entendu parler d'un certain monsieur Potter, si c'est bien son nom, et d'un couteau dont tu l'aurais menacé... T'es une sacrée fille, tu sais ! Dommage que ta mère n'ait jamais eu le même cran que toi, non ?

Elle éclata de rire.

– Elle en avait, je crois, mais mon père le lui a fait perdre à coups de poings. J'ai pensé à lui, aujourd'hui. Je ne peux pas m'en empêcher quand je suis comme ça. C'est comme s'il était de nouveau dans la pièce, je sens son odeur...

Elle tourna les yeux vers la fenêtre pour cacher ses larmes, et Roselle ravala la grosse boule qu'elle avait dans la gorge.

– Eh bien, moi, j'ai une grande nouvelle à t'annoncer !

Wendy la regarda, l'œil interrogateur.

– Monsieur Potter n'est plus. Il a cessé d'exister. Il a grimpé au rideau pour aller rejoindre son créateur, comme dirait John Cleese. C'est désormais un ex-travailleur social...

Wendy avait les yeux comme des soucoupes.

– Tu te moques de moi ?

Roselle secoua la tête.

– Tu te souviens de Danny, le grand Noir que je t'avais présenté ?

Wendy fit signe que oui.

– Eh bien, Danny lui a glissé un mot dans le tuyau de l'oreille et l'a convaincu de démissionner. Il semble que monsieur Potter ait eu un accident suffisamment sérieux pour l'empêcher définitivement de travailler. Quelle veine, non ? Enfin, pour lui, pas vraiment...

Wendy se mordilla la lèvre du bas et secoua la tête.

– C'est vrai de vrai ?

– Vrai de vrai ! Croix de bois, croix de fer !

– Si je mens, je vais en enfer ! acheva Wendy avec un sourire jusqu'aux oreilles.

La porte s'ouvrit à la volée et ses sœurs et son frère s'engouffrèrent dans la pièce, Alana avec Rosie sur la hanche. Elle était hilare. Son rire s'arrêta net quand elle aperçut Roselle.

– Oh ! Bonjour, madame...

– C'est pas une dame, Alana, c'est Roselle, tu le sais très bien !

Barry leva la tête vers Roselle avec un sourire qui le faisait tellement ressembler à son père que la jeune femme sentit son cœur se serrer. Pour se donner une contenance, elle ouvrit son sac et en tira des bonbons.

Alana ne fit ni une ni deux. Posant Rosie sur le lit, elle se rua avec les autres sur les friandises. Roselle prit Rosie, qui sentait bon le bébé propre, sur ses genoux et les regarda faire. Les regarda être tout simplement des enfants qui se régalaient de quelques bonbons – un cadeau inestimable pour eux... La tristesse l'envahit brusquement et elle eut envie de pleurer sur eux et leurs vies gâchées. Rosie, qui avait décidé que cette visiteuse était très à son goût, lui donna un gros baiser baveux et tout le monde éclata de rire.

A cet instant, la porte s'ouvrit sur une jolie femme, qui se présenta à Roselle comme étant madame Jane Simpson. Elle lui prit Rosie des bras avec une expression qui trahissait si fort son désir d'enfant que Roselle dut détourner les yeux.

– Roselle rentre à la maison, les enfants, annonça-t-elle d'une voix ferme.

Dans sa candeur naïve, Barry leva les yeux vers elle et lança :

– Ma maman est revenue, alors ?

Il y avait tant d'espoir, tant d'attente, dans sa voix que Roselle éprouva l'irrésistible envie de prendre son sac et de s'enfuir à toutes jambes. De partir bien loin de ces enfants qui ne lui étaient rien, dont elle n'était pas responsable.

Madame Simpson soupira.

– Non, Barry, ta maman n'est pas revenue. Elle ne reviendra pas avant très très longtemps.

En éternel optimiste, Barry haussa les épaules.

– Peut-être qu'elle va s'évader et qu'elle va venir nous délivrer, comme dans les westerns.

Son ton prouvait sans conteste qu'il l'en croyait capable. Quoi qu'en pense madame Simpson.

– Elle pourrait prendre un pistolet, ou un fusil...

Alana coupa court à ses chimères.

– Ça va, Barry, tout le monde a saisi, je pense !

Mais Barry n'était pas décidé à se laisser museler comme ça.

– Si, elle pourrait ! s'écria-t-il, avec toute la conviction dont il était capable.

Madame Simpson sortit, emportant une Rosie en larmes, et ils restèrent un long moment silencieux.

– J'm'ennuie de Rosie, même si tout ce qu'elle fait, c'est rien que manger et chier.

Cette fois, la main d'Alana claqua sur les cuisses de Barry.

– Arrête, à la fin ! Comme si on n'avait pas assez de problèmes comme ça sans que tu dises des gros mots en permanence et que t'énerves tout le monde !

Elle se tourna vers Roselle et haussa les épaules.

– C'est *lui* que je voudrais bien que quelqu'un adopte. Je signerais les papiers moi-même.

Wendy et Roselle éclatèrent de rire.

– Moi aussi, je les signerais ! renchérit Wendy, entrant dans le jeu.

Paupières mi-closes, Barry les regarda, l'air malin.

– Je me demande si Steve Austin[1] cherche pas un petit garçon... Ça me plairait bien d'aller avec lui. Je deviendrais bionique et je mangerais plus que des Bounty et des Twix.

Il prit Roselle à témoin.

– Quand t'es bionique, t'as plus besoin de manger des trucs bons pour la santé, parce que t'es plus un humain.

1. Héros bionique de la série télévisée américaine *L'Homme qui valait trois milliards* (1973-1994), qu'incarnait Lee Majors.

Elle hocha la tête comme si elle comprenait de quoi il parlait.

– Je vois.

Alana ricana.

– Toute façon, t'es pas un humain, t'es un garçon !

Mais le sarcasme glissa sur Barry.

– Et puis, quand maman reviendrait à la maison, moi aussi je reviendrais. Et je lui rapporterais des cadeaux et plein de choses pour qu'elle soit contente.

Roselle lui ébouriffa les cheveux.

– Je suis sûre que, rien que de te voir, elle serait contente, Barry. Tu es un très gentil petit garçon.

Il ne trouvait pas ces attentions désagréables, mais il joua le dégoûté pour faire rire la galerie. Entraîné par son sujet, et sûr d'avoir captivé ses spectatrices, il s'écria :

– Et vous savez ce que je ferais aussi ? J'irais voler Rosie, comme ça maman la trouverait quand elle arriverait à la maison. Ça lui ferait une autre surprise, quoi…

Sur ce, tout content de lui, il sortit. Barry Dalston avait l'art de se retirer à point nommé pour laisser son public sur sa faim. Ça faisait partie de son charme.

– Il est complètement toqué, ce Barry, dit Alana, une pointe de fierté dans la voix.

Elle regarda Roselle.

– Il a le niveau de lecture d'un garçon de onze ans, et pourtant il vient juste d'en avoir neuf. C'est de là qu'il tire toute son imagination.

Elle avait un ton tellement maternel que Roselle, attendrie, la serra contre elle, sans se douter que ce geste spontané venait de s'en faire une amie pour la vie. Alana la serra très fort, elle aussi et, émue par cette marque d'attention, fondit en larmes, ce qui déclencha celles de Wendy.

Alana était tellement bouleversée qu'elle pouvait à peine parler.

– Maman me manque tellement… et maintenant, ils nous prennent aussi Rosie et personne ne sait ce qu'elle aime pour de vrai. Ils lui donnent ce qu'ils *veulent* qu'elle aime. Ce qu'ils pensent qu'elle devrait aimer. Mais elle, c'est les Mars qu'elle aime, pas les Milky Way, et elle aime bien qu'on fasse semblant de la laisser tomber sur la tête, et aussi dormir avec moi et Barry. C'est pas juste, c'est pas juste ! On n'a rien fait de mal. Rosie a trois ans, là, et c'est nous qu'elle aime. Comment est-ce qu'ils peuvent nous la prendre ?

Roselle les entoura, Wendy et elle, de ses bras et les étreignit, les joues ruisselantes de larmes. Elles restèrent enlacées un long moment à pleurer ensemble. C'est dans cette attitude que madame Eappen, qui s'était finalement décidée à faire du thé, les trouva. Enchantée de constater que sa première impression avait été la bonne, elle posa le plateau et ressortit, un sourire suffisant aux lèvres.

Que cette femme se débrouille avec ces deux gamines, cette fois ! C'était elle qui était la cause de tout ça.

Pleurer avait fait du bien aux deux sœurs et à Roselle. Ça leur avait permit de lâcher la bonde à leurs émotions et ça les avait apaisées.

Alana ne tarda pas à partir à la recherche de Barry pour partager avec lui son butin : un billet de cinq livres, cadeau de Roselle. Une fois seules, Wendy regarda Roselle et secoua la tête.

– C'est trop triste, tu ne trouves pas ? Ils n'ont rien fait, ni l'un ni l'autre. Et pourtant, c'est eux qui souffrent. Si seulement je pouvais effacer cette nuit !

Roselle la reprit dans ses bras.

– Personne n'est à l'abri des pépins, dans la vie. Je veux dire, regarde-moi… Tu crois que c'était mon rêve de faire ce que je fais ? Mais il faut bien s'en accommoder, pas vrai, ma chérie ? Comme tout le monde.

– Peut-être, mais… et Rosie, hein ? Ça va rendre maman folle, s'ils l'adoptent. Elle n'en dormira plus de sa vie. Rosie, c'était le bébé, la chouchoute de toute la famille. Même de mon père. Il l'adorait. On n'était pas jaloux de voir comment il était avec elle. On était contents pour elle. Même Alana, qui avait été sa préférée jusqu'à l'arrivée de Rosie. Elle lui a cédé la place naturellement parce que, Rosie, tout le monde l'aime. Elle devrait être avec maman et, sans moi, elle y serait encore. Tout est de ma faute, Roselle. Toute cette pagaille, c'est moi qui l'ai mise. Pas maman. Moi.

Roselle la prit par les épaules et la secoua gentiment.

– Ecoute-moi. Ce qui t'est arrivé, ce n'était pas ta faute. C'est ton père qui a commis une faute en te faisant ça. Ta mère a fait ce que n'importe quelle femme au monde aurait fait en voyant son enfant traité de la sorte. Alors, arrête de dire des bêtises. Ta mère est fière d'avoir agi ainsi. Elle a voulu te protéger de lui pour toujours. S'assurer que plus jamais il ne recommencerait. Et, crois-moi, connaissant ton père, il aurait recommencé, encore et encore et encore. Qu'il le fasse une fois en toute impunité, et il aurait considéré ça comme un sport. Ta mère le savait et elle a réglé le problème, comme elle continuera de régler tous les problèmes qui pourront surgir à l'avenir.

Wendy regarda le visage sévère de Roselle et soupira.

– Tu ne comprends pas, Roselle. Personne ne comprend. Sans moi, maman ne serait pas en prison. Les petits ne seraient pas dans ce foyer. Il n'y aurait pas eu tous ces bouleversements. Jamais elle ne l'aurait tué. Jamais. Elle avait bien trop peur de lui, tu vois. Tu comprends ce que je te dis ? Oh ! elle aurait peut-être divorcé. Ou essayé de l'envoyer paître. Mais elle ne l'aurait pas tué. Maman est incapable de tuer qui que ce soit.

Roselle secoua la tête, consternée.

– On est tous capables de tuer, ma chérie. C'est ça que veut dire le signe de Caïn dont parle la Bible. On est tous capables de tuer. On peut tous être poussés à bout.

Wendy poussa un soupir désespéré.

– C'est exactement ce que j'essaye de te dire, Roselle. Ce n'est pas maman qui a tué mon père. C'est moi !

Ses paroles tombèrent comme la foudre dans la pièce.

– Qu'est-ce que tu dis ?

Wendy s'humecta les lèvres et répéta à haute et intelligible voix :

– Je l'ai tué. Peu importe ce que tout le monde dit. Je l'ai tué. Moi.

Roselle la prit dans ses bras.

– Arrête de t'accuser de tout ce qui s'est passé. Tu ne pouvais pas l'empêcher d'arriver, alors écoute-moi bien. Ta mère est en prison, loin de vous. Mais ce qui l'aide à tenir, c'est de savoir qu'elle a fait ce qu'elle a fait pour vous protéger. Vous tous. Qu'est-ce qui prouve qu'il ne s'en serait pas pris à Alana un jour ou l'autre, hein ? Alors, maintenant, occupe-toi de guérir et tâche de te sortir ces bêtises du crâne. Ta mère va déposer une demande d'appel et je vais faire en sorte qu'elle l'obtienne, quoi qu'elle dise, d'accord ? A partir d'aujourd'hui, je m'enrôle dans l'équipe. Alors, cesse de te faire du mouron.

Wendy s'abandonna contre Roselle, qui sentit son corps se relâcher.

– Je t'aime, Roselle. Maman aussi, elle t'aime.

– Moi aussi, je t'aime, ma chérie.

Une dernière étreinte, puis Roselle se leva. Ramassant son sac, elle en sortit un paquet de Benson & Hedges.

– Ouvre la fenêtre, qu'on s'offre une petite tabagie !

26

Colin n'en revenait pas : la fille superbe sur laquelle il venait de se retourner dans la rue, il n'y avait pas cinq minutes, était debout devant lui, dans son bureau, en chair et en os. Et il devait avoir bonne mine avec son sourire idiot jusqu'aux oreilles – presque aussi large que ses jambes étaient longues, ce dont elle lui avait donné un généreux aperçu en descendant de voiture.

Callie, sa secrétaire à mi-temps, le regarda et, avec un gros soupir et un accent de Birmingham à couper au couteau, lança :

– Tu peux laisser tes yeux réintégrer leurs orbites, Colin. T'as pas des visions. Elle est bien réelle. Pas vrai, mon chou ?

Elle sourit à Roselle.

– Je vous apporte un café ?

Roselle hocha la tête. Callie avait l'air très sympathique, mais il était évident que, en ce moment même, son patron lui aurait volontiers tordu le cou.

Dès que la porte se referma, Colin tenta de déménager la pyramide de documents et de dossiers entassés sur la chaise qui faisait face à son bureau. Les papiers lui échappèrent et s'écrasèrent par terre avec un bruit retentissant. Roselle se pencha pour l'aider à les ramasser, dévoilant un certain nombre de centimètres carrés de peau laiteuse, dont la vue le fit s'empourprer.

Elle se releva, le regarda et lui décocha avec un sourire ironique :

– Vous devriez vous trouver une petite amie à plein temps, jeune homme !

Rouge comme un homard, il la fit asseoir avec des gestes compassés de gentleman victorien.

– Eh bien, mademoiselle… que puis-je pour vous ?

Un nouveau sourire étira ses lèvres pulpeuses et Colin se sentit fondre à l'intérieur.

– Je suis une amie très proche de Susan Dalston, monsieur Jackson, et j'ai décidé de l'aider, de gré ou de force.

Colin resta interdit.

– Que voulez-vous dire ?

Une petite moue retroussa les commissures de Roselle, dont la patience commençait visiblement à s'épuiser.

– Je veux dire, monsieur Jackson, que je veux aider Susan Dalston à sortir de prison. J'ai de quoi lui offrir les services des meilleurs pénalistes de la place de Londres. Je suis prête à débourser ce qu'il faudra pour lui permettre de retrouver son foyer et ses enfants, qu'elle n'aurait jamais dû quitter.

Colin la contempla par-dessus son bureau, se demandant si elle le mettait en boîte.

– Pourquoi maintenant ?

Roselle haussa les épaules.

– Quand, comment, pourquoi… quelle importance ? Tout ce que je veux, c'est que vous me trouviez le meilleur avocat que vous pourrez. Je réglerai les honoraires et je m'occuperai de convaincre Susan de s'aider un peu elle-même. Car, comme vous vous en êtes sans doute aperçu, c'est parce qu'elle s'y refuse qu'elle n'est toujours pas sortie de prison…

Colin avait l'intuition que cette femme en connaissait beaucoup plus long que lui sur l'affaire, mais qu'elle ne lui livrerait aucune information. Comme Susan, elle ne disait que ce qui lui paraissait pertinent.

Et, comme Susan, elle n'était pas facile… C'était un fait qu'il était forcé d'accepter, mais il ne put s'empêcher d'insister.

– Vous avez des éléments nouveaux ?

Roselle s'esclaffa.

– Suffisamment. Bon, eh bien, je vais m'organiser pour aller voir Susan et lui parler. De votre côté, voyez si vous pouvez recruter quelqu'un qui s'occupera de la faire libérer.

– Geraldine O'Hara est certainement le meilleur avocat que vous puissiez trouver, mais elle est très chère.

Roselle inclina la tête.

– Alors, c'est elle que nous prendrons. Pouvez-vous nous organiser un rendez-vous avec elle ?

Son « nous » plut à Colin, qui sourit.

– Je peux essayer.

Roselle se pencha vers lui et, d'une voix voilée, susurra :

– On ne vous a jamais parlé de la prodigieuse efficacité de la pensée positive ?

Sous les yeux de Debbie, Jamesie finissait de se préparer. Il était craquant, comme d'habitude, avec sa tête de beau ténébreux et son costume chic.

– Tu ne bosses pas aujourd'hui, alors ?

Il fit la sourde oreille, comme toujours, et continua à s'habiller.

Elle ravala une réplique bien cinglante.

– Tu rentres dîner ?

Il se détourna de l'armoire à glace et la fixa.

– Qu'est-ce que ça peut te foutre ?

Debbie entendait, dans un coin de sa tête, une petite voix lui hurler de ne pas se laisser traiter comme ça. Mais elle savait que si elle se rebiffait, il se foutrait en boule. C'était sa façon de répondre à tout. Si elle lui demandait où il allait, il la dérouillerait, sûr comme un et un font deux. Elle passait son temps à essayer de l'amadouer, d'éviter les conflits.

De toute façon, elle le savait parfaitement, où il allait. Chez Carol. Carol, qui lui avait donné un fils. Carol, sa poule peroxydée, avec ses prunelles bleues et son beau petit cul. Carol, qui la narguait avec son sourire en coin, quand elle la croisait en allant faire ses courses. Carol et ses yeux qui lui disaient qu'elle était une pauvre conne. Mais ça, Debbie le savait déjà. Elle n'avait pas besoin de cette petite grue en talons aiguilles pour le découvrir. Elle était obligée de vivre avec à longueur d'année.

Elle avait perdu cinq bébés. Cinq... Les toubibs lui disaient qu'elle ne pouvait pas avoir d'enfant. Ses grossesses avortées, la boulimie et l'alcool l'avaient épaissie. Elle se passa la main sur la figure, d'un geste las. Jamesie éclata de rire.

– T'es vraiment qu'une grosse pouffiasse, Deb, tu sais ça ?

Elle le regarda bien en face.

– Je devrais commencer, Jamesie. Tu me le répètes assez souvent...

Elle vit ses yeux se rétrécir et son visage se durcir.

– De quoi ? On se rebiffe ? Tu t'imagines que tu peux la ramener avec moi, c'est ça ?

Elle secoua la tête, toute velléité de révolte envolée.

– Je suis pas assez maligne pour ça, Jamesie. Je suis nulle. Je suis rien.

Il lui vrilla son index dans la poitrine.

– Ben, là, pour une fois, t'as pas tort !

Il l'écarta sans ménagement et sortit de la chambre. Faisant fi de toute dignité, elle le suivit, incapable de s'empêcher de lui poser les inévitables questions.

– Tu rentres, ce soir ? Tu veux que je te prépare à dîner, au cas où ? Je te le mettrai dans le micro-ondes et t'auras qu'à le réchauffer...

S'entendre l'implorer et sentir en elle ce besoin qu'elle avait de lui l'écœura. Elle se méprisait de se laisser réduire à ça.

Arrivé au pied de l'escalier, il se retourna.

– Fais ce que tu veux, je m'en tape.

Il enfila sa veste de cuir. Elle voulut lui brosser les épaules, mais il envoya ses mains balader, comme si elle était pestiférée.

– Je t'en prie, Jamesie, t'en va pas. On pourrait sortir tous les deux ou... je sais pas, moi...

Il ricana. Avec ses yeux bleus et sa masse de cheveux noirs, il était décidément trop beau. Même furieux contre elle, il avait encore le pouvoir de la faire le désirer.

– Et où tu crois que j'aurais envie de me montrer avec toi, hein ? Putain, mais je rêve, là ! Je préférerais crever que d'être vu en ta compagnie, dis-toi, Debbie. T'as quand même bien dû t'en rendre compte, depuis le temps…

Il la contemplait, sidéré par sa résilience, sa capacité à encaisser tout et le reste, et à en redemander.

– Ce qui me fait rester, pauvre conne, c'est uniquement des briques et du ciment. Cette baraque est à moi. D'ailleurs, je veux que tu déhottes. Comme ça, t'es au courant maintenant !

Debbie sentit la peur lui serrer l'estomac et se mit à trembler intérieurement, comme si elle s'embarquait pour un voyage dangereux.

Elle savait que Jamesie bichait de la voir se décomposer. Il adorait ça.

– Sale bâtard !

Il éclata de rire.

– T'as tout compris !

Sur ce, il ouvrit la porte et sortit, tranquille comme Baptiste.

– T'es quand même pas encore en train d'écrire des lettres, dis !

Penchée sur la table de la cellule où voisinaient un petit tas de cigarettes roulées, une boîte d'allumettes et une tasse de thé, Susan fit signe que si.

– Bien obligée… Il faut absolument que je trouve une solution pour Rosie. J'en suis même à solliciter ma frangine, bien que je n'espère pas grand-chose de Debbie… Si seulement la mère à Barry n'allait pas aussi mal, la pauvre, j'aurais pas de souci à me faire.

Matty se passa une main dans les cheveux.

– Tu veux que j'en touche un mot à Geraldine, histoire de voir ce qu'elle en pense ?

– Tu ferais ça ? Vraiment ?

Matty hocha la tête.

– Et comment ! Je les trouve dégueulasses, de te faire ça. Rhianna aussi est passée par là, comme tu sais, et elle m'a raconté… Personnellement, je ne comprends vraiment pas comment on peut avoir des mômes ! C'est déjà assez galère quand on a à s'occuper que de soi.

Susan alluma une de ses roulées et en tira une longue bouffée.

– Ce que ça peut être infect, ces trucs ! En plus, ça me jaunit les doigts… Ton avocate, là, c'est supposé être un vrai crack, hein ? Mais est-ce qu'elle ne s'occupe pas uniquement d'affaires comme la tienne ?

Matty soupira.

– Ton affaire et mon affaire, c'est exactement la même chose, Sue. Ton mari te battait, non ? Si seulement tu voulais te donner une chance, tu sortirais d'ici en un rien de temps.

Susan la fixa en silence un long moment.

– Est-ce que tout ce qui se dit dans un tribunal, c'est forcément enregistré dans les archives ?

Matty s'assit sur sa couchette.

– Pas nécessairement. Pourquoi ?

Susan haussa les épaules.

– Je me demandais, c'est tout. Je veux dire, est-ce qu'il y a une chance pour que ça reste secret ?

Matty la fixa au fond des yeux.

– Je viens de te le dire ! Ça dépend. Des fois, quand il s'agit d'un meurtre particulièrement atroce, le juge peut demander que certains détails ne sortent pas du tribunal. Dans les affaires d'assassinats d'enfants ou de viol, ce genre de chose… Les trucs qui ne sont pas « dans l'intérêt du public », comme on dit.

Susan l'écoutait attentivement.

– Pourquoi tu me demandes ça ? T'as un secret à cacher ?

Susan ne réagit pas à son coup de sonde.

– Allez, Sue ! Tu sais que tu peux tout me dire.

Sa voix était douce, persuasive.

– Mais non, Matty, c'est rien du tout. Simple curiosité…

Sa compagne de cellule se leva, visiblement irritée.

– Si tu me disais ce qui se passe vraiment, je pourrais t'aider. Franchement, Sue, crois-moi !

Susan semblait sur le point de se laisser convaincre quand la porte de la cellule s'ouvrit sur Blackstone, une des matonnes.

– Qu'est-ce que c'est que ça ? Une réunion de mères de famille ? Allez, venez, Dalston, vous avez une visite. Une vraie.

– Qui est-ce ?

La matonne sourit, toutes dents dehors.

– Vous devez bien savoir à qui vous avez envoyé une autorisation de visite, non ? Allez, amenez-vous !

Le ton était sans réplique et Susan la suivit avec empressement. Elle savait de qui il s'agissait et n'en revenait pas. Après tout ce temps, cette rencontre la remplissait d'excitation autant que d'appréhension.

Pourvu que son initiative ait été bonne !

Il suffit d'un regard à Geraldine et Roselle pour devenir amies. A peine avaient-elles fait connaissance, dans ce bureau cossu de Holborn, que les deux femmes, si semblables par certains côtés mais aux styles de vie si diamétralement opposés, sentirent instinctivement qu'elles étaient faites pour s'entendre.

– Asseyez-vous. Je vais nous chercher un café. A moins, bien sûr, que vous ne préfériez quelque chose d'un peu plus corsé…

Roselle sourit.

– Un cognac bien tassé ne serait pas de refus. Je m'apprête à déballer au grand jour la vie privée de ma meilleure amie et j'aimerais me blinder avant.

Intriguée, Geraldine versa deux cognacs. Une fois installée face à Roselle, elle leva son verre.

– Allez-y, je vous écoute. Dites-moi tout avant de changer d'idée et de me faire perdre mon temps.

Roselle gloussa. Cette femme avait tout l'air de l'avoir déjà jaugée…

– C'est uniquement à cause de Colin Jackson que j'ai accepté de vous recevoir aussi rapidement. Alors, ne me le faites pas regretter.

Roselle vida son verre cul sec sous le regard éberlué de Geraldine.

– Ah ! J'en avais bien besoin ! Et maintenant, la vérité, toute la vérité et rien que la vérité… Tout ceci est strictement confidentiel, nous sommes bien d'accord ?

Geraldine inclina la tête.

– Naturellement.

– Barry Dalston, croyez-le ou pas, était mon amant. C'est d'ailleurs comme ça que Susan et moi sommes devenues amies, si étonnant que ça puisse paraître. Je sais par Susan que, ce fameux soir, il avait violé leur fille aînée, Wendy, raison pour laquelle elle, Susan, l'a tué. Incidemment, non content de violer sa fille, Barry lui a aussi légué son herpès. Quelle horreur, non ? Susan n'en a jamais rien dit, pour protéger Wendy, pour qu'elle puisse vivre sans que toute la chrétienté soit au courant de ce que son père lui a fait subir.

Geraldine était sous le choc.

– Vous étiez la maîtresse du mari de votre meilleure amie, qui l'a tué parce qu'il a violé sa fille… C'est bien ça ? Je pensais pourtant que Wendy n'était pas chez eux, cette nuit-là…

Roselle hocha la tête.

– C'est ce que tout le monde croit. Alors, qu'est-ce que vous avez l'intention de faire ?

– Nous resservir un verre, je pense…

Roselle sourit.

– Dès que vous l'aurez fait, je vous raconterai tout de A à Z. Ça vous permettra de bien comprendre la situation.

Geraldine secoua la tête, l'air sceptique.

– Je l'espère, mais j'ai bien peur que comprendre la situation soit loin de suffire à résoudre tous les problèmes que je pressens…

June était assise au parloir, aux antipodes de l'image de la mère inquiète.

Susan lui sourit.

– Bonjour, m'man. Ça va ?

June examina sa fille et, avec un soupir, alluma une cigarette pour masquer son embarras.

– Je pensais bien être la dernière que t'aurais envie de voir.

Susan continuait à sourire. Plus elle le faisait, plus l'embarras de June augmentait.

– T'es ma mère.

June haussa les épaules.

– Comme si j'avais besoin que tu me le rappelles !

– Pourquoi t'es venue, alors ?

– Je me demande bien pourquoi je me suis fatiguée à le faire, pour être franche...

June haussa de nouveau les épaules.

– Peut-être que je voulais juste voir de mes propres yeux comment t'allais. Je suis ta mère, comme tu dis...

Elle trouvait Susan étrange. Beaucoup plus mince et irradiant une espèce d'éclat qu'elle ne lui avait jamais vu.

– En tout cas, t'as vraiment l'air de te plaire à l'ombre. Ça te réussit même, soit dit sans te vexer. T'es bien comme ça, je trouve.

De la part de June, c'était une vraie déclaration d'amour maternel. Susan lui en fut reconnaissante.

– Et toi, t'es superbe ! J'adore ton manteau.

Ce long manteau en cuir faisait l'orgueil de June.

– Faut bien se faire un petit plaisir de temps en temps, pas vrai ?

Elle alluma une nouvelle cigarette avec le mégot de la précédente.

– Il a dû te coûter cher, non ?

June lui lança un regard venimeux.

– Exact ! Même que je me le suis payé avec le fric que j'ai touché des journaux, si tu veux savoir.

Susan ferma les yeux, accablée.

– J'ai pas envie qu'on s'engueule avec ça, m'man. Ce qui est fait est fait. Je voulais te voir parce que j'ai un service à te demander.

June souffla une bouffée de fumée lourde d'hostilité.

– Je me doutais bien que ce serait un truc comme ça. Eh ben, si t'avais l'intention de me demander de me charger de tes quatre moutards, tu peux faire une croix dessus. J'en veux pas.

Susan ferma les yeux et serra les dents. Elle ne devait pas perdre son calme.

– T'y es pas du tout, m'man. Je ne voudrais pour rien au monde que mon père s'approche d'eux. J'ai pas besoin de t'expliquer pourquoi, je pense… Non, ce que je voulais te demander, c'est si tu pourrais essayer de persuader Debbie de les prendre pendant quelque temps.

June s'esclaffa.

– Tu veux rigoler ? Avec ce connard d'Irlandais qu'elle a épousé ? Il te considère comme la honte de la famille, ma petite. Pour lui, t'es de la racaille. Cette pauvre Debbie en a vu des vertes et des pas mûres à cause de toi.

– C'est pas vrai, maman. Arrête de toujours tout exagérer. Il lui rend la vie impossible depuis le premier jour. Il a même fait un gosse à une autre fille.

June souffla dans son nez.

– Mphffmm ! Cette Carol, c'est une traînée. Paraîtrait que son père et sa mère veulent plus entendre parler d'elle. Mais ils avaient qu'à mieux l'élever aussi, non ?

Susan secoua la tête, incrédule.

– Tu sais quoi ? Tu me sidères, m'man. Tu t'es tapé plus de mecs qu'une pute à matelots et, malgré ça, t'as le culot de débiner cette fille ! Ton mari sautait sa propre fille, mais t'as jamais levé le petit doigt pour autant, pas vrai ? Si je suis ici, c'est à cause de toi et de lui. Et tu critiques les parents de Carol après ce que tu nous as fait, à Deb et à moi…

Comme June se levait, Susan l'empoigna par le poignet.

– Essaie de partir et je t'arrache la tête ! Tu m'entends, m'man ?

June se rassit en face de sa fille, saisie de peur.

– Quand je pense à la vie qu'on a eue entre toi et lui, je pourrais t'étrangler ! Barry était exactement pareil que toi et mon père, un sale égoïste, toujours à ne penser qu'à lui. Comme tu fais encore. Tu sais ce que ça a fait à mes gosses que tu vendes ces salades sur Barry et moi aux journaux ? Ces salades où tu me rendais responsable de tout ? Où t'insinuais que j'étais une mauvaise mère ? Même si, dans la réalité, c'est une chose que t'as jamais pu venir me reprocher en face, parce que c'est pas vrai ! Si tu nous avais aimées, Deb et moi, comme j'aime mes gosses, on ne serait pas où on en est, toutes les deux. Je me suis juré que je m'y prendrais autrement que toi, et je l'ai fait. Mes enfants ont eu tout ce dont un enfant à besoin. Des habits, assez à manger et de l'*amour* – plein d'amour ! Ils ont été aimés et ils le sont toujours. Je voulais te voir pour qu'on tâche d'enterrer le passé et de sauver ce qui pouvait l'être encore, mais j'aurais dû me douter que je perdrais mon temps. Eh ben, vas-y, fous le camp ! Tu pourras raconter à toutes tes copines que t'as vu ta fille, la meurtrière. Ça te vaudra sûrement quelques verres à l'œil au pub... Salope ! Hypocrite !

June en était blanche de saisissement. Elle dévisagea sa fille et, pour la première fois depuis des années, ressentit une petite étincelle d'affection pour elle. Et même du respect.

– En tout cas, si tu veux que je te rende un service, t'as une drôle de façon de me passer la pommade ! Je vais nous chercher un thé, OK ?

Elle fit glisser son paquet de cigarettes de l'autre côté de la table.

– Fume-t'en une toute faite, pendant que t'attends.

Susan la regarda traverser le parloir en ondulant des hanches, avec ses cheveux laqués et toute boudinée dans ses fringues plus de son âge.

Si seulement elle lui avait dit ce qu'elle pensait d'elle, des années plus tôt ! A défaut d'autre chose, ça lui aurait au moins permis de se sentir mieux intérieurement.

Beaucoup mieux.

Quelle que soit la façon dont s'achèverait la visite de sa mère, elle l'aurait vue. Bizarrement, elle avait toujours besoin de sa mère.

Pourquoi exactement, ça, mystère !

Les Simpson devaient bientôt arriver pour ramener Rosie chez eux. En attendant, madame Eapen avait servi du thé et des sandwiches aux quatre enfants. Elle se faisait du souci pour Wendy. Elle avait vraiment mauvaise mine.

– Allons, Wendy, mange quelque chose, mon petit.

L'adolescente secoua la tête.

– Non, merci. Je peux vraiment rien avaler, là.

Barry rafla le sandwich posé sur l'assiette de sa sœur.

– Moi si ! Je peux manger n'importe quoi. J'ai un estomac en béton !

Il avait l'air si fier de lui que tout le monde éclata de rire.

Wendy se laissa aller contre son dossier et ferma les yeux. Rosie était en train de s'endormir sur ses genoux. Elle sentait l'odeur des cheveux frais lavés de sa petite sœur, et celle, aigrelette, de sa transpiration. Deux petites mains dodues s'accrochaient aux bretelles de son soutien-gorge à travers son pull. Instinctivement, elle resserra ses bras autour de Rosie et l'embrassa dans les cheveux.

– Ils ne vont pas la laisser adopter, quand même, si ?

Madame Eappen haussa les épaules.

– Je n'en sais rien. Ta mère a évidemment le droit de s'y opposer mais, à moins que quelqu'un de sa famille ne se présente bientôt, j'ai bien peur que ce soit inévitable.

Wendy hocha la tête machinalement.

– C'est pas juste. Pas juste du tout.

Madame Eappen lui pressa le bras.

– Je sais, ma chérie.

A cet instant, Colin Jackson entra, tout sourires.

– Bonjour tout le monde !

Les enfants lui sourirent, même Wendy.

– Si j'avais seize ans, Colin, je pourrais obtenir la garde de mes frères et sœurs ?

– Peut-être. Ça dépend. C'est une lourde charge et il te faudrait de l'aide.

Wendy haussa les épaules.

– N'importe qui aurait besoin d'aide pour venir à bout de Barry ! Non, sérieusement, Colin, y a une chance ?

Il haussa les épaules.

– Je pourrais me renseigner pour Barry et Alana, mais pour Rosie, ce serait sûrement une autre paire de manches.

Le visage de Wendy se rembrunit. Comme si une lampe s'éteignait soudain en elle.

– C'est pourtant pour Rosie que je veux trouver une solution. Je sais bien que les Simpson sont très gentils, mais maman ne restera pas éternellement en prison. A sa sortie, elle voudra nous reprendre tous. Et ça, ça veut dire Rosie aussi. Il doit bien y avoir quelqu'un qui puisse nous aider, non ?

Son regard fit la navette entre Colin et madame Eappen. Mais ni l'un ni l'autre n'était en mesure de répondre à sa question.

– A propos, je voudrais te parler, Wendy. Pas tout de suite, bien sûr. Quand tu seras un peu plus vaillante…

Colin la regarda avec un sourire encourageant, mais elle ne se dérida pas.

– De quoi vous voulez me parler ?

Elle avait repris son masque inexpressif.

– Il y a quelques petites choses que j'aimerais te demander. Des choses que je voudrais être sûr de bien comprendre.

Il la regarda bien en face et elle baissa les yeux. Madame Eappen, à qui son air effrayé n'avait pas échappé, se demanda ce qui pouvait bien se passer dans cette jolie petite tête, par moments.

Wendy resta muette tout le temps qui restait, et la petite réunion s'en ressentit. Madame Eappen observa l'adolescente. Elle avait l'air d'avoir en permanence les nerfs à vif. Mais c'était bien naturel, en somme, vu le drame familial qu'elle vivait.

June remonta l'allée et jeta son mégot dans la jardinière suspendue à côté de la porte d'entrée. Elle sourit. Décidément, Debbie ne pouvait pas s'empêcher d'en installer, malgré son mari qui sautait tout ce qui bougeait tant que ça avait moins de soixante-cinq ans. Parce que, d'après ce qu'elle avait appris par le téléphone arabe, la petite Carol elle-même n'avait pas le monopole. Mais bon, elle avait quand même l'air de mieux se débrouiller que sa fille. Au moins, elle, elle le voyait régulièrement – ce dont Debbie ne pouvait pas se vanter…

Ce fut Debbie qui répondit à son coup de sonnette. Elle avait la figure rouge et toute bouffie, et sa bouche tombante lui donnait une bouille de gosse boudeuse qui détonnait dans son visage de femme.

– Oh ! putain ! La tête que t'as ! Pas étonnant que ton homme soit toujours en train de cavaler, vu la gueule qui l'attend le soir à la maison !

Debbie se remit à sangloter et, sans attendre d'y être invitée, June s'engouffra dans l'entrée et mit le cap sur la cuisine. Sans un mot, elle alluma le feu sous la bouilloire, tout en laissant ses yeux fureter dans la pièce.

– Tout est trop nickel et trop bien rangé chez toi, Debbie. On se croirait dans une maison témoin, pas chez des gens, ma parole.

Elle ouvrit le placard et en sorti deux mugs blanches.

– C'est vrai ce qu'on dit, comme quoi Jamesie aurait encore mis l'autre petite garce en cloque ? demanda-t-elle tout en versant du sucre et du café instantané dans les mugs. Si c'est le cas, faut absolument que tu le vires, cette fois. T'imagines la honte, pour ton père et moi ? Comme si ça suffisait déjà pas d'avoir une fille en taule pour meurtre, voilà que la deuxième passe pour la dernière des connes aux yeux de tout le quartier ! Je préfère cent fois la façon dont Susan a réglé son problème, je vais te dire !

Assise devant le petit bar américain qui avait tant fait sa fierté, Debbie débrancha son cerveau. Il n'y avait que comme ça qu'elle arrivait à supporter sa mère.

– Qu'est-ce que t'es venue t'enterrer à Rainham, en pleine cambrousse, avec rien qu'un tas de connards comme voisins ? Ils se décrochent pas un mot entre eux à longueur d'année.

– Y a qu'à *nous* qu'ils causent pas, m'man ! En tout cas, plus depuis que t'as cru bon d'informer madame Black, la voisine d'à côté, que tu cracherais pas sur son mari si l'occasion s'en présentait.

June haussa les épaules.

– Et alors ? C'est vrai ! Il est mieux que pas mal ! Mais elle, oh la la, quelle gueule de raie ! T'aurais jamais dû quitter l'East End. Au moins, là-bas, t'aurais pu l'avoir à l'œil, ton petit salaud de Jamesie.

Elle versa de l'eau chaude dans les mugs et touilla énergiquement.

– J'ai vu Susan, aujourd'hui.

La tête de Debbie la fit jubiler.

– T'as *quoi* ?

June ajouta du lait dans les tasses en en faisant abondamment gicler partout. Mais, pour une fois, Debbie ne se mit pas dans tous ses états.

– T'as vraiment été voir Susan ? Comment elle va ? J'arrive pas à croire qu'elle accepte encore parler à quelqu'un de la famille, après le coup des journaux.

June ne releva pas la pique.

– Elle comprend, Susan. Elle a toujours eu une sacrée jugeote, *elle*. Mais, bref, elle veut te voir.

Elle alluma une cigarette et, Debbie se leva d'un geste automatique pour ouvrir la porte de derrière. Jamesie ne supportait pas qu'on fume dans la maison.

– Et pourquoi qu'elle veut me voir ?

June se fendit d'un large sourire qui découvrit ses grandes dents jaunes.

– Elle veut que tu prennes la petite Rosie chez toi, jusqu'à ce qu'elle sorte.

– Elle plaisante !

June secoua la tête, tout sourire envolé.

– Pas du tout. Ils veulent faire adopter la petite par un couple marié, des certains Simpson. Pour Susan, forcément, c'est exclu. Et vers qui elle pouvait se tourner pour trouver de l'aide et du soutien, sinon sa propre famille ?

En entendant sa mère pérorer d'un ton vertueux, Debbie se dit qu'elle était encore plus frappée qu'elle ne le croyait.

– Et l'aider, c'est le moins qu'on puisse faire pour elle, pas vrai ? Je veux dire, enfermée là-bas, sans personne… Faut lui rendre cette justice, à Susan. Ça a quand même toujours été une très bonne mère.

June regarda le visage sceptique de sa fille.

– Même dans les journaux, quoi que j'aie dit par ailleurs, j'ai toujours affirmé que c'était une bonne mère.

Debbie se leva lentement, posément. Sa mère venait finalement de la pousser à bout. Toutes les vacheries, toutes les insultes, toutes les avanies que sa mère lui avait infligées lui revinrent en mémoire en bloc, et des années de ressentiment accumulé lui jaillirent des lèvres, concentrées en trois mots.

– Fous le camp ! gronda-t-elle d'une voix rauque.

June blêmit.

– De quoi ?

Debbie la poussa sans ménagement vers la porte.

– T'as bien entendu ! Disparais, barre-toi, casse-toi !

June se retrouva propulsée *manu militari* dans le vestibule. Se dégageant des mains de sa file, elle lui fit face comme une chatte enragée.

– T'oses me foutre à la porte, connasse ?

Debbie éclata de rire et June se sentit déstabilisée.

– Qu'est-ce qui te fait rigoler, pauvre débile ?

Debbie se tordait tellement qu'elle en pleurait.

– T'es une vraie pourriture, m'man ! Ça fait des mois que cette pauvre Susan se ronge de savoir ses gosses confiés à des étrangers, mais tu t'en foutais royalement jusque-là. Qu'est-ce qu'elle t'a offert, hein ? Qu'est-ce qu'elle a proposé à sa *propre mère* pour obtenir qu'elle lui fasse une faveur ? Une autre histoire bien croustillante à vendre à la presse ? Raconte, m'man, ça me passionne, ça. C'est quoi ?

June écumait littéralement de colère et de ressentiment.

– Petite garce ! Tu te crois vraiment supérieure à moi, hein ? avec ta maison mitoyenne à la con et ta pelouse bien tondue, avec tes doubles rideaux en velours et ton salon coordonné en Dralon ? Oh ! madame se prend pas pour de la merde, ça non ! Eh ben, écoute-moi, et écoute-moi bien, ma petite. T'as rien ! Rien du tout ! Ni gosse, ni mari, ni vie ! Susan, au moins, elle avait du cran, elle ! En tout cas, assez pour faire la peau au salaud qui la dérouillait. Mais toi, où il est ton courage, hein ? Ton mari a une poule à qui il a fait un môme et avec qui il vit quasi maritalement, et t'as même pas assez de tripes pour le virer ! Susan comprend pourquoi j'ai fait ce que j'ai fait. Elle connaît la valeur d'un penny, elle. Contrairement à toi, elle a dû se serrer la ceinture pour le peu qu'elle a jamais eu. Toi et Jamesie, y a plus que cette baraque qui vous garde ensemble. Eh ben, laisse-moi te dire : une maison, c'est jamais qu'une maison. Et si t'y es pas heureuse, ben, ça sert à rien.

Elle agita les bras tout autour d'elle.

– Tu crois que t'échiner avec tes balais et tes éponges à longueur de journée, ça va te rendre heureuse ? Ben, je peux te dire que non. Je sais que je suis pas un prix de vertu… ça fait des années que j'y travaille assidûment… Mais toi, quelle excuse que t'as ? T'es qu'une pauvre fille, aigrie et vindicative. Susan a eu le cran de me sortir mes quatre vérités, de me dire en face ce qu'elle pense de moi, mais n'empêche qu'elle sait que, quoi que j'aie pu lui faire, je suis sa mère. Et moi aussi je m'en rends compte, maintenant. Toi, t'es sa sœur et tu pourrais facilement prendre Rosie chez toi sans que ça te coûte. D'autant que tu risques pas d'avoir un jour des gosses à toi, Dieu sait !

Elle se tut, comme si elle se rendait compte qu'elle était allée trop loin.

– Oh ! merde ! Je voulais pas dire ça, Debbie.

– Va-t'en, maman. Et ne reviens plus jamais.

June enfila son manteau de cuir noir et le ferma bien, comme pour se protéger.

– Je ne reviendrai pas, Debbie. Mais, avant que je parte, écoute-moi. Susan est ta sœur comme je suis ta mère, que ça te plaise ou non. Va la voir. Et essaye de l'aider. Dieu sait qu'elle l'aurait fait pour toi sans hésiter. Tu le sais, toi aussi. Si les rôles étaient inversés, t'aurais même pas besoin de le lui demander. Ça me fait mal de le dire, mais Susan est meilleure que toute la famille mise bout à bout. J'en ai même honte.

June ouvrit la porte et sortit. Sans une parole, Debbie la regarda descendre l'allée puis rentra. Sans perdre une seconde, elle fonça à la cuisine pour nettoyer les saletés que sa mère avait faites.

Elle sortit le désinfectant de sous l'évier et, comme elle en versait sur le plan de travail, l'ammoniaque lui piqua les yeux. Elle contempla ses mains, rougies par l'eau chaude et les détergents, puis promena son regard dans la pièce – sa belle cuisine intégrée, avec ses beaux placards bien rangés et son beau carrelage étincelant de propreté – et se demanda ce qu'elle fichait là.

Jamesie préférait passer son temps avec une petite pute dans un minable deux pièces HLM, décoré de taches d'humidité et de moisissures. Cela dit, quelque chose lui disait que ce qu'il désirait vraiment, c'était Carol et son fils *ici*, dans *cette* maison.

Il voulait qu'elle déhotte.

Il ne vivait pratiquement plus ici depuis que son fils était né.

A qui est-ce qu'elle essayait de faire croire qu'ils formaient encore un couple ?

Carol finit de préparer le sandwich de Jamesie et lui versa une tasse de thé. Sa cuisine était petite, mais très bien conçue, avec plein de placards. Cela dit, elle ne se fatiguait jamais à ranger quoi que ce soit. La chambre était pleine de linge pas repassé et le living, de jeux et de jouets. La cuisine, elle, ressemblait à une zone sinistrée. Elle se contentait d'empiler tout ce qui la gênait pour se faire la place dont elle avait besoin.

Faire du ménage, pour Carol, consistait surtout à éviter de déplacer la poussière. Pourquoi se fatiguer à nettoyer quand on pouvait se donner du bon temps à la place ?

Jamesie mordit dans son sandwich en regardant, hilare, Jamie qui tentait de construire une tour avec ses cubes. Il n'arrêtait pas d'appeler Carol qui était retournée se faire un sandwich à la cuisine.

– Non, mais viens regarder ça, Cal ! T'as vu ce qu'il a réussi à faire ? Il est super doué, ce gosse. Et mate-moi ses épaules ! Ça va être un sacré gaillard !

Les compliments pleuvaient à jet continu. Carol buvait du petit lait à l'idée que Jamesie était à elle. Dès la seconde où il avait découvert le petit visage tout rouge et tout fripé de son fils, il avait été à elle. Elle se caressa le ventre. A présent qu'elle attendait son deuxième, il virerait sa bonne femme. Ça ne faisait pas l'ombre d'un doute. La grosse Debbie était sur le point de se faire éjecter de ce petit palais qu'elle aimait tant. Ça n'empêchait pas Carol de dormir. En fait, elle trouvait même que Debbie l'avait bien cherché. Une femme qui faisait passer sa maison avant son mari n'était qu'une imbécile.

Carol vint s'asseoir sur le canapé. Tandis qu'elle regardait ses deux hommes jouer ensemble, un sourire lui monta lentement aux lèvres. Un long sourire paresseux de chat qui a attrapé un rat particulièrement gras et juteux.

Ce qui, bien qu'elle ne s'en rendît pas compte, était exactement le cas.

Dans sa chambre, Wendy regardait le soleil se coucher derrière une rangée de petites maisons. De sa fenêtre, elle avait une vue plongeante sur les jardins. Il lui arrivait souvent d'observer les familles qui venaient s'y relaxer. Certains faisaient du jardinage, d'autres lisaient dans leur transat. Des enfants barbotaient dans des piscines gonflables. Elle entendait leurs éclats de rire et, parfois, des échos de disputes ou de chamailleries, portés jusqu'à elle par le vent du soir.

Elle enviait ces enfants. Elle leur enviait ces maisons où ils étaient en sécurité, leurs beaux habits, leurs parents. Surtout leurs parents.

Elle aurait donné n'importe quoi pour être, à cette seconde, dans les bras de sa mère, pour l'entendre lui murmurer que tout allait s'arranger.

Elle posa son front sur ses bras et ferma les yeux.

Elle resta aussi immobile qu'une statue pendant de longues minutes. Puis elle se dirigea vers le petit bureau et ouvrit un tiroir. A l'intérieur se trouvait un flacon de Paracétamol. Elle effleura le verre froid du bout de ses doigts.

L'envie la tenaillait de prendre les comprimés, un par un. De les avaler tous. Si elle disparaissait, tout s'arrangerait.

C'était elle qui était cause de tout ça. Si elle n'avait pas été là, cette fameuse nuit… Si elle était allée chez Doreen avec les autres… Si elle avait seulement évité qu'il la voie, rien de tout cela ne serait arrivé. Rosie ne serait pas chez les Simpson, et Barry et Alana seraient couchés dans leur vrai lit, à la maison.

Elle avait causé tant de problèmes, bouleversé l'existence de tant de gens en faisant ce qu'elle avait fait, que ce serait beaucoup mieux si elle n'était plus là. Ce ne serait que justice de s'ôter la vie après avoir gâché celle de tant d'autres.

Elle repensa à sa conversation avec Colin, dans l'après-midi. Il sentait que quelque chose clochait et avait essayé de lui faire dire pourquoi elle se trouvait chez sa grand-mère, ce soir-là, et pourquoi c'était à la garde d'une enfant de l'âge d'Alana, qu'on avait laissé les petits.

Elle ne lui avait rien dit.

Sa mère était prête à rester éternellement en prison, plutôt que quelqu'un découvre ce qui était arrivé à sa fille.

Ce que sa fille avait fait.

Wendy savait que même si elle voulait le dire, jamais elle ne le pourrait car ce serait briser le cœur de sa mère.

Elle sortit le flacon du tiroir. Puis, assise sur son lit, elle prit la carafe d'orangeade posée sur sa table de nuit et s'en versa un grand verre. Elle tenait le flacon si serré qu'elle sentait la sueur qui perlait de ses paumes filtrer entre ses doigts.

Tout ce qu'elle avait à faire était d'avaler ces cachets, et tout s'arrangerait.

27

– Elle a fait *quoi* ? Et c'est seulement maintenant que vous me le dites ?

Susan était stupéfaite. On venait de lui apprendre que sa fille avait tenté de se suicider et elle avait l'impression que le monde s'écroulait autour d'elle.

La surveillante chef avait le cœur tellement serré de pitié pour la femme qui se trouvait devant elle qu'elle dut faire un effort pour ne pas se mettre à pleurer

– Ecoutez-moi, Susan. Elle est hors de danger, je vous assure. Si nous ne vous avons pas réveillée en pleine nuit, c'est que nous ne voyions pas à quoi ça aurait pu servir de vous inquiéter inutilement. C'est moi qui ai pris cette décision, qui m'a semblé être la plus raisonnable sur le moment.

Susan resta muette. Elle regardait le bureau qui l'entourait comme si une porte vers la liberté allait miraculeusement s'ouvrir devant ses yeux.

– Mon enfant, ma petite fille, était en réanimation et *vous n'avez pas voulu m'inquiéter inutilement* ?

Madame Carlin secoua tristement la tête.

– Il n'y avait rien que vous puissiez faire, Susan. J'ai jugé que ce serait trop cruel de vous causer autant de souci alors que vous étiez incapable de faire quoi que ce soit.

Susan fixa la brave femme et murmura :

– J'aurais pu prier, madame, j'aurais au moins pu faire ça.

Madame Carlin fit le tour de son bureau. S'emparant de la tasse de thé brûlant et bien sucré posée dessus, elle la plaça entre les mains de Susan.

– Buvez ça. Je vais voir le directeur pour essayer de vous obtenir une autorisation de visite.

Sue serra l'épaisse tasse blanche à la briser.

– Ils me laisseront sortir, vous croyez ?

Le visage sillonné de rides de madame Carlin s'adoucit.

– Ma foi, on peut toujours essayer, Susan. Ça ne coûte rien.

Wendy se sentait fatiguée. Si fatiguée.

Allongée dans son lit, environnée par le bruit et l'agitation du service, elle sentit le désespoir la submerger.

Même se tuer, elle n'en était pas capable…

Une jeune infirmière – manifestement irlandaise, avec ses grands yeux bleus et ses cheveux carotte – passa la tête dans sa chambre.

– Une tasse de thé, ma chérie ? Ou juste un verre d'eau, peut-être ?

Wendy esquissa un pâle sourire, la mine si abattue que l'infirmière sentit la déprime la gagner rien qu'à la regarder. Elle entra dans la chambre, s'assit sur le lit et décocha à Wendy un grand sourire professionnel.

– Ça ne t'ennuie pas qu'on bavarde un peu, toutes les deux, dis ? Je meurs d'envie de parler avec quelqu'un de mon âge. Jésus Marie ! ce que les Anglais peuvent être coincés ! Et l'infirmière en chef est un vrai chameau en blouse blanche…

Wendy eut un petit sourire triste.

– Est-ce qu'il vont bientôt me renvoyer au foyer ?

L'infirmière haussa les épaules.

– Comment je le saurais ? On ne me dit rien à moi. Je suis juste stagiaire, ici.

Elle repoussa les épais cheveux bruns qui tombaient sur le front de Wendy.

– Regardez-moi ces cheveux ! Seigneur ! Je donnerais un mois de salaire pour avoir les mêmes. Ils sont magnifiques. Ils attirent les garçons, je parie, hein ?

Devant l'expression de mépris qui se peignait sur le visage de l'adolescente, elle comprit qu'elle avait gaffé. Wendy s'écarta d'elle et dit d'une voix accablée :

– J'ai aucune envie d'attirer les garçons, ça, non merci. Tout ce que je veux, c'est qu'on me fiche la paix.

– Mais t'es pas bien ? C'est pour ça qu'on est sur Terre. Et d'ici peu, tu changeras d'avis, crois-moi. C'est à cause de ça que tu... que t'as fait ça ?

Elle était authentiquement intéressée. Wendy la vit soudain comme une fille de son âge, tâchant de s'intégrer dans le monde des adultes et ne sachant pas trop comment s'y prendre. Elle ne répondit pas et elles restèrent un moment silencieuses. Puis la jeune infirmière reprit, à voix basse :

– On passe toutes par des expériences, un jour ou l'autre, j'imagine... On ne peut pas faire autrement. Il faut qu'on fasse son apprentissage de la vie.

– Ben, j'en sais déjà bien trop long. Alors, cette vie, je n'en veux pas. J'en veux plus.

Il y avait tant de désespoir dans la voix de Wendy que la jeune infirmière en fut touchée.

– Allons, ne recommence pas à déprimer ! La vie, c'est un don de Dieu. Mais, ce qu'on en fait, ça dépend entièrement de nous. Et on n'a qu'une fois le droit d'y jouer. « C'est pas une répétition générale », comme disait ma mère. Dans six mois, tu verras, tu te demanderas à propos de quoi tu te faisais une telle montagne.

Il y avait tant d'optimisme dans sa voix que Wendy sourit. Si seulement elle pouvait être comme cette fille en uniforme amidonné et en souliers plats.

– Dans six mois, tous mes problèmes seront encore là et ils auront empiré, pas diminué. Je sais de quoi je parle.

Dans six mois, Rosie serait partie pour toujours.

La petite Rosie, la joie de toute la famille.

– Rien ne te permet de l'affirmer. Tout change. Il *faut* que tout change. C'est ça, le but de la vie, non ? Que des choses naissent, qu'elles évoluent.

Wendy regarda son joli visage constellé de taches de rousseur et poussa un soupir.

– Je crois que je boirais bien une tasse de thé, maintenant...

L'infirmière bondit sur ses pieds, ravie de se rendre utile.

– Oh ! à propos, je m'appelle Orla. Orla O'Halloran.

– Et moi, Wendy Dalston.

Orla éclata de rire

– Comme si je ne le savais pas... C'est écrit en toutes lettres au-dessus de ton lit !

Elle sortit d'un pas guilleret et Wendy se laissa retomber sur son oreiller, mi contente, mi fâchée que cette fille exubérante soit partie.

Les gens heureux, décréta-t-elle, sont usants.

Elle se sentait si usée, si épuisée. A croire qu'elle avait cent ans.

Assise à son bureau, Geraldine compulsait les minutes du procès de Susan Dalston et en trouvait la lecture aussi indigeste que révoltante. Plus elle avançait dans les dépositions des témoins et les rapports de la police, plus la colère montait en elle. Les flics s'étaient tout bonnement contentés d'accepter la version des faits de Susan sans se poser la moindre question, ça crevait les yeux. Son histoire était tellement bourrée de contradictions et comportait tant de trous et d'incohérences que c'était à se demander comment ils avaient pu monter un dossier avec. A l'évidence, pour ces flics qui étaient tant de fois intervenus chez les Dalston et qui étaient au courant des brutalités que Susan subissait de la part de la victime, la cause était entendue. Ils avaient bâclé leur enquête vite fait bien fait. Cinq jours plus tôt, Barry avait tabassé sa femme et elle avait décidé de le tuer en rentrant d'une soirée au pub – où, comme elle le disait dans sa déclaration, « elle s'était éclatée ». Mais justement, si elle était d'aussi bonne humeur, pourquoi avait-elle, cette nuit-là, décidé de s'emparer d'un marteau et de réduire la tête de son mari en bouillie ?

D'après le rapport d'autopsie, la victime avait été frappée avec un acharnement et une brutalité rares. Et elle avait succombé « dès les premiers coups portés », indiquait doctement le médecin légiste. Dans ces conditions, pourquoi Susan s'était-elle encore acharnée sur son mari pendant au moins un bon quart d'heure, d'après les estimations des experts ?

Bien sûr, se dit Geraldine, savoir de ce qui était arrivé à Wendy – élément dont les flics ne disposaient pas – jetait un nouvel éclairage sur l'affaire. Mais le geste de Susan n'en restait pas moins démesuré. Même en tenant compte de ce que Barry avait fait à Wendy. C'était comme si Susan avait cherché à effacer toute trace de Barry Dalston. Avait voulu qu'il n'ait plus de visage.

Elle ouvrit les rapports des psychiatres. Tous affirmaient que Susan avait été en pleine possession de ses facultés mentales *lors des faits*.

Dans sa déclaration, Susan elle-même disait avoir eu toute sa tête. Elle ajoutait même : « Si c'était à refaire, je recommencerais. »

Pourquoi n'avait-elle jamais tenté de justifier son acte ?

La petite avait été violée par son père. Il lui avait, par la même occasion, transmis son herpès – chose qui pouvait aisément être prouvée devant un tribunal. Que Susan ne veuille pas que les gens sachent ce qui était arrivé à sa fille était compréhensible. Aucune mère ne souhaiterait que sa fille traîne ça toute sa vie comme un stigmate. Restait que Wendy aurait dû être soignée, Susan devait bien le savoir, tout de même. Tout comme elle aurait pu penser que Wendy avait besoin d'un soutien psychologique. Avait besoin d'aide pour surmonter le choc de son viol et de ce que sa mère avait fait ensuite. Susan Dalston ne s'imaginait tout de même pas que sa fille pourrait se remettre de cela tout seule ? D'autant qu'elle garderait à vie la maladie que son père lui avait transmise... Une mère telle que Susan aurait dû se rendre compte qu'un jour ou l'autre Wendy paierait le prix de ce traumatisme.

Etait-elle sincèrement persuadée qu'il était préférable pour Wendy de faire comme si rien ne s'était passé ? Avait-elle vraiment cru que sa fille serait capable de s'en sortir sans elle ? Que ses autres enfants seraient capables de s'en sortir sans elle ? Comment pouvait-elle s'imaginer ça, *elle* ? Cette femme qui, de l'avis unanime, était une mère modèle, cette femme qui adorait ses enfants, qui avait réussi à les élever dignement et à les garder dans le droit chemin malgré l'exemple de leur père, une crapule qui la traitait comme un chien ?

Non, ça ne se tenait pas.

Il y avait forcément autre chose, une raison plus profonde. Et tant qu'elle n'aurait pas découvert ce que c'était, Susan Dalston croupirait en prison.

Il ressortait des interrogatoires conduits durant le procès que Barry Dalston, l'ex-petit truand et l'homme violent notoirement connu pour battre sa femme, était rentré chez lui ivre mort et que, innocemment couché dans le lit conjugal, il avait été assassiné de sang-froid par sa femme.

Une grosse femme laide et sans grâce, qui avait une vraie tête d'assassin. Bien du genre à expédier son mari *ad patres* sur un coup de tête.

Et Susan avait fait tout ce qui était en son pouvoir pour accréditer ce mythe. Les photos des journaux montraient une femme au visage dur, souriant insolemment à l'objectif. Au tribunal, elle avait éclaté de rire en entendant le portrait qu'on faisait de son mari. Un voyou, certes, mais si sympathique. Un garçon qui avait bon fond, mais qui avait été victime de son milieu social. De son manque d'instruction. Un homme qui avait un grand sens de la famille. Et qui était un soir rentré dans son foyer pour s'y faire assassiner par un monstre.

Pas une fois Susan n'avait tenté de prouver, à sa décharge, que la réalité était bien différente. De dire que Barry l'avait systématiquement rabaissée et humiliée, qu'il lui avait fait perdre deux enfants, dont un, suite à un tabassage, et qu'il l'avait martyrisée pendant des années, tant verbalement que physiquement. Que c'était un homme qui l'avait toujours privée de tout, aussi bien d'argent que d'affection. Un coureur invétéré, qui entretenait depuis des années une liaison avec une ex-prostituée – qui, par miracle, était devenue l'amie et le mentor de sa femme.

Tout ceci, Roselle le lui avait dit, mais Geraldine aurait pu le deviner rien qu'à la lecture des rapports de police et des dépositions des témoins.

Jusqu'à la famille de Susan qui l'avait trahie en vendant très chers des ragots à la presse à scandale. Quelle sorte de gens étaient-ils donc pour monnayer ainsi son drame en livres, shillings et pence ? Que ses propres parents soient prêts à brader son âme pour de l'argent en disait long sur le milieu dans lequel Susan avait grandi.

A présent, Geraldine était confrontée à la tâche peu enviable d'amener Susan Dalston à parler. A dire enfin toute la vérité. Ça n'allait pas se faire sans mal. Mais elle était fermement décidée à obtenir la mise en liberté de Susan.

Elle en faisait une affaire personnelle.

C'était dorénavant la croisade de Geraldine O'Hara.

Barry, Alana et Rosie étaient réunis dans la salle de récréation du foyer. Une salle claire et pimpante, qui ne servait que lorsqu'il fallait annoncer une mauvaise nouvelle à un enfant ou l'isoler pour qu'il se calme. Mademoiselle Beacham, qui avait renoncé à son jour de congé pour être là, contempla les trois petits, partagée entre la pitié et la colère.

De son point de vue, Susan Dalston aurait dû être chez elle avec eux, voilà tout. Dans son métier, elle avait souvent affaire à des enfants maltraités par leur père, qu'on renvoyait chez eux, où les mêmes mauvais traitements les attendaient. Mais aucun danger n'attendait plus ces trois-là, maintenant que leur mère était seule. Sauf que Susan était en prison, incapable de s'occuper d'eux. Et ça, c'était injuste. Le système tout entier était injuste.

Il y avait des jours où le pouvoir qu'elle détenait l'effrayait. Où le pouvoir des services sociaux l'effrayait. Quotidiennement, on attendait d'eux qu'ils prennent des décisions qui affectaient des êtres humains et leur existence.

Barry et Alana se tenaient la main. La petite Rosie elle-même avait l'air d'avoir deviné que quelque chose de grave se préparait et jouait, sans plus de bruit que d'enthousiasme, avec des cubes qu'elle essayait d'entasser. Mademoiselle Beacham savait que les Simpson auraient préféré ne pas l'amener, mais elle s'était doutée que la voir ferait du bien à son frère et à sa sœur. Et elle avait eu raison. Ces enfants étaient unis comme les doigts de la main et ce, grâce à leur mère.

Il n'existait entre eux aucune rivalité, ce qui était pourtant souvent le cas d'enfants placés en foyer. Beaucoup de parents faisaient d'un de leurs enfants un petit dieu et les autres passaient leur vie à s'escrimer pour tenter d'obtenir d'eux la même attention. Pour se faire accepter. Elle voyait ça tous les jours, dans le cadre de son métier. Mais les quatre petits Dalston s'adoraient, s'admiraient mutuellement et se soutenaient les uns les autres. Le bonheur de l'un faisait le bonheur des autres. Jamais entre eux la moindre jalousie ou la moindre tentative pour rabaisser l'autre ou minimiser ce qu'il avait fait – ce qui était pourtant courant entre les enfants du foyer.

Elle sortit de son sac deux barres de Twix – la passion de Barry. Il la remercia d'un sourire et posa son Twix devant lui sur la table.

– Je vais le garder pour Wendy, pour quand elle reviendra.

Alana ouvrit le sien et en tendit la moitié à son frère. Sans une hésitation, Barry en cassa un coin et le glissa dans le bec ouvert de Rosie. Mademoiselle Beacham sentit les larmes lui monter aux yeux. Pour lui, c'était tout naturel. Rosie était un peu la mascotte de la famille. Comme si, tant qu'elle était avec eux, il ne pouvait rien leur arriver.

Mademoiselle Beacham se leva avec décision et claqua dans ses mains. Les trois petits sursautèrent.

– Allez, debout ! Il est grand temps qu'on aille à l'hôpital, vous ne croyez pas ?

Alana et Barry la regardèrent, radieux.

– On y va, c'est vrai ? Madame Eappen a dit qu'on pouvait pas.

– Je sais, mais je pense, moi, que ça vous ferait du bien de voir votre grande sœur. Et mon petit doigt me dit que ça fera le plus grand bien à Wendy aussi.

Alana prit Rosie dans ses bras et ils se précipitèrent dehors. Madame Eappen, qui les avait vus s'engouffrer dans la voiture de mademoiselle Beacham, se précipita sur le perron du foyer.

– Où allez-vous comme ça ?

Mademoiselle Beacham mit pied à terre et entraîna la directrice irascible à l'écart, hors de portée d'oreille des enfants.

– Je les conduis à l'hôpital. Cette séparation ne leur vaut rien.

Madame Eappen poussa un soupir excédé.

– Je vous ai formellement interdit d'emmener ces enfants à l'hôpital, mademoiselle Beacham. L'auriez-vous oublié ?

L'assistante sociale la regarda avec un sourire fatigué.

– Vous adorez interdire, n'est-ce pas, madame Eappen ? Eh bien, aujourd'hui, votre interdiction, je m'en moque ! J'emmène ces petits voir leur sœur et si ça ne vous plaît pas, c'est pareil !

Madame Eappen était tellement choquée et outrée qu'elle en resta sans voix. Mademoiselle Beacham regagna la voiture et, comme elle ouvrait sa portière, se retourna et lança pardessus son épaule :

– Incidemment, c'est mon jour de congé, aujourd'hui... Je ne vous dois ni respect, ni obéissance. Souvenez-vous-en, à l'avenir !

Madame Eappen regarda la meilleure assistante sociale qu'elle connaisse démarrer sur les chapeaux de roue et prendre la direction de l'hôpital. D'un regard circulaire, elle s'assura que personne n'avait assisté à cet échange et, soulagée, se dirigea vers le portail rébarbatif du vieux foyer déprimant sur lequel elle régnait.

Susan était menottée à Henning, une matonne du bloc A forte en gueule mais bon enfant, qui escortait toujours les détenues lors des transferts. Comme elle pénétrait dans le hall de l'hôpital général de Southend, tous les regards convergèrent sur elle, mais elle les ignora crânement. Elle aussi se serait retournée sur quelqu'un qui passait, menottes aux poignets... Simple curiosité bien naturelle. Ça n'avait rien de personnel.

Tandis que l'ascenseur l'emportait vers le service où Wendy était soignée, son cœur se mit à cogner comme un fou dans sa poitrine. Les portes s'ouvrirent et elle découvrit une jeune infirmière irlandaise qui, apparemment, l'attendait.

– Ah ! Vous devez être la maman de Wendy. Elle ne sait pas que vous venez. On a pensé que ce serait encore mieux de lui faire la surprise. Elle est adorable, votre fille, madame Dalston. C'est par ici…

Susan sourit et lui emboîta le pas avec empressement. Sur ses talons, elle pénétra dans le service, traversa toute la salle commune et s'arrêta devant un box dont les rideaux étaient tirés. La joie qui se peignit sur le visage de Wendy en apercevant sa mère valait tous les trésors du monde.

– Maman ?

Elle se mit à répéter ces deux syllabes encore et encore, de plus en plus fort, jusqu'à ce que sa question se mue en cri de joie.

Elle sauta au cou de sa mère avec tant de frénésie que Henning, à laquelle Susan était menottée, se retrouva bien malgré elle sur son lit, elle aussi.

– Oh ! maman ! Qu'est-ce qui s'est passé ? Comment ça se fait qu'ils t'aient laissée venir me voir ?

Elle se cramponnait à la main de sa mère, comme si elle avait peur qu'elle disparaisse si elle la lâchait.

– J'ai obtenu une autorisation de sortie exceptionnelle pour te voir. Ma Wendy ! Promets-moi de ne plus jamais recommencer ! J'ai cru devenir folle quand on m'a annoncé ça. J'ai eu tellement peur ! Tu me promets, Wendy ? *Promets-le-moi !*

Elle regarda sa fille, si jeune, si belle et qui avait toute sa vie devant elle, et les larmes lui montèrent aux yeux.

– S'il t'arrivait quelque chose, ma chérie, j'en mourrais. Je pense à toi tout le temps. Et ça me fait du bien de me dire que, toi, tu es libre et que la vie t'attend. Alors, je t'en supplie, n'oublie jamais que rien n'est assez grave pour que tu te tues à cause de ça. Rien n'est grave à ce point. Rien !

La gardienne se hissa sur ses pieds et ôta sa menotte à Susan.

– Je vous accorde dix minutes, Dalston. Mais rappelez-vous que je suis à deux pas et que j'ouvre l'œil.

Susan la remercia d'un sourire.

– Je n'ai pas l'intention de quitter ma fille, rassurez-vous. Les occasions de voir mes enfants sont bien trop rares pour ça. Je ne voudrais pas gâcher celle-ci en tentant de me faire la belle, je vous jure !

Henning connaissait assez Susan pour savoir qu'elle pouvait lui faire confiance.

– Je vous laisse profiter de votre tête à tête, alors, dit-elle d'une voix bourrue, pour cacher son émotion.

Restées seules, la mère et la fille se jetèrent dans les bras l'une de l'autre.

– Pourquoi as-tu fait ça, mon cœur ?

Avec un soupir, Wendy cala sa tête au creux de l'épaule de sa mère.

– Il faut que je dise la vérité, maman. Je ne peux plus garder ça en moi. C'est trop lourd.

C'était un aveu de défaite, et Susan le comprit. Elle eut l'impression de sentir le désespoir de sa fille se glisser en elle, la pénétrer jusqu'à la moelle des os, devenir sien.

– Tu te trompes, ma chérie. Tu dois te taire, au contraire. Il le faut. Sinon, tout ça aura été en vain. Tu n'es responsable de rien, ne l'oublie jamais. J'ai choisi de faire ce que j'ai fait. Je l'ai *choisi* ! Alors, si tu dis ce qui s'est passé, j'aurai perdu ma peine. De toute façon, personne ne te croirait à présent. Il est trop tard.

– Mais pense à Rosie et aux Simpson, maman ! On ne peut pas laisser faire ça. J'ai même envisagé de me sauver avec elle. J'ai réfléchi à tout ce que je pourrais faire, mais rien ne marcherait. Pas très longtemps, en tout cas. S'ils nous prennent Rosie, toute la famille se disloquera. Je le sais !

Susan serra sa fille étroitement contre elle.

– Ne te fais pas de souci pour ça. C'est à moi de le faire. Je m'en occupe. Je vais trouver une solution, crois-moi. Je te le jure ! Tout va s'arranger, tu verras.

– Quand même, si tu pouvais tout leur dire, maman… Je ne peux pas garder ça plus longtemps en moi. Ça me ronge à l'intérieur, parce que tout est de ma faute. C'est à cause de moi que tout est arrivé et tu le sais très bien. Jamais tu n'aurais dû t'en mêler, maman. Jamais je n'aurais dû te laisser faire ce que tu as fait. J'étais tellement terrifiée que j'ai fait ce que tu me disais, sans réfléchir. Mais maintenant, je me rends compte que j'ai eu tort. J'aurais dû rester, cette nuit-là, et assumer mes actes.

Susan regarda sa fille, regarda ce visage si jeune où se lisait tout le malheur du monde.

– Ecoute-moi bien, Wendy. Je vais régler le problème de Rosie, je te le jure. Je vais déposer une demande d'appel. Je dois bientôt voir un nouvel avocat que Roselle m'a trouvé. Et je vais tout faire pour obtenir ma libération. Alors, ne dis rien de tout ça à personne. Oublie-le. Je sais que c'est dur, mais c'est la meilleure solution.

Elle couvrit le visage de sa fille de baisers.

– Laisse-moi faire ça pour toi, mon cœur. C'est la seule façon que j'aie de t'aider, de te protéger, alors ne me l'ôte pas.

Wendy s'était mise à pleurer et Susan la berça contre elle, en lui caressant les cheveux et en lui murmurant des paroles apaisantes à l'oreille.

– Laisse maman faire ça pour toi, ma chérie. Si tu refuses, toute ma vie n'aura été qu'une lamentable comédie dépourvue de sens. Parce que, tous les quatre, vous avez été le plus beau cadeau que m'ait fait la vie. Et tu as été la première, mon petit canard en sucre, tu te souviens ?

Wendy hocha la tête, la gorge serrée.

– N'empêche que tu devrais quand même dire la vérité, maman. Elle sortira fatalement un jour ou l'autre.

Susan lui caressa la joue avec un grand sourire.

– Qui peut le dire ? Il n'y a que toi et moi qui sachions exactement ce qui s'est passé cette nuit-là et, fais-moi confiance, je nierai tout mordicus. Alors, si tu es tentée de parler, ne l'oublie pas. Et n'oublie pas non plus que je t'aime si fort que je donnerais ma vie pour toi. Pour que tu aies une chance. Une petite chance. Tu ferais la même chose pour ta fille, si tu en avais une, Wendy, j'en suis sûre. Laisse-moi faire ça pour toi, tu veux bien ? Une mère, c'est fait pour ça.

Au même instant, la porte s'ouvrit à la volée et ses trois autres enfants, suivis de mademoiselle Beacham, s'engouffrèrent dans la chambre et se jetèrent dans ses bras.

Susan avait conscience d'avoir exercé un chantage affectif sur sa fille pour obtenir son silence, mais elle n'avait pas d'autre solution. Comme Rosie lui faisait un gros bisou sur la joue, elle eut la conviction d'avoir eu raison d'agir comme elle l'avait fait pour Wendy.

Vos enfants vous sont donnés et il vous faut les protéger de votre mieux. C'est aussi simple que ça.

Matty fit son entrée dans le parloir avec sa grâce habituelle. Pourtant, un observateur attentif aurait décelé de fines rides autour de ses yeux et la moue quasi imperceptible qui lui pinçait les lèvres. Elle balaya la pièce du regard et l'arrêta sur une femme brune un peu forte, assise seule à une table, non loin du bureau de la surveillante.

Matty se dirigea vers elle, tout sourires.

– Salut, Angela !

Avec un rictus, la femme alluma une autre cigarette sans la quitter des yeux.

– Tu n'as rien perdu de ton aplomb, je constate... Tu as toujours été un modèle de détachement. Rien ne te désarçonne, décidément, hein ?

Matty ricana.

– Pourquoi ? Quelque chose devrait ? Sur ce, puisque tu es là, je t'autorise à m'offrir un café et une barre chocolatée. J'ai l'impression que ce n'est pas exactement parce que tu te languissais de ta sœur chérie que tu es ici.

Angela se leva et sortit son porte-monnaie de sa poche.

– T'as mis dans le mille, sœurette ! Toujours aussi fine mouche !

Matty la regarda se diriger vers le bar, notant au passage ses vêtements bon marché et ses chaussures éculées, et sourit en la voyant revenir docilement avec tout ce qu'elle avait demandé. Ça se passerait peut-être mieux qu'elle ne le redoutait.

– Ne me dis pas que tu n'as plus un sou, Angela.

Sa sœur lui sourit.

– T'as tout compris.

Matty haussa les épaules.

– Ben, t'as fait le voyage pour rien, parce que je suis fauchée, moi aussi. Tout ce qui me restait est passé en frais d'avocat.

Angela secoua tristement la tête.

– Dommage… Mais bon, j'ai justement rendez-vous avec ton avocate en sortant d'ici. Je suis sûre qu'elle sera très intéressée par ce que j'ai à lui dire. Et puis, il y a aussi les journaux. Ils payent très bien, paraît-il…

Matty ne se démonta pas.

– Parce que tu as quelque chose à raconter, Angela ?

Elle regarda au fond des yeux vert foncé de sa sœur aînée et sentit un petit frisson d'appréhension lui hérisser la nuque.

– Eh bien, notre saga familiale, pour commencer… Je reconnais que personne ne t'a jamais soupçonnée, même quand ça a fait la une de tous les journaux. Même maman n'a pas fait le rapprochement. Cela dit, comment l'aurait-elle pu, la pauvre, avec les lésions cérébrales que tu lui as causées, pas vrai ?

Matty cilla à peine. Même effrayée, elle ne laissait jamais paraître la moindre émotion.

– C'était un accident, tu le sais très bien, Angela.

Sa sœur ricana.

– Qui a bien failli être fatal, non ? Pauvre maman… Tomber de deux étages sur une dalle de ciment en faisant ses vitres… Naturellement, nous savons, toi et moi, qu'elle n'a jamais lavé un carreau de sa vie. Mais là n'est pas la question, n'est-ce pas ? Nous l'avons placée dans une institution et nous nous sommes partagé les dépouilles. En bonnes filles que nous étions. Le hic, c'est que j'ai mangé toute ma part et que, à présent, je croquerais volontiers un petit morceau de la tienne. Vois-tu, je sais que tu comptes rentrer chez toi prochainement et ça m'ennuierait terriblement que quelque chose vienne contrecarrer tes plans… Pas toi ?

Matty avala une gorgée de café froid et soupira.

– C'était un simple accident, tout le monde le sait !

– Non ! Tout le monde a *pensé* que c'en était un, ce qui n'est pas du tout la même chose.

Pour la première fois, Matty parut inquiète et Angela bicha intérieurement de la voir se tortiller sur sa chaise.

– Alors, comme ça, tu t'appelles Matty, maintenant. C'est très différent de Tilda. Cela dit, tu as aussi changé de nom de famille, non ? En fait, tu as changé à peu près tout en toi. Tu ne crois pas que les gens pourraient se demander pourquoi, si j'attirais leur attention là-dessus ?

Matty se leva pour mettre fin à sa torture.

– Je t'enverrai une autre autorisation de visite bientôt. Laisse-moi le temps de réfléchir et je te dirai ce que je compte faire.

Angela sourit. Elle était sauvée, mais mieux valait ne pas trop pousser son avantage. Particulièrement avec sa sœur.

– Tu ne veux pas savoir comment va maman ?

Matty la regarda, impassible.

– Pourquoi aurais-je envie de savoir une chose pareille, grands dieux ?

Elle tourna les talons et Angela, un sourire aux lèvres, la regarda s'en aller avec un calme que démentait sa hâte.

A son retour, Susan fut accueillie comme vraie une pop star. Tout le monde s'agglutina autour d'elle et la bombarda de questions. Même les matonnes étaient ravies qu'on l'ait autorisée à aller voir sa fille.

Rhianna l'aida à s'extraire de l'attroupement et l'entraîna dans sa cellule. Fermant la porte, elle produisit une bouteille de cognac et la brandit bien haut au-dessus de sa tête.

– Que dirais-tu de fêter ça, hein ? Comment va la petite ?

Susan soupira.

– Elle est tirée d'affaire. C'était plus un appel au secours qu'une vraie tentative, en fait. Grâce au ciel, elle n'en connaît pas très long sur le suicide. Je crois que me voir lui a fait un bien fou.

Rhianna la serra contre elle.

– T'es une sacrée bonne femme, Susan Dalston, tu sais ça ? Toute la détention était avec toi, aujourd'hui. Comme si ça nous arrivait à nous toutes, tu vois ?

Susan prit la bouteille de cognac qu'elle lui tendait et en avala une grande lampée.

– Je sais. J'ai sacrément de la chance d'avoir de si bonnes copines. Et encore plus de chance d'avoir les gosses que j'ai.

Rhianna se fendit d'un large sourire.

– Ça, toutes les filles le savent, Susan. Même mes matonnes se sont fait du mouron pour ta fille, toute la journée. La nouvelle a fichu un coup à tout le monde.

– Où est Matty ? demanda Susan, se rendant compte soudain qu'elle ne l'avait pas vue.

Rhianna secoua la tête, l'air inquiet.

– Elle a eu une visite. Elle est revenue du parloir fumasse. Va savoir ce qui lui est arrivé ! Mais tu connais Matty... Vaut mieux pas poser de questions. Je suis ravie de pas être dans sa cellule, j'aime mieux te dire.

Susan haussa les épaules.

– On s'y fait, à la longue.

Rhianna leur reversa un cognac bien tassé.

– On se fait à tout, paraît-il. Tiens, moi, j'me fais à la vie de prison. Mais bon, j'ai fait tellement de séjours ici qu'ils m'envoient des cartes à Noël !

Elle éclata de rire et Susan l'imita. Une fois leur fou rire passé, Rhianna, reprit, sérieuse :

– Tu mérites vraiment de rentrer chez toi et de retrouver tes gosses, Susan. Faut vraiment que tu te décarcasses pour l'obtenir, ton appel. Tu le sais, non ?

Susan regarda au fond des grands yeux marron débordants d'affection et d'inquiétude de Rhianna.

– Des comme toi, y en a pas deux, tu sais... Et t'as raison. Il faut que je sorte d'ici. Mais, le problème, c'est comment je peux le faire, tu vois ? J'ai plein de problèmes à résoudre avant. Et pas mal à cogiter.

Rhianna la regarda drôlement.

– Qu'est-ce que t'as besoin de cogiter ? Tes mômes ont besoin de toi, alors tu dois sortir d'ici, point.

Susan lampa le reste de son cognac d'un trait.

– Si seulement c'était aussi simple que ça, ma vieille ! Mais c'est pas le cas. Et je ne peux dire à personne, même pas à toi, pourquoi c'est si compliqué.

Rhianna lui remplit son verre.

– Garde tes secrets pour toi, Susan. C'est tout ce qui nous reste, dans cette taule. Ce qu'on cache sous son crâne.

Matty passa la tête dans l'entrebâillement de la porte, un sourire contraint aux lèvres.

– Il paraît que tout va bien, alors, Sue ?

Susan hocha la tête, ravie de voir sa compagne de cellule.

– Il vous resterait pas une petite goutte de cognac ?

Rhianna lui en versa un verre.

– Ça va, Matty ? T'as la tête de quelqu'un qui a appris une mauvaise nouvelle. C'était comment, ta visite ?

Matty haussa ses minces épaules et se mit à rire.

– Bah ! J'ai juste un petit coup de blues des prisons.

Rhianna leva son verre bien haut.

– Je bois à ça, ma pote. Au blues des prisons... et au chouette mec que je compte bien me dégotter un de ces jours !

Matty plongea une main dans la poche de sa blouse et tendit à Susan une enveloppe avion.

– A propos de chouette mec, y avait ça pour toi, au courrier d'aujourd'hui.

A la vue de la grande écriture de Peter, Susan sentit son cœur faire une embardée.

– Il est mordu. Il a dû te répondre par retour du courrier.

Susan, glissa la lettre dans sa poche, la joie peinte sur le visage.

Ni Matty, ni Rhianna ne firent une seule fois allusion à cette lettre. Comme si elles savaient que Susan voulait la garder précieusement en elle. Elle avait peur d'être heureuse et elles le comprenaient.

Le bonheur se porte mal en prison.

28

La lettre de Peter fit rire Susan. Elle lui permit de s'évader dans le monde des cargos frigorifiques, du grand soleil et de la camaraderie masculine. Peter y parlait de son copain Bobby, le cuistot du bord, un homo qui se donnait un mal de chien pour avoir l'air d'un gros macho bien que tout l'équipage sût qu'il était gay. Il lui décrivait sa cabine, une pièce exiguë que Susan s'imagina comme une version de luxe de sa propre cellule. Ça lui avait fait plaisir d'avoir de ses nouvelles, disait Peter, qui évoquait des souvenirs du temps où ils étaient gosses – leurs profs, leurs copains d'alors, des anecdotes scolaires. Sous sa plume, les hivers enneigés, les longs étés chauds d'autrefois, tous ces faits vieux de vingt ans et plus redevenaient étrangement proches.

Le ton bon enfant et décontracté de Peter était exactement ce dont Susan avait besoin. Deux copains d'enfance se retrouvaient après des années et avaient plein de choses à se raconter. L'absence de sous-entendu galant plaisait beaucoup à Susan. Les filles avaient beau la chambrer en permanence à propos de Peter, elle savait bien, elle, qu'il ne voyait en elle qu'une bonne copine. Il était bel homme et sympathique. Beaucoup trop bien pour quelqu'un de son acabit.

N'empêche que ça lui faisait un bien fou de se dire qu'elle avait un ami, quelqu'un à qui écrire. Quelqu'un qui la connaissait d'avant : d'avant les emmerdes, d'avant la catastrophe, un temps où elle n'était que la petite Sue McNamara.

Comme elle rangeait la lettre dans son casier, elle se prit à penser à Barry. Les souvenirs qu'avait remués Peter la ramenaient à son adolescence, à l'époque où elle avait vu en

Barry la réponse à tous ses problèmes. Cette époque où ses mains l'électrisaient et où sa voix était comme une musique céleste à son oreille.

L'image de son corps sans visage s'imposa brutalement à elle. Elle sentit son estomac se révolter et crut qu'elle allait rendre son petit déjeuner. Par un effort de volonté, elle chassa cette vision de son esprit et concentra délibérément ses pensées sur Wendy.

Wendy, qui voulait dire la vérité. Rien qu'à cette idée, une pellicule de sueur couvrit Susan de la tête aux pieds – une sueur qui avait des relents aigrelets de peur. Si Wendy parlait, tout son bel échafaudage s'effondrerait, et sa fille devrait en supporter les conséquences.

Il était hors de question qu'elle laisse une telle chose se produire.

Geraldine jeta un dernier regard à son living. Comme la sonnette retentissait, elle redressa machinalement un coussin blanc et se passa une main dans les cheveux. Avant d'ouvrir la porte, elle se regarda encore dans le miroir ancien, pendu dans l'entrée, et s'inspecta rapidement de la tête aux pieds.

A son habitude, Colin Jackson avait l'air d'émerger de sous la couette – et non seulement ça, mais d'avoir dormi tout habillé. Les cheveux en bataille, il flottait dans un jeans deux fois trop grand pour lui, sanglé à la taille par une ceinture. Il arborait un T-shirt à l'effigie des Ramones et une vieille paire de Clarks avachies.

Il contempla la moquette blanche en se demandant s'il devait se déchausser. Un coup d'œil en direction de Geraldine suffit à le décider. Il se mit à défaire ses lacets sur le paillasson et rougit jusqu'aux oreilles en se rappelant qu'il avait un trou énorme à sa chaussette droite.

Geraldine eut un sourire indulgent.

– Vous me faites du bien, Colin. Vous me rappelez ce que c'est que d'être jeune.

– Plus si jeune que ça... Je vais quand même sur mes trente ans ! sourit-il, dévoilant de belles dents blanches parfaitement alignées.

Il la suivit dans le living, sidéré par le luxe qui l'entourait. Cet appartement semblait tout droit sorti du catalogue d'une grande enseigne du meuble.

Geraldine sourit, ravie de sa réaction. Une bouteille de vin blanc et deux verres à pied trônaient sur la table de chêne massif, à côté d'assiettes de sandwiches et de petits gâteaux. Il s'installa sur le canapé en velours damassé bleu nuit, que faisait ressortir le blanc des coussins jetés dessus, et se sentit aussitôt déplacé.

« Il a tout du collégien trop vite grandi qui aurait séduit la plus belle fille du bahut », songea Geraldine. Sans rien en laisser paraître, elle lui servit un verre et vint s'asseoir à côté de lui.

– Si vous avez fini de vous rincer l'œil, on pourrait peut-être se mettre à travailler ? C'est pour ça que vous êtes là, je vous le rappelle.

Elle portait un pantalon de soie blanche et un chemisier assorti, au travers duquel Colin devinait le bout de ses seins. Il se demanda comment il allait pouvoir sortir une phrase sensée sans y faire allusion malgré lui.

– Buvez et détendez-vous, l'après-midi va être chaud.

Il étouffa un sourire égrillard. Il ne lui faisait pas dire !

– Au cas où Susan accepterait de me voir, la semaine prochaine, il faut qu'on ait quelque chose de solide à lui proposer. Roselle m'a communiqué de nouveaux éléments qui jettent un éclairage neuf sur l'affaire mais qui, paradoxalement, la compliquent aussi. Il semblerait que Barry Dalston ait violé sa fille aînée.

Colin hocha la tête, oubliant soudain les charmes de Geraldine.

– Je m'en doutais ! Je sentais bien qu'il y avait un non-dit quelque part. Susan aime trop ses enfants pour avoir accepté d'en être séparée sans un motif puissant.

Il avala une gorgée de vin.

– L'infâme salaud ! L'herpès de Wendy, ça vient de lui, c'est ça ?

Geraldine hocha la tête.

– Le légiste l'a mentionné noir sur blanc dans son rapport d'autopsie. Mais personne n'en a fait état au procès, ça a été jugé accessoire. C'est ce qu'on m'a dit, en tout cas. Apparemment, personne ne s'est avisé que cela pouvait prouver que Barry était un cavaleur qui collectionnait les partenaires. En plus, il se savait infecté quand il a violé sa fille... Roselle a été sa maîtresse pendant des années. Ne me demandez pas ce qu'elle lui trouvait. Ma seule explication, c'est qu'il se conduisait différemment avec elle. Peut-être s'imaginait-elle pouvoir le transformer. Les femmes assez bêtes pour croire ce genre de choses ne manquent pas. Cela dit, Roselle est loin d'être idiote, enfin, me semble-t-il. Même si, sur le chapitre des hommes, elle n'est peut-être pas aussi bon juge que nous autres.

Colin la regarda avec un sourire ironique.

– Par « nous autres », vous entendez les femmes comme vous, n'est-ce pas ?

Geraldine ne put cacher son irritation.

– Je n'ai encore jamais rencontré aucun homme qui mérite que je lui consacre mon précieux temps. Croyez-moi, ils sont nombreux à avoir essayé de faire en sorte que je les voie tels qu'ils se voyaient, eux. Je les repère de loin aujourd'hui. C'est un talent que j'ai développé dès ma plus tendre enfance.

Colin fut désolé qu'une femme aussi sexy revendique de telles conceptions. Elle devait approcher la quarantaine – ce qui, pour lui, était loin d'être un vice rédhibitoire – et tenait un discours digne de sa grand-tante, une vieille fille aigrie qui avait toujours eu une sacrée dent contre les hommes.

– Holà ! On n'est pas tous à jeter, vous savez !

Geraldine le regarda bien en face.

– Vous par exemple ? Ravie de l'apprendre ! Si nous en revenions à Susan Dalston ?

Elle s'empara de son verre, et Colin comprit que le chapitre était clos. En soupirant intérieurement, il regarda ses lèvres caresser le bord du verre. Pourquoi se bichonnait-elle et se sapait-elle de la sorte si ce n'était pour affrioler les hommes, bon sang ?

– Susan est rentrée chez elle après une soirée au pub. Elle avait confié les petits à Wendy. Ça faisait cinq jours qu'elle était sans nouvelle de Barry. A propos, Roselle a bien travaillé : elle a retrouvé la femme chez qui Barry avait atterri, au cas où on aurait besoin d'elle... Bref, Barry rentre et viole sa fille, par terre, dans le living. Là-dessus, Susan revient du pub. Tous ses enfants sont là et elle envoie Wendy chez sa belle-mère. Kate est une brave femme, malheureusement très malade en ce moment, qui ferait n'importe quoi pour Susan. Personne n'a jamais soupçonné la présence de Wendy chez ses parents cette nuit-là. Pas même les voisins de Susan : son amie Doreen a entretenu le mensonge. Apparemment, tout le monde s'est contenté de prendre la version de Susan pour argent comptant. Si elle a agi de la sorte, c'est pour éviter à sa fille de traîner le viol de son père comme un stigmate toute sa vie.

Colin se leva et, sans dire un mot, alla se poster à la fenêtre qui donnait sur la Tamise.

– Vous avez une sacrée vue d'ici, non ?

Geraldine se douta que c'était une question de pure forme. Qu'il voulait juste un peu de temps pour analyser toutes ces informations. Il resta silencieux plusieurs minutes.

– Si Susan a gardé la présence de Wendy secrète tout ce temps et qu'elle s'est laissée condamner plutôt que d'en parler, il me paraît évident qu'elle n'acceptera jamais d'en faire état publiquement. Vous vous en rendez compte, j'espère, Geraldine.

Elle porta son verre à ses lèvres sans répondre, réfléchissant à son tour. Il se détourna de la fenêtre et la regarda.

– Pourquoi Roselle ne m'a-t-elle pas informé de tout ça ? Pourquoi être allée vous le dire à vous plutôt qu'à moi ?

Geraldine haussa les épaules avec infiniment de grâce et de féminité. Mais Colin était trop blessé, trop furieux, trop humilié pour le remarquer.

– Parce qu'on ne peut pas faire confiance à un homme, c'est ça ? Parce que, pour les Geraldine et les Roselle de ce monde, tous les hommes sont bons à être collés dans le même panier ? parce qu'on est de la sous-merde, tous autant que nous sommes ?

Il la fusillait du regard, mais elle resta d'un calme olympien.

– Ça, c'est à elle qu'il faudrait le demander, Colin. J'ignore pour quelle raison elle a préféré me le dire à moi plutôt qu'à vous. Peut-être lui était-il plus facile de faire à une autre femme des révélations d'ordre privé sur son amie. Ou peut-être parce que mon bureau est plus beau, plus grand et plus luxueux que le vôtre... Je n'en sais rien. Ce que je sais, en revanche, c'est que nous devons à tout prix aider Susan Dalston à sortir de prison. Par tous les moyens. Y compris détournés.

Colin la regarda, les yeux ronds, pas certain d'avoir bien entendu.

– Que voulez-vous dire ?

Geraldine soupira et leur reversa du vin.

– Je veux dire, jeune homme, que nous serons peut-être contraints de respecter le secret de Susan et, donc, de trouver une autre façon de lui permettre de rentrer chez elle avec ses enfants, comme c'est son droit.

– Vous vous foutez de moi ?

Geraldine s'esclaffa.

– Vous me faites penser à ce tennisman américain complètement fou qui conteste chacun de ses arbitres ! Sérieusement, Colin, si Susan se sacrifie depuis plus de deux ans pour protéger sa fille, elle mérite qu'on se décarcasse pour la faire libérer. Ecoutez, en ce moment, je défends entre autres Matilda Enderby. J'ai mobilisé toutes les organisations féministes derrière elle et c'est comme si elle était déjà libre. Et pourtant, je sais, *ici*, dit-elle en se frappant la poitrine, qu'elle a tué son mari et qu'elle l'a fait, en plus, avec beaucoup de plaisir. Vous savez très bien que nous travaillons en permanence sur le fil du rasoir. Même si la personne que nous défendons est coupable, notre devoir est de lui assurer la *meilleure* défense possible. Indépendamment de ce qu'elle a fait. Même les pédophiles ont le droit d'être défendus correctement. Alors, une Susan Dalston mérite qu'on se batte pour elle autant qu'une Matty Enderby ou un violeur d'enfants, non ? J'ai la réputation d'être un des meilleurs pénalistes en exercice. Mon seul nom lui garantira un procès équitable. Vous savez que je dis vrai. Je ne suis pas pour rien la fille de mon père, Terence O'Hara, maître incontesté du barreau en son temps. Je suis décidée à aider Susan Dalston et prête à renoncer à mes honoraires s'il le faut. Qu'une fois, au moins, une femme bien qui ne mérite pas de croupir en prison recouvre la liberté ! Pour la première fois de ma misérable existence, j'aurai enfin l'impression de servir à quelque chose, de pouvoir changer les choses.

Colin la contemplait, ébahi. Sa conviction était si forte qu'elle emporta sa décision. Il vint s'asseoir près d'elle et lui sourit.

– Jamais je n'aurais songé à qualifier votre existence de « misérable ».

Il promena son regard dans le luxueux living de Geraldine, remarquant soudain la nudité des murs et des meubles. Pas une photo, pas un bibelot, rien. Aucune trace indiquant qu'elle vivait ici. L'appartement était d'un dépouillement quasi clinique.

La solitude et la souffrance qui se lisait dans ses yeux lui serra le cœur.

– On fait équipe, alors ? fit-elle, d'une toute petite voix.

Il lui lança un sourire résigné qui lui retroussa un coin de la bouche.

– Ça m'en a tout l'air, non ?

Les bras chargés d'un gros sac en plastique débordant de bonbons et de bouteilles de soda, Debbie s'arrêta sur le seuil de la chambre et lança un sourire un rien crispé à sa nièce.

– Bonjour, ma chérie ! Comment te sens-tu ?

Wendy était tellement surprise de la voir qu'elle se mit à rire et à pleurer en même temps.

– Pendant une seconde, je t'ai prise pour maman. Reste pas là ! Viens t'asseoir ! Ça me fait tellement plaisir de te voir, si tu savais !

Sans s'en douter, elle avait trouvé les mots justes. Debbie entra et s'assit sur une chaise à côté du lit. Cela faisait deux ans qu'elle n'avait pas vu Wendy et n'en revenait pas de la trouver si changée. C'était presque une femme déjà, avec les épais cheveux noirs de son père et une poitrine qui promettait d'égaler celle de sa mère.

– T'as sacrément grandi, je constate...

Wendy hocha la tête en silence. Sa tante faisait peine à voir. Elle qui s'était toujours posée en arbitre des élégances paraissait vieille et fatiguée. Elle n'était pas maquillée, ses cheveux ternes pendaient tristement et ses vêtements banals la boudinaient. Le cœur de Wendy se serra, sans que la jeune fille sache bien pourquoi.

Debbie devina ce qu'elle se disait et sourit.

– Je viens de loin pour te voir, ma chérie. Dis-moi, comment vont les petits ?

– Ils ne devraient pas tarder. Mademoiselle Beacham, notre assistante sociale, doit me les amener. Elle est vraiment adorable avec nous. Elle s'arrange pour qu'on profite au maximum de Rosie avant qu'on nous l'enlève, j'ai l'impression.

Sa voix était si désespérée que Debbie sentit sa gorge se nouer.

– J'ai reçu une très gentille lettre de ta mère, Wendy. Elle voulait que je vienne voir comment ça allait, vous tous.

Wendy se redressa sur ses oreillers.

– Apparemment, il faut que je rencontre un psychiatre. Ils veulent savoir pourquoi j'ai essayé de me balancer. Comme si notre situation actuelle n'était pas une explication suffisante ! Cela dit, je vais bientôt pouvoir retourner au foyer. Je regrette d'avoir fait ça, Debbie. Je regrette vraiment. J'ai causé tellement de souci à maman. Qu'est-ce quelle pouvait faire, la pauvre, coincée là-bas ? Je lui ai fait faire un vrai sang d'encre.

Devant cette adolescente mi-femme mi-enfant, Debbie songea avec remords qu'elle n'avait rien fait pour venir en aide à ses neveux et nièces depuis l'arrestation de sa sœur.

– Comment va oncle Jamesie ?

Wendy avait posé la question par pure politesse, et ça se sentait.

Debbie sourit.

– Comme d'habitude, ma chérie. Tant qu'il aura un trou du cul pour péter, y a pas de raison qu'il change.

Elle avait dit ça d'une façon si drôle qu'elles éclatèrent de rire, bien que ni l'une ni l'autre ne sût vraiment pourquoi elle riait si fort.

– Et mamie et papie, ils vont comment, eux ?

– Toujours pareil. Une vraie paire de trouducs !

Elles se remirent à hurler de rire. En entendant de loin leurs gloussements, mademoiselle Beacham, qui arrivait avec les enfants, se réjouit. Si Wendy était capable de rire d'aussi bon cœur, le pire était passé.

Barry et Alana entrèrent, tenant Rosie chacun par une main. Elle était à croquer dans sa petite robe jaune, avec ses chaussures et son chapeau assortis – le tout offert par les Simpson. Elle se précipita vers le lit et, tendant ses bras dodus à Debbie, exigea qu'elle la prenne sur ses genoux.

Debbie la souleva. Elle était si mignonne qu'elle ne put s'empêcher de lui sourire. Ravie, Rosie la gratifia à son tour de son plus beau sourire et, montrant la fenêtre, lança de sa petite voix aiguë : « Zardin ! Shien ! »

On entendait effectivement un chien aboyer au dehors. Tout le monde éclata de rire. Elle ne parlait pas très bien pour ses trois ans, mais avait appris beaucoup de mots nouveaux, ces dernières semaines.

Avisant le sac de sucreries, Barry lança :

– Tu veux que je te range tout ça dans ton placard, Wendy ?

Sans attendre d'y être autorisé, il ouvrit le sac et commença à en inventorier le contenu.

Alana lança un sourire timide à sa tante, qui le lui rendit. Mademoiselle Beacham resta discrètement debout à observer ces retrouvailles jusqu'à ce que Wendy, se rappelant les bonnes manières, fasse les présentations.

– Je vous présente ma tante Debbie, la sœur de maman. Tante Debbie, voici mademoiselle Beacham, notre assistante sociale.

Les deux femmes échangèrent un signe de tête.

Debbie se sentait si peu à sa place qu'elle se tut. A sa gêne se mêlait un énorme sentiment de culpabilité : pendant qu'elle essayait de retenir un homme qui ne valait pas un clou, ces quatre petits, les enfants de sa propre sœur, devaient se débrouiller seuls pour digérer non seulement la mort de leur père, mais aussi l'absence de leur mère.

– C'est chouette, ici, tu trouves pas, tante Debbie ? Tout à l'heure, on ira voir la mer. Mademoiselle Beacham nous l'a promis.

La voix de Barry ne laissait personne ignorer – surtout pas mademoiselle Beacham – qu'il irait, lui, voir la mer, quoi qu'en pensent les autres.

– Pourquoi ne pas vous joindre à nous, Debbie ? Je suis sûre que ça ferait très plaisir aux enfants, lança mademoiselle Beacham.

Alana n'en avait pas l'air tout à fait persuadée, mais Rosie semblait avoir pris sa tante en affection et lui souriait de toutes ses quenottes, comme si elle avait compris ce qui venait de se dire.

Debbie sourit en silence, ce qui valut consentement.

En regardant les enfants jouer autour d'elle, si heureux d'être ensemble et si manifestement unis par une profonde affection, Debbie en vint à envier Susan d'avoir accompli un tel exploit, envers et contre tout.

Sa sœur avait donné naissance à quatre enfants magnifiques qui lui vouaient plus que jamais une véritable adoration. Malgré l'absence, malgré le temps qui passait.

Sa visite lui donnait, au moins, l'occasion de porter un tout autre regard sur sa propre vie.

– Ça va ?

– Je te préviens, Susan, tu me poses la question encore une fois, je deviens folle ! répliqua Matty d'un ton sec.

Susan haussa les épaules.

– T'as pas l'air d'aller bien du tout, tu sais. Je te trouve déprimée. Je me fais du souci pour toi, c'est tout.

Matty se leva, força Susan à s'asseoir sur une chaise et, lui prenant son peigne des mains, se mit à lui rouler les cheveux en chignon plat.

– Tu sais, Susan, dit-elle d'un ton désabusé, parfois, ton passé te rattrape et t'as plus envie de lutter. Enfin, je m'exprime mal... Tu n'es plus en position de lutter.

– De quoi tu parles, là, Matty ?

– Je viens de te le dire. J'en suis arrivée à la ligne de partage des eaux de ma vie, comme qui dirait.

Susan éclata de rire.

– Ah ! C'que tu peux sortir comme trucs ! Cela dit, vu ta ligne, ma poulette, tu devrais pas avoir trop de mal à les partager, tes os !

Matty lui tira les cheveux pour la faire taire.

– Tu sais très bien ce que j'entends par là. J'en suis à un tournant de mon existence. Le moment clé où il t'arrive quelque chose et où tu dois prendre une décision. Une décision dont tout ton avenir dépend. Des fois, je me demande ce que je fous ici, pas toi ? On peut circuler librement, mais n'empêche qu'on est prisonnières. Quoi qu'on fasse, quoi qu'on se dise, on est emprisonnées. On le sait toutes, au fond, et on n'a qu'une chose en tête : sortir, retrouver le monde extérieur. En ce qui te concerne, ta priorité, c'est de retrouver tes enfants. Moi, je suis quelqu'un de foncièrement égoïste. Je l'ai toujours été et la prison n'y a rien changé. Ça m'a peut-être même rendue encore plus égoïste, si c'était possible... Toi, Susan, t'es en train de te rendre compte que t'aurais dû l'être plus. Si tu l'avais été, tu ne serais pas ici aujourd'hui. En somme, tu as fait exactement la même chose que moi : tu t'es protégée d'un mari violent. La seule différence, c'est que, toi, tout le monde te croit, ici.

– Arrête, Matty ! C'est le blues des prisons qui te fait parler. Ça fait même une paye que tu l'as, le blues... Bon sang, ton appel est quasiment gagné d'avance ! T'as même des célébrités qui clament que t'aurais jamais dû te retrouver en taule. À côté de ça, qu'est-ce que j'ai, moi, hein ? Je vois tout à fait les militantes de WHAM ![1] se

1. *Women's Health Action and Mobilization*, groupe militant féministe revendiquant le droit des femmes à disposer librement de leur corps et prônant la lutte contre l'oppression familiale.

mobiliser pour faire signer une pétition en faveur de ma libération, pas toi ?

Susan s'esclaffa.

– Allez, Matty, faut te secouer ! Si on se laisse démoraliser, on est foutu. Tous les matins, je me force à l'optimisme. Je fais aller. Les lettres de mes gosses m'aident à ne pas déprimer. T'as besoin de faire quelque chose de ta vie, Matty. Si quelqu'un a jamais eu besoin de penser à quelqu'un d'autre, c'est toi. Ça te ferait le plus grand bien.

Lâchant le chignon qu'elle lui faisait, Matty vint se planter devant elle et la prit par les épaules, la mine grave.

– Tu es la seule personne pour qui j'aie jamais éprouvé de l'affection, Susan. Je t'avais dit que je parlerais de toi à mon avocate, mais je ne l'ai pas fait. Parce que, tout bien considéré, je préférais qu'elle travaille pour moi. Rien que pour moi. Ça te donne une idée de ma générosité native, non ? J'ai refusé de t'aider. Je n'en ai même jamais eu vraiment l'intention, en fait. Je ne suis ni noble, ni bonne, ni altruiste, ni rien de ce que tu t'imagines. Je suis une vraie psychopathe, Susan. Une inadaptée sociale. Je le sais et je pense que tu dois en être avertie. Méfie-toi de moi et des gens comme moi. Nous sommes des destructeurs. Nous détruisons tout ce que nous touchons parce que nous voulons que ça se passe comme ça. C'est plus fort que nous. Sous mes dehors de jolie fille, je suis un Barry en jupons, Sue. Alors, cesse de te faire croire que je suis autre chose !

Susan contempla son visage grave et soupira.

– C'est pas vrai. T'es juste malheureuse et paumée, tout comme moi. T'as besoin de parler à quelqu'un, de faire sortir ce qui pourrit à l'intérieur de toi. J'ai beau pas être psy, ça fait belle lurette que j'ai compris que t'avais un petit grain. Mais, si on devient comme ça, y a forcément une raison. Les parents forment leurs enfants. Un mari et une femme se forment au contact l'un de l'autre. Je ne prétends pas avoir un cerveau comme le tien, Matty. Mais toi qui es intelligente, brillante même, sers-toi donc de ta cervelle pour t'analyser toi-même, parce que, au bout du compte, c'est ce qu'on doit tous faire. Se regarder en face dans la glace et se voir tel qu'on est.

Les deux femmes restèrent un moment silencieuses, puis Matty reprit, toujours aussi grave :

– C'est exactement ce que j'ai fait, Susan. Je me suis analysée et je sais ce que je suis. J'aimerais que tu le comprennes. Je me connais de fond en comble, et c'est justement de me connaître si bien qui me déprime. Le passé te rattrape toujours, quelque intelligent que tu te sois cru. Ton passé n'est rien d'autre que ton avenir, mais tu ne t'en rends compte qu'au moment où il se dresse de nouveau devant toi, avec son affreux mufle d'hydre.

Susan secoua la tête et s'écria d'une voix véhémente :

– Tu te goures, Matty, et dans les grandes largeurs !

Matty la regarda avec le petit sourire triste qu'elle arborait quand elle voulait que les gens l'aiment.

– Ah ouais ? Tu en es bien sûre, Sue ?

Geraldine s'étira. Malgré sa fatigue, elle se sentait nettement mieux depuis qu'elle avait parlé avec Colin. Ils en étaient à leur deuxième bouteille et elle sentait se profiler autour des tempes l'inévitable mal de crâne que lui valait le vin blanc. Elle n'avait pas l'habitude de boire.

Colin, lui, en revanche, avait une sacrée descente. Comme elle le regardait remplir leurs verres pour la énième fois, elle se résigna à la gueule de bois carabinée qui l'attendait au réveil.

Elle l'aimait bien. C'était un type sympa, pas compliqué et gentil. Très gentil. Assez pour qu'elle baisse la garde et le tutoie.

– Tu crois que Susan va accepter de collaborer avec nous, Geraldine ? Je veux dire, ça a l'air génial, tout ça, dans ton living, mais on est complètement hors contexte, là. En fin de compte, c'est à elle de décider ce qu'elle veut, pas à nous…

Elle s'empara du verre qu'il lui tendait et soupira.

– A mon avis, après le geste de Wendy, elle sera prête à tout pour sortir de prison.

Colin n'en avait pas l'air persuadé.

– Si on arrive à obtenir un huis clos, rien ne nous empêchera de révéler la vérité. Et on aurait du mal à trouver vérité plus parlante et plus convaincante que celle-là. Or, rien n'est plus difficile à réfuter que la vérité, pas vrai ?

– Attendons de voir ce que Susan pense de notre plan. C'est tout ce qu'on peut faire pour l'instant. Ne brûlons pas les étapes.

Il s'assit à côté d'elle.

– Tu as l'air crevé.

– Je suis à moitié soûle. C'est rare que je boive autant.

Il lui décocha un sourire.

– Tu ne tiens pas de ton père, alors ? Sa réputation de buveur de scotch est légendaire. Presque autant que ses combats dans les prétoires.

Geraldine resta silencieuse.

– Il te manque ?

Elle fixa le fond de son verre quelques secondes.

– Pas du tout, en fait. Je ne l'ai jamais beaucoup aimé.

Colin ne put masquer son étonnement.

– Oh ! je sais, Colin, tout le monde l'aimait. Il était l'image même de l'Irlandais qui a réussi. Une intelligence exceptionnelle et une mémoire digne d'un ordinateur, assorties d'un charme naturel qui en faisait la coqueluche des salons. Mais dans l'intimité, Colin, avec sa femme et ses filles, c'était une brute. Une grosse brute braillarde et avinée. Alors, non, il ne me manque pas du tout.

– Jamais je n'aurais imaginé ça…

Colin se sentait totalement à côté de la plaque.

– Personne n'en a jamais rien su. Nous pouvions difficilement le crier sur les toits. Après sa mort, nous avons pieusement entretenu la légende. C'est ce qu'on fait en général, non ? Il est mort dans les bras d'une prostituée. Une gamine de dix-sept ans qu'il était en train de besogner dans son bureau, à Holborn. Les chers confrères ont fait corps autour de lui. Tu connais la solidarité des gens de robe… C'est d'ailleurs ce qui a permis à Matty de s'en tirer comme elle l'a fait : son mari, lui aussi, appartenait à la confrérie. Même si je la soupçonne fort d'avoir liquidé Victor Enderby de sang-froid… Comme quoi, il ne faut jamais se fier aux apparences, dans la vie. Toi comme les autres, tout le monde prend mon père pour un saint : le défenseur de la veuve et de l'orphelin, le champion des causes perdues. En réalité, il se fichait de ses clients comme de sa première cuite. Ce qui comptait pour lui, en revanche, c'était de vaincre, de l'emporter. C'était même l'essentiel.

Colin était muet. Qu'aurait-il pu dire ? En le voyant comme ça, Geraldine s'en voulut de ce qu'elle venait de lui asséner.

Elle avait trop bu. Et ça, c'était *la* chose à éviter. C'était dangereux, elle était bien placée pour le savoir.

Elle lui posa la main sur le bras.

– Je suis désolée, Colin. Jamais je n'aurais dû te raconter tout ça.

Il la regarda avec un sourire, un vrai sourire d'ami, et elle comprit que ses secrets ne risquaient rien avec lui.

– Il fallait bien que ça sorte un jour, tu sais. Tout le monde a besoin de dire ce genre de choses au moins une fois dans sa vie.

Elle hocha la tête et avala une gorgée de vin avant de s'abandonner, avec un soupir, contre les coussins moelleux de son canapé.

– Ma famille à moi est désespérément normale, dit Colin. Ma mère est sympa, mon père est sympa, ma sœur est sympa… Jusqu'à il y a deux ans, j'habitais encore chez mes parents, acheva-t-il, un rien penaud.

Elle lui tapota le bras.

– Eh bien, estime-toi heureux. T'as vraiment beaucoup de chance, tu sais.

Il sourit.

– Ça m'en a tout l'air, ouais… Contrairement à la plupart des gens, je n'ai pas le moindre petit secret à cacher. J'ai une vie tout ce qu'il y a de plus banal. Petite maison sympa, petites vacances sympa, tout très sympa. Mais tellement plan-plan !

Geraldine vida son verre d'un trait.

– Ne dis pas ça, Colin. Bien des gens donneraient tout ce qu'ils ont pour avoir une vie sympa, sans souci et bien plan-plan. Tu peux me croire !

Il la regarda au fond des yeux, soudain sérieux.

– Mais, je te crois, Geraldine ! Je te crois !

Jamesie poussa la porte avec son masque renfrogné habituel. Un bon dîner, rôti de bœuf et charlotte, l'attendait sur la table de la cuisine. Il était affamé après sa journée de boulot, et ce spectacle lui mit l'eau à la bouche.

Debbie empila sur une assiette plusieurs tranches de viande, un gros morceau de *Yorkshire pudding*, des carottes, du chou, des pommes de terre grillées, de la purée – sans oublier les panais, dont il raffolait – et la posa devant lui. Il rentrait toujours manger le dimanche soir. C'était même le seul jour de la semaine où elle pouvait compter le voir, ces derniers temps – une sorte de rituel. Il faisait des heures supplémentaires, le dimanche. Et s'en mettait plein les poches, comme il disait. Sauf que tout cet argent arrosait Carol et son fils. Et, bientôt, le nouvel héritier qui gonflait le gros ventre qu'elle exhibait fièrement partout.

Debbie sourit à Jamesie et attaqua sa propre assiette.

– Tu m'as l'air bien réjoui... grommela-t-il.

Elle lui lança un nouveau sourire.

– C'est vrai. J'ai été voir les petits de Susan, hier.

– Ah ouais ? Ben, j'espère que t'en as bien profité, parce que t'y retourneras pas de sitôt.

Il se mit à mastiquer un morceau de viande – sans fermer la bouche, à son habitude – et elle remarqua soudain qu'il avait les dents toutes de travers. Comment avait-elle fait pour ne pas s'en apercevoir jusque-là ?

– T'es sûr ? lança-t-elle, d'un ton négligent.

Jamesie posa son couteau et sa fourchette dans son assiette et la fixa bien en face.

– Et comment que j'en suis sûr !

Elle continua à manger comme si de rien n'était.

– Ho ! Tu m'écoutes, Debbie ? T'as pigé ce que je viens de te dire ?

– Ils sont vraiment chouettes, ces gosses, Jamesie. Sue les a rudement bien élevés. Je lui tire mon chapeau. Je pensais pourtant vraiment pas dire ça d'elle un jour. J'ai toujours trouvé ça injuste qu'elle ponde des mômes comme qui rigole alors qu'on n'a jamais réussi à en faire un seul, toi et moi. Je l'en ai même haïe bien des fois.

Jamesie contemplait sa femme comme si elle était sur le point d'être enlevée par des extraterrestres.

– Ta sœur, c'est qu'une salope ! Une salope qu'a le sang de son mari sur les mains ! Tu serais pas en train de nous faire du ramollissement du cerveau, là ? Je t'interdis de revoir ces mouflets. T'es pas capable d'en avoir, ben, t'as qu'à te faire une raison.

– Moi, j'en suis pas capable, mais toi, si, hein, Jamesie ! Carol est encore en cloque, à ce qu'il paraît... Mais t'es vraiment sûr qu'il est de toi, dis ? Parce que, ta Carol, c'est la reine du tagada, et elle manque pas de jockeys ! Même ma mère trouve qu'elle y va fort et ça, ça en dit long.

Il regarda sa femme, interdit. Il ne la reconnaissait pas. Envolée, la Debbie soumise, pétrie de reconnaissance quand il daignait faire une apparition, qui se mettait en quatre pour lui faire plaisir. La femme qu'il avait devant lui avait un regard dur comme la pierre et un sourire à peine esquissé.

– Putain ! Tu cherches la baffe ou quoi, là, Debbie ? J'en ai une qui chauffe, je te préviens !

Elle éclata de rire et continua à manger.

– Colle-moi encore une seule baffe, Jamesie, et tu t'en mordras les doigts, j'aime mieux te dire !

Il recula sa chaise, qui grinça sur le carrelage. Debbie fut debout avant lui, le couteau à découper à la main.

– Ben, vas-y, gros con, si tu l'oses ! Mais dis-toi que tu risques d'avoir un petit échantillon de ce qu'a tâté Barry Dalston ! Je connais mes droits, Jamesie. Cette maison, j'y suis, j'y reste, et tu peux toujours courir pour l'avoir. T'as aucun droit dessus, mon pote ! Je me suis renseignée, figure-toi, et je me laisserai pas faire. Alors, tu peux aller dire à cette connasse de Carol qu'elle est pas près de foutre les pieds ici, ni elle, ni ses foutus lardons ! J'en ai soupé de toi et de tes histoires de cul ! J'en ai soupé de toi et de ce que *tu* veux ! Et si je pensais un peu à moi, hein ? A moi, ta femme ? A ce que je veux, *moi*, pour changer ?

Elle brandissait toujours le couteau au-dessus de sa tête, comme prête à le lui plonger dans le corps s'il bougeait.

– Pose-moi ce couteau, Debbie ! Je te le dirai pas deux fois !

Elle secoua la tête.

– Fous le camp, enfoiré, et va retrouver le paillasson avec qui tu passes tout ton temps ! Cette fois, j'en ai ras le bol. Je suis à saturation ! Enfin ! Et je vais te dire : je te reprendrais pas, même si t'avais la queue sertie de diamants et que tes pets sentaient la rose ! Alors, dégage !

Tout ce qu'il lui avait fait subir, tout ce qu'il lui avait infligé, se lisait sur son visage, s'entendait dans sa voix.

Il baissa les yeux vers son assiette. Il crevait de faim. Connaissant Carol, il ne faudrait pas compter sur autre chose qu'un sandwich. Brusquement, son foyer confortable lui paraissait plein de charmes.

Lentement, Debbie fit le tour de la table.

– Tire-toi, Jamesie. Retourne chez ta pute. Je ne veux plus de toi ici. Je ne veux plus de ta présence ni de tout ce qu'elle me rappelle dans cette cuisine. C'est *ma* maison ! Je l'ai frottée, récurée, décorée et entretenue pour toi. Mais maintenant, elle est à moi !

Elle fit un pas vers lui et il battit en retraite.

Quand elle eut claqué et verrouillé la porte sur lui, Debbie poussa un grand soupir.

Elle l'avait fait ! Elle avait réussi !

Il était parti.

29

Matty était assise à l'écart. Rhianna l'observait. Elle était impressionnante : pâle, les traits tirés et le regard éteint, même ses cheveux avaient perdu leur éclat.

Rhianna traversa la grande salle de récréation pour aller lui parler. En la voyant approcher, Matty lança d'une voix forte :

– Pas aujourd'hui, Rhianna, je ne suis pas d'humeur.

Ça n'empêcha pas cette dernière de s'asseoir à côté d'elle.

Quelle cacophonie ! Quelqu'un avait allumé la radio pour tenter de couvrir le son d'une télé poussé au maximum, laquelle donnait une émission sur la nature. Des ours et ourses polaires en chaleur se pourchassaient sur la calotte glaciaire, les détenues hurlaient des obscénités et des remarques lubriques. La radio braillait de la pop. Bref, c'était un tohu-bohu intégral.

A l'autre bout de la salle, des femmes jouaient aux cartes en fumant devant leur café. Le tout baignait dans une atmosphère enfumée qui donnait à l'endroit une apparence sordide.

Plus Matty l'ignorait, plus Rhianna s'obstinait, attendant qu'elle lui adresse la parole.

L'air de rien, Sarah s'approcha, les pupilles dilatées et les lèvres en mouvement, elle fredonnait une chanson dans sa tête.

– Tu me donnerais pas un petit coup à boire, Rhianna ? A crédit. Jusqu'à ce que je touche ma part.

Rhianna secoua la tête.

– Sûrement pas. T'es déjà mal barrée, là, Sarah. Si tu ne fais pas gaffe, tu vas t'endormir et tu seras foutue.

Sarah poussa un soupir.

– Ça me dérangerait pas.

Matty se passa la main sur le visage. Chez elle, c'était un signe d'irritation.

– Pour toi, tout est bon à prendre, espèce de petite garce.

Elle avait parlé d'un ton lourd de menace.

– De quoi tu te plains ? T'es en provisoire pour un petit délit de merde, t'auras fait tout ton temps en préventive. Alors, qu'est-ce t'as à nous emmerder ? Fous-nous la paix avec tes conneries de camée à la gomme !

Matty se leva et repoussa la fille sans ménagement.

– Allez, vas-y, dégage avant que je m'énerve sérieusement, sale petite collégienne trop gâtée. Arrête de geindre et, surtout, reviens pas me chercher des poux, si tu tiens à ta petite gueule.

Vlan ! Le coup de poing lui tomba dessus sans prévenir. Personne n'aurait pensé que Sarah avait les tripes de le faire.

Silence de mort dans la salle.

Sarah n'avait pas bougé, un peu chancelante, le poing toujours serré.

A la télé, la voix de David Attenborough[1] vantait les mérites de la calotte glaciaire ; à la radio, Sister Sledge[2] chantait : « *We are family* ».

– Allez, qu'est-ce t'attends, réponds-moi, espèce de barge ! Vas-y, réponds !

Sarah était prête à la bagarre, malgré ses yeux dans le vague. Matty la repoussa de nouveau.

– Mais t'es complètement malade ! Tu vois pas que t'es pas en état, espèce de connasse ?

---

1. Célèbre présentateur de reportages animaliers et de documentaires à la BBC.

2. Groupe américain constitué de quatre sœurs originaires de Philadelphie.

Cette fois, Sarah lui flanqua une gifle, une bonne gifle bien sonore.

Matty sentit sa joue la brûler.

Elle attrapa sa mug de café et, de toutes ses forces, frappa la fille. Le coup porta sur la pommette, on entendit un bruit d'os écrasé. Tout le monde regardait la scène, même la matonne. Sarah tomba d'abord à genoux puis s'affaissa sur le sol. Et ce fut la folie.

Il y avait des gardiennes partout. A genoux devant Sarah, Rhianna tentait d'évaluer les dégâts pendant qu'on sortait Matty pour l'emmener au mitard.

Le désordre était indescriptible. Matty se laissait faire avec un sourire modeste aux lèvres. La gardienne de service aurait parié un mois de salaire qu'Enderby ne bougerait pas, que la bagarre c'était pas son truc. Comme on peut se tromper !

Rhianna resta auprès de la fille inconsciente jusqu'à l'arrivée du médecin, puis retourna dans sa cellule. Elle s'assit sur son lit et, la figure dans les mains, s'interrogea. Qu'est-ce que c'était que ce système qui enfermait des femmes comme Matty avec des gamines du genre de Sarah ?

Susan entra comme une trombe.

– C'est vrai ce qu'elle a fait, Matty, à la pauvre petite Sarah ?

Rhianna fit « oui » de la tête.

– Elle va pas bien, il s'est passé quelque chose la semaine dernière. Pendant son parloir.

Rhianna secoua la tête.

– Va pas lui chercher des excuses, Susan. De toute manière, à un moment ou à un autre elle aurait tapé sur quelqu'un. Ici, c'est comme ça que ça se passe.

Elle regarda sa copine dans les yeux.

– Si on n'est pas dans cet état en arrivant, on le devient avant de sortir. L'oublie pas.

Susan la quitta et regagna sa cellule.

Autour d'elle, dans la pièce confinée, elle contempla les produits capillaires de Matty, ses tubes de maquillage. La vue de ses brosses à cheveux et de ses flacons la remplit d'une profonde tristesse. C'était donc ce qui l'attendait maintenant, ce serait ça, la nouvelle phase de sa vie ? Des épisodes violents, des gens déjantés ? D'autres compagnes, d'autres visages, encore et encore ?

C'était comme si les murs se refermaient sur elle. Elle se força à ravaler la panique qui était en train de la gagner.

Matty, elle, venait de foutre son appel en l'air.

Si elle était incarcérée à vie, elle était finie.

Au fond d'elle-même, Susan se demandait si ce n'était pas ce qu'elle avait recherché.

Roselle aimait bien le club, en semaine. C'était plus calme, presque apaisant.

Même les effeuilleuses n'en rajoutaient pas et se contentaient d'exécuter leur numéro en mesure, sachant que, ces jours-là, les spectateurs n'étaient pas trop exigeants. L'atmosphère était bonne, détendue.

En traversant la piste de danse, Roselle aperçut Denise en pleine besogne. Elle adorait cette grande fille avec des seins jusqu'à la taille et des cuisses capables de casser des noix de coco. Les types aussi l'aimaient bien, elle était à la portée de certains. Au fond, c'était ce qu'ils voulaient : s'offrir les femmes qu'ils ne pouvaient pas avoir, en payant des prostituées. Mais Denise, inutile de chercher à la revoir, c'était chou blanc garanti.

En y pensant, Roselle esquissa un sourire. Mad Mary, une des filles plus âgées, se mit à glousser. Elle travaillait toujours en semaine : étant donné son âge et son physique, le week-end, c'était impensable, elle pouvait tout remballer. Mary éclusait le champagne du club – comme tout ce qui lui tombait sous la main, d'ailleurs.

Roselle la regarda soudain comme si c'était la première fois qu'elle la voyait avec ses rides autour des yeux et de la bouche, cet éclat dur dans le regard et son sourire professionnel.

– Une petite avance, Roselle, ce serait possible ?

Elle secoua la tête.

– Insiste pas, Mary. Je te connais, si je te file une avance, tu vas te barrer voir quelqu'un d'autre et tu reviendras quand tu lui devras du fric. Tu me la fais pas à moi, tu le sais bien.

C'était le type de logique que Mary avalait sans problème. Elle rigola.

– Exact, mais je vais crever, tellement j'ai besoin de picoler.

Roselle s'en alla sans répondre. En passant, elle demanda au barman de lui servir un grand verre de vodka-Coca.

Elle n'était pas si dure qu'elle le prétendait.

Arrivée dans le foyer, elle parcourut l'ensemble d'un coup d'œil professionnel. A l'accueil, il y avait Linette, une grande fille à l'air espagnol avec des boucles brunes et des yeux de biche, des hanches de jument et de petits seins bien fermes. Son rêve, c'était de rester assise derrière son comptoir. On la faisait travailler quand il y avait foule et que toutes les filles étaient occupées. Pour tout arranger, Linette avait un problème d'élocution. Sous barbituriques, elle était carrément incompréhensible.

Roselle passa sans rien dire et sortit dans l'air frais de la nuit. Le portier, Harry Allbright, lui adressa un sourire.

– Belle soirée.

Elle acquiesça en silence. Une vraie bénédiction, ce Harry. Il ne buvait pas, ne fumait pas et n'aurait pas touché une fille, même avec des gants. Il les haïssait. Lui-même avait une gentille épouse, de gentils gosses et une jolie maison à Beacontree.

– T'as pas l'air en forme, Roselle, tout va comme tu veux? demanda-t-il d'une voix inquiète et bourrue.

Elle sourit.

– Bof, j'ai pas trop la pêche, c'est tout.

Il secoua sa crinière de lion d'un air désenchanté.

– C'est à cause des clubs. Tu parles d'un cirque. Moi, je supporte pas, mais faut bien, ça paie les factures.

Elle garda le silence, immobile.

– C'est des ordures, toutes. Elle foutraient le cafard à n'importe qui, avec les vies qu'elles mènent. Y a pas de respect, tu comprends. Elle ne respectent rien, ni elles-mêmes, ni les autres.

Roselle retourna dans la chaleur du club. Sans s'en rendre compte, Harry venait d'aggraver son confort.

Joseph était parti en classe de neige avec son école. Ça, au moins, c'était une chose agréable. Il aurait tout, ce gosse, tout ce qu'elle pourrait lui offrir. L'amour, l'argent. Tout ce qu'elle n'avait jamais eu, elle.

Elle se mit à penser à Wendy et aux autres enfants. Mais surtout à Wendy.

Dans son bureau, elle regarda une photo, rangée dans un tiroir. Elle la représentait avec Barry : il était superbe, un vrai top-modèle, les yeux étincelants de gaîté.

Elle ouvrit son sac et en sortit une photo d'elle et de Wendy prise dans l'appartement. La petite ressemblait tellement à son père que c'en était troublant. Et pourtant, cette enfant, qu'elle commençait à aimer comme la sienne, avait été prise de façon atroce par l'homme qu'elle avait aimé. Comment avait-elle pu être aussi naïve, ne pas le voir sous son vrai jour ?

Au fond, elle le savait, elle avait tout compris le soir où Susan était arrivée sans crier gare dans son vieux manteau en drap. Elle sentait le bébé, la grossesse et la misère. Roselle avait tout de suite vu à qui elle avait affaire. Avant de connaître Ivan, elle en avait fréquenté des Barry Dalston, à la pelle. Avec lui, elle était retombée dans le ruisseau dont elle avait réussi à sortir. C'était ce qui lui faisait peur, à vrai dire. Plus jamais ça, non, plus jamais. Pour l'amour de Wendy et peut-être d'autres enfants comme elle.

Toute cette histoire avait changé Roselle, l'avait obligée à réfléchir sur elle-même, sur sa vie. Il fallait faire des choix, changer.

Le club, pour commencer.

Un jour, elle le vendrait, quand le pauvre Ivan aurait rendu son dernier souffle et qu'elle l'aurait enterré quelque part, dans un joli cimetière juif. A ce moment-là, elle laisserait tomber l'affaire et commencerait une nouvelle vie, une vie respectable. Un bar à vins ou un restaurant, pourquoi pas ?

En tout cas, un endroit où elle pourrait se détendre et regarder sa clientèle sans dégoût ni désespoir. Un endroit où les serveuses seraient propres, en-dedans comme en-dehors. Un endroit où l'argent serait gagné de manière légitime et dépensé de manière honnête, joyeuse.

Il avait fallu qu'elle rencontre Susan Dalston pour comprendre que la vie pouvait être différente. Cette Susan qui passait sa vie à se battre pour garder la tête hors de l'eau, ses gosses dans le bon chemin et ses rondeurs dans des limites acceptables.

Affalée sur son bureau, Roselle se mit à pleurer, à pleurer comme elle n'avait jamais pleuré. Mon Dieu, pourvu que son amie comprenne pourquoi elle avait trahi sa confiance, pourquoi elle avait raconté la vérité à Geraldine. Elle priait, espérant qu'en voulant être utile, elle n'avait pas trahi la seule véritable amitié qu'elle ait jamais connue.

Assis devant leur nouvelle télé grand écran, Joey et June regardaient « Les professionnels ». June buvait plus que de coutume. En la voyant se servir un autre scotch dans un verre en cristal taillé, Joey s'exclama :

– Dis donc, tu picoles sec, aujourd'hui.

Elle le regarda, les yeux brillants.

– J'en ai besoin, j'ai reçu une autre lettre de Susan.

Joey roula les yeux au plafond.

– Et voilà, c'est reparti. Qu'est-ce qu'elle a fait, encore ?

June haussa les épaules.

– L'a rien fait. L'a jamais rien fait, Susan. Pas comme nous, hein ?

Agacé, il ferma les yeux.

– Arrête ton char, tu vas pas recommencer ! Elle a tué Barry. Même s'il a fait des conneries, il méritait quand même pas ça.

– Si, justement, il le méritait ! Elle aurait dû le faire bien plus tôt. Il la traitait comme une vraie merde. Pourquoi tu fais semblant ? Tu le sais bien que c'était un mensonge, non ? On s'est fait du fric sur son dos et sur le dos des gosses et, en plus, on leur a pas donné un sou. Même pas un putain de bonbon.

Joey augmenta le volume de la télé et répondit :

– Va te faire foutre, June. Dégage et va voir Debbie. Sont bien toutes pareilles. Comment on les as dégottées, ces deux-là, tu peux me le dire ? Des espèces de pisseuses qui passent leur vie à chialer !

June vida son verre, cul sec.

– Elle avait raison, Susan, de pas vouloir que les filles viennent ici, avec toi. Ouais, elle avait bien raison. J'ai bien vu comment tu la regardais à l'époque. La moitié du temps, t'étais après elle. Tu te rappelles quand je t'ai chopé dans la cuisine ? Je le savais que t'étais après elle, j'étais jalouse.

Il regardait fixement l'écran.

June secoua la tête, elle était bourrée.

– Pendant toutes ces années, je l'ai détestée à cause de toi. Pourtant, qu'est-ce que t'étais, toi ? Un maquereau, Joey, un vrai marlou, voilà ce que t'es. Debbie est allée voir les gosses, elle. Elle en peut plus, tellement elle est contente. Elle m'a dit de dégager, elle avait bien raison. Quand on vieillit, tout ce qu'il vous reste, c'est les enfants et les petits-enfants. Moi, je les entends, les nanas dans la cité. « Je sors avec les petits » qu'elles font, « je les emmène au zoo, ou au musée. » D'ailleurs, elles s'occupent beaucoup plus de leurs petits-enfants que de leurs propres gosses. Elles ont pas tort, hein ? C'est eux, l'avenir, la génération future. Et nous, là-dedans, qu'est-ce qui nous reste ? On se retrouve avec un putain de grand écran et une belle piaule payée avec le fric à Susan. Parce qu'on l'a bien saignée, not' fille.

Joey restait scotché à la télé, comme sourd, imperméable aux mots.

– Tous les jours, elle y est allée, la Debbie. L'en a pas manqué un seul. On croirait qu'elle a changé de vie. Moi aussi, je vais peut-être y aller faire un tour. D'après elle, Rosie, c'est une bonne petite et, le Barry, un vrai trésor. Alana et Wendy, elle dit que c'est des beautés. Et figure-toi que, Wendy, elle a essayé de se tuer. Tu te rends compte, à cet âge-là, elle a voulu se foutre en l'air !

– Je croyais qu'elle t'avait dit de dégager, Debbie. Comment tu sais tout ça, alors ?

June se mit à rire.

– Bien sûr qu'elle m'a dit d'aller me faire foutre, mais c'était pas ce qu'elle voulait dire, en fait. On s'engueule, c'est tout. C'est normal, dans les familles. J'ai juste été faire un tour, comme ça, mine de rien, elle a été sympa. Tu sais quoi ? Elle a fichu Jamesie à la porte.

Joey se retourna et gueula :

– J'en ai rien à foutre, June, si t'as envie d'aller jouer les mamitas, c'est ton problème, moi, j'm'en balance !

Elle se resservit un verre et avala le liquide d'un trait.

– Evidemment ! C'est bien ça le problème, t'en as jamais rien eu à foutre.

Il la regarda en ricanant.

– Eh ben ma vieille, tu t'y prends un peu tard, non ? La gentille maman, tu crois pas que c'est un peu fichu ?

June regarda le fond de son verre.

– Eh oui, justement, c'est foutu.

Il regarda sa femme, en vrai cette fois, et soupira. Elle paraissait vieille. Sous son maquillage et son brushing, c'était une vioque. Deux vioques, voilà ce qu'ils étaient.

– Mais je suis encore là, moi, June.

Elle examina le visage de son mari. La haine avait creusé des rides au coin de ses petits yeux porcins et autour de sa bouche. Elle poussa un profond soupir.

– T'as raison, Joey. Remonte-moi le moral.

Il retourna à son feuilleton, espérant que Junie allait redevenir normale. Aussi fêlée que d'habitude, et vite.

Parce que, cette version-là, elle lui courait sur le haricot.

Susan accueillit Colin avec un sourire. Elle lança un coup d'œil à la femme qui l'accompagnait et la salua d'un signe de tête poli. Geraldine ne s'attendait pas à voir Susan comme ça. Elle ne ressemblait pas à la femme qui était sur les photos du procès. Elle avait perdu ses bourrelets, sa lourdeur. Même si elle ne serait jamais mince, elle avait l'air en forme, en bonne santé, elle avait une taille, une silhouette. Ses cheveux étaient nattés et son léger maquillage la rajeunissait de plusieurs années.

En lui tendant une main manucurée, Geraldine lui sourit.

– Geraldine O'Hara. Ravie de faire votre connaissance.

Susan lui adressa un superbe sourire. Elle était aux anges.

– Alors, Matty a bien voulu vous parler, finalement ?

Depuis une semaine que sa copine était au mitard, personne ne savait ce qui lui arrivait ni comment elle allait.

– Elle va bien ? demanda Susan.

Geraldine haussa les épaules.

– Elle ne veut voir personne, je le crains. Même pas moi.

Susan fronça les sourcils. Elle regarda Colin, puis la matonne, qui leva les épaules comme pour me dire : « Quoi ? Pourquoi tu me regardes ? »

– Je vois. Mais alors, comment vous êtes arrivée ici ?

Susan n'était pas à son aise : elle avait l'impression de se faire embarquer dans un truc qui la dépassait. Cette femme-là, c'était pas du menu fretin comme Colin. C'était quelqu'un de connu, une vedette.

– Roselle est venue me voir...

C'était comme si l'air, d'un coup, lui manquait. Elle leva les mains vers le ciel.

– J'ai pas le fric pour vous payer, madame. Arrêtons les frais tout de suite.

– Susan, nous savons ce qui s'est passé. On sait tout.

Elle blêmit.

Geraldine parlait d'une voix basse.

– Si nous sommes là, c'est pour vous aider. C'est tout.

– J'ai pas besoin de votre aide, ma grande. Merci beaucoup, mais Colin est parfait.

Celui-ci secoua sa crinière en bataille d'un air désespéré.

– Vous voulez bien au moins nous écouter ?

Susan secoua la tête avec véhémence.

– Y a rien à dire. Allez-vous en s'il vous plaît, fichez-moi la paix.

– Nous savons ce que Barry a fait à Wendy. Nous savons absolument *tout*, Susan.

– Non, madame, vous ne savez rien. Rien du tout. Tout ce que vous croyez savoir, je le démentirai. Vous voyez pas ce qu'elle essaye de faire, Wendy ? Et Roselle, c'est pareil. Toutes les deux, elles racontent n'importe quoi, juste pour me faire sortir d'ici. Même si c'est archi faux.

– Tout est donc faux, Susan ?

– Tout ce qu'elles ont pu raconter.

Elle paniquait.

– J'obtiendrai sans doute un huis clos. Personne n'en saura rien, répliqua Geraldine rapidement.

– Cassez-vous, tous les deux.

Susan regarda la gardienne.

– Ramène-moi dans ma cellule, j'ai fini.

– Tu ferais peut-être mieux de les écouter, Dalston.

– Ah ouais ? Ben, toi, tu ferais mieux de fermer ta grande gueule. Fais ton boulot et boucle-là.

– Ils vont proposer l'adoption pour les autres enfants comme ils l'ont fait pour Rosie. Ils seront séparés. C'est ça que vous voulez, Susan ? Vous ne croyez pas qu'ils en ont subi suffisamment ? Wendy a fait une tentative de suicide après ce qui lui est arrivé. Elle a besoin d'être aidée, de voir un thérapeute. Je croyais que vous vouliez ce qu'il y a de mieux pour vos gosses. Alors, pourquoi refusez-vous ce que nous vous proposons ?

La voix de Geraldine résonnait fort dans la petite pièce. On aurait dit qu'elle rebondissait sur les murs et lui retombait dessus. Susan hésita une fraction de seconde, Geraldine saisit la balle au bond.

– Je peux vous faire rentrer chez vous très rapidement. Retrouver vos enfants. Dans la profession, on me reconnaît un certain talent, on m'accorde un certain poids. Et je suis prête à vous aider pour rien. Pas un centime. Et ne me renvoyez pas cette offre à la figure, *madame*, parce que je ne vous la présenterai pas une seconde fois.

Elle avait parlé d'une voix si forte, si assurée, que Susan se rendit compte que, si elle refusait, sa seule chance de recouvrer la liberté allait s'envoler.

Geraldine lança un regard lourd de sens à la gardienne.

– Je voudrais m'entretenir avec *ma cliente* sans témoins, s'il vous plaît.

La gardienne quitta la pièce sans jeter un regard en arrière.

– Si vous ne voulez pas que cela sorte au grand jour, je trouverai un stratagème, je vous le promets.

Susan regarda cette femme impeccable qui se tenait devant elle.

– Et pourquoi vous voulez tellement vous occuper de moi ? Pourquoi vous vous souciez de ma personne ?

– Susan, si seulement vous saviez le nombre de gens qui se soucient de vous, sans parler de vos enfants, évidemment. Nous savons ce que Barry a fait à votre fille. A sa fille. On sait que vous deviez l'éliminer pour le punir de ses actes. Nous sommes avec vous, si seulement vous vouliez bien accepter de l'entendre.

L'avocate se tourna vers Colin pour quêter son approbation. Il lui sourit.

– Tout de suite. Ne laissez pas passer cette occasion, c'est sans doute la seule qui se présentera.

– Mais alors, comment on peut faire ?

Geraldine se détendit. Pourquoi le fait que cette femme accepte son aide lui faisait-il tant de bien ? Mystère. En tout cas, il fallait commencer.

– D'après les rapports médicaux, il vous a refilé une maladie vénérienne et vous avez perdu un bébé. Il vous a fait perdre d'autres enfants en vous donnant des coups de pieds dans le ventre. Il vous agressait sans arrêt. Si j'utilise ces arguments, vous sortirez sans que le reste n'apparaisse au grand jour. Même sa mère accepte de témoigner contre Barry. Je vous le promets, je peux vous faire sortir, vous avez fait assez de préventive. Laissez-moi dévoiler les détails de son passé, à lui.

Susan sourit.

– Kate le haïssait, que Dieu la bénisse.

Elle s'assit à la table et regarda Geraldine avec insistance.

– Est-ce qu'il vont examiner le rapport du médecin légiste de près ? L'accusation, je veux dire.

Geraldine perdit pied.

– Le fait que vous vous soyez acharnée sur lui à coups de marteau, oui, bien sûr. C'est tout ce qu'ils avaient comme preuve, à vrai dire. Je veux parler de la manière dont vous l'avez tué. Mais je trouverai un psychiatre qui dira qu'il s'agit d'un acte de représailles provoqué par de longues années de maltraitance. C'était bien de ça qu'il s'agissait, n'est-ce pas ?

Susan acquiesça d'un air absent.

– Oui, mais dans le rapport d'autopsie ils auront gardé des trucs, vous savez, des échantillons, tout ça ?

– Mais qu'est que vous avez, avec ce rapport d'autopsie ? Tous les rapports disent que vous avez tapé plusieurs fois sur Barry à coups de marteau. Ça, on le sait. Ce qu'il nous faut, maintenant, c'est la preuve du tort qu'il vous a causé, quelque chose de grave qui aurait laissé des séquelles. De ce fait, évidemment, votre acte n'aurait plus la même signification. Il faut que vous apparaissiez comme quelqu'un qui a été traumatisé par son premier procès. Quelqu'un qui pense mériter de vivre libre, bien qu'elle ait supprimé une autre vie. Même si, à vrai dire, cette vie-là ne méritait guère une pareille boucherie.

Susan la regarda en souriant.

– Je vous aime bien. Vous êtes sympa.

A son tour, Geraldine se mit à rire.

– Moi aussi, je vous aime bien. J'en avais la prémonition.

En les observant, Colin s'émerveilla de cette capacité d'empathie instinctive qu'ont les femmes.

– Bon, si je comprends bien, on leur dit la vérité mais pas toute la vérité.

– En gros, oui, c'est ça.

– Mais, dans l'autopsie, il vont éplucher le rapport, ils vont pas essayer de trouver autre chose ?

– Par exemple ? demanda Colin d'un ton exaspéré.

Susan haussa les épaules.

– J'en sais rien, moi ! Comment je saurais, c'est vous les experts, non ?

Geraldine la regarda droit dans les yeux.

– Pourquoi, ils pourraient y trouver autre chose ?

Susan ne lui répondit pas directement.

– C'est vrai que vous faites ça pour rien ?

Geraldine haussa les épaules.

– Roselle dit qu'elle me paiera. Mais, si je perds, je ne demanderai pas un sou. Ça vous va ?

Susan passa en revue ses chaussures cousues main, sa coupe de cheveux super sophistiquée et soupira intérieurement.

– Allez-y, alors, vous m'avez convaincue.

C'était bien la première fois que Geraldine O'Hara avait eu à convaincre quelqu'un. En général, les gens la suppliaient de bien vouloir les défendre. Dans son milieu, ça se passait comme ça : quand on avait une certaine expérience, on la faisait payer. Et voilà que, cette fois, une meurtrière patentée lui faisait, à *elle*, la faveur d'accepter sa compétence, son savoir et son temps.

Dans son for intérieur, elle en riait. Extérieurement aussi.

– C'est bon.

Susan se prit la tête dans les mains et pensa à Wendy et Rosie, à Barry et Alana. Ses quatre enfants, si différents et pourtant si semblables. Elle devait les retrouver, et cette belle femme avec son beau sourire semblait pouvoir tout arranger.

Wendy avait besoin d'aide. Ces paroles lui résonnaient dans la tête. Wendy avait besoin de sa mère. Tous, ils avaient besoin de leur mère. Il était temps que Susan Dalston s'autorise enfin à rentrer chez elle.

Matty était au mitard, au secret. Elle n'avait pas le droit d'avoir de quoi écrire, pas de livres, pas de radio. Mais elle s'en fichait. Elle restait assise sur sa couchette toute la journée. Sans bouger.

La gardienne de nuit ouvrit la porte. C'était une femme frêle avec des traits anguleux et un penchant pour les romans de Danielle Steele. Mathilda Enderby lui causait du souci.

– Je peux vous apporter une tasse de café, ou autre chose ?

Matty la regarda d'un air effaré, comme si elle ne la connaissait pas.

– Pardon ?

– Vous m'avez entendue. Vous voulez du café, oui ou non ?

– Non merci, je vais très bien.

La femme sortit et ferma la cellule à clé. Au moins, elle avait essayé. Maintenant, elle pouvait retourner dans son autre monde, un univers peuplé de femmes sexy et bourré d'intrigues ultra passionnantes.

Matty porta son attention sur les graffitis qui ornaient les murs et sourit. Certains étaient plutôt amusants, dans le genre naïf ou salace.

Elle avait beau se concentrer sur ce qu'elle regardait, c'était toujours Victor qu'elle voyait. Ce pauvre Victor se tenait devant elle, la suppliant de lui expliquer pourquoi elle était si malheureuse, pourquoi il s'y prenait si mal, pourquoi elle était si méchante avec lui. Il l'implorait de lui raconter ce qui l'avait mise dans un état pareil. Il avait l'air tellement éberlué, perdu. Il se passait nerveusement les mains dans les cheveux, inquiet.

Elle avait tâté le couteau à travers la serviette de toilette. Elle savait qu'il était là, qu'il l'attendait, et ça la transportait de bonheur. Pendant que Victor la suivait, elle avait caressé cette lame qui lui donnait un pouvoir de vie ou de mort. C'était exaltant. Oh oui, elle avait bien appris sa leçon. Un seul coup, dans le cœur, un seul. Le geste d'une femme au désespoir. Elle avait vu le médecin, lui avait montré ses ecchymoses, lui avait raconté la cruauté de son mari. Ses sautes d'humeurs.

Victor avait eu l'air complètement abasourdi au moment où elle l'avait frappé. Il était tombé à genoux devant elle, le visage livide, tordu par la douleur. Elle avait cru qu'il ne mourrait jamais. Même quand il était resté allongé sur le carrelage blanc, nageant dans une flaque de sang. Elle avait eu peur qu'il survive, et était restée à le regarder pendant dix minutes pour s'assurer qu'il était bel et bien mort.

Elle n'avait pris aucun risque.

Et après, cet horrible gargouillis. C'était atroce.

Elle s'était servi un verre, un bon gin tonic bien raide, l'avait bu et avait attrapé le téléphone en hurlant.

Le meilleur rôle de sa vie.

Elle avait raconté son histoire à des douzaines de journalistes et était devenue la figure emblématique des femmes battues. Et voilà qu'Angela était ressortie. Cette grosse salope voulait sa peau. Elle lui avait fait perdre son sang-froid, elle l'avait poussée à agresser Sarah.

Il fallait qu'elle arrive à concocter quelque chose de gratiné pour Angela, la prendre par surprise, lui faire un bon truc bien spécial. Comme pour sa mère.

L'idée lui arracha un sourire.

Et pourquoi pas un incendie... le feu, ça purifie. Elle avait bien besoin d'être purifiée, Angela. Elle avait l'esprit sale, la bouche sale.

Matty se leva de sa couchette et frappa à la porte de la cellule. La matonne se précipita : la prisonnière avait droit à une vigilance particulière. Risque suicidaire.

– Je veux bien du café, maintenant, s'il vous plaît. Je me sens mieux, tout à coup.

La matonne lui adressa un sourire amical.

– Et vous pourriez manger quelque chose ?

Elle n'avait rien avalé depuis plusieurs jours et mourait de faim.

– Peut-être une bouchée ou deux.

– Un sandwich, alors ?

Matty se mit à rire franchement.

– Du poulet barbecue, ça me dirait bien. Bon, allez, un sandwich fera bien l'affaire.

30

Roselle était allée chercher Wendy au foyer. Comme toujours en franchissant la double porte, le spectacle de cette multitude d'enfants l'attristait. De toutes couleurs, de toutes croyances, ils étaient tous indésirables. C'était à vous briser le cœur. Ils en avaient conscience, ces jeunes, qu'ils ne valaient pas grand-chose. Ça se voyait à leur visage, à leur démarche, à leur comportement. Des ados maussades qui fumaient des cigarettes, des gosses plus jeunes, assis près des bâtiments et dans le jardin, qui regardaient le monde passer. En sachant qu'ils ne pourraient jamais en faire partie pour de bon. Pas en vrai, pas complètement.

Déjà gâchés, ils avaient l'habitude qu'on ne les regarde pas, à moins de faire ce qu'il fallait pour attirer l'attention. Des choses idiotes, violentes, autodestructrices.

Les enfants de Susan auraient pu faire partie du lot, à la seule différence que, quoi qu'il arrive, ils auraient toujours su que leur mère les adoraient.

Roselle se dirigea vers le bureau et frappa à la porte.

– Attendez là, intima Madame Eappen d'un ton dédaigneux.

Elle voyait bien, à travers la vitre, qui avait frappé. Roselle savait que la directrice ne savait comment la définir : sa voiture, ses vêtements, sa montre de luxe, tout en elle remettait en cause sa conception de la morale. Roselle se demandait aussi pourquoi, devant cette femme, elle était toujours sur la défensive. Elle se mettait à employer des mots d'argot qui ne lui sortaient jamais de la bouche d'ordinaire et son accent était plus prononcé. « Son » accent... ce n'était même pas le sien !

Madame Eappen la fit attendre cinq minutes avant de la convoquer d'un mot :

– Entrez.

En passant la porte du bureau, Roselle se sentit transportée des années en arrière. Comme si elle était revenue à l'école et se faisait punir pour une bêtise. Quelle situation absurde ! Elle était une adulte, plus une enfant ! Toutes les Madame Eappen du monde ont à cœur de traiter les gens comme s'ils avaient douze ans.

La femme la toisa de son air froid et désapprobateur.

– Ah ! Mademoiselle Dingby.

En appuyant bien sur le « mademoiselle », comme si le fait de ne pas avoir l'étiquette « Madame » était le signe d'un échec existentiel total.

– Que puis-je faire pour vous ?

« Crever », se dit Roselle. Mais elle connaissait la chanson.

– Je suis venue chercher Wendy Dalston, comme d'habitude. Je pensais l'emmener prendre le thé au Claridge et, de là, aller faire quelques courses dans Regent Street. Je sais qu'elle attend cela avec impatience.

Elle avait pris un accent atroce et s'en délectait, surtout quand elle vit Madame Eappen fermer les yeux avec un désespoir manifeste.

– Tout à fait. Vous êtes bien consciente, je pense, que cette petite vient de vivre une épreuve difficile et qu'elle est encore fatiguée, pour ne pas dire déprimée.

– Elle ne le sera plus ce soir. Je peux vous le garantir. J'ai également un laissez-passer pour nous deux, elle pourra donc voir sa mère, entre autre chose.

Roselle, qui avait gardé le meilleur pour la fin, eut la satisfaction de voir blêmir son interlocutrice. Comme celle-ci ouvrait la bouche pour ajouter quelque chose, Roselle quitta la pièce tapissée de posters de Winnie l'Ourson et de graphiques, à l'encre rouge et noire, indiquant la progression des enfants.

Pour Madame Eappen, ces enfants placés sous sa responsabilité n'étaient que des objets, non de jeunes individus. Une grave erreur, irréparable.

Wendy était assise toute seule, près de l'accueil. Roselle l'observa un instant. Malgré sa queue de cheval bien sage et l'absence de maquillage, elle avait l'air d'une jeune femme dans son jeans et son T-shirt noir. Quand elle vit Roselle, son visage s'illumina.

En sortant, elle aperçurent Debbie, qui arrivait en taxi. Elle avait bien meilleure mine, cela faisait même des mois qu'elle n'avait pas eu l'air aussi bien. La tension sur son visage avait disparu et les petits plis qu'elle avait sous les yeux passaient maintenant pour des rides d'expression. Elle paraissait toute joyeuse.

– Bien, ma chérie. Tu es de sortie, alors ?

Wendy hocha la tête et fit les présentations. Roselle sentit un regard bleu rusé l'examiner de la tête aux pieds.

– J'ai beaucoup entendu parler de vous, Roselle. Je suis la sœur de Susan, au cas où ça vous aurait échappé.

Visiblement, elle en avait deviné bien plus qu'on ne lui en avait dit, et ça ne la gênait pas.

– Il m'a fallu du temps pour que je me décide à aller voir les gosses. Mais au moins, maintenant, je suis là…

Elle ne pourrait jamais en dire davantage pour s'excuser de les avoir laissés si seuls si longtemps.

Roselle sourit.

– Vous les emmenez où ?

– Chez moi. Je pensais qu'ils pourraient passer la journée dans le jardin. L'été est presque fini, alors je me suis dit que j'allais leur faire un petit casse-croûte et les laisser flemmarder un peu. C'est bien, là où j'habite, c'est calme.

Roselle acquiesça.

– J'ai un laissez-passer. On va rendre visite à sa mère, toutes les deux, et tenter de la convaincre de prendre un nouvel avocat. Si ce n'est déjà fait, évidemment.

Debbie hocha la tête.

– Susan m'en a parlé, de l'avocate. J'ai reçu une lettre ce matin. Elle a l'air d'aller bien, si ça peut vous consoler, « une lueur au bout du tunnel », comme elle dit.

Wendy n'avait pas ouvert la bouche, mais aucune des deux femmes ne s'en était rendu compte. Elles étaient bien trop occupées à se jauger mutuellement.

– Bon, eh bien bonne journée.

Debbie leur fit un grand sourire.

– Sûr, j'ai perdu beaucoup de temps avec ces gosses, et j'ai bien l'intention de le rattraper.

Roselle eut un sourire triste.

– C'est une belle famille, en tous cas.

Elles se quittèrent avec chaleur. Roselle regarda cette petite femme courant sur ses grosses jambes pour aller chercher son neveu et ses nièces.

Wendy s'assit dans la voiture avant d'ouvrir la bouche.

– Ma mère permettra jamais qu'on dise la vérité. Elle laissera personne parler.

Roselle tourna la tête vers elle, le regard las tout à coup.

– Pour une fois, ta mère fera ce qu'on lui demande. Allez, on est parties, on va passer une bonne journée ensemble.

Elle s'éloigna du foyer, mais la journée semblait morose à présent, comme gâchée. Wendy avait à nouveau son air hagard, déprimé.

Roselle alluma Radio One – grosse concession de sa part – car elle savait que la petite aimait la pop. Peut-être allait-elle se détendre et retrouver un peu de gaîté.

A sa sortie du mitard, Matty fut accueillie par une mer de visages. Elle regarda ces filles et ces femmes qu'elle avait aidées, conseillées, et s'étonna de leur résilience : elles se souciaient encore d'elle, après ce qu'elle avait fait.

Sarah lui lança un regard mauvais, elle avait l'œil dur, mais clair. Matty sourit, lui fit un signe de la main et vit que la petite se détendait.

Dans le milieu carcéral, la rancune se nourrissait d'elle-même et risquait d'exploser à tout moment, au moindre geste. Quand on n'a pas grand-chose d'autre à quoi penser, surtout au mitard, les bagarres sont chose banale. Les femmes comme Matty rendaient la vie difficile à tout le monde. On gardait ses distances avec les filles dans son genre, celles qui semblaient n'avoir besoin d'aucun motif précis pour devenir violentes. Elles étaient capables de partir au quart de tour, sans raison.

Susan avait rangé et nettoyé la cellule, qui était impeccable. Matty sourit.

– J'ai passé toute la matinée à faire le ménage.

Susan parlait d'une voix aiguë, elle avait l'air inquiet. Sans qu'elle sache pourquoi, Matty se sentit encore plus déprimée. Elle examina la cellule comme on attendait qu'elle le fasse et adressa un sourire charmant à sa compagne.

– C'est comme si je n'étais jamais partie.

Susan renifla.

– T'aurais pas pensé ça avant. On aurait dit qu'il y avait eu une bombe. Mais tu me connais, ma grande, ce que tu vois, c'est ce que tu as.

Rhianna entra et finit de remplir l'espace confiné de la cellule.

– J'étais à la gym, quand on m'a dit que t'étais revenue.

Elle regardait Matty avec une telle intensité que son amitié devenait palpable.

– Et Sarah, comment elle va ? demanda Matty.

– Elle a pris sur elle, comme d'hab'. Elle a dit qu'elle t'avait poussée à bout et que c'est pour ça que vous vous êtes bagarrées. Rien de nouveau, quoi.

Matty hocha lentement la tête.

– C'est bien ce que je pensais. Je sais toujours pas s'ils ont l'intention de me charger ou pas.

Rhianna sourit.

– Sûrement pas. Elle est pas conne, la petite, elle a raconté son truc, elle reviendra pas en arrière.

Matty resta immobile quelques instants.

– Peut être, on verra bien.

Rhianna et Susan échangèrent un regard : elles ne s'attendaient pas à ça.

– Ça va, Matty, t'as besoin de rien ?

– Croyez-moi si vous voulez, mais j'ai juste besoin d'un peu de calme. J'ai une lettre à écrire.

Elles eurent un grand sourire.

– A qui ?

Matty les regarda d'un air sérieux.

– A ma sœur.

– T'as une sœur ? s'exclama Rhianna, incrédule.

– Vous ignorez beaucoup de choses sur moi, mesdames. Un jour, vous découvririez le pot aux roses, si je ne me méfie pas.

Elle éclata de rire et les deux femmes avec elle. Il n'y avait pourtant rien de bien comique dans cette histoire, elles le savaient toutes les deux. Oui, rien de bien drôle. Laissant Matty rédiger sa lettre, Rhianna entraîna doucement Susan dehors, elles allèrent s'asseoir dans sa cellule et se regardèrent.

– Elle a encore changé, non ? fit Susan.

Rhianna acquiesça.

– Si tu permets, à mon avis, elle est plus toquée que la pire des foldingues. L'animosité lui sort quasiment des pores de la peau. T'as pas les jetons, Susan ? A ta place, je serais pas rassurée.

– J'y peux pas grand-chose, hein ? On dirait bien que sa sœur l'a sérieusement enquiquinée. Espérons que ça va la calmer d'écrire sa lettre. J'ai assez de soucis comme ça, pas la peine d'en rajouter.

Rhianna secoua la tête.

– Plus tôt t'auras une date d'appel, mieux ce sera.

Susan frissonna de plaisir.

– J'ai l'impression que j'ai peut-être touché le jackpot, avec cette Geraldine. Je me demande comment Matty va le prendre quand elle saura que c'est elle qui va me défendre.

Rhianna ne répondit pas. Vu l'humeur de Matty, il n'était pas évident qu'elle soit enchantée.

– Fais gaffe, Susan. Reste sur tes gardes. Quand Matty est dans cet état-là, elle est capable de faire n'importe quoi.

Susan haussa les épaules d'un air insouciant.

– Elle ira mieux dès qu'elle aura retrouvé ses habitudes. Et puis, Sarah a fait exactement ce qu'il fallait. Elle s'en remettra, va, comme tout le monde.

Rhianna ne répliqua pas.

Susan ne pensait qu'à Wendy et à Roselle. Elle allait enfin, après des années, revoir son amie. Elle n'en pouvait plus d'attendre cette visite, ça allait être génial, formidable.

– De toute manière, ma petite vient me voir tout à l'heure. Avec Roselle, ma meilleure copine. Ça fait tellement longtemps que je l'ai pas vue en chair et en os que je suis excitée comme une puce. Je vais bien la regarder, tu peux me croire, parce que je veux savoir si elle a changé, après toutes ces années.

Rhianna se sentit gagnée par son enthousiasme.

– Roselle qui ? Tu parles tout le temps de cette fille. C'est marrant, j'ai déjà entendu ce nom-là.

– Roselle Digby. Elle habite à Soho.

Rhianna eut l'air impressionné.

– C'est quand même pas *la* Roselle Digby, celle qu'a un club sur Dean Street ?

Son ton en disait long, et Susan se mit à rire.

– Si, bien sûr, que c'est elle. Ça fait une bonne paye qu'on se connaît, toutes les deux. C'est une super copine, c'est elle qu'a offert de payer Geraldine. Même si la môme nous dit qu'elle nous fera ça gratis.

– Tu parles ! T'auras tout pour toi : la presse et la thune. T'inquiète !

Mais Rhianna était impressionnée et ça se voyait.

– Ça fait longtemps que t'aurais dû tout déballer. T'aurais été traitée comme une reine ici, avec une avocate comme ça.

Susan poussa un soupir de bonheur.

– P'têt ben que oui, p'têt ben que non. Finalement, tout arrive en même temps, t'as bien vu ?

Rhianna lui sourit.

– Tu vas sortir, Susan, je le sens.

– Moi aussi, en fait. Maintenant, j'arrive à y croire, pour de vrai.

Rhianna savait exactement ce qu'elle voulait dire et sentit comme un petit pincement de jalousie.

– Je sais exactement ce que tu ressens. Crois-moi, je le *sais*.

Geraldine fut surprise de voir Matty si changée. Elle paraissait plus mince, si c'était possible, et avait des couleurs comme si elle avait couru, ce qui, manifestement, n'était pas possible dans un endroit pareil.

– Bonjour, Matty. Alors, si j'ai bien compris, on vous a tout expliqué.

Elle acquiesça.

– Elle voulait la bagarre. Ça arrive, dans ce genre d'endroits, Geraldine. Il a bien fallu que je me défende.

L'avocate avait quelques doutes.

– Bon, de toute manière, on a la date de l'appel : c'est dans quatre semaines, le 3 novembre. Qu'en pensez-vous ?

Matty sourit. Elle était d'une beauté désarmante dans la lumière de ce début d'après-midi.

– Formidable, j'ai tellement hâte de sortir d'ici.

Elle parlait comme une petite fille. Geraldine ravala le sentiment de dégoût qu'elle éprouvait chaque fois qu'elle s'entretenait avec sa cliente.

– Vous devriez bien vous en tirer, si j'en crois les articles parus dans la presse. J'ai l'impression qu'on tombe au bon moment, le public s'intéresse enfin au sort des femmes battues. De nouvelles lois sont votées et appliquées. A mon avis, vous avez de bonnes chances de rentrer chez vous.

– Tant mieux, parce que je sens que je m'enfonce ici. Je veux tourner la page sur Victor et sur tout ce qui est arrivé. Commencer une nouvelle vie.

– Ce ne sera pas facile quand le livre sortira, non ?

Geraldine n'avait pas pu résister, mais Matty haussa les épaules avec plus d'indifférence encore qu'à l'ordinaire.

– Si les gens ont envie de connaître mon histoire, je me demande bien pourquoi je la raconterais pas. Ça pourrait aider d'autres femmes qui vivent le même type d'arrangement conjugal, elles partiraient avant qu'il soit trop tard. Moi, j'ai trop attendu, et voilà ce qui m'est arrivé. Un avertissement, c'est peut-être nécessaire, non ?

Cette femme était capable de justifier n'importe quoi. Geraldine laissa tomber le sujet. Pourtant, il resta comme suspendu en l'air, alourdissant passablement l'atmosphère.

– Je vais également défendre Susan Dalston, dit-elle pour parler d'autre chose. Vous étiez au courant ?

Matty blêmit et se tira les cheveux en arrière. Geraldine avait compris que cela signifiait qu'elle était en colère.

– Non, personne n'a pris la peine de m'éclairer là-dessus. Même pas mon avocate.

– Allons, Matty, calmez-vous. J'ai de nombreux clients, vous le savez bien, et je défends toujours les femmes qui se trouvent dans des situations difficiles. C'est exactement le cas de Susan Dalston. Ses enfants ont besoin d'elle, elle a besoin d'eux. S'il y a une femme dont il faut s'occuper, c'est bien Susan. Elle a subi des sévices extrêmement graves, je le sais et j'ai les moyens de le prouver. Je veux la faire sortir et la ramener chez elle. J'ai hâte de prendre le dossier en main, cette femme m'a plu dès que je l'ai vue.

Matty ne répondit pas. Elle écoutait le bruit au dehors. C'était jour de visites et elle entendait bavarder les maris, les copains, les gosses et les mamans. A part celles de son avocate, elle n'avait eu qu'une seule visite en prison, dont, franchement, elle aurait pu se passer.

– Avant que j'oublie, une femme m'a téléphoné à votre sujet. Une certaine Angela ou quelque chose comme ça. En fin de compte, elle n'est pas venue à notre rendez-vous.

Matty resta impassible. Elle savait pertinemment que Geraldine venait de lui balancer cette nouvelle pour guetter sa réaction.

– Peut-être une journaliste, je ne connais pas d'Angela. Pourquoi, ç'avait l'air important ?

De nouveau ce regard innocent. Geraldine haussa les épaules.

– Non, j'ai trouvé ça bizarre, c'est tout. J'ai pensé que c'était peut-être quelqu'un qui pouvait vous aider.

– La seule personne qui puisse m'aider, c'est vous, Geraldine. Moi, je n'ai que vous.

– Plus les groupes de femmes et les féministes, il ne faudrait quand même pas les oublier.

Matty fixa un point au-dessus de sa tête.

– Oui, mais qu'est-ce qu'elles savent, en fait ? C'est vous qui êtes importante, non ? Sans vous, je serais restée à pourrir dans ce trou. Non, c'est vous, Geraldine, je ne peux pas vous dire à quel point je le ressens.

L'avocate avait l'impression très nette que Matty se fichait d'elle et qu'elle n'y pouvait rien changer. Tout le monde avait droit à un jugement impartial, quelle que soit l'intime conviction de son défenseur. Geraldine savait que la libération de Matty créerait un précédent et entraînerait d'autres décisions de justice en faveur de femmes qui avaient commis des crimes qu'elles avaient été contraintes de commettre. Toutes les Susan Dalston et tant d'autres avec elle. Pourquoi ne ressentait-elle donc aucune compassion pour celle qui se tenait devant elle ? Pourquoi avait-elle le sentiment de se fourvoyer complètement en prenant sa défense ? Tout le monde pensait que Matty était formidable, que c'était la cliente rêvée, intelligente, spirituelle, cultivée, éloquente. Et très séduisante.

Geraldine était intimement persuadée que Matty n'était qu'une salope, froide et calculatrice. Elle se sentit gagnée par la déprime, encore une fois.

Matty lui faisait invariablement cet effet-là.

Quand Susan aperçut sa fille et son amie qui l'attendaient dans le parloir sinistre, son visage s'illumina d'un sourire béat. Roselle l'embrassa avec une telle ardeur que la gardienne dut intervenir pour les séparer. Elles s'assirent à la petite table branlante et, pendant que Wendy allait chercher du café et un Coca, elles eurent quelques instants à elles.

– Tu es superbe, Roselle, absolument magnifique. Et t'as pas vieilli d'un poil ! s'exclama Susan, d'un ton admiratif.

– Toi non plus, tu n'es pas mal, ma grande. T'as fondu !

Susan soupira.

– C'est pire qu'une cure de bio, ici. Si seulement j'avais été mise en taule avant, je serais jamais devenue grosse.

Mais le compliment lui avait fait plaisir et ça se voyait.

– Tu te rends compte, je pèse plus que soixante-trois kilos. Pour un peu, je me prendrais pour Twiggy[1] !

Susan avait les traits fins, on le voyait maintenant. Même si elle ne serait jamais belle, elle était séduisante. Roselle était enchantée, ravie pour son amie.

– Comment va Wendy ? demanda Susan d'un ton pressant.

– Beaucoup mieux. Le fait que tu reviennes bientôt l'aide énormément. Oh, je me suis laissé dire que les processus d'adoption avaient été accélérés.

Elle leva la main pour faire taire Susan qui ouvrait la bouche pour protester.

– T'en fais pas, Geraldine va s'en occuper. Ça fait partie de la stratégie pour te faire sortir, que tu sois une mère parfaite. Alors, arrête de te faire du mouron, j'ai tout le fric qu'il faut, même s'ils doivent délibérer jusqu'en l'an 2000.

Susan sentit qu'elle se détendait, enfin.

– T'es vraiment une copine en or, Roselle. Je ne sais pas ce que j'aurais fait sans toi. Au moins, Barry m'a donné les gosses, et il m'a donné toi, aussi, d'une certaine manière, pour ainsi dire.

Roselle lui serra ma main avec effusion.

– Et, à moi, il m'a donné toi, et puis, par toi, Wendy. Je vous aime si fort ! Vous êtes plus que ma famille. Sans parler de Joe, bien sûr.

– Bien sûr, comment il va ?

Roselle se lança à corps perdu dans les compliments sur son fils. Susan buvait ses paroles avec bonheur. Le fait de voir Roselle arrivait à compenser tout le reste, tant leur amitié était puissante.

Quelques-unes des femmes qui étaient au parloir dévisageaient le couple Susan Dalston-Roselle Digby d'un air

1. Mannequin et comédienne anglaise, égérie des Sixties, célèbre pour son extrême minceur.

incrédule. Susan ne s'était pas rendu compte de la célébrité de Roselle. Elle savait maintenant pourquoi sa copine n'était pas venue la voir plus tôt. C'était une curiosité, cette vedette qui n'avait jamais écopé plus que d'une simple contredanse. « La femme à Ivan », comme on l'appelait souvent, même s'il n'y avait plus rien entre eux depuis bien longtemps.

Susan était ravie du ramdam qu'elles provoquaient.

– Ma parole, si j'avais su, je t'aurais fait venir avant ! Je crache sur aucune aide d'aucune sorte dans un endroit pareil.

Une détenue s'approcha de la table pour les saluer. Wendy leur rapporta le café.

– Ils n'en ont que pour toi, au comptoir, fit-elle d'un ton ravi. Et que des compliments, évidemment.

Roselle avala une gorgée de café et sourit de toutes ses dents.

– Parce que tu crois qu'ils oseraient dire autre chose ?

Puis, changeant brusquement de sujet, elle posa à Susan la question brûlante :

– Alors, qu'est-ce que tu penses de Geraldine O'Hara ?

– Je la trouve formidable. Elle défend aussi ma cothurne.

– Encore une chose à partager, alors ! D'après Geraldine, ta sortie est gagnée d'avance.

– Bon, on verra bien. Même moi, je me sens optimiste. Mais je me retiens. Parce qu'ici ça peut être mortel. Il faut toujours s'attendre au pire, comme ça, tout ce qui arrive de bien, ça vient en prime.

Wendy les écoutait avec attention.

– Dis-leur la vérité, maman. Une bonne fois pour toutes.

Regardant sa fille, Susan lui lança d'un ton sec :

– La vérité, ma puce, ils en auront bien assez pour le temps qui reste. C'est pas la peine de te mêler à tout ça.

Wendy la regarda dans les yeux.

– Tu comprends toujours pas, hein, maman ? Peut-être que c'est moi qui ai besoin de la dire, la vérité, pour que les gens me comprennent mieux. Et pour que, moi aussi, je me comprenne un peu mieux. Pour que je puisse donner un peu de sens à ma vie.

Susan regarda ce joli visage torturé et dit d'un ton sérieux :

– Dans ce cas là, rien ne peut donner du sens. T'as été prise dans quelque chose qui te dépassait. Je le sais, parce que j'ai vécu la même chose que toi. Ton père était un prédateur, il utilisait tout, les gens comme les choses. Pour moi, c'est devenu parfaitement clair. Quand je suis allongée dans ma couchette, je me demande comment j'ai pu le laisser exercer tout ce pouvoir sur nous. Quelle pauvre conne! J'aurais dû me barrer depuis des années, le laisser mariner dans son jus. Mais je l'ai pas fait. J'ai attendu que ça passe. Et pour en arriver où ? A ça. Tu vois, maintenant, si toi, tu ouvres la bouche, tout va me revenir en pleine poire. Penses-y, ma puce.

Wendy la regarda fixement pendant un long moment.

– Mais ce n'est plus de toi qu'il s'agit, maman. Même moi, je m'en rends compte. Il faut qu'on sache qui est coupable. Qui a fait quoi. Moi aussi, je pourrais prendre ma part, accepter d'être responsable de mes actes.

Roselle observait la mère et la fille, sidérée. On aurait dit qu'elles allaient se battre.

– Calmez-vous, toutes les deux.

Elle les avait interrompues. Susan se pencha en avant et siffla :

– Tu ne dis rien à personne, tu m'entends ? Si tu le fais, je dirai que t'es une menteuse. Raconte juste que ce qu'il faut pour que je puisse rentrer à la maison. Ils te croiront, ma grande, ça leur suffira.

Il se passait quelque chose qui échappait à Roselle.

– Comme si j'en avais pas assez entre Rosie et ces putain de Simpson, l'école de Barry et les malheurs d'Alana. Toi, faut que tu viennes en rajouter. Franchement, j'ai mon compte, ça suffit comme ça, Wendy.

Sa voix en tremblait d'émotion.

– Tu te rends compte ? Ça voudrait dire un autre procès, des tas de soucis. S'il te plaît, laisse tomber. On réglera le problème quand je serai rentrée à la maison. Je te le promets, ma chérie.

Wendy se leva et se dirigea vers l'accueil, où se trouvaient les toilettes. Susan saisit le regard de Roselle :

– C'est un truc entre elle et moi.

Roselle hocha doucement la tête.

– On dirait bien. D'après Geraldine, un huis clos serait possible si tu voulais bien accepter de comprendre la situation. Ce que Barry lui a fait suffira à te faire sortir, direct. Ceci dit, que tu acceptes de l'entendre ou non, Wendy a vraiment besoin d'aide. Tu comprends pas ça, Susan ? Cette gamine est bourrelée de remords, elle n'en peut plus de se culpabiliser. Elle a besoin de faire le ménage dans sa tête.

Susan ne lui répondit pas. Elle était loin, à des années-lumière : dans sa petite maison, devant le cadavre de son mari.

– Ce n'est plus une enfant, Sue. Elle est devenue une femme. Barry s'en est chargé. Maintenant, c'est à toi de lui faire savoir que tu la considères comme une adulte, comme quelqu'un qui est capable de prendre ses propres décisions. C'est à *elle*, que c'est arrivé, Susan, à *elle*, pas à toi. Il faut qu'elle règle ça, sinon c'est encore Barry qui aura gagné, tu ne crois pas ? Il vous contrôle encore tous, finalement.

Susan ne répondit pas.

Elle n'avait rien de plus à dire.

Wendy revint et sourit à sa mère avec douceur.

– Tu me manques, maman, et il faut que j'aille mieux dans ma tête. J'y arriverai pas si tu continues à me protéger comme ça. J'ai besoin que la vérité éclate. J'ai besoin que les gens sachent ce qui s'est passé.

– Personne n'a besoin de tout savoir, ma puce.

Wendy regarda sa mère droit dans les yeux.

– Ce soir-là, il m'a dit que j'étais pas sa fille. Il m'a dit que c'était Papie, mon papa. Je t'ai posé la question, mais tu ne m'as jamais répondu. Il faut que je sache, maman, il faut que je sache ce que je suis et d'où je viens. Même si c'est horrible. Il ne peut rien y avoir de pire que ce que je vis maintenant. Tous les jours quand je me lève, tous les matins quand je me force à me mettre debout pour commencer une journée de merde, je suis bourrée de remords, pleine de haine.

Susan secoua la tête. Quand elle répondit, sa voix paraissait venir du tréfonds d'elle-même :

– Ton père, c'était Barry, même si j'aimerais bien pouvoir te dire autre chose, tu peux me croire.

Wendy hocha la tête.

– C'était bien ce que je pensais, mais j'en étais pas certaine. Tu peux comprendre pourquoi, non ?

Susan acquiesça d'un air triste.

– Bien sûr, ma chérie, que je peux comprendre. C'est pour ça que je veux en finir. Pour que tu n'aies plus jamais besoin d'y repenser. Que tu n'aies plus à souffrir des conséquences de tout ça, sinon savoir ce qui s'est passé. Et même ça, ça s'estompera avec le temps. Je te le promets, je fais ce qu'il faut pour, je te le promets, ma bichette.

Wendy poussa un gros soupir.

– Tu peux toujours essayer, mais rien ne pourra changer la vérité, maman. Tu peux la déguiser, l'arranger à ta manière si tu veux, mais la vérité reste la vérité, quoi que tu en dises.

Elle regarda Roselle d'un air calme.

– C'est moi qui ai tué mon père. C'est pas elle, c'est moi. Je l'ai tué avec la bouteille de brandy. Il était déjà mort quand elle est revenue. Pas vrai, maman ?

Susan garda les yeux rivés sur sa tasse de café, sans répondre.

Il n'y avait rien d'autre à dire.

31

Assise dans son appartement, Roselle sirotait un grand verre de brandy. Elle était toujours en état de choc. Pourquoi n'avait-elle rien deviné ? Pourquoi n'avait-elle jamais pensé que c'était Wendy qui avait tué Barry ?

D'un autre côté, pourquoi aurait-elle imaginé une chose pareille ? Qui aurait pu y penser ? Wendy était une enfant, une victime.

La situation était cornélienne.

Si Wendy disait la vérité, ce qui semblait être son intention, elle risquait de se retrouver dans une position bien pire qu'elle ne l'imaginait. Elle serait enfermée, comme sa mère, mais, dans son cas, la durée de sa détention dépendrait du bon vouloir du ministère public. Trop jeune pour passer au tribunal, trop jeune pour la prison, elle serait enfermée quelque part dans un quartier de haute sécurité.

Détenue à perpétuité.

Roselle traversa la salle de bains et regarda la petite qui dormait à poings fermés : comme si, en confessant ce qui était arrivé, elle s'était débarrassée d'un poids énorme. Visiblement, elle s'était détendue.

Même Madame Eappen avait senti quelque chose et l'avait autorisée, sans faire trop d'histoires, à passer la nuit chez Roselle. Pour la première fois depuis bien longtemps, Madame Eappen n'avait pas un seul enfant Dalston au foyer : les trois autres passaient la nuit chez leur tante. Percevant la note de soulagement dans sa voix, Roselle avait souri d'un air entendu.

La vieille salope allait bien se régaler car, en ce moment, les petits Dalston étaient son unique sujet de conversation.

Les enfants de la meurtrière.

Si elle découvrait que c'était Wendy qui avait commis le crime, elle s'en lécherait les babines.

Roselle reprit une gorgée de brandy.

Pauvre Susan, dire que depuis tout ce temps-là elle était innocente. Elle qui restait assise dans sa prison à écouter toute ces merdes en sachant qu'elle n'aurait pas dû être là.

Et Wendy, mesurait-elle vraiment ce que sa mère avait fait pour elle ? Ce qu'elle lui avait évité ? Roselle, bien sûr, aurait fait la même chose pour son fils, mais elle n'en revenait tout de même pas que Susan n'ait jamais laissé filtrer quoi que ce soit.

Quelle rusée, cette Susan. Elle savait qu'une fois divulgué un secret perd tout son mystère ; cela devient facile, alors, de le trahir encore et encore. Et c'était bien ce qu'elle craignait pour de Wendy. Maintenant que la vérité avait été révélée, la fillette aurait sans doute envie de la crier sur les toits.

Roselle retourna dans le salon pour appeler Ivan.

– J'ai besoin d'un numéro de téléphone, le plus vite possible.

Puis, souriant dans le combiné, elle ajouta d'une voix polie.

– Evidemment, je sais l'heure qu'il est, Ivan. Mais, putain, c'est urgent !

Elle reposa le téléphone, s'installa sur le canapé et alluma une cigarette. La nuit promettait d'être longue.

Susan était allongée sur sa couchettebouleversée. Wendy avait craché le morceau. Même si elle avait confiance en Roselle, l'histoire avait été dévoilée. Une fois libérée, la vérité pouvait devenir terrifiante. Parfois, elle pouvait même causer plus de dégâts que le mensonge.

Elle l'avait su toute sa vie, son père et sa mère avaient été de bons professeurs. Elle se posa un bras sur les yeux et soupira.

Matty se glissa au pied du châlit et s'agenouilla auprès d'elle.

– Je croyais que tu voulais plus me parler, Matty. C'est à peine si tu m'as adressé la parole depuis que je suis revenue du parloir. Je me trompe ?

Matty ne lui répondit pas immédiatement. Dans la pénombre, elle avait les yeux brillants, phosphorescents.

– Alors, comme ça, me piquer mes copines ne te suffit plus, faut en plus que tu payes mon avocate ? Voilà ce que ça me rapporte d'avoir été gentille avec toi, d'être ton amie.

Elle parlait d'une voix tellement basse et suave que Susan crut avoir mal entendu.

– Quand je pense à tout ce qu'il faut que j'accepte et que je partage ma cellule avec quelqu'un que je n'emploierais même pas pour faire le ménage chez moi. Pourtant il faut que je t'aide, que je sois gentille avec toi. Je te prends sous mon aile, j'essaie de t'aider ; mais t'es exactement comme les autres. T'es qu'une prédatrice, une prédatrice ignare.

– Quoi ? Mais de quoi tu parles ?

C'était vraiment la dernière chose qu'il lui fallait, ce soir, à Susan.

Matty eut un grand sourire.

– Oh, mais je vois très clair dans ton jeu, tu sais. Les gens comme toi, je les connais, Susan. Vous êtes des profiteurs. Je t'offre mon amitié et toi, tu fais comme tout le monde, tu en abuses. Tu t'en sers à tes propres fins. Mais tu t'en tireras pas comme ça, cette fois. Je vais tuer la poule dansl'œuf. Je vais te tuer avant que tu puisses me prendre tout ce qui m'appartient.

Susan ne lui répondit pas. Elle sentait quelque chose de froid contre sa gorge. Une lame.

Matty avait l'air de parler toute seule, maintenant.

– Tout le temps... je dois tout faire tout le temps. Sinon, il ne se passe rien, hein, t'en dis quoi ? T'es comme Angela, comme ma mère, comme Victor. Sans moi, vous n'êtes *rien*.

Susan écoutait. Dans le lointain, elle entendit le pas d'une matonne qui faisait sa ronde de nuit. Bientôt, le judas s'ouvrirait et elle jetterait un œil pour s'assurer que tout allait bien.

Ce qui n'était pas du tout le cas. Mais comment le saurait-elle ? Susan ne pourrait rien dire !

– Victor a fait la même erreur. Il parlait de moi aux gens, il leur racontait combien j'avais changé. Mais je n'avais pas changé du tout ! Pas du tout ! J'avais juste arrêté de faire semblant. De faire comme si tout était parfait, comme si je l'aimais, qu'il m'était cher. T'imagines comme c'était dur, ça, Susan, faire semblant d'aimer un grand type moche et rasoir ? Un homme dont la conversation était tellement ennuyeuse que j'avais du mal à rester éveillée. Quelquefois, je bâillais devant lui. Oui, sans me gêner, mais il faisait semblant de ne pas me voir. Et maintenant, c'est de toi que je dois m'occuper. Une femme dont j'ai fait mon amie, en tout cas ce qui s'en rapproche le plus. J'allais parler de toi à Geraldine, mais tu m'as doublée, hein ? T'as fait ça derrière mon dos et tu me l'as fauchée ? A cause de toi, elle m'aime plus. Je l'ai bien senti aujourd'hui, c'était visible. Tu comprends, je la mets mal à l'aise, cette femme, parce qu'elle se voit en moi. Comme vous tous.

Le judas s'ouvrit et une voix demanda doucement :

– Tout va bien, là-dedans ?

Matty fit un sourire éblouissant.

– On bavarde, on n'arrive pas à dormir

Le judas se referma et les pas s'éloignèrent.

Susan ne pouvait pas respirer. Elle avait peur qu'au moindre bruit Matty s'énerve. Mais non, elle se tenait immobile, calme et tranquille. Au bout d'un long moment, Matty se remit à débiter de la même voix monocorde.

– Et voilà qu'Angela est revenue. Et moi, je suis coincée ici, impuissante. Elle veut tout me prendre, comme d'habitude. Tout ce que j'ai. Elle a toujours tout voulu. Les gens se servent de moi pour tracer leur chemin dans le monde. Même quand j'étais petite, les gens avaient compris qu'il fallait compter avec moi. Alors, maintenant, je vais m'occuper d'Angela. J'ai tout prévu. Il ne reste plus que toi, oui, c'est bien ça.

Susan était terrifiée. Cette Matty était capable de tout.

– Qu'est-ce que tu vas faire ?

Matty sourit, un grand sourire amical qui, même dans l'obscurité, illumina son joli minois.

– Je vais te tuer, bien sûr. C'est toujours comme ça que je m'y prends.

Geraldine fut tirée du sommeil par la sonnerie insistante du téléphone. Elle attrapa le combiné et souffla un « allô » fatigué. En entendant la voix parfaitement claire et excitée de Roselle, elle s'assit sur son lit.

– Mais comment vous êtes vous procuré mon numéro personnel ?

Roselle eut un petit rire.

– Vous seriez surprise de voir tout ce que je peux me procurer quand j'en ai envie. Je vous donne mon adresse, vous feriez mieux de venir immédiatement. Avant que vous protestiez, sachez que ça ne peut pas attendre. Quand vous saurez de quoi il s'agit, vous serez drôlement contente que je vous ait appelée. Croyez-moi.

Dix minutes plus tard, Geraldine traversait Londres. Intriguée, fatiguée et, par-dessus tout, agacée.

Wendy sortit de sa chambre. Dans la lumière du couloir, elle avait l'air adulte. Elle ressemblait tellement à son père que Roselle se tut, médusée.

– C'était l'avocate, celle de ma mère ?

Elle acquiesça.

– Très bien. Je peux me faire une tasse de café, s'il te plaît ?

Roselle acquiesça une seconde fois.

Cette fille était une femme, maintenant, dans tous les sens du terme. Auraient-elles assez d'autorité ? Parviendraient-elles à l'empêcher de faire ce qu'elle avait décidé ?

Roselle en doutait.

Jamesie glissa le bras jusqu'à l'épaule dans la chatière et, en l'étirant au maximum, parvint à tourner la clé dans la serrure. Pouvoir entrer comme il le voulait dans la maison par la porte de derrière était une chose qu'il avait toujours soigneusement cachée à Debbie, se doutant que ça pourrait se révéler fort utile un jour. Il avait eu raison. La preuve…

Il referma la porte avec précautions en souriant intérieurement. Voilà qui allait donner à Debbie une bonne occasion de hurler… Quand il se retourna, un gamin était planté sur le seuil de la cuisine.

Jamesie secoua la tête, atterré. Elle n'avait quand même pas eu le culot ?

Trop furieux pour songer à ne pas faire de bruit, il traversa la cuisine en trois enjambées et alluma la lumière.

– Bonjour, m'sieur. T'habites ici ?

Barry avait complètement oublié qui il était.

– Où est ta tante Debbie ?

Une voix grasseyante lui répondit. En l'identifiant, Jamesie frémit.

– Elle est ici, avec moi, mon gars ! On t'a entendu faire le tour par derrière, alors on a vite réveillé tout le monde pour t'organiser un petit comité d'accueil !

La voix de June claironnait plus haut que jamais.

Jamesie ferma les yeux, effondré.

En entrant dans le living, il crut s'être trompé de maison. La pièce était un vrai capharnaüm – enfin, ce qui pouvait s'en rapprocher le plus sous le toit de Debbie. Elle avait soudain l'air d'être habitée. Les trois gosses étaient là, le petit Barry blotti sur les genoux de sa tante.

– Quel mauvais vent te ramène, Jamesie ? Carol t'a envoyé sur les roses ?

Il ne répondit pas. Debbie éclata de rire.

– A mon avis, m'man, t'as mis en plein dans le mille ! Ben, tu joues vraiment de malchance, j'ai l'impression, Jamesie. Parce qu'on est complet, là, et je crois qu'on va pas avoir de place du tout avant un sacré bout de temps.

– Cette baraque est à moi, Debbie ! Et c'est *moi* qui décide qui y entre et qui en part !

– Tu vois, mon gars, le père à Debbie, mon époux, y risque de pas voir la situation du même œil que toi. Autant t'avertir tout de suite : Joey est pas ravi ravi de la façon dont t'as traité sa fille chérie. Elle a toujours été sa préférée, Debbie. Elle lui a caché pas mal de choses pendant des années, mais maintenant, c'est ter-mi-né !

Jamesie eut l'impression qu'une main glacée le prenait à la gorge. Il se tourna vers sa femme, qui le toisa. L'innocence même.

– Arrête de trembler, va ! Je lui ai pas tout dit, rassure-toi. Sinon t'aurais déjà eu de ses nouvelles, tu crois pas ?

Jamesie tourna les talons et quitta la maison sans demander son reste. Quel soulagement ! Il n'était pas près de revenir.

June se tourna vers sa fille, hilare.

– Pour une fois que ton père sert à quelque chose, c'est pas trop tôt ! Même si c'est rien qu'à faire peur aux trouillards, aux petits vieux et aux mioches.

Toute la famille éclata de rire.

Même Rosie.

Alana, qui ne perdait jamais le nord, lança tout haut :

– On pourrait pas avoir un chocolat chaud pour nous redonner envie de dormir ?

– Quelle petite roublarde, celle-là ! Exactement toi au même âge, Debbie ! dit June, avec affection.

Debbie sourit.

– J'espère pour elle qu'elle sera moins bête que moi, m'man ! Je le lui souhaite de tout mon cœur !

June regarda sa petite-fille, une lueur de tendresse dans l'œil.

– T'inquiète pas pour elle. C'est bien la fille à sa mère, celle-là. Susan était peut-être bien des choses, mais idiote, sûrement pas.

Debbie regarda sa mère, la mine soudain sérieuse.

– Oh ! si, qu'elle l'a été, m'man, c'est bien le problème. On l'a été toutes les deux. Mais ces petits, il faut pas… Je leur expliquerai ce qu'il faut éviter dans la vie, pour qu'ils ne fassent pas les mêmes erreurs.

June resta un moment silencieuse avant de répondre d'une voix douce :

– T'as raison, cocotte. C'est une excellente idée.

Susan commençait à avoir mal partout. Ça faisait une heure qu'elle était dans la même position, trop terrorisée pour bouger. Une heure que Matty lui tenait un couteau sous la gorge et parlait sans discontinuer.

Susan avait l'impression qu'elle allait devenir folle si elle ne s'allongeait pas bientôt.

– C'est par Roselle que Geraldine a entendu parlé de moi, Matty. Je te le jure !

Matty secoua la tête.

– Inutile de mentir ! T'as fouillé dans mes affaires, je l'ai bien vu. T'as lu mon courrier. Sale Judas !

Susan fit « non » la tête.

– Jamais je ferais une chose pareille, Matty, tu sais bien que j'en suis incapable.

Elle sentit une goutte de sueur lui dégouliner du front et s'écraser sur l'oreiller.

Matty éclata de rire.

– Mais si, t'en es capable, Susan ! Jamais tu n'aurais pu résister à la tentation. Qui le pourrait ? Moi, j'ai fouillé des tas de fois dans tes affaires. Même après que Rhianna m'a engueulée. Evidemment, maintenant, Rhianna te préfère à moi, pas vrai ? Toutes les filles te préfèrent à moi. Je me demande bien pourquoi...

Il y avait une grande tristesse dans sa voix.

Susan s'empressa de la rassurer.

– Mais non, c'est pas vrai qu'elles me préfèrent ! Elles arrêtent pas de me mettre en boîte, tu le sais très bien.

Elle sentit la lame entamer sa peau et déglutit péniblement.

– Attention, tu me coupes, Matty ! Je le sens bien que ça saigne, là.

Effectivement, du sang lui dégoulinait le long du cou et se mêlait à la sueur qui l'inondait. Sa vie n'allait tout de même pas s'achever dans une cellule de Holloway, victime de Matilda Enderby et de ses obsessions de psychotique !

Roselle se tut enfin et Geraldine garda le silence. Chaque fois que ses yeux se posaient sur Wendy, elle était écrasée par le cauchemar qu'avait vécu l'adolescente. Avoir gardé si longtemps enfoui en elle le secret de ses actes et, maintenant, le révéler, avait dû être atroce.

S'être fait violer par son père et l'avoir tué. Voir sa mère s'accuser et payer à sa place. Et, tout ce temps, s'affliger et se ronger à l'intérieur, vivre dans le mensonge et la culpabilité, incapable d'être normale, de redevenir la jeune fille qu'elle était auparavant.

Geraldine savait ce que c'était.

Son propre père n'avait-il pas fait la même chose ? Ce père qui aimait tant jouer avec ses petites filles. Au point que leur mère ne les laissait jamais seules avec lui dans une pièce – tout en étant, dans le même temps, incapable de quitter son mari et la vie confortable qu'il lui assurait.

Leur mère était restée auprès de lui, et sa sœur et elle avaient appris à se débrouiller seules avec leur père, au fur et à mesure qu'elles grandissaient et cessaient de considérer leurs petits jeux comme des jeux innocents. Les seuls moments où il leur avait témoigné de l'affection, cela avait été durant ces rituels répugnants.

Le peu d'affection dont il était capable.

Aujourd'hui, l'une de ses filles avait épousé un homme qui lui ressemblait par bien des côtés, et l'autre vouait aux hommes une haine parfois pathologique dont elle savait qu'elle ne parviendrait jamais à la surmonter.

– Qu'est-ce que tu veux faire, Wendy ?

L'adolescente poussa un profond soupir, l'air accablé.

– Je devrais faire quoi, à votre avis ?

Geraldine avala une longue gorgée de son café-cognac et secoua la tête.

– Franchement, je n'en sais rien. Au regard de la loi, ta mère pourrait être remise en liberté dès demain. Mais tu devines ce qui se passerait ensuite... On t'arrêterait et tu prendrais sa place en prison. Or, ce n'est pas pour ça que ta mère a agi comme elle l'a fait et s'est infligé toutes ces épreuves. Puisque tu me demandes mon avis, je pense que tu devrais dire la moitié de la vérité. Ne révéler que ce que ton père t'a fait. Selon moi, même ta mère acceptera ce compromis, tu ne crois pas ? Cela dit, la vraie question, c'est : es-tu vraiment prête à parler ?

Wendy hocha tristement la tête.

– Oui. Chaque jour, chaque heure, chaque minute qu'elle passe enfermée là-bas me persuade qu'il le faut. Je les ai regardés démanteler la famille. J'ai supporté tout ce que Madame Eappen et les gens comme elle m'ont fait subir. J'ai fait de mon mieux pour veiller sur les petits mais, au fond de moi, tout ce que je voulais, c'était mourir. Je ne peux plus supporter ça. La moindre attention, le moindre mot gentil, ne font qu'empirer le sentiment que j'ai d'être une imposture vivante. Je crève d'envie de dire aux gens d'arrêter d'être gentils avec moi, parce que je ne suis qu'un monstre. Un monstre qui a tué son père à coups de bouteille et qui a laissé sa mère payer à sa place. Et qui a aussi privé ses sœurs et son frère de leur mère, dont ils avaient d'autant plus besoin qu'elle était tout ce qu'ils avaient au monde.

Elle avait parlé simplement, d'une voix dénuée d'émotion. C'était la vérité.

– Si tu dis tout, Wendy, intervint Roselle, pour ta mère, ce sera comme si tu lui renvoyais ce qu'elle a fait en pleine figure. Tu le sais très bien. Suis le conseil de Geraldine. Raconte-leur ce que t'a fait ton père ce soir-là, mais ne dis rien des circonstances exactes de sa mort.

– Si maman a été condamnée si lourdement, c'est à cause de la sauvagerie avec laquelle il a été frappé. Mais c'est uniquement parce que je l'avais mordu et griffé au visage qu'elle lui a réduit la tête en bouillie : de peur que ça se voie, à l'autopsie. Seulement pour ça. Si elle avait tout de suite appelé la police, rien de tout ce qui a suivi ne serait arrivé. Vous le savez aussi bien que moi.

Geraldine ne put cacher l'irritation qui la gagnait.

– Ecoute, Wendy, ta mère a fait en sorte que tu évites la prison. En cela, je l'approuverais plutôt. Elle a obéi à son instinct, qui lui disait de te protéger comme elle l'avait toujours fait. Tu n'as pas le droit balayer son sacrifice en révélant tout, surtout après ce qu'elle a enduré.

Wendy piqua du nez vers le plancher. Ses orteils qui dansaient de nervosité rappelèrent à Geraldine et à Roselle qu'elle n'était qu'une enfant, quoique la vie se soit chargée de la mûrir prématurément.

Elles restèrent toutes trois un long moment silencieuses, perdues dans leurs pensées.

Ce fut Roselle qui brisa le silence.

– Accepte, ma chérie. Ne dis que ce qu'il faut pour faire sortir ta mère de prison. Et tiens-t'en là. Par amour pour elle.

Susan sentit la lame s'enfoncer plus profond dans son cou. Fermant le poing, elle en frappa Matty de toute la force dont elle était capable pour l'éloigner d'elle – ce qui, vu les dimensions de la cellule, était plutôt limité.

Matty partit à la renverse et heurta violemment le placard qui contenait leurs affaires. Ses portes s'ouvrirent sous le choc et son contenu se déversa, l'ensevelissant sous une avalanche de livres, de vêtements et de vaisselle.

Susan venait juste de s'extraire de sa couchette lorsqu'elle vit Matty se relever. Au même instant, un bruit de pas venant du couloir lui signala que les matonnes accouraient, alertées par le bruit.

Elles n'aimaient guère se mêler des conflits personnels. Elles fermaient même parfois les yeux sur les bagarres où il n'y avait pas de risque de blessure à l'arme blanche. Mais toute rixe entraînant des blessures graves faisait obligatoirement l'objet d'une enquête interne. C'est pourquoi le fracas provenant de la cellule d'Enderby les avait incitées à intervenir plus rapidement que d'habitude.

Campée sur ses pieds, Matty se balançait de droite à gauche en faisant des moulinets avec sa lame. Soudain, elle se rua sur Susan comme une forcenée, le couteau pointé sur son visage, et tenta de lui taillader les joues.

– Je vais te tuer, Dalston ! Je vais te mettre la gueule en charpie et je te regarderai crever ! Comme j'ai regardé Victor crever !

Dans la semi-obscurité, Matty avait l'air d'une déséquilibrée tout à fait capable de mettre ses menaces à exécution.

Terrifiée, Susan la prit à la gorge et, esquivant de justesse la lame qui s'approchait dangereusement de ses yeux et de son cou, parvint en s'arc-boutant à la plaquer contre les couchettes. Alors, l'y maintenant solidement, elle recula la tête en arrière et, de toutes ses forces, lui asséna un grand coup de boule.

À la seconde où elle lui écrasait le nez, elle sentit les ongles de Matty lui griffer sauvagement le visage et le couteau qu'elle avait toujours à la main droite lui siffler à un cheveu de l'oreille. L'adrénaline décupla ses forces. Susan comprit que Matty avait basculé dans la folie.

Ses yeux injectés de sang lui donnaient l'air démoniaque.

– Je vais te saigner, Dalston ! Ton compte est bon !

A nouveau, elle pointa son couteau sur la gorge de Susan et éclata de rire.

– Fais tes prières, Dalston !

Susan lui asséna un second coup de boule. Et eut, cette fois, la satisfaction de la voir s'effondrer par terre.

A son immense soulagement, elle entendit la porte de la cellule s'ouvrir dans son dos. Mais Matty était déjà en train de se hisser sur ses pieds. En tombant, elle s'était ouvert la main avec son couteau mais semblait ne rien sentir, être au-delà de la douleur. Couverte de sang, montrant les dents telle une bête fauve, elle bondit sur Susan.

Sous les yeux sidérés des gardiennes, Susan arma son bras et écrasa son poing sur le visage grimaçant de Matty.

Matilda Enderby trouva l'énergie de rester encore une dizaine de secondes debout face à elle avant de s'affaler enfin, K-O pour de bon. Personne ne s'approcha d'elle. La peur se lisait sur tous les visages.

Susan regarda les matonnes et, d'une voix accablée, laissa tomber :

– Ben, on peut dire que vous l'avez pris, votre temps, putain…

June aida Debbie à recoucher les petits. Comme elle le bordait, Barry lui tendit les bras pour qu'elle l'embrasse. Elle hésita une seconde puis, avec un sourire, le serra dans ses bras et se sentit fondre en sentant ce petit corps vigoureux contre le sien.

– Je t'aime, mamie.

Les larmes lui montèrent aux yeux. Pour la première fois de sa vie, elle découvrait le bonheur que peut vous procurer un enfant. Peut-être qu'elle aurait dû avoir des garçons, finalement. Elle qui avait toujours préféré le sexe fort.

– Moi aussi je t'aime, mon bonhomme, répondit-elle spontanément.

– Mais j'aime quand même plus ma maman.

June lui sourit.

– C'est normal, mon chou. Et maintenant, fais un gros dodo.

Debbie l'attendait sur le palier.

– Ils sont vraiment adorables, tu trouves pas, m'man ?

La gorge encore serrée, June hocha la tête.

– Si Susan est libérée, elle les reprendra, tu t'en rends bien compte, hein ?

Debbie soupira avec lassitude.

– Je sais, m'man. Mais même si je ne les ai pas très longtemps, au moins, maintenant, ils me connaissent. Et, à l'avenir, ils sauront qu'ils seront toujours ici chez eux, chaque fois qu'ils le voudront.

June la regarda bien en face.

– Tu sais quoi, Debbie ?

Elle secoua la tête.

– Ben, je t'écoute...

– T'es quelqu'un de bien, au fond.

Sa mère avait tellement l'air de ne pas en revenir que Debbie éclata de rire. June ne manqua pas de remarquer qu'elle ne lui retourna pas le compliment.

Susan était assise sur sa couchette, toute frissonnante. La porte de la cellule était grande ouverte et il y faisait un froid glacial. Leslie Gardiner, la surveillante de nuit, entra, lui tendit une tasse de thé fumant et lui posa une couverture sur les épaules.

– Vous êtes transie. Les toubibs ne vont pas tarder. Ils s'occupent toujours de Matty.

Susan hocha la tête.

– Vous l'avez frappée fort ?

Susan regarda la matonne et lui lança, d'un ton acerbe :

– Cette question... Evidemment que j'ai tapé fort, bordel ! Elle me tenait un couteau sous la gorge, quand même !

La surveillante poussa un soupir et insista.

– Combien de fois l'avez-vous frappée ?

– Ben, vous allez peut-être trouver ça drôle, mais j'ai pas vraiment compté. J'étais trop occupée à essayer de l'empêcher de m'amocher le portrait. Pourquoi ?

La matonne haussa les sourcils.

– Rappelez-moi de ne jamais vous chercher des poux, Dalston.

– Elle va pas fort, c'est ça ?

Gardiner soupira tristement.

– Ma foi, quand je l'ai vue, elle était toujours dans les pommes et personne n'arrivait à trouver son pouls. Alors, effectivement, j'aurais tendance à dire qu'elle ne va pas très fort... Pas vous ?

Susan refoula la peur qu'elle sentait monter en elle.

– Ecoutez, elle m'a sauté à la gorge, complètement délirante, en déblatérant des tas de conneries. Elle déménage un peu, vous savez bien.

Gardiner vida sa tasse de thé et elles partagèrent une cigarette.

– Ça, c'est pas moi qui dirai le contraire. Cela dit, dès que le toubib vous aura examinée, vous êtes bonne pour le mitard, Dalston. Au moins jusqu'à ce qu'on ait les conclusions de l'enquête.

Susan trembla intérieurement. Il ne manquait plus que ça...

Roselle entra dans la chambre où Wendy était couchée et, se penchant sur elle, la serra dans ses bras.

– Ça va mieux ?

Wendy hocha la tête. Ses traits détendus lui rendaient son visage d'enfant.

– Ah, ça oui ! Quel soulagement de ne plus avoir ce poids sur le cœur ! Si tu savais le nombre de nuit que j'ai passées à me retourner dans mon lit sans dormir, à le revoir… Et puis, je me revoyais moi, le frappant avec cette bouteille… Ce bruit, Roselle, ce craquement ! C'est atroce. Chaque fois que j'y repense, j'en ai la nausée. Et puis, il y avait aussi mamie Kate et son visage, quand elle a compris ce qu'il m'avait fait. Ce dégoût qu'elle avait dans les yeux et jusque dans ses gestes. Je ne peux pas te dire comment je me sentais. Elle m'a fait boire du whisky, puis elle m'a lavée, elle m'a littéralement récurée, de la tête aux pieds. Longtemps après, au moment où je m'endormais, t'es venue me chercher pour m'emmener chez toi. J'étais contente de m'en aller, parce que je savais que c'était une torture pour mamie. Rien que ma vue lui rappelait ce qu'elle avait mis au monde. Et, bien sûr, y avait ce que maman a fait. Quand je l'ai appris, je lui en ai été reconnaissante, évidemment. J'avais envie de me cacher, d'oublier tout ça. Mais tu ne peux pas garder éternellement des choses en toi, Roselle, si fort que tu le veuilles. C'est impossible de les enfouir.

Roselle l'embrassa sur le front.

– Tu es bien placée pour le savoir, je sais, mon chou. C'est pas moi qui te dirai le contraire.

– Maman est incapable de faire du mal à quelqu'un. Même à mon père, elle a jamais pu. Mais pour ce qui est de s'en faire à elle-même, là, elle est championne !

Susan était dans le noir, dans un des cachots du mitard. Elle savait qu'elle n'arriverait pas à fermer l'œil : elle était trop sur les nerfs.

Elle n'avait pas eu du tout l'intention de faire du mal à Matty Enderby. Ça, jamais de la vie. Et pourtant, c'était que qu'elle avait fait.

Elle ferma les yeux et soupira.

Elle avait l'impression d'être redevenue la Susan qu'elle était du temps de Barry, ne sachant ni quoi faire, ni quoi penser. Qu'elle ironie du sort ce serait si, juste au moment où elle entrevoyait une chance de sortir, elle écopait d'une condamnation pour homicide par imprudence, voir pour homicide volontaire…

La vie était vraiment une sale garce.

Cela dit, Gardiner la croyait, elle le lui avait dit. Toutes les matonnes savaient que Matty avait un grain. D'ailleurs, elle avait déjà agressé Sarah.

Susan sentit son esprit s'emballer.

C'était sur Sarah que c'était retombé. Elle s'était accusée d'avoir cherché Matty. Qu'est-ce qu'elle devait faire, elle ?

Elle se leva et se mit à arpenter le cachot, avec l'impression que les murs se resserraient sur elle. Si Matty mourait, elle pouvait dire adieu à ses espoirs de sortir de prison.

Elle se laissa glisser par terre et se mit à pleurer amèrement. Elle en était revenue à la case départ. Comme à son premier jour ici. Seule dans un cachot, à se demander quoi faire.

Quelque part, Barry devait bien rigoler.

Matty souleva les paupières. Instantanément, une lumière d'un blanc aveuglant lui brûla les yeux et une douleur atroce se déclencha dans sa tête.

Un jeune toubib se pencha sur elle, dans une bouffée d'after-shave mêlée à des relents de tabac froid.

– Ah, enfin ! Bienvenue parmi les vivants !

Il avait une voix très grave, surprenante chez quelqu'un de si jeune. On lui aurait donné vingt ans à peine.

Elle le regarda avec de grands yeux.

– Qu'est-ce qui m'est arrivé ?

Sans répondre, le médecin s'empara de son dossier et consulta de nouveau ses résultats d'examens.

Matty referma les yeux et replongea dans le sommeil.

Le jeune toubib du service psychiatrique secoua la tête avec pessimisme. Elle avait déjà assommé deux infirmiers et un aide-soignant, ravagé la salle de soins, et l'avait, lui, griffé et mordu. C'était bien sa chance qu'on leur ait amené une agitée la nuit où il était seul en charge du service… Il avait fallu lui injecter deux doses massives de Librium avant qu'elle se calme suffisamment pour qu'on puisse lui passer les sangles de contention.

Il croisa les doigts pour qu'elle reste encore un bon moment dans les vapes. Quel dommage que la détenue qui avait réussi à la mettre K-O ne travaille pas dans le service.

Dieu sait qu'elle n'aurait pas été de trop, ici !

La dernière chose qu'il souhaitait, c'était de voir Matilda Enderby sur pied. Elle avait fait bien assez de dégâts comme ça.

32

Le calme régnait dans la prison. Les décorations de Noël accrochées au plafond conféraient une atmosphère presque festive à la triste architecture pénitentiaire. Quelque part, une radio jouait en sourdine. La télévision était allumée. Les détenues allaient et venaient, un café ou une cigarette à la main, en bavardant à voix basse comme si elles avaient peur de faire du bruit.

En attente de transfert depuis sa condamnation, Rhianna monta jusqu'à la cellule de Susan et s'arrêta sur le seuil.

Il y flottait une odeur de déodorant. Elle contempla la brosse à cheveux qui traînait sur le lit défait et, avec un sourire, regarda les photos des enfants collées sur les murs.

La cellule était en bordel, comme d'habitude.

Susan allait lui manquer. Beaucoup, même. Mais c'était secondaire, à côté du plaisir que ça lui ferait de la voir sortir d'ici. Et pas seulement à elle. A tout le monde, les détenues comme les matonnes.

Les seules traces qui restaient de Matty étaient ses posters. Apparemment, elle n'en avait pas besoin à Broadmoor. A croire qu'ils avaient amplement de quoi la rendre heureuse sans ça, là-bas. Rhianna recevait encore de ses nouvelles de temps en temps, des lettres fleuves sans queue ni tête, pleines de menaces voilées et de serments d'amitié éternelle. Matty avait définitivement basculé dans la folie et perdu toute capacité à séparer l'illusion de la réalité. Elle ne vivait plus que de ses délires et de neuroleptiques.

Matty était paranoïaque, à ce qu'elle avait entendu dire. Chaque fois que quelqu'un en parlait devant elle, Rhianna rigolait doucement. Paranos, elles l'étaient toutes, ici. C'était la rançon de la vie carcérale.

Elle referma la cellule et redescendit à pas lents. En s'apercevant qu'elle avait les doigts croisés, un sourire lui monta aux lèvres. Une matonne qui passait sur le palier du dessous leva la tête vers elle et, sans un mot, haussa les épaules.

Toujours pas de nouvelles, alors…

Mais, bon, attendre, ça la connaissait. Toutes les femmes enfermées ici avaient du temps devant elles. Tout le temps du monde. La plupart n'avait même fait que ça toute leur vie : attendre.

June était au pub en compagnie de Joey. Elle avait bu plus que de raison, si tôt dans la journée, mais se sentait d'excellente humeur.

Joey avait vieilli. La réalité s'imposa à elle et, pour la première fois depuis des années, elle le vit tel qu'il était. Il avait l'air d'un vieux débauché. Sa vie de beuveries et de coucheries se lisait sur son visage et son corps, depuis sa grosse panse de buveur de bière jusqu'à ses joues violacées, striées de veinules bleues.

Il avait du mal à lever le coude, ces temps-ci – pour ne rien dire d'une autre partie de son anatomie, songea-t-elle avec un sourire intérieur. Il avait récemment eu une petite alerte cardiaque, qui l'avait fragilisé. A la suite de ça, il était resté une semaine entière sans avaler une goutte d'alcool et avait même accepté de manger de la salade.

Depuis, cela dit, il s'était remis à boire « avec modération ». Elle le regarda vider sa pinte en deux goulées et un sourire lui monta aux lèvres.

Elle repensa soudain à Jimmy – son Jimmy – et, malgré toutes les années écoulées, sentit son regard s'embuer. Elle aurait dû mieux le traiter, tout faire pour le garder. Il n'y avait qu'auprès de lui qu'elle avait été un peu heureuse. Sa gorge se serra.

Les gens du quartier étaient toujours persuadés que c'était Joey qui l'avait tué. La chose figurait désormais en bonne place dans le folklore local. Même les nouveaux petits caïds aux dents longues le respectaient à cause de ça, lui payaient un coup, à l'occasion, et le traitaient en égal.

S'ils avaient su…

Joey posa sa grosse paluche sur la sienne et lui sourit. Mais ses yeux ne quittaient pas la nouvelle barmaid, une petite blonde avec de gros seins et une sérieuse coquetterie dans l'œil – mais ça, bien sûr, Joey ne l'avait pas remarqué : il ne s'intéressait au visage d'une femme que lorsqu'il était entre ses jambes.

Cela dit, ça ne déplaisait pas à June qu'il reste de la vie dans la vieille carcasse de son mari. Si fort qu'elle le détestât, elle tenait quand même encore à lui. C'était une espèce d'habitude qu'elle avait contractée il y avait des lustres et dont elle n'avait jamais pu se débarrasser. Comme la cigarette… Vous avez beau savoir que ça finira par vous tuer, ce qu'elle est bonne, nom de Dieu, la première taffe de la journée.

– J'aimerais bien qu'ils se grouillent, Joey. J'en peux plus de cette attente !

Il haussa les épaules.

– Arrête donc de te mettre la rate au court-bouillon ! On le saura bien assez tôt, va !

Le sang de June ne fit qu'un tour.

– Ho ! il s'agit du sort de ta fille, là ! La chair de ta chair !

Joey vida son verre de whisky cul sec et se leva. Il fallait qu'il aille examiner de plus près les rotoplots de cette nana pendant qu'il le pouvait encore. Elle finissait son service à deux heures de l'après-midi.

– Je sais, June ! T'arrête pas de me le seriner !

Il mit le cap sur le bar. Un colosse dans un costume trop serré pour son corps alourdi, avec des valises sous les yeux et un pli triste à sa bouche tombante.

June fixa le fond de son verre. Quel foutu gâchis, que leur vie à tous les deux…

Pour la troisième fois en une heure, Rosie venait de déménager le petit sapin de Noël synthétique de chez Woolworth à l'autre bout du living. Son frère et sa sœur avaient beau trouver ça hilarant, Debbie, elle, commençait à perdre sérieusement patience.

Rosie se campa sur ses petites jambes, les mains sur les hanches, et s'écria à tue-tête :

– Vilaine Rosie !

Le rire d'Alana et de Barry redoubla et Debbie ne put s'empêcher de sourire.

Une part d'elle-même souhaitait désespérément que Susan soit libérée. Mais l'égoïste en elle en redoutait les conséquences. En quelques mois à peine, ces trois petiots avaient si bien su trouver le chemin de son cœur qu'elle se sentait désormais capable de tuer pour eux. Grâce à eux, elle avait découvert ce à quoi son existence aurait pu ressembler. Ce que Jamesie trouvait auprès de Carol. Elle saisissait maintenant quelle emprise cette fille avait sur lui. Chaque fois qu'elle regardait leurs petits visages, elle comprenait le véritable sens de la vie.

Cela dit, Susan ne l'empêcherait pas de les voir. Elle était assez généreuse pour les partager avec elle. Enfin, si toutefois elle était libérée…

Barry s'empara du sapin et, tandis qu'Alana ramassait les boules et les guirlandes qui jonchaient le sol, alla le remettre à sa place, dans le coin. Ses yeux s'attardèrent sur la pile de cadeaux enrubannés qui attendaient que des petites mains impatientes déchirent leur papier pour révéler leurs trésors.

– C'est le plus beau Noël qu'on a jamais eu, tante Debbie !

Barry n'était pas au courant, pour l'appel de sa mère. Personne n'avait voulu lui donner trop d'espoir, sa mère encore moins que les autres.

Alana, qui, elle, savait, regarda sa tante avec un petit sourire crispé, l'anxiété peinte sur son visage en cœur. Les gens qui la voyaient avec Debbie la prenait régulièrement pour sa fille, tant leur air de famille était criant.

Elle serra Alana très fort dans ses bras.

– Ne t'inquiète pas, ma chérie. Tout va bien se passer.

La fillette la regarda, l'air grave.

– Je l'ai si souvent entendu dire, tante Deb… On l'a tous si souvent entendu dire…

Son visage était soudain lisse et dénué d'expression, comme si elle avait brûlé toutes ses émotions et attendait de recharger les accus.

– Tu veux que j'aille faire du thé ?

Debbie hocha la tête.

La radio marchait dans la cuisine. Ce serait bientôt l'heure du flash d'informations. Elle se doutait qu'Alana voulait être à côté pour l'écouter, au cas où ils parleraient du procès. Pour la cinquantième fois de la journée, Debbie vérifia que le téléphone était bien raccroché. Quand est-ce qu'il allait se décider à sonner et à mettre fin à leur torture ?

Elle prit Rosie sur ses genoux et, serrant contre elle ce petit corps si frêle et plein de vie, l'embrassa dans les cheveux.

Rosie la regarda en souriant et lui fit un gros bisou.

Pour Debbie, cet amour inconditionnel était comme une drogue. Comment ferait-elle pour vivre sans ?

Assise sur les marches du tribunal, Wendy regardait les passants qui allaient et venaient sur Old Bailey, chacun avec une vie à vivre, un endroit où aller.

A quelques mètres d'elle, Roselle était plantée sur le trottoir, fumant cigarette sur cigarette. Elle devait bien en être à sa trentième depuis le début de la matinée. Wendy la regarda jeter son mégot par terre, l'écraser, et en rallumer une aussitôt.

Elle mourait d'envie d'en griller une, elle aussi, mais elle avait promis à sa mère d'arrêter de fumer et tenait bon. Pourtant, Dieu savait si, aujourd'hui, le besoin de nicotine la tenaillait.

Ses fesses commençaient à s'engourdir, à force d'être assise sur cette marche glacée. Elle se leva et sentit des fourmis lui courir dans les jambes, lui rappelant qu'elle était vivante.

Elle tourna les yeux vers les barrières derrière lesquelles se pressaient les journalistes et les équipes de télévision, et un sourire lui monta aux lèvres à la pensée qu'ils n'avaient toujours pas deviné qui elle était. Geraldine avait soigneusement veillé à préserver son anonymat. Pour un moment encore, elle n'était qu'une adolescente vêtue d'un élégant ensemble noir haute couture – cadeau de Roselle, comme son sac et ses chaussures. Sans oublier sa coupe de cheveux. Quelle amie irremplaçable elle était, pour eux tous.

Sous peu, songea Wendy, elle serait la fille qui s'était fait violer par son père. Celle à cause de qui sa mère lui avait martelé la figure jusqu'à le rendre méconnaissable. Bientôt, elle ferait la une des tous les journaux. Geraldine l'en avait prévenue et elles étaient prêtes à l'affronter.

Enfin, elle l'espérait…

De toute façon, maintenant, les dés étaient jetés. Quoi qu'il arrive.

Pourvu que ses révélations suffisent à ce que sa mère soit libérée et rentre à la maison ! Qu'elle puisse recommencer à vivre sa vie et à s'occuper d'eux. Sa mère avait sacrifié tous ses enfants pour en sauver un. Cela, jamais elle ne l'oublierait. Quoi que Madame Eappen et les autres puissent dire.

Sa mère valait cent Madame Eappen. Mille, même ! Elle avait été héroïque et le serait toujours à ses yeux, quel que soit le verdict du tribunal. Mais il fallait que ce verdict soit celui qu'ils espéraient tous. Sinon, elle n'était pas sûre de pouvoir continuer à cohabiter avec elle-même. Ça avait déjà été suffisamment difficile jusque-là.

Qu'est-ce qui se passerait s'ils décidaient de maintenir sa mère en prison ? Parce c'était une hypothèse qu'on ne pouvait pas totalement écarter, malgré la pression de l'opinion publique et des organisations féministes – dont des représentantes étaient là, devant le tribunal, avec leurs pancartes et leurs robes griffées Monsoon. Les hommes, eux, semblaient trouver le meurtre de son père particulièrement odieux. A cause de l'acharnement qu'avait mis sa mère à lui ôter figure humaine. Asséner plus de cent coups de marteau à quelqu'un ne pouvait être que l'œuvre d'une dangereuse psychopathe.

Mais – et c'était la ligne de défense de Geraldine –, si Susan Dalston avait agi ainsi, c'était précisément qu'elle n'avait pas eu toute sa tête, cette nuit-là. Le viol de sa fille lui avait causé un tel choc qu'elle avait voulu faire disparaître toute trace de son mari incestueux de la surface de la Terre.

Les journaux faisaient leurs choux gras de cette histoire. Adieu, Barry Dalston, le petit voyou au grand cœur ! Désormais, ils le peignaient sous son véritable jour : celui d'un homme violent, d'un débauché porteur d'une MST, d'un pervers qui avait anéanti la vie de sa propre fille.

Geraldine y avait veillé.

Elle avait fouillé dans sa vie et rassemblé tout ce qu'elle avait pu trouver sur lui, et le résultat n'était guère ragoûtant. La presse tabloïde se frottait les mains. Tous les médias faisaient désormais campagne en faveur de la libération de Susan Dalston.

« Pourvu que nos vœux soient exaucés ! » se dit Wendy. Jamais elle n'avait eu autant besoin de sa mère qu'en ce moment.

Susan jeta un regard déçu à sa gardienne, une femme entre deux âges avec des cheveux gris acier et des dents de lapin. Elle appartenait à cette catégorie de matonnes qui se sentaient en droit de juger les détenues. Ce n'était pas la première à qui Susan avait affaire. Ces femmes-là appliquaient le règlement à la lettre et n'en déviaient pas d'un iota.

Susan fuma une cigarette et sirota sa tasse de thé froid. Deux fois déjà elle avait tenté d'engager la conversation avec la matonne, mais s'était chaque fois heurtée à un mur. Elle sentait des ondes d'hostilité émaner d'elle.

La porte de la cellule s'ouvrit et Susan se leva, pleine d'impatience. Mais ce n'était qu'une autre matonne, qui venait relever Dents de Lapin pour qu'elle aille manger.

Susan se força à se détendre.

L'attente pouvait se prolonger toute la nuit, voire tout le lendemain. Ça s'était déjà produit pour des procès en appel. Sa nouvelle gardienne s'assit en face d'elle et lui sourit.

Susan lui rendit son sourire.

Cette femme allait se gargariser pendant des années et des années d'avoir passé une heure en compagnie de la célèbre Susan Dalston. Il n'y avait, pour s'en persuader, qu'à voir ses yeux luisants d'excitation et ses mains qui ne tenaient pas en place.

Susan lui décocha un nouveau sourire – le plus amical qu'elle put.

– Alors ? Ça se présente comment ?

La matonne lui sourit de toutes ses dents.

– Tout le monde table sur un acquittement. Je le souhaite sincèrement pour vous, mon petit. Vraiment.

A ces mots, une joie extraordinaire envahit Susan.

– Ben, j'ai payé assez cher pour ça, bon sang !

Façon de parler, évidemment, car son appel ne lui avait pas coûté un sou. Et pas davantage à Roselle. Geraldine avait assumé toute sa défense gratis. Sans même exiger ne serait-ce que les honoraires minimums dus à titre d'aide juridictionnelle. Ce qu'elle faisait là, affirmait-elle, c'était pour toutes les femmes qu'elle le faisait. Les femmes telles que Susan, qui n'avaient personne qui puisse parler pour elles, personne qui se soucie de ce dont elles étaient victimes dans leur foyer.

Lorsqu'elle pensait à Barry, à présent, elle avait l'impression que tout cela était arrivé à quelqu'un d'autre. A une autre Susan Dalston. A une femme qu'elle avait connue très, très longtemps auparavant.

Totalement différente de ce qu'elle était maintenant.

Parfois, elle avait du mal à se rappeler Barry. Ce à quoi il avait ressemblé. Lorsqu'elle revoyait son visage, c'était toujours à l'époque où ils s'étaient connus. Où ils étaient jeunes, tous les deux. Avant la naissance des enfants. Avant qu'il gâche sa vie.

Elle avait sacrifié ses plus belles années pour un homme qui ne s'était intéressé à elle que parce que son père était un truand. Un assassin. Comment ne s'en était-elle pas rendu compte, à l'époque ? Pourquoi avait-elle eu si peu d'amour-propre, si peu de considération pour elle-même pour supporter cette existence ?

« Quelle chienne de vie ! » songea-t-elle en secouant la tête. Comme l'expression était juste : la vie était une chienne sournoise qui se glissait derrière vous et vous sautait dessus en traître. Avant que vous ayez compris ce qui vous arrivait, vous vous retrouviez avec quatre gosses, un œil poché et une condamnation à perpétuité suspendue au-dessus de votre tête.

Elle tira la lettre de sa poche et la relut pour la énième fois. Peter lui souhaitait que tout se passe au mieux. Sa mère avait même ajouté un petit post-scriptum pour lui dire que tous ses vœux l'accompagnaient.

Il y avait des gens bien sur cette Terre. Il lui avait juste fallu plus de temps qu'à d'autres pour les rencontrer. C'était incroyable, mais vrai : sa meilleure amie avait été l'amour de la vie de son mari, et son autre grande amie était une prostituée condamnée pour vol. Rhianna et Susan étaient plus proches que jamais. Elle ne savait pas ce qu'elle aurait fait sans elle, après sa mésaventure avec Matty.

Pour le moment, elle se retrouvait à faire ce pour quoi elle avait le plus de talent : attendre.

Toute sa vie elle avait attendu quelque chose et n'en avait pas eu conscience, jusqu'à maintenant.

Elle avait attendu que quelque chose lui arrive. Quelque chose qui ferait prendre un tour meilleur à son existence.

Finalement, ce moment tant attendu était peut-être en train d'arriver. Si elle parvenait à tenir bon un tout petit peu plus longtemps.

Doreen regrettait d'avoir proposé à Ivy de venir attendre le verdict chez elle. La vieille femme la rendait dingue.

– Même tout bébé, Susan a toujours été ma préférée !

Doreen regarda Ivy comme si ce qu'elle disait la fascinait, tout en se demandant intérieurement si elle n'était pas finalement devenue complètement gaga. Tout le monde savait comment elle avait traité Susan pendant son enfance. Même si, depuis la mort de Barry, elle s'était fait l'ardente défenseuse de l'innocence de sa petite-fille.

Les informations commencèrent et les deux femmes se turent et tendirent l'oreille, au cas où il y serait question du procès de Susan.

Doreen jeta un regard circulaire dans la pièce, à l'arbre de Noël et aux cadeaux posés à côté, et se demanda si son amie pourrait passer les fêtes en famille. Elle alluma une Benson et tira dessus.

La voix d'Ivy la ramena à la réalité.

– Au fond, même si elle l'a tué, Barry, c'est pas comme si c'était vraiment *quelqu'un* – pas comme si c'était un bon contribuable. Je vais te dire, Doreen : à la seconde où je l'ai vu pour la première fois, ce garçon, je l'ai détesté. Et c'est pas faute d'avoir prévenu Susan ! « Tu t'en mordras les doigts », que j'y ai dit. Mais elle a rien voulu entendre. Elle était amoureuse...

Doreen regarda la vieille femme et lui dit doucement :

– Ivy ?

– Quoi ?

– Ferme ta gueule !

Ivy pinça les lèvres et souffla du nez. Puis se reversa une rasade de scotch et se remit à parler.

Kate Dalston se redressa dans son lit. La direction de la maison de retraite avait placé un poste de télévision au pied de son lit mais, pour l'instant, ce qui y passait était un soap-opéra débile. Elle pressa la télécommande pour baisser le son au maximum et se laissa retomber sur son oreiller. Les aides-soignantes étaient très gentilles avec elle. Douces et attentionnées.

Kate se plaisait bien ici.

Elle était une sorte de célébrité, en ce moment. Le jour où Debbie lui avait amené les petits, ça avait presque été l'émeute. Le nombre de tasses de thé et de petits biscuits qu'on avait pu lui apporter, juste pour avoir une excuse pour entrer dans sa chambre et apercevoir les enfants de la meurtrière !

Pour Kate, c'était le cadet de ses soucis.

Sa santé n'avait pas résisté à cette horrible nuit où elle avait vu Wendy arriver chez elle, couverte de sang et de coups, et où elle avait compris que son fils, l'enfant qu'elle avait élevé et nourri, aimé et adoré, en était la cause. Le choc avait failli la tuer. Même maintenant, elle avait encore du mal à y croire.

Elle avait quand même rédigé une déposition destinée à être lue à l'audience, où elle décrivait en détail de quelle façon il avait traité sa femme et ses enfants, toutes ces années.

Elle avait fait en sorte qu'ils comprennent bien l'homme qu'il était et ça l'avait apaisée. Lavée. Comme si elle avait payé pour la part qu'elle avait prise à tout ce malheur.

Après tout, c'était elle qui l'avait mis au monde.

Il était son fils.

Si quelqu'un était bien placé pour savoir quelle ordure c'était, c'était elle. Et elle priait le Ciel que sa déposition contribue à faire libérer Susan et à la ramener auprès de ses enfants, là où était sa place.

Elle sentit la douleur familière lui cisailler la poitrine et tenta de rythmer sa respiration. Elle n'en avait plus pour très longtemps, elle le savait, mais elle espérait que cela suffirait pour voir Susan rentrer chez elle. Pour pouvoir tenir ses mains dans les siennes, lui caresser le visage, lui dire combien elle l'aimait et l'admirait d'avoir fait ce qu'elle avait fait.

D'avoir pris la loi entre ses pauvres mains usées par les travaux ménagers.

Son dernier souhait était de pouvoir serrer la main de celle qui avait assassiné son fils.

Elle prit son chapelet et se mit à réciter une dizaine de « Je vous salue Marie ». La Sainte Vierge comprendrait. Elle était mère, elle aussi. Elle comprenait les problèmes auxquels était confrontée une mère, le constant besoin d'attention des enfants.

L'espace d'un instant, elle se revit en Ecosse, entre son mari et son fils. Quel bel enfant Barry avait été ! Les gens n'arrêtaient pas de s'extasier sur ses yeux et ses cheveux. Elle le revoyait, le jour de sa première rentrée des classes, ses petites jambes dodues émergeant de ses chaussettes bleues montantes assorties à son pull-over.

Où était passé ce petit garçon ?

D'où était sorti l'homme qu'il était devenu ?

La brute. Le tyran domestique. Le violeur.

Des larmes lui brûlèrent les paupières, leur goût amer la ramenant à la vie. Elle était en vie et ce petit garçon était mort.

Ses doigts se serrèrent si fort sur son chapelet que les grains s'incrustèrent dans sa peau. Elle ferma les yeux et ses lèvres se mirent à égrener les mots familiers de la prière.

Pas question que Kate Dalston laisse quoi que ce soit au hasard.

C'était presque l'heure du thé, mais les détenues étaient réticentes à quitter la salle de récréation. En se mettant en rang pour recevoir leur ration, elles tâchèrent de faire le moins de bruit possible.

A son habitude, Rhianna s'était installée seule à une table, attendant que Sarah lui apporte son plateau.

Blackstock, une des matonnes, vint s'asseoir en face d'elle.

– Jamais de ma vie je ne me suis fait autant de mouron pour une détenue.

Rhianna se mit à rire.

– Y a un commencement à tout, comme on dit…

– Je l'aime bien, Susan. Tout le monde l'aime bien.

– Comment on pourrait faire autrement ? C'est une femme bien. Beaucoup d'entre nous le sont aussi, si seulement vous preniez le temps de vous en rendre compte.

– J'ai appris par le téléphone arabe que Matty a été officiellement déclarée psychopathe. Elle est condamnée à la réclusion à perpétuité.

Rhianna haussa les épaules.

– Qu'est-ce que ça a de nouveau ? Vous n'avez pas plutôt une *vraie* nouvelle à m'annoncer ?

La matonne balaya la salle du regard.

– Attendez… C'est le bulletin d'informations !

Elle se leva et frappa sur la table avec un plateau métallique. Instantanément, le silence se fit dans la pièce. La voix du journaliste sonnait haut et clair sous le plafond de la salle.

« Justice. La cour d'appel s'est prononcée aujourd'hui en faveur de la remise en liberté de Susan Dalston… »

La pièce entra en éruption. Toutes les femmes – les matonnes comme les détenues – se mirent à hurler et à s'embrasser. La suite des informations fut noyée par le tumulte.

Leur aile fut la première à s'y mettre, puis toute la prison se joignit à elles, dans une cacophonie assourdissante d'assiettes cognées sur les tables et de tapements de pieds.

Rhianna et Blackstock se regardèrent avec un sourire jusqu'aux oreilles, puis Rhianna se mit à brandir le poing et à sauter en l'air en criant : « Ouais ! Ouais ! » sans pouvoir s'arrêter.

Dans son bureau, la directrice s'autorisa un sourire avant de presser le bouton de la sono interne et de déclarer : « *Laissez-les faire un moment. Elles ont toutes grand besoin de décompresser un peu.* »

Les yeux de June firent la navette entre la bouteille de champagne et le visage de Joey. Il lui sourit.

– J'avais prévu le coup. Je savais que tu voudrais fêter ça. Ce brave vieux Jonesey m'a dit que c'était la maison qui régalait. Sympa de sa part, non ?

June s'empara de son verre et le leva bien haut.

– A ma fille, qui va enfin pouvoir rentrer chez elle !

Joey hocha la tête et vida le sien cul sec. Poussant un rot retentissant, il jeta :

– Tu peux finir la bouteille toute seule. Moi, ça me ballonne, cette saloperie…

Tout en parlant, il s'empara de sa main et elle lui sourit. Après toutes ces années d'engueulades, après tous les tourments et les souffrances qu'ils s'étaient infligés, ils découvraient à l'automne de leur vie qu'ils formaient un couple.

Susan était assise dans une voiture qui l'emportait loin du tribunal vers une destination que Geraldine et Roselle avaient soigneusement gardée secrète – en fait, le comté d'Essex, où Roselle avait déniché, grâce à Ivan, une maison perdue au milieu de nulle part. Là-bas, Susan pourrait récupérer tranquillement et remettre de l'ordre dans sa tête.

– J'arrive toujours pas à réaliser… Je n'arrive pas à croire que je suis libre !

Wendy tenait une de ses mains bien serrée dans les siennes et Roselle lui tenait l'autre. Geraldine était assise à l'avant, à côté de Danny, le vieil ami de Roselle. Il veillerait sur elles, le temps que les médias se calment et que l'hystérie qui avait suivi le verdict retombe.

– Colin nous attend avec du champagne et du filet mignon, Sue. On va s'offrir une sacrée fête, ce soir ! Les enfants nous rejoindront demain matin et là, tu auras tout ce que tu désires.

– Comment est-ce que je pourrai jamais te remercier ?

Elle regarda Geraldine, qui se fendit d'un large sourire.

– En profitant à fond de ta putain de vie, à partir de maintenant !

En entendant Geraldine jurer, tout le monde éclata de rire et la tension nerveuse s'évapora complètement.

Roselle, le cœur débordant de joie, était silencieuse.

Elle pensait à Barry. Au Barry qu'elle avait aimé. L'homme qui adorait tellement sa petite Rosie qu'il avait du mal à s'en séparer.

Elle le revit chez elle, en train de changer les couches de sa fille, avec son visage si craquant levé vers elle.

Elle ferma les yeux et sentit les larmes lui perler aux paupières. Susan lui serra la main très fort. Roselle la regarda et comprit que Susan voyait la même chose qu'elle. Avait deviné ce qui se passait dans sa tête.

– Je sais, Roselle, je sais… Mais il n'est plus là, à présent, et nous, nous le sommes.

– Amen ! fit Wendy d'une voix qui venait du plus profond d'elle-même.

Kate Dalston mourut quatre jours plus tard. La veille, elle avait exaucé son dernier souhait : tenir la main de sa belle-fille dans les siennes et lui dire combien elle l'aimait et l'admirait.

Elle s'éteignit paisiblement, la conscience tranquille.

Susan Dalston s'en était assurée.

Epilogue

– Qui aurait cru que je verrais ça, hein ? La fin du XXe siècle… Le début d'un nouveau millénaire…

June parlait bas, l'air impressionné.

Debbie se mit à rire.

– Celui qui aurait adoré ça, c'est papa. Il se serait offert la cuite du siècle !

June s'esclaffa, elle aussi.

– Attends un peu que je monte le rejoindre ! Je le massacrerai de m'avoir laissée me pinter toute seule, ce soir !

Debbie passa un bras autour des épaules de sa mère.

– Voyons, t'es pas tout seule, m'man. On est tous ici, avec toi !

– Trois mois de plus et il aurait enterré le siècle. Mais bon, c'est tout lui, ça. Il a jamais été foutu de mener quoi que ce soit à bien.

Il y avait de la colère dans sa voix. Malgré tout ce que Joey lui avait infligé, elle ne se faisait pas à son absence. Elle avait l'air toute frêle. Envolées, la femme indomptable, la battante et la buveuse émérite qu'elle avait été. June avait finalement été forcée de reconnaître qu'elle était au bout du rouleau. Confrontée à la vieillesse et à la solitude, elle s'était tournée vers ses filles et ses petits-enfants, et adorait chaque minute qu'elle passait auprès d'eux, ravie que tout le monde lui ait pardonné ce qu'elle leur avait fait vivre.

Assise sur une chaise, Ivy tâchait de suivre d'un œil éteint ce qui se passait autour d'elle. June lui posa une main sur la cuisse.

– Ça va, ma vieille ?

Ivy repoussa sa main et lui lança d'un ton grincheux :

– Vous êtes qui, hein? Qu'est-ce que vous fichez chez moi?

Debbie se pencha vers elle et lui dit gentiment :

– On est chez Susan, mémé, tu te rappelles?

Ivy la regarda et, devant ses yeux indulgents, sourit.

– Ah! Ils se sont enfin décidés à la libérer, alors. Ben, c'est pas trop tôt, bordel!

– Elle est complètement gaga, c'te vieille chouette! jeta June, irritée.

Wendy arriva, chargée d'un énorme plateau couvert de victuailles.

– Tiens, pose ça quelque part, Deb, que j'apporte le reste.

Debbie lui prit le plateau des mains et grommela :

– Tu devrais arrêter de porter des trucs aussi lourds, dans ton état!

Wendy lui décocha un sourire moqueur.

– Ne dis pas de bêtises. Je ne suis pas malade. Je vais juste avoir un bébé!

– Ben voyons!

Debbie était à présent une petite femme replète à qui tout le monde disait qu'elle était la mère des enfants par procuration.

Elle vivait toujours dans sa maison de Rainham et avait plus que jamais ce besoin obsessionnel de la briquer du matin au soir. Mais elle était beaucoup plus heureuse. Elle s'était énormément rapprochée de sa sœur, au fil des ans. Susan et elles se voyaient très souvent et se téléphonaient au moins cinq fois par jour. Elles vivaient quasiment en osmose.

La voix de Susan jaillit du fond de la cuisine.

– Fiche-lui donc la paix, Deb!

Tout le monde éclata de rire.

Le mari de Wendy entra dans le living. David Hart était un beau et grand gaillard d'un tempérament placide, qui adorait sa femme.

– Geraldine vient d'arriver. Je l'ai vue se garer devant la maison. Si vous voyiez l'engin qu'elle s'est offert! Un coupé Mercedes décapotable, cette fois...

Son ton sous-entendait : « A son âge ! », et tout le monde se remit à rire de plus belle.

A cinquante-quatre ans, Geraldine était plus séduisante que bien des femmes à vingt-cinq. Toujours résolument célibataire et heureuse de l'être, elle se dévouait corps et âme à la cause des femmes.

Susan se précipita dans la pièce, l'image même de la maîtresse de maison affairée. C'était maintenant une femme épanouie, bien dans son corps, souriante, aux antipodes de la Susan qui avait épousé Barry Dalston. Avec sa poitrine généreuse et ses cheveux méchés, elle n'avait jamais été aussi belle, et elle le savait.

Elle était enfin telle qu'elle avait toujours rêvé d'être : une femme sûre d'elle, entourée des siens et sans problème. Elle ne vivait, comme toujours, que pour ses enfants. Toute son existence gravitait autour d'eux, qui l'adoraient autant qu'elle les adorait.

– Vous avez vu que Geraldine est là ? lança-t-elle à la cantonade.

Cette dernière entra sur ses talons, un magnum de champagne calé au creux de chaque bras, et sourit à l'assistance. La voix de Robbie Williams, qui montait en sourdine de la chaîne stéréo, donnait le *la* à la réunion.

Alana arriva, suivie de Barry.

– Comment vas-tu, Ger ? Tu es vraiment superbe !

Ce n'était pas un vain compliment.

– Ma foi, tu n'es pas mal, toi non plus !

Barry l'embrassa sur les lèvres.

A vingt-quatre ans, c'était le portrait craché de son père. Mais la ressemblance s'arrêtait au physique car, du point de vue du caractère ou de l'intelligence, les deux Barry n'auraient pas pu être plus différents. Barry travaillait dans l'électronique et gagnait 25 000 livres par an – chose que Susan ne se privait pas de dire à qui voulait l'entendre.

Pourtant, parfois, regarder son fils lui faisait mal.

Geraldine s'apprêtait à aller donner un coup de main à la cuisine quand la porte d'entrée s'ouvrit sur Doreen. Aussitôt, ce fut comme si un tourbillon s'abattait sur la maison.

– Ah ! Nom de Dieu, Sue ! J'ai bien cru que je trouverais pas de taxi ! J'ai dû lui payer trois fois sa course, à çui-là, pour qu'il daigne me conduire ici !

Son clairon devait s'entendre du fond du jardin.

Elle était toujours aussi mince, toujours aussi blonde et avait toujours son éternelle cigarette parquée au coin de la bouche. A part quelques rides, c'était comme si elle ne changeait pas.

– Mon Michael passe me prendre ici à dix heures pétantes pour m'emmener chez lui. Comme si j'avais envie d'être là-bas, surtout cette nuit où on change de siècle – et, surtout, avec sa fichue bonne femme !

Wendy l'embrassa.

– C'est une vraie rabat-joie, tante Dor, je te l'accorde.

– Toute la famille a prévu de se retrouver, apparemment. Je ne sais pas comment tout ça s'est goupillé. Ça m'a soufflé d'être invitée chez eux, pour ne rien dire des autres.

Elle se pencha sur la chaise d'Ivy.

– Ça va, Ivy ? tonitrua-t-elle encore plus fort que d'habitude.

Ivy hocha la tête, avec un sourire réjoui.

– Il est enfin arrivé, mon Joey ?

Doreen lui fit signe que non.

– Et j'espère bien qu'il se pointera pas, Ivy ! On a tous envie de s'en payer une bonne tranche, ce soir !

Tout le monde, même June, éclata de rire.

De retour à la cuisine, Susan prit Wendy dans ses bras.

– Tu es sûre que ça va, ma choute ? Je te trouve un peu pâlichonne.

Wendy haussa les épaules.

– Mais oui, je vais bien, maman. David me couve littéralement.

– C'est une crème d'homme, ce garçon ! J'espère que tes sœurs tomberont aussi bien, quand leur tour viendra.

Sa voix était pleine d'espoir et Wendy la serra contre elle.

– Je déteste l'idée que l'Histoire se répète, ma chérie.

Wendy ne répondit pas et préféra changer de sujet.

– David a décroché le poste qu'il espérait. Ton gendre est désormais à la tête du département d'anglais, s'il te plaît ! Je comptais l'annoncer à tout le monde un peu plus tard, mais j'ai tenue à ce que tu en sois la première informée.

Susan agita sa main en l'air.

– De toute façon, c'était couru d'avance ! Il a travaillé assez dur pour ça.

– David est quelqu'un de bien, maman. Arrête un peu de t'inquiéter pour notre avenir à tous !

– C'est surtout pour ta sœur que je m'inquiète. Rosie est beaucoup trop jolie pour son bien, à mon avis.

Il y avait néanmoins énormément de fierté maternelle dans la voix de Susan.

Geraldine s'encadra dans la porte de la cuisine et regarda Wendy.

– J'espère que ce petit ne va décider de faire son apparition cette nuit ! Les hôpitaux sont vides, à ce que j'ai entendu dire.

Wendy se tapota allègrement le ventre.

– En tout cas, on ne peut pas en dire autant des pubs !

Cela faisait déjà des jours que tout le pays fêtait le passage à l'An 2000, chacun étant trop occupé à vivre ce grand moment historique pour se soucier des rumeurs de pannes de courant monstres ou du « bug » guettant tous les ordinateurs.

Dans le living, June s'écria :

– Il faut allumer la télé ! Y a Angus Deayton qui fait son binz habituel de 31 décembre.

– Son « binz », comme tu dis, mamie, s'appelle *Le Grand show de fin d'année*.

– Y a pas si longtemps, je lui aurais fait les yeux doux, à ce garçon. Qu'est-ce que je le trouve sexy !

– Je suis sûre que ça lui ferait un bien fou, s'il le savait !

La voix rieuse de Rosie l'avait précédée dans le living.

Tout le monde se retourna. Elle était à tomber.

Avec ses longs cheveux blonds et ses yeux d'un bleu profond, elle ressemblait à une projection informatique de la Femme Idéale. Infirmière stagiaire, elle avait déjà fait battre des records d'accélération à plus d'un pouls, à l'hôpital. Alana, qui avait son diplôme d'infirmière en poche, veillait sur elle. Les deux sœurs étaient très proches.

Le secret de Rosie était qu'elle n'avait absolument pas conscience de sa beauté – raison pour laquelle Susan s'inquiétait tant pour sa benjamine. Mais elle avait la tête solidement plantée sur les épaules et menait sa vie sans problème.

June lança à tue-tête :

– Ce soir, son émission, c'est le « Grand show de fin du millénaire » qu'Angus aurait dû l'appeler !

Alana et Rosie étouffèrent un gémissement.

Il fallait, comme toujours, que June ait le mot de la fin...

– Si tu le dis, mémé...

– Ce soir, la BBC diffuse ses programmes en mondovision. On va voir l'émission en même temps que tout le reste de la planète.

June avait l'air ravi de participer à un événement planétaire de cette envergure. Susan lui prit son verre vide des doigts et le remplaça par un plein.

– Elle va piquer du nez avant que le show démarre et elle roupillera toujours au générique de fin, prédit-elle d'un ton plein de tendresse. Quant à Ivy, n'en parlons pas !

En entendant son nom, Ivy se mit à hocher la tête.

– T'as pas vu mon dentier, Sue ?

– Il est à sa place : dans ta bouche, ma chérie ! répondit-elle en s'égosillant.

– Barry ! Tu viens m'aider à décharger la voiture, s'il te plaît ? lança Geraldine.

Comme ils sortaient de la maison, ils virent Roselle se garer le long du trottoir.

Elle était en compagnie de Danny, avec qui elle vivait désormais. Si étonnant que ça puisse paraître, ils s'entendaient à merveille, unis par un profond amour et un respect mutuel qui transcendaient leurs différences d'âge et de couleur de peau. Ils formaient un couple, tout simplement.

Roselle contempla la maison entourée de son jardin, avec ses grandes baies vitrées et son garage, si différente de celle où Susan avait vécu à Bethnal Green. Elle l'avait bien méritée. C'était grâce à l'argent des journaux et à sa biographie qu'elle avait pu se l'offrir.

Danny et elle se dirigèrent vers la porte d'entrée.

La cuisine était un vrai four et, comme Susan ouvrait la porte de derrière pour aérer, deux mains la propulsèrent dehors et se posèrent sur ses hanches. Elle sentit des lèvres l'embrasser sur la nuque.

– Alors, heureuse, Sue ? Cette fois, tu as tous ceux que tu aimes autour de toi.

Elle se retourna et se coula dans les bras de Peter.

– C'est la deuxième nuit la plus heureuse de ma vie !

– Tu le mérites bien, mon amour.

Il la regarda tendrement. Il n'arrivait toujours pas à croire qu'elle était vraiment sa femme. Chaque fois qu'il posait les yeux sur elle, il revoyait la gamine avec qui il était allé en classe, la fille qui avait à peine conscience de son existence, à l'époque.

Quand il lui faisait l'amour, la nuit, c'était avec une fougue et une passion qui démentaient le côté père tranquille qu'il avait dans la journée. Susan n'avait jamais soupçonné qu'on pouvait ressentir ça. Ni le fait que quelqu'un vous touche pouvait vous procurer autant de bonheur, autant de volupté. Barry n'avait jamais fait autre chose que de prendre son plaisir, et elle l'avait laissé faire. Elle le chassa de son esprit. Pas question de le laisser lui gâcher cette soirée.

Il lui avait gâché assez d'années.

Peter s'était montré un excellent père pour les enfants et, rien que pour ça, il méritait qu'elle l'aime. Elle l'embrassa passionnément.

– Eh ben ! Tu ne perds pas une occasion, je vois, Susan !

La voix était plus grave, mais aussi affectueuse qu'autrefois.

– Oh ! Rhianna ! Tu as réussi à venir !

Elle avait un sourire jusqu'aux oreilles.

– Tu ne croyais quand même pas que je laisserais tomber les copains, surtout une nuit comme celle-là, dis ?

Rhianna avait le don de se parachuter dans sa vie sans crier gare et de disparaître aussi vite qu'elle était venue. Elle était comme ça. Mais Susan avait eu le pressentiment qu'elle viendrait ce soir. C'était normal qu'ils soient tous réunis, un jour pareil.

– Colin arrive avec les petites. Mais sans sa femme.

Susan fronça les sourcils.

– Oh ! Ils se sont encore séparés ! Mais, bon, Geraldine est là. Elle lui remontera le moral…

Elle entendit les trois filles de Colin pousser des cris de joie et June y répondre plus fort encore. Elles adoraient venir ici, bien que leur mère juge Susan et sa famille très « peuple ». Susan sourit à cette idée.

Quelle idiote c'était, cette femme, avec sa respectabilité petite bourgeoise et son blairisme, ses ensembles de chez Marks & Spencer's et son feng shui ! Elle était persuadée que c'était chez Susan que ses filles apprenaient des gros mots. Et dire que, sans elle, Colin serait encore un petit avocaillon miteux. C'était son procès en appel qui l'avait lancé, il savait le reconnaître. Susan et lui étaient restés soudés après sa libération, avaient continué à se voir.

Colin la regarda en souriant.

– On va parler de toi à la télé, ce soir, Sue. Ils vont passer en revue tous les événements qui ont marqué le XXe siècle.

Elle haussa les sourcils, alarmée.

– Hors de question de regarder un truc pareil ! Je veux qu'on fasse la fête, ce soir !

Colin se pencha pour l'embrasser et une bouffée de « Chloé », le parfum préféré de Susan, lui envahit les narines.

– Elles sont déchaînées, tes filles ! On n'entend qu'elles !

Colin sourit.

– Il n'y a qu'ici qu'elles sont comme ça, Sue ! C'est la mauvaise influence que tu as sur elles, que veux-tu…

– Il faut vraiment qu'on me reproche toujours tout, alors !

Vers minuit, alors que tous trinquaient au nouveau millénaire, Susan contempla sa famille et ses amis. Elle les revoyait tels qu'ils avaient été, plus jeunes mais moins confiants en l'avenir, d'une certaine façon.

Ses yeux tombèrent sur Ivy, qui souriait à la cantonade de toutes ses fausses dents, sans rien comprendre de ce qui se passait autour d'elle. Une fois de plus, Susan s'étonna des effets que la vieillesse pouvait avoir sur les gens. Ivy était très aimée, à présent. Tous les pensionnaires de sa maison de retraite l'adoraient. S'ils l'avaient connue dans ses jeunes années…

Elle regarda ses amis, tous heureux à leur façon et contents d'être là, ce soir, avec elle.

Elle était madame Susan White, désormais. Une autre femme, une personne différente, à tous points de vue. Elle sentit Peter s'emparer de sa main – Peter qui, dès leur premier baiser, l'avait entourée de l'amour et du respect qu'elle avait désirés toute sa vie. Le temps qui passait n'avait fait que le confirmer. Rien de ce qui lui était arrivé ne pourrait changer ce que la vie lui avait donné. Quatre enfants épanouis et heureux, bientôt son premier petit-enfant, et d'excellents amis. Que pouvait-elle attendre de mieux de ce siècle qui débutait ? Elle avait d'ores et déjà tout ce dont elle avait besoin pour son bonheur, tout ce qu'elle avait désiré étant petite.

Elle serra bien fort la main de Peter et le regarda en souriant, à l'idée que, lorsque toute la famille irait enfin se coucher, il ne la laisserait probablement pas dormir avant un bon moment. Mais, bon, ce genre d'insomnies n'était pas fait pour lui déplaire…

Son sourire s'élargit malgré elle et, comme elle tournait la tête, ses yeux croisèrent ceux de Roselle. Elles échangèrent un regard complice et Roselle leva son verre en un toast privé, auquel Susan répondit volontiers. Chacune d'elles avait, à sa façon, été victime de Barry. Les années n'avaient fait que renforcer l'affection qui les unissait.

Joseph, le fils de Roselle, vivait à New York avec sa femme. Depuis que sa mère lui avait révélé la vérité sur son père, après la mort d'Ivan, un fossé s'était creusé entre eux. « Tant pis pour lui ! Joseph ne sait pas ce qu'il perd », songea Susan. Roselle ne voyait pourtant pas les choses tout à fait comme elle. Susan le savait et ressentait la douleur de son amie comme si c'était la sienne.

Sentant Danny l'entourer de son bras, Roselle le regarda en souriant. Susan put pleinement s'abandonner à sa joie et à son bonheur.

Perchée sur l'accoudoir du fauteuil de June, Geraldine, un peu pompette, flirtait avec Colin. Susan regarda sa mère – cette femme à qui elle avait depuis longtemps tout pardonné – et pouffa.

– Je vous l'avais bien dit, hein, qu'elle dormirait pendant toute l'émission ! Eh bien, j'avais raison !

Cet ouvrage a été composé en Palatino par Palimpseste à Paris

Pour l'éditeur, le principe est d'utiliser des papiers composés de fibres naturelles, renouvelables, recyclables et fabriquées à partir de bois issus de forêts qui adoptent un système d'aménagement durable.
En outre, l'éditeur attend de ses fournisseurs de papier qu'ils s'inscrivent dans une démarche de certification environnementale reconnue.

Impression réalisée sur CAMERON par
BRODARD ET TAUPIN
La Flèche

pour le compte des Éditions Fayard
en avril 2007

Dépôt légal : avril 2007
N° d'éditeur : 85222 – N° d'impression : 41364
35-67-3510-1/01